HEYNE BÜCHER

SCIENCE FICTION

Herausgegeben
von Wolfgang Jeschke

Von Frank Herbert erschienen in der Reihe
HEYNE SCIENCE FICTION & FANTASY:

Atom-U-Boot 1881 · 06/3091
Die Leute von Santaroga · 06/3156
Gefangen in der Ewigkeit · 06/3298; auch als Sonderausgabe im Sammelband 06/3930
Die Riten der Götter · 06/3460
Hellstrøms Brut · 06/3536
Revolte gegen die Unsterblichen · 06/3125; auch als Sonderausgabe unter dem Titel: *Die Augen Heisenbergs* · 06/3926
Die weiße Pest · 06/4120
Auge · 06/4441
Mann zweier Welten · 06/4571
(mit Brian Herbert)

»DUNE«-Zyklus:

Der Wüstenplanet · 06/3108
Der Herr des Wüstenplaneten · 06/3266
Die Kinder des Wüstenplaneten · 06/3615
Der Gott-Kaiser des Wüstenplaneten · 06/3916
Die Ketzer des Wüstenplaneten · 06/4141
Die Ordensburg des Wüstenplaneten · 06/4234
Die Enzyklopädie des Wüstenplanten ·
Band 1 · 06/4142
Band 2 · 06/4143

»SCHIFF«-Zyklus (mit Bill Ransom):

Ein Cyborg fällt aus · 06/3384; auch ↗ 06/4403
Der Jesus-Zwischenfall · 06/3834
Der Lazarus-Effekt · 06/4320
Der Himmelfahrts-Faktor · 06/4577

»CALEBAN«-Zyklus:

Der letzte Caleban · 06/3317
Das Dosadi-Experiment · 06/3699

Außerdem erschien in der
BIBLIOTHEK DER SCIENCE FICTION LITERATUR:
Hellstrøms Brut · 06/14

FRANK HERBERT
&
BILL RANSOM

DER HIMMELFAHRTS-FAKTOR

4. Roman
des ›Schiff‹-Zyklus

Deutsche Erstausgabe

Science Fiction

WILHELM HEYNE VERLAG
MÜNCHEN

HEYNE SCIENCE FICTION & FANTASY
Band 06/4577

Titel der amerikanischen Originalausgabe
THE ASCENSION FACTOR
Deutsche Übersetzung von Thomas Schlück
Das Umschlagbild schuf Tony Roberts

Redaktion: Wolfgang Jeschke

Printed in Germany 1989
Umschlaggestaltung: Atelier Ingrid Schütz, München
Satz: Schaber, Wels
Druck und Bindung: Elsnerdruck, Berlin

ISBN 3-453-03443-0

VORBEMERKUNG

Als Frank und ich 1978 mit dem *Jesus-Zwischenfall* begannen, trafen wir eine einzige Vereinbarung: die gemeinsame Arbeit sollte *Spaß* machen und sollte zu keiner Zeit unsere Freundschaft stören. Zur Besiegelung gaben wir uns die Hand, wie es unter Eingeborenen des Puyallup-Tals üblich ist. Damals waren wir schon lange befreundet und wollten diese Freundschaft auch bewahren. Gemeinsam ein Buch zu schreiben – das gingen wir mit der gebotenen Vorsicht an, etwa als wollten wir zu zweit ein Auto erwerben.

Die Zusammenarbeit unter Autoren ähnelt ein wenig einer Ehe. Wie es sich ergibt, stand jedes Buch des Schiff-Zyklus für eine persönliche Tragödie für einen von uns, doch wurden wir von unseren Geschichten gerettet. In den fünfzehn Jahren habe ich nie so herrlich oder so oft gelacht wie während der Zusammenarbeit mit Frank. *Der Himmelfahrtsfaktor*, ein Buch, das wir gemeinsam genießen wollten, hat die größte Tragödie von allen überstanden. Das Buch entwickelte sich weiter. So geht das wohl bei Autoren.

Frank arbeitete am Handlungsablauf und an der Entwicklung der Personen von *Der Himmelfahrtsfaktor*, die Umstände fügten es aber, daß die letzte Schreibarbeit mir aufgetragen wurde. Nach all den Jahren war es nicht schwer, über die Schulter zu schauen und ihn mit kurzen gemurmelten lustigen Sprüchen bei mir zu halten, während ich zu Ende brachte, was wir gemeinsam begonnen hatten. Dabei war es meine größte Angst, bei Abschluß dieses Buches das besondere Gefühl seines Dabeiseins, das Empfinden freundschaftlicher Nähe zu verlieren. Aber gerade bei Frank hätte ich es besser wissen müssen.

BILL RANSOM
Port Townsend, 1987

Die Art der Gnade weiß von keinem Zwang,
Sie träufelt, wie des Himmels milder Regen
Zur Erde unter ihr; zwiefach gesegnet:
Sie segnet den, der gibt, und den, der nimmt;
Am mächtigsten in Mächt'gen, zieret sie ...

William Shakespeare
Der Kaufmann von Venedig
Literaturarchiv Vashon

Drei Tage lang litt Jephta Twain die exquisitesten Schmerzen – und genau das war der Punkt. Die Kerle von der Kriegergewerkschaft waren Profis und hätten es für Zeitverschwendung gehalten, wenn er einfach ohnmächtig geworden wäre. In den drei Tagen, die er sich in ihrer Gewalt befunden hatte, waren ihm zu keiner Zeit die Sinne geschwunden. Dabei hatten die Männer von Anfang an gewußt, daß er ihnen nichts nützen würde. Der Rest seiner Pein war die Strafe dafür, daß er ihnen die Zeit stahl. Als sie endlich mit den Folterungen fertig waren, hängten sie ihn, wie er es schon erwartet hatte, endlich an die Obsidianklippen am Fuße der Oberen Bereiche. Subversive Elemente wurden oft aufgehängt, um im Blickfeld der Siedlung zu sterben – eine Lektion, deren eigentliche Bedeutung nie klar herauskam.

Die drei von der Kriegergewerkschaft hängten ihn bei Dunkelheit dort auf, so wie sie ihn auch bei Dunkelheit gefangen hatten, und Jephta hielt sie deswegen für Feiglinge. Sein linkes Auge war weniger zugeschwollen als das rechte, und er bekam es mit der Zeit auf. Ein bleicher erster Schimmer schälte den sternenübersäten Himmel von der schwarzen Wange des Meeres. Die frühmorgendlichen Lichter einer Pendlerfähre schwankten am dunklen Dock tief unter ihm in der Siedlung. Wie alle anderen beförderte sie die Arbeiter des Schichtwechsels beim Projekt Allschiff.

Die Positionslichter der Unterwasserfähren flackerten in der Schwärze des Meeres zwischen der Siedlung Kalaloch bis hinaus zum Komplex des Startturms für das Projekt. Ein Gewirr organischer Deiche und Felskais fächerte sich zu beiden Seiten Kalalochs an der Küste aus und beschirmte das neue Aquakultur-Projekt der Meermenschen-Handelsliga. Bei keiner dieser Unternehmungen hatte Jephta unterkommen können, nachdem man ihm sein Fischgerät und die entsprechende Lizenz entzogen hatte. Sein Partner hatte zwei Fische für sich behalten, anstatt sie im Hafen registrieren zu lassen. Die ›neue Wirtschaft‹ des Direktors stellte solche Dinge unter Strafe, und die Schergen des Direktors machten beide zur Lektion für andere.

Unter dem sich öffnenden Morgenhimmel spürte Jephta, wie er leichter wurde, wie er sich schließlich von seinem Körper trennte. Er schälte den Schmerz förmlich von sich ab, sein Ich wand sich zappelig aus der wunden Haut wie ein sich mausernder Skreet, und betrachtete das traurige Häuflein seines Fleisches von einem wenige Meter entfernten Felsbrocken aus. Hier im Süden dauerten Pandoras Tage beinahe vierzehn Stunden. Er fragte sich, wie viele Atemzüge wohl noch in diesem schmerzerfüllten Sack aus gebrochenen Rippen steckten.

Marcia, dachte er, *meine Marcia und unsere drei kleinen Wots. Die Kriegergewerkschaft wollte sie auch aufspüren ...*

Vielleicht bildete man sich ein, sie hätte noch etwas zu verraten. Es würde heißen, seine Frau und die drei Kleinen wären gefährlich und subversiv. Man würde mit den Kindern anfangen, um sie zum Sprechen zu bringen, dabei konnten sie nichts sagen, denn sie wußte *nichts.* Jephta preßte das intakte Auge vor Blut und Scham wieder zusammen.

Der ›Sondertrupp‹ des Direktors hatte Jephta an Brust und Rücken mit Maki-Haken gespickt, stählernen Angelhaken, deren Spitze sich so breit wie sein Daumen krümmte. In ihnen spiegelte sich das frische Tageslicht wie auf einem Brustpanzer. Die Stahltrensen und Kabelführer hingen ihm wie ein Kilt bis zu den Knien hinab. Das Funkeln der Haken und der Geruch seines Blutes würden die Huscher anlocken, die ihn töten würden.

An solchen Haken hatte Jephta Tausende von Makifischen gefangen, hatte an Hunderten von Leinen viele tausend solcher Spitzen gesetzt. Die meisten hingen nun frei an ihm herab und klirrten bei jeder Bewegung oder im kalten Morgenwind. Nur zwei Dutzend hielten sein Gewicht – zwölf bohrten sich vorn in die Haut, zwölf im Rücken. Er vermeinte auch darin eine besondere Bedeutung zu sehen, doch hatte man sie ihm nicht erläutert. Dafür hatte man ihm etwas anderes bestätigt, das ihn seit Jahren interessierte.

Die Schatten gibt es wirklich! Dieser Gedanke ging Jephta immer wieder durch den Kopf. *Die Schatten gibt es wirklich!*

Natürlich hatte schon jeder von den Schatten gehört, doch war aus seinem Bekanntenkreis noch niemand einem begegnet. In den letzten Monaten waren nun die geheimnisvollen Sendungen dazugekommen – Übertragungen einer sogenannten ›Schattenkiste‹ über Holo oder Fernsehen oder Radio. Alle meinten, die Schatten steckten dahinter. In allen Dörfern wurde gemunkelt, die Schatten bemühten sich, Raja Flattery, den Direktor, zu stürzen und seinen besoldeten Kämpfern Fesseln anzulegen. In den Abendnachrichten wurde täglich über Untaten der Schatten berichtet: fehlgeleitete Versorgungstransporte, Nahrungsmitteldiebstähle, Sabotageakte. Alles, was der Sache des Direktors irgendwie zum Nachteil gereichte, sogar manche Naturkatastrophe, wurde den Schatten angelastet. ›Der Schattenkasten‹ nutzte mit großem Können die amtlichen Sendefrequenzen und stellte den Direktor an den Pranger.

Jephta hatte an so manchem Luk flüsternd gefragt,

wie man sich den Schatten wohl anschließen könnte, doch hatte sich niemand gemeldet. ›Der Schattenkasten‹ hatte seine Hoffnungen so sehr gesteigert, daß er seinen eigenen Schlag zu landen wagte. Inzwischen war ihm klar, daß genau dies die Art war, wie die Schatten sich bemerkbar machten.

Er hatte das eigentliche Zentrum der Macht vernichten wollen – das große Elektrizitätswerk zwischen der Privatanlage des Direktors und der ausgedehnten Fabrikationssiedlung, die sich unmittelbar anschloß – Kalaloch.

Das Elektrizitätswerk, das Jephta sich aussuchte, war eine Wasserstoffgewinnungsfabrik, die allen Subunternehmern im Weltraumprogramm des Direktors Wasserstoff, Sauerstoff und Elektrizität lieferte. Die Explosion der Anlage würde Flatterys geliebtes Allschiff-Projekt und seine in einer Umlaufbahn kreisende Fabrik ein gutes Stück zurückwerfen. Jephta sagte sich, daß die Ärmsten in der Stadt es ohnehin gewöhnt waren, ohne Energie auszukommen. Viele tausend hatten nicht einmal Strom. Das neue Allschiff-Projekt und Flattery würden am meisten betroffen sein. Er hätte sich denken können, daß die Sicherheitskräfte des Direktors darauf natürlich auch schon gekommen waren.

Das Verhör war so altmodisch gewesen wie die meisten Mitglieder der Kriegergewerkschaft. Man hatte ihn ohne Mühe erwischt und ihn dann drei Tage lang unter einer Haube stehen lassen, während er einfach so gefoltert wurde. Nun klapperten bei jeder Bewegung eines Muskels unzählige Stahlringe gegen die Haken. Seine Wunden hatten zum größten Teil zu bluten aufgehört – was die Fliegen dazu veranlaßte, ihn heftig zu stechen. Zwei giftige Flachflügler krochen ihm über das linke Bein und flatterten in einer Art rituellem Tanz mit den Flügeln, bissen aber nicht zu.

Huscher, betete er. *Wenn überhaupt, sollen die Huscher kommen, die ein schnelles Ende bringen.* Deshalb hatte man ihn überhaupt hier herausgehängt – als Köder für Huscher. Der Haubenhuscher würde heftig zubeißen, wie es seine Gewohnheit war, dann würde er den Maki-Haken zum Opfer fallen. Das Fell brachte auf dem Dorfmarkt einen ordentlichen Preis. Die Wächter fanden so etwas lustig, und er hatte gehört, wie sie das Geld, das für das Fell zu erwarten war, bereits untereinander verteilt hatten. Er wollte nicht in Raten zu Tode gebissen werden – ein Huscher war ihm da nur recht. Sein Mund war dermaßen trocken von Durst, daß ihm bei jedem Husten die Lippen weiter aufplatzten.

Bei der hungervollen Abwärtsfahrt seines Lebens hatte Jephta auf zweierlei zu hoffen gewagt: sich den Schatten anschließen zu können – und einen Blick auf Ihre Heiligkeit Crista Galli zu werfen. Was die Schatten anging, so hatte er sich nach besten Kräften bemüht. Angekettet an den Klippen über der Anlage des Direktors, beobachtete Jephta mit nachlassendem Sehvermögen, wie sich der große Haushalt zu rühren begann.

Vielleicht ist sie eine der Gestalten dort unten, dachte er. Ein Gefühl der Leichtigkeit überkam ihn, und er wölbte die Brust gegen die Haken und dachte: *Wenn ich ein Schatten wäre, würde ich sie herausholen.*

Crista Galli war die heilige Unschuldige, eine rätselhafte junge Frau, die vor vierundzwanzig Jahren tief zwischen wilden Kelpbeeten geboren worden war. Als Flatterys Leute vor fünf Jahren ein wildwachsendes Kelpfeld sprengten, kam Crista Galli mit den Überresten an die Oberfläche. Wie sie unter Wasser vom Kelp großgezogen und dann der Menschheit zurückgegeben worden war, gehörte zu den Rätseln, die Jephta und seine Familie schlicht als ›Wunder‹ hinnahmen.

Es hieß, in Crista Galli ruhe die Hoffnung auf Pandoras Rettung. Leute behaupteten, sie würde den Hungrigen zu essen geben, die Kranken heilen und die Sterbenden trösten. Der Direktor, ein Psychiater-Geistlicher, hielt sie hinter Schloß und Riegel.

»Sie braucht Schutz«, sagte Flattery dazu. »Sie ist im Kelp aufgewachsen, sie muß erst erfahren, was es bedeutet, ein Mensch zu sein.«

Welche Ironie, daß ausgerechnet Flattery sich daran machte, ihr das Menschsein nahezubringen! Jephta erkannte in diesem Augenblick der Klarheit jenseits allen Schmerzes, daß sie dort unten ebenso die Gefangene des Direktors war, wie alle Pandorer seine Sklaven waren. Nur waren Jephtas Fesseln bis jetzt am Fuße der Oberen Bereiche unsichtbar gewesen: Hungerketten, Propagandaketten, die Kette der Angst, die in seinem Kopf rasselte und klapperte wie ein Gebiß bei kaltem Wetter.

Er hoffte inständig, die Sicherheitskräfte würden Marcia und die Wots nicht finden. Die Siedlung war weitläufig, Leute versteckten sich dort unter Leuten wie Fische inmitten ganzer Schwärme.

Vielleicht ...

Er schüttelte den Kopf und ließ damit die schrecklichen Haken und Ringe klirren. Er spürte nichts außer der kühlen Brise, die von der morgendlichen Ebbe heraufwehte und ihm den vertrauten Jodgeruch von Kelpfasern brachte, die am Strand verfaulten.

Dort! Am Luk hoch oben im Hauptgebäude ...

Der Eindruck war sofort verflogen, doch hatte Jephtas Herz heftig zu schlagen begonnen. Sein unversehrtes Auge vermittelte ihm kein scharfes Bild, und eine neue Schwärze verstärkte sich, doch war er davon überzeugt, die Gestalt, die er gesehen hatte, wäre die bleiche Crista Galli gewesen.

Sie kann hiervon nichts wissen, dachte er. *Wenn Sie wüßte, was für ein Ungeheuer Raja Flattery ist und sie es könnte, würde sie ihn vernichten. Bestimmt würde sie uns alle retten, wenn Sie Bescheid wüßte.*

Wieder kehrten seine Gedanken zu Marcia und den Wots zurück – es waren weniger Gedanken als Träume. Er erblickte sie, wie sie Hand in Hand mit den Kindern bei Sonnenschein ein hoch über der Küste gelegenes Feld überquerte. Eine der beiden Sonnen strahlte hell, aber nicht brennend, es gab keine Insekten. Die nackten Füße senkten sich in die weichen, fleischigen Blüten von tausend verschiedenen Blumenarten ...

Ein Huscherschrei von irgendwo unten riß ihn aus seinem Traum. Er wußte, daß es kein Feld ohne Insekten geben konnte, daß man nirgendwo auf Pandora barfuß durch Blüten schreiten konnte. Ihm war bekannt, daß die Sicherheitskräfte Vashons und die Kriegergewerkschaft als überaus beharrlich, tüchtig und rücksichtslos galten. Sie hatten es auf seine Frau und die Kinder abgesehen und würden sie finden. Er konnte nur hoffen, daß der Huscher ihn finden würde, ehe man die Überreste Marcias neben ihm aufhängte.

Wieder haben wir zugelassen, daß ein Psychiater-Geistlicher Zehntausende von uns umbringt – Inselmenschen und Meermenschen gleichermaßen. Raja Flattery, der neue Psy-Ge, nennt sich ›Direktor‹, aber er wird es erleben. Wir haben zum letztenmal den Ring geküßt und unsere Hälse schutzlos dargeboten.

Erste Schattenkasten-Sendung,
5. Bunratti 493

Das erste Licht, das durch die Plasmaglasscheibe drang, traf mit rosigen Fingern auf ein schlichtes weißes Kissen. Es ließ die karge, aber bunte Einrichtung der Kammer in Grautönen hervortreten. Die Kammer selbst ruhte zwar sicher auf Land und war fest mit einem Kontinent verbunden, zeugte aber noch von den Traditionen einer Kultur, die fast fünf Jahrhunderte lang frei auf Pandoras Ozeanen herumgeschwommen war.

Diese Inselmenschen, die Biozauberer Pandoras, ließen alles wachsen. Sie züchteten sich ihre Tassen und Schalen, die berühmten Stuhlhunde, Isolierungen, wertvolle organische Stoffe, Teppiche, Regale und auch die Inseln selbst. Der kleine Raum war organisch eingerichtet und hätte nach altem Gesetz einen Stapel Versorgungscoupons gebracht, die sich leicht in Nahrungsmittelbons umwandeln ließen. Schwarzmarktcoupons waren nun wahrlich eine billige Methode für den Direktor, die Kultur der Inselmenschen zu assimilieren, die seit dem Tag, da er klatschend im Meer gelandet war, auf Grund saß.

Während sich die Dämmerung zum Morgen verfestigte, ließ sie auch das Bild deutlicher hervortreten, das an der Wand hing und den kleinen Raum schmückte – eine Darstellung verschränkter Hände. Rote und blaue Fische bildeten einen Rand, ihre zarten Flossen verflochten sich mit breiten grünen Kelpblättern. Orangerote Flossen und blaue Blätter verbanden sich am Fuß des Teppichs zu einem stilisierten Orakle. Der feste Stich des Musters und die frischen Farben schienen im stärker werdenden Morgenlicht förmlich zu wogen. Die Brust einer schlafenden Gestalt hob und senkte sich sanft auf dem Bett darunter.

Die Nacht und ihre Schatten scheuten vor dem Plasmaglasfenster am Kopfende des Bettes zurück. Inselmenschen genossen stets das Licht und ließen es beim Bau ihrer Inseln herein, wo sie nur konnten. Sie beharrten auf dem Licht, auch wenn die meisten von ihnen inzwischen unwiderruflich an Land gestrandet waren. Die Meermenschen schmückten ihre Unterwasserbehausungen mit Bildern der Dinge, die sie mit den Wänden aussperrten – Inselmenschen zogen das Licht vor, die Winde, den Geruch nach Leben und Lebenden. Die Kammer war klein und schlicht, aber hell.

Es war eine genehmigte Kammer, die regelmäßig inspiziert wurde, und gehörte zum Quartier des Ladenbesitzers. Sie befand sich im ersten Stockwerk über dem *Tassen-As*, einem neuen Café am Hafen von Kalaloch. Eine riesige weiße Kaffeetasse hing an einer Stahlstange unter dem Fenster.

Beinahe im Takt mit dem Atem der Schlafenden war das Klatschen der Wellen gegen die Wandung weiter unten zu hören. Wenn gelegentlich ein erwachender Krächzer plätscherte oder Leinen windspielartig gegen eine Vielzahl von Masten schlugen, stockte der Atem, ging dann aber weiter.

Der Morgen war nun weit genug fortgeschritten, um eine sitzende Gestalt neben dem Bett sichtbar zu machen. Ihre Haltung hatte etwas Regungslos-Wachsames. Die Starrheit wurde gelegentlich durch eine Bewegung unterbrochen, wenn eine Tasse zum Mund und wieder zurück zum Knie geführt wurde. Die Gestalt saß mit dem Rücken zur Wand neben dem Plas, gegenüber dem Eingangsluk. Das Dämmerlicht schimmerte auf einem leuchtenden, kunstvoll eingelegten Inselmensch-Becher aus Hartholz und Perlmutt. Die Hand, die den Becher hielt, gehörte einem Mann und war weder zart noch schwielig.

Einmal beugte sich die Gestalt vor und überzeugte sich von der Tiefe des seltsamen Schlafs der Liegenden, denn seine Augen waren geöffnet. Das Vorankommen des Lichts in der Bucht draußen fand seine Entsprechung in der Verhärtung der Schatten in dem kleinen Raum und ihrem erbarmungslosen Vorrücken.

Der Beobachtende, Ben Ozette, zupfte die Bettdecke höher über die nackte Schulter der Schlafenden, um die Feuchtigkeit abzuwehren. Die Pupillen der grünen Augen blieben trotz des Morgenlichts geweitet. Er schloß ihr die Augen mit dem Daumen. Sie schien nichts dagegen zu haben. Das Schaudern, das ihn unwillkürlich überlief, hatte nichts mit der Morgenkühle zu tun.

Sie war eine Studie in Weiß – weißes Haar, weiße Lider und Augenbrauen und eine sehr helle Porzellanhaut. Das struppige weiße Haar war um das Gesicht kurz geschnitten und reichte hinten fast bis zu den Schultern. Es bildete einen perfekten Rahmen für die leuchtenden grünen Augen. Seine Hand näherte sich dem Kissen, kehrte zurück.

Im Licht zeigte sein Profil die hohen Wangenknochen, die leicht gekrümmte Nase und die hoch geschwungenen Augenbrauen seiner Meermenschen-Vorfahren. Die Arbeit als Holovisions-Korrespondent hatte Ben Ozette berühmt gemacht, sein Gesicht war planetenweit so vertraut wie das eines Bruders oder Ehemanns. Überall auf der Welt erkannten Hörer seine Stimme sofort. Bei den Schattenkasten-Sendungen allerdings wurde er zum Autor und Kamerameister, während Rico sich ins Licht stellte – natürlich verkleidet. Nun würden ihre Familien, Freunde und Kollegen den Zorn Flatterys zu spüren bekommen.

Genau genommen war keine Zeit gewesen, irgend

etwas zu planen. Während der Interview-Woche war Ben und Crista aufgefallen, daß bei den Aufnahmen alle, einschließlich der Sicherheitsbeamten, außerhalb der Mikrofonreichweite blieben. Beim nächsten Interview waren sie über das Grundstück gewandert und hatten dabei ihre Aufnahmen gemacht. Und am Abend zuvor hatten sie das Gelände einfach verlassen. Den Rest machte Rico. Bei dem Gedanken, daß Flatterys Schergen Jagd auf ihn machten, wurde Bens Mund trocken. Er trank einen weiteren Schluck Wasser.

Vielleicht stimmt es, vielleicht ist sie ein kunstliches Wesen, dachte er. *Sie ist in ihrer Schönheit für einen Zufall zu vollkommen.*

Wenn die Aktennotizen des Direktors stimmten, *war* sie ein Kunstwesen, etwas, das nicht von einem Menschen geboren, sondern vom Kelp gezüchtet worden war. Nachdem sie aus dem Meer gefischt worden war, hatten die untersuchenden Ärzte sie wie folgt beschrieben: »Ein grünäugiger Albino weiblichen Geschlechts, etwa zwanzig Jahre alt, Atmungsprobleme nach Aufnahme von Meerwasser; in Erregung; kurzzeitiges Gedächtnis ausgezeichnet; Langzeitgedächtnis vermutlich schwach, vielleicht überhaupt nicht vorhanden ...«

Fünf Jahre waren vergangen, seit sie dem Meer entrissen worden und in die Nachrichten geraten war, und in diesen fünf Jahren hatte Flattery außer seinen Laborfachleuten niemanden an sie herangelassen. Ben hatte aus reiner Neugier darum gebeten, die Interviews machen zu dürfen, und hatte sich schließlich auf Ziele eingelassen, die weit über das ursprünglich Beabsichtigte hinausgingen. Er hatte es gelernt, den Direktor zu hassen – und während er nun Cristas unruhigen Schlaf beobachtete, bedauerte er nichts.

Er mußte es zugeben: Von Anfang an war es darauf hinausgelaufen, war es nur eine Sache der Zeit gewesen. Er hatte Flattery und das Holovision zu offen und zu lange bekämpft.

Eine kürzliche Schattenkasten-Sendung bezeichnete Holovision als ein Monopol der Fehlinformation, als Flatterys Informationsagenten, der erst wieder glaubwürdig sein könnte, wenn er im Eigentum der arbeitenden Bevölkerung stünde. Noch tags zuvor hatte Ben den Produktionsassistenten mit derselben Behauptung konfrontiert.

Er hatte feststellen müssen, daß ihm kleine propagandistische Sondersendungen zuvorkamen, die von Flatterys Technikern zusammengerührt wurden. Ben und Rico hatten eigene Kameras und Laserstützpunkte gekauft oder gebaut, um die Einschüchterung durch die Firma und Flatterys Störungen auszugrenzen. Jetzt waren sie unbezahlte Vollzeitbeschäftigte beim Schattenkasten-Piratensender.

Und Flüchtlinge, dachte er.

Ben Ozette ließ sich in dem alten Stuhlhund zurücksinken und wandte den Blick zur Seite. Von allen tödlichen Gefahren auf Pandora mochte diese Schläferin die tödlichste sein. Es hieß, daß Menschen, die sie berührt hatten, gestorben waren – das kam nicht nur aus der Gerüchteküche des Direktors. Ben hatte es gewagt, sie anzufassen, und gehörte noch nicht zu den Toten. Es hieß außerdem, daß sie sehr, sehr klug sei.

Er flüsterte ihren Namen.

Crista Galli.

Ihr Atem setzte aus, sie schniefte, einmal, zweimal und fand den Rhythmus wieder.

Crista Galli hatte grüne Augen. Selbst jetzt öffneten sie sich ein wenig, wandten sich zur Sonne, sichtbar, doch ohne daß die Frau erwachte.

Unheimlich.

Bens letzte Liebe, seine längste Liebschaft, hatte braune Augen. Auch war sie praktisch seine einzige Liebe gewesen. Beatriz. Deutlich sah er ihre kaffeebraunen Augen vor den Schatten im Zimmer. Ja, Beatriz. Gut befreundet waren sie noch. Die neuesten Entwicklungen würden ihr zu schaffen machen. Immer wenn er sie zufällig erblickte, setzte Bens Herz einen Schlag aus – und in der Holovision-Organisation liefen sie sich oft über den Weg.

Beatriz hatte eine Serie über Flatterys Weltraumprogramm angenommen und war über Wochen hin unterwegs. Ben arbeitete freiberuflich an Dokudramen über Erdbeben, Umsiedlungslager bei Inselmenschen und eine Tiefenstudie des Kelp. Sein neuestes Projekt drehte sich um Crista Galli und ihr Leben seit der Errettung aus dem Kelp.

Flattery genehmigte die Serie, und Ben erklärte sich einverstanden, das Material auf ihre Rettung und die nachfolgende Rehabilitation zu beschränken. Das Projekt hatte ihn hinter Raja Flatterys verschlossenste Türen geführt – und weiter fort von Beatriz. In der Gerüchteküche bei Holovision hieß es, daß sie sich neuerdings mit dem Orbiter-Kommandeur Zwerg MacIntosh träfe. Aufgrund seiner Entscheidung waren Ben und Beatriz nun schon seit beinahe einem Jahr nicht mehr zusammen. Er wußte, daß sie irgendwann einen Neuen finden würde. Trotzdem mußte er sich jetzt an den Gedanken gewöhnen.

Beatriz Tatoosh war die aufregendste Korrespondentin, die es bei Holovision gab – und auch eine der energischsten. Wie Ben arbeitete sie als Außenreporterin für die Holovisions-Abendnachrichten. Darüber hinaus leitete sie eine wöchentliche Sendung über das ›Allschiff-Projekt‹ des Direktors – ein Vorhaben, das religiös wie wirtschaftlich sehr umstritten war. Beatriz war für das Projekt. Ben äußerte sich offen dagegen. Er war froh, daß er sie in den Schattenkasten-Plan nicht eingeweiht hatte. Zumindest war sie jetzt nicht auch auf der Flucht.

Ihre dunklen Augen ...

Ben fuhr hoch und schüttelte Beatriz' Bild ab. Ihre großen Augen und das breite Lächeln verschwanden im Sonnenaufgang.

Die Schlafende, Crista Galli, hatte seinen Herzschlag bei der ersten Begegnung ziemlich durcheinandergebracht. Obwohl sie jung war, verfügte sie über ein umfassenderes enzyklopädisches Wissen als jeder andere Mensch, den er kannte. Ihr ging es um Tatsachen. Über ihr eigenes Leben, ihre beinahe zwanzig Jahre unter Wasser wußte sie anscheinend sehr wenig. Bens Vereinbarung mit Flattery ließ ein Nachfassen in dieser Richtung nicht zu, solange sie sich noch innerhalb des Sondergebiets befanden.

Da sie Träume von Wert hatte, ließ er sie träumen. Er wollte sie danach fragen, sobald sie erwachte, sie in seine Notizen aufnehmen, und dann würden sie einen Plan aufstellen.

Er erkannte, daß dies allein eine Art Traum war. Es gab längst einen Plan, und er würde ihn zu Ende verfolgen, sobald man ihm sagte, wie er aussah.

Zum erstenmal würde die Frau heute erleben, wie sich der Mythos Crista Galli bei den Menschen auswirkte, die Verehrung des heiligen Wesens, das so lange von ihnen ferngehalten worden war. So wie sie vierundzwanzig Jahre lang von den Menschen abgeschnitten gewesen war, konnte sie nicht wissen, was es hieß, als Göttin der Menschen zu gelten. Er hoffte, sie würde sich im entscheidenden Moment als gnädige Göttin erweisen.

Jemand kam unten ins Gebäude, und Ben fuhr auf und stellte den Becher fort. Er klopfte sich auf die Jakkentasche, wo das vertraute Gewicht seines Recorders von Ricos alter Las-Waffe ersetzt worden war. Wasser rauschte, dann jaulte eine elektrische Mühle. Angenehmer Kaffeeduft wehte herauf und brachte seinen Magen zum Knurren. Er trank einen weiteren Schluck Wasser und entspannte sich wieder ein wenig.

Ben spürte seine Erinnerungen mit dem Licht verblassen, doch vermochte die Helligkeit sein Unbehagen nicht ganz zu vertreiben. Die Dinge waren in der Welt außer Kontrolle geraten, das stimmte ihn seit Jahren unruhig. Nun hatte er eine Chance, die Welt zu verändern, und würde sie nicht leichtfertig aus der Hand geben.

Beatriz hatte sich geweigert, Flatterys totalitäre Faust wahrzunehmen. Ihre Träume spielten sich draußen zwischen den Sternen ab, und sie glaubte beinahe alles, wenn es ihr den Weg dorthin ebnen konnte. Bens Träume gingen eher um das, was er unter den Füßen hatte. Er war davon überzeugt, daß die Pandorer ihre Welt zur besten aller möglichen machen konnten – wenn der Direktor nur endlich Platz machte. Nachdem die Dinge in seinem persönlichen Leben aus dem Ruder gelaufen waren, empfand Ben zum erstenmal so etwas wie Angst.

Irgendwie war er doch froh, daß es hell war. Bei Dunkelheit hing er seinen Erinnerungen nach, bei Licht glaubte er dagegen am besten denken zu können. Das Glück, die Zukunft von Millionen von Leben schlief hier in dieser Kammer. Crista konnte die Rettung der Menschheit sein oder der Engel ihrer Zerstörung.

Oder keines von beiden.

Der Schattenkasten würde alles tun, um ihr eine Chance als Retterin zu geben. Ben und Crista Galli standen im Kern der beiden Konflikte, die Pandora trennten: Flatterys Würgegriff und der noch offene Kontrast Avata/Mensch, der ihm diesen Griff ermöglichte.

Crista Galli war im Avata, im Kelp geboren worden. Sie stellte eine wahre Avata/Mensch-Mischform dar, angeblich die einzige Überlebende einer langen Ahnenreihe von Dichtern, Propheten und genetischen Eingriffen.

Ihre Bildung, menschlich und andersgeartet, hatte sie aus den genetischen Erinnerungen des Kelp bezogen. Sie nahm Dinge auf, ohne daß man sie unterrichten mußte. Fast zwanzig Jahre lang waren ihrem Geist Echos der besten und schlimmsten Züge der Menschheit eingegeben worden. Außerdem so manche andere Widerklänge.

Die anderen – die Gedanken an Avata selbst – das waren die Echos, die der Direktor fürchtete.

»Der Kelp hat sie geschickt, um uns zu bespitzeln«, hatte Flattery angeblich ganz zu Anfang gesagt. »Es läßt sich wirklich nicht abschätzen, was er ihrem Unterbewußtsein angetan hat.«

Crista Galli war eines der großen Rätsel der Genetik. Die Gläubigen sahen in ihr ein fleischgewordenes Wunder.

»Ich habe es selbst getan«, erzählte sie ihm während des ersten Interviews, »so wie wir alle.«

Im letzten Gespräch hatte sie es anders ausgedrückt: »Ich habe am DNA-Buffet eine gute Auswahl getroffen.«

Flatterys Angst hatte ihr in den letzten fünf Jahren ein ›behütetes Dasein‹ beschert, wie er es ausdrückte, eine Zeit, in der die Menschen der ganzen Welt einen Blick auf sie erhaschen wollten. Die Behütung ging von den Vashoner Sicherheitskräften des Direktors aus. Und es waren eben diese Sicherheitskräfte, die nun Jagd auf sie machten.

Vielleicht ist sie ein Ungeheuer, dachte Ben. *Eine Art Zeitbombe, die von den Avata gezündet wird ... aber wann? Und warum?*

Die Gesamtheit des Kelp, von vielen »Avata« genannt, steuerte sämtliche Strömungen und folglich den Schiffsverkehr auf dem ganzen Planeten. Es milderte die krassen Einflüsse von Pandoras Zwei-Sonnen-System und machte Landflächen möglich – und somit den eigentlichen Planeten. Ben und viele andere waren der Überzeugung, daß Avata über einen eigenen Geist verfügte.

Crista Galli rührte sich, kuschelte sich tiefer unter das Federbett und setzte das gleichmäßige Atmen fort. Wenn er sie jetzt während des Schlafens tötete, rettete er vielleicht die Welt und sich selbst. Solche Argumente hatte er von der extremen Rechten vernommen, von jenen, die es gewohnt waren, mit Flattery zusammenzuarbeiten.

Vielleicht.

Inzwischen war Ozette aber davon überzeugt, daß sie die Welt für Avata und Menschen gleichermaßen retten konnte, und schwor sich deshalb, jeden ihrer Atemzüge zu behüten – deshalb und wegen der ersten Regungen der Liebe, die er in sich spürte.

Spinne Nevi und seine Gauner hatten sich auf seine und Cristas Fährte gesetzt. Ben hatte die Frau vom kurzen Zügel des Direktors fortgelockt, aber Crista vollendete den Rest, Crista und Rico. Ben wußte sehr wohl, daß der Zügel zur Peitsche werden würde, zu einem Nasenring für sich und beim nächstenmal vielleicht auch für sie – und er dafür sorgen müßte, daß es kein nächstes Mal gab. Flattery hatte klargestellt, daß es auf der Welt nichts Tödlicheres, nichts Wertvolleres gab als Crista Galli. Damit stand fest, daß der Mann, der mit ihr durchgebrannt war, keine schonende Behandlung erwarten durfte.

Ben war vierzig. Mit fünfzehn war er mit dem Untergang der Guemes-Insel in den Krieg gestürzt worden. Viele tausend Menschen starben an diesem Tag, brutal zerrissen, verbrannt, ertrunken nach dem Angriff eines riesigen Meermensch-U-Boots – eines Kelpschneiders, der in die Mitte der alten menschengemachten Insel einbrach und alles zerstörte, was sich in seinem Weg befand. Ben hatte sich am Rand befunden und wurde von dem plötzlichen Ruck und Zusammenbruch ins rötlich schäumende Meer geschleudert.

Die folgenden Jahre und die Schrecknisse, denen er beiwohnte, hatten ihm eine gewisse Weisheit geschenkt, einen Instinkt für Gefahren und den rechten Ausweg. Von Weisheit konnte man aber nur sprechen, solange er am Leben blieb – dabei wußte er noch, wie schnell er jeden Instinkt über Bord geworfen hatte, als er sich in Beatriz verliebte. Er hatte so etwas nicht noch einmal für möglich gehalten bis zu dem Tag, da er Crista Galli kennenlernte – eine Begegnung, die zum Teil auch auf die Hoffnung zurückging, irgendwo in Flatterys Anlage Beatriz über den Weg zu laufen. Crista hatte an jenem Tag geflüstert: »Helfen Sie mir!« Er war in ihrem grünäugigen Blick förmlich ertrunken und hatte einfach geantwortet: »Ja.«

In ihrem Kopf schläft die Große Weisheit, dachte er. *Wenn sie sie erschließen kann, ohne sich damit selbst zu vernichten, kann sie uns allen helfen.*

Selbst wenn es nicht stimmte, so glaubte doch zumindest Flattery daran – und das genügte.

Sie wälzte sich herum und wandte ihr Gesicht in das noch schwache Licht.

Dich vom Licht fernhalten sollen wir, dachte er. *Dich vom Kelp fernhalten, ebenso vom Meer. Dich auf keinen Fall berühren.* In seiner Hosentasche steckte ein Zettel mit den einzuleitenden Maßnahmen für den Fall, daß er versehentlich ihre nackte Haut berührte.

Was würde wohl die Einsatzleitung sagen, wenn sie wüßte, daß ich sie geküßt habe?

Er lachte leise vor sich hin und dachte staunend an die Kraft, die sich hier neben ihm in diesem Zimmer ballte.

Der Direktor hatte längst dafür gesorgt, daß die Interviews mit Crista Galli niemals über den Sender gehen würden. Auf Flatterys Veranlassung hatte Holovision Beatriz mit einer zusätzlichen Sendestunde die Woche dazu verlockt, Flatterys ›Allschiff-Projekt‹ in den Himmel zu heben.

Beatriz trägt Scheuklappen, dachte er. *Ihr gefällt die Vorstellung, die Leere zu erkunden, so sehr, daß sie den Preis ignoriert, den Flattery dafür fordert.*

Flatterys Angst vor Cristas Beziehung zum Kelp hatte die Entscheidung ausgelöst, sie rund um die Uhr bewachen zu lassen. Der Direktor sonderte sie ab ›zu ihrem eigenen Schutz, zum Studium, zur Sicherheit der gesamten Menschheit‹. Obwohl Beatriz jede Woche zu Flatterys Privatanlage Zugang hatte, zeigte sie kein Interesse an Crista Galli. Allerdings hatte sie sich für ihn ausgesprochen, als Ben die Interviews beantragte.

Vielleicht hoffte sie auch mich öfter zu sehen.

Beatriz war ähnlich wie Ben mit ihrer Karriere verheiratet – und gegen etwas so wenig Greifbares wie eine Karriere war schwer anzukämpfen. Ben verstand nicht, warum Beatriz sich die Crista-Galli-Geschichte entgehen ließ. Heute war er heilfroh, daß es so gekommen war.

In einer Seele glüht Feuer mit größerer Sicherheit als unter Asche.

GASTON BACHELARD
Die Psychoanalyse des Feuers

Kalan erwachte an seinem Ruheplatz zwischen den großen Brüsten seiner Mutter und hörte weiter unten an der *Schlange* laute Flüche und ein Schieben und Ächzen. Von oben tönte die Glocke fünfmal, dieselbe Zahl wie seine Finger, wie seine Lebensjahre. Er schaute nicht zur Rangelei hinüber, weil seine Mutter ihm gesagt hatte, daß es Pech bringe, Leute anzuschauen, die Pech hätten. Zwei Schlangenpatrouillen erschienen mit ihren Knüppeln. Wieder waren die dumpfen Laute zu hören, dann beruhigte sich der Vormittag wieder.

Er und seine warme Mutter kauerten sich in ihren Umhang, der sie schon am Tag vorher geschützt hatte. Als es heute früh fünf schlug, standen sie schon siebzehn Stunden in der *Schlange*. Mutter hatte ihm gleich gesagt, wie lange es dauern konnte. Noch gestern mittag hatte Kalan sich gefreut, das Innere des Nahrungsmittelgebäudes zu sehen, doch nach allem, was er in der *Schlange* gesehen und erlebt hatte, wollte er nun nur noch nach Hause.

Die letzten Stunden hatten sie schlafend dicht vor dem Tor des Nahrungsmittelspeichers verbracht. Jetzt vernahm er Schritte hinter dem Tor und das metallische Klicken von Schlössern.

Mutter klopfte seine und ihre Kleidung ab und raffte alle Behältnisse zusammen. Er trug bereits das Lastgeschirr, das sie für ihn gemacht hatte; er hatte es nicht mehr abgenommen, seit sie die Coupons vorgezeigt hatten. Kalan wollte bereit sein, wenn Mutter wegen des Reises verhandelte, denn es war seine Aufgabe, den Reis nach Hause zu tragen. Bis Mitternacht hatten sie es an das Lagertor geschafft, das ihnen dann vor der Nase zugemacht worden war. Mutter half ihm, das Schild an der Türe zu entziffern: »Geschlossen 12–5 zur Reinigung und Auffüllung.« Er wollte nun endlich seine Aufgabe anpacken, den Reis zu tragen, damit er nach Hause kam.

»Noch nicht.« Mutter hielt ihn am Hemdzipfel fest. »Sie sind noch nicht soweit. Sie würden uns nur zurückknüppeln.«

Eine ältere Frau hinter Kalan schnalzte mit der Zunge und atmete fauchend ein.

»Schaut mal«, flüsterte sie und deutete mit knochigem Finger auf einen Mann, der die Straße entlangtrottete. Er schaute mehr nach hinten zum Hafen als nach vorn und geriet oft ins Stolpern. Beim Laufen hatte er die Hände auf die Ohren gepreßt. Er lief in geduckter Haltung, mit weit aufgerissenen Augen, als wollte jeder in der *Schlange* ihn auffressen. Zwei Sicherheitsbeamte machten Anstalten, die Straße zu überqueren, und der kleine junge Mann huschte fort und stieß erschreckte, atemlose Schreie aus, die Kalan nicht verstand.

»Ein Drift-Irrer«, sagte die alte Frau. »Eine der Familien-Inseln muß auf Grund gelaufen sein. Für diese Leute ist es am schwersten.« Ihre dünne Stimme begann zu predigen: »Der unergründliche Zorn Schiffs wird den ungläubigen Flattery ereilen ...«

»Mund halten!« schnauzte ein Sicherheitsbeamter, und sie murrte noch ein wenig und schwieg.

In der *Schlange* kam es nun zu einer gemurmelten Diskussion um Anpassungsschwierigkeiten – Argumente, wie Kalan sie schon am häuslichen Feuer gehört hatte, nachdem sie vom Meer hierher umgesiedelt worden waren. Er erinnerte sich überhaupt nicht mehr an das Meer, doch erzählte Mutter immer wieder, wie schön die kleine Insel gewesen war, und nannte ihm die Namen aller Generationen, die die Insel vor Kalans Geburt bewohnt hatten.

Die *Schlange* erwachte und reckte sich und gab in einer Woge die Losung nach hinten weiter: »Es wird aufgeschlossen.« »He, bei den Türen tut sich was!« »Die Schlüssel, Schwester!«

Mutter stand auf und lehnte sich an die Wand, um im Gleichgewicht zu bleiben, während sie ihr sich ihren Rucksack umschnallte.

»He, Schwester!«

Ein pockennarbiger Wächter langte zwischen Kalan und seiner Mutter hindurch und klopfte ihr mit seinem Stock an das Bein.

»Weg vom Lagerhaus. Du kennst die Vorschriften ...«

Sie trat dicht vor ihn hin, während sie die Riemen über ihre Schultern streifte, sagte aber kein Wort. Er wich nicht zurück. Kalan hatte noch nicht erlebt, daß jemand vor seiner Mutter nicht klein beigab.

»Die ersten Nummern sind dran, alphabetische Ordnung, von links nach rechts«, sagte er und traf mit dem Stock diesmal ihren Hintern. »Los, marsch!«

Und schon waren sie bei großem Gedränge durch das Tor und befanden sich in einem langen, schmalen Raum. Kalan hatte den Nahrungsmittelspeicher zu sehen erwartet, sah sich aber nur einer Wand mit einer Reihe von Kabinen gegenüber. An jeder Kabine standen eine Helferin und ein Wächter mit Lähmstock, und in jede Kabine ragte etwas, das er für die Nase oder Zunge eines großen Dämons hielt.

Mutter drängte ihn und ihre Behältnisse zum entlegensten Abteil.

»Das sind Förderbänder«, erklärte sie. »Sie führen tief ins Gebäude und bringen unsere Waren und setzen sie hier ab. Wir geben unsere Bestellung und unsere Coupons dieser Frau, und drinnen holt jemand unsere Sachen.«

»Aber ich dachte, wir könnten hinein.«

»Ich kann dich nicht hineinführen«, antwortete sie. »Manche Dinge bekommen wir auf dem Heimweg, wenn der Markt aufmacht. Ich zeige dir dann die Stände und Verkäufer ...«

»Bestellung.«

Mutter gab dem Wächter die Liste, der sie der Frau weiterreichte. Diese hatte nur ein Auge und mußte sich die Liste zum Lesen dicht vor das Gesicht halten. Langsam strich sie gewisse Dinge aus – Kalan konnte nichts Genaues erkennen. Er konnte nicht alles lesen, was auf der Liste stand, doch Mutter hatte sie ihm vorgelesen, und er erkannte die Dinge an der Position auf dem Papier. Etwa die Hälfte dessen, was sie wollten, war schließlich durchgestrichen. Den Rest tippte die Helferin in eine Tastatur. Das Gerät summte und klickte, und dann warteten sie darauf, daß ihre Nahrung über das Förderband aus der Wand kam.

Kalan konnte sich an das Ende der Anlage stellen und am Band entlangschauen, doch gewann er keinen rechten Eindruck vom Innern des Nahrungsmittelgebäudes. Er sah nur viele Menschen und zahlreiche Stapel von Waren, die meisten abgepackt.

Mutter erklärte, daß sie den Fisch bei einem Händler draußen erhalten würden. Er fand das komisch. Sein Vater war Fischer, aber die Familie durfte seinen Fisch nicht essen, sondern mußte ihn wie alle anderen kaufen. Ein Mann, der zwei Jahre lang mit seinem Vater gefischt hatte, war verschwunden. Kalan hatte ein Gespräch seiner Eltern mitgehört, angeblich hatte der Mann ein paar Fische mit nach Hause geschmuggelt, anstatt sie bei den Hafenbehörden abzugeben.

Das erste Paket auf dem Band war sein Reis in hübschem grünen Papier von den Inselmenschen. Er fühlte sich schwerer an, als er bei fünf Kilogramm erwartet hatte. Mutter half ihm, das Paket in seinem Traggerüst zu verstauen; es paßte bestens.

Plötzlich gab es überall lautes Geschrei. Er und seine Mutter wurden niedergestoßen, und sie klammerten sich unter dem Vorsprung des Förderbandes schützend aneinander. Schwere Türen schlossen sich über jeder Förderbandöffnung, ebenso die großen Tore, durch die sie hereingekommen waren. Eine Horde Flüchtlinge griff das Lager an und wurde von den Sicherheitskräften bekämpft.

Ein Dutzend oder mehr brach durch, ehe die Tore sich ganz geschlossen hatten.

»Wir haben *jetzt* Hunger!« brüllte einer von ihnen. »Wir haben *jetzt* Hunger!«

Die Männer kämpften gegen die Wächter, und Kalan sah auf dem Deck neben sich eine Blutlache erscheinen. Die aufgebrachten Angreifer trugen seltsam aussehende Waffen – geschärfte Metallstücke und angespitzte Drahtenden, deren Griff aus Wickelband bestand. Wütend hieben, hackten und stachen Menschen aufeinander ein. Die Leute aus der *Schlange* wie Kalan und seine Mutter suchten Schutz so gut es ging.

Einer der Plünderer griff nach Kalans Rucksack, doch ließ der Junge nicht los. Der Mann schwenkte den Sack auf und nieder und ließ ihn wie eine Peitsche knallen, Kalan aber krallte sich fest. Der Mann hatte tiefliegende Augen und ein blutverschmiertes Gesicht von einem Schnitt über der Nase, sein keuchender Atem roch nach fauligen Zähnen. »Laß los, Junge, sonst tue ich dir weh!«

Kalan hatte mit beiden Händen zugepackt und ließ nicht los.

Ein Wächter hieb den Plünderer mit einem auf hohe Leistung gestellten Lähmstab auf den Hinterkopf. Kalan spürte ein leises Kribbeln, das sich von der Hand des Mannes über den Rucksack zu ihm fortpflanzte. Der Mann ächzte, sank zu Boden und bewegte sich dann ebensowenig wie der Beutel mit Reis.

Kalans Mutter umarmte ihren Sohn, während die Wächter die übrigen Angreifer bewußtlos schlugen. Er versuchte den Blick auf die aufgedunsenen Gesichter und die Blutspritzer zu vermeiden, doch schien es sie überall zu geben. Er preßte das Gesicht tief zwischen ihre Brüste und spürte, daß sie weinte.

Sie streichelte ihm den Kopf und weinte leise, und er hörte die Beamten die Bewußtlosen wegschleifen, nicht ohne auf jene einzuschlagen, die bereits wieder zu sich kamen.

»Ach, Junge«, flüsterte Mutter schluchzend, »dies ist kein Ort für dich. Für niemanden.«

Kalan ignorierte die gebrüllten Befehle der Wächter ringsum und konzentrierte sich auf die weiche Brust seiner Mutter und seine Hände, mit denen er den Reis an sich preßte.

Die menschliche Hibernation verhält sich zum Winterschlaf der Tiere wie der Winterschlaf zum ständigen Wachsein. In ihrer Reduzierung aller Lebensvorgänge näherte sich die Hibernation der absoluten Stasis. Sie ist dem Tode näher als dem Leben.

Wissenschaftliches Wörterbuch
155. Ausgabe

Raja Flattery, der Direktor, erwachte wieder einmal mit einem Schrei auf den Lippen. Der Alptraum war typisch. Eine tentakelbewehrte Masse hatte seinen Kopf gepackt und gewaltsam vom Körper gelöst. Während ihm Arme und Beine ausgerissen wurden, hielt das Gebilde seinen Kopf mit schlangengleichen Gliedern, damit er den Vorgang beobachten konnte.

Die Tentakel wurden zu Fingern, zu Frauenfingern, und als sie das Fleisch von seinem Gerippe zu zupfen begannen, war nur ein scharrendes Geräusch zu hören wie von einem Streichholz, das in einem Treppenhaus aufflammt. Flattery erwachte in dem Bemühen, sein Fleisch zusammenzuraffen und wieder an den Knochen zu befestigen.

Alpträume dieser Art plagten ihn ständig seit der fünfundzwanzig Jahre zurückliegenden Qual der Hibernation. Er hatte es sich nicht eingestehen wollen, doch waren sie seit dem Vorfall mit seiner Schiffsgenossin Alyssa Marsh schlimmer geworden. Ein klares Bild ... Nacht für Nacht spürte er von neuem den grellen Schmerz in jedem Muskel, während irgend etwas Adern und Fasern zu trennen versuchte. Seine frühe Ausbildung als Psychiater-Geistlicher auf dem Mondstützpunkt hatte ihm diesmal wenig helfen können. Der Arzt hatte es aufgegeben, sich selbst heilen zu wollen.

Gewöhn dich daran! redete er sich ein. *Sieht aus, als würdest du das so schnell nicht wieder los.*

Trotz der eben überstandenen Angst strahlte sein Gesicht im Spiegel Verachtung aus. Die nach oben gekämmten schwarzen Augenbrauen zuckten noch mehr empor und verstärkten den Ausdruck der Geringschätzung. Er fand, der Ausdruck paßte gut zu ihm, und nahm sich vor, ihn irgendwann einzusetzen.

Welche Augenfarbe hatte sie?

Er wußte es nicht mehr. Vermutlich braun. Alles, was Alyssa Marsh betraf, vergilbte wie eine Zeitungsseite, die zu lange im Sonnenlicht lag. Vermutlich würde sie selbst bald so unwichtig werden wie die Nachrichten von gestern.

Flatterys braune Augen versuchten sein Spiegelbild mit Blicken niederzukämpfen. Seine Aufmerksamkeit richtete sich auf schwach flackernde bunte Lichter in einem Kelpbeet vor dem Plasfenster seiner Kammer. Das Beet war viel ausgereifter, als er angenommen hatte. Frühe Studien drehten sich um die Frage, ob der Kelp sich mit solchen Lichtern untereinander verständigte.

Wenn ja, wem galten die Botschaften?

Auf Anweisung des Direktors wurden sämtliche Kelpformationen, die mit der Strömungskontrolle zu tun hatten, beim ersten Auftreten der Lichter zurückgeschnitten. Eine reine Vorsichtsmaßnahme.

Nach den Lichtern fängt meistens der Ärger an.

Er war davon überzeugt, daß der Bestand erst vor einer Woche auf sein Kommando hin ausgedünnt worden war. Marsh und MacIntosh hatten immer wieder vom Kelp angefangen, bis Flattery irgendwann nichts mehr davon hatte hören wollen. Aus den Äußerungen war ihm jedoch eines in Erinnerung geblieben: beide hatten das jüngste Wachstum des Kelp als ›explosiv‹ bezeichnet. Die darin zum Ausdruck kommende Exponentialfunktion war ihm graphisch dargestellt worden, doch wußte er die Besorgnis der beiden erst jetzt zu würdigen. Flattery verfaßte eine Aktennotiz mit der Anordnung, sein Kelpbeet noch heute zurückzuschneiden.

Hinter dem Kelpbestand dehnten sich die größeren

Lichter Kalalochs, wo müde schauend Pendler sich bereits zur Projektfähre anstellten und die *Schlange* sich im Zentrum rührte. Draußen würde er jetzt vielleicht das undankbare Klappern der Fabriken oder das gelegentliche Röhren von Explosivschweißern hören.

Crista Galli, dachte er und schaute auf die Uhr. Erst vor einer Stunde war er eingeschlafen. Wo immer sie steckte, sie und dieser Ozette – die beiden würden sich nicht vor Ende der Ausgangssperre rühren wollen. Gerade jetzt wäre es leicht für sie. Jetzt, da sich die Straßen zu Beginn des Tages mit Menschen füllten, wären sie zwei Körper unter vielen, anonyme Gestalten ...

Ein steter Strom von Dreckwühlern drang täglich nach Kalaloch vor. Er würde die Presse anweisen, sie nicht länger ›Flüchtlinge‹ zu nennen, damit er direkter gegen sie vorgehen konnte. Nachdem er nun auch das Holovisions-System im Griff hatte, konnte er sich darauf konzentrieren, den Piratensender auszulöschen, der sich ›Schattenkasten‹ nannte. Tief drinnen wußte er, daß Ozette die Spitze dieses höchst unangenehmen Dorns war – eine Spitze, die er mit größtem Vergnügen abschleifen würde.

Durch das Plas vermochte der Direktor den matten Schein eines Rings von Feuerstellen in einem der Dreckwühler-Lager unten an der Küste auszumachen. Heute früh war der Bericht des Flüchtlingskomitees fällig. Was immer darin stehen mochte, würde ihm helfen, das Lager weiter vom Perimeter der Siedlung fortzurükken. Vielleicht einige Kilometer die Küste hinab. Wenn sie Schutz wollen, können sie dafür bezahlen.

Die Gegenwart der Dreckwühler als mögliche Reserve für das Arbeiterheer sorgte dafür, daß die Fabrikarbeiter und Aushöhlungsmannschaften sich Mühe gaben. Dreckwühler lockten Raubtiere an – der menschlichen wie der anderen Sorte. Flatterys eigentliche Abneigung galt ihrer Zahl und der Tatsache, wie sie ihn einzukreisen begannen.

Er tippte eine Notiz ein, nach der das Flüchtlingskomitee in ›Reservekomitee‹ umbenannt werden sollte.

Schon lange vor der Zeit, da er als ›Direktor‹ bekannt wurde, hatte Raja Flattery seinen Tag vor der ersten Dämmerung begonnen. Ihm waren Gerüchte zugetragen worden, wonach er monatelang ohne Schlaf auskomme – und es gab Momente, da ihm das die Wahrheit zu sein schien. Seine persönliche Kammer erinnerte in der Rundum-Anordnung eindrucksvoller elektronischer Anlagen an ein Cockpit. Er mochte das Gefühl der Kontrolle, das ihm die Anlage vermittelte, als zöge er sich die Welt an wie einen Handschuh. In seine Konsole gedrückt, einen Schal um die nackten Schultern gelegt, steuerte Flattery die Geschäfte der Welt.

Jede Nacht erwachte er nach wenigen Stunden Schlaf schwitzend und voller Entsetzen. In seinen Träumen war er Henker und Gerichteter zugleich, starb er von eigener Hand, während er sich schreiend zum Aufhören zu bewegen versuchte. Immer wieder erinnerte ihn dies alles an Alyssa Marsh und an die Art und Weise, wie er ihr großartiges Gehirn von ihrem übrigen Körper getrennt hatte. Diese unterbewußte Zurschaustellung von Schwäche durfte er sich auf keinen Fall anmerken lassen, und so wurde er in gewisser Weise zum Einsiedler, auch ausgelöst durch sein Mißtrauen gegenüber weiten, offenen Flächen, das ihm im Mondstützpunkt eingeimpft worden war.

Flattery hatte noch mit keiner pandorischen Frau in einem Zimmer geschlafen. Kurz vor dem Aufbruch in die Leere hatte er auf dem Mondstützpunkt eine kurze Affäre mit Alyssa gehabt. Der Versuch, die Liaison auf Pandora fortzusetzen, war gescheitert. Sie hatte lieber Ausflüge in den Kelp unternommen, als mit dem Direktor ins Bett zu gehen, und hatte die Folgen zu schmekken bekommen. Anscheinend bekam er sie nun auch zu spüren.

Natürlich gab es Bettgeschichten mit pandorischen

Frauen und munteren Sex, so oft er wollte, besonders zu Anfang einer Bekanntschaft. Doch jedesmal, wenn es vorbei war, schickte er die Frau in die Gasträume, während Flattery das bißchen Schlaf genoß, das ihm blieb, ehe die Träume kamen.

Macht – das große Aphrodisiakum.

Dies war nicht spöttisch gemeint – die Macht hatte ihm gute Dienste geleistet.

Vermutlich sollte er mehr auf die Gunstbezeigungen eingehen, die ihm gewährt wurden, doch brachte ihn der Sex nicht mehr so in Wallung wie früher. Nicht seit er die Welt lenkte. So elend und klein sie auch sein mochte, war sie doch *seine* Welt und würde die seine bleiben, bis er sie verließ.

»Noch sechs Monate«, brummte er vor sich hin. »Nach fünfundzwanzig Jahren noch sechs Monate durchhalten.«

Beinahe dreitausend Menschen waren in Hibernationstanks ein halbes Dutzend Jahrhunderte lang um Pandora gekreist. Von der Ur-Mannschaft lebten noch Flattery und Zwerg MacIntosh. Natürlich gab es da noch die drei Organischen Gehirnzentren, die aber eigentlich nicht mehr menschlich zu nennen waren – einfache Gehirne mit komplizierter Verdrahtung. Nur eines dieser Gehirne, Alyssa Marsh, war durch ein OGZ-Backup-Training gegangen, die anderen beiden waren wegen ihrer großen Intelligenz und frühen Anzeichen emotionaler Stabilität schon als Kleinkinder von Flattery persönlich ausgewählt worden.

Kleiner als die Erde, aber größer als der Mond, hatte er gedacht, als er aus der Hibernation gerissen worden war. *Pandora ist eine angemessene kleine Welt.*

An klaren Abenden bereitete es Flattery große Freude, die beinahe fertiggestellte Hülle seines Allschiffs über sich schimmern zu sehen. Er hatte dem Hemd des Himmels ein prächtiges Juwel angesteckt und war stolz darauf.

Viele Pandorer sind kaum als Lebewesen anzusehen, geschweige denn als Menschen! dachte er. *Sogar ihre Gene sind von diesem ... diesem Kelp verseucht.*

Um so wichtiger war es, von dem Planeten herunterzukommen. Sein Leben auf dem Mondstützpunkt hatte ihn gut vorbereitet – das Weltall war ein Medium, keine Barriere. Ein Allschiff war ein Zuhause, kein Gefängnis. Trotz großer Entbehrungen hatten die Meermenschen eine Raketentechnik entwickelt und ihre Unterwasser-Startstation soweit ausreifen lassen, daß die Flattery und die Hib-Tanks aus der jahrhundertealten Kreisbahn holen konnten. Wenn sie das schafften, konnte er auch ein Allschiff wie die *Earthling* bauen, das hatte er von Anfang an gewußt. Und jetzt hatte er es geschafft.

Wer die Welt beherrscht, sorgt sich nicht um die Kosten, dachte er. Sein einziger unbezwingbarer Feind war die Zeit.

Der einzige Helfer, dem er bodenseits vertraute, war ein Pandorer namens Spinne Nevi. Nevi war jedes Mittel recht, um die Sonderaufträge des Direktors, seine schwierigsten Aufträge, in die Tat umzusetzen. Flattery hatte Zwerg MacIntosh, den schiffsseitigen Kommandanten im Orbiter, lange Zeit mit ähnlichen Augen gesehen, war sich seiner Sache aber nicht mehr so sicher. Der Trupp, den er heute hinaufschicken wollte, würde die Wahrheit schnell herausfinden.

Der faszinierendere Mann war eindeutig Spinne Nevi, der allerdings Widerstreben zeigte, sich einmal wirklich offen mit Flattery auszusprechen, obwohl er ihm dazu jede Gelegenheit geboten hatte.

Wie unterhält man einen Mörder?

Die meisten Menschen, die wie Flattery in den Hib-Tanks gelegen hatten, starben unmittelbar nach Öffnung der Behältnisse. Das ursprüngliche Allschiff war darauf eingerichtet gewesen, die Menschen sauber und sicher ins All zu tragen. Als die Zeit kam, war das Schiff längst verschwunden und überließ es den einheimischen Pandorern, die Hib-Tanks zu verfolgen und fest wie je daran zu glauben, daß Schiff Gott war.

Sie waren sofort gestorben!

Er schniefte verächtlich angesichts der Umschreibung, die sein Verstand ihm lieferte. In diesem Augenblick, den die Medtechniker ›sofort‹ nannten, hatten er und seine Schiffsgenossen einen nervenaufreibenden Schmerz erlebt, der für zwölf Lebensspannen ausreichte. Die meisten, die das Öffnen der Tanks überlebten und die während ihres sterilen Lebens im Mondstützpunkt keine Krankheit gekannt hatten, starben wenige Monate, nachdem sie zum erstenmal pandorischen Kreaturen ausgesetzt waren – mikroskopischen und andersgearteten.

Zu den *Andersgearteten*, die Flattery zu respektieren lernte, gehörten die katzenhaften Haubenhuscher, bösartige Flachflügler, Spinarette, Schnellgraser und – nach Flatterys Ansicht am tödlichsten – das Meer voller Kelp, der bei den Einheimischen ›Avata‹ hieß. Der erste umsichtige Psychiater-Geistliche, der mit dem Kelp zu tun bekam, war so vernünftig gewesen, ihn auszulöschen. Flattery verwendete mehr als die Hälfte seiner Ressourcen auf Beschneidungsprogramme. Den Kelp zu töten war – bisher – unmöglich.

Er hatte seine Erholungszeit dazu benutzt, die pandorische Geschichte und die Schrecknisse zu studieren, mit denen ihm der Planet auflauern konnte. Er und seine Schiffsgenossen waren inmitten Pandoras größtem geologischen und soziologischen Aufruhr gelandet. Der Planet zerbrach, gewisse Streitereien unter seinen Bewohnern flammten mit voller Stärke auf. Die Zeit war günstig, als Geschenk der Götter eingestuft zu werden, und Flattery machte sich das sofort zunutze.

Er verwendete seinen Titel Psychiater-Geistlicher, eine Stellung, die bei Pandorern noch immer Gewicht hatte, und machte sich an die Reorganisation der pandorischen Moral und Wirtschaft. Das Volk wählte ihn, weil es nie ohne Psychiater-Geistlichen gewesen war und weil er keinen Zweifel daran ließ, daß er ein Geschenk Schiffs war, des Gottes Schiff. Er ließ eine gewisse Zeit verstreichen, ehe er den Leuten offenbarte, daß er ein neues baute.

Flattery war einfühlsam und schlau und verkürzte seinen Titel schließlich auf ›Direktor‹, denn er spürte eine gewisse Unruhe unter den religiösen Anführern Pandoras. Dieser Wechsel hielt ihm den Rücken für wichtige wirtschaftliche Maßnahmen frei, und während der entscheidenden formativen Jahre machten ihm die Schiffs-Verehrer keinen Kummer.

»Ich will nicht euer Gott sein«, hatte er zu ihnen gesagt. »Auch nicht euer Prophet für die Götter. Aber ich werde euch bei eurer Anstrengung leiten, euch ein gutes Leben zu schaffen.«

Sie wußten natürlich nichts von dem Spezialtraining eines Psychiater-Geistlichen an Bord eines Allschiffs. Pandorische Geschichtsschriften gaben preis, daß Flatterys Klon-Abkomme, Raja Flattery Nummer 5 aus der Originalbesatzung, für Pannensicherung zuständig wie auch ausersehener Vernichter eben des Allschiffs war, das sie alle nach Pandora gebracht hatte.

Es ist verboten, ein künstliches Bewußtsein auf das Universum loszulassen. Es war eine klare Anweisung, wenn man auch im allgemeinen annahm, daß jede Reise durch den Tiefraum eine künstliche Bewußtheit voraussetzte. Die Organischen Gehirnzentren, von den Technikern ›Gehirnkästen‹ genannt, versagten mit großer Regelmäßigkeit. Das Modell Flattery Nummer 5 hatte nicht rechtzeitig auf den Auslöser gedrückt. Dieses Schiff, das er hatte überleben lassen, war das Wesen, das viele Pandorer als Gott anbeteten.

Raja Flattery, ›der Nickel‹. Ja, warum hatte er uns nicht alle wie vorgesehen in die Luft gesprengt?

Wie so oft fragte sich Flattery, ob der Auslöser, der in seinem Unterbewußtsein ruhte, noch gesichert war.

Dies war ein Risiko, das ihn davon abhielt, für die Navigation des Allschiffs ein künstliches Bewußtsein zu entwickeln.

Außer Flattery gab es niemanden mehr, der sich darüber wunderte, warum ausgerechnet er das einzige duplizierte Besatzungsmitglied in der Hibernation gewesen war.

»Man wollte absolut sicher gehen, daß jedes Bewußtsein, das wir herstellten, ausgelöscht wurde, ehe es das Universum übernahm«, brummte er vor sich hin.

Flattery schätzte, daß jedes seiner drei OGZ ihn problemlos ins nächste Sternensystem bringen konnte. Bis dahin hatte er dann auch eine Fixierung und einen zentripetalen Kurs auf ein erstklassiges bewohnbares System. Die erforderlichen Anpassungen in der individuellen Psychologie jedes Organischen Gehirnzentrums waren vor der Entfernung aus den Körpern und vor der Hardware-Implantation vorgenommen worden. Flattery neigte der Theorie zu, daß weniger die Chemie als die Verhaltensanpassung den Bewußtheiten helfen würden, sich ein Gefühl der Umkörperung zu bewahren, ein Hilfsmittel, um den willkürlich auftretenden Wahnsinn zu verhindern, der die gesamte Serie der OGZs aus dem Mondstützpunkt befallen hatte.

Flattery rieb sich die Augen und gähnte. Die Alpträume erschöpften ihn. Überdies würde der Direktor von Fragen geplagt, die lautstark ihren Tribut forderten und ihn immer wieder erschöpft und schweißnaß aufschreiend erwachen ließen. Die Frage, die ihm am meisten zu schaffen machte, stand auch jetzt wieder im Vordergrund.

Welches Geheimprogramm hat man mir eingegeben?

Infolge seiner Ausbildung als Psychiater-Geistlicher wußte Flattery, wie sehr der Mondstützpunkt Spielchen innerhalb von Spielen liebte – Spiele, bei denen Menschenleben eingesetzt wurden.

›Das Große Spiel‹ – dafür hatte er sich entschieden,

das Spiel, bei dem es um das *gesamte* menschliche Leben ging. Die einzigen Menschen im Universum waren die bekannten Muster auf Pandora, davon war Flattery überzeugt. Er würde sich mit ihnen größte Mühe geben.

Er vermied es, den Kelp zu berühren, aus Angst vor der Munition, die die Pflanze finden könnte, wenn sie seinen Geist erkundete. Manchmal war der Kelp dazu in der Lage – entsprechende eindeutige Beweise hatte er gesehen. So faszinierend das alles war, konnte er es doch nicht riskieren.

Er hatte auch niemals Crista Galli berührt, wegen ihrer Verbindung zum Kelp. Er brachte ihr gegenüber gewisse Lustgefühle auf, die seinem Tagtraum zufolge auf den Hauch von Gefahr zurückgingen, der über dieser Frau lag. Dabei ging diese Gefahr eindeutig von ihm aus. Seine Labortechniker verliehen Crista eine chemische Hülle, die zu den über sie verbreiteten Fiktionen paßte. Ohne Flatterys Spezialmittel würden alle Leute, die Crista berührten, schwerwiegende neurologische Überraschungen erleben und vielleicht sogar sterben. Es konnte nur ein wenig dauern ...

Was ist, wenn der Kelp mich erkundet und diesen Schalter findet? Wenn ich der Auslöser bin, wer ist dann der Finger? Crista Galli?

Mehr als einmal hatte er Crista Galli begehrt, weil sie schön war, gewiß, aber auch etwas mehr. Es war der Tod, der auf ihrer Haut drohte – die höchste Herausforderung. Er befürchtete außerdem, daß sie wie der Kelp mit einer einzigen Berührung in sein Innerstes vorstoßen könnte.

Immer wieder erlebte er einen bedrückenden Traum von Tentakeln, die seinen Schädel öffneten. Flattery hatte gehört, daß der Kelp sich in seinem Kopf einen Weg bahnen und auf der DNA-Schnellstraße sogar bis zu den genetischen Erinnerungen vordringen konnte. Allein diese Suche mochte das Programm in Gang bringen, mochte einen Auslöser in seinem Kopf betätigen, einen Auslöser, der sie alle vernichten sollte. Er mußte in Erfahrung bringen, wie er aussah und wie er ihn entschärfen konnte, ehe er es riskierte, den Kelp dran zu lassen.

Am meisten fürchtete Flattery, daß der Kelp ihn dazu benutzen könnte, sich selbst und diese lezten traurigen Überreste der Menschheit auf Pandora zu vernichten. Dieser Raja Flattery wollte nicht im Elend einer drittklassigen Welt sterben. Dieser Raja Flattery wollte den Rest seines Lebens das Direktorspiel zwischen den Sternen spielen – und er gedachte noch lange zu leben.

Sollte ich heute für sie ein Gott sein? überlegte er. *Oder ein Teufel? Habe ich überhaupt eine Wahl?*

Seine Ausbildung schrieb ihm vor, daß er eine hatte. Sein Bauch erzählte ihm eine andere Geschichte.

»Der Zufall hat mich hergeführt«, sagte er leise zu seinem Spiegelbild im Plas der Kammer, »der Zufall wird mir weiterhelfen.« *Oder auch nicht.*

Flatterys Blick fiel auf den großen Konsolenbildschirm, der neben seinem Bett flackerte. Oben am Schirm stand in hellbraunen Buchstaben ›Crista Galli‹. Er drückte den ›Update‹-Knopf und verfolgte die schlechten Nachrichten – man hatte sie nicht gefunden. Zwölf Stunden, zu Fuß – und man hatte sie nicht erwischt!

Energisch drückte er einen anderen Knopf und schnauzte den Schirm an: »Eine Verbindung zu Zentz!«

Erst in diesem Jahr hatte er Oddie Zentz zum Sicherheitschef befördert, eine Wahl, mit der Flattery bis jetzt zufrieden gewesen war, sehr zufrieden sogar. Doch nun war es in seiner Abteilung zu dem Lapsus gekommen, der es Ozette ermöglicht hatte, Crista aus der Anlage herauszuholen.

In der Nacht noch hatte Flattery angeordnet, Zentz müsse die beiden Wächter, die für das Problem verantwortlich waren, persönlich auseinandernehmen, und Zentz hatte sich ihnen mit deutlicher Freude gewidmet.

Keiner der Männer wußte etwas beizusteuern, das nicht bereits in dem Bericht stand – jedenfalls nichts Wertvolles. Daß Zentz nicht zögerte, die Ruten und Werkzeuge seines Berufs gegen zwei seiner besten Männer einzusetzen, gefiel Flattery, doch brachte es die verschüttete Milch nicht wieder in die Kanne.

Ich lasse Zentz noch zwei umbringen, wenn sie nicht bis Mittag gefunden wird. Das müßte den Leuten einheizen.

Wieder drückte er den ›Ruf‹-Knopf und sagte: »Rufen Sie Spinne Nevi. Sagen Sie ihm, ich brauche seine Dienste!«

Ozette sollte leiden wie noch kein Mensch vor ihm – Spinne Nevi würde dafür sorgen.

Das Recht ist offenkundig. Es braucht keine Verteidigung, nur gutes Zeugnis.

WARD KEEL, Oberrichter (verst.)

Als drei leise Gongs die Ankunft ihrer Fähre im Dock ankündigten, erwachte Beatriz Tatoosh aus einem Traum, in dem sie im Kelp ertrank. Der kleine Koffer und die Aktentasche waren ein hartes Kissen auf der Bank des Warteraums. Sie blinzelte die Reste des Traums fort und befreite sich von dem Frosch in ihrer Kehle. In der Startstation der Meermenschen träumte Beatriz immer vom Ertrinken – heute begann das allerdings ein bißchen früh.

Der unheimliche Wasserdruck auf allen Seiten ...

Sie erschauderte, obwohl die Temperatur dieser unter Wasser gelegenen Station angenehm reguliert war. Sie erschauderte bei der vagen Erinnerung an den Traum und im Hinblick auf die Tatsache, daß sie die drei Organischen Gehirnzentren in den Orbit begleiten würde. Beim Gedanken an die Gehirne oder Körper, die jenseits der sichtbaren Sterne durch die Leere fliegen würden, kribbelte es ihr wie immer eisig über den Rücken. Angenehm regulierte Temperaturen gab es auch an Bord des Orbiter, den sie in wenigen Stunden erreichen sollte. Ihr konnte es nicht schnell genug gehen. Das bodenseitige Leben hatte keinen Reiz mehr für sie.

Das absolute Vakuum des Alls, das den Orbiter umgab, machte ihr seltsamerweise nicht zu schaffen. Sie entstammte einer Inselmensch-Familie, Treiblern, und gehörte nun der ersten Generation in vier Jahrhunderten an, die wieder an Land lebte. Die Inselmenschen gewöhnten sich besser an die offene Weite des Landlebens als die Meermenschen, die noch immer lieber in ihren wenigen bestehenden Unterwassersiedlungen hausten. Keine Logik der Welt konnte verhindern, daß Beatriz sich wand bei dem Gedanken an einige Millionen Kilo Ozean über ihrem Kopf.

Die Feuchtigkeit der Fährenschleuse legte sich ihr mit klammer Hand über Mund und Nase. In der Startstation würde es noch schlimmer sein. Die meisten Vollarbeitskräfte unter Wasser waren Meermenschen, die ihre Atemluft stark mit Feuchtigkeit anreicherten. Sie seufzte viel, wenn sie unten arbeiten mußte. Und auch jetzt seufzte sie, als die Gongs ihr anzeigten, daß sie in wenigen Minuten zur Startstation aufbrechen würde. Die an Bord kommenden Schichtarbeiter polterten ein Deck höher.

Beim Dröhnen von vielen hundert Füßen auf dem Metall preßte Beatriz die Augen noch fester zusammen, damit sie sich nicht auch noch ihre Gesichter vorstellen mußte. Die Arbeiter waren nicht viel aktiver und hatten kaum mehr Fleisch auf den Knochen als die Flüchtlinge, die sich in Kalalochs traurigen Lagern drängten. Was sie von den Augen der Arbeiter gesehen hatte, zeigte einen Anflug von Hoffnung. Die Augen der Menschen in den Lagern waren zu matt, um irgend etwas widerzuspiegeln, nicht einmal das.

Stell dir etwas Hübsches vor, dachte sie. *Etwa einen Hyflieger, der bei Sonnenuntergang den Horizont kreuzt.*

Es deprimierte Beatriz, wenn sie die Fähre nehmen mußte. Ihrer Rechnung nach hatte sie im Warteraum beinahe fünf Stunden geschlafen, während der hyperaktive Anführer eines Sicherheitstrupps Fähre, Passagiere und Gepäck einer genauen Prüfung unterzog. Sie nahm sich vor, sämtliche Geräte zu überprüfen, sobald die Kontrolle erledigt war – eine Angewohnheit, die sie sich bei Ben abgeguckt hatte. Da die Geräte, die die Holovisions-Organisation zur Verfügung stellte, meistens Schrott waren, hatten sich Ben und seine Leute eine eigene Hardware gebaut. So etwas konnte einen Wächter mit Verbindung zum schwarzen Markt schon in Versuchung führen. Wieder seufzte sie, aus Sorge um Ben und wegen des unschönen Auftritts der Sicherheitsbeamten.

Ich weiß, er und Rico sind die Macher des Schattenkastens, dachte sie. *Die beiden haben eben ihren unverwechselbaren Stil, auch wenn sie alle Karten neu mischen und die Jobs wechseln.*

Vor etwa einem Jahr, als der Schattenkasten gerade zum zweitenmal die Nachrichten überstrahlt und eine eigene Sendung gebracht hatte, wäre sie beinahe an Rico herangetreten, weil sie mitmachen wollte. Sie erkannte aber auch, daß man sie aus einem bestimmten Grund herausgehalten hatte, und hielt sich daher zurück und versuchte die Kränkung mit mehr Arbeit zu überwinden. Inzwischen glaubte sie den wahren Grund zu kennen, warum man sie übergangen hatte.

Sie brauchen jemanden draußen, dachte sie. *Ich bin ihr As im Ärmel.*

Am Abend zuvor hatte Holovision sie anstelle des vermißten Ben in die Nachrichten genommen, mit den Worten: »... Ben Ozette ... bei Aufnahmen in Sappho ...«, obwohl man genau wußte, daß an diesem Sternentag wie an jedem Tag seit sechs Wochen Crista Galli sein Auftrag gewesen war, Crista Galli in der persönlichen Anlage des Direktors und unter Aufsicht des Direktors.

Als sie verlorenging, war er bei ihr, von ihm war aber nirgendwo die Rede. Er wird ebenfalls vermißt, und die hohen Tiere bei Holovision lassen das nicht raus.

Das machte ihr Angst. Daß vertuscht werden sollte, was Ben widerfahren war, ließ das Ganze erst real werden.

Sie hatte sich irgendwie vorgestellt, sie und Ben und Rico wären immun gegen die neuesten Umwälzungen in der Welt. »Bezahlte Zeugen«, so hatte Ben sie genannt. »Wir sind die Augen und Ohren des Volkes.«

»Lampen!« hatte Rico lachend hinzugefügt, ein wenig

vom Boo beschwingt. »Wir sind keine *Zeugen*, sondern *Lampen* ...«

Beatriz hatte in der Sendung genau das vorgelesen, was der Produzent der Nachrichten ihr auf den Prompter schickte, denn für Rückfragen war keine Zeit gewesen. Inzwischen war ihr klar, daß man sie absichtlich zu einem Zeitpunkt herangezogen hatte, da sie keinen Boden unter den Füßen spürte. Andererseits verfügte das Holovision über unglaubliche Ressourcen an Menschen und Material, die sie einzusetzen gedachte, um zu verhindern, daß Ben einfach verschwand.

Diesmal ist Ben nicht nur Zeuge, ermahnte sie sich. *Er wird alles zerstören.*

Sie hatte ihn geliebt, eine lange Zeit. Oder vielleicht war sie lange Zeit mit ihm intim gewesen und war sich erst jetzt bewußt geworden, daß sie ihn liebte. Nicht auf die andere Art, nicht durch die elektrisierenden Momente, dafür war es zu spät. Sie hatten einfach zu viele Schrecknisse durchgemacht, die kein anderer verstehen konnte. In jüngster Zeit hatte sie elektrisierende Momente mit Dr. Zwerg MacIntosh erlebt, nachdem sie sich lange Zeit eingebildet hatte, solche Gefühle nie wieder erleben zu können.

Beatriz öffnete blinzelnd die schmerzenden Augen. Sie wandte das Gesicht vom Licht ab und richtete sich auf der Metallbank auf. In der Nähe hüstelte ein Wächter. Sie sehnte sich nach dem Durcheinander ihres Projekt-Allschiff-Büros an Bord des Orbiters. Dieser Raum war einige Dutzend Meter vom Luk der Strömungskontrolle und Dr. Zwerg MacIntosh entfernt. Ihre Gedanken kehrten immer wieder zu Mack zurück, und zu ihrem Shuttleflug, der sie – allerdings erst in einigen Stunden – zu ihm bringen würde.

Beatriz war müde, schon seit Wochen fühlte sie sich zerschlagen, und die ewigen Verzögerungen erschöpften sie noch mehr. Zum Nachdenken war keine Zeit gewesen, geschweige denn zum Ausruhen, da der Direktor sie zwischen der Sondersendung über das Allschiff-Projekt und den Nachrichten wechseln ließ. Heute hatte sie sogar *drei* Einsätze mit Sendungen von drei verschiedenen Stellen.

Die mächtigsten Maschinen, die die Menschheit je gebaut hatte, würden sie zum Orbiter tragen. Wenn sie Pandora auf diese Weise verließ, wurde das enge Büro an Bord des Orbiters zum stillen Auge ihres stürmischen Lebens. Niemand, nicht einmal Flattery, konnte dort an sie heran.

Wieder waren Gongschläge zu hören, die eindeutig länger und trauriger klangen. Letzter Aufruf für alle Passagiere. Bei den Lauten mußte sie wieder an Ben denken, den man noch immer nicht gefunden hatte, der vielleicht tot war. Ihr Liebhaber war er nicht mehr, aber er war ein guter Mensch. Sie rieb sich die Augen.

Ein junger Hauptmann der Sicherheitsabteilung, der sehr große Ohren hatte, kam durch das Luk in den Warteraum. Er nickte ihr höflich zu, hatte aber einen entschlossenen Zug um den Mund.

»Die Suche ist abgeschlossen«, meldete er. »Ich bitte Sie um Entschuldigung. Am besten gehen Sie jetzt an Bord.«

Sie stand auf und wandte sich zu ihm um. Ihre Kleidung hing in schlaffen Falten herab.

»Meine Ausrüstung, meine Notizen sind noch nicht freigegeben«, sagte sie. »Ich kann nicht das geringste tun ohne ...«

Er unterbrach sie, indem er den Finger an die Lippen hob. Er besaß an jeder Hand zwei Finger und einen Daumen, und sie versuchte sich genau zu erinnern, von welcher der alten Inseln dieses Merkmal stammte.

Orcas? Camano?

Er begleitete die Geste mit einem Lächeln und zeigte dabei Zähne, die auf schreckliche Weise zugespitzt waren – den Gerüchten zufolge das Kennzeichen eines Todestrupps, der sich »Biß« nannte.

»Ihr Gepäck ist längst an Bord der Fähre«, sagte er. »Sie sind berühmt, da wissen wir, was Sie brauchen. Während der Überfahrt steht Ihnen eine eigene Kabine zu und ein Wächter als Eskorte.«

»Aber ...«

Er legte ihr eine Hand um den Ellbogen und führte sie durch das Luk.

»Die Fähre wartet, bis Sie an Bord sind«, sagte er. »Bitte beeilen Sie sich, um des Projekts willen!«

Schon befand sie sich im Korridor und wurde auf das untere Einstiegsluk der Fähre zugeschoben.

»Moment«, sagte sie, »ich glaube nicht ...«

»In der Startstation erwartet Sie bereits eine Aufgabe«, sagte der Hauptmann. »Ich soll Ihnen mitteilen, daß Sie von dort kurz nach der Ankunft eine Sonder-Nachrichtensendung moderieren werden.«

Er reichte ihr das Notizgerät, das sie normalerweise an der Hüfte trug.

»Da ist alles drin«, sagte er und grinste.

Die überaus gute Laune des Mannes erfüllte Beatriz mit Unbehagen. Außerdem machte sie der Anblick seiner Zähne schaudern. Auf ihre typisch journalistische Art interessierte sie sich für Umstände und Bestehen der Todestrupps. Aber dann siegte doch ihr Überlebensinstinkt über die Neugier. An der Gangway trat ihr der Begleitschutz entgegen, ein kleiner junger Mann, der sich mit etlichen Koffern aus ihrer Ausrüstung plagte.

»Es hat mich sehr gefreut, Sie kennenzulernen«, sagte der Hauptmann und verbeugte sich noch einmal knapp. Er gab ihr einen Schreiber und einen Umschlag. »Bitte sehr, für meine Frau. Sie findet Sie und Ihre Sendung ganz toll.«

»Wie heißt sie?«

»Anna.«

Hastig kritzelte Beatriz *Für Anna, für die Zukunft,* und malte den entsprechenden Kringel darunter. Der Hauptmann nickte zum Dank, und Beatriz ging an Bord der Fähre. Sie hatte kaum das zweite Schleusentor hinter sich, als sie auch schon spürte, daß das Boot auf Tauchkurs ging.

Anbetung ist eigentlich keine Liebe. Anbetung kann niemals auf sich selbst gerichtet sein. Bedenken wir, daß Menschen Menschen lieben, aber daß Menschen Götter fürchten.

ZWERG MACINTOSH
Kelpmeister, Strömungskontrolle

Das Licht des frühen Morgen machte klar, welche Wendung in Bens Leben eingetreten war. Er würde Cristas heiliges Bild im Schattenkasten auf dieselbe Weise benutzen, wie Flattery es in der Holovision eingesetzt hatte – um das Volk von Pandora zu manipulieren. Er würde das Volk mit Cristas Hilfe gegen Flattery aufhetzen. Damit würde er ihr Menschsein, ihr Frausein noch mehr zuschütten, das wußte er – und auch ihm würde ein Preis abverlangt werden. Er schwor, daß dieser Preis nicht die Liebe sein würde, die er bereits zwischen ihnen spürte. Es würde einen Ausweg geben ...

Verdammt!

Ben hatte eigentlich verhindern wollen, daß sich etwas anderes zwischen ihn und die Story schob, auf die er aus war. Nun war *er* die Hauptmeldung in den Nachrichten. Er und Crista hatten am Abend zuvor in einer unterirdischen Kammer der Zavataner die Holovisions-Nachrichten verfolgt. Es überraschte ihn nicht, doch fand er es ironisch, daß ausgerechnet Beatriz an seiner Stelle erschien.

»Guten Abend, meine Damen und Herren«, begann sie. »Ich bin Beatriz Tatoosh und vertrete Ben Ozette, der zur Zeit Aufnahmen in Sappho macht. Zu unseren wichtigen Meldungen gehört heute Crista Galli, die vor wenigen Stunden aus ihren Gemächern im Sondergebiet entführt wurde. Acht bewaffnete Terroristen, in denen man Schatten vermutet ...«

Vielleicht glaubte sie mir einen Gefallen zu tun, dachte er.

Aber es war kein Gefallen, zumindest nicht für Ben.

Er war nicht bei Aufnahmen in Sappho, und es hatte auch keine acht bewaffneten Terroristen gegeben. Crista und er waren einfach fortgegangen. Beatriz las den Text, den Flatterys bezahlte Würmer ihr vorsetzten. So sehr, wie sie mit dem Orbiter und dem Allschiff-Projekt in Anspruch genommen war, merkte sie vermutlich gar nichts.

Ben fragte sich, was zur Zeit in den Konferenzräumen der Holovisions-Organisation vorgehen mochte. Holovision stand im Eigentum der Meermensch-Handelsliga, die der Direktor in seine Gewalt gebracht hatte – mit Hilfe von Bestechungen, Manipulationen, Erpressungen und Morden. *Das* war die Geschichte, die Ben mit dem Schattenkasten zu verbreiten begann. Was als größte Story seines Lebens begonnen hatte, war zu einem Unternehmen geworden, das sein – und wahrscheinlich auch Cristas – Leben für immer verändern und das Volk von Pandora vielleicht von der Armut und dem Hunger befreien würde, die der Druck des Direktors erzeugte.

Nun war Crista mit ihm auf der Flucht. Er hatte sie berührt und es überlebt. Er hatte sie geküßt und atmete noch. In diesem Augenblick mußte er sich sehr zurückhalten, um ihr nicht die helle Haarlocke aus dem Mundwinkel zu ziehen, um ihr nicht liebkosend über die Stirn zu streicheln, um sich nicht zu ihr unter die weiche Decke zu schieben und ...

Du bist zu jung, um so ein alter Dummkopf zu sein, dachte er, *also hör auf, dich wie einer zu benehmen! Sonst bist du schnell ein toter Dummkopf.*

Seine Gedanken beschäftigten sich mit den Kombinationen von Zufällen, Schicksalskräften oder göttlichen Inspirationen, die Crista und ihn heute in dieser Kammer zusammengeführt hatte, auf dieser Welt, die ein Jahrtausend an Lichtgeschwindigkeit von den Ursprüngen der Menschheit entfernt war. Es hatte Tausende von Jahre und Reisen von Stern zu Stern und beinahe den Tod der Menschheit gekostet, um Ben und Crista Galli zusammenzuführen. Auch Avata war beinahe ausgelöscht worden, doch waren in den meisten Pandorern einige Kelp-Gene sicher verwahrt gewesen. Vielleicht waren sie für alle Ewigkeit verändert, und die verstreuten Brocken des genetischen Codes würden sie endlich zusammenbringen.

Warum? fragte er sich. *Warum wir?*

In diesem Moment wünschte sich Ben wieder einmal ein normales Leben. Er wollte nicht der Retter der Gesellschaft oder der Spezies sein, er wollte niemanden retten außer sich selbst. Aber so liefen die Dinge nicht, und es war zu spät, noch etwas daran zu ändern. Gegen sein besseres Wissen liebte er wieder einmal eine unmögliche Frau.

Im langen Fluß der Dinge war Crista viel mehr Mensch als Avataner – zumindest nach außen hin. Was ihr Kelpsein verbarg, konnte nur vermutet werden – auch durch Crista. Theoretisch lief es darauf hinaus, daß sie viele komplette geistige Einheiten besaß, die unabhängig denken und handeln konnten. Dies war bei einer der beliebten Studien des Direktors herausgekommen. In den ersten fünf Jahren, die sie unter Beobachtung verbrachte, hatte Crista allerdings nur eine Persönlichkeit zur Schau gestellt – und dies war das eine Thema, das sie auch gegenüber Ben nur zögernd behandelte.

Angeblich war sie die Tochter Vatas, und Vata war das ›heilige Kind‹ des Dichter-Propheten Kerro Panille mit Waela TaoLini. Vata war vor Jahrhunderten in einem zuckenden Gewirr menschlicher Gliedmaßen unter Eindringen avatanischer Tentakel und Sporen in der Kabine eines sabotierten LaLs gezeugt worden. Sie wurde mit einem absoluten genetischen Gedächtnis und einer Art Thigmokommunikation geboren, wie sie beim Kelp üblich ist. Beinahe zwei Jahrhunderte lang verbrachte sie wie im Koma.

Dem Menschen, der angeblich Cristas Vater war, Duque, waren durch das Ei seiner Mutter avatanische Merkmale mitgegeben worden, und zwar im Labor des berüchtigten Jesus Lewis, jenes Biotechnikers, der einst den Kelp, Körper Avatas, ausgelöscht hatte. Beinahe hätte er mit dem Kelp auch die Menschheit vernichtet. Vata war der beliebte Heilige Pandoras, Symbol der Vereinigung der Menschheit mit den Göttern, Stimme der Götter selbst. Crista Galli, geliebt von Ben Ozette, war in ihrer Macht und Rätselhaftigkeit, in ihrer Schönheit, im Schatten des Todes, der sie umgab, nicht weniger gottgleich. Dies erleichterte es nicht gerade, sie zu lieben.

Ben wußte, daß der Schlüssel zum Überleben der Menschen auf Pandora im Kelp – in Avata – lag. Es war schwierig und vielleicht sogar unmöglich, daß Menschen mit intelligentem ... Kelp in Kommunikation traten. Dabei war der neue Kelp nicht mehr die Kreatur, auf die die Pioniere gestoßen waren. Ben hatte die *Geschichtsbücher* hinreichend studiert, um den Fachleuten zuzustimmen – dieser Kelp war in Bruchstücke zerteilt, war nicht mehr das umfassende fühlende, wissende Wesen der alten Zeit. Viele gläubige Pandorer behaupteten, Avata habe aus diesem Grund Crista Gallo geformt – um sich in akzeptabler Gestalt darbieten zu können. Diese Theorie gewann immer mehr Anhänger.

Was will es dann?

Leben!

Dieser Gedanke überfiel seinen Geist wie ein Schrei und ließ ihn hellwach auffahren. Fast meinte er die Stimme zu erkennen. Mit geneigtem Kopf lauschte er intensiv in sich hinein, doch mehr kam nicht. Crista schlummerte noch immer.

Der Kelp, der Körper Avatas, war für die Stabilität des eigentlichen Planeten verantwortlich. Nachdem der Biotechniker Jesus Lewis den Kelp getötet hatte, war ein Mond in Asteroiden zerfallen, und mehrere Kontinente waren wie Papier zerrissen worden. Inzwischen war der Kelp neu angepflanzt, gab es wieder Landmassen, die zwei Jahrhunderte lang untergetaucht gewesen waren. Neben der Existenz auf oder unter dem Meer lernten die Menschen nun auch das Leben an Land wieder kennen. Es schmerzte Ben, daß die meisten noch immer im Dreck wühlten, während es ihnen eigentlich bestens gehen sollte.

Das ist die Schuld des Direktors und nicht des Kelp, konstatierte er.

Der Direktor weigerte sich, das Denken und Fühlen des Kelp öffentlich anzuerkennen, und benutzte ihn lediglich als Mechanismus, als eine Serie von Schaltern, die die weltweiten Meeresströmungen lenkten und in einem gewissen Maße auch das Wetter. Alle wußten, daß diese Dinge von Tag zu Tag schwieriger wurden. Es gab täglich mehr Kelp – der nur zu einem geringen Teil der Strömungskontrolle angeschlossen war.

Der Kelp widersetzt sich Flattery, dachte er. *Wenn er sich gänzlich losreißt, soll er ein Gewissen haben.*

Cristas Hinweisen folgend, hatten Bens gründliche Nachforschungen zu den Geheimberichten geführt: er kannte das eigentliche Ausmaß von Flatterys Interesse an dem, was eine Zeitlang ›das Avata-Phänomen‹ genannt hatte. Ben hatte mit den Zavatanern gesprochen, in den Bergen lebenden Mönchen, die den Kelp bei ihren Ritualen einsetzten.

Crista meint, der Direktor sollte den Kelp um Rat *fragen!* dachte er. *Und dasselbe erfahre ich von den Mönchen.*

Wieder bewegte sie sich; bald würde sie erwachen. Sie würde beobachten können, wie sich die Läden am Hafen mit Verkäufern füllten, sie würde die morgendlichen Rufe heraufschallen hören: »Milch! Säfte!« »Eier! Wir haben heute lizensierte Krächzer-Eier!« Solche kleinen Freuden hatte der Direktor ihr vorenthalten – die Nähe von Menschen. Auf seine Weise würde auch er, Ben, sie abschirmen müssen.

Aber nur vorläufig, dachte er. *Bald können wir soviel Zeit miteinander verbringen, wie wir wollen.*

Aus dem unten gelegenen Café hörte er das leise Scharren von Möbeln, das Klicken von Besteck und Porzellan.

Ben Ozette lehnte sich an die Wand und atmete langsam aus. Obwohl er es sich bis jetzt nicht eingestanden hatte, überraschte es ihn doch, daß er noch lebte. Er hatte die verbotene Crista Galli nicht nur berührt, sondern sie sogar geküßt. Inzwischen waren zwölf Stunden vergangen, und er atmete immer noch. Sie beide hatten die Nacht überstanden, ohne daß die Vashoner Sicherheitskräfte sie finden konnten. Er wartete darauf, daß Crista erwachte, er wartete auf Ricos geheimes Klopfzeichen an der Tür, er konnte kaum abwarten zu sehen, was sie aus dem Rest ihres Lebens machen würden.

Sieht man im Westen eine Wolke aufsteigen, sagt man sofort: »Es gibt Regen«, und so geschieht es dann auch. Und spürt man den Südwind wehen, sagt man: »Es wird brennend heiß«, und so geschieht es dann auch. Ihr Heuchler! Ihr wißt das Gesicht des Himmels und der Erde zu beurteilen; aber wie kommt es, daß ihr kein Urteil über diese Zeit findet?

JESUS

Als Crista Galli an diesem Morgen auf Kalaloch erwachte, war ihr erster Eindruck die Lichtspiegelung auf dem kunstvoll verzierten Becher in Ben Ozettes Hand, und dazu seine Hand. Sie wünschte sich, daß diese Hand sie berührte, daß sie ihre Wange streichelte oder auf ihrer Schulter ruhte. Sie war so reglos, die Hand, die da den Becher auf dem Knie balancierte, daß Crista eine Zeitlang reglos verharrte und sich fragte, ob er wohl neben dem Bett sitzend eingeschlafen sei. Sie erschauerte bei dem Gedanken, auf einem dieser schrecklichen Inselmensch-Möbel sitzen zu müssen, einem lebendigen Wesen, das hier ›Stuhlhund‹ genannt wurde.

Kalaloch erwachte draußen ebenfalls. Sie hörte Menschen gehen und Maschinen stotternd anlaufen: die Erdbeweger begannen einen neuen Tag ihres Bemühens, den Perimeter weiter vorzuschieben. Die Hungrigen und Heimatlosen von einem Dutzend auf Grund gelaufener Inseln erwachten ebenfalls in den Löchern und Behausungen des weiteren Kalaloch-Umfelds.

Crista vernahm das nähere, wärmere Geräusch von Bens ruhigem Atem.

Gott, dachte sie, *was ist, wenn ich ihn getötet hätte?*

Sie unterdrückte ein Kichern, als sie sich den Nachrichtentext vorstellte, wie Ben ihn vielleicht verfaßt hätte: »Holovisions populärer Nachrichtenkorrespondent Ben Ozette wurde gestern abend bei Aufnahmen zu Tode geküßt ...« In ihrem Kopf spulte sich die Erinnerung an die Wärme, an den Geschmack dieses Kusses ab. Es war ihr erster Kuß gewesen, der Kuß, den sie beinahe nicht mehr erwartet hätte.

Ben litt an keinen unangenehmen Nachwirkungen, was sie der Wirkung von Flatterys täglicher Gegenmitteldosis zuschrieb, die noch in ihr kreiste. Allerdings hatte sie zusammen mit dem Kuß in einem einzigen Schwall Bens Vergangenheit zu ihrer eigenen dazubekommen, eine Kaskade von Erinnerungen, Emotionen und Ängsten, die sie mit ihrer überraschenden Klarheit und Wucht beinahe gelähmt hätte.

Es gab da Dinge in seinem Leben, von denen sie lieber nichts gewußt hätte: Bens erster Kuß von einem hübschen Rotschopf, sein letzter Kuß von Beatriz Tatoosh. Beide Küsse – und weitere – wirkten auf ihren Lippen nach. In der Erinnerung seiner Zellen nahm sie an seinem ersten Liebesspiel teil, verfolgte seine Geburt, die Versenkung der Insel Guemes, den Tod seiner Eltern. Seine Erinnerungen färbten auf ihre Zellen ab und warteten auf Cristas emotionalen Auslöser, der sie zum Leben erwecken würde.

Durch den Kuß hatte sie seine Erinnerungen empfangen, zu überrascht, um ihm etwas davon zu sagen. In dieser Nacht träumte sie seine Träume, seine Erinnerungen. Sie sah den Schattenkasten mit seinen Augen: als das einzige Organ der Wahrheit in einem von Lügen durchsetzten Geflecht. Sie wußte, daß er wie sie verwundbar und einsam war und sein Leben für andere leben mußte. Sie wollte ihm nicht verheimlichen, daß sie nun sein Leben in Besitz hatte. Sie wollte ihn nicht verlieren, nachdem sie sich nun endlich gefunden hatten, und sie wollte auch nicht zur Ursache seines Todes werden.

Ben fürchtete sich nicht vor dem ›Kribbeln‹, wie die Leute es nannten – dem Kelptod, der angeblich jedem drohte, der Crista berührte –, wie er auch von einigen Kelparten durch ihre chemische Zusammensetzung ausgelöst wurde. Manchmal glaubte sie selbst nicht daran. Flattery hatte persönlich das Gegenmittel entwickelt und dafür gesorgt, daß sie es täglich bekam. Es milderte die chemischen Botschaften nicht ab, die sie empfing – beispielsweise Bens Erinnerungen. Es dämpfte lediglich jene, die ihr Körper aussenden mochte. Dennoch wagte niemand sie zu berühren, und alle Pfleger in Flatterys Anlage hatten einen großen Bogen um sie gemacht.

Dies war der erste Morgen, an den sie sich erinnern konnte, da sie nicht gleich nach dem Aufwachen von Helfern umgeben war, die endlose Untersuchungen anstellten, da sie nicht der schwierigen Aufgabe gerecht werden mußte, im großen Haus des Direktors eine verehrte Gefangene zu sein. Trotz der vorangegangenen Flucht, trotz des Versteckspiels und des ersten Kusses hatte Crista den erfrischenden Schlaf einer Neugeborenen hinter sich. Ihr Magen begann zu grollen, als ihr ein angenehmer Geruch nach frisch gebackenem Brot und Kaffee in die Nase stieg.

Irgendwo im Erdgeschoß zischte heißes Sebet auf einem Grill. Sie mochte Fleisch. Flatterys Labortechniker hatten ihr alles genau erklärt, irgendein Kauderwelsch, wonach ihre avatanischen Gene die Proteinsynthese beeinflußten – doch sie empfand das lediglich als Hunger. Außerdem gelüstete es sie nach frischem Obst jeder Art und nach Nüssen und Körnern. Der Gedanke an einen Salat rief allerdings ein Würgegefühl hervor – wie schon immer.

Obwohl sie bei Nacht unterwegs gewesen waren, hatte sich Crista das labyrinthartige Untergrundsystem eingeprägt, durch das sie von der Anlage des Direktors im Sondergebiet in diese Inselmensch-Gemeinde geflohen waren. Dabei mußte sie an das Gewirr der Kelpwege unter Wasser denken. Von den geographischen Gegebenheiten ihrer Umgebung wußte sie nur, daß sie sich in der Nähe des Meeres befand und somit einen anderen Hunger stillen konnte, der in ihr grollte.

Und schon hörte sie das Meer, einen feuchten Pulsschlag hinter dem Gebrabbel der Straßenhändler und des zunehmenden Verkehrs. Die Pandorer waren Frühaufsteher, das hatte man ihr erzählt, doch ließen sie sich Zeit. Einem Hungrigen fällt es schwer, sich zu sputen. Nur wenige waren auf den traditionellen organischen Inseln zurückgeblieben. Über das Merr zu treiben war in dieser Zeit zerklüfteter Küsten und kelpverstopfter Meeresstraßen viel zu gefährlich geworden. Die Mehrheit der Menschen, die landseits siedelten, nannten sich »Inselmenschen« und wahrten die alten Gebräuche in Kleidung und Auftreten. Inselmenschen, die sie im Sondergebiet kennengelernt hatte, waren entweder Dienstboten oder Sicherheitsbeamte und äußerten sich wenig über ihr Leben außerhalb der dicken Basaltsteinmauern Flatterys. Viele waren auf das Schrecklichste mutiert – etwas, das Flattery abstieß, Crista aber überaus faszinierte.

Sie zog sich die Decke unter das Kinn, streckte sich auf dem Rücken aus und wandte sich dem Sonnenlicht zu, dabei spürte sie eine neue Scheu gegenüber Ben Ozette. In ihrem Kopf ruhten sämtliche Intimitäten seines Lebens, und sie konnte sich nicht vorstellen, was er von ihr halten mochte, wenn er Bescheid wüßte. Sie mußte an seine erste Nacht mit Beatriz denken und errötete unwillkürlich bei dem Gedanken, daß sie eine Art Voyeur war.

Männer sind so seltsam, dachte Crista. Er hatte sie auf der Flucht vor den Vashoner Sicherheitskräften und dem Direktor hierher gebracht und ihr versichert, daß sie in dieser winzigen Kammer sicher wäre; trotzdem hatte er dann die ganze Nacht sitzend neben ihr gewacht, anstatt sich zu ihr zu legen. Er hatte sich gegenüber ihrer tödlichen Berührung bereits als immun erwiesen, und ihr hatte der Kuß ebenso gefallen wie die wagemutige Geste, die darin lag.

Die Zuwendung anderer Männer, zu denen auch der

Direktor gehörte, hatte ihr bereits einen Eindruck von der Kraft ihrer Schönheit vermittelt. Ben Ozette fühlte sich zu ihr hingezogen, das war klar gewesen, als sie ihm das erstemal in die Augen schaute. Sie waren grün, etwa wie die ihren, nur dunkler. Crista liebte die Erinnerung an den einen magischen Kuß, den sie sich gegeben hatten, ehe sie einschlief. Sie liebte seine Erinnerungen, die nun auch die ihren waren, die Familie, die sie mit ihm teilte, seine Geliebten ...

Ihre Träume wurden von einem schrillen Schrei auf der Straße vor dem Haus unterbrochen, gefolgt von einem langen, hohen Jammerlaut, der ihr trotz des warmen Betts einen Schauder über den Rücken jagte. Sie blieb reglos liegen, während Ben den Becher fortstellte und zum Fenster ging.

Sie haben jemanden gefunden, dachte sie, *jemanden, der getötet worden ist.*

Ben hatte ihr von den Leichen erzählt, die man beinahe jeden Morgen auf der Straße fand, doch war ihr Leben dieser Vorstellung zu weit entrückt.

»Die Todestrupps lassen die Toten in einer ganz bestimmten Absicht zurück«, sagte er. »Die Leichen liegen morgens da, damit die Leute sie sehen, wenn sie zur Arbeit gehen, wenn sie die Kinder in den Kindergarten bringen. Manche haben keine Hände mehr, manche keine Zungen oder gar die Köpfe abgetrennt. Viele sind auch obszön verstümmelt. Wenn man stehenbleibt und genauer hinschaut, wird man befragt: ›Kennen Sie diesen Mann? Kommen Sie mit.‹ Niemand will mitgehen. Früher oder später wird die Ehefrau verständigt oder die Mutter oder der Sohn. Dann erst wird der Tote fortgebracht.«

Ben hatte im Verlauf seiner Arbeit Hunderte solcher Toten gesehen – Crista hatte am Abend bei der schnellen Übernahme seiner Erinnerungen einen entsprechenden Eindruck gewonnen. Sie stellte sich nun vor, daß da unten eine Mutter jammerte, die soeben ihren toten Sohn gefunden hatte. Crista spürte nicht den Wunsch hinauszuschauen. Ben kehrte zum Bett zurück, um seine Wache fortzusetzen.

Hatte er bei dem Kuß auch Wahrnehmungen von ihr übernommen? Solche Dinge geschahen beim Kelp zuweilen, doch nur noch selten, soweit es sie betraf. Anderen, die sie berührt hatten, war es widerfahren. Zuerst der Schock des Unglaubens, die weit aufgerissenen Augen, deren Blick abrupt vage wurde, dann das Zittern, endlich das Erwachen und die Anzeichen blanken Entsetzens. Bei jenen, die sich glücklich preisen konnten, wieder zu erwachen.

Was habe ich denen gezeigt? fragte sie sich. *Warum nur einigen und nicht allen?* Sie hatte die Geschichte des Kelp studiert und darin keine Hilfe und nur sehr geringen Trost gefunden. Noch immer ärgerte sie sich in der Erinnerung an die spitze Bemerkung eines Forschungstechnikers über ihren ›Stammbaum‹.

Sie wußte nicht, wie sie unter Wasser von den feinen Härchen des Kelp am Leben erhalten worden war, die alle Winkel ihres Körpers erkundet hatten. Sie wurde umhegt von den geheimnisvollen, geradezu mythischen Schwimmern, den extremsten menschlichen Mutationen. Dem Wasser völlig angepaßt, glichen die Schwimmer riesigen, kiemenbewehrten Salamandern. Sie hausten in Höhlen, Orakeln, aufgegebenen Vorposten der Meermenschen und Kelp-Lagunen. In den ersten neunzehn Jahren ihres Lebens war Crista mit dem Kelp vereint gewesen, mehr Kelp als Mensch. Unter Flatterys Leuten kam die Ansicht auf, sie sei vom Kelp erzeugt worden, doch sie war da anderer Meinung.

Viele andere Pandorer zeigten Spuren der Gene des Kelp, einschließlich Ben. Sie hatten intensiv grüne Augen. Mit gut anderthalb Metern überragte sie die meisten Frauen und konnte vielen Männern direkt ins Auge schauen. Das blaue Netz ihrer Adern war ein wenig deutlicher sichtbar als bei anderen Menschen, da ihre

Haut beinahe durchscheinend hell war. Das Blut in ihren Adern war rot, da es auf Eisen basierte, war also unwiderlegbar menschlich – Tatsachen, denen man gleich am ersten Tag, nachdem sie den Kelp verlassen hatte, auf den Grund gegangen war.

Beim Nachdenken schürzte sie ein wenig die vollen Lippen zur Andeutung eines Kusses. Ihre gerade, schmale Nase weitete sich etwas an den Flügeln, die sich noch mehr wölbten, wenn sie zornig war – eine weitere Emotion, die sie sich bei Flatterys Helfern verkniff.

Crista war erzogen worden durch die Berührung des Kelp und hatte auf diesem Wege gewisse genetische Erinnerungen der Menschen geerbt, auf die Avata gestoßen war. Ehe Flattery die Macht ergriff, kamen die meisten Menschen mit dem Kelp in Berührung, indem sie im Meer begraben wurden. Crista wehrte die Flut der Erinnerungen ab, die mit dem Rauschen der nahen Wellen auf sie einstürmten. Sie reckte sich nochmals ausgiebig und wandte sich schließlich an Ben.

»Hast du die ganze Nacht gewacht?«

»Konnte sowieso nicht schlafen«, antwortete er.

Langsam stand er auf, bewegte ein wenig die Arm- und Beingelenke und setzte sich auf die Bettkante.

Crista richtete sich auf und lehnte sich an seine Schulter. Der Aufruhr unter dem Fenster war verstummt. Ben und Crista schauten durch das Plas in das Licht des Vormittags, das sich in der Bucht spiegelte. Beinahe wäre Crista wieder eingedöst, so angenehm waren die Wärme vom Fenster, die Weichheit Ozettes neben ihr und das harmonische Stimmengewirr der Straßenhändler. Aus der Ferne hörte sie das Brummen schwerer Baumaschinen, die sich in die Hänge fraßen.

»Brechen wir bald auf?« fragte sie. Das Sonnenlicht, das Klatschen der Wellen gegen die Wandung und der Duft gebratenen Sebets belebten sie. Die Jahre der Lügen, der Gefangenschaft durchströmten sie wie ein

Schwall kalten Blutes. Wenn sie morgens in der Anlage erwachte, hatte sie sich nur wieder unter der Decke zusammenrollen und weiterschlummern wollen. Heute würde Crista Galli Ben Ozette überallhin begleiten.

Jemand pfiff vor dem Luk, eine kurze Melodie, die einmal wiederholt wurde. Diese Pfeifsprache hatte sie am vergangenen Abend schon am Hafen gehört.

Ozette brummte vor sich hin und klopfte zweimal auf das Deck. Es antwortete ein einzelner Pfiff.

»Unsere Leute«, antwortete er. »Sie bringen uns heute früh an einen anderen Ort, so gern ich dir die Gegend hier zeigen würde. Rico organisiert alles. Inzwischen weiß die ganze Welt, daß du untergetaucht bist. Die Belohnung für deine Rückkehr und meinen Kopf könnte die bravsten Leute in Versuchung führen ... auf beiden Seiten. Der Hunger ist groß.«

»Ich kann nicht dorthin zurück«, sagte sie. »Ich tu's auch nicht Ich habe den Himmel gesehen. Du hast mich geküßt ...«

Er lächelte sie an, bot ihr seinen Becher mit Wasser an. Doch er küßte sie nicht.

Sie wußte, daß man ihn töten würde, wenn er erwischt wurde, daß Flattery das Todesurteil bereits unterschrieben hatte. Die Kriegergewerkschaft würde sich darum kümmern, hatte sich vermutlich bereits jeden Dienstboten und Helfer im Sondergebiet vorgeknöpft.

Als sie am Abend das unterirdische Labyrinth verlassen hatten, waren sie in den hafennahen Straßen von Haus zu Haus gehuscht, aus Angst vor Sicherheitspatrouillen, die überprüfen sollten, ob Flatterys Ausgehverbot eingehalten wurde. Crista war im Freien stehengeblieben, um sich die Sterne und Pandoras nahe Monde anzuschauen. Sie schwelgte förmlich in der Kühle einer frischen Brise an Gesicht und Armen, roch die Speisen der Armen, die auf Kohlenfeuern gekocht wurden, sah die Sterne nur durch die Amtosphäre gefiltert.

»Ich will ins Freie«, flüsterte sie. »Können wir bald hinaus, auf die Straße?«

Der Direktor hatte darauf stets mit *Nein* geantwortet. *Immer* nur nein. »Die Dämonen«, hatte er zu Anfang gesagt, »du würdest kaum eine Mahlzeit für sie abgeben.« Später sagte er: »Die Schatten wollen dir ans Leben.« In jüngster Zeit hatte er betont: »Man weiß nie – die Schweine sehen ganz normal aus. Es wäre schlimm, wenn sie dich in die Fänge bekämen.«

Der Direktor zeigte oft einen besonderen Ausdruck, der sie erschaudern ließ, auch wenn er immer wieder betonte, daß nur er sie schützen könnte, daß sie auf der ganzen Welt nur ihm vertrauen könnte. Bis zum Ende der fünf Jahre hatte sie ihm geglaubt. Erst der Schattenkasten hatte das geändert. Schließlich kam Ben Ozette, um seine Reportage zu machen, und ihr ging auf, daß Flattery jede Berührung Crista Gallis nur deswegen verbot, weil er Angst hatte, sie würde von ihm selbst oder von seinen Leuten etwas erfahren, das sein kompliziertes Lügengeflecht entlarven mußte.

»Ja«, sagte Ben. »Wir kommen bald ins Freie. Es dürfte hier bald ziemlich heiß werden ...«

Plötzlich erstarrte er und fluchte leise vor sich hin. Er deutete auf eine Vashoner Sicherheitspatrouille, die sich langsam an der Pier entlang auf sie zuarbeitete; zwei Mann auf jeder Straßenseite. Sie verbreiteten eine trügerische Ruhe in einem bewegten Meer aus Pendlern und Einkaufenden. Die Masse der Wartenden vor den Fähren teilte sich, ohne die Männer zu berühren.

Jeder Wächter trug eine kleine Las-Waffe unter dem Arm und am Gürtel verschiedene Werkzeuge des Sicherheitshandwerks: einen Knüppel für den Nahkampf, Ladungen für die Las-Waffen, eine Faustvoll kleiner, aber wirkungsvoller chemischer und mechanischer Hilfsmittel zur Ausschaltung von Gesetzesbrechern. Darüber hinaus waren die Männer mit spiegelnden

Sonnenbrillen ausgestattet – Merkmal der Kriegergewerkschaft, der dem Direktor persönlich unterstellten Mordtrupps. In der Menge gab es lächelnde Gesichter, Kopfschütteln und Achselzucken; einige duckten sich erkennbar.

Crista schaute zu, wie die beiden Beamten in der Hafenstraße vorrückten und spürte ein Kribbeln auf den Armen und im Nacken.

»Keine Sorge«, sagte Ben, als läse er ihre Gedanken. Er hatte ihr die Hand auf die nackte Schulter gelegt, so daß sie es durchaus für möglich hielt, daß er *wirklich* ihre Gedanken erfaßte – oder zumindest ihre Gefühle. Sie liebte die Berührung seiner Hand. Während ihre Augen weiter die Straße beobachteten, spürte sie neues Leben durch ihre Haut strömen und sich irgendwo in ihrem Gehirn festsetzen.

Jeweils ein Mann des Sicherheitsteams postierte sich vor dem Gebäude, während der andere drin nachschaute. Die Beamten waren schon ziemlich nahe.

»Was machen wir?« fragte sie.

Ben zog hinter dem Bett ein Bündel Inselmensch-Kleidung hervor und legte es ihr in den Schoß.

»Zieh dich an«, sagte er, »und wart's ab! Bleib dem Plas fern!«

Plötzlich gab es eine dumpf-dröhnende, druckvolle Explosion, begleitet von einem orangeroten Blitz am Hafen, dem schwarzer Rauch folgte. Die Straße verwandelte sich in ein chaotisches Gewirr von Leuten, die zu ihren Booten und ihren Feuerbekämpfungsstationen liefen. Seit undenklichen Zeiten benutzten die Pandorer Wasserstoff für ihre Motoren und Herde, für Schweißgeräte und zur Herstellung von Energie. So standen überall Wasserstoffspeicher, die die Furcht vor Bränden allgegenwärtig machten.

»Was ...?«

»Ein altes Membranenboot«, sagte Ben, »auf meinen Namen eingetragen. Das wird sie ein Weilchen ablenken. Wenn wir Glück haben, nimmt man an, daß wir an Bord waren.«

Ein weiterer dumpfer Laut raubte Crista den Atem. Während sie sich die fremdartige Kleidung überzog, sah sie, daß der Sicherheitstrupp nicht zusammen mit der Menschenmenge verschwunden war. Die Beamten setzten ihre Durchsuchungen mit ungebrochener Zielstrebigkeit fort, von Tür zu Tür. Die Straße war so gut wie leer, denn alle, die dazu in der Lage waren, bekämpften die Brände oder brachten gefährdete Boote in Sicherheit.

Während Ben am Fenster Wache stand, legte Crista ein dicht besticktes weißes Baumwollkleid an, das viel zu groß für sie war. Ihre Brüste bewegten sich frei darin. Sie zog den Stoff von ihrem flachen Bauch und warf Ben einen fragenden Blick zu.

Er warf ihr einen schwarzen Inselmensch-Arbeitsanzug zu, der seiner pyjamaartigen Kleidung entsprach. Aus einer Schublade neben dem Bett zog er eine lange gewebte Schärpe und reichte sie ihr.

»Ich weiß nicht, wie ich dir das sagen soll, aber du bist schwanger. Schon ziemlich fortgeschritten.«

Als sie noch immer nicht merkte, was er wollte, sagte er: »Schnall dir den Arbeitsanzug auf den Bauch, damit das Kleid voll wird«, sagte er. »Du brauchst ihn später noch. Im Augenblick bist du eine schwangere Inselfrau. Ich bin dein Mann.«

Sie folgte der Anweisung, band sich den Arbeitsanzug um und rückte das Kleid zurecht. Sie musterte sich im Spiegel neben dem Luk; sie sah wirklich schwanger aus.

Crista verfolgte im Spiegel, wie Ben sich ein langes rotes Tuch um den Kopf wand, dessen Spitzen ihm bis zwischen die Schulterblätter reichten. Der Stoff war mit den gleichen Mustern bestickt, die auch ihr Kleid zierten.

Mein Mann, dachte sie lächelnd, *und wir ziehen uns zum Ausgehen an.*

Liebevoll tätschelte sie die gepolsterte Rundung ihres Bauches, ließ die Hand dort liegen und rechnete beinahe damit, eine winzige Bewegung zu spüren. Ben stand hinter ihr und band ihr ein ähnliches Tuch um die Stirn. Zuletzt gab er ihr einen weichen Strohhut.

»Diese Kleidung ist typisch für die Insel, auf der ich aufgewachsen bin«, sagte er. »Du hast von der Insel Guemes gehört?«

»Ja, natürlich. Sie ist im Jahr vor meiner Geburt gesunken.«

»Ja«, bestätigte er. »Du bist jetzt die schwangere Frau eines Überlebenden der Guemes-Insel. Inselmenschen werden dir größten Respekt entgegenbringen. Meermenschen werden dich mit einer Rücksicht behandeln, wie sie nur der Schuldbewußte aufzubringen vermag. Flatterys Leuten bedeutet dieser Aufzug allerdings gar nichts – wie du selbst weißt. Und Ausweise haben wir nicht, dazu war die Zeit zu knapp ...«

Zwei Pfiffe vor dem Luk. Zwei verschiedene Töne.

»Das ist Rico«, sagte Ben und erwiderte ihr Lächeln. »Jetzt kommen wir endlich ins Freie.«

Was der Mensch sich wünscht und was gut für ihn ist – das sind zwei sehr verschiedene Dinge ... Große Kunst und häusliches Glück schließen sich gegenseitig aus. Früher oder später muß man sich entscheiden.

ARTHUR C. CLARKE

Nachdem Beatriz ihren Wecker ausgeschaltet hatte, döste sie eine Zeitlang auf der Couch vor sich hin. Das dunkle plaslose Büro in der Startstation half ihr dabei, das Wesen ihres Traums am Leben zu erhalten. Befreit aus der Enge ihres Verstandes, schwamm dieser Traum mit der Wendigkeit eines Gespensts durch den Raum. Gewissermaßen war er tatsächlich ein Gespenst.

Sie hatte von Ben geträumt, von ihrer letzten gemeinsamen Nacht, und gewisse Momente hätte sie gern länger ausgekostet. Zwei Jahre war das jetzt her, die Nacht vor ihrem ersten Flug in den Orbit, bevor sie Mack kennenlernte. Sie war nervös gewesen vor ihrem ersten Shuttlestart zum Orbiter, und Ben wollte sich in den Oberen Bereichen mit zavatanischen Ordensältesten treffen. Obwohl sie seit Jahren ein Liebespaar waren, fühlten sich beide unbehaglich. Ihre Beziehung ging zu Ende, das wußten sie, doch keiner konnte davon sprechen.

Es war früh am Abend und klar und warm. Ein Rest des Sonnenuntergangs legte den Horizont noch in rosa und blaue Streifen. Sie saßen im Hafen an Bord eines Holovisions-Tragflügelboots, in der Mannschaftsunterkunft. Beatriz erinnerte sich deutlich an das vertraute Platschen des Wassers am Schiffsrumpf und das gelegentliche Murren wilder Krächzer, die nicht zur Ruhe kamen. Kinder spielten noch, ehe sie für die Nacht hereingerufen wurden, und tauschten von Pier zu Pier Pfeifsignale aus. Sie und Ben hatten von Kinder[illegible] sprochen, davon, daß sie welche wollten, sich ab[illegible] schlechte Zeit ausgesucht hätten. An diesem Abend hatte der Rest des Teams sie diskret allein gelassen. Später fand sie heraus, daß dieser Vorschlag von Rico ausgegangen war.

»Frauen sind die Antwort«, sagte Ben und reichte ihr ein Glas Weißwein.

»Auf welche Frage?«

Sie stieß mit ihm an, nippte und stellte das Glas fort. Sie wollte am nächsten Tag nicht mit einem Kater in die Umlaufbahn geschossen werden.

Bens grüne Augen wirkten im Kontrast zu seiner dunklen Haut besonders schön. Sein hagerer, muskulöser Körper hatte immer bestens zu ihrem gepaßt. Sie begriff nicht, warum er seine verrückten Schattenjagden veranstalten mußte, wenn er bleiben und mit ihr zusammenarbeiten konnte. Sie hatte genug über den Tod und das Sterben berichtet; es wurde Zeit, daß sie an sich selbst dachten.

Ich möchte Reportagen machen über das Leben, neue Dinge, den Fortschritt ...

»Frauen stehen für das Leben, neue Dinge, Fortschritt«, sagte er.

Sie spürte ein Kribbeln im Nacken.

»Liest du meine Gedanken?«

»Würde ich das wagen?«

Seine grünen Augen funkelten, ihr Blick ging Beatriz wie immer direkt ins Herz. Was immer er ihr damit sagen wollte, es war angenehm und warm und glitt schmelzend heiß abwärts wie eine Hand in ihrer Unterwäsche. Beatriz war eine willensstarke Frau – das wußte sie. Sie wußte auch, daß Ben Ozette der einzige Mann war, bei dem ihr je die Knie gezittert hatten. Sie trank noch einen Schluck Wein und hielt sich das Glas vor die Brust.

»Was denke ich jetzt?« fragte sie, denn sie spürte, daß sie das Thema wechseln mußte.

»Du wünschst dir, ich würde endlich damit herausrücken, was mich bekümmert, damit wir mit dem Abend weitermachen können.«

Sie lachte ein wenig lauter, als es ihr selbst recht war, und fuhr sich mit der Hand durch das schwarze Haar.

»Ich bitte Sie, Mr. Ozette, wofür halten Sie mich?«

Er ging nicht auf den koketten Ton ein, sondern wurde eher noch ernster.

»Ich halte dich für ein Mädchen, das für jeden das Beste erreichen möchte – für die Flüchtlinge, für dich selbst, sogar für Flattery. Du hast über einige der schlimmsten Katastrophen und blutigsten Scheußlichkeiten berichtet, die diese Welt erlebt hat. Das weiß ich, denn ich war dabei. Da dies alles aber nicht weggehen will, gehst nun *du*. Du willst den Fortschritt sehen, etwas Gutes. Also, das möchte ich auch ...«

»Aber sieh doch, was du tust!« Sie ballte die Faust auf dem Knie und warf sich in die Couch zurück. »Okay, die Sicherheitskräfte tun ihren Job viel zu begeistert, das ist schlimm. Machst du aber Helden aus den Leuten, die gegen die Beamten kämpfen, bekommen die Aufmüpfigen immer mehr Zulauf. Sie müssen auf die gleiche Weise kämpfen. Das nimmt dann kein Ende mehr. Verdammt, deswegen wird ja schon von einer ›Revolution‹ gesprochen. Räder drehen sich endlos auf der Stelle, und das Fahrzeug versinkt im Schlamm. Öfter als ich zählen kann, war ich dem Tod verdammt nahe – in den meisten Fällen mit dir –, aber jetzt will ich endlich *vorankommen!* Ich will eine Familie ...«

Ben stellte sein Glas fort und ergriff ihre Hand, die auf dem Tisch lag.

»Das weiß ich«, sagte er. »Ich verstehe es auch. Vielleicht verstehe ich mehr, als du ahnst. Ich würde dir gern das Leben, neue Dinge, den Fortschritt bieten.«

Eine Zeitlang wurde kein Wort gesprochen, dafür verständigten sich die Hände in der vertrauten Sprache der Liebe.

»Okay«, sagte sie und kippte in dem Bemühen, entspannt und gutgelaunt zu wirken, ihren Wein hinunter. »Wie sieht der Plan nun aus, Mann?«

»Den Plan kenne ich noch nicht«, antwortete er. »Aber ich kenne den Schlüssel. Der ist die Information. Unser Geschäft, erinnerst du dich?«

»Ja?« Sie schenkte beiden nach. »Erklär mir das!«

»Du hast in Flatterys Sicherheitsstreitmacht noch keine Frauen gesehen und wolltest darüber berichten. Was ist mit der Sache?«

»Abgelehnt – wir haben keinen Zentimeter gedreht ...«

»Und wie viele Male ist so etwas passiert?«

»Mir? Nicht oft. Aber schließlich gibt es viele Stories, die man verwirklichen kann, weitaus mehr, als ich je schaffen könnte. Ich suche mir eine andere oder übernehme einen Auftrag ...«

»Ein wichtiger Punkt«, sagte Ben. Er hatte sich über den kleinen Tisch gebeugt und klopfte mit dem Zeigefinger auf die Platte. »Wenn Flattery nicht genug Streicheleinheiten bekommt, geht die Story, worum immer es sich auch handelt, nicht über den Sender. Er kommt von einer anderen Welt – und das kannst du wörtlich nehmen. Er stammt von einer Welt, in der man Frauen und Kinder hungern läßt, weil sie auf der falschen Seite einer eingebildeten Linie stehen, und er läßt sie nicht darüber hinwegtreten. Wir entstammen einer Welt, die uns früher lehrte: ›Leben um jeden Preis. Erhaltet das Leben.‹ Pandora war als Gegner wahrlich genug. Wir konnten uns nicht den Luxus leisten, auch noch untereinander zerstritten zu sein.«

»Ich verstehe aber nicht, wo ...«

»Die Hälfte aller Sendungen wird begraben«, fuhr Ben fort. »Nicht weil sie nicht gut wären, sondern weil es immer schwerer fällt, Flattery nicht als den Gauner darzustellen, der er ist. Was würde geschehen, wenn die Menschen nichts mehr mit ihm zu tun haben wollten – wenn sie sich weigerten, mit ihm zu sprechen, ihn zu ernähren, ihm Unterkunft zu gewähren? Ja, was würde geschehen?«

Wieder lachte Beatriz.

»Wie kommst du darauf, daß sie so etwas tun würden? Dazu brauchte man ...«

»Informationen. Man müßte ihn als das bloßstellen, was er ist, man müßte dem Volk klarmachen, wozu es fähig ist. Unsere Welt ist eine Katastrophe, seit Flattery am Ruder sitzt. Er verspricht den Leuten Nahrung und läßt sie hungern. Er hält uns an der Kandare, weil wir *wissen*, was er uns antun könnte. Wenn die Menschen wüßten, daß sie ohne Flattery, ohne die Vashoner Sicherheitskräfte auch nicht hungriger sein würden – würden sie ihn dann noch dulden?«

»Da müßt schon ein Wunder geschehen«, brachte sie den Gedanken zu Ende.

Sie konnte ihm nicht in die Augen schauen. Gerade dieses Gespräch hätte sie an ihrem letzten gemeinsamen Abend gern vermieden. Ben beugte sich vor und küßte sie auf die Wange.

»Entschuldige«, sagte er, »ich lasse wieder mal mein Mundwerk laufen. Ich habe heute einige Mütter interviewt, die beim Sicherheitschef eine Petititon einbringen wollen – sie möchten Auskunft über ihre Söhne und Ehemänner, die verschwunden sind. Andere Gruppen, mehr als fünfhundert Mütter, behaupten, ihre Söhne wären getötet worden, doch hätte es niemals Ermittlungen oder Verhaftungen gegeben. Sie behaupten, die Täter wären Sicherheitsbeamte und es gäbe Zeugen. Dazu kann ich nichts sagen. Ich weiß aber, daß hier *Mütter* protestieren. Und daß Holovision das auf keinen Fall zeigen will und mir verbietet zu melden, was den Menschen eigentlich rechtens als Information zusteht. Es muß da eine Möglichkeit geben ... ich spreche hier nur laut meine Überlegungen aus, mehr nicht.«

Wieder küßte er sie auf die Wange und hob ihr Kinn mit dem Finger an.

»Ich halte ja schon den Mund«, sagte er. Er küßte sie auf den Mund, und sie zog ihn neben dem Tisch auf den Teppich.

»Versprochen?« Sie erwiderte seine Küsse und zog ihm das Hemd aus der Hose, damit sie die Hände unter seine Kleidung stecken und seine glatte, warme Haut berühren konnte.

»Hübsch mutig«, brummte er und küßte sie auf den Bauch, während sie ihn gänzlich entkleidete. »Wir werden uns auf dem Teppich Kratzflecken holen.«

»Ich dachte, du wolltest den Mund halten.«

Der Wecker ließ Beatriz aus ihrem Tagtraum hochschrecken. Sie schaltete ihn ab und richtete sich auf, um wieder etwas munterer zu werden. Mit den roten Flekken hatte Ben recht behalten. Außerdem hatten sie den Wein umgeworfen und sich damit bekleckert. Bestimmt war Ben an jenem Abend die Idee des Schattenkastens gekommen. Sie seufzte und versuchte sich von einem beklemmenden Gefühl der Traurigkeit zu befreien.

Schade, daß wir kein Kind zeugen konnten, dachte sie. *Das hätte uns vielleicht gerettet.*

Wenn es dazu gekommen wäre, hätte sie Mack nicht kennengelernt. Ihre Beziehung zu Ben hatte sie auf Mack vorbereitet. Er war ein wenig älter und wünschte sich aufgrund seiner Jugendzeit im Mondstützpunkt ebenso sehr eine Familie wie sie.

Beatriz drückte den ›Start‹-Knopf ihres tragbaren Notizgeräts, das ihr sofort »0630 ...« verkündete. Sie drehte die Lautstärke herunter und massierte sich die juckenden Lider. Der groben Einweisung durch die Holovisions-Hauptverwaltung würden vor dem Sendezeitpunkt weitere Einzelheiten folgen. So hörte sie nur halb hin und interessierte sich eigentlich nur für Neuigkeiten über Ben Ozette. Wieder seufzte sie schwer.

Der Geruch in ihrem Büro in der unter dem Meer gelegenen Startstation war eindeutig meermenschlich – von Partikeln befreite Luft, durchsetzt mit dem Duft nach Schimmelbindern und sterilem Wasser. Die Scheinwerfer im kleinen Holovisions-Sendestudio trockneten alles ein wenig und erleichterten ihr das Atmen. Voraussichtlich würde sie in knapp einer halben Stunde wieder auf Sendung sein.

Sie zog die Beine ihres einteiligen Anzugs zurecht und zupfte die in die Armbeugen gerutschten Ärmelfalten heraus. Das Büro war nach Art der Meermenschen indirekt erleuchtet und lieferte ihr ein warmes, freundliches Spiegelbild im Plas, schimmernde braune Haut und leuchtendes, zottiges schwarzes Haar. In ihrer und Bens Generation wurden zum erstenmal seit zwei Jahrhunderten überwiegend Kinder nach der uralten Norm menschlichen Aussehens geboren. Beatriz bedauerte die stark Mutierten nicht, Mitleid brauchten die meisten Pandorer nicht. Täglich dankte sie dem Zufall für ihr natürliches gutes Aussehen. Hier und jetzt hätte sie am liebsten heiß geduscht, ehe sie sich den jüngsten Leidensgeschichten ihres Taschennotizgeräts stellte.

So hat Ben das immer genannt, dachte sie und sprach den Gedanken laut aus: »›Wieder eine Leidensgeschichte.‹«

Müdigkeit und Dämmerzustand hatten ihre Stimme soweit gesenkt, daß sie beinahe wie die seine klang. Unwillkürlich wünschte sie sich, seine Stimme zu hören, sich noch einmal mit ihm darum zu streiten, wer denn am meisten arbeite und zuerst unter die Dusche dürfte. Trotz ihrer Sorgen mußte sie lächeln. Es war mehr als symbolisch, daß es für sie beide immer mal wieder zu heiß geworden war – wenn auch nicht unter der Dusche.

Es war die Angst um Ben, die sie zögern ließ, sich dem Notizgerät zuzuwenden. Es fiel ihr schon schwer genug, sich einzugestehen, daß sie ihn noch liebte – wenn auch nicht als Geliebte.

Selbstmord, dachte sie. *Ebensogut hätte er wegen einer Wette um den Perimeter rennen und sich einem Huscherangriff aussetzen können.*

Beatriz kannte die Anzeichen, und es war Ben gewesen, der sie darauf aufmerksam gemacht hatte. Wenn man sich gegen den Direktor stellte, ging es um Leben oder Tod.

Sie goß genügend Milch in ihren Kaffee, um ihn abzukühlen, dann trank sie vorsichtig vom Rand und ließ sich die kurze, furchteinflößende Nachricht vorspielen:

> 0630 Memo:
>
> Drehort: Startbucht 5, Sendezeit 0645.
>
> Erste Schlagzeile: Crista Galli noch immer in der Gewalt der Schatten.
>
> Zweite Schlagzeile: Drei OGZ heute Start zur Orbitalstation.
>
> Kurzmeldungen: Bezüge auf Terroristen, Waffen, Rauschgifte, religiöse Inbrunst. Endgültige Zusammensetzung des Allschiffantriebs in der Umlaufbahn, dicht bevorstehende OGZ-Installation.
>
> Genauer Text folgt zum Drehort.
>
> Alternative Wahl: Mandadorisch 0640.
>
> Zeit Ende: 0631.

Beatriz schaute auf die Zeitanzeige des Prozessors: 0636.

»Alternative Wahl!« brummte sie vor sich hin. Das bedeutete, daß man mit Zeitverzögerung senden wollte. Mit ausreichend Verzögerung, um notfalls eine vorbereitete Nachrichtensendung vom Band einzuspielen, wenn sie nicht rechtzeitig auftauchte oder, noch schlimmer, wenn man nicht mochte, was sie vor den Mikrofonen sagte. Ben hatte schon mehrmals angedeutet, daß es eines Tages dazu kommen würde.

»Verdammt!«

Womit hatte er sonst noch recht behalten?

Der Fahrstuhl zum Nachrichtenstudio in der Startbucht 5 befand sich nur ein Dutzend Meter von ihrem

Büro entfernt. Sie kämmte sich mit den Fingern das Haar und hastete durch das Luk. Eile vermochte ihre Sorgen nicht zu dämpfen.

Irgendwie hatte Ben mit dem Verschwinden Crista Gallis zu tun – und das wußte auch Flattery. Warum kam dann immer noch keine Meldung über Ben? Die Antwort lag in dem, wovor Ben sie hatte warnen wollen – und schon der Gedanke daran ließ sie bis ins Mark erkalten.

Man wird dafür sorgen, daß er verschwindet, dachte sie. *Wenn im vorbereiteten Text nicht von ihm die Rede ist ...* Sie wollte gar nicht daran denken.

Flattery weiß über uns Bescheid ... über Ben, dachte sie. Sie war informiert über die verschwindenden Menschen, über die Leichen in den morgendlichen Straßen von Kalaloch. Ben hatte sie mehr als einmal davor gewarnt und ihr schließlich aus erster Hand gezeigt, wie so etwas vorging. Sie wußte, daß unpopuläre Leute verschwanden. Sie hätte es nie für möglich gehalten, daß so etwas auch einem von ihnen passieren könnte.

Vor dem Fahrstuhl stehend, kam ihr ein neuer Gedanke und ließ sie zusammenfahren.

Wenn ich in der Sendung nichts über ihn sage, verschwindet er ganz bestimmt!

Sie sollte mit der Besatzung fliegen, die die OGZ zur Installation im Allschiff zur Umlaufstation brachte. Flattery mußte Bescheid wissen über Beatriz frische Beziehung zu Mack, das war ja auch kein Geheimnis. Der Einbau der Organischen Gehirnzentren war ein hübsches Stück Propaganda für Flattery, das sie bequemerweise aus der kritischen Zone schaffte. Ihr wurde es außerdem unmöglich gemacht, Bens Verschwinden selbständig zu untersuchen.

Als sie am vorhergehenden Abend für Ben einstehen mußte, hatte sie nicht gewußt, was sie davon halten sollte. Sie hatte den Promptertext unvorbereitet gelesen, zu überrascht von der Lüge auf ihrem Textschirm, von der Abruptheit der Lüge, um auf der Stelle dagegen anzugehen. Flattery hatte ihr endlich einen Handschuh hingeworfen.

Was wäre das Schlimmste? überlegte sie.

Das Schlimmste wäre, wenn sie beide verschwänden.

Sie schob sich zwischen Techniker und Mechaniker in den Fahrstuhl und antwortete nicht auf ihren Gruß. In der feuchten Luft war es eine verschwitzte Fuhre.

Was steht fest?

Fest stand, daß Ben verschwinden würde, wenn sie nichts sagte, wenn die Holovisions-Abendnachrichten über seine Abwesenheit weiter Lügen verbreiteten.

Sie eilte durch den Gang und betrat die Studioräume des Holovisionsteams für Themenberichte, ursprünglich als Halle für die Montage von Triebwerken gedacht, zehn Meter hoch. Kaum war Beatriz durch das Luk geeilt, begann sich die Make-up-Technikerin mit ihrem Haar und Gesicht zu beschäftigen. Jemand half ihr, eine weite Pullover-Bluse mit dem Holovisions-Zeichen anzulegen. Wie üblich sprachen mehrere Leute des Teams durcheinander, doch niemand sagte, was sie hören wollte. Sie würde diesen Nachrichteneinschub nicht ansagen, wenn Ben bereits gefunden worden wäre.

Vor einigen Tagen hatte sie Ben und Crista Galli in Flatterys Anlage gesehen. Ben und Crista im Hibiskushof. Ben hatte sich auf seine typisch angespannte Art zu Crista gebeugt. Beatriz wußte sofort, daß er sich in das Mächen verliebt hatte. Sie wußte auch, daß er das selbst vermutlich noch gar nicht erkannt hatte.

Ich hätte mit ihm reden sollen ... kein Gespräch unter Geliebten, sondern unter Freunden. Jetzt ist er vielleicht schon tot.

Sie massierte ihre Wangen, bis sie sich röteten und die Lichter angingen. Fast war es soweit, und noch immer sprach sie mit niemandem, hörte wenig und beäugte den leeren Prompter mit einer gewissen Angst. Im Laufe der Jahre hatte er ihren Blick Hunderte von

Malen fest auf sich gezogen und Dutzende von Malen dasselbe Argument vorgetragen.

»Ich schaue mir das große Ganze an«, sagte sie immer wieder. »Pandora ist instabil, das haben wir gesehen. Die Launen der Meteorologie könnten uns jederzeit umbringen. Wir *brauchen* eine andere Welt ...«

Er aber sprach sich immer für das Hier und Jetzt aus.

»Die Menschen haben *jetzt* Hunger«, antwortete er bei diesen Gelegenheiten. »Sie müssen *jetzt* etwas zu essen bekommen, sonst gibt es für niemanden von uns ein Später ...«

Trotz ihres Ruhms kam sie sich im Studio immer sehr unwichtig vor, doch während man ihr heute das Gesicht reinigte und einpuderte, ihr das Haar toupierte und den winzigen Hörer ins Ohr steckte, legte sie sich für die kurze Nachrichtensendung einen eigenen Text zurecht – einen Text, der Ben hoffentlich in den Schlagzeilen und Flattery ihr vom Hals halten würde. Sie schaute auf den Prompter, justierte den Kontrast und räusperte sich. Noch dreißig Sekunden. Wieder räusperte sie sich, schaute auf die Ansammlung von Linsen und atmete tief ein.

»Zehn Sekunden, B.«

Langsam atmete sie aus, blinzelte, damit ihre Augen leuchteten, und sagte in das rote Licht: »Guten Morgen, Pandora, hier ist Beatriz Tatoosh mit den Nachrichten ...«

Da jeder Gegenstand schlicht die Summe seiner Eigenschaften ist, und da Eigenschaften nur in der Vorstellung existieren, existiert das gesamte objektive Universum aus Materie und Energie, Atomen und Sternen nur als Konstruktion des Bewußtseins, als Bauwerk konventioneller Symbole, von den Sinnen des Menschen geformt.

LINCOLN BARNETT
Das Universum und Dr. Einstein

Alyssa Marsh lebte in der Vergangenheit, weil die Vergangenheit das einzige war, was Flattery ihr nicht nehmen konnte. Er hatte es mit chemischen Mitteln, Laserstrahlen, winzigen Implantaten versucht, doch hatte die Person, die einst Alyssa Marsh gewesen war, alle diese Anschläge überlebt.

Er hat Angst, dachte sie. *Er hat Angst, mein Leben hier könnte mir die Eignung zum OGZ genommen haben – und damit hat er recht.*

Er hatte ihr Faser um Faser den Körper genommen – oder sie von ihrem Körper getrennt. Ihre Halsschlagadern und Drosseladern waren per Bypass mit einem Vitalsystem verbunden worden, dann war sie geköpft worden. Anschließend hatte Flattery persönlich die verbleibende Knochen- und Fleischhülle von ihrem gefühllosen Gehirn getrennt. Der einzige Sinn, der ihr blieb, war ein denkbar vages Gefühl des Seins. Sie spürte keine Verwandtschaft mehr zu den Menschen und wußte nicht, wie lange sie schon so empfand. Solange man sie nicht mit ihrem Allschiff verband, hatte sie keine Möglichkeit, die Zeit zu messen. Die Zeit war zu ihrem neuesten Spielzeug geworden. Die Zeit und die Vergangenheit.

Sogar der Nebel hat etwas Greifbares, dachte sie.

Die Logik machte ihr klar, daß ihr Gehirn noch existierte, weil sie sich ja sonst wohl kaum mit solchen Gedanken unterhalten würde. Die Ausbildung in der

Kleinkinderabteilung des Mondstützpunkts vor vielen hundert Jahren hatte sie auf ihre Verantwortung als OGZ vorbereitet – rein mentale Funktionen, die Ableitung menschlicher Entscheidungen aus mechanisch abgeleiteten Daten –, doch hatte Pandora andere Möglichkeiten eröffnet, die aber ausnahmslos einen Körper erforderten. Die Geburt eines Kindes, etwas, das ihr als Klon vom Mondstützpunkt niemals gestattet worden wäre, veränderte ihren Blickwinkel, nicht aber ihre Indoktrination. Sie hielt die Geburt ihres Kindes geheim, besonders vor seinem Vater, Raja Lon Flattery Nummer 6, dem Direktor.

Ohne Augen oder Ohren, so hatte sie erwartet, war sie die ewige Gefangene einer absolut stummen Dunkelheit. Ohne Haut, so vermutete sie, würde sie nichts mehr fühlen, und da ihr auch die übrigen Sinne genommen waren, stellte sie sich vor, daß sie an ihrer letzten Blüte gerochen und das letzte Stück verbotene Schokolade gekostet hatte. Aber nichts von dem sollte sich als zutreffend erweisen.

Alyssa hatte damit gerechnet, von ihren Sinnen getrennt zu werden, doch ergab die Wirklichkeit, daß sie vielmehr davon frei war. Wie die Götter vermochte sie nun nach Belieben in den Verwerfungen der Zeit zu blättern, sich ihr Leben noch einmal vorzuspielen und dabei empfindungsmäßige Einzelheiten wahrzunehmen, die ihr bei der Filterung durch ihre Emotionen entgangen waren. Auch die Gefühle fehlten ihr nicht sonderlich, doch sie hielt es für möglich, daß hier ein simpler Verweigerungsprozeß ablief, zum Schutz des Rests von Alyssa Marsh vor dem ganzen Schrecknis dessen, was Flattery ihr angetan hatte.

»Du wirst das OGZ, das Organische Gehirnzentrum sein«, hatte er verkündet. Er sah diese Veränderung als Privileg und Ehre, als Rettung der Menschheit. Mit dem Aspekt der Rettung hatte er vielleicht sogar recht gehabt. Trotz der betäubenden Mittel, die sie eingenommen hatte, hatte sie die ersten beiden Attribute schon damals nicht ernst genommen. Sie wußte durchaus, daß ihr hier uralteste Argumente für den Schritt in ein Märtyrerdasein vorgetragen wurden.

»Sei doch vernünftig«, hatte er zu ihr gesagt. »Nimm dieses Banner an, dann wirst du in tausend Körpern leben. Das Allschiff wird deine Knochen, deine Haut sein.«

»Erspar mir das Gerede!« sagte sie undeutlich; die Beruhigungsmittel machten ihr die Zunge schwer. »Ich bin bereit. Wenn du nicht willst, daß ich meine Studien im Kelp fortsetze, wenn du mich nicht umbringen willst, dann mach nur!«

Inzwischen glaubte sie zu wissen, daß der Hauptunterschied zwischen ihr und dem Kelp in der Tatsache bestand, daß der gesamte Körper des Kelp zugleich auch sein Gehirn war. Die Gewebe waren integriert und die entsprechenden Leistungen meßbar. Flattery wollte davon nichts wissen.

Er hatte ihr eine Art Elysium versprochen, ein schmerz- und krankheitsfreies Leben. Er erinnerte sie daran, daß der Mensch nur in Form eines voll angeschlossenen OGZ der Unsterblichkeit sehr nahe kommen konnte. Dies tröstete sie aber nicht. Sie wußte, wie leicht andere OGZs durchdrehten, sie kannte das Tempo, mit dem sie den Faden verloren und ihre Trägerschiffe und ihre überflüssige Fracht aus Klonen vernichteten, Klone wie sie und Flattery und Mack. O ja, genauso war es auch an Bord des Allschiffs *Earthling* passiert, das sie nach Pandora gebracht hatte. Drei OGZ wurden verrückt, und die Mannschaft hatte eine künstliche Intelligenz schaffen müssen, um ihre Haut zu retten. Das Schiff hatte sie nach Pandora geführt und dort zurückgelassen.

Das wird mir immer deutlicher bewußt, dachte sie. *Gern würde ich dieses Schiff einmal kennenlernen, Interface zu Interface.*

Worte hatten sie stets amüsiert, und das Fehlen des Fleisches, mit dem sie lachen konnte, schien diese Amüsiertheit nicht zu mindern. Der Gedanke an ihren Sohn stimmte sie allerdings ernst, zumal er in Flatterys Sicherheitsdienst eine hoffnungsvolle Karriere begonnen hatte. Auch jetzt dachte sie an ihn, denn ihr größtes Bedauern war es, daß sie ihn nicht mehr von Angesicht zu Angesicht sehen konnte, ehe sie ...

... ehe ich meine sterbliche Fessel ablege, dachte sie. *Ich wollte ihn mit eigenen Augen schauen. Nein ... ich wollte, daß er mich zu sehen bekam, bevor ... dies eintrat.*

Sie hatte ihn einem recht gut gestellten Meermensch-Ehepaar überlassen; unvorstellbar, was geschehen würde, wenn Flattery herausfand, daß sie ihm einen Sohn geschenkt hatte. Sie war besorgt gewesen, er würde sie töten und den Sohn nehmen und zu einem neuen erbarmungslosen Direktor machen.

Ich hätte ihn behalten sollen, überlegte sie. *Er ist ohnehin Flattery sehr ähnlich.*

Der Junge mußte inzwischen Bescheid wissen – sie hatte entsprechende Papiere in ihrer Kammer versteckt, ehe Flattery sie zu einem wirren Haufen rosa Gewebes zusammenschnippelte. Es war ihre letzte sentimentale Tat gewesen.

»Dein Körper verrät dich«, knurrte Flattery an jenem letzten Tag. »Du hast doch ein Kind gehabt. Wo ist es?«

»Ich habe es fortgegeben«, antwortete sie. »Du weißt ja, wie ich zu meiner Arbeit stehe. Ich habe für nichts anderes Zeit als für den Kelp. Ein Kind ... also, das war nur eine vorübergehende Unannehmlichkeit.«

Es waren Argumente, wie man sie auch von Flattery hätte erwarten können – und er akzeptierte sie. Er schien gar nicht auf den Gedanken zu kommen, daß das Kind von ihm sein könnte. Die Liaison war sehr kurz gewesen und lag lange genug zurück, daß Flattery sich anscheinend gar nicht mehr daran erinnerte. Er hatte jedenfalls keine Bemerkung mehr darüber gemacht, seitdem sie vor gut zwanzig Jahren seine Kammer zum letztenmal verlassen hatte. Er brummte nur zustimmend, vermutlich in der Annahme, das Kind sei das Ergebnis einer kürzlichen Verfehlung. Er konnte nicht abstreiten, daß sie ihre Arbeit im Kelp mit Leidenschaft tat. Nur Zwerg MacIntosh tauchte mit gleicher Begeisterung in jenes rätselhafte Fast-Bewußtsein ein, das Pandoras Meere füllte.

Ich hätte ihn im Kelp bei mir behalten sollen, dachte sie. *Jetzt ist er zu dem geworden, was ich immer gefürchtet habe, außerdem bin ich nicht mehr bei ihm.*

In ihrem derzeitigen Zustand beschäftigte sich das OGZ Alyssa Marsh oft mit der Geburt und jenen wenigen kostbaren Augenblicken, da das Kind bei ihr gewesen war. Es hatte sofort nach der Geburt zu weinen aufgehört und die Natali beobachtet, die seine Mutter und das Zimmer reinigten. Er hatte einen dichten schwarzen Haarschopf und schien von Anfang an hellwach zu sein.

»Er ist einen Monat zu spät gekommen«, sagte die Hebamme. »Sieht aus, als hätte er die Zeit da drinnen nicht unnütz verstreichen lassen.«

Nach einigen Minuten gab sie das Kind an das Paar weiter, das ihm seinen Namen geben würde. Frederick und Kazimira Brood hatten sie seit Monaten wöchentlich besucht und für die Versorgung des Kindes alles vorbereitet. Alyssa mußte einen hohen Preis dafür bezahlen, doch sie würden ihm die besten Chancen bieten. Flattery war entschlossen, Kalaloch in eine echte Stadt zu verwandeln, in den Mittelpunkt des geistigen und wirtschaftlichen Lebens von Pandora. Er hatte die jungen Broods – Architekt und Sozialgeographin – eingestellt, um die gesicherten Lagerhäuser und Garnisonen für seine Truppen zu bauen. Damals wurde auch gemunkelt, die beiden würden den Universitätsvertrag bekommen. Wer hätte damals die Änderungen auf

Pandora, die Veränderungen in Flattery voraussehen können?

Ich, dachte Alyssa. *Aber ich hielt die Entwicklung des Kelp als Verbündeten für wichtiger, als meinen Sohn aufzuziehen.*

Wenn sie ihren Körper bei sich gehabt hätte, hätte sie jetzt gedehnt und langsam ausgeatmet, um die Spannung abzubauen, die sich in ihrem Magen festgesetzt hatte. Doch nun hatte sie keinen Magen und keinen Atem mehr, und ihr Denken war relativ frei von Emotionen.

Ich habe das Richtige getan, redete sie sich ein. *Im großen Plan der Menschheit habe ich das Richtige getan.*

Selbst wenn sie, überwältigt von Gier, nichts Böses dabei finden, eine Familie auszurotten, keine Sünde darin sehen, Freunde zu verraten – müßten dann nicht wenigstens wir, die wir das Schlimme der Zerstörung erkennen, dieser schrecklichen Tat entsagen?

aus *Zavatanischen Gesprächen mit den Avata*
QUEETS TWISP, der Ältere

Flutterby Bodeen entrollte den kostbaren gestohlenen Musselin auf dem staubigen Dachdeck. Ihre drei jungen Schulkameraden klatschten aufgeregt in die Hände.

»Du hast es geschafft!« jubelte Jaka. Er war ein hagerer Zwölfjähriger, der einzige Junge in der Gruppe. Sein Vater arbeitete wie der von Flutterby unter Wasser in der Shuttle-Startstation, auch SSS genannt. Seine Mutter arbeitete außerdem als Hyperkonduktor bei den Meermenschen, so daß die Familie beinahe die übliche Menge Coupons für die *Schlange* bekam.

»Psst!« rief Flutterby warnend. »Sie dürfen uns jetzt nicht finden! Leet, hast du die Farben?«

Leet, die mit elf die jüngste der vierköpfigen Runde war, zog unter der weiten Baumwollbluse vier dicke Tuben hervor.

»Hier«, sagte sie, ohne den Kopf zu heben. »Schwarz war nicht zu kriegen.«

»Grün!« fauchte Jaka ungeduldig. »Soll man glauben, wir wären Schatten? Du weißt doch, die nehmen immer grün ...«

»*Still!*« sagte Dana, legte nachdrücklich einen Finger an die Lippen und runzelte übertrieben die Stirn. »Vielleicht *sind* wir ja schon längst Schatten – habt ihr euch das schon mal überlegt? Wenn wir erwischt werden, wird man uns genauso behandeln.«

»Schon gut, schon gut«, sagte Flutterby. »Wir werden aber nicht erwischt – es sei denn, wir bleiben hier den ganzen Tag. Dana, Jaka, eigentlich sollen wir ja Musik üben – also spielt ihr beiden ein Weilchen. Leet und ich machen je ein Banner – dann spielen wir, damit ihr auch zwei fertigbekommt.«

»Heute früh wimmelt's unten in der Straße von Sicherheitsbeamten«, sagte Dana warnend.

»Wegen Crista Galli. Vielleicht glaubt man, sie sei hier irgendwo ...«

»Vielleicht *ist* sie das ja auch ...«

»Wir sollten Wache stehen ...«

»Die kommen nicht, während Wots üben«, behauptete Flutterby und hob die Hand, um die anderen zum Schweigen zu bringen. »Wer mag schon Musikstunden? Außerdem«, fuhr sie fort, atmete schnaufend ein und hob ein wenig das Kinn, »ist mein Bruder Sicherheitsbeamter. Ich weiß, wie diese Leute denken.«

»Ja, und er ist oben in Victoria«, stellte Dana fest. »Dort denken die Leute anders. Du weißt doch, daß man die Wächter wegschickt, damit sie nicht auf Familienangehörige schießen müssen.«

»Das ist nicht wahr!« widersprach Flutterby. »Sie sollen nur nicht im gleichen Bezirk arbeiten wie ihre Familie, weil ... weil ...«

»Wenn wir nicht loslegen, kommen sie doch noch rein«, unterbrach Jaka. Seine Stimme veränderte sich, versuchte einen Ton der Autorität zu finden. Jaka lebte am Rand des größten Flüchtlingslagers von Kalaloch. Mehr als die anderen fürchtete er die Unmittelbarkeit des Hungers und die Übergriffe der Sicherheitsbeamten. Trotz seiner zwölf Jahre hatte er schon oft erleben müssen, wie beides zum Tode führte. Er nahm seine abgegriffene Flöte aus dem Futteral und setzte sie zusammen.

Dana zuckte die Achseln, seufzte und öffnete ihre Caracol. Die neuen Saiten schimmerten in einem Sonnenstrahl, der sich in die Kammer verirrt hatte. Der verwirbelte schwarze Rücken der riesigen Muschel war über

Generationen hinweg von unzähligen Fingern abgegriffen worden, bis er schimmerte.

»Gib mir ein A«, sagte sie.

Jaka gehorchte, und während die Caracol gestimmt wurde, rissen die anderen beiden Mädchen das Tuch in vier gleiche Streifen, jeweils etwa drei Meter lang.

»Hat dein Bruder schon mal jemanden umgebracht?« flüsterte Leet.

»Natürlich nicht«, antwortete Flutterby. Sie glättete das Tuch, ohne sich dem Blick des anderen Mädchens zu stellen. »Er ist nicht so, du kennst ihn doch.«

»Ja«, sagte Leet. Sie begann zu strahlen und kicherte. »Er ist irgendwie *niedlich.*«

Flutterby stellte fest, daß knapp eine halbe Tube grüne Farbe ausreichte, ihr Banner zu beschreiben. Es war ein Dunkelgrün und würde beinahe so sichtbar sein wie schwarz. In großen Blockbuchstaben war zu lesen: WIR HABEN JETZT HUNGER! Anfänglich ein Leitspruch der Flüchtlinge, waren die Worte nun schon überall zu hören. Je schlechter die Versorgung klappte, je schmaler die Rationen wurden, desto öfter wurden die Worte geflüstert; Flattery hatte sie sogar schon in der *Schlange* vernommen.

Nahe der *Schlange*, in der jeder stundenlang stehen mußte, um in die Nahrungs-Verteilungszentren zu kommen, wollte sie ihr Banner aufhängen. Leets Spruch sollte über die Schule kommen, die sich gegenüber den Beton- und Plastahl-Büros der Meermensch-Handelsliga befand. Jaka wollte sein Tuch in den Meermensch-Hyperkonduktor schmuggeln, während Dana die Absicht bekundet hatte, ihren Text am Fährendock aufzuhängen, leicht zu sehen von den Holovisions-Büros auf der Pier.

Dana spielte einige Tonleitern, dann stimmten sie und Jaka einen schnellen, melodischen Tanz an, den sie schon in der Schule geübt hatten. Flutterby fand, daß ihre Freundin noch nie so gut gespielt hatte. Jaka hatte wie immer etwas Mühe, hielt aber angestrengt Schritt.

»Glaubst du, Crista Galli wurde von den Schatten entführt?« fragte Leet.

Sie konnte kaum mit der dicken Tube umgehen und malte die Buchstaben zweimal nach, damit sie auch aus der Ferne gelesen werden konnten.

»Ich weiß nicht«, antwortete Flutterby. »Ich weiß nicht mehr, was ich glauben soll. Meine Mutter ist auf Vashon aufgewachsen und sagt, Crista wäre eine Art Göttin. Vater meint, sie ist eine ganz Verdrehte.«

»Deine *Mutter?*«

»Nein, du Dummkopf! Crista Galli!« Flutterby kicherte. »Er behauptet, man könnte die Welt nur ernähren, wenn man die Strömungen im Griff behält, und wenn Crista Galli dabei hilft, den Kelp zu beherrschen, dann wäre es recht, wenn der Direktor dafür sorgt, daß sie nicht entkommen oder sich gegen uns stellen kann. Was meinen deine Eltern dazu?«

Leet runzelte die Stirn.

»Beide sagen nicht mehr viel, zu nichts«, antwortete sie schließlich. »Sie arbeiten ja immer nur, jeden Tag. Mutter sagt, sie wäre viel zu müde, um überhaupt einen klaren Gedanken zu fassen. Vater schaut sich nicht mal mehr die Nachrichten an. Er sagt gar nichts, beißt sich auf die Lippen und geht ins Bett. Ich glaube, sie haben Angst ...«

Eine Explosion am Hafen ließ die beiden zusammenzucken. Dana ließ die Caracol auf das Deck plumpsen.

»Das war dicht dran«, sagte sie. Dana begann immer dann zu lispeln, wenn sie nervös war – so auch jetzt.

Zu viert drängten sie sich vor das winzige Plas-Bullauge am Ende des Bodenraums. Schwarzer Rauch befleckte den Himmel rechts am Ende der Straße. Flutterby schaute nach links und sah die riesige Tasse vor dem ›Tassen-As‹ von der Wucht der Explosion pendeln. In der Straße drängten sich die morgendlichen Pendler und Verkäufer an ihren kleinen Tischen. Flutterby hörte Dana japsen und sah sie direkt unter sich deuten.

»Sicherheitsbeamte!« flüsterte sie. »Er bewacht das Luk. Sie müssen schon drin sein!«

»Wir müssen das Zeug verstecken«, sagte Jaka, und sein Flüstern hatte etwas Schrilles. »Wenn sie das Zeug finden, töten sie uns.«

»Oder machen noch was Schlimmeres«, brummte Dana.

Hastig rafften sie die Farben zusammen und versuchten die beiden feuchten Banner einzurollen, aber es war schon zu spät.

Das dünne Luk wurde von einem dicken, halslosen Wächter eingetreten. Ein zweiter, der mit ihm beinahe identisch war, stürmte herein und stellte sich mit dem Rücken an die Wand.

»Schau doch mal«, sagte er und legte die Banner mit der Mündung seiner Waffe auseinander. »Ein kleines Nest voller Flachflügler, ja?«

Ohne eine Antwort abzuwarten ließ er seiner Las-Waffe zwei Feuerstöße entfahren. Jaka und Leet stürzten rauchend zu Boden. Sie waren auf der Stelle tot. Es stank nach versengtem Fleisch.

Flutterby wollte schreien, aber sie fand keinen Atem mehr.

»Das sind *Wots!*« sagte der andere Wächter. »Wozu mußtest du ...?«

»Aus Maden werden Fliegen«, sagte der Schütze. »Wir haben unsere Befehle.« Wieder wurde die Mündung angehoben, deren Aufblitzen Flutterby nicht mehr wahrnahm.

Der Menschheit sind zwei Dinge eigen,
Die auf hoher See nichts nützen:
Steuerruder, Anker, Ruderblatt
Und die Angst vor dem Sinken.

ANTONIO MACHADO

Ben entriegelte das Luk, und Rico LaPush stürmte herein. Er nickte kurz dem Mädchen zu, das gespenstisch bleich aussah, und reichte Ben das kleine Notizgerät. Die meisten darauf enthaltenen Unterweisungen waren bereits überholt, doch würde Ben sie trotzdem hören wollen. Rico achtete darauf, das Mädchen nicht zu berühren.

»Fertig?« fragte er.

»Fertig«, gab Ben zurück.

»Ja«, sagte das Mädchen.

Rico kratzte sich die Bartstoppeln am Kinn und rückte die Las-Waffe zurecht, die er hinten im Hosenbund trug. Er war seit dem Untergang der Insel Guemes mit Ben zusammen – länger, als Crista Galli überhaupt auf der Welt war. Sein Mißtrauen gegenüber anderen Menschen hatte die beiden mehr als einmal vor dem Tod bewahrt, und er hatte nicht die Absicht, Ihrer Heiligkeit mit weniger Vorsicht zu begegnen.

»Déjà vu«, sagte er zu Ben und deutete mit einer Kopfbewegung auf ihr Inselmensch-Kleid. »Sie erinnert mich an die alten Zeiten, als das Leben einfach nur hart war. In den Straßen wimmelt es von Todestrupps – da muß sie schon eine gute Schau hinlegen ...«

»Sie können ruhig direkt mit mir sprechen«, warf Crista ein, deren Wangen sich vor Zorn gerötet hatten. »Ich habe Ohren zum Hören und einen Mund zum Antworten. Diese Schwester ist kein Stuhlhund und auch kein Glas Wasser auf dem Tisch ihres Bruders.«

Gegen seinen Willen mußte Rico lächeln. Ihr Inselmensch-Dialekt war ausgezeichnet, an ihrer Redeweise ließ sich nichts aussetzen. Sie schien sehr schnell zu lernen ... natürlich kannte sie intimere Methoden, in die Köpfe ihrer Mitmenschen vorzudringen ...

»Vielen Dank für die Lektion, Schwester«, sagte er. »Sie sind sehr fröhlich gekleidet, mein Kompliment.«

Rico bemerkte natürlich Bens Lächeln und die Tatsache, daß sein Partner nicht den Blick von Crista Gallis vollkommenem Gesicht wandte.

Ricos Kameras hatten für Holovision so manches wunderschöne Frauengesicht festgehalten, und er mußte zugeben, daß offenbar alles stimmte, was über Crista Galli erzählt wurde. Als Ben Reporter wurde, hatte sich Rico LaPush als Feld-Triangulator bei der Holographie-Mannschaft einstellen lassen. Eine wohlüberlegte Lüge verschaffte ihm den Posten, den ihm seine Lernfähigkeit erhielt. Er hatte jedes Jahr mehr Pomp und Schrecknisse gefilmt als die meisten anderen Kameraleute in einem ganzen Leben mitbekommen.

Bleich, aber wunderschön, dachte er. *Vielleicht bekommt sie in der Sonne ein bißchen Farbe.*

Die Einsatzleitung hatte verboten, sie der Sonne auszusetzen, was Rico aber angesichts des Pechs der letzten Zeit für unmöglich hielt. Die Einsatzleitung, wer immer sich dahinter verbarg, hatte schließlich nicht den Hals in der Schlinge.

»Wir gehen ein bißchen zu Fuß«, begann Rico. »Ohne Eile.« Mit einer Kopfbewegung deutete er auf das Notizgerät in Bens Hand.

»Spar dir das!« sagte er. »Am besten schmeißt du es weg. Es heißt, wir sollen fliegen, dabei haben Flatterys Kerle den Flughafen längst abgeriegelt. Wir müssen übers Wasser.«

»Aber man hat uns doch gesagt ...«

»Ich *weiß*, was man uns gesagt hat«, fauchte Rico. »Man hat *gesagt*, der Flughafen wäre sicher. Man hat *gesagt*, wir sollten sie vom Wasser fernhalten. Hauen wir ab!«

Crista Galli war von einer Aura der Traurigkeit umgeben, die Rico nicht gefiel. Angst konnte er ertragen – auch Zorn oder Hysterie, aber bei Traurigkeit dachte man zu leicht an Pech und Unglück. Damit hatten sie gleich zu Anfang Scherereien gehabt. Als sie zögernd die Hand nach Ben ausstreckte, stoppte Rico sie mit einem Wort.

»Nein!« sagte er. »Tut mir leid. Ich kann nicht zulassen, daß sie ihn berühren.«

»Ist das Ihre Angst?« gab sie heftig zurück. »Oder die der ›Einsatzleitung‹? Er ist bekleidet.«

»Meine Angst.«

Sie war gekränkt, als Ben schwieg.

Crista wich einen Schritt vor ihm zurück, und Rico verfiel plötzlich in den Guemes-Dialekt, den er vor vielen Jahren abgelegt hatte.

»Unter Inselmenschen weise ich lediglich eine meiner Schwestern darauf hin, daß sie sich das Ausmaß des Vertrauens und der Liebe vor Augen führen muß, mit dem die Menschen ihr begegnen«, äußerte er und nickte kurz mit dem Kopf. »Sie sprechen zu ihr, wenn das Sprechen schmerzhaft ist.«

»Und die Angst?«

Gut! dachte Rico. *Sie läßt sich nicht einschüchtern.*

Rico hielt an der Art und Sprechweise der Guemes-Inselmenschen fest.

»Diese Schwester weiß den Bruder gut einzuschätzen. Möge der Bruder die Schwester erinnern, daß man nur das Unbekannte fürchten muß. Vielleicht kann die Schwester diesen Bruder irgendwann dahingehend beruhigen. Fangen wir an?«

Sie sagte nichts mehr, und das gefiel Rico sehr. Welchen Fluch sie auch mit sich herumtragen mochte, sie trug ihn mit Würde. Er kannte Ben Ozette seit fünfundzwanzig Jahren. In dieser Zeit hatte sich Rico in ein Dutzend Frauen verliebt, während Ben nur einmal schwach geworden war. Damals, Rico erinnerte sich deutlich, hatte sein Freund Beatriz Tatoosh genauso angeschaut wie jetzt Crista Galli.

Wird auch Zeit, dachte er und lächelte vor sich hin. *Beatriz ist eng mit diesem MacIntosh liiert. Ben braucht auch etwas Festes.*

Jedermann wußte, daß Liebschaften unter Holovisionskollegen nur kurzen Bestand hatten, daß Familiengründungen unmöglich waren. Das viele Reisen und der Streß führten automatisch dazu, daß irgend etwas auf der Strecke blieb – meistens die Beziehung. Rico hatte die Suche nach festen Bindungen schon vor langer Zeit aufgegeben und war zur Zeit mit einem rothaarigen Mädchen zusammen, das ganztägig für die Einsatzleitung arbeitete.

»Der Hafen«, sagte Rico auf der Rampe. »Ein Wahnsinnsdurcheinander, bis jetzt keine Wächter in der Nähe der *Fliegender Fisch.* Victoria ist so sicher, wie das in Victoria nur möglich ist – also nehmen wir die Richtung. Riskant, aber nicht so riskant wie hier.«

Sie bogen nach rechts ab und schritten langsam die Pier entlang auf die Menschenmenge am Wasser zu. Rico hielt sich einige Schritte hinter den beiden anderen, sagte nichts und beobachtete Gebäude und Eingangsluks. Mehrmals wäre er beinahe auf Crista aufgelaufen, die abrupt stehenblieb, um in diesem oder jenem Laden Crista-Galli-Reliquien zu betrachten, die dort verkauft wurden. Dabei zog sie die Mantilla immer enger um ihr Gesicht.

Es stimmt also wirklich, dachte Rico. *Sie hat keine Ahnung!*

Er beobachtete, wie sich ihre Hand einer unter Glas ausgestellten geschmacklosen Weste näherte; auf der Vitrine stand: »Weste Crista Gallis, im Alter von zwölf Jahren getragen. Unverkäuflich.« Umgeben war die Vitrine von Okularplättchen mit Blutabstrichen, Haarbüscheln, die zu dunkel waren, um von ihr zu stammen, und mehreren Stoffstücken – alles Dinge, die nach den

Preisschildern von ›Ihrer Heiligkeit‹ Crista Galli stammten. Über der Präsentation drohte ein handgeschriebenes Schild: »Äußerste Gefahr. Nicht berühren. Bei Verkauf wird eine Schutzverpackung mitgeliefert.«

Man könnte meinen, sie hätte noch nie einen Hund gesehen, dachte Rico und ließ den Blick nicht von ihr. *Oder ein Huhn – bei den verdammten Hühnern wäre sie wirklich beinahe durchgedreht.*

Rico schlenderte hinter Crista und Ben her und versuchte ihr Gespräch nicht zu belauschen. Er hatte seit dem Vortag nichts mehr gegessen, so daß ihm nun vom Geruch der vielen Kohlenfeuer der Magen knurrte. Er war ein bißchen nervös, noch konnte viel schiefgehen. Immerhin hatten die Ablenkungsmanöver eine Patrouille aus dem Verkehr gezogen.

Wenn die Jungs plangemäß handeln, dürften wir zwischen hier und dem Boot keinen Wächter zu Gesicht bekommen.

Noch während ihm der Gedanke durch den Kopf ging, wurde er eines Besseren belehrt, doch war die Überlegung nicht mehr rückgängig zu machen, ebensowenig konnte er die beiden Sicherheitsbeamten verschwinden lassen, die weiter vorn um die Ecke kamen. Rico drückte in der Tasche einen Sendeknopf. Am Hafen gab es eine dritte Explosion, doch ging keiner der Wächter auf den Köder ein. Seufzend rückte Rico hinten im Hosenbund seine Las-Waffe zurecht. Es war ein älteres Modell, das nur auf kurze Distanz wirksam war. Als die beiden Wächter über die Straße auf die Gruppe zukamen, mußte er daran denken, wie schwer es doch geworden war, Ersatzladungen für die Waffe zu bekommen.

Beim Anblick der Beamten blieben Ben und Crista stehen. Pendler und Straßenverkäufer drängten sich in Wellen an ihnen vorbei. Rico verhielt ebenfalls den Schritt; er stand vor einem breiten Luk. Die Explosion brachte neue Bewegung in die Horden, die dem Hafen zuströmten, und Rico war gar nicht glücklich darüber, daß Ben stehengeblieben war. Die entgegenkommenden Männer trugen die Khakiuniformen der Vashoner Sicherheitskräfte, Rang vier. Es waren stämmige, mit Lähmstöcken bewaffnete Gestalten, beinahe normal aussehend; nur die faltigen Ohren und die dicken Unterlippen verrieten gewisse innere Schäden, wie sie für Lummi-Inselmenschen typisch waren.

Rico umklammerte bereits den Griff seiner Las-Waffe, als Crista Galli vortrat und dabei den rollenden Gang der Hochschwangeren besonders betonte. Nach Art einer Guemerin neigte sie beim Gruß den Kopf auf die Seite und hob die Hand.

»Brüder«, sagte sie, »diese werdende Mutter findet keinen Platz zum Ruhen, braucht ihn aber dringend.« Sie sprach ganz sachlich und hob die Handfläche. Obwohl die Wächter offensichtlich nervös waren, reagierten sie ganz automatisch.

»Zwei Straßen weiter, eine Straße links. Die Läden ...«

Der andere Wächter gab seinem Kollegen einen Schubs und unterbrach: »Vielleicht entwickelt sich da ein Schatten-Angriff ... komm weiter! Schwester, verschwinden Sie von der Straße. Ihr beide ... « – er deutete auf Ben und Rico – »schafft sie irgendwo ins Haus und zieht die Köpfe ein.«

Die beiden Wächter eilten ihrem Einsatz am Hafen entgegen, und Rico ließ den angehaltenen Atem langsam zwischen den Zähnen hindurchpfeifen – in einem codierten Pfiff, den jeder Inselmensch als ›Alles-in-Ordnung-Signal‹ erkennen würde.

»Du hast Rico glücklich gemacht«, sagte Ben grinsend.

»Hab auch alles auf Band«, bemerkte Rico und klopfte auf eine winzige Linse an seinem Hemd. »Die Szene müßte sich in Ihren Memoiren prächtig machen.«

Er nickte Crista zu. »Gut geschaltet, verdammt gut gespielt.« Er überprüfte die Energiezelle seiner Kamera am Gürtel und säuberte die winzige Linse am Kragen mit dem Hemdsärmel. Sie sah aus wie eine kleine Nadel mit einem schimmernden grauen Edelstein.

»Sollten wir nicht von hier verschwinden?« fragte Crista. »Sie haben ja gehört, die Schatten ...«

»Die Schatten sind wir«, unterbrach Rico sie flüsternd. »Es wird keinen Angriff geben. Natürlich könnten die Anwohner aus dem Ruder laufen. Immerhin ist die Situation ziemlich angeheizt. Die *Fliegender Fisch* liegt dort.« Er deutete auf ein ›Pier 4‹-Schild weiter vorn.

Eine der großen, die Bucht überquerenden Fähren war am Dock aufgetaucht, um im relativ flachen Gewässer der Bucht keine Explosionsschäden zu riskieren. Fußpassagiere aus ganz Pandora strömten aus dem Heckluk, während zwei- und dreirädrige Fahrzeuge die Straße füllten. Der morgendliche Staub war vom Löschwasser und den vielen Füßen in Schlamm verwandelt worden, der überdies von den Rädern hochspritzte und so manches kostbar bestickte Inselmensch-Gewand besudelte. Inselmenschen putzten sich sogar heraus, wenn sie nur auf den Markt gingen.

Etwa die Hälfte der Leute, die über die Pier wogten, trugen um den Hals den Mitarbeiter-Plastikausweis des Allschiff-Projekts. Was immer sie auch sonst taten, sie lebten von Flatterys Lohn. Kalaloch war ein großes Dorf, groß genug, um Familienbindungen in den Hintergrund treten zu lassen, und so mancher Verkäufer am Hafen rief den Arbeitern von der Shuttle-Startstation Schimpfworte und Flüche hinterher.

Die Pier war eigentlich eine Brücke zwischen zwei Tunnelöffnungen – der eine führte vom Dorf zur Pier, der zweite an Bord der Unterwasser-Fähre. Verkäufer drängten sich an den Eingängen zur Station und verkauften Sonnenschutzöl, Limonaden, Trockenfrüchte. Der Geruch nach Kohlenfeuern und das Zischen gebratenen Fischs gingen im Brodeln der Menge unter.

Plötzlich wurde eine von Ricos größten Ängsten

Wirklichkeit. Ein Inselmensch-Flüchtling, der ein Plakat trug und von Löschwasser durchnäßt war, eilte über die belebte Pier und attackierte einen Schichtarbeiter. In einem Gewirr aus Armen und Beinen gingen die beiden zu Boden, und weniger aus Zorn denn aus Reflex begann die Horde der Arbeiter nach dem Angreifer zu treten. Mehrere Dutzend Flüchtlinge versuchten schwach, ihn zu befreien und sich zu wehren, doch wurden sie im Nu niedergekämpft.

Rico und Ben schoben sich dicht an Crista Galli heran, und Rico versuchte einen Weg über die Pier zu finden. Ringsum wurden aus zornigen Rufen dumpfe Schmerzenslaute. Körper fielen ins Meer, und durch die heiße Vormittagsluft hallten Flüche und das Klatschen von Fäusten auf nackter Haut.

Crista hielt die Arme verschränkt und hatte wie eine typische alte Inselmensch-Frau die Hände in die Ärmel gesteckt. Sie wirkte irgendwie erstarrt, als wäre sie bei einem Wot-Fangspiel erwischt worden und dürfe sich nicht mehr rühren. Plötzlich stolperte sie über das zertretene Plakat des Inselmenschen, und Rico las die Inschrift: »Gebt einem Bruder eine Chance!«

Ein Splittern war zu hören, dann das Knirschen sich verbiegender Verstrebungen, gefolgt von Entsetzensgeschrei. Rico drehte sich kurz um und sah, wie ein Teil der Pier nachgab und Hunderte von Menschen ins Wasser stürzten.

Das dürfte die Sache zunächst abkühlen, dachte er. *Aber nicht lange.*

»Gehen Sie langsamer«, sagte Rico dicht neben Crista Gallis Ohr. »Sie sind müde und schwanger und haben seit gestern abend nichts mehr gegessen.«

Letzteres stimmte, das wußte er. Er dachte an den Hunger, den er als Wot gelitten hatte, und fragte sich, wann wohl Crista Galli oder der Direktor das letztemal eine Mahlzeit versäumt hatten. Im Nachrichtengeschäft hatten er und Ben so manches Essen überspringen müssen, aber das war etwas anderes gewesen. Als Wot hatte Rico nicht *freiwillig* gehungert.

Er ließ den Blick am Strand entlangwandern, der die Inselmensch-Siedlung an der Küste verließ und sich am Dorfrand zu einem grasbestandenen Plateau erhob. Dort warteten massierte Sicherheitskräfte in ihren schwarzen Mannschaftswagen darauf, daß die Menge müde wurde, um sie dann durch die Mangel zu drehen. Ein blutiges Durcheinander so dicht am Perimeter und relativ offen zum Strand und zur Bucht hin konnte Huscher anlocken. Der Anblick einer Huscherhorde würde die Menge auseinandertreiben, anschließend konnten die Wächter die Huscher erledigen, ohne sich ihre Uniformen schmutzig zu machen.

Ricos visuelle und elektronische Überprüfung der nächsten Umgebung ergab, daß die eigentliche Pier wächterfrei war. Natürlich reichten seine Geräte nicht aus, die starken Lauschapparate aufzuspüren, die der Direktor neuerdings mit Vorliebe benutzte.

Beim Gehen schaute Crista geradeaus, und ihre Pupillen waren geweitet. Ben umfaßte ihren Ellbogen.

»Ehe wir abfahren, mußt du ihnen sagen, daß sie alle eins sind. Sie müssen begreifen, daß sie alle dasselbe Wesen sind und sterben werden, wenn sie sich Arme und Beine abschneiden ...«

Ben schüttelte ihren Ellbogen. Rico sah ihre Augen, als sie sich zu ihm umwandte – ihr Blick hatte etwas Wildes, Verinnerlichtes, kehrte dann aber zu einem normalen Ausdruck zurück. Ihm fiel auf, daß Ben sich vorsah und Crista nicht berührte.

»Wir fahren nach Port Hoffnung«, log Ben hastig. »Um diese Jahreszeit ist es dort am See wunderschön, und trotz der Höhe wird es dir bei Nacht sehr warm vorkommen. Die älteren Inseln sind zu verwundbar. Bei den Meermenschen können wir auf große Loyalität zählen, aber man kann sich in ihren Siedlungen unter Wasser nicht frei bewegen. Im Augenblick sind die Sicherheitskräfte am gefährlichsten. Der Direktor hat überall an der Küste Aufklärungsflugzeuge eingesetzt, besonders im Umfeld des Sondergebiets. Dann sind da natürlich noch seine Seefalken. Auf dem Meer sind wir dem Kelp ausgesetzt.« Er zögerte und nickte, als Crista ihn anschaute. Dann fuhr er fort: »Außerdem der neuen Tragflügelboot-Flotte des Direktors, von denen er einige passenderweise an die Sicherheitsbehörden von Vashon verkauft hat. Im übrigen hat er seine Spione in unseren Reihen.«

Rico war erleichtert. Was Ben gesagt hatte, war für die Lauschgeräte bestimmt, nicht für Crista Gallis Ohren. Ihr ausdrucksloser Blick verriet, daß sie kein einziges Wort verstanden hatte.

Sie schlurfte durch das Gebrüll an Pier 4, als hörte sie nichts. Inzwischen brannten etwa ein Dutzend Boote, und die Feuerwehr versuchte sie von den anderen zu trennen. Ein schnelles Tragflügelboot der Vashoner Sicherheitskräfte brauste mit Vollgas von der Sondergebiets-Seite des Hafens herbei.

Die *Fliegender Fisch*, Holovisions privates Tragflügelboot, lag deutlich erkennbar am Ende des Kais. Rico spürte das Adrenalin in sich. Er konnte nur hoffen, daß die Einsatzleitung Elvira, die Führerin des *Fligender Fisch*, richtig instruiert hatte. Sie mochte keine plötzlichen Änderungen der Planung – und schon gar nicht Zusammenstöße mit Vashoner Staatswächtern.

Elvira war die nervenstärkste Schiffsführerin, die Holovision je eingestellt hatte. Nimand vermochte Elvira aus dem Gleichgewicht zu bringen. Soweit Rico wußte, hatte sie keine politischen Überzeugungen, keine Stekkenpferde, keine Freunde und auch keine Glaubensrichtung. Ihre Leidenschaften beschränkten sich darauf, das heißeste Wasserstoff-Tragflügel-Rammboot zu lenken, das es auf der Welt gab – so oft und so schnell wie möglich. Bei Oberflächenfahrt war sie ungemein erfahren; im Tauchmodus oder beim Fliegen machte es ihr niemand nach. Sie hatte Ben und Rico schon bei unzähligen heißen Aufträgen befördert. Dies würde die heißeste Aktion von allen werden.

Ben zog Ricos Blick auf sich, hob fragend eine Augenbraue und nickte zu dem Mädchen hinüber.

Rico kratzte sich den Zweitagesbart. Crista drehte sich um und schaute an ihm vorbei auf die Menge, die die Pier entlanggewogt und dabei immer größer und schneller geworden war und sich nun in die Straßen Kalalochs ergoß.

Wer später an diese Ereignisse zurückdachte, wußte vor allem zu berichten, daß der morgendliche Himmel plötzlich durch einen Knall wie von einem Sommergewitter oder einer Peitsche zerrissen wurde. Eine Erscheinung ohne Echo, ohne Druckwelle. Sogar Kinder verstummten in den Rockfalten ihrer Mutter.

Rico preßte Fingerspitzen auf die Ohren und spürte das Scharren an jeder Linie, jeder Wölbung, jedem Wulst. Wenn eine Schockwelle ihn getroffen hätte, würden ihm noch immer die Ohren klingen.

Sie hat das getan in meinem ... in unseren Köpfen!

Crista spürte, wie die plötzliche Stille von ihrem Zorn erdröhnte. Sie war froh, daß Ben und Rico sich als erste erholten, auch wenn ihre Blicke sichtlich angstvoll waren. Der Mob war vorübergehend wie gelähmt und schaute sich nach einer Waffe um, aber schon wogten die Lkw-Ladungen Vashoner Sicherheitsbeamter herbei und brachten alles wieder zum Brodeln.

Crista wandte sich heftig ab und stieg an Bord der *Fliegender Fisch*, nicht ohne an den breitbeinigen Gang der Hochschwangeren zu denken. Neben dem Luk zur Kabine blieb sie stehen, schlug sich die Arme um den Leib und schaute auf das Meer hinaus. Die Kinder wuselten wieder durcheinander, Dorfbewohner rieben sich erstaunt die Ohren und erwachten aus ihrer Erstarrung. Rico bemerkte, daß die Brände von den Booten auf die Pier und einige Läden übergesprungen waren. Beide

Fähren waren an der Anlegestelle sicherheitshalber leer auf Grund gegangen. Rico näherte sich Crista, während Ben die Leinen losmachte.

»Dies hat sich seit Monaten angestaut«, sagte er. »Es war in den Straßen förmlich zu spüren. Die Menschen hatten die Nase voll. Allerdings kommt alles zu früh und ist nicht richtig organisiert. Es wird zusammenbrechen – jedenfalls aus Sicht der Leute. Einige Wächter werden uns folgen. Andere müssen in den Hafen oder ins Innere der Siedlung, um den Angriff abzuwehren, der nun unvermeidlich ist. Damit ist das Sondergebiet geschwächt ...«

»Es ist gut abgeschirmt«, antwortete sie nüchtern. »Das klappt nie.«

Sie fixierte Rico mit ihren verblüffend grünen Augen. Wieder einmal stellte er fest, daß ihre Pupillen trotz des Sonnenscheins geweitet waren.

»Ich weiß inzwischen, wie Ihnen vorhin zumute war, als Sie Angst hatten, mich zu berühren.« Sie glättete ihr Kleid über dem falschen Bauch. »Was ich von den Schatten weiß und was Sie von mir wissen, ist das gleiche. Mein Wissen beschränkt sich auf das, was Flattery mir erzählt hat. Ich weiß nicht, ob Sie Grund haben, meine Berührung zu fürchten. Wissen Sie, ob ich die Ihre fürchten müßte?«

Als er nicht antwortete, machte sie kehrt und schlurfte stumm in die Kabine des Holovisions-Bootes.

Das Böse ruht im Auge des Betrachters.

SPINNE NEVI
Sonderassistent des Direktors

In der Holo-Suite des Direktors war die Beleuchtung angemessen gedämpft worden. Ein enger Scheinwerferstrahl erhellte sein Gesicht von unten, betonte seine Größe – immerhin ragte er fast einen Kopf über den durchschnittlichen Pandorer hinaus – und verlieh seinem Auftritt etwas Hochherrschaftliches, was ihm sehr gefiel.

Eine leere Holokassette wackelte auf der roten Armstütze seines Lieblingssessels. Ein Aufkleber in orangeroter Leuchtfarbe forderte: »Nur für Augen«. Darunter stand handgeschrieben: »DD, *nur* S. Nevi.« Darunter befand sich ein schwarzer Stempel: »Extremstrafe.« Flattery belächelte die vornehme Umschreibung. Auf seine Anweisung hin wurden alle, die unter die ›Extremstrafe‹ fielen, automatisch zu Kandidaten für Spinne Nevis Verhörlehrlinge. Ein schmutziger Beruf, die Geheimdienstlerei.

»Herr Nevi«, sagte er mit einem Kopfnicken.

»Direktor.«

Wie üblich war Spinne Nevis Gesichtsausdruck nicht zu deuten, auch nicht für Flattery, der immerhin eine Fachausbildung als Psychiater-Geistlicher hatte. Nevi war pünktlich beim ersten Schein der Dämmerung erschienen, ohne jede Eile, gekleidet in einen flotten grauen Meermensch-Freizeitanzug.

»Zentz hat sie noch nicht gefunden«, sagte Flattery. Seine Stimme klang gepreßt und verriet mehr Zorn, als er eigentlich zeigen wollte.

»Zentz hat sie entkommen lassen«, gab Nevi zurück.

Flattery brummte etwas Unverständliches. Daran brauchte ihn niemand zu erinnern, schon gar nicht Nevi.

»Suchen *Sie* sie«, sagte er und ließ den Zeigefinger durch die Luft schnellen. »Holen Sie das Mädchen zurück, pressen Sie die anderen aus, so gut es geht! Ozette heben Sie sich für einen besonderen Anlaß auf. Er steckt irgendwie hinter dem Schattenkasten, und damit muß *schleunigst* Schluß sein!«

Nevi nickte, und die Vereinbarung war getroffen. Die Verteilung der Beute würde man wie üblich später arrangieren. Nevis Bedingungen waren immer vernünftig, sogar bei schwierigen Dingen, denn er mochte seine Arbeit. Es war eine Art von Arbeit, die ohne den Direktor vielleicht ausgestorben wäre.

Jede Form von Kunst findet ihre Leinwand, dachte Flattery.

»Der Flughafen ist gesichert«, berichtete Nevi. »Es war dort etwas für sie vorbereitet, aber wir haben das halbe Dutzend Kollaborateure abgedrängt. Solide Geheimdienstarbeit. Zentz dreht im Dorf die üblichen Daumenschrauben. Unsere Freunde müssen das Mädchen bald aus dem Loch bringen. Über Land kommt nicht in Frage, das wäre Wahnsinn. Es müßte also auf dem Meer passieren, mit Ablenkung, um überhaupt herauszukommen. Ich würde auf Victoria tippen. Sicher lohnt es sich zu warten und dann eine möglichst weitgefächerte Aktion einzuleiten, finden Sie nicht auch?«

»Sie lassen den Hafen bewachen?«

»Natürlich. Das Holovisions-Tragflügelboot ist vorsichtshalber angezapft. Ihr Sensorensystem wurde bereits dazugeschaltet.« Nevi schaute auf die Uhr an Flatterys Konsole. »Sie müßten sich eigentlich jederzeit einstimmen können.«

Flattery bewegte sich ein wenig auf seiner Kommandocouch und gab damit zu erkennen, wie unzufrieden ihn dieser Verlust an Kontrolle stimmte. Nevi versuchte seinen Maßnahmen zuvorzukommen, und das gefiel ihm nicht.

»Also«, sagte Flattery und rang sich ein Lächeln ab, »das ist ja großartig! Wir erwischen Sie alle – dafür sollen Sie belohnt werden. Zentz murrt, Sie klauen ihm die besten Leute, aber immerhin schaffen Sie etwas, verdammt!« Er schlug mit der Hand auf den Tisch und hielt das Lächeln fest.

Spinne Nevi verzog keine Miene und schwieg. Er reagierte lediglich mit einem kaum merklichen Senken seines scheußlichen Kopfes, der einigermaßen normal geformt war – bis auf den schleimigen Schlitz anstelle der Nase. Nevis dunkle Haut war durchzogen von einem schimmernden Netz roter Adern. Seine dunklen Augen funkelten und ließen sich nichts entgehen.

»Was soll mit der Tatoosh geschehen?«

Flattery spürte, wie sein Lächeln erschlaffte, und versuchte es zu retten.

»Beatriz Tatoosh ist uns sehr nützlich«, sagte er. »Sie steht dem Allschiff-Projekt mit einer Begeisterung gegenüber, die wir nicht hätten kaufen können.« Er hob die Hand und erstickte Nevis Einwand. »Ich weiß, was Sie glauben – das kleine Techtelmechtel zwischen ihr und Ozette. Das ist seit gut einem Jahr vorbei ...«

»Ein ›kleines Techtelmechtel‹ war das nicht gerade«, unterbrach Nevi. »Es dauerte *Jahre.* Vor zwei Jahren wurden die beiden beim Bergarbeiteraufstand zusammen verwundet ...«

»Ich kenne Frauen«, fauchte Flattery. »Bestimmt haßt Sie ihn deswegen. Mit einer jüngeren Frau wegzulaufen ... Holovision und das Allschiff zu sabotieren. Hat sie gestern die Nachrichten nicht einwandfrei gebracht?«

Ein Nicken von Nevi – und Stille.

»Sie weiß so gut wie wir, daß Ozette, würde man ihn als Beteiligten der Entführung nennen, eine Popularität und Glaubwürdigkeit erlangen würde, die wir uns nicht leisten können. Die Sache zwischen den beiden ist aus, so wie alles andere für Ben Ozette aus sein wird, wenn wir ihn erst wieder in unserer Gewalt haben. Die Tatoosh fliegt heute nachmittag zur Baustation in die Kreisbahn hoch und ist dann aus dem Weg.«

Als Nevi weiter schwieg, rieb sich Flattery energisch die Hände.

»Jetzt will ich Ihnen zeigen, wie ich den Kelp in den letzten zwei Jahren im Zaum gehalten habe. Sie wissen ja, wie sehr die Leute dagegen sind – es muß schon eine Katastrophe eintreten, um sie zum Mitmachen zu bewegen. Also, der Wille des Kelp wurde schon vor langer Zeit durch unser Labor in Orcas gebrochen. Viel zu kompliziert für eine kurze Erklärung – vielleicht genügt der Hinweis, daß es nicht nur um die mechanische Steuerung geht, bei der Strömungen umgeleitet werden und so weiter. Mit Hilfe der Neurotoxin-Forschung haben wir die *Emotionen* des Kelp angezapft. Erinnern Sie sich an den Kelphain vor Lilliwaup, in dem sich das Kommandoteam der Schatten versteckt hatte?«

Nevi nickte. »Ja. Sie haben Zentz befohlen, die Hände davon zu lassen.«

»Genau«, antwortete Flattery, richtete sich in seinem Liegestuhl auf und ließ die Rückenlehne hochschnellen. Er programmierte den Holo, woraufhin die Beleuchtung automatisch noch matter wurde. In der Mitte des Raums erschienen zwischen den Männern in Miniatur mehrere Monitoransichten eines Untersee-Vorpostens der Meermenschen, einer Kelpstation am Rande eines mittelgroßen Wuchses. In der Tiefe hinter der Station flackerten Kelplichter. Die Kelpstation war auf den Überresten eines alten Orakles errichtet worden.

Orakle, so nannten Pandorer die Stellen, an denen der Kelp durch Wurzeln mit der Planetenkruste verbunden war. Weil diese dreihundertjährigen Wurzeln unheimlich tief waren und die Meermenschen der Urzeit sie in geraden Reihen angepflanzt hatten, brach die pandorische Planetenhülle häufig entlang solcher Wurzelfurchen. Eine Serie dieser Brüche hatte Pandoras neue Kontinente und felsige Inselketten entstehen lassen.

Flatterys Privatgarten, das ›Grün‹, lag in einer unterirdischen Höhle, die einst ein Orakle gewesen war. Der Direktor hatte die dreihundert Meter dicken Wurzeln herausbrennen lassen, um seine eigene Landschaft gestalten zu können.

Drei Bilder verdichteten sich auf der Holo-Bühne vor den beiden Männern: das Innere der Kelpstation, an deren Kontrollkonsole unruhig ein kahl werdender Meermensch saß; das zweite Bild erfaßte das Umfeld der Station vom Kelp-Perimeter aus, fixiert auf das Hauptluk der Station; das dritte Bild zeigte die graue Masse des Kelp vom rückwärtigen Luk aus. Der Meermensch schien sehr nervös zu sein.

»Seine Kinder sind in den Kelp geschwommen«, erklärte Flattery. »Er macht sich Sorgen. Ihre Luftfische müssen ausgetauscht werden. Alle haben pflichtgemäß ihr Gegenmittel genommen. Wird der Kelp mit meiner neuen Mischung behandelt, zeigt er eine ungesunde Hinwendung zum Gegenmittel.«

Gelegentlich sah man zwischen den Kelpfächern die Körper der Kinder herumhuschen. Sie bewegten sich behäbig langsam wie in einem Traum, viel langsamer, als es das Element erforderte, erheblich langsamer als das sonstige Zappeln und Strampeln kleiner Kinder.

Der Meermensch aktivierte einen pulsierenden Laut, der sich nach einigen Zyklen ganz von selbst abschaltete.

»Nun hat er schon zum drittenmal das Zeichen zum Sammeln gegeben«, erklärte Flattery, der vor Spannung kaum noch stillsitzen konnte.

Der Meermensch sprach mit einer Frau im Arbeitsanzug; sie hatte den ganzen Tag das Kelpbeet für die Strömungskontrolle verkabelt und war noch entsprechend naß.

»Linna«, sagte er. »Ich bekomme sie aus dem Kelp nicht heraus. Die Luftfische müssen bald trocken sein ... was ist da draußen los?«

Sie war hager und bleich und glich darin ihrem Ehemann, doch wirkte sie zugleich verträumt und desorientiert. Die Besatzungen der Außenstationen trugen den Tauchanzug normalerweise nicht im regulären Quartier. Sie arbeitete am Rand des Bereichs, den die Meermenschen ›Blauer Sektor‹ nannten.

»Vielleicht liegt's an seiner Berührung«, murmelte sie. »Die Berührung ... etwas ganz Besonderes. Wer nicht dort arbeitet, kann das nicht wissen. Nicht glatt und kalt wie früher. Neuerdings fühlt sich der Kelp an, nun ja ...« Sie zögerte und errötete, was Flattery sogar durch die Holo-Übertragung deutlich sehen konnte.

»Wie was?« fragte der Meermensch.

»Ich ... in letzter Zeit erinnert mich seine Berührung an dich.« Ihr leicht gerötetes Gesicht betonte das dichte blonde Haar. »Irgendwie warm. Und er schenkt mir ein Kribbeln tief drinnen. Meine Adern kribbeln.«

Der Mann brummte etwas, schaute sie aus zusammengekniffenen Augen an und seufzte. »Wo stecken die Wots?«

Er schaute durch das Plas in die dunklen Tiefen. Von den Kindern sah Flattery keine Spur mehr. Die zunehmende Besorgnis des Meermenschen erfüllte ihn mit leisem Triumph.

Der Meermensch aktivierte wieder seinen Konsolenton, und das Prüflicht des Systems blinkte entsprechend. Ungeduldig klopfte er mit dem Finger auf den Ortungsschirm.

»Eben war sie noch *dort!*« entfuhr es ihm, »das ist ja verrückt. Ich gebe Code Rot.« Er entriegelte den Knopf, den, wie Flattery wußte, keine Außenstation gern drückte: Code Rot. Damit wurde die Strömungskontrolle über dem Planeten ebenso verständigt wie die Kommunikationszentrale im nächsten Meermensch-

Stützpunkt. Es war das Zeichen, daß die ganze Anlage in großer Gefahr war.

»Sehen Sie?« bemerkte Flattery. »Er kommt langsam darauf.«

»Ich schwimme raus«, sagte der Mann zu seiner Frau. »Du bleibst hier. Verstehst du?«

Keine Antwort. Sie saß mit verträumtem Blick da und beobachtete die fünfzig Meter langen Stränge blauen Kelps, die vom Rand des Bewuchses her ausfächerten.

Der Meermensch riß einen Luftfisch aus dem Schrank neben dem Luk und schnallte einen Werkzeuggurt um. Er schnappte sich einen Laserschneider mit langem Griff und einen Stapel Ladungen. Als besinne er sich im letzten Augenblick darauf, griff er nach dem ganzen Korb mit Luftfischen, den symbiontischen Kiemen der Meermenschen, mit denen sie sich den Sauerstoff direkt aus dem Meer in den Blutstrom filterten.

Scheußliche Gebilde, dachte Flattery erschaudernd. Unbewußt rieb er sich den Hals, wo die Fische normalerweise befestigt wurden.

Draußen erreichte das Handlicht des Meermenschen kaum den Kelpbewuchs am Rand der Anlage. Das Holo war am frühen Abend gemacht worden, und das schwächer werdende Licht über der Szene sowie die Tiefe ließen die Aufzeichnung dunkler erscheinen und machten es schwer, das Gesicht des Mannes in den Einzelheiten zu erkennen – eine kleine Enttäuschung bei dieser ansonsten vorzüglichen Aufzeichnung des Tests.

Als der Meermensch den Perimeter erreichte und sich somit in Reichweite der längsten Kelpstrünke befand, fuhr er herum, denn hinter ihm ertönte das Klicken und Fauchen eines sich öffnenden Luks. Gemächlich schwamm seine Frau heraus und verschwand auf direktem Weg im dichten Kelp. Die Atmosphäre der Station brodelte in einem mächtigen Blasenschwall zur Oberfläche empor. Als das Meer durch die offene Schleuse in das Quartier stürzte, mußte dem Mann klar geworden sein, daß alles verloren war. Alle Sensoren wurden schwarz.

Flattery schaltete das Holo aus und drehte das Licht stärker. Nevi saß starr da, sein Gesicht war unverändert ausdruckslos.

»Der Kelp hat die Leute angelockt und aufgefressen?« fragte er.

»Genau.«

»Auf Befehl?«

»Auf Befehl – auf *meinen* Befehl.«

Flattery freute sich über den Anflug des Lächelns, der auf Spinne Nevis Lippen erschien wie ein Luxus, den er sich nur ganz kurz gönnen wollte.

»Wir wissen beide, was aus dem Geschrei und dem Aufruhr um diese Sache wird«, fuhr der Direktor fort und blies sich ein wenig auf, ehe er fortfuhr: »Man wird Rache fordern. Meine Männer werden auf allgemeines Drängen *gezwungen* sein, diesen Bewuchs zu beschneiden. Begreifen Sie, wie das läuft?«

»Sauber! Ich dachte immer ...«

»Ja«, brüstete sich Flattery, »das geht auch allen anderen so. Der Kelp ist seit jeher ein *sehr* schwieriges Thema, das wissen Sie. Das religiöse Element und alles andere.« Wieder eine geringschätzige Handbewegung. Flattery konnte das Angeben nicht lassen.

»Ich mußte zweierlei erreichen: Kontrolle über die Strömungskontrolle erlangen und außerdem den Punkt ermitteln, an dem der Kelp intelligente Züge zu zeigen beginnt. Nicht richtig intelligent, nur fühlend und handelnd. Wenn er erst die verdammten Gasbeutel losschickt, ist es zu spät – dann kann man das Zeug nur noch auslöschen. So haben wir im Laufe vieler Jahre so manchen guten Kelpweg verloren.«

»Aber wo liegt der Schlüssel?«

»In den Lichtern«, antwortete Flattery. Er deutete durch sein riesiges Plasfenster auf das Beet vor der Gezeitengrenze. »Wenn der Kelp zu flackern anfängt, beginnt er zu erwachen. Dann ist er wie ein Kleinkind und weiß nur, was man ihm sagt. Er verständigt sich mit einer chemischen, elektrischen Sprache.«

»Und Sie reden auf ihn ein.«

»Selbstverständlich! Erstens muß man verhindern, daß er mit anderen Kelpbeständen in Berührung kommt. Daran führt kein Weg vorbei. Diese Gebilde unterrichten einander, indem sie sich berühren. Man muß grundsätzlich dafür sorgen, daß die Kelpwege zwischen den einzelnen Bewüchsen sehr breit sind – einen Kilometer oder breiter. Das verdammte Zeug lernt schon aus Blättern, die von anderen Pflanzen abgerissen wurden. Die Übertragungswirkung läßt allerdings sehr schnell nach – ein Kilometer reicht meistens.«

»Aber wie ... lehren Sie den Kelp, was er wissen muß?«

»Ich lehre ihn nicht. Ich manipuliere. Das ist sehr altmodisch, Nevi. Ganz einfach – Lebewesen fühlen sich zur Freude hingezogen und fliehen den Schmerz.«

»Wie reagiert der Kelp auf diese Art von ... Verrat?«

Flattery lächelte. »Ach ja, Verrat ist Ihre Spezialität, nicht wahr? Nun ja, ist er erst einmal zurückgeschnitten worden und wird im Stadium der Lichterbildung gehalten, kann er sich nicht an viel erinnern. Studien beweisen, daß er ein Gedächtnis bilden *kann*, wenn man es zuläßt, daß er sich bis zur Sporenabgabe weiterentwickelt. Sie haben eben gesehen, was dann geschieht – also dürfen wir es nicht soweit kommen lassen. Außerdem ergeben unsere Forschungen, daß der Sporenstaub einen ahnungslosen Bewuchs informieren kann.«

»Ich dachte, der Kelp wäre nur ein Störfaktor«, sagte Nevi. »Mir war nicht klar, daß Sie wirklich glauben, das Zeug könnte *denken*.«

»Oh, sehr sogar. Sie vergessen, Nevi, daß ich Psychiater-Geistlicher bin. Daß ich nicht bete, bedeutet nicht ...

nun ja, jede Art von Verstand interessiert mich. Alles, was sich mir in den Weg stellt, finde ich interessant. Dieser Kelp reizt mich auf beiden Gebieten.«

»Halten Sie ihn für einen ernstzunehmenden Gegner?« fragte Nevi lächelnd.

»Durchaus nicht.« Flattery lachte bellend. »Ernstzunehmen ist er nicht. Da müßte die Pflanze mir schon mehr zeigen, als ich bisher gesehen habe. Sie stellt nur ein interessantes Problem dar, das interessante Lösungen erfordert.«

Nevi stand auf, und die Frische seines grauen Anzugs betonte die fließenden Bewegungen der darunter spielenden Muskeln.

»Das ist Ihre Sache«, sagte Nevi. »Die meine sind Ozette und das Mädchen.«

Flattery widerstand dem Impuls aufzustehen und lässig die Hand zu schwenken, sich mit einer Nonchalance zu geben, die er nicht empfand.

»Selbstverständlich, selbstverständlich.« Er wich Nevis Blick aus, indem er das Holo wieder einschaltete. Er schaltete auf die bevorstehende Nachrichtensendung von Beatriz Tatoosh. Mit der nächsten Shuttlerakete würde sie das Organische Gehirnzentrum zum Orbiter begleiten, das dort mit dem Allschiff verbunden werden sollte. Schon war das OGZ in seiner Vorstellung mehr ein ›Es‹ als die ›Sie‹, die Alyssa Marsh einmal gewesen war.

Es brodelte in Flattery. Er hatte sich mehr erwartet von Nevi, etwas, das ihm nach Beifall und Zustimmung roch. Es gefiel ihm nicht, an sich selbst Schwächen festzustellen, aber noch weniger mochte er die Vorstellung, sie ungehindert wirken zu lassen.

»Was immer Sie brauchen ...« Flattery sprach das Offensichtliche nicht aus.

Nevi ließ alles ungesagt, nickte und verließ die Zimmerflucht. Flattery reagierte zunächst erleichtert, nahm sich dann aber zusammen. Erleichterung bedeutete, daß er begonnen hatte, sich auf Spinne Nevi zu verlassen, dabei wußte er sehr gut, daß Abhängigkeit von einer zweiten Person nur bedeuten konnte, daß früher oder später jemandem eine Klinge an die Gurgel gesetzt wurde. Diese sollte auf keinen Fall die seine sein.

Und aus dem Boden wurden geschaffen zu wachsen alle Bäume, die angenehm zu schauen sind und gut für die Nahrung; auch der Baum des Lebens mitten im Garten und der Baum des Wissens um Gut und Böse.

Das Christliche Buch der Toten

Etwa ein Kilometer hinter den Grenzen des Sondergebiets führte ein Pfad vom Strand fort. Es war ein zavatanischer Weg, auf dem die Gläubigen ihre Beute an gesammelten Kelpteilen in die Höheren Regionen schafften. Da er zavatanisch war, war der Weg gepflegt und einigermaßen sicher. Es gab viele Stellen zum Ausruhen, von denen man überdies einen eindrucksvollen Ausblick auf Flatterys riesiges Sondergebiet hatte. Das Gewirr der brüchigen Behausungen Kalalochs erstreckte sich auf der anderen Seite des Sondergebiets und stand an diesem Tag unter einer dichten schwarzen Rauchwolke. Die labyrinthhaften Kanäle von Aquafarmen und Anlegestegen ragten küsteauf und küsteab zum Horizont. Aus dem tiefen Panorama drangen leises Geschrei und Explosionen zum gewundenen Pfad empor.

Zwei zavatanische Mönche verharrten, um sich das Lärmen anzuhören, das über der einige Kilometer entfernten Siedlung lag. Ein Mann war groß und hager und hatte sehr lange Arme. Der andere war sogar für pandorische Verhältnisse klein und bewegte sich mit huschenden Bewegungen, die ihn stets im Schatten des größeren Mannes hielten. Beide trugen das weite schlafanzugähnliche Gewand der Hyflieger-Loge: haltbare Baumwolle, eine matte orangerote Tönung, der Farbe der Hyflieger entsprechend, den Seelenvorbildern dieser Männer.

Ein Hyfliegerschwarm glitt am Himmel dahin, getrieben von ihrer Hinwendung zum Feuer, zu den Blitzen und den Energiebögen der Las-Waffen, die zwischen den Gebäuden benutzt wurden. Die Hyflieger zerrten ihre Ballaststeine an langen Tentakeln mit und bewegten sich im großen Bogen, wobei sie hörbar Wasserstoff abgaben und ihre riesigen Segel im Wind klatschen ließen. Kamen sie mit einer Flamme oder einem Blitz in Berührung, explodierten Hyflieger und verströmten ihren dünnen blauen Sporenstaub, den die Mönche für ihre geheimsten Rituale sammelten. Zahlreiche Mönche hatten seit zehn Jahren die Höheren Bereiche nur auf diesem Weg verlassen und waren nicht davon abgewichen.

»Nur schade, daß sie nichts begreifen«, sagte der jüngere Mönch nachdenklich. »Wenn wir ihnen nur das Loslassen beibringen könnten ...«

»Auch das Urteilen-Müssen ist ein Anker«, sagte der Ältere warnend. »Sie brauchen *nichts* zu wissen – das Nichts, das den Geist vom Lärm befreit und die Sinne vervollkommnet.«

Er hob die Mutantenarme, wie um damit den Himmel zu umarmen, dann wandte er sich langsam ab und genoß den morgendlichen Schein beider Sonnen.

Der ältere Mönch, Twisp, liebte den Druck des Sonnenlichts auf der Haut. In seiner Jugend war er Fischer und Abenteurer gewesen, und er gehörte den Zavatanern weniger wegen ihres kontemplativen Lebens an, als wegen anderer Möglichkeiten, die er bei ihnen sah. Wie die meisten Mönche hatte sich Twisp von der romantischen Seite der neuen stillen Erde anlocken lassen, die aus dem Meer aufgestiegen war. Summarisch lehnten sie den kleingeistigen Streit um Politik und Geld ab, der überall auf Pandora im Gange war, und bauten ein unterirdisches Netz illegaler Farmen und Verstecke.

Twisp selbst hatte sich weiter in die bürgerlichen Auseinandersetzungen Pandoras gemischt, etwas, das er nur wenigen zavatanischen Brüdern anvertraute. Nun schien sich wieder einmal alles verändern zu wollen – und er veränderte sich auch. Er hatte Pandora mehr zu bieten als innere Einkehr, auch wenn er darauf verzichtete, dem jüngeren Mönch etwas dazu zu sagen. Er war nicht religiös, nur nachdenklich, und er hatte sich unter den Zavatanern ein angenehmes Leben eingerichtet. Sie zu verlassen, würde ihm sehr schwerfallen.

Zwei Hyflieger hielten auf die Männer zu. Mose, der jüngere Mönch, setzte den Beutel ab und stimmte sein Lied der Erfüllung an. Mit diesem Lied hoffte er von der Masse der Tentakel himmelwärts gerissen und in eine höhere Seinsebene befördert zu werden. Schon vor einem Vierteljahrhundert hatte Twisp beim ersten Erwachen des Kelp miterlebt, was es mit den Hyfliegern auf sich hatte. Damals hatte Flatterys eiserne Faust sich noch nicht bemerkbar gemacht, damals lebten die Menschen noch, die Twisp liebte.

Hyflieger waren zwar aus dem Kelp geboren, verhielten sich dem Menschen gegenüber aber gleichgültig und behandelten ihn wie ein prächtiges Kuriosum. Mose sang inbrünstiger, je näher die Hyflieger kamen; ihre Segelmembranen schimmerten golden im Sonnenschein.

»Diese beiden wollen heute in den Tod«, sagte Twisp. »Willst du sie wirklich begleiten?«

Das Feuer lockte sie an, Mose mußte das eigentlich wissen. Der jüngere Mönch hatte im Laufe der Jahre zuviel Kelp, zuviel Hyflieger-Sporenstaub gegessen. Zwei Menschen, die sich unweit des Sondergebiets im Freien herumtrieben, zogen bewaffnete Wächter an. Hyflieger, die sich den Tod-der-Leben-bedeutet wünschten, wußten, wie sie ihr Feuer auf sich ziehen konnten.

Der muffige Geruch ihrer Unterseite füllte die Luft. Melodisch pfiffen die Ventilklappen, mit denen sie Wasserstoff abgaben, um an Höhe zu verlieren. Moses Stimme wurde zittriger.

Jeder Hyflieger trug unter seinem Bauch zehn Tentakel, von denen zwei länger waren als die anderen. Normalerweise waren diese beiden mit Ballastfelsen beschwert. Hyflieger, die das Todessehnen in sich spürten, strebten Blitzen entgegen; oft sammelten sie sich zu Schwärmen, um durch die nachmittäglichen Gewitter zu schweben. Funke oder Brände lockten sie ebenfalls, sprengten sie in einem explosiven Aufwallen von Flammen und blauem Sporenstaub. Einige ließen ihre Ballastfelsen über den Boden schleifen, um funkenschlagend einen gewaltigen Selbstmord auszulösen, einen höchsten Orgasmus.

Twisp atmete auf, als die beiden mächtigen Gebilde in Richtung Sondergebiet davonschwebten. Er unterbrach Mose, der die Augen geschlossen hatte und dessen bartstoppeliges Gesicht bleich und verschwitzt aussah.

»Auf diesem Kurs sind sie bald in Reichweite der Perimeterkanonen des Sondergebiets«, sagte er. »Dann gibt es Staub, den wir den anderen bringen können.«

Mose schwieg und schaute in die Richtung, die Twisps langer Arm anzeigte.

Die beiden Hyflieger wechselten in enger Formation den Kurs und nutzten dabei die schwache Brise, die an der Küste aufwärts wehte.

»Flatterys Sicherheitsbeamte werden mit dem Schießen warten, bis die Hyflieger über der Siedlung stehen«, flüsterte Twisp. »Auf diese Weise werden sie zur Waffe. Paß nur auf!«

Doch es geschah nur beinahe so, wie er vorausgesagt hatte. Entweder war der Kanonier ein Dummkopf, oder ein Inselmensch landete einen Glückstreffer – jedenfalls explodierten die Hyflieger über dem Sondergebiet mit einem doppelten Aufblitzen, das Twisp Atem und Sehvermögen raubte. Ein Großteil der überirdischen Bauten des Sondergebiets wurde von dem Feuerball eingehüllt und die große Außenmauer auf zweihundert Meter eingerissen.

In einer Kampfpause waren die schrillen Schreie der Versengten und Sterbenden deutlich zu hören – Laute, an die Twisp sich allzu klar erinnerte.

Der junge Mose beschritt diesen Weg nur selten und hatte sein Leben in den Oberen Bereichen schon mit zwölf Jahren angetreten. Er kannte die Außenwelt kaum und wußte wenig von menschlichem Haß und menschlicher Gier.

»Wir können uns da nur heraushalten«, brummte Twisp vor sich hin. »Die bekriegen sich gegenseitig und lassen uns in Frieden.«

Feuchte Hyfliegerfetzen sanken hangabwärts nieder zwischen Büschen und Felsgestein.

Flüchtlinge wird es auch wieder geben, dachte er. *Immer die Heimatlosen und Hungrigen. Wo bringen wir sie diesmal unter?*

Die Zavataner unterhielten überall an der Küste Flüchtlingslager; einige verwandelten sie in Gärten, hydroponische Höfe und Fischfarmen. Nach Twisps Berechnung lebten an der Küste schon mehr Flüchtlinge, als Flattery in Kalaloch untergebracht hatte. Obwohl es stimmte, daß jedermann hungerte, waren nur die Menschen in Kalaloch wirklich ausgehungert. Und genau diesen Aspekt hoffte er mit dem Schattenkasten deutlich machen zu können.

Es wird die Zeit kommen, da der Direktor der Hungrige sein wird.

Twisp dachte an die Guemes-Insel vor fünfundzwanzig Jahren und die Flüchtlinge – zerhackt, verbrannt, in der Meermensch-Rettungsstation aufgestapelt wie tote Maki-Fische. Twisp und einige Freunde hatten die verantwortlichen Terroristen aufgespürt, und ein Hyflieger hatte den Anführer hingerichtet. Auch damals war ein Psychiater-Geistlicher der eigentliche Urheber der Probleme gewesen.

Flattery hatte von seiner Anlage ebensoviel unterirdisch angelegt wie oberirdisch; Twisp wußte von

Fluchttunneln, die zu versteckten Stellen an der Küste führten. Diesmal würde Flattery sie nicht brauchen. Der ältere Mönch hatte schon so manchen Kampf erlebt und kannte Flatterys Strategie: möglichst viele Rebellen anlocken und dann umbringen, ohne Ausnahme. Sollten die Kerle doch ein Weilchen hoffen, sie könnten gewinnen! Die Schuld wurde anschließend den Schatten in die Schuhe geschoben. Die übrigen, die bis auf ihr Leben alles verloren hatten, würden sich von ihrem Zorn nicht mehr so schnell hinreißen lassen.

Mose zupfte an seiner Kleidung, versuchte sie zu glätten. Er wandte sich von den Schrecknissen unten am Hang ab. Sein Blick mied Twisp, konzentrierte sich vielmehr auf die mittlere Entfernung hinter dem Weg. Für einen Mann seines Alters, der ein ruhiges, beschauliches Leben unter Gleichgesinnten führte, lagen seine Augen erstaunlich tief. Mit halsbrecherischem Tempo versuchte er den inneren Frieden zu erlangen. Er rasierte sich täglich den Kopf, eine Übung, die neuerdings bei jüngeren zavatanischen Mönchen und vielen Nonnen beliebt war. Die zahlreichen Narben seiner Rekonstruktion liefen ihm kreuz und quer über den Schädel.

Twisp gehörte zu den wenigen Ausnahmen. Das volle, lange grau werdende Haar hatte er hinten zu einem Zopf geflochten und folgte damit den Familientraditionen eines vor langem verstorbenen Freundes. Dieser Freund, Schatten Panille, teilte seine Abstammung angeblich mit Crista Galli.

»Wir müßten eigentlich die anderen holen«, sagte Mose. »Wenn wir im Tal Staub sammeln wollen, brauchen wir Las-Waffen.«

Twisp legte eine Hand über die Augen und schaute sich die tieferliegende Szene an.

Ein Schemen – vermutlich die Dorfbewohner – wogte in die innere Anlage des Sondergebiets. Flatterys kostbares Vieh nahm dagegen die andere Richtung und stürmte durch die Mauerbresche in das ungeschützte

Tal – wie Fische, die sich gegen eine Strömung kämpften.

Die Sicherheitskräfte hatten die Dämonenbevölkerung in der Nähe des Sondergebiets ziemlich dezimiert, doch mußten der satte Blutgeruch und das herumirrende Vieh Huscher anlocken. Doch auch ohne Huscher würde die Situation ziemlich unangenehm werden. Brummend löste sich Twisp von seinen Gedanken.

»Sporenstaub kann verderben«, sagte er. »Wenn wir überhaupt welchen ernten wollen, müssen wir sofort handeln.«

Er und Mose legten die gesammelten Kelpblätter im Schatten eines weißen Felsens ab. Noch immer mied Mose Twisps Blick.

»Hast du Angst?« fragte Twisp.

»Natürlich!« fauchte Mose. »Du nicht? Wir könnten dort unten ums Leben kommen. Huscher riechen die ... die ...«

»Eben noch wolltest du in den Armen des Hyfliegers sterben«, sagte Twisp. »Wo liegt da der Unterschied? Auch hier oben gibt es Dämonen. Du fühlst dich sicher, weil wir sagen, der Weg ist abgeschirmt. Dabei weißt du, daß hier schon Brüder umgekommen sind und das vermutlich nicht zum letztenmal. Du klammerst dich an den Weg und hast dabei nur Gebüsch und Steine als Deckung und keine andere Waffe als deinen Körper.«

Twisp deutete an den Flammen vorbei auf das Meer hinaus.

»Das Wetter kann dich so selbstverständlich töten wie jeder Dämon – auf dem Weg oder abseits davon. Es ist eine konkrete Gefahr, so gefährlich wie jeder Huscher. Es überlebt immer und kann an einem anderen Tag wieder zuschlagen. Wenn Huscher kommen, werden sie zum Blut eilen, nicht zu uns. Eigentlich sind wir im Augenblick am sichersten. Dies ist die Gegenwart, und du lebst. Bleib in der Gegenwart, dann bleibst du auch am Leben.«

Mit diesen Worten warf er sich den leeren Sack über die Schulter und marschierte mit großen Schritten talwärts, wo der Sporenstaub lagerte. Mose stolperte hinter ihm her; sein nervöser Blick war viel zu sehr auf die möglichen Gefahren gerichtet, als daß er noch auf den Weg achten konnte.

Sich eine Macht vorzustellen, heißt nicht nur, sie zu gebrauchen, sondern sie vor allem zu mißbrauchen.

GASTON BACHELARD
Die Psychoanalyse des Feuers

Zwei alte Verkäufer duckten sich in einen Lukeingang und schützten sich und ihre Waren einer Menschenmenge gegenüber, die auf das Sondergebiet zudrängte. Einer kaute auf einem zerdrückten Kuchen, der andere wischte mit dem Ärmel über seine blutende Nase.

»Tiere!« fauchte Torvin und sprühte dabei ein wenig Blut in die Luft. »Gibt's überhaupt noch jemanden, der kein Tier ist? Außer dir, mein Freund. Du bist ein Mensch.«

Mit der freien Hand tätschelte er dem anderen die Schulter und fand im Mantelstoff einen breiten Riß.

»Schau mal, David, dein Mantel ...«

David wischte sich Krümel vom Kinn und zog die Schultern des Mantels nach vorn, dichter an sein gesundes Auge heran.

»Läßt sich nähen«, sagte er. »Der Mob ist gleich vorbei. Wenn es Tote gibt, mein Freund, sollten wir uns ihre Karten für die Armen sichern.«

»*Ich* gehe da nicht raus.«

Torvin sprach hinter seinem Ärmel ziemlich undeutlich, doch wußte David, daß er in dieser Sache entschlossen bleiben würde. Konnte ihm nur recht sein. Seine Augen waren schwach und seine Füße nicht mehr schnell genug, um den Sicherheitsbeamten zu entkommen. Es war wirklich schade, wenn die Wächter an die Karten herankamen. Sie verkauften sie oder tauschten sie ein. Tagtäglich setzten Torvin und David ihr Leben aufs Spiel, indem sie Hungrigen ohne Karte ein Stück alten Kuchen oder eine Trockenfrucht gaben. David schüttelte den Kopf.

Welche Torheit!

Er arbeitete neben Torvin, sie waren Freunde – trotzdem durften die beiden keinen Kuchen gegen Trockenfrucht tauschen. Er brauchte einen entsprechenden Obstabschnitt auf seiner Karte, und Torvin mußte ihn entwerten, erst dann konnte er das Stück haben. Wenn Torvin auf seiner Karte keinen Gebäckabschnitt hatte, durfte David ihm keinen Kuchen geben. Wurde Torvin ohne entsprechend gelochte Karte im Besitz eines Kuchens angetroffen, kostete ihn das den nächsten Platz in der *Schlange.* Bestenfalls mußte er eine Woche warten. Schlimmstenfalls würde er verhungern, obwohl er eine Handvoll Coupons besaß.

»Das ist Wahnsinn!« sagte er zu Torvin. »Nur gut, daß ich alt und zum Sterben bereit bin, denn die Welt ergibt für mich keinen Sinn mehr. Unsere Kindere laufen herum und bringen sich gegenseitig um. Auf einem Tisch darf Nahrung stehen, nicht aber auf einem anderen. Wir haben einen Anführer, der unseren Kleinkindern die Nahrung vom Mund fortreißt, damit er zu den Sternen reisen kann – fort mit ihm, sage ich! Aber was wird er zurücklassen? Seine Schläger, die zugleich unsere Kinder sind. Torvin, erklär mir das!«

»Bah!«

Torvins zerschlissener blauer Ärmel war rotverkrustet, doch hatte das Nasenbluten aufgehört. Die Art und Weise, wie er »Bah!« sagte, verriet David, daß die Nase völlig zu war. Er mußte daran denken, wie die Wächter ihn geschlagen, wie das aus seiner Nase spritzende Blut gerochen hatte.

»Das Denken bringt einem nur Ärger«, warnte Torvin. »Es geht uns besser, wenn wir den Mund halten, die erlaubte Ration Früchte trocknen, unsere Quote Kuchen backen und dafür dankbar sind, daß unsere Familien etwas zu essen haben.«

»Dankbar sein?« David lachte lautlos-schwerfällig vor sich hin. »Du bist kein Jüngling mehr, Torvin. Wer hat

dich gelehrt, für dein Essen dankbar zu sein, wenn auf der anderen Seite der Mauer jemand hockt, der nichts hat? Es gibt keine größere Sünde, mein Freund, als eine volle Mahlzeit einzunehmen, wenn der Nachbar leer ausgeht.«

»Wir geben den Armen Coupons ...«

»Grabräuber!« fauchte David. »Das hat man aus uns gemacht. Grabräuber, die erschossen werden können, weil sie den Hungrigen ein paar Brocken hinwerfen. Wahnsinn ist das, Torvin, ein solcher Wahnsinn, daß mir dieser Mob ganz vernünftig vorkommt! Alles niederbrennen und von vorn anfangen. Die Leute sind wirklich jetzt hungrig ...«

»Die ... *Tiere*, die mich geschlagen haben, waren nicht hungrig. Die haben Coupons. Sie arbeiten unter Wasser, und wir sehen sie hier jeden Tag. Wie kommen die dazu, ›Wir sind *jetzt* hungrig‹ zu singen, wenn sie in Wirklichkeit ...«

»Hör mal, Torvin, du alter Mann, der du anscheinend den Verstand verloren hast. Hör gut zu! Wir sind alt, du und ich. Du bist nicht ganz so alt. Hättest du ihnen etwas gegeben, wenn du gekonnt hättest?«

Torvin steckte den Kopf aus der Luk-Öffnung, schaute die Straße hinauf und hinab und duckte sich wieder in die Ecke.

»Natürlich. Du kennst mich doch. Der Mob, den wir gesehen haben – ja, der hatte Coupons. Ja, die Leute bringen ein bißchen was zu essen nach Hause – für eine vierköpfige Familie. Sitzen da aber sechs, acht oder zehn Mäuler am Tisch, reicht die Karte trotzdem nur für eine vierköpfige Familie.«

»Das bestreitet niemand«, antwortete Torvin. »Wir können uns ja nicht aussterben lassen ...«

»Wenn du oder ich zu alt werden und mit unseren Kindern leben müssen, was Schiff verhüten möge, dann kommen auf eine Karte für vier schon mehr zusammen. Dann nimmt man noch einen Flüchtling auf, der keine

Karte hat, mein Freund. Ja, das wären dann schon sechs auf eine Karte für vier – und bei den Leuten mit Karten liegt der *Durchschnitt* bei acht!

Die Leute ohne Coupons, die stinkenden Gestalten, die am Rande der Siedlung betteln und im Schlamm schlafen und trotzdem sterben müssen – die können nicht selbst durch die Straßen rennen und rufen ›Wir sind *jetzt* hungrig‹, weil sie kaum noch auf die Beine kommen. Wir geben ihnen Brosamen unserer Schuld, unserer Scham. Dieser Mob leiht den Hungrigen seine Körper, seine Stimme. Die Leute geben, was sie haben.«

David stützte sich schwer auf seinen zusammengeklappten Tisch und stand auf. Der Mob war hastig weitergelaufen. Hätten es seine Kräfte erlaubt, wäre er ihm vielleicht gefolgt. Er schaute zu, wie Torvin vorsichtig seine Nase mit den Fingerspitzen betastete.

»David, ich habe Angst vor solchen Menschen. Sie hätten uns umbringen können. Möglich gewesen wäre es.« Torvin sprach, als hätte er Korkenstücke in der Nase.

David zuckte die Achseln.

»Sie haben ebenfalls Angst, weil nur die Karte ihnen einen Platz in der *Schlange* verschafft, und dann auch nur, wenn sie an der Reihe sind. Ohne Couponkarte – wie lange dauert es da, bis du und ich im Schlamm unten an der Küste aufwachen? Wie viele Nächte, Torvin, könntest du im Schlamm schlafen und dennoch morgens wieder hochkommen?«

Wieder fuhr sich Torvin über den Nasenrücken und zuckte zusammen.

»Das gefällt mir nicht, David. Es gefällt mir nicht, zusammengeschlagen zu werden ...«

»Was für ein Drama«, sagte David. »Der Mann wurde hier hereingeschoben. Du hattest dich unter dem Tisch versteckt, und die Ecke traf dich an der Nase. Von Zusammenschlagen kann man da nicht reden.«

Mit einem Kopfnicken deutete David auf eine dunkle

Gestalt, die im gegenüberliegenden Luk hockte. Die Straße war beinahe leer. Nur wenige Nachzügler huschten noch herum und wichen den Lähmstöcken der Wächter aus. Die Mutigsten oder Hungrigsten kamen bereits wieder aus den Verstecken und ließen die *Schlange* am Lagerhaus neu entstehen.

Nur ein Erwachsener und ein Kind pro Karte durften sich anstellen, so daß die Aufgabe im allgemeinen dem kräftigsten arbeitslosen Mitglied der Familie zufiel. Der Einkäufer mußte dann vielleicht einen vierzehntägigen Nahrungsmittelvorrat für acht Leute oder mehr nach Hause tragen. Die Bewachung an der *Schlange* war gut, anderswo aber lückenhaft, so daß es in Wirklichkeit zwei Schlangen gab – die auf einer Straßenseite führte hinein, die andere hinaus.

Lizensierte Verkäufer wie David und Torvin arbeiteten an der *Schlange* und verkauften vor allem an Leute, die Angst hatten, daß sie heute nicht mehr hineinkommen würden oder die den Wots mal etwas anderes mitbringen wollten.

Der Mann auf der anderen Straßenseite wurde ›Dichter‹ genannt und arbeitete sich tagtäglich an der *Schlange* entlang. Er redete zusammenhanglos von Schiff und seiner Rückkehr. Er achtete darauf, nichts gegen Flatterys Allschiff-Projekt zu sagen. Einmal hatte er das getan und war als gebrochener Mann zurückgekehrt. Seither hatte sich der Dichter nie mehr ganz aufrichten können, sondern schlurfte nur noch gebeugt daher. David hörte ihn nun hinter dem Mob herschreien:

»Ich war auf dem Gipfel des Berges! Laßt die Freiheit erschallen!«

»Der?« fragte Torvin, schnaubte durch die Nase und setzte damit die Blutung wieder in Gang. »Der war doch schon einmal zuviel im Sporenstaub.«

David lächelte seinen Freund an. Er und Torvin waren etwa im gleichen Alter, über sechzig, doch kannte er

Torvin noch nicht lange. Es gab vieles, was er ihm noch nicht erzählt hatte.

»Ich wurde mal erwischt«, flüsterte David. »Ein Wächter verlangte Kuchen ohne Marken, aber ich wollte nichts rausrücken. Wenn ich es getan hätte, wäre er täglich wiedergekommen. Er bedrängte mich. Da ich die Kuchen lieber an die Armen verteilte, tat ich etwas Dummes. Ich schleuderte sie in die *Schlange*, und es gab ein großes Durcheinander. Also, daß man mich verhaften würde, wußte ich ja – aber ich hatte nicht an die anderen gedacht. Man trieb alle zusammen, die einen Kuchen ohne entwerteten Coupon hatten, und nahm sie mit.«

Torvin erbleichte. »Mein Freund, ich hatte ja keine Ahnung ... Was hat man mit dir gemacht?«

»Man brachte mich in einen Schuppen mit Kabinen, abgeteilt durch Vorhänge. In jedem Abteil wurde einem Menschen Schlimmes angetan. Das Geschrei war schrecklich, und der Geruch ...«

David atmete tief ein und langsam wieder aus. Der Dichter saß in seinem Luk und brabbelte gestikulierend vor sich hin.

»Er war dort, im Abteil neben mir. Er war ein wichtiger Mann aus dem Meer, einst Direktor von ganz Holovision. Nachdem Flattery alles übernommen hatte – was ich nicht wußte –, behauptete dieser Mann über den Sender, Flattery wolle der ganzen Welt eine Gehirnwäsche verpassen.«

»Ein mutiger Mensch«, bemerkte Torvin und sah den Dichter plötzlich in einem neuen Licht.

»Ein Dummkopf«, widersprach David. »Er wäre besser dran gewesen, wenn er eine Methode gefunden hätte, aus der Organisation heraus zu kämpfen, oder wenn er sich versteckt hätte, um zu wirken, wie es die Leute vom Schattenkasten inzwischen tun. Er muß gewußt haben, was geschehen würde.«

David klopfte sich die zerschlissene Hose ab, setzte

die Mütze auf, lehnte sich an die Umrandung der Luköffnung und starrte ins Leere.

»Also, ich will dir sagen, was mit ihm passiert ist«, berichtete er leise. »Man steckte ihn zusammengekrümmt in ein Metallfaß und band einen Betonklotz an seine Hoden. Das Faß hatte keinen Boden, so daß er es schlurfend vorwärtsbewegen konnte, doch mußte er dabei in gebeugter Haltung bleiben, die Knie eingezogen, um seine Hoden vor dem Gewicht zu bewahren. Die Hände waren ihm auf dem Rücken zusammengebunden, und den ganzen Tag über hämmerten die Wächter mit ihren Stöcken auf das Faß ein.

Zu essen gab man ihm nur selten, doch wenn es dazu kam, mußte er die Sachen in der gebeugten Stellung mit dem Mund vom Boden aufnehmen, ein Tier im Faß. Er war ein gebildeter Mann. Ich hörte ihn niemals fluchen. Er betete lediglich. Er wandte sich an jeden Gott, den ich kenne, und an viele, die mir unbekannt waren. Man trieb ihn in den Wahnsinn, um ihn zu diskreditieren – wer würde schon einem Verrückten glauben? Vor allem einem Verrückten, der zum Überleben Insekten und Müll und manchmal auch Dreck frißt?«

Torvin schwieg etliche Augenblicke lang und verarbeitete, was sein Freund ihm berichtet hatte. Der Dichter brabbelte weiter laut vor sich hin, und die wenigen Wächter in seiner Nähe ignorierten ihn.

»Mein Freund«, sagte Torvin, »was hat man ... wurdest du ...?«

»Ich wurde nur verprügelt«, antwortete David. »Eine Kleinigkeit. Ich war wegen Ungehorsams nach einem Tag wieder frei. Ich glaube, der Hauptmann mochte den Wächter nicht besonders, der mich anschleppte. Jedenfalls hat er in dieser Straße keinen Dienst mehr getan. Hör mal, es ist wieder ruhig. Wir sollten verkaufen, was wir können. Ich möchte zu Hause nach meiner Annie schauen. An solchen Tagen macht sie sich Sorgen um mich.«

Die Männer schnallten sich die kleinen Falttische um, die ihren Körperrundungen angepaßt waren, und rückten hastig die Waren zurecht. Als sie auf die schlammige Straße zurückkehrten, hörte Torvin, wie der Dichter ihn mit heiserer Stimme aufforderte: »Bruder, Bruder, laß die Freiheit ertönen!«

Bedenke, daß ich Macht habe; du glaubst, es geht dir schlecht, aber ich kann solches Elend über dich bringen, daß dir sogar das Tageslicht verhaßt sein wird. Du bist mein Schöpfer, aber ich bin dein Herr.

MARY SHELLEY, *Frankenstein*
Literaturarchiv Vashon

Spinne Nevi schaute zu, wie Rico die Gangway auf das Deck der *Fliegender Fisch* zog, dann verstellte er den Sensor, um sich Ricos Rücken, der nun kehrtmachte, aus der Nähe anzuschauen.

»Er trägt da eine Las-Waffe«, sagte Nevi und tippte mit dem Finger auf den Bildschirm. »Im Gürtel, hinten auf dem Rücken. Bewegt sich wie ein Kämpfer.«

Keinen Blick widmete Nevi dem Sicherheits-Offizier, der den benachbarten Schirm beobachtete. Während die *Fliegender Fisch* sich von ihrer Anlegestelle löste, schaltete er auf einen neuen Sensor an der Hafenausfahrt, ein Gerät, das Crista Gallis Anwesenheit an Bord bestätigte.

Auf Nevis Befehl stellte sich der Sensor auf die Kabine des vorbeifahrenden Tragflügelboots ein und zeigte LaPush im Copilotensitz und Crista Galli angeschnallt hinter ihm. Ozette saß links von ihr, hinter dem Schiffsführer, und sprach mit ihm. Nevi erkannte die Elvira und fluchte leise.

»Sollte Ihr Sicherheitsboot den Kahn abfangen wollen, hat er keine Chance«, sagte er. »Was dann?«

»Dann kommt es zur Kraftprobe«, sagte Zentz. »Gefolgt von einem Warnschuß.«

»Und dann?«

Zentz räusperte sich und fuhr sich über das geschwollene Gebiet in der Mitte seines Gesichts, das ihm als Nase diente.

»Dann wird geschossen, bis das Boot nicht weiter kann.«

Nevi fand das alles zu lächerlich und schnaubte verächtlich durch die Nase. Ein einziger Treffer aus der Laserkanone konnte das Wasserstoff-Tragflügelboot zur Explosion bringen – in einem Feuerball, der tausend Meter hoch in die Luft stieg. Die Definition »bis es nicht mehr weiter kann« war ihm viel zu ungenau.

Nevis Schweigen machte Zentz nervös.

»Der Direktor hat schon vor fast einem Jahr den Ausnahmezustand erklärt«, haspelte er weiter. »Sie kennen die Routine: vor Kalaloch ist jedes Boot zu stoppen und zu durchsuchen, mit Ausnahme der firmeneigenen Fähren; jedes Flugzeug oder Bodenfahrzeug, das den Perimeter kreuzt, wird überprüft ...«

Nevi unterbrach die langweilige Aufzählung nicht.

Flatterys kostbares Sondergebiet war sein Nest, dort konnte Nevi kein Risiko eingehen. Doch war er überzeugt, daß jede Störung der Fahrt der *Fliegender Fisch* leicht zu einer Katastrophe größten Ausmaßes ausarten konnte. Flattery hatte ihn in die Pflicht genommen, weil Zentz schon mal einen ähnlichen Fehler gemacht hatte.

»Uns geht es um den Schattenkasten *und* Crista Galli«, sagte Nevi. »Will man Nervenläufer auslöschen, muß man ihr Nest ausräuchern. Dieses Tragflügelboot, *intakt* wie es ist, wird uns dorthin führen.«

Zentz saß stocksteif in seinem Sessel, räusperte sich angestrengt und sagte: »Wir vermuten seit etwa sechs Jahren, daß LaPush ein Kommandant der Schatten ist ...«

»Ihre Leute lassen dieses Boot in Ruhe!« befahl Nevi. An seiner Konsole stellte er die Sicherheitsfrequenz ein. »Sie können den Befehl gleich von hier aus geben.« Er legte einen Hebel um und schaute Zentz direkt an.

Dieser räusperte sich von neuem und schob dann den Mund ans Mikrofon.

»Hier Zentz. Vierunddreißig, lassen Sie das weiße Tragflügelboot Klasse 3 durch, das gerade den Hafen verläßt.«

»Aber, Sir«, meldete sich eine junge Stimme, »auf Befehl des Direktors müssen wir jedes Schiff übernehmen, das gesichtet, aber nicht durchsucht worden ist.«

Zentz zögerte, und Nevi genoß das exquisite Dilemma, das den Sicherheitschef nun noch zusätzlich zu seiner Müdigkeit bedrängte. Es gab nur einen Ausweg, eine Möglichkeit, den unerfahrenen, vorschriftenverhafteten Offizier zufriedenzustellen, nur einen Ausweg, den Direktor aus dem Spiel zu lassen.

»Ich habe das Boot persönlich im Hafen durchsucht«, sagte Zentz. »Wir wissen, was an Bord ist.«

Nevi unterbrach die Verbindung, zufrieden, daß er Zentz ausgesucht hatte. Wenn es darauf ankam, würde Zentz beim heiligsten aller Spiele, dem Überleben, einen ausgezeichneten Sündenbock abgeben.

»Junge Offiziere kennen ihre Prioritäten noch nicht«, sagte Zentz und rang sich ein Lächeln ab.

»Bisher kennen sie nur die Angst«, sagte Nevi. »Sie werden reifer, wenn sie die Gier zu verstehen beginnen.«

Zentz rieb sich den dicken Hals; er hatte kaum noch zugehört. Die ganze Nacht hindurch hatte er, um die übrigen abzuschrecken, zwei seiner besten Wächter verhört, und nachdem ihm Crista Galli nun aufgrund von Nevis Befehl entwischen sollte, würde er das wohl alles noch einmal durchmachen müssen. Seit dem Augenblick, da er das Tragflügelboot von der Kontrolle freigestellt hatte, fühlte er eine seltsame Enge in der Halsgegend, die ihm gar nicht gefiel – wie von einer unbarmherzigen, kalten Schlinge.

Nevi konnte ihm nur den Tod bringen – dies ging ihm allmählich auf. Gleichzeitig dämmerte ihm die Erkenntnis, daß er nichts dagegen tun konnte, daß es kein Versteck für ihn gab. Einen zum Sprung geduckten Huscher – das bekam Spinne Nevi zu Gesicht, als Zentz seinem Blick begegnete.

»Ich werde Sie zu einem Helden machen«, sagte

Nevi. »Dafür müssen Sie eine bestimmte Rolle durchhalten. Wenn wir den Schattenkasten knacken, geben wir dem Direktor damit ganz Pandora zurück. Darin liegen für Sie und mich offenkundige Konsequenzen. Ihnen wäre diese natürlich lieber als alles, was der Direktor hier mit Ihnen vorhätte?«

Zentz räusperte sich nicht, er schwieg. Dafür nickte er einmal, und sein grotesk-unförmiger Kiefer erbebte, woraus Nevi schloß, daß er die Zähne zusammengebissen hatte.

»Nur Sie und ich«, fuhr Nevi fort. »Je mehr wir dem Direktor über dieses Ungeziefer und ihre Verstecke verraten können, desto glücklicher wird er sein. Sie hätten es wirklich nötig, ihn glücklich zu machen.«

Das weiße Tragflügelboot verschwand unter den Wogen der Bucht und achtete dabei darauf, daß sich die brennenden Wracks zwischen ihm und dem Patrouillenboot der Vashoner Sicherheitskräfte befanden. Es mußte die Verfolgten mißtrauisch machen, daß sie nicht angehalten worden waren, das wußte Nevi, trotzdem war er im Vorteil. Die anderen wußten, daß er sie verfolgte, hatten aber keine Ahnung, wie nahe er ihnen in Wirklichkeit war.

Nevi schaute sich mit Hilfe des Sensorensystems den Aufstand an, der in Kalaloch in vollem Gange war.

»Der Mob rückt langsam gegen das Sondergebiet vor«, bemerkte er. »Werden Ihre Leute damit fertig?«

Entrüstet erhob Zentz die Stimme. »Sicherheit ist auch mein Geschäft, Nevi. Ich handhabe das, wie ich es für richtig halte. Die Leute sollen sich erstmal austoben und ihr eigenes Nest zerschlagen, dann schlachten wir sie an der Mauer ab. Es soll ihnen *sehr* leid tun, das Sondergebiet angegriffen zu haben. Der Schaden, den sie ihren Straßen zufügen, wird den Überlebenden eine Zeitlang zu tun geben.«

Nevi schaltete die Sensoren aus, stand auf und zupfte seinen engen Anzug zurecht.

»Besorgen Sie eines von Flatterys persönlichen Tragflügelbooten«, ordnete er an. »Volle Ausrüstung für zwei Mann, außerdem eine Wochenration. Sorgen Sie dafür, daß Kaffee dabei ist. Erwarten Sie mich in einer halben Stunde im Hangar des Sondergebiets.«

Seine Augenbrauen gaben zu erkennen, daß die Audienz beendet war, und Zentz wandte sich zum Gehen. Nevi bemerkte den Anflug von Hoffnung in Zentz' Blick, eine Hoffnung, die er zur schönsten Blüte treiben würde, um sie dann notfalls abzuschneiden und dem Direktor als Bouquet zum Geschenk zu machen.

Könige und Herrscher in ihren Positionen sind für mich Staubkörnchen gleichzusetzen ... Das Urteil über Recht und Unrecht gleicht mir dem gewundenen Tanz eines Drachen und das Aufsteigen und Vergehen von Glaubensüberzeugungen nur den Spuren der vier Jahreszeiten.

BUDDHA

Crista Galli lehnte in einem ledernen Bootssitz, der schwach nach Rico roch. Sie hatte die Armlehnen umklammert und die Augen geschlossen. Lärm und Menschenmengen hatten ihr immer Angst gemacht – zumindest seit sie vor fünf Jahren aus dem Kelp freigesprengt worden war. Die Erinnerungen an das Leben davor schienen hoffnungslos entrückt zu sein.

Der weiche Ledersitz und die geräumige Kabine dämpften das Lärmen auf der Pier. Die anderen hatten das Ablegen beendet und kehrten in die Kabine zurück. Für jedes Luk, das sie hinter sich verriegelten, leuchtete auf dem Pilotenschirm ein grüner Kreis auf.

Die Bootsführerin, eine strenge, sinnlich wirkende Frau Mitte Dreißig, bereitete die Pumpen für die Balasttanks und die anderen Tauchsysteme vor. Energisch sagte sie die Vorgänge an, während sie die Überprüfungen vornahm.

»Ballast aufnehmen.«

Drei Treibstofftanks explodierten im Feuer mitten in der Bucht, und Crista spürte, wie die Schockwellen ihr den Atem nahmen. Dreifach wallte das Feuer ein Stück über das Wasser und ließ das Schiff nach Steuerbord krängen. Ben und Rico versiegelten die Kabine und schnallten sich an.

»Abwärts?« fragte Rico und lachte. Der Steuerfrau entging nichts.

»Keine Sicherheitsüberprüfung«, meldete sie. »Zwanzig Meter ebene Fahrt vorgeschrieben, bis wir Boje fünf-fünf-sieben passiert haben ...«

Seit sie an Bord gekommen war, spürte Crista eine Ruhe in sich, wie sie ihr seit mehreren Jahren fremd gewesen war, trotz der verrückten Ereignisse im Hafen. Irgend etwas zog sie auf die Hafenmündung, auf das offene Meer zu. Ben reichte ihr einen Kinderlutscher, den er in der Tasche gehabt hatte.

»Die Energie können Sie bestimmt gut gebrauchen«, sagte er. »Sobald wir aus dem Hafen sind, schauen wir uns in der Kombüse um. Ist Ihnen die Kabinenluft vielleicht zu trocken?«

»Nein«, antwortete Crista kopfschüttelnd. »Fühlt sich gut an. Wie in meinem Zimmer im Sondergebiet.«

Es war die kühle, gefilterte Luft, die sie fünf Jahre lang im Sondergebiet geatmet hatte, frei von den Kohlenfeuerdüften der Straßenöfen, von der frischen Jodbrise am Strand, vom Duft der wenigen Blüten an den höheren Hängen. Es war eine Luft, die von jeder Menschheit gereinigt worden war – jener Menschheit, von der Crista Galli angebetet wurde und die sie weniger als einen Tag kannte.

Noch war der Vormittag nicht vorüber, die zweite Sonne begann aufzugehen, und Crista spürte die Belebung des Sonnenlichts in ihrem heftig gehenden Puls. Sie befand sich außerhalb des Sondergebiets. Wie die Umstände sich auch entwickeln mochten, sie wollte nicht wieder dorthin zurück, sie wollte niemals wieder eine Gefangene von Mauern sein.

Nimm dich in acht, warnte eine alte Stimme in ihr, *daß du dafür nicht die Gefangene des Handelns und der Worte wirst! Und denk daran, wenn du eine Entscheidung triffst, gibst du Entscheidungsfreiheit auf!*

Sie hatte nichts zu der Entscheidung beitragen dürfen, wie und daß sie inmitten der Menschen erschienen war, und auch Flattery hatte ihr seither nicht viel Mitbestimmung eingeräumt. Sie war aus den Blättern des Kelp gezupft und in Flatterys Korb geworfen worden. Crista hielt es für angebracht, wie eine Göttin aufzutreten, wenn die Pandorer sie für eine hielten. Nachdem sich nun das Wasser rings um das Tragflügelboot geschlossen hatte, spürte sie eine völlig neue Energie durch ihren Blutstrom wallen.

Was konnte sie tun, um sich und diesen Menschen zu helfen, die ihr noch völlig fremd waren? Selbst Ben war ein Fremder, auch wenn sie Liebe für ihn empfand. Fünf Jahre lang hatte sie täglich darum gerungen, doch konnte sie keine Erinnerungen an ihr früheres Leben heraufbeschwören.

Jeder, jeder ist ein Fremder für mich.

Dieser Gedanke kam ihr nicht zum erstenmal, doch im Gegensatz zu früher löste er kein Gefühl der Einsamkeit mehr aus. Sie hatte Ben Ozette berührt und erfahren, daß auch er solchen Gedanken nachgehangen hatte – dabei hatte er sein ganzes Leben unter Menschen verbracht.

Genau das könnten die Menschen vom Kelp lernen, überlegte sie. *Wir sind nicht allein, denn wir sind Elemente eines einzigen Wesens.*

Sie lauschte auf die Worte, die Rico vor sich hin brummte.

»Das wird der Einsatzleitung nicht gefallen«, sagte er. »Unter keinen Umständen sollte sie in die Nähe des Meeres kommen. Na, sollen die Burschen doch herkommen und uns heraushelfen, nachdem sie uns einen freien Flughafen versprochen hatten ...«

Crista spürte, daß Rico sich im Boot sicherer fühlte. Er lächelte nun doch ein wenig und schien seine Beschwerden nicht ganz ernst zu meinen.

»Bist du schon mal in einem Tragflügelboot gefahren?« fragte Ben.

»Nein«, antwortete sie und versuchte mit gierigem Blick alles auf einmal zu erfassen. »Ich habe sie vom Sondergebiet aus beobachtet. Dies ist ein schönes Boot.«

»Ich möchte dir unsere dreifache Option erläutern«,

sagte er und deutete auf Diagramme an seinen Kontrollen. »Wir befinden uns in Pandoras bestem Boot – auf, über oder unter Wasser. Der Tragflügelmodus läßt uns über Wasser schnell vorankommen, doch verwickeln sich die Flügel leicht in dichtem Kelp. Soweit sie nicht fliegen, verwenden diese Boote der ersten Klasse den alten Bangasser-Konverter, um aus Meerwasser Wasserstoff zu gewinnen, eine praktisch unerschöpfliche Energiequelle. Beim Fliegen dürfen wir dafür nicht vergessen, daß Treibstofftanks sich leeren.«

Er streifte die gleichgültig wirkende Elvira mit einem Blick und zuckte die Achseln.

»Wir tauchen«, sagte er. »Unter Wasser sind die Las-Waffen unserer Verfolger nutzlos. Dafür wird man uns garantiert orten – alle Kelpwege sind dicht verkabelt ...«

»Das Orten geht vielleicht von einer Macht aus, die größer ist als Flattery«, unterbrach Rico. »Kopf hoch, wir tauchen!«

Er schwieg, und als Ben nicht antwortete, machte er sich daran, Elvira beim Tauch-Check zu helfen. Während die beiden an den Konsolen beschäftigt waren, schaute Crista zu, wie sich das Wasser über der Kabine schloß.

Ironischerweise konnte vermutlich Flattery ihr Leben im Kelp am besten nachempfinden. In seiner Hibernation hatte er beinahe leblos dagelegen; seine Vitalfunktionen waren von mehreren Geräten an und im Körper überwacht und aufrechterhalten worden. Nach Angaben von Flatterys Laborfachleuten hatte Crista Galli mit dem Kelp in Symbiose gelebt, mit hundert Millionen winziger Kelpnabel, die für sie atmeten und sie ernährten. Die Wissenschaftler behaupteten, diese winzigen Projektionen hätten sie in den ersten zwanzig Jahren am Leben erhalten – bis Flattery sein Kelp-Beet sprengen und auf die Bedürfnisse der Strömungskontrolle amputieren ließ.

»Es ist, als wäre man bis zum zwanzigsten Lebensjahr ein Embryo«, hatte sie Ben erzählt. »Anders kann ich das nicht erklären. Man ißt nicht, atmet nicht und bewegt sich auch nicht sonderlich. Die einzigen Leute, denen man begegnet, leben in den Träumen, die Avata bringt. Heute weiß ich nicht mehr, was Traum war und was ich ... es ist alles durcheinander. Es gab kein *ich* bis ... bis zu jenem Tag. Flattery kann aber nachempfinden, wie das ist. Ebenso Zwerg MacIntosh und das Gehirn, das Flattery mit seinem Schiff verbinden will.«

»Klingt schrecklich«, hatte Ben erwidert, und sie machte sich klar, daß das wohl zutreffend war.

Im Tauchmodus vibrierte der Antrieb dermaßen, daß sie in ihrem Sitz hin und her geworfen wurde und sich wieder auf die Gegenwart konzentrieren mußte.

Crista kämpfte gegen eine Träne an und vermochte sich von dem grünen Wasser nicht abzuwenden, das vor der Kabine brodelte.

Es gibt Gesetze, die verbieten, daß man mich berührt!

Wieder dachte sie an den Kuß, der in Wirklichkeit nur einen Augenblick gedauert hatte, sich in ihrem Kopf aber ewig wiederholen würde. Selbst im heißen Klima Kalalochs trug Crista die Gewänder, die der Direktor vorgeschrieben hatte. In ihren Räumen hatte sie aber trotz der Sensoren, die überall sein mußten, oft die Kleidung abgeworfen.

Jedes Stück freie Haut kribbelte, wenn eine Brise oder Licht darauf kam. Ihr mochte am Tag sonst nicht viel auffallen, doch bemerkte sie die tausend winzigen Berührungen zwischen den Menschen, die sie umgaben. Es war ihr immer schwerer gefallen, sich selbst als Mensch zu sehen. Nachdem sie nun die öffentliche Anbetung kannte, die man ihr entgegenbrachte, drohte das schwache Band noch weiter zu zerfasern.

Ein Schwall Kabinenluft ließ ihre Ohren knacken, und die große Plasglas-Kuppel der Kabine preßte sich unter den Wellen vollständig an. Unwillkürlich hielt sie den

Atem an und ermahnte sich, die Muskeln zu entspannen. Sie hörte Stimmen, die mit dem Pulsieren der Maschinen leiser und lauter wurden.

»Alles in Ordnung?«

Crista spürte, wie sie sich über Bens Stimme hinweg zur Kabinendecke erhob, dann durch die Decke und noch höher, hoch über das Sondergebiet. Sie hing tausend Meter über Kalaloch, und unter ihr wand sich eine Masse brauner Tentakel.

Sie war ein Hyflieger, der mit seinem großen Segel vor dem Wind kreuzte, um den Schatten ihres Tragflügelboots unter Wasser im Auge zu behalten. Sie spürte sich, ihr Sein im Innern des Bootes, doch zugleich empfand sie jede Schwingung des geschmeidigen Hyflieger-Körpers.

Ben Ozette rief ihren Namen, seine Stimme war aus dieser Entfernung kaum zu hören. Es kam ihr vor, als wäre sie durch eine Nabelschnur mit ihm verbunden, von seinem Nabel zu ihrem, als zöge er sie daran Hand über Hand zu sich zurück in die *Fligender Fisch*.

Ben berührte ihre Wange, und Crista fuhr erwachend hoch. Er nahm die Hand nicht fort.

»Du hast mir Angst gemacht«, sagte er. »Deine Augen standen offen, und du hattest zu atmen aufgehört.«

Als sie sich seinem sanften Druck widersetzte und vorbeugte, sah sie, daß Rico sich ebenfalls über sie kauerte und einen offenen Erstehilfekasten neben sich stehen hatte. Er trug Handschuhe. Wo sich zuvor der blaue Himmel über dem Plas der Kabine erstreckt hatte, war nun das graugrüne Dämmerlicht einer mittleren Tiefe auszumachen. Das Boot bewegte sich durch einen Kelpweg, und irgendwie wußte sie, daß sie den Hafen bereits verlassen hatten und nach Norden fuhren.

Rico starrte auf Bens Hand, die ihre Wange streichelte, dann auf Crista.

»Ich war fort«, sagte sie. »Irgendwo über uns. Ich war

ein Hyflieger und beobachtete dieses Boot, und du hast nach mir gegriffen und mich zurückgeholt.«

»Ein Hyflieger?« Ben lachte, aber es klang gepreßt und sehr nervös. »Das ist ein verflixt seltsamer Traum.

›Gasbeutel vom Himmel
Wie ihre Tentakel sich winden
Für mich ...‹

Erinnerst du dich an das Lied? ›Gekommen und vergangen ...‹«

»Es war jedenfalls ein geschmackloses Wortspiel und machte den Sporenwurf des Hyfliegers lächerlich. Das eben war kein Traum.«

Ihr energischer Ton spiegelte sich im Zusammenpressen seiner Lippen, einer Abschottung, die sie nicht aufzuhalten wußte.

Rico wandte sich wortlos ab und verstaute den Arzneikasten unter seinem Sitz. Crista fühlte von Ricos Rücken so etwas wie Zorn, wie Angst ausgehen, sie meinte diese Empfindungen förmlich zu riechen. Alle ihre Sinne kehrten schwallartig in den zitternden Körper zurück und versetzten sie in einen Zustand der Überempfindlichkeit, der ihr völlig unbekannt war.

Die blaugrüne Unterseelandschaft wallte ebenso verschwommen an ihr vorbei wie schon die Siedlung – zuviel zu bestaunen, zu wenig Zeit.

Von jedem, dem viel gegeben wurde, wird viel gefordert; und von dem, dem viel anvertraut wurde, wird um so mehr abverlangt werden.

JESUS

Beatriz erwartete gerade ihr Stichwort für die zweiminütige Schlußsequenz der Nachrichtensendung, als der bewaffnete Sicherheitstrupp ins Studio drängte und sich vom Luk aus mit dem Rücken zur Wand seitlich verteilte. Die Uniformierten blieben außerhalb der Scheinwerfer, die sich auf der Brille des Anführers spiegelten. Sie spürte eine Verkrampfung im Hals, der Mund wurde ihr trocken – dabei war sie für den Schlußteil in dreißig Sekunden dran.

Immer noch auf Sendung, dachte sie. *Die Alternativ-Konserve läuft noch nicht.*

Beatriz' Konsole zeigte an, was die drei Kameras sahen, der Monitor hinten im Studio aber gab wieder, was gesendet wurde. Im Augenblick war Harlan zu sehen, der das Wetter herunterhaspelte.

Das Ding ist vielleicht falsch geschaltet.

Die Paranoia, ein völlig neues Gefühl, ließ Beatriz erschaudern. Der Studioleiter hätte Harlan vermutlich unterbrochen, wenn man aufs Band übergewechselt wäre – aber sie konnte sich ihrer Sache nicht mehr sicher sein.

Vielleicht will man sehen, wieviel ich noch sagen wollte.

Trotz der heftigen Handbewegungen von Produzent und Regisseur war sie vom Text des Prompters abgewichen. Sie hatte Ben nicht mit der Galli-Entführung in Verbindung gebracht, sondern ihn lediglich als bei Außenaufnahmen vermißt gemeldet, ebenso Rico. Das Studioteam hatte auf ihre Äußerungen hin überrascht reagiert. Ben und Rico waren in der Branche hoch angesehen. So manche Erfindung und Innovation Ricos hatte die Holo-Industrie erst möglich gemacht.

Harlan schloß mit den Fischschwarmpositionen des Vormittags, und Beatriz wurde angezählt. Der Offizier des Sicherheitstrupps trat vor und postierte neben jedem Kameramann einen Mann. Sie hatte plötzlich das bedrückende Gefühl, daß ihr Team sie heute nachmittag vielleicht gar nicht in die Umlaufbahn begleiten würde.

Harlan kam zum Ende und lächelte aus dem Monitor, und die Finger des Studioregisseurs zählten ab: drei, zwei, eins ...

»Dies waren unsere Vormittagsnachrichten aus dem Studio in der Startstation. Die Abendsendung folgt live aus der Orbitalen Baustation. Unser Team bekommt Gelegenheit, das OGZ, das Organische Gehirnzentrum, zu begleiten und Sie, den Zuschauer, an jeder Phase der Installation und Erprobung teilhaben zu lassen. Andere Meldungen, die dann weiterverfolgt werden: Die Entführung Crista Gallis. Wie Sie wissen, hat man noch immer nichts von den Entführern gehört, es gibt keine Lösegeldforderung. Mehr darüber und andere Nachrichten um achtzehn Uhr. Guten Morgen.«

Beatriz hielt das Lächeln, bis das rote Licht ausging, dann ließ sie sich seufzend in ihren Sitz sinken. Ringsum begann das Studio zu brodeln.

»Was war das wegen Ben?«

»Rico auch? Wo waren die beiden zuletzt?«

»Weiß die Firma davon?«

Den Leuten war Bens Schicksal wichtig. Damit hatte Beatriz gerechnet. Vermutlich würden die meisten Pandorer ähnlich reagieren – und das war ihre Macht. Während die Spiegelbrille langsam von hinten näher kam, sagte sie sich, daß er nichts unternehmen konnte. Selbst wenn man die Ausstrahlung abgebrochen und das Band gesendet hatte, wußte nun doch immerhin das Team Bescheid – ein Leck, das sich nicht mehr zustopfen ließ.

Als der Sicherheitsbeamte neben ihr stand, wurde es im Studio still.

»Ich muß Sie bitten, uns zu begleiten.«

Dies waren die Worte, vor denen sie Angst gehabt hatte. Vor den Worten ›Begleiten Sie uns‹ hatte Ben sie in den letzten Jahren besonders gewarnt. Mehr als einmal hatte er gesagt: »Wenn man dich zum Mitkommen auffordert – tu's nicht! Man wird dich wegschaffen, und du wirst verschwinden. Ebenso die Leute deiner Umgebung. Wenn man dir mit diesen Worten kommt, mußt du dafür sorgen, daß alles, was dann geschieht, eine Öffentlichkeit hat, so daß sie es nicht vor der Welt verstekken können.«

»Kameras eins, zwei, drei – mitschneiden!« verkündete sie. Dann wandte sie sich Gus zu, dem Studioregisseur: »Ist die Reserve gesendet worden?«

»Nein«, antwortete er mit zitternder Stimme. Obwohl nicht er im Licht der Scheinwerfer stand, schwitzte er sehr. »Wenn ein Abbruchsignal gekommen ist, habe ich es nicht gesehen. Du warst live.«

Gott segne Gus! dachte sie.

Dann wandte sie sich dem Sicherheitsoffizier zu.

»Also, Hauptmann ... ich habe Ihren Namen nicht verstanden. Was wollten Sie von mir?«

»Getrimmt und ruhige Fahrt«, meldete Elvira. »Keine Verfolger. Kurs?«

Als Ben nicht antwortete, sagte Rico: »Victoria.«

Elvira brummte etwas vor sich hin.

Es lag für Crista auf der Hand, daß Elvira Ben und Rico völlig vertraute. Sie hatte im Sondergebiet Loyalität beobachten können, nie aber echtes Vertrauen. Sie hatte das in Flatterys Organisation vorherrschende Mißtrauen manipuliert, um das Luk für die Flucht aufzubekommen. Dasselbe Mißtrauen würde eines Tages Flattery zu Fall bringen, endgültig. Davon war sie überzeugt.

»Flatterys Leute hörten Informationen wie Spinarette am Netz«, sagte sie zu Ben. »Für sie ist das eine Art Tauschware – ein Handelswert. Daraus ergibt sich, daß niemand das ganze Bild überschaut und daß Gerüchte die Hand lenken, die Segen oder Verdammnis bringt. Deshalb ist der Schattenkasten für Flattery bedrohlicher als alles andere.«

»In der Kombüse gibt's etwas zu essen«, verkündete Rico, und Crista sah die grüne Ortsanzeige an der Konsole rechts von sich aufblitzen. »Ben, ihr beide macht ein bißchen Pause. Bringt mir dann einen Kaffee mit. Wir sind noch ein paar Stunden unterwegs. Elvira hätte gern das Übliche.«

Ben legte Crista eine Hand um den Ellbogen und führte sie in die Kombüse hinter der Kabine. Obwohl das Boot auf geradem Kiel in Unterwasserfahrt ruhig dahinglitt, hatte sie weiche Knie. Seit Stunden war sie hungrig, sie hatte schon förmlich Kopfschmerzen davon, und die Erinnerung an den Duft gebratenen Serbets brachte ihren Magen in Bewegung.

»Wir wohnen praktisch in der Kombüse«, erklärte

Ben. »Wenn wir zu Aufnahmen unterwegs sind, ist es dort immer sehr eng – dort passiert eben alles.«

Crista trat aus der halbdunklen Kabine in einen warmen gelben Lichtschein. Die Kombüse war ein heller Raum aus Holz, gelben Wandverkleidungen und Messing. Sie konnte sich das Team der Holovision-Abendnachrichten vorstellen, wie es in der halben Stunde vor der Sendung über Kaffee und Notizen an den beiden Tischen hockte. Es war ein sauberer, hell erleuchteter Bereich. Holo-Würfel des Teams, bei verschiedenen Einsätzen entstanden, ruhten in einem Regal am hinteren Schott. Crista setzte sich an den ersten der beiden achteckigen Tische und schaute sich einige Würfel aus der Nähe an.

»Wirklich schön«, sagte sie und bewegte die Hologramme hin und her, damit das Licht ihre Wirkung entfalten konnte. »In Flatterys Sammlung gibt's nichts von dieser Qualität.«

»Dafür müssen wir Rico danken«, antwortete Ben. »Er ist der geborene Erfinder. Er wäre heute ein reicher Mann, wenn Flatterys Meermensch-Handelsliga nicht in alles hineingeplatzt wäre. Unser Zeug ist gut, weil Rico die Geräte selbst baut. Wir machen unsere Aufnahmen stets mit der besten Ausrüstung.«

»Sie ist sehr hübsch«, sagte Crista und deutete auf Ben und Beatriz, die die Arme umeinander gelegt hatten. »Ihr beide habt lange zusammengearbeitet. Wart ihr auch verliebt?«

Ben räusperte sich und drückte einige Knöpfe. Sie hörte Küchenmaschinen sirren.

»Heute läßt sich schwer sagen, ob wir uns wirklich liebten oder nur so vieles gemeinsam überlebten, daß wir das Gefühl hatten, niemand sonst würde das verstehen – natürlich außer Rico, vielleicht.«

»Und ihr wart richtig zusammen?«

»Ja.«

Ben hatte ihr den Rücken zugewandt und betrachtete

seine Handrücken auf der Anrichte. »Ja, wir haben uns richtig geliebt. Mehrere Jahre lang. Wenn man unser Leben so anschaut, führte eigentlich kein Weg daran vorbei, daß wir intim wurden.«

»Aber jetzt seid ihr es nicht mehr?«

Sein Hinterkopf bewegte sich kaum merklich hin und her. »Nein.«

»Stimmt dich das traurig? Fehlt sie dir?«

Als er sich umwandte, sah sie die Verblüffung auf seinem Gesicht, die Mühe, die er mit seinen Worten zu haben schien. Sie überlegte, ob er sie etwa anlügen wollte, aber dann seufzte er und überlegte es sich doch anders.

»Ja«, sagte er. »Sie fehlt mir. Nicht als Geliebte, das ist vorbei und ließe sich nur sehr mühsam wieder entfachen. Sie fehlt mir bei der Arbeit, weil sie sich so gottverdammt *gut* darauf versteht, Leute vor der Kamera zum Reden zu bringen. Rico kümmerte sich um die technische Seite, und im Wechselspiel zwischen ihr und mir konnten wir den meisten Dingen auf den Grund gehen. Ich glaube, inzwischen liebt sie MacIntosh von der Strömungskontrolle im Orbiter, aber das hat sie sich wohl selbst noch nicht eingestanden. Wenn es stimmt, dürfte es uns beiden das Leben erleichtern.«

»Wenn einer von euch verliebt ist, verringert das den Druck?«

Ben lachte. »So könnte man sagen, ja.«

Sie senkte den Blick auf den Würfel, den ihre Hände vor ihr hin und her bewegten. »Könntest du mich jemals lieben?«

Ben lachte leise und umfaßte ihre Schultern.

»Ich weiß noch alles von dir«, sagte er. »Der erste Tag, an dem ich dich in Flatterys Labor sah, als du mich über die Schulter hinweg anschautest und anlächeltest ... Als sich unsere Blicke begegneten, hatte ich ein Gefühl wie noch nie. So geht es mir immer noch – jedesmal wenn ich dich sehe, wenn ich an dich denke oder von dir träume. Ist das nicht schon so etwas wie Liebe?«

Vom Halsansatz bis zu den Wurzeln ihres verstrubbelten weißen Haars rötete sich die helle Haut.

»Mir geht es genauso«, antwortete Crista. »Aber ich habe keine Vergleichsmöglichkeit. Und wie soll ich dem gerecht werden, was du mit ... mit ihr geteilt hast?«

»Liebe ist kein Wettbewerb«, sagte er. »Sie *geschieht* einfach. In meinem Leben mit Beatriz gab es schwierige Momente, aber ich brauche nicht die schlimmen Dinge aus dem Keller zu holen, um mich dafür zu strafen, daß mir die Freundschaft, das Gute an der Verbindung fehlt. Ich glaube, sie und ich weigern uns gleichermaßen, jemanden nicht zu mögen, den wir einmal geliebt haben. Sie ist eine außergewöhnliche Person – aber sonst hätte ich sie auch nicht geliebt. Es gab zwischen uns viel Schönes, viel Aufregendes und keine Langeweile. Das Schöne nannte sie unsere ›konvergenten Linien‹. Letztlich warfen wir uns gegenseitig vor, uns unmöglich zu verhalten – dabei war es unsere *Situation*, die wir nicht mehr ertragen konnten.«

»Hast du den Auftrag, mich zu interviewen, angenommen, weil du wußtest, daß sie mit Flattery im Sondergebiet arbeitete?«

Wieder lachte er.

»Du hast mich durchschaut, nicht wahr? Auf die Antwort gibt's nur ein Ja *und* Nein. Ich fand – und bin immer noch der Ansicht –, daß deine Geschichte das Aufregendste ist, was ich dem Rest von Pandora präsentieren kann. Sonst hätte ich die Sache nicht angepackt. Aber ja, es gab da wirklich einen Augenblick schwimmender Einsamkeit, da ich hoffte, sie wiederzusehen.«

»Und ...?«

»Ich sah sie wieder. Aber das Kribbeln war vorbei, wir waren gute Freunde. Freunde, die noch immer gut zusammenarbeiten können.«

»Du wußtest, daß Flattery mit diesen Interviews uns beide bestochen hat, nicht wahr?« fragte Crista.

Sie stellte den Hut neben sich auf das Deck und schälte Stirnband und Mantilla herunter. Dann schüttelte sie das angedrückte Haar. Sie war erleichtert, daß er ihr Tun belächelte, während er auf der Anrichte Dinge zusammenstellte.

»Ich hatte mir so etwas gedacht«, antwortete er schließlich. »Deshalb ja auch ... *dies*. Flattery hat höheren Orts alle Fäden gezogen und die Ausstrahlung verboten, ehe überhaupt das erste Band bespielt war. Aber niemand wußte davon. Ich erhielt mein Geld, du wurdest bei fünf Terminen ausführlich interviewt – *und es war die Story des Jahrhunderts!* Er hat bezahlt, damit die Sache erledigt wurde und er sie unterdrücken konnte.«

»Ja«, bestätigte sie, »ohne den kleinsten Gewissensbiß. Und nun schau dir an, was er sich damit eingehandelt hat: wir sind hier zusammen. Ich zumindest bin glücklicher. Und hungrig.« Er deutete auf ihr Kostüm: »Auch wenn das anders aussieht.«

Ben klopfte auf das Stoffbündel, das sie sich um den Leib geschnallt hatte. »Und erfüllt«, sagte er neckend. Wieder wagte er es, ihr lächelnd die Wange zu streicheln, und konzentrierte sich dann darauf, die Mahlzeiten auszuteilen.

Das Tragflügelboot glitt durch die Kelpwege, und sie beobachtete die vorbeihuschende Meereslandschaft; wobei sich das Plas durch ihre hastigen Atemzüge beschlug. Obwohl das Sondergebiet dicht am Meer lag, war Crista niemals der Besuch der Küste gestattet worden. Flattery fürchtete ihre Verwandtschaft zum Kelp und sorgte dafür, daß die Menschen ihrer Umgebung ebenso empfanden.

Ben berührte sie an der Schulter und deutete durch das Steuerbord-Bullauge auf die Ruinen eines Kelp-Vorpostens, die im Licht der Tiefwasserscheinwerfer nur schwach schimmerten. Der Kelp selbst war im Umkreis von tausend Metern bis auf rundliche Stummel abgebrannt worden.

»Den Meldungen zufolge hat der Kelp hier drei Familien umgebracht, sechzehn Menschen«, sagte er. »Wie du siehst, haben die Vashoner Sicherheitskräfte ihren üblichen Vergeltungsschlag gegen den Kelp geführt. Sie nennen das ›zurückschneiden‹.«

Obwohl es sich um ein Schattenland unter schwachem Lichteinfall handelte, und obwohl der Antrieb sich im U-Boot-Betrieb beruhigt hatte, konzentrierte sich Crista auf das Kribbeln ihrer Schulter, die Ben soeben berührt hatte. Sie mußte Freudentränen unterdrükken. Wie konnte sie ihm das nur erklären, immerhin berührte er laufend Menschen und wurde selbst berührt.

Er zog zwei heiße Tabletts aus dem Apparat und stellte sie auf den Tisch. Er verteilte Servietten, Löffel, Eßstäbchen. Sie mußte unbedingt etwas essen, um zu Kräften zu kommen, doch spürte sie hier an Bord eine gewisse Verträumtheit, die sie eigentlich nicht abschütteln wollte.

Sonnenschein vermochte sie zu kräftigen, das wußte sie. Bens wunderschöner Kuß hatte sie ebenfalls gestärkt. Auch Rico LaPush hatte etwas an sich, das ihr Kraft gab, aber sie wußte nicht, was.

Wieder schaute Crista Ben an, der neben ihr saß und die vorbeistreichende dunkle Meereslandschaft betrachtete.

»Das Sondergebiet wird angegriffen«, sagte er. Sie antwortete nicht. »Du kannst dir das auf dem Bildschirm ansehen, wenn du willst.« Er deutete auf den Informationsschirm am hinteren Kombüsenschott. Ihr war das alte Wort ›Wand‹ lieber, das aber nur selten verwendet wurde – ein Tribut an die wasserreiche Geschichte Pandoras.

Obwohl Ben weitersprach, konzentrierte sich Crista auf ihr Essen. Schließlich aß sie Bens Portion noch zur Hälfte mit und ließ ihm nur das Gemüse. Seine Worte summten wie eine dicke Biene durch das freundliche Kombüsenlicht. Die ganze Zeit über schwirrte ihr ein Schlaflied durch den Kopf, das menschliche Ohren seit zweitausend Jahren nicht mehr gehört hatten:

Psst, mein Kindchen, nun schweig, nun schweig,
Mama kauft dir die Nachtigall auf dem Zweig ...

Sie hatte es im übrigen gelernt, bei der Durchwanderung ihrer Erinnerungen vorsichtig zu sein. Manchmal konnten die Rückblicke übermächtig werden und blätterten ganze Abschnitte aus dem Leben anderer Menschen auf. Diese Erscheinungen dauerten jedesmal länger und zerrten Crista stundenlang durch blitzschnell sich auffächernde Erinnerungen. Es gab keinen Brennpunkt, keine Feineinstellung, nur ein *Ein* oder *Aus*.

Zuerst ging es um Augenblicke, dann um Sekunden, Momente. Eine Minute hochschneller Erinnerungen, durchlebt mit der Komponente aller Sinne, konnte dem feuchten Tuch ihres Geistes ein ganzes Leben abwringen. Ihr letzter Rücksprung war erst zu Ende gegangen, als sie völlig erschöpft gewesen und mit schweren Mitteln vollgepumpt worden war. Er hatte beinahe vier Stunden gedauert. Obwohl sie sofort bei Bewußtsein gewesen war, hatte sie sich drei Tage lang wie betäubt gefühlt und kein Wort sprechen können. Flattery hatte den Vorfall dazu benutzt, ihr Leben in seiner Enklave noch weiter einzuschränken und die medikamentöse Behandlung entsprechend anzupassen.

Jetzt spürte sie die gleiche Betäubung, doch ohne den Ansturm von Gedanken, ohne Schweiß, ohne Angst.

»Crista Galli«, sagte Ben, »auf dich wartet ein tolles Leben. Du bist ›die Eine, Ihre Heiligkeit‹, eine lebende Legende. Du bist die wichtigste Person, die im Augenblick auf dem Planeten lebt.«

Seine Worte erfüllten sie mit Unbehagen, und sie versuchte die Ursache dafür aus der Art und Weise abzuleiten, wie er sie gesprochen hatte. Aber das war es nicht.

»›Die Eine?‹« murmelte sie. »›Die Eine‹ – was soll sie tun?«

»Du bist die Eine, auf die man im Leiden so lange gewartet hat«, sagte er. »Je nachdem, wem man glauben will, bietest du die letzte Möglichkeit, die Menschheit zu retten, oder du bist die Geheimwaffe des Kelp, mit der die Menschheit ein für allemal ausgelöscht werden soll. Bei deinem kurzen Kontakt mit den Menschen von Kalaloch mußt du deine Macht bereits gespürt haben. Du mußt viel lernen – und schnell. Dabei werden wir dir helfen. Aber da man einen Gott nun mal nicht berührt, tritt man auch nicht vor ihn hin und kratzt an ihm – und deshalb wirst du die Gläubigen nur von ihrer besten Seite kennenlernen, und die übrigen von ihrer schlechtesten.«

»Wenn die Leute mich erst kennen, wenn sie erkennen, daß das alles nur ...«

»Sie werden dich *nicht* kennenlernen«, unterbrach er. »Nicht das ›Ich‹, das du meinst. Der Wunsch, etwas anderes zu glauben, ist viel zu stark, um sie daran zu hindern. Das ist nun mal die Macht des Glaubens.

Du mußt vorsichtig sein und still. Und ein Rätsel. Wir *brauchen* dieses Rätsel, wenn wir Flattery besiegen wollen. Du wirst in nächster Zeit sehr viel Not sehen und dich sicher meiner Überzeugung anschließen. Iß den Rest, wenn du hungrig bist. Vielleicht werden wir uns nicht immer unter Leuten aufhalten, die etwas zu essen haben.«

Crista war hungrig, sehr hungrig. Sie trank die Brühe ihrer Suppe, ließ das Gemüse übrig, und pickte sich das Fleisch heraus. Auch von dem belegten Brot, das ihr Ben machte, aß sie erst das Fleisch; das Brot aß sie in winzigen Bissen hinterher, damit es länger vorhielt.

Sie fand, daß sie Ben noch etwas beibringen könnte – besonders, was die Not betraf. Berührt zu werden war ein menschliches Bedürfnis – und sie war vor allem ein Mensch. Zuweilen würde jemand sie zufällig oder ganz hastig berühren – in einer Art atemloser Mutprobe. Die Mutigen, das wurde ihr nun klar, waren bestimmt die religiösen Eiferer, die Zavataner, von denen Ben ihr erzählt hatte. Niemand konnte voraussagen, was dabei herauskommen würde: Peinlichkeit oder Tod.

Als sie sich am Abend zuvor von Ben küssen ließ, hatte sie gewußt, daß er daran sterben konnte. Zugleich erfüllte sie das überaus starke Gefühl, daß sie mit ihm vergehen würde – und das brachte die Sache irgendwie in Ordnung. Zum erstenmal fühlte sie sich sterblich – und setzte ihr Leben ein. Als keiner von beiden starb, erwiderte sie den Kuß sogar ein wenig. Ihr Herz pumpte so etwas wie Angst durch ihren Körper, sogar noch bei der Erinnerung daran. Hinterher lag in seinen grünen Augen, den ihren so nahe, das Funkeln eines Lachens und einer bestandenen Mutprobe.

Er wirkte so glücklich!

Ihr fiel auf, daß nur wenige Menschen ihrer Umgebung jemals glücklich ausgesehen hatten – mit Ausnahme des Direktors. Meistens schienen sie Angst zu haben.

»Warum hast du mich geküßt?« fragte sie, und Röte kroch über ihren Hals. Sie wollte Ben nicht anschauen, konnte sich aber nicht mehr dagegen wehren. Er lächelte.

»Weil du mich gelassen hast.«

»Du hattest keine Angst ...?«

»Angst, daß es dir nicht gefallen würde? Doch! Angst vor dem, was du mir antun könntest? Nein.« Er lachte. »Ich habe dazu eine Theorie. Wenn die Leute damit rechnen, den Verstand zu verlieren, sobald sie dich berühren, dann widerfährt ihnen das auch. Eine Hysterie, das ist alles ...«

Sie legte ihm die Handfläche auf die Brust und sagte langsam: »Du weißt nichts von mir. Du hattest Glück ... *wir* hatten Glück.« Sie klopfte auf sein Hemd. »Du hast nicht geschlafen«, sagte sie. »Wenn es erforderlich ist, daß einer von uns Wache hält, kann ich das von nun an erledigen.«

Etwas Dunkles huschte über sein Gesicht.

»Es gab Vereinbarungen«, sagte er, »mit einigen Frauen, die wir weiter oben an der Küste treffen werden – du solltest bei ihnen bleiben. Man ging davon aus, daß du lieber ...«

»Ich bestehe darauf, daß *du* bei mir bleibst«, sagte sie. »In deinem Leben gibt es keine Frau, habe ich recht?«

»Ja – aber das ist doch keine Sache der ...«

»Was für eine Sache ist es dann?« entfuhr es ihr. »Gefalle ich dir nicht?«

Vielleicht war es die Überraschung, die den finsteren Gesichtsausdruck vertrieb, vielleicht auch nur die Röte, die sich plötzlich bemerkbar machte. »Du gefällst mir«, sagte er. »Du gefällst mir sehr.«

»Dann ist es abgemacht«, antwortete sie. »Ich kann bei dir bleiben.«

»So einfach ist das nicht.«

»Es ist einfach, wenn wir es einfach machen«, widersprach sie. »Ruh dich bis dahin aus! Wenn du wirklich immun gegen mich bist, brauchst du Schlaf.«

Der Eingriff eines Gottes oder Menschen in das Geschick erfordert größte Vorsicht.

ZWERG MACINTOSH
Kelpmeister, Strömungskontrolle

Raja Flatterys Privatbunker lag geschützt unter beinahe dreißig Metern pandorischen Felsgesteins. Hohe, kuppelähnliche Decken wehrten die psychologische Last ab, und sorgfältig ausgewählte Hologramme schmückten die Wände mit Szenen aus dem Freien. Hoch oben, im Schutt der Oberflächenanlage, kämpften Flatterys Sicherheitskräfte soeben die letzten Angreifer nieder.

»Stellt den Kampf ein und schickt die Mediziner hinaus!«

Dank den Hyfliegern würden zahlreiche Verbrennungen zu behandeln sein. Er sprach den Befehl in seine Konsole und wartete nicht auf die Bestätigung. Sein Bunkerbereich war von kleinen Kabinen durchzogen. Hier saßen die Untergebenen, die seine Befehle ausführten und keine Fragen stellten. Weniger als eine Handvoll hatten direkten Zugang zum Direktor.

Eine Ironie, wie sehr ein kleines Feuer die Dinge abkühlen kann.

Seine Sicherheitsteams räumten oben die Toten fort und bildeten krasse kleine Schatten unter Pandoras erbarmungslosen Sonnen. Obwohl die sterilen Kampfbilder den Bunker durch Holo-Leitungen erreichten, glaubte der Direktor an seiner Konsole den Gestank verbrannten Haars wahrzunehmen.

Die Phantasie ... der Verstand ... was für unglaubliche Werkzeuge.

Sein persönliches Sicherheitsteam wartete gleich vor dem Luk – zur Vorsicht. Auf Pandora gab es keinen Fluchtort, der sicherer war als seine Anlage. Und schon gar nicht so luxuriös. Ein Sebet-Brunch, in rotem Orcaswein geschmort, erwartete ihn links von seinem

Platz. Die pandorischen Weine hatten einen angenehmen Geschmack, auch schon so früh am Tage.

»Hauptmann«, wandte er sich an die schattenhafte Gestalt am Luk. »Das Kamerateam – ist es eingesetzt wie geplant?«

»Jawohl, Sir.« Der Hauptmann richtete sich auf. »Hauptmann Broods Männer befinden sich seit Tagesanbruch in der Startstation. Sie wissen, was Sie wollen.«

»Und die Holovisions-Leute, die vom Studio ausgeschickt wurden, um über diese ... dieses Durcheinander zu berichten?«

»Hauptmann Brood hat gemeint, wir sollten sie filmen lassen, Sir. Wenn es vorbei ist, kann sein Team die Bänder und Kameras und sonstige Ausrüstung beschlagnahmen.«

»Hauptmann!« brüllte Flattery los. »Hat irgend jemand diesem ... Hauptmann Brood ... die Erlaubnis gegeben, selbständig zu *denken?* Sie etwa?«

Das starre Rückgrat straffte sich noch mehr.

»Nein, Sir.«

Flattery war dankbar, daß das Gesicht des Mannes im Schatten lag. Es besaß kein Profil. Wo sich die Nase des Mannes hätte befinden müssen, waren zwei feuchte Schlitze, die sich zwischen zwei weit auseinander stehende Augen schoben. Wenn Flattery mit Nevi sprach, konnte er sich immerhin auf die Augen des anderen konzentrieren. Dieser Mann aber war bei weitem nicht so interessant, so daß Flattery zuviel Zeit blieb, sich mit dem verformten Gesicht zu beschäftigen.

Flattery versuchte einen einsichtigen Tonfall anzuschlagen.

»Nichts geht heute über Holovision hinaus, das ich nicht vorher genehmigt habe. Broods Team erhält Vorzugsbehandlung, selbst wenn wir den gesamten Produktionsstab ersetzen müßten, verstanden?«

»Jawohl, Sir.«

»Der Holovisions-Leiter soll in einer Stunde hier antanzen – der aufgeblasene kleine Milhous. Wir brauchen Unterstützung – dabei darf es keine Ausrutscher geben. Er soll Aufzeichnungen mitbringen, die wir heute notfalls benutzen können – bis Broods Männer ihre Bänder beisammen haben. Wir wollen die restliche Welt mit den Ereignissen hier nicht auf Ideen bringen.«

»Selbstverständlich, Sir. Wird sofort erledigt, Sir.«

»Hauptmann?«

»Jawohl, Sir?«

»Sie sind ein guter Offizier, Hauptmann. Ihre Familie wird sich freuen, daß Sie mit mir zusammenarbeiten.«

»Jawohl, Sir. Vielen Dank, Sir.«

Der Mann machte kehrt und verschwand durch das Hauptluk zu den Büros. Flattery seufzte. Er goß ein wenig Wasser in den Wein und trank auf seine Belastbarkeit gegenüber Streß. Er prostete seinen Suchmannschaften zu, die auf den Bildschirmen ausschwärmten, um die letzten Leichen zu verbrennen. Die Leichenverbrennung war ein zavatanischer Einfluß, eine Praxis, die Flattery begrüßte und förderte. Die traditionellen Seebestattungen waren an den wenigen Stränden Pandoras schlimm anzuschauen und hatten sich zu einem Gesundheitsrisiko entwickelt.

Überall angeschwemmte Leichen ...

Bei diesem Gedanken unterdrückte er einen Schauder. Es war mehr als widerlich – es war auch ein religiöses und wirtschaftliches Desaster. Jeder Idiot, der dabei mit dem Kelp in Berührung kam, lief danach als Prophet herum. Die gesamte pandorische Sozialstruktur war schon durch die jüngsten geologischen Veränderungen umgewälzt worden – der Kelp aber stellte darüber hinaus vieles auf den Kopf.

In den Siedlungen kauften Frauen in der Woche nach einem traditionellen Seebegräbnis keinen Fisch. Sie wollten nicht möglicherweise einen Fisch verzehren, der sich zuvor vom alten Onkel Dak ernährt hatte. Zu Anfang seiner Herrschaft hatte er zuweilen Hunderte von bestickten Begräbnissäcken gesehen, die an die Strände gespült worden waren, woraufhin die Flotten der Gegend einen Monat lang nicht zum Fischen ausliefen. Flattery hatte reagiert, indem er die Importeure aufkaufte, alles auf Lager nahm und die Meeresstraßen kontrollierte.

»Kontrolle«, sagte er vor sich hin. »Das ist der Schlüssel. Kontrolle.«

Flattery hob sein Glas dem Holo entgegen, das in der Mitte seines Quartiers flackerte. Die Sicherheitsbeamten hatten den Aufständischen größere Verluste beibringen müssen, als ihm lieb war – eine große Dezimierung der arbeitenden Bevölkerung, die er gerade jetzt für die glatte Abwicklung seiner Pläne brauchte. Trotzdem war es so am besten. Es gab jede Menge Ersatzleute, auch wenn der Hunger sie zu begriffsstutzigen Schwächlingen machte. Während der Ausbildungszeit würden sich die Dinge verzögern.

Meine feste Hand, dachte er. *Ich mußte ihnen alles beibringen. Blieben sie sich selbst überlassen, würden die Pandorer nichts zustandebringen.*

Noch immer staunte Flattery über die Fortschritte, die er hatte erzielen können. Er hatte eine Stadt errichtet und befestigt, Politik und Industrie unter einem Banner vereinigt und ein Allschiff für den Start vorbereitet. Das Allschiff würde mehr Möglichkeiten bieten als dieses stinkende Pandora-Höllenloch, und Alyssa Marsh, das OGZ, würde ihm den Weg weisen. Die Pandorer waren schon Hunderte von Jahren hier und hatten nicht annähernd den Fortschritt erzielt, wie er in den letzten zwanzig Jahren.

Obenseits war die Falle zugeschnappt und konnte nun bald schon gesäubert werden. Vielleicht war er damit nahe daran, den erkennbaren Widerstand der Schatten zu brechen. Es konnten nicht mehr viele am Leben sein, und die übrigen ... nun ja, er würde dafür sorgen, daß sie zu hungrig waren, um zu kämpfen.

Außer untereinander, um die Abfälle. Meine Abfälle.

Außer ersetzbaren Sachschäden hatte Flattery nur geringe Verluste erlitten.

Er schob das Essen fort und leerte sein Glas. Das Saubermachen würde nur langweilig sein, zwei oder drei Stunden, in denen außerhalb des Luks die letzten Angehörigen des Mobs abgefackelt wurden. Er schaltete auf seine Kommandostelle und spürte die freudige Stimmung unter den jüngeren Offizieren.

Nichts hebt die Moral besser als ein geschickt erzielter Sieg, dachte er. *Nichts ist gefährlicher als eine Armee, die niemanden zum Bekämpfen hat.*

Solange es die Schatten, die Nahrungsdiebe und den Kelp gab, die für Arbeit sorgten, würden sich die Mannschaften nicht gegen ihn erheben oder übereinander herfallen.

Das untätige Gehirn ist die Spielwiese des Teufels, dachte er und lachte leise vor sich hin.

Wieder schaltete Flattery seine Konsole auf Stimmenfrequenz.

»Oberst, geben Sie mir die neuesten Informationen über die Position des Holovisions-Tragflügelboots.«

»Noch immer untergetaucht«, meldete Oberst Jaffe. »Etwa fünfzig Kilometer vor Victoria.«

»Gibt's Anzeichen für eine Eskorte?«

»Nein. Das Boot bewegt sich allein durch die üblichen Kanäle.«

»Und der Kelp stört nicht?«

»Nicht genau«, sagte Jaffe. »Unsere Instrumente zeigen im Netz ein spürbares Ansteigen der Spannung – der Kelp wehrt sich gegen das Signal der Strömungskontrolle.«

»Das Netz hält aber noch?«

»Ja, Herr. Vorsichtshalber planen wir den Verkehr

außen herum zu führen. Die Spannung steigt schnell, im Augenblick haben wir einige Oszillationen. Schiffe mit Navkom registrieren wahrscheinlich auch Störungen an ihren Instrumenten. Wir werden versuchen, sie zu warnen, aber Sie wissen, daß die sonischen Sendestationen unter Wasser nur eine sehr begrenzte Reichweite haben ...«

»Verstehe, Oberst. Verständigen Sie die Strömungskontrolle, daß wir Prioritätsstufe eins haben. Sie soll das Netz um jeden Preis aufrechterhalten. Notfalls ist das Kelpbeet auszulöschen.«

»Verstanden, Sir. Die Strömungen sind stabil. Sollen wir das Boot in Victoria abfangen?«

»Das ist nicht Ihr Bier, Oberst«, fauchte Flattery. »Ein Team der Weißen Krieger wird sich darum kümmern. Diesmal, davon bin ich überzeugt, werden wir die Schatten an der Wurzel packen. Geben Sie mir Bescheid, sobald irgend etwas auf ein Einmischen des Kelp hindeutet.«

Er trennte die Verbindung, ohne eine Antwort abzuwarten, und lächelte.

Ja, an der Wurzel packen und ausreißen, dachte er, *aber nicht alle. Sie werden sich neue Anführer suchen, aber die spüren wir auch auf.*

Er schenkte sich Wein nach, den er zur Hälfte mit Wasser verdünnte.

Mäßigung, überlegte er, *hat viel mit Geduld zu tun. Wir werden sie zurückschneiden, wie meine Rosen, bis sie beinahe daran sterben. Unter unserer Kontrolle werden sie schöne Blüten tragen, stets in Reichweite, um gepflückt zu werden.*

Flattery stand an seiner Konsole und reckte sich. Ihm gefiel die Abgeschiedenheit seines Bunkers. Die Anlage war ähnlich ausgedehnt wie die höher liegenden Bauten und bot allerlei Annehmlichkeiten, die es auch überirdisch gab. Der Ausblick, den die Bildschirme boten, war allerdings nicht so zufriedenstellend, wie wenn man durch echtes Plas auf die wirkliche Welt schaute – *seine*

Welt. Bald würde das Allschiff bemannt und ausgerüstet sein, und er würde die Hülle dieser Welt jedem überlassen, der sie haben wollte. Er gedachte Beatriz Tatoosh mitzunehmen.

Wie üblich hatte er sich ihre Sendung angeschaut und dabei ihre Loyalität gegenüber Ozette und auch ihre Zurückhaltung gespürt. Er nahm dies als ein Zeichen, daß sie seiner Macht den gebotenen Respekt entgegenbrachte, aber keine blinde Angst. Dies bewunderte er an ihr. Dennoch wollte er Ozettes Einfluß auf sie nicht unterschätzen. Der Mann hatte ihr mehrere Jahre lang mit Lügen in den Ohren gelegen.

Flattery lächelte. Grundsätzlich überließ er nichts dem Zufall; er hatte einen Ersatzplan für Beatriz Tatoosh. Sie würde Hauptmann Brood kennenlernen, einen von Flatterys innovativeren Weißen Kriegern. Broods Plan würde mehrere aufrührerische Holovisionsleute aus dem Spiel nehmen und das kleine Rattennest säubern. Die Entlarvten sollten den Weg gehen, den Ozette beschritten hatte. Die übrigen würden daraus die Lehre ziehen, daß es besser war zu gehorchen, wenn der Direktor befahl: »Nicht darum kümmern!« Und es würde sie davon abhalten, dem Schattenkasten auszuhelfen.

Ich hatte damit gerechnet, daß sie gleich mit Crista Galli auf Sendung gehen würden, dachte er. *Was schließen wir daraus?*

Daß man sie noch nicht zur Sendeausrüstung hatte bringen können. Er lächelte voller Vorfreude.

Da sollten sie sich lieber beeilen! Er lachte bei dem Gedanken. *Bestimmt wollen sie nicht senden, was sie in Händen haben, sobald die Mittel zu wirken beginnen.*

Hauptmann Broods Plan würde den Holovisions-Apparat säubern und Beatriz Tatoosh weich machen. Flattery befürwortete jeden Plan, der auf mehr als einer Ebene wirkte. Brood würde den Bösen spielen – und genau im richtigen Augenblick würde Flattery Beatriz aus Broods Gewalt befreien. Dann würde sie sich ihm nur zu gern in der Kommandokabine des Allschiffs anschließen. Diese Kabine gedachte er mit einer Pracht auszustatten, wie sie einem Anführer seines Kalibers und einer Frau von ihrer Anmut und Schönheit zustand.

Unsere Kinder werden die Sterne bevölkern, überlegte er. Er trank auf die Zukunft und die sorgfältige Umsetzung aller Pläne.

Sie zeigt keine der üblichen pandorischen Mutationen, dachte er. Er hatte nachgeprüft, daß sich Beatriz keine pandorischen Defekte mit chirurgischen Mitteln hatte entfernen lassen. *Wir könnten eine tolle Welt in Gang setzen, wir beide.* In seinem weinbeflügelten Traum sah Flattery sich nackt mit ihr in einem weiten Garten, in dem es schwer nach Orchideen und reifem Obst roch.

Das Bereitschaftslicht blinkte grün über dem Luk und kündigte ein sich dem Docktunnel näherndes Tragflügelboot an. Nur Flattery und Spinne Nevi kannten den Code für das Anlegen innerhalb des Grün. Er schaute auf den Zeitmesser, brummte überrascht und öffnete das Luk.

Nevi ist schnell, dachte er. *Zu schnell. Andere, zum Beispiel Brood, versuchen zu erraten, was mir Freude macht. Nevi ahnt meine Gedanken, meine Schachzüge sogar noch vor mir. Darum muß ich mich kümmern.*

Er stand auf und rückte seinen Anzug aus Huscherleder zurecht. Wenn er im Grün diesen Anzug trug, waren seine Haustiere viel anschmiegsamer und gehorsamer. Vor dem Spiegel probte er seinen geringschätzigen Blick. Funktionierte noch immer. Der Anzug war ein passendes Accessoire.

Seine Konsole meldete das anlegende Boot und identifizierte zwei Insassen.

Dieser Dummkopf! dachte er. *Er bringt Zentz ins Grün ... eine Verschwendung. Zu spät, sich darüber Gedanken zu machen.*

Wenn es soweit war, daß man Zentz zum Schweigen bringen mußte, sollte Nevi persönlich dafür sorgen.

Das Grün war das Sondergebiet des Direktors unterhalb des Sondergebiets. Plastahlschweißer und Laser-Kanonen hatten zwei Jahre gebraucht, um Pandoras Felsgestein eine vier Quadratkilometer große Höhlung abzuringen. Kristallisierte Partikel der alten Kelpwurzel glitzerten über ihm wie Sterne. Die kuppelförmige Decke reichte in der Mitte bis zu zwanzig Metern hoch und wies den schwarzen Schimmer geschmolzenen Gesteins auf.

Das eigentliche Grün war ein feucht-fruchtbarer unterirdischer Park, der von einem alten Inselmensch-Biologen versorgt wurde. Zuweilen nannte Flattery die Anlage seine »Arche«. Niemand, der innerhalb des Grüns gearbeitet hatte, war lebendig wieder herausgekommen. Spinne Nevi kam und ging nach Belieben und löschte jene aus, die diese Freiheit nicht besaßen. Sie waren leicht zu ersetzen und ebenso leicht zu vergessen.

Das Luk des Bunker-Wohnquartiers, in dem der Direktor residierte, öffnete sich zum Ufer eines runden und tiefen Meerwasserteichs, der etwa fünfzig Meter Durchmesser hatte. Am Ufer entlang schimmerte es bläulich vom Widerschein von Lampen, die rings um das Wasser vergraben waren. Dieser See füllte den früher vom Kelp gegrabenen Wurzelkanal, den letzten Überrest eines großen Orakles.

Ein grasbewachsener Hang fiel leicht zum Wasser hin ab, außerdem mündeten hier drei Bäche, die in den Felswänden entsprangen. Tiere hielten sich im künstlichen Licht nicht so gut, wie Flattery es gern gehabt hätte, dafür gediehen seine Blumen, Bäume und Gräser bestens. Vom Luk aus bewunderte Flattery die dichteste Laubkonzentration, die es auf dieser Welt gab.

Im eigentlichen Grün gab es keine Wächter, doch

fehlte es dem Geheimnis nicht an Schutz. Während das blubbernde Fauchen des aufsteigenden Tragflügelboots das Wasser des Teichs brodeln ließ, kauerte Goethe, ein trainierter Huscher des Direktors, sprungbereit am Boden. Die anderen drei Huscher hatten sich wenige Sprünge entfernt mit zuckenden Schwänzen niedergeduckt. Nevis persönliches Signal ertönte dreimal und wurde wiederholt. Flattery verriegelte das Luk hinter sich.

Das Tragflügelboot, das im Teich aufstieg, gehörte zu mehreren, die Flattery für seine Bedürfnisse entworfen hatte. Es waren die letzten von der Meermensch-Handelsliga hergestellten Boote, ehe der riesige Fabrikkomplex vor zwei Jahren dem großen Beben zum Opfer fiel. Die Boote konnten fliegen, allerdings nur mit beschränkter Reichweite und Last. Unter Wasser kamen sie dafür schneller voran als jedes andere Modell. Flattery warf einen Blick in die Kabine und setzte die mißbilligende Miene auf, die er bei Nevi angebracht fand: stirnrunzelnd und kopfschüttelnd.

Also, zuerst Herr Zentz.

Nevi machte das Boot neben einem typgleichen Schiff fest und wartete an Deck, bis Flattery den Huschern das Zeichen gegeben hatte, daß alles in Ordnung sei. Sichtlich staunend stand Zentz im offenen Luk der Kabine. Speichel schimmerte auf den ungleichmäßig gewachsenen Zähnen seines Unterkiefers.

Der Direktor gab ein Handzeichen, und Goethe verschwand im Laubwerk. ›Erzengel‹, ein weiteres Wachtier, hockte zwischen Flattery und Nevi. Im Gegensatz zu Goethe war er das hybride Produkt eines erfolgreichen Gentausches zwischen einer Katze aus der Hibernation und einem pandorischen Haubenhuscher. Ihre Abkommen waren treu und wußten ihrem Herrn zu gefallen – Wesenszüge, die Flattery bei Untergebenen prinzipiell bewunderte.

Erzengel belauerte jede Bewegung Nevis und richtete

das Fell auf, als sich Zentz ebenfalls dem Direktor näherte. Erzengel erhielt ein weiteres unauffälliges ›Ruhig‹-Zeichen, doch nicht von Flattery.

Zentz sitzt wie ein gehetztes Tier in der Klemme, dachte der Direktor. *Und ein gehetztes Tier kann überraschend reagieren.*

Da Zentz bald getötet werden würde, äußerte sich Flattery in seiner Gegenwart sehr offen.

»Direktor«, sagte Nevi und neigte leicht den Kopf.

»Herr Nevi.«

Es war die übliche Begrüßung. Flattery hatte es bisher nicht erlebt, daß Nevi jemandem die Hand gab. Soweit Flattery wußte, berührte Nevi nur die Leute, die er umbrachte. Wie Nevis Beziehungen zu Frauen aussahen, konnte er sich nicht vorstellen und wollte auch nicht danach fragen.

Flattery lächelte und deutete mit einer umfassenden Handbewegung auf das Grün.

»Willkommen in unserem kleinen Geheimnis«, sagte er und marschierte energisch vom Anlegeteich auf einen Hain mit Obstbäumen zu.

»Schade, daß wir keine Zeit für einen Rundgang haben. Eine nahezu tropische Hitze – aber Sie wissen ja nicht viel über die Tropen, nicht wahr? Wenn man sich tief genug ins Gestein bohrt, bekommt man Hitze. Weniger als hundert Menschen haben diesen Garten bisher gesehen.«

Davon sind keine fünf mehr am Leben.

Zentz schluckte hörbar. »Ich ... ich habe so etwas noch nie gesehen.«

Daran zweifelte Flattery nicht.

»Eines Tages wird ganz Pandora so aussehen.«

Zentz begann dermaßen zu strahlen, daß Flattery sich die Lüge verzieh.

Er fuhr zu Nevi herum. »Sie haben gesehen, wie oben die Falle zugeschnappt ist?«

Nevi nickte. »Sieht aus, als hätten wir etwa dreihundert verbrennen können. Teams jagen noch die Verwundeten. Bisher niemand Wichtiges. Wie wir schon vermuteten, waren Hast und Eifer größer als die Bereitschaft.«

»Wir dürfen nicht denselben Fehler machen«, gab Flattery zu bedenken. »Deshalb müssen Sie sich bei Crista Galli und den anderen Zeit lassen. Ihre Entführung muß möglichst zu unserem Vorteil umgemünzt werden. Jetzt zuzugreifen wäre einfach – aber töricht. Denken Sie daran, ab sofort ist Crista nicht mehr unser Beutestück, sondern nur noch der Köder.«

Zwei weiße Schmetterlinge wirbelten zwischen den Männern hindurch, und Zentz prallte zurück.

Flattery lächelte. »Die sind nicht gefährlich. Wunderschön, finden Sie nicht? Wir haben sie auch oben losfliegen lassen. Sie trinken den wilden Nektar und haben im und am Sondergebiet den Wihibewuchs bereits deutlich verstärkt. Sie wissen ja, wie wertvoll der für die Verteidigung ist – natürliche Fallstricke und so weiter. Manchmal allerdings ein Problem für das Vieh. Die Larven dieser wunderschönen Kreaturen ... also, das erzähle ich Ihnen ein andermal. Ich habe zwei besondere Anliegen an Ihr Amt.«

Flattery schlenderte zu einer Schonung junger Bäume, die sorgfältig in Reihen angeordnet waren und in unterschiedlichen Stadien der Blüte und Fruchtreife waren. In der Nähe summten mehrere Bienenvölker. Nevi mochte Bienen nicht, das wußte Flattery. Er genoß, mit welcher Beherrschung der Mann an seiner gleichgültigen Miene festhielt. Er pflückte jedem Besucher eine Frucht.

»Golden Transparent«, sagte er. »Erdseits ein winterharter Apfel. Da ich hier eine Art Garten Eden schaffe, hielt ich die Sorte für angebracht.«

Er deutete auf zwei gemeißelte Steinbänke unter dem größten Baum und setzte sich. Nevi konnte es offenbar nicht abwarten, die Jagd zu beginnen, doch Flattery durfte die beiden noch nicht von der Leine lassen. Aber ebenso unerträglich fand er es, wie Zentz kauend seine prächtige Frucht zermanschte.

»Es gibt wichtigere Ziele als die Gefangennahme dieser Leute«, sagte er nachdrücklich. »Ozette muß unglaubwürdig gemacht werden. Er war bei Holovision sehr beliebt, und sein Verschwinden ist dank Beatriz Tatoosh bereits über den Sender verbreitet worden. Dies bekräftigt uns nur in unserer Entschlossenheit, ihn als Ungeheuer darzustellen. Er muß als Wahnsinniger in der Gewalt von Wahnsinnigen rüberkommen, die die todkranke Crista Galli als Sklavin genommen haben. Wir werden ihre Schönheit und Unschuld schon richtig einsetzen – überlassen Sie das mir und Holovision. Das ist das erste, was ich mir von ihrem Einsatz erwarte.«

»Und das zweite?« wollte Nevi wissen.

Eine solche Frage war für Nevi untypisch – wie sehr mußte ihm daran liegen, in der Sache voranzukommen! Flattery fragte sich, wie diese Begeisterung sich auf Nevis Leistung auswirken würde.

»Crista Galli wird für unsere Freunde sehr bald zum Problem werden«, sagte er. »Und zwar so sehr, daß sie sie loswerden möchten. Nach außen hin muß es so aussehen, als bäte sie uns um Hilfe. Sie muß es wollen, daß der Direktor sie rettet, und das Volk muß es wissen. Nur so können wir uns nach der kleinen Aktion oben die absolute Kontrolle sichern – es sei denn, wir würden alle Brutstätten der Schatten auslöschen, die abgeschiedenen Dörfer und kleinen zavatanischen Mönchsklöster.«

»Interessant«, sagte Nevi. »Da muß man wirklich behutsam vorgehen. Vielleicht ist das eine Aufgabe für Ihre Propagandafachleute bei Holovision. Haben Sie Mittel gefunden, die uns bei ihrer ... ah ... Umdrehung nützen könnten?«

»Medikamentöse Details in bezug auf Crista Galli

sind in der Unterweisung enthalten, die Sie im Tragflügelboot erhalten«, sagte Flattery und schaute auf den Zeitmesser. »Ich würde sagen, wenn sie etwas gegessen hat, könnte sie jederzeit in eine Starre verfallen. Anweisungen, Vorsichtsmaßnahmen und Betäubungsmittel sind vorbereitet und befinden sich bei Ihren Aktionsunterlagen. Es liegt völlig bei Ihnen, die Frau umzudrehen – auch die Art und Weise, wie Sie das schaffen.«

Nevi lächelte – was wirklich selten geschah.

Und genau das gefiel Flattery an diesem Menschen ... wenn man eine solche Kreatur als Menschen bezeichnen konnte.

»Die Tatoosh, fliegt sie heute mit dem Antrieb und Ihren OGZ in die Umlaufbahn?« fragte Nevi.

»Ja«, antwortete Flattery, »wie vorgesehen. Warum fragen Sie?«

»Ich traue ihr nicht«, antwortete Nevi und zuckte die Achseln. »Sie wird da oben mit der Strömungskontrolle zusammenkommen, und wir gehen in den Kelp ...«

»Sie wird keinen Ärger machen«, sagte Flattery. »Sie hat uns schon sehr unterstützt. Außerdem ist sie mein Problem, überlassen Sie sie ruhig mir!«

Zentz hatte seinen Apfel abgenagt und schaute schon wieder staunend in die Runde.

»Haben sich noch keine Zavataner mit ihren Tunneln hierher verirrt? Die graben doch überall in den Oberen Bereichen herum.«

Noch ist er nicht ganz nutzlos, ermahnte sich Flattery.

»Meine kleinen Tierfreunde passen auf«, antwortete Flattery und deutete auf Erzengel. »Wußten Sie, daß neunzig Prozent ihres Gehirngewebes dem Geruchssinn gewidmet sind? Noch hat sich niemand zu mir durchgegraben, und sollte es jemand schaffen, bekommt er es mit Erzengel zu tun. Anschließend stellen wir den anderen Tunnelbenutzern eine Falle.«

Zentz nickte. »Ein gutes Arrangement«, gurgelte er.

»Sie haben Ihren Apfel noch nicht probiert«, stellte Flattery fest und deutete mit einer Kopfbewegung auf die hellgelbe Frucht in Nevis Hand.

»Die hebe ich auf«, antwortete der Attentäter. »Für Crista Galli.«

Wissen Sie, wie schwer es ist, wie eine Pflanze zu denken?

ZWERG MACINTOSH
Kelpmeister, Strömungskontrolle
(Auszug Holovision Abendnachrichten,
3. Jueles 493)

Die Unermeßlichkeit machte ihre langen graugrünen Blätter kribbeln und sog auf ihre chemische Weise den Geruch der Strömung ein. Dabei wurde weniger eine Anwesenheit festgestellt, als die Spur einer Anwesenheit. Es war eher eine Vorahnung als ein klarer Geruch oder Geschmack, doch wußte der Kelp, daß ein Teil seiner selbst sich durch die Strömung bewegte.

Die Unermeßlichkeit war eine Kelpverwickelung, ein fein verwobenes Netz von Ranken, das sich wie ein muskulöses Gehirn durch das ganze Meer erstreckte. Begonnen hatte sie als wilder Kelp, als ein unbeachteter Wuchs im Innern eines vor langer Zeit aufgegebenen Vorpostens der Meermenschen. Der Kelp hatte kaum ›Ich‹ von ›anderen‹ unterscheiden können, als er dem avatologischen Studienteam begegnete, das von Alyssa Marsh geleitet wurde. Was die Unermeßlichkeit über die Menschen wußte, stammte in erster Linie von Alyssa Marsh.

Der fragliche Kelphain wußte anhand der menschlichen Erinnerungen ihrer DNA, was es bedeutete, versklavt zu sein – und wußte, daß er selbst Sklave der Strömungskontrolle war. Wurden die Ranken auf richtige Weise mit Reizen beliefert, hoben oder senkten sie sich, wurden eingezogen oder ausgefahren. Ein anderer elektrischer Impuls löste die Leuchtphänomene des Kelp aus und erhellte die Wege, die die Fracht-U-Boote der Menschen nahmen. Es gab noch weitere Tricks, die das Ziel hatten, in einem Kanal eine Strömung entstehen zu lassen – einfache Dienstbarkeit, die simple Reaktion auf Stimulation. Es waren Reflexe, keine Reflexionen.

Die Unermeßlichkeit hatte die Ewigkeit auf ihrer Seite. Sie ließ diese Übung zu, weil die Menschen daran Freude hatten und das ausgedehnte Philosophieren des Kelp nicht störten. Mit Hilfe Alyssa Marshs und ihres Schiffsgefährten Zwerg MacIntosh hatte es der Kelp gelernt, den elektrischen Reizen zur Quelle zu folgen. Alles, was die Menschen heute sendeten, strömte direkt ins Herz der Unermeßlichkeit. Alles – ohne Ausnahme.

Nun endlich war die Unermeßlichkeit bereit, etwas zurückzuschicken. Sie näherte sich einer durchbruchartigen Annäherung an diese Menschen – Durchbruch nicht in der Berührung oder beim chemischen Geruch, sondern mittels Lichtwellen, die sich in der Luft kreuzten.

Den Menschen Freude zu bereiten, war eine triviale Sache, sie zu verärgern dagegen nicht. Kurz nach dem Erwachen war der Kelp schmerzerfüllt zusammengezuckt und hatte ein fehlgeleitetes Unterwasserboot zwischen seinen Ranken hervorgezerrt. Der gewaltige Frachtzug hatte bei seinem Weg durch die Ranken eine hundert Meter breite und fast einen Kilometer lange Schneise gerissen. Nachdem der Kelp das tödliche Ding gepackt und auseinandergenommen hatte, kamen Flatterys Sklaven mit Schneid- und Brandgeräten und sengten den Kelp ab, bis er wieder im Kleinkind-Stadium war. Danach, das wußte die Unermeßlichkeit, hatte sie eine Zeitlang nicht richtig denken können – aber dazu sollte es nie wieder kommen.

Eine ganz bestimmte Regung in den Blattspitzen verriet der Unermeßlichkeit, daß ›die Eine‹, der Holomeister, vorbeifuhr. Die Unermeßlichkeit konnte einzeln stehende Kelphaine zu einem einzigen Willen, zu einem großen Wesen, zu jener physischen Einheit verschmelzen lassen, die bei den Menschen ›Seele‹ hieß. Tief in ihrem genetischen Gedächtnis gab es eine Leere, ein

Fehlen des Seins, das mit Hilfe der genetischen Meermensch-Laboratorien nicht auszugleichen war. Diese Leere wartete wie ein Nest auf das Ei, auf den Holomeister, der dem Kelp verraten sollte, wie man einzelne Menschenhaine vereinigen konnte.

Zweimal hatte die Unermeßlichkeit ihren Körper aufgegeben, nie aber ihren Willen. Sie vermochte weder Kummer noch Bedauern zu verspüren, sie konnte lediglich denken und eine Art meditative Präsenz formen, die es ihr erlaubte, ganz im Hier und Jetzt zu leben, während Flatterys elektrische Schnüre, von der Strömungskontrolle ausgehend, die Marionette ihres Körpers bewegten.

Der Reflex ist eine schnelle Antwort, für die das Gehirn nicht zu Rate gezogen wird. Reaktion eine schnelle Antwort, bei der das Gehirn nur minimal befragt wird. Der fragliche Kelp wuchs auf in der Erwartung, in Ruhe gelassen zu werden. Er lernte erst zu reagieren, nachdem sich seine Ranken mit gezähmtem Kelp verwickelten. Er lernte zu töten, wenn er bedroht wurde, und keine Gnade zu zeigen. Dann lernte er, sich auf den Vergeltungsschlag für das Töten gefaßt zu machen.

Die Unermeßlichkeit rechnete damit, ewig zu leben. Nach logischen Gesichtspunkten war das nicht möglich, wenn sie damit fortfuhr, auf die Menschen zu reagieren. Und jetzt kam die Eine! Die Unermeßlichkeit wußte dies so gewiß, wie der blinde Schnappfisch die Anwesenheit der Muree ahnt.

Die ursprüngliche Unermeßlichkeit des Kelp, Avata, faßte sämtliche Meere Pandoras in einer Bewußtheit, zu einer Stimme, einem ›Wesen‹ zusammen. Ihre erste genetische Auslöschung ereignete sich in der Frühzeit der Planetenbildung, durch Einwirkung eines Pilzes. Ultraviolettes Licht von einer Sonneneruption tötete den Pilz. Irgendwo lag ein primitives Blatt mumifiziert in einem Salzsumpf und wartete auf Pandoras ersten Ozean.

Die zweite Auslöschung geschah von Menschenhand, durch die Hand eines Bio-Ingenieurs namens Jesus Lewis. Etwa fünfzig Jahre später wurde der Kelp von einigen DNA-Schürfern wieder zum Leben erweckt. Aus diesen frühen Experimenten wurde der neubelebte Kelp gewonnen, gerettet von den Meermenschen. Inzwischen füllte der Kelp wie früher die Meere und milderte die mörderischen Stürme.

Wieder sonderten die großen Haine Düfte ab. Im Laufe der Jahre wuchsen sie immer dichter aneinander heran, ihre Blätter beherrschten die chemische Sprache. Die Unermeßlichkeit selbst belegte zweieinviertel Kubikkilometer Ozean.

Die Eine befuhr einen Kelpweg, der knapp in Reichweite der Unermeßlichkeit vorbeiführte. Der benutzte Kelpweg führte durch einen Hain blauen Kelps, von dem bekannt war, daß er seinesgleichen angriff und nahegelegene Bewüchse überwältigte, ihnen das Wesen aussaugte und dafür das seine durchsetzte. Der blaue Kelp hatte viele Beschneidungen hinnehmen müssen und brauchte dringend Anleitung von höherer Stelle. Dies entnahm die Unermeßlichkeit Fetzen entsetzter Gefühle, die in abgerissenen Blatteilen angeschwemmt wurden. Die Eine durfte einem solch gefährlichen Bewuchs nicht ausgesetzt werden. Sie war um jeden Preis zu schützen.

Der Kelp begann sich ein wenig gegen die elektrischen Sticheleien der Strömungskontrolle aufzulehnen, mit dem Ziel, die Eine in seine äußeren Strömungen zu locken und sie dann in einer großen Spirale in die sichere Tiefe des eigenen Bewuchses zu ziehen.

Ihr seid erzogen worden zum Urteil, und das ist das Wesen der Anbetung. Urteil – das ist stets etwas, das in der Vergangenheit geschieht. Es ist Vergangenheitsdenken. Der Wille, sei er frei oder nicht, befaßt sich mit der Zukunft. Das Denken ist der Vorgang des Augenblicks, aus dem heraus ihr euer Urteil benutzt, um den Willen anzupassen. Ihr seid ein Konvektionsknoten, durch den die Vergangenheit die Zukunft vorbereitet.

ZWERG MACINTOSH, Kelpmeister
aus *Gesprächen mit Avata*

»Kurswechsel.«

Elviras Stimme war emotionslos wie ein Stein, doch spürte Rico einen Hauch von Sorge im Gewirbel ihrer Finger auf der Kommandokonsole. Sie steuerte das Boot niemals im Stimmenmodus, weil sie lieber schweigsam blieb. Daß Elvira überhaupt die Stimme erhoben hatte, beunruhigte Rico – das und das zunehmende Schwanken, das vor einigen Minuten begonnen hatte.

»Warum?«

Wenn er mit Elvira zusammenarbeitete, paßte sich Rico ihrer knappen Kommunikation an. Das schien ihr zu gefallen.

»Kanalwechsel«, antwortete sie und deutete mit einer Kopfbewegung auf den Schirm. »Wir werden aus dem Kurs gelenkt.«

»Gelenkt?« brummte er und überprüfte die Instrumente vor sich. Das Boot hatte die Position im Kelpweg gehalten, doch zeigte der Kompaß an, daß der riesige Unterwasserkorridor in die falsche Richtung führte.

»Von wem geht die Lenkung aus?«

Elvira, die noch an ihrer Tastatur beschäftigt war, zuckte nur die Achseln. Sie hatte das Boot in die Tiefe des Unterwasser-Frachtzugverkehrs gesteuert, um eine Verfolgungsortung zu erschweren, und fuhr nun ohne

Hilfe von Sensoren, die den Weg durch den Kelp mit Lichtern erhellt hätten.

»Den wilden Kelp-Sektor vor Flatterys Startstation haben wir hinter uns«, sagte er. »Wenn es irgendwo verrückt zugeht, dann doch meistens dort.«

Eine Hälfte seines Bildschirms zeigte das Navigationsnetz, das von der Kommandozentrale der Strömungskontrolle an Bord des Orbiters ausgestrahlt wurde. Die andere Hälfte verfolgte den eigentlichen Kurs durch das Netz, das sich plötzlich irgendwie zu dehnen schien.

Das sich verbiegt, berichtigte er sich selbst. *Sieht aus, als würde unser Ende des Bildschirms in einen Abfluß gesogen.*

»Ist auf dem Navkom etwas zu sehen?« fragte er.

»Manchmal verändert die Strömungskontrolle die Netze im Kelp, um sich den Wetterbedingungen weiter vorn im Kanal oder jüngsten Auslöschungen unbändiger Kelpformationen anzupassen.«

»Negativ«, antwortete sie. »Alles klar.«

Das Boot begann zu ruckeln und sich aufzubäumen, und Rico klemmte sich fester auf seinen Sitz. Er schaltete das Interkom ein und sagte: »Bewegtes Meer. Alles anschnallen. Ben, du kommst besser rauf.«

Weiter unten machte Rico einen Frachtzug aus, der gefährlich dicht am Kelp dahinraste und sich der plötzlichen Veränderung anzupassen suchte. Die Tauchscheinwerfer zeigten, daß der Kelp mit sich selbst zu ringen schien und den Kanal bewedelte, als habe er einer großen Kraft zu widerstehen.

Ben mußte sich an Griffen im Schott zu seiner Konsole hangeln.

»Bekommen wir die Strömungskontrolle herein?« fragte er, ließ sich auf seinen Sitz fallen und zog den Gurt an.

»Nicht ohne unsere Position zu verraten.«

»Wir sind bisher viel zu leicht durchgekommen«,

sagte Ben. »Die Gegenseite hat uns bestimmt etwas ins Boot geschmuggelt, mit dem ...«

»Das war einmal«, unterbrach Rico lächelnd. »Wir waren kaum aus dem Hafen, da habe ich die Wanze mit Hilfe einer E-Ortung gefunden. Elvira hat den kleinen Teufel in einen Krillschwarm geschossen, an dem wir vor einem Dutzend Netzabschnitten vorbeikamen.«

»Ein Lob für euch beide«, sagte Ben. »Na gut, versuchen wir's mal mit dem Zug unter uns ...«

Wieder wurde die *Fliegender Fisch* von etwas durchgeschüttelt, das auch eine riesige Faust hätte sein können. Elvira rang mit den Kontrollen, um nicht in den Kelp zu geraten.

Die Bordinsassen wußten, daß jeder Schaden am Kelp als Angriff ausgelegt werden konnte. In diesem Sektor waren zahlreiche Kelplichter aktiv. Neben den roten und blauen Signalen eines erwachsenden Bewuchses ließ der Kelp sein kaltes Navigationslicht willkürlich aufblitzen und überschüttete den Kanal zuweilen mit hellerem, faseroptisch von der Oberfläche übermitteltem Sonnenschein. Wenn der Hain zu den Erwachten gehörte, konnte jeder Fehler dazu führen, daß das Boot und seine Insassen auseinandergerissen wurden.

»Hat sich Flattery nicht gerade über den Sender gebrüstet, wie sicher er die Kelpwege gestaltet hätte?«

»Da sieht man mal wieder«, sagte Rico, »daß man dem Schweinehund kein Wort glauben darf.«

Der Frachtzug, der sich weiter unten in die entgegengesetzte Richtung bewegte, hatte größere Schwierigkeiten. Ein relativ kleines Tragflügelboot konnte notfalls mitten im Kanal stoppen und auf der Stelle verharren, der Frachtzug aber durfte, wenn er manövrierbar bleiben wollte, eine gewisse Geschwindigkeit nicht unterschreiten. Das Netzsystem war geschaffen worden, damit die Züge, Pandoras Lebensadern, die Kelpwege schnell und ungestört und mit minimalen Kursveränderungen befahren konnten. Soweit Rico zu erkennen vermochte, hatte die Besatzung an beiden Enden des Zuges mit der bockenden Ladung alle Hände voll zu tun.

»Es biegt sich«, sagte Rico mit Blick auf den Navkom-Schirm, der das Netzgitter projizierte. »Das ganze Netz ist verzerrt.«

»Wir sollten auftauchen«, sagte Ben. »Fertigmachen zum ...«

»Negativ«, widersprach Elvira. »Wenn es sich um eine Oberflächenstörung handelt, ist die Situation da oben nicht besser als hier unten. Wir brauchen mehr Informationen.«

Ben brummte zustimmend.

»Das Erkennungssignal des Frachtzuges ist auf den Namen *Simplizität Maru* registriert«, meldete Elvira und kämpfte förmlich gegen die Kontrollen, um die Schwebeposition und gleiche Distanz zu den Grenzen des kilometerbreiten Kanals aufrechtzuerhalten. Dieses sonst ganz einfache Manöver wurde durch die sich ständig verändernden Wände des Kelpweges nahezu unmöglich gemacht. Rico sah auf Elviras Stirn und Oberlippe Schweißperlen erscheinen.

Ben schaltete auf Sendung in niedriger Frequenz. Er hoffte das Fehlen des Erkennungssignals nicht erklären zu müssen.

»*Simplizität Maru*, hier *Quecksilber*«, log er. »Haben Sie Meldungen über Strömungsstörungen vorliegen?«

Es gab ein statisches Rauschen, dann wurde ein Mikrofon eingeschaltet. Die Antwort kam ziemlich zerstückelt durch. Die Kommunikation unter Wasser war immer problematisch – besonders aber in der Nähe aktiven Kelps.

»*Simp ... Maru*. Negativ ... in den Kelp.« Aus dem Hintergrund war ein metallisches Kreischen zu hören. »... sen hoch. Wir bereiten ... Ballast vor. Wiederhole, wir bereiten ...«

Elvira gab abrupt Gas, und obwohl das Boot heftig durchgeschüttelt wurde, sprang es förmlich vorwärts.

Die Lippen hatte sie fest zusammengepreßt und die Hände um die Kontrollen gekrampft.

»Warte, wir können doch nicht ...«, sagte Ben und wurde noch fester in sein Polster gedrückt. »Wir können nicht in den tiefen Kelp fahren.«

»Ballast wird abgeblasen«, knurrte Elvira. »Der ganze Zug wird wie ein Korken von unten heraufschießen und uns zerschmettern.«

Rico hatte das Gefühl, daß alles, was sich an Bord befand, klappern müßte wie seine Zähne.

»Ben, ist das Mädchen angeschnallt?«

»Alles bestens«, meldete Ben.

In diesem Augenblick fegte die hintere Kabine des Zuges an dem kleinen Boot vorbei und raste zur Wasseroberfläche empor. Container und Kabinen wirbelten wie Spielzeuge durcheinander. Einige Container verfingen sich in den Wänden des Kelpweges – ein Gewirr von Blättern und Stengeln, in der noch immer allerlei Lichtzuckungen im Gange waren – und eine seltsame Kraft.

»Dies ist mir zu unheimlich«, sagte Ben. »Tauchen wir auf. Vielleicht können wir uns auf die Luftdeckung des Direktors verlassen. Die Tour hier unten ist mir verdammt zu kritisch.«

Elvira nickte knapp und ließ das Tragflügelboot mit dem Aufstieg beginnen. Wie von ihrer Steuerbewegung alarmiert, begannen sich die Kelpblätter um die *Fliegender Fisch* zu schließen. Zuerst bildeten sie einen Baldachin, dann ein enges, undurchdringliches Netz. Ein plötzlicher Strömungswechsel drückte das Boot mit einem Ruck nach Steuerbord und ließ es Purzelbäume schlagen. Elvira stellte die Bewegung mit manuellen Kontrollen ab. Sie war sehr bleich geworden.

»Scheiße!« Ben schlug mit der Faust auf die Seitenlehne seines Sitzes. »Flattery muß irgendwie zur Strömungskontrolle durchgekommen sein ...« Gegen Ricos Proteste löste er seine Sitzhalterung.

»Ich schaue nach Crista«, sagte er.

Er mußte sich an Griffen festhalten, um über das rollende Deck nach achtern zu kommen. Am Kombüsenluk drehte er sich um und war nun ebenfalls ein wenig bleich geworden. Rico wußte sofort, welcher Gedanke dem anderen gekommen war, und lächelte.

»Rico«, sagte Ben, »was ist ...«

»Was ist, wenn der Kelp *weiß*, daß sie hier ist?«

»Dann können wir nur hoffen, daß sie uns mag.«

»Wahrscheinlich hat sie dabei gar keine Stimme«, bemerkte Ben und entriegelte das Luk. Sein scharfer Ton gefiel Rico gar nicht.

»Irgend jemand hat das Heft doch aber in der Hand«, brummte Rico. Das Luk knallte zu und verriegelte sich selbständig wieder. Im gleichen Augenblick fiel Rico ein, wann der Kelp Crista Gallis Witterung hätte aufnehmen können. Beim einzigen Mal, da die dichte Schiffshülle geöffnet worden war.

Die Wanze! dachte er. *Flatterys verdammter kleiner Quecksilberchip!*

»Wir haben vorhin den Sender ausgestoßen, Elvira – und zwar in Kabinenluft.« Er glaubte wahrzunehmen, wie sie sich unmerklich versteifte. »Wenn der Kelp riechen kann – und angeblich ist er dazu in der Lage, weiß er, daß in dieser Dose nicht nur wir beiden Würmchen zu finden sind.«

Söldnerhauptleute sind als Soldaten so fähig oder unfähig wie andere. Wenn sie ihr Handwerk verstehen, kannst du ihnen nicht trauen, denn sie werden stets selbst nach der Macht streben, indem sie dich, den Herrn, unterdrücken, oder indem sie andere gegen deinen Wunsch unter die Knute pressen.

MACCHIAVELLI, *Der Fürst*

Juri Brood, der junge Hauptmann der Sicherheitsabteilung, galt bei seinen Männern insgeheim als nicht anerkannter Sohn des Direktors, die Frucht einer frühen Liebschaft mit einer Meermensch-Frau aus den Unterwasserkuppeln. Die Männer ließen sich dabei ebenso von der großen äußerlichen Ähnlichkeit zwischen Brood und dem Direktor leiten wie von Broods schnellem Aufstieg in eine Beraterposition, die seinem Range eigentlich nicht mehr entsprach. Beiden Männern war eine Rücksichtslosigkeit eigen, die auch außerhalb der Schwadron auffiel.

Hauptmann Brood und seine Abteilung waren in einer Meermensch-Anlage unweit des Kalaloch-Distrikts groß geworden. Brood selbst hatte Privatunterricht in Logik und Strategie bekommen – durchaus üblich bei jungen Leuten, die in der Meermensch-Handelsliga in höhere Positionen aufrücken wollten. Brood mochte eigentlich die Feinheiten der Politik nicht so sehr; ihm waren die direkteren Lösungen physischen Drucks lieber. Seine Vorgesetzten hielten dies für eine vorübergehende Erscheinung und erkannten an, daß Brood Ziele erreichte, bei denen andere oft versagten.

Die alten Familien, Inselmenschen wie Meermenschen, wahrten eine starke Loyalität gegenüber der Gemeinschaft, und so war die Art von Polizeiarbeit, wie Flattery sie verlangte, von innen heraus unmöglich. Die Befehlsstelle der Sicherheitskräfte versetzte Hauptmann Broods Team zur Ausbildung und zur Bildung von ersten Bindungen im Kampf nach Mesa, dann wurden die Männer nach Kalaloch mit seiner Startstation für die Shuttlerakete versetzt, um dort ›Polizeiarbeit‹ zu leisten. Sie waren untereinander wie eine Familie und kannten keine sonstigen Bindungen: eine Insel, die in feindlicher See trieb. Jeder einzelne wurde um etliche Dörfer von zu Hause verpflanzt.

Die Dienstzeit überleben, aufsteigen, sich an einem Schreibtisch im Sondergebiet zur Ruhe setzen – das war das übereinstimmende Ziel.

Der junge Hauptmann hatte Angst – und das passierte ihm nicht oft. Wenn er Angst hatte, begannen Köpfe zu rollen. Er und sein Team waren Kurzdienende mit noch einem Monat Restzeit und hatten soeben den Countdown für die Rückkehr nach Hause begonnen. Den Hauptmann erwartete zu Hause etwas, das sich lohnte, und er gedachte, plangemäß den Dienst zu wechseln. Seine Männer sollten mit ihm nach Hause zurückkehren. Ein Jahr lang war Kalaloch mit der Startstation sein Revier gewesen. Die Einsätze seines Trupps hatten mehr Lobsprüche ausgelöst, als er sich je anhören konnte. In diesem Jahr hatten entweder die Startstation oder seine Leute ständig unter Beschuß gestanden.

Heute wartete der Hauptmann im hinteren Teil des Studios und sah sich Beatriz Tatoosh gegenüber. Es wäre wirklich schade, überlegte er, wenn er sie umbringen müßte.

Beatriz wußte nichts von den Gedanken des Hauptmanns; gleichwohl wurde ihr vor Angst der Mund trokken, als sie die Soldaten hinter den Scheinwerfern hereinkommen und sich am rückwärtigen Studioschott verteilen sah.

Der Hauptmann deutete auf die Live-Kameras und schickte je einen Mann hin. Die Männer lösten sich aus der Gruppe, zogen Las-Waffen und legten wortlos auf je einen Kameramann an.

Beatriz hörte lautes Luftschnappen, Flüche und das Entsichern von Waffen. Gegen den grellen Scheinwerfer konnte sie kaum ausmachen, was da geschah. Der große Monitor hinten im Studio wurde dunkel und begann eine Aufzeichnung des letzten Starts zu zeigen – eine Aufnahme, die von Beatriz und ihrem Team gemacht worden war.

Wir sind nicht mehr live! dachte sie.

»Dak!« alarmierte sie ihren Studioregisseur. »Überprüf mal den Monitor.«

Als ihr Blick sich vom Monitor abwandte, bemerkte sie den Blick des jungen Hauptmanns. Sie erinnerte sich an eine frühere Begegnung mit ihm; seine dunklen Augen hatten sie lächelnd angeblitzt, während er seine Abteilung durch das Labyrinth der Startstation führte. Auch jetzt lächelte er andeutungsweise und nickte ihr zu, und auf diese Bewegung hin erschossen seine Männer ihre drei Kameraleute.

Beim ersten Schuß war Beatriz von der Plötzlichkeit, mit der alles geschah, ebenso gelähmt wie von der Kühnheit des Streiches und ihrem Entsetzen. Beim zweiten Schuß war es der Geruch des Todes, der ihre Nerven lähmte. Der dritte Schuß ließ sie an den eigenen Tod denken. Sie wandte sich dem Hauptmann zu, der zu lächeln aufgehört hatte.

Später erinnerte sie sich an den erstaunten Gedanken, wie schwer doch jeder Anwesende im Raum atmete, wie seltsam der zweite Wächter sich über den Kameramann beugte und zum ersten sagte: »Scheiße, Mann, das war doch kein ordentliches *Signal* ...«

»Maul halten, Mann!« sagte der dirtte. »Es ist vorbei. Einfach nur Maul halten. Hier ändert das nicht das geringste.«

»Also gut!«

Der Hauptmann spreizte die Finger nach rechts, und der Rest seiner Männer sperrte das Studio ab. Beatriz begann zu zittern, konzentrierte sich dann aber auf ihre

Muskeln, damit der Hauptmann auf keinen Fall etwas merkte.

Ben hatte recht! ging es ihr durch den Kopf. *Aber wer wird das je erfahren?*

Sie sah, wie auf dem Monitor eine alte Sendung von ihr lief; sie interviewte den Direktor bei einem seiner rituellen Besuche in der Startstation. Ihr Gesichtsausdruck, der Bewunderung und Unterwürfigkeit deutlich machte, bereitete ihr Übelkeit. Trotzdem schaute sie lieber auf den Schirm, als sich der unglaublichen Wirklichkeit ihres Studios zu stellen.

Durch den Schock und das Zittern hörte sie Harlan hinten im Studio ein zavatanisches Totenlied singen. Ihr fiel ein, daß der hagere Mann mit den Segelohren, der an Kamera 3 gestanden hatte, Harlans Vetter war. Der Sicherheitsbeamte, der ihn erschossen hatte, zerrte ihn an den Füßen zur Mauer. Der Kopf des Toten rumpelte über das Wirrwarr der Kabel an Deck. In seine Brust war ein sauberes Loch gebrannt worden, das kaum blutete.

Die drei Attentäter zogen sich ein wenig zurück. Fünfzehn Menschen wurden in einem winzigen Studio mit sehr heißen Scheinwerfern von neun Wächtern bedroht. Der Hauptmann schaute einmal in die Runde, dann wandte er sich an Beatriz und deutete auf das rote Licht an den Triangulatoren.

»Das rote Licht bedeutet, daß die Kamera auf *Sendung* ist, nicht wahr? Nimmt sie noch immer auf?«

Sie antwortete nicht. Sie hielt es für wichtig, daß er nicht merkte, wie ihre Stimme zitterte. Sie vermochte sich von seinem Blick nicht zu lösen.

Diesmal lächelte er nicht und nickte auch nicht.

»Macht sie fertig!« sagte er und deutete mit einem Kopfnicken auf Beatriz. »Bis auf sie.«

Die Schreie, das Flehen, die Flüche und Flatterys Namen verstummten in den wenigen Sekunden, die der Hauptmann brauchte, um sie zum Luk zu begleiten. Sie hatte das Gefühl, ewig ausschreiten zu müssen, denn sie mußte über die Leichen ihres Teams steigen, und sie fühlte sich unerwartet schwach.

»Nun schauen Sie sich an, was Sie angerichtet haben«, sagte Brood zu ihr. Heftig umfaßte er ihren Oberarm und schüttelte sie. »Schauen Sie sich an, was für eine Schweinerei Ihre Sendung angerichtet hat!«

Sie brachte kein Wort heraus und konnte nicht weinen – sie wollte auch nicht vor ihm weinen. Sie schlug seine Hand zur Seite, die sie am Arm stützen wollte. Vor dem Luk mußte sie noch über den Leichnam des jungen Make-up-Mädchens steigen. Sie hatten niemanden verschont.

Wie hieß sie doch gleich? Neue Panik stieg in Beatriz auf. *Ich habe ihren Namen glatt vergessen ...?*

Nephertiti, ja, das war der Name. Nephertiti. Hübsch und dunkelhäutig und großäugig wie sie. Beatriz forderte sich auf, diese Dinge nicht zu vergessen, sondern immer daran zu denken und dafür zu sorgen, daß irgendwann einmal die Welt von diesen Untaten erfahren würde.

»Sie sind ja wirklich abgebrüht«, sagte der Hauptmann. »Haben wohl vor zwei Jahren in Mesa Schlimmeres mitgemacht.«

Sie antwortete noch immer nicht, blieb aber am Luk stehen, um zurückzuschauen.

»Ich habe Sie beide damals gesehen«, fuhr er fort. »Sie und Ihr Freund wurden von der Mine hübsch durch die Luft gewirbelt. Ich dachte schon, es hätte Sie beide erwischt.«

Sie nickte, machte Anstalten zu sagen: »Wir auch«, doch brachte sie nur ein heiseres Krächzen zustande.

Zum erstenmal fiel ihr sein Name auf, der auf der linken Brust über dem Abzeichen der Vashoner Sicherheitskräfte eingestickt war: ›Brood.‹ Im Augenblick hatte sie nur den einzigen Wunsch, lange genug zu leben, um Hauptmann Brood noch sterben zu sehen.

Er wandte sich zum Studio und den siebzehn noch warmen Leichen um. Noch einmal schaute Beatriz auf den Monitor mit ihrem Bild. Das Band gab nun ein Interview mit Zwerg MacIntosh, dem Kelpmeister der Strömungskontrolle, wieder. Er gehörte zu den wenigen Menschen, die außer Flattery vor fünfundzwanzig Jahren das Öffnen der Hib-Tanks überlebt hatten. Er war so groß, daß sie sich auf eine Kiste hatte stellen müssen, um ihn zu befragen. Kennengelernt hatte sie ihn auf dem ersten Flug zum neuen orbitalen Komplex, am Tag nach ihrer letzten Nacht mit Ben. Nach einem Monat war sie ziemlich sicher, den Mann zu lieben.

»Packt sie in Plastiksäcke!« sagte der Hauptmann zu seinen Männern. »Entseucht den Laden, macht ihn dicht und schafft den technischen Scheiß an Bord!«

Dann verbeugte er sich vor Beatriz, öffnete ihr das Luk und sagte: »Wir erwarten jeden Augenblick Ersatz für Ihr Team. Es sind meine Leute, die genau das tun werden, was man ihnen sagt. Meine Truppe und ich reisen mit, um dafür zu sorgen, daß Sie das ebenso handhaben.«

Ein Verstand in Ruhestellung ist ein toter Verstand.

ZWERG MACINTOSH
Kelpmeister, Strömungskontrolle

Zwerg MacIntosh schwebte im turmähnlichen Raum der Strömungskontrolle, schaute auf den Planeten tief unter sich und wartete auf das Auftreten eines bestimmten Wetterphänomens. Jeden Tag etwa um die gleiche Zeit bildete sich ein Wolkenwirbel über Pandoras größtem wilden Kelpbeet. Er fand es irgendwie tröstlich, daß die Erscheinung sichtbar wurde; wenigstens ein Aspekt war heute normal, auch wenn der Kelp sich ansonsten völlig hirnrissig benahm. Aber auch die Menschen legten kein sehr sinnvolles Gehabe an den Tag.

›Der Turm‹, wie er seinen Unterschlupf nannte, war eine Plasma-Glas-Extravaganz an Materialien und technischem Können, die MacIntosh für sich geschaffen hatte, ehe er die Strömungskontrolle in der Orbitalstation installierte.

Ich hätte den Job auch ohne übernommen, räumte er ein, aber nur sich selbst gegenüber. ›Kelpmeister‹ – das war für ihn mehr Privileg als Arbeit. Er hätte unmöglich irgendeinem Handlanger Flatterys gestatten können, den Kelp in den Würgegriff zu nehmen. Außerdem fühlte er sich in der Umlaufbahn viel wohler als auf Pandoras Oberfläche.

Mack war wie Flattery in der Sterilität des Mondstützpunkts geklont, aufgezogen und ausgebildet worden, in der Hyperreglementierung und Klonophobie des Mondstützpunkts. Bis zur Hibernation hatte er sein Leben in einer Kreisbahn um eine Erde verbracht, die für ihn und alle anderen Klons nie wirklich existierte. Damals hatte Flattery offen ein erdseitiges Leben angestrebt, während Zwerg MacIntosh von Anfang an auswärts geschaut hatte, über die Grenzen des kleinen Erdsystems hinaus auf die Möglichkeiten des weiten Alls.

Aus seinem Türmchen heraus beobachtete und registrierte Mack viele dieser Möglichkeiten. Er gab ihnen Namen, allerdings nicht die wenigen besonderen Namen, die er seinen ungeborenen Kindern vorbehielt. Die beiden letzten Jahre hatte er über Pandora verbracht und die üblichen regelmäßigen Ruheperioden bodenseits ausgeschlagen. In dieser Zeit hatte MacIntosh keinen einzigen Stern wiedererkannt, der ihn erdwärts hätte führen können. Das war ihm nur recht.

Zwerg MacIntosh erwachte eines Tages unter unbeschreiblichen Schmerzen aus der Hibernation und befand sich auf Pandora – praktisch mitten im Nichts, galaktisch gesehen. Trotz der Schrecknisse, die der Planet bot, fühlte sich Mack inmitten einer Trillion nagelneuer Sterne wie im Himmel. Die anderen Überlebenden klammerten sich an den elenden kleinen Planeten und mußten doch sterben, zumindest die überwiegende Zahl. Alyssa Marsh ... nun ja, sie war ebenfalls gestorben. Sie starb an dem Tag, an dem der Mondstützpunkt sie als Reserve-OGZ vorzubereiten begann.

Mack und Flattery träumten beide davon, tiefer in die Leere vorzustoßen. Mack fand dies in gewisser Weise schade, denn er hatte Flattery nie gemocht, auch schon nicht während der gemeinsamen Ausbildung im Mondstützpunkt. Diese Differenzen waren in jüngster Zeit über der Frage der Verwaltung des Kelp wieder ausgebrochen.

Wenn Flattery nur wüßte, was wir getan haben, was der Kelp in Wirklichkeit ist ...

»Dr. MacIntosh, die Shuttlerakete ist zum Start bereit.«

Mack hangelte sich aus dem Türmchen, gab sich mit dem Fuß einen Stoß und segelte quer durch den riesigen Kontrollraum zu seiner persönlichen Konsole.

Spud Soleus, sein erster Assistent, arbeitete am Primärterminal.

Ein Blick auf die Schirme für Bereich sechs ergab, daß der Kelp im Bereich der Startstation wie angewiesen agierte. Im Bereich acht sah es dagegen anders aus. Das riesige Kelpbeet vor der Küste Victorias war noch immer ein einziges zuckendes Gewirr. Es war nicht abzusehen, wie viele Frachter dort verlorengegangen waren. Mit Knopfdruck bestellte er eine frische Portion Kaffee.

»Wieso die Verzögerung?«

Spud zuckte die dürren Schultern und wandte den Blick nicht von seiner Konsole.

»Angeblich hat's mit einem Wechsel im Team der Nachrichten zu tun. Sie kennen ja Flattery – der kann nichts unternehmen, ohne es der Presse hinauszuposaunen.«

»Wer hat gewechselt?« fragte er und spürte, daß sein Herz einen Sprung machte. Er hatte gehofft ... nein, *fest vorgehabt*, Beatriz Tatoosh wiederzusehen. Seit vor beinahe zwei Monaten die Shuttlerakete mit ihr fortgeflogen war, hatte er täglich an Beatriz Tatoosh gedacht. Und wo seine Gedanken aufhörten, setzten seine Träume ein – er hatte sich die Hoffnung herbeigeträumt, daß sie den Orbiter zu ihrem ständigen Aufenthaltsort machen würde.

»Keine Ahnung«, antwortete Spud. »Den Grund kenne ich auch nicht. Vor kurzem war bei den Nachrichten alles in Ordnung. Haben Sie die Sendung gesehen?«

MacIntosh schüttelte den Kopf.

»Ach richtig, Sie waren ja in Ihrem Turm. Die Tatoosh war dran und sprach davon, daß Ben Ozette vermißt werde. Vermutlich ist man deswegen mit dem Personalplan durcheinander.«

»Ja«, sagte Mack. »Für mich spielt er ein bißchen zu sehr den weißen Ritter – aber er meint es gut. Er hat in letzter Zeit ein bißchen dick gegen den Direktor gekeilt.«

In einem der blanken Schirme spiegelte sich Spuds Stirnrunzeln. »Es ist keine gute Idee, dem Direktor auf die Zehen zu treten«, bemerkte er. »Keine gute Idee. Wenn Sie die Nachrichten nicht gesehen haben, haben Sie sich ja auch selbst verpaßt.«

»Ich? Was war ...?«

»Na, der Bericht von der Einrichtung dieser Station«, antwortete Spud. »Er wurde noch einmal gesendet. Vor zwei Jahren war ihr Haar noch nicht so grau. Ich wünschte nur, Beatriz Tatoosh würde mich einmal so ansehen wie Sie.«

»Nun reicht's!« rief MacIntosh.

Soleus ließ die Schultern hängen und arbeitete stumm an seiner Tastatur.

»Entschuldigung«, sprach MacIntosh.

»Das ist unangebracht«, antwortete Spud.

»Soll ich übernehmen?«

»Ja, ich wünschte, jemand bekäme die Sache in den Griff. Was ist nur los mit unserem Kelp, zum Teufel?«

»Es ist nicht *unser* Kelp«, sagte MacIntosh mahnend. »Der Kelp besitzt ein eigenes ... Ich. Wir legen dieses Ich in Ketten. Und es tut, was jedes versklavte Wesen, das auf seine Würde hält, tun würde – es stemmt sich gegen die Ketten.«

»Woraufhin Flatterys Männer den aufrührerischen Bewuchs zurückschneiden oder gar ausrotten.«

»Nicht endgültig. Die Sklaverei birgt ein grundlegendes Problem: Der Herr ist Sklave seines Sklaven.«

»Ich bitte Sie, Dr. Mack ...«

MacIntosh lachte. »Es stimmt«, sagte er. »Schauen Sie sich doch die Geschichte an, da sieht man es ganz klar. Und ausgerechnet Flattery müßte es eigentlich besser wissen. Die Klone der ersten Generation hatten es *wirklich* schwer. Sie wurden als Organbänke für die Spender gezüchtet. Man *brauchte* uns – aber nur in dem Sinne, daß wir tun sollten, was uns geheißen wurde. Jetzt hat er den Kelp versklavt und seinen Verstand amputiert, weil er ihn als Helfer braucht, der genau tut, was man ihm aufträgt. Er kann ihn nicht ewig zurückschneiden, weil ihm dann die Zeit des Nachwachsens fehlt.«

»Und was passiert?«

»Es kommt zu einer entscheidenden Auseinandersetzung«, antwortete MacIntosh. »Und sollte Flattery sich dann noch bodenseits aufhalten, kann er nur hoffen, daß der Kelp *ihn* zu irgend etwas braucht, sonst würde ich keinen roten Heller auf seine Chancen setzen.«

»Roter Heller?«

Wieder lachte MacIntosh – ein lautes Aufbellen, das seiner Körpergröße entsprach.

»Ich weiß wirklich nicht, wie alt dieser Ausdruck ist, der aus der Zeit vor dem Mondstützpunkt stammen müßte.«

»Wir würden sagen: ›Ich gebe keinen Huscherköttel auf seine Chancen.‹«

»Das klingt passender.«

MacIntosh deutete auf die sechs roten Lampen, die an der Nachrichtenkonsole blinkten. »Wessen Anrufe ignorieren wir da?«

»Die des Direktors«, antwortete Spud und drehte sich auf seinem Stuhl von der Konsole fort. »Er will, daß wir den Kelp in Sektor acht irgendwie in den Griff bekommen – als gäben wir uns nicht schon größte Mühe.«

»In den Griff bekommen ... Ha! Wenn wir noch mehr Saft geben, verschmort unsere Anlage – *und* der Kelp *und* jeder, der sich gerade darin befindet.«

»Was wohl der Kelp will?«

»Was würde passieren, wenn wir ihm seinen Willen ließen?« fragte MacIntosh nachdenklich. »Das wäre eine Methode, Ihrer Frage auf den Grund zu gehen. Was könnte der Kelp anrichten, was er nicht bereits geschafft hätte?«

Spud zuckte die Achseln und sagte: »Ich würde Sie

unterstützen. Wie wollen Sie den Direktor überzeugen?«

Mit einem Blick auf den Wiedergabeschirm stellte MacIntosh fest, daß der gesamte Kelpbereich sich zu einer Spirale verformte – ähnlich einem Wasserwirbel, wie er über einem Abfluß entsteht. Soweit MacIntosh feststellen konnte, arbeitete die Strömungskontrolle mit dem Maximum an Zügelung.

Spud deutete auf den Bildschirm.

»Hier besteht ein Brennpunkt elektrischer Überladung. Was immer den Kelp ärgert, befindet sich genau an *dieser* Stelle.«

»Eine elektrische oder mechanische Reizung?«

»Könnte beides sein – einzeln oder zusammen«, erwiderte Spud. »Dort herrscht lebhafter Verkehr. Irgend etwas irritiert den Kelp in der Gegend, das steht fest.«

»Ja, würde ich auch sagen«, stimmte MacIntosh zu. »Die elektrische Überladung kommt vom Kelp selbst. Er muß auf etwas reagieren. Der Bewuchs dort ist noch nicht reif genug, um selbständig zu denken – oder zumindest dürfte er das noch nicht sein.«

»Doc?«

»Ja?«

MacIntosh ließ sich von der Konsole die Konfigurationsveränderungen des Kelps aus der letzten halben Stunde vorführen. Irgend etwas versuchte seine Aufmerksamkeit zu erwecken, etwas, das das plötzliche ... *Verhalten* des Kelp erklären konnte.

»Ich habe den Weg der Überladung extrapoliert.«

MacIntosh schaute zu Spud hinüber, der an seinen Kontrollen beschäftigt war, und merkte plötzlich, wie dünn, wie bleich sein Assistent war. Spuds ausgestreckter Finger zitterte vor Erregung.

»Wie sieht er aus?«

»Eine Spirale, die auf die Mitte von Sektor acht zuhält.«

»Mit anderen Worten – ein Kelpbeet liefert etwas

an seinen Nachbarn – oder haben Sie nicht den Eindruck?«

»Oder der Nachbar reißt es dem ersten fort.«

»Spud, ich wette, Sie haben recht!«

MacIntosh trat dicht an die Konsole heran und gab mit riesigen Zeigefingern eine Tastenfolge ein. Die roten Lichter an der Nachrichtenkonsole erloschen.

»Bei uns hat es eben ein Relaisversagen gegeben«, erklärte MacIntosh und kniff ein Auge zu. »Wenn Flattery das nächstemal anruft, sagen Sie ihm, es liege ein Leitungsversagen vor, das Sie persönlich behoben hätten. Vielleicht springt eine Beförderung dabei heraus. Habe ich falsch geraten, ist womöglich in Kürze mein Posten zu besetzen. So, und jetzt könnten wir diesem Kelp genausogut die Zügel freigeben und sehen, wohin er galoppiert.«

MacIntosh hörte, wie Spud hinter ihm trocken schluckte, und lächelte.

»Was ist schon dabei, Spud? Der Kelp ist eine *Pflanze*. Er wird schon nicht irgendwohin verschwinden.«

»Also ... nun ja, ich meine nur, Flattery verläßt sich auf niemanden. Es wäre ihm zuzutrauen, daß er eine Art Fangschaltung eingebaut ...«

»Hat er«, antwortete MacIntosh, »und deswegen flog vor einigen Jahren eben dieses Kelpbeet in die Luft. Aber er hat die Ladungen noch nicht erneuert – eigentlich durfte der Kelp nach so kurzer Zeit nicht schon wieder aufmüpfig werden.« Er wartete darauf, daß sich das Freigabesignal aufbaute.

»Also!« sagte er und drückte den *Senden*-Knopf. »Schauen wir uns mal in aller Ruhe an, was nun passiert. Irgend etwas Bizarres steckt dort drin – und ich wüßte gern als erster, was es ist. Wenn wir mit diesem Bestand schon nichts *anstellen* können, läßt sich von ihm vielleicht etwas *lernen*. Außerdem ...« – wieder kniff er ein Auge zu – »steckt Flattery dort unten, nicht wir.«

Ein Piepton seiner Konsole unterbrach ihn. Er stellte die Verbindung zum Startkommando her.

»Wir schicken euch den Vogel in fünf Minuten hoch«, sagte die Stimme. »Irgendwelche Gegenanzeigen?«

»Negativ«, sagte MacIntosh. »In Ihrer Gegend sind die Strömungen stabil, eine Wetterauffrischung wird's erst in etwa einer Stunde geben.«

»Roger, Strömungskontrolle. Der Start ist festgesetzt auf ... vier Minuten ab jetzt.«

Die Unermeßlichkeit schnellte unter dem Schock der plötzlichen Freiheit förmlich auseinander und ließ dann die Tentakel und Blätter in kribbelndem Wohlgefühl dahintreiben. Es war lange her, seit sich dieser Bewuchs gut gefühlt hatte – und noch nie war das Wohlbefinden so groß gewesen. Die U-Boot-Züge, die sich zwischen seinen Stengeln dahinbewegten, waren unwichtig geworden.

Ein Puls lief durch die Blätter, eine Woge durch die Unermeßlichkeit – ausgehend von dem winzigen Tragflügelboot, das in ihren äußeren Bereichen trieb. Eine Tentakelmasse umfaßte das Boot und genoß den Duft des *Ich*, das von seiner brüchigen Haut ausging.

Das kleine Gebilde war schlüpfrig, und die Unermeßlichkeit wußte, daß es äußerst zerbrechlich war. Dementsprechend vorsichtig wurde die Last von Blatt zu Blatt einwärts gerollt. Andere Düfte vermengten sich mit dem der Einen. Einer dieser Düfte war vertraut, provokativ, kelpähnlich. Holomeister Rico LaPush befand sich in der Gesellschaft eines Mannes, dem der Kelp schon einmal begegnet war, ehe ... ehe ... nun ja, egal. Er würde es bald herausfinden.

Die Unermeßlichkeit hatte es gelernt, die Holo-Sprache der Menschen aus ihrem Spektrum seltsamer Düfte herauszuriechen. Diesmal kam sie schon bald nach dem Erwachen zu dem Schluß, daß sie mit den Menschen würde sprechen müssen, wenn sie überleben wollte. Sie folgerte auch, daß sie dazu die Holo-Sprache benutzen mußte.

Das Tragflügelboot versuchte sich aus dem Netz des Kelp zu befreien. In den Ranken traten überall dort große Schmerzen auf, wo die zahlreichen in Sektor acht festsitzenden Züge sich herauszubrennen versuchten, um in ihre kostbare Atmosphäre zurückkehren zu können. Einige dieser Störfaktoren wurden vom Kelp im Reflex zerdrückt, doch als sich die Todesgerüche der Besatzungen im Meer verteilten, zwang sich die Unermeßlichkeit, ruhiger zu werden und den Verstand walten zu lassen.

Tod, so ermahnte sie sich, *ist keine Antwort auf das Leben.*

Es gelang der Unermeßlichkeit, mehrere Kelpwege zu öffnen. Sie bestaunte das Ballett der nach oben schwebenden U-Boote. Nur das hellweiße Holovision-Tragflügelboot verblieb im Griff der Unermeßlichkeit. Es beanspruchte seine Maschinen auf das höchste, um zu fliehen, griff aber seine Plagegeister niemals schmerzhaft an. Anderes hätte die Unermeßlichkeit auch nicht erwartet von der Einen, die in den Armen des Kelp Zivilisation erfahren hatte; auch nicht von den ehrenwerten Begleitern des Holomeisters Rico LaPush.

Im Gewissen findet man die Struktur, die Form des Bewußtseins, die Schönheit.

KERRO PANILLE, ›Übersetzungen der Avata‹
Die Geschichtsbücher

Beatriz hörte, wie der Direktor der Startmannschaft die letzte Minute über den Lautsprecher abzählte. Unter ihren zittrigen Fingern klickten die Metallspangen aneinander, mit denen sie den Gurt schloß. Sie versuchte sich die Gurte ringsum als Macks Arme vorzustellen, die sie hielten, wie Bens Arme sie umfaßt hatten, als das alte Vashon unterging. Es klappte nicht. Nichts vermochte den Anblick ihres wie Sebets im Gehege hingeschlachteten Teams auszulöschen.

Wegen eines Fehlers, dachte sie. *Sie alle sind gestorben, weil der Schweinehund einen Fehler gemacht hat.*

Sie wußte, daß der Hauptmann Angst hatte; sie roch förmlich die Angst, die er ausstrahlte, ehe er im Studio den entscheidenden Befehl gab. Offensichtlich wußte er nicht, ob Flattery ihn wegen seiner Entscheidung befördern oder hinrichten lassen würde. Beatriz wußte, daß auf jeden Fall ihr Schicksal, vielleicht auch viele andere Menschenleben, von dieser Frage abhingen.

»Zehn Sekunden bis zum Start.«

Sie atmete tief und langsam durch den Mund ein und ließ die Luft seufzend durch die Nase heraus – eine Entspannungsmethode, die Rico ihr vor fünf Jahren beigebracht hatte, als sie einmal beinahe ertrunken waren.

»Fünf, vier ...«

Sie machte einen kleinen Atemzug.

»... eins ...«

Der komprimierte Luft-›Stiefel‹ kickte die Rakete durch die Startröhre, zwei Atkinson-Rammen schleuderten sie der Kreisbahn entgegen. Diesen Teil des Fluges haßte Beatriz – unwillkürlich mußte sie an ihren ersten Schultag denken, an dem sich ihr ein dickes Mädchen auf die Brust gesetzt hatte; sie mochte es nicht, wie ihr Gesicht sich unter dem zusätzlichen Gewicht verflachte. Während dieses Starts machte sie sich allerdings keine Sorgen um Falten, Antriebsversagen oder ein Gestrandetsein in der Kreisbahn. Ihre Sorgen galten dem Hauptmann und der Frage, wie sie ihn von der Notwendigkeit überzeugen konnte, sie am Leben zu lassen.

In der Shuttlekabine sah sie nur fremde Gesichter. Die meisten Männer hatten die Uniformen gegen Zivilkleidung vertauscht. Sie waren still; Beatriz vermutete, daß sie sich mit den Folgen der Erschießungen beschäftigten. Den Mann, der alles begonnen hatte, sah sie nicht. Diesen Mann fürchtete sie noch mehr als den Hauptmann – Ben hatte immer wieder behauptet, daß Todesgefahr vor allem von nervösen Menschen ausging.

Wie kann er nur so recht haben und gleichzeitig so fern von mir sein?

Sie rieb sich über das müde Gesicht und massierte sich die Wangen, um ihre Hysterie zu unterdrücken. Sie brauchte Informationen, jede Menge Informationen.

Mack, dachte sie. *Er hilft mir bestimmt.*

Vorübergehend erstreckte sich ihre Angst auch auf ihn. Schließlich war er Mitglied der Originalbesatzung wie Flattery. Die beiden hatten schon lange vor ihrem pandorischen Hibernations-Erwachen zusammengearbeitet.

Wenn nun ... wenn nun Flattery und Mack ...

Sie schüttelte ihre Befürchtungen ab. Wenn schon die Phantasie mit ihr durchgehen mußte, dann sollte sie sie lieber auf Macks Seite tragen, anstatt gegen ihn. Mack war ein völlig anderer Typ als Flattery, das wußte Beatriz. Sogar Mack war bestürzt gewesen von der Nachricht, daß Alyssa Marsh in ein Organisches Gehirnzentrum umgestaltet werden sollte.

»Ich war noch nie der Meinung, daß wir so etwas brauchen«, hatte er ihr unter vier Augen anvertraut.

»Angesichts der aktuellen Kelpforschung bin ich heute mehr denn je davon überzeugt, daß die OGZ nichts weiter als eine von mehreren eingebauten Frustrationen waren, ein Anstoß, uns noch mehr von der Menschheit zu entfernen.«

Berichten zufolge – Flatterys Berichten – war Marsh nach einem Unfall im Kelp im Koma aufgefunden worden. Er erklärte ihr, daß Klone als Eigentum galten und oft nur lebendige Vorratskörper für Ersatzteile waren, und daß man Alysse Marsh seit frühester Jugend auf diesen Augenblick vorbereitet hatte. Jetzt erkannte Beatriz, wie vorteilhaft der zeitliche Ablauf für Flattery gewesen war, wie nachteilig für Marsh und ihre Kelpstudien bei Zwerg MacIntosh.

Was wird Mack unternehmen?

Auch er würde Informationen brauchen. Zum Beispiel: Wie viele Männer hatte diese Truppe? Wie war sie bewaffnet? Geht sie nach Plan vor, oder wird hier nur auf die bodenseitigen Tötungen reagiert? Sie konnte sich nicht erinnern, wie viele Leute in der Orbitalstation arbeiteten – zwei-, dreitausend? Und wie viele Sicherheitsbeamte gab es dort oben? *Nicht viele*, fiel ihm ein. *Nur eine Handvoll, die Auseinandersetzungen unter Arbeitern und kleine Diebstähle klären muß.*

Sie hatte die Leute des Hauptmanns gezählt, als sie an Bord kamen, und war auf zweiunddreißig Mann gekommen, jeder schwer bewaffnet. Acht davon erhielten die Aufgabe, ihr Team aufzufüllen, und ächzten unter der doppelten Belastung. In dem Haufen waren zahlreiche alte, schwer entstellte Mutationen zu beobachten. Die Ausrüstung, die sie an Bord geschafft hatten, bestand vorwiegend aus Waffen, doch wußten einige genug Grundsätzliches über die Holotechnik, um das Allernotwendigste mit an Bord zu nehmen, das für die Ausstrahlung der Nachrichtensendung benötigt wurde. Zwei Techniker waren abgestellt, das OGZ zu beaufsichtigen.

Beatriz hatte die äußeren Folgen ihrer Angst bezwungen und hätte sich, festgeschnallt in ihrem Sitz, nun beinahe gehen lassen.

Nein, nimm dich zusammen! ermahnte sie sich. *Den Toten kann ich nicht mehr helfen. Ich bin der einzige Zeuge gegen die Täter.*

Sie hoffte, daß das Konsolenband aus der Startstation noch existierte, daß es von jemandem gefunden wurde, der die richtige Einstellung hatte.

Wem müßte man es zeigen, damit der etwas Nützliches unternähme? überlegte sie. *Flattery?*

Beatriz lachte leise vor sich hin und spürte plötzlich die Hand des Hauptmanns auf der Schulter. Es war ein fester, nicht schmerzvoller Griff, andererseits auch nicht sanft. Sie mußte an die Hand ihres Vaters in der Nacht seines Todes denken, und auch jetzt wurde die Last leichter, als der Antrieb abgeschaltet wurde. Dieser Mann war so alt wie ihr jüngster Bruder, doch stand in seinen Augen eine Unendlichkeit. Viel Weisheit sah sie darin nicht.

»Ich weiß, was Sie denken«, sagte er. »Ich habe schon Hunderte von Gefangenen gehabt und war selbst auch gefangen. Sie können mir glauben, ich weiß, was Ihnen durch den Kopf geht.«

Mit einer Handbewegung schickte er den neben ihr sitzenden Wächter fort und bewegte sich in der Null-Schwerkraft überraschend ungeschickt näher, um den Platz des Mannes einzunehmen. Seine Stimme klang krächzend und angespannt, als habe er viel geschrien. Er redete weiter auf sie ein, während seine Männer ganz langsam außer Hörweite trieben, sich verstohlene Blicke zuwarfen und nur sehr wenig miteinander sprachen.

»Wir stecken in der Klemme, wir beide. Und zu zweit müssen wir da irgendwie heraus.«

Sie mußte ihm zustimmen.

»Hier oben geht es um alles oder nichts, wir sitzen in

der Falle. Ohne den anderen gibt's für uns keinen Ausweg.«

Auch darin mußte sie ihm recht geben.

Doch nur im Augenblick, sprach sie sich Mut zu, *nur bis ich Mack gefunden habe.*

Beatriz machte sich klar, daß ihr Leben von dem Kontakt zu diesem Mann abhing, mochte ihr das auch noch so zuwider sein.

»Sie sind Angehöriger des Militärs, Offizier. Wie kommt es, daß Sie sich so weit ins Risiko vorwagen? Bestimmt nicht aus einem Impuls heraus. Hier wird ein Plan verwirklicht, und wir ... ich bin einfach darauf hereingefallen ...«

»Mein Gott, was haben Sie für einen Durchblick!« Die Worte entfuhren ihm stoßweise, seine Augen funkelten. »Wir können nur gewinnen, Flattery ist am Ende. Wir haben das Allschiff und den Orbiter, Nahrungsmittel für Jahre. Wir beherrschen die Strömungen und das Wetter auf dem Planeten. Wir haben Flatterys kostbares Organisches Gehirnzentrum in der Gewalt ... Scheiße, wir könnten das Ding selbst im Schiff anschließen und von hier *wegfliegen* ...«

Den Rest hörte Beatriz gar nicht mehr, denn ihr Verstand war auf das konzentriert, was er am Anfang gesagt hatte: »Nahrungsmittel für Jahre.«

Wenn er im Orbiter jeden umbringt.

»... da *muß* er einfach einlenken«, sagte der Hauptmann gerade. »Unten bedrängen ihn die Horden, und er wird es nicht wagen, hier oben zu vernichten, wofür er ausschließlich gearbeitet hat. Und wer ihn dann da unten am Boden besiegt, kann mit *mir* verhandeln.«

Er will es wirklich tun, dachte sie. *Er will hier an Bord jeden töten.*

Brood ergriff ihre Hand, und sie zog sie mit einem Ekel zurück, den sie nicht verbergen konnte.

»*Wir*«, sagte er. »Ich meine, die Leute können dann mit *uns* verhandeln, mit Ihnen und mir. Man wird Ihnen alles abnehmen, was Sie erzählen, zumindest eine Zeitlang.« Er beugte sich näher heran und begann zu flüstern: »Sie wollen bestimmt nicht noch einen Fehler machen und weitere Menschen ums Leben bringen.«

Sie löste sich mit einer heftigen Bewegung aus ihrem Sitz, ohne daran zu denken, wohin der Stoß sie in der schwerkraftfreien Kabine schleudern mußte. Niemand verfolgte sie. Der packte den ersten Griff, in dessen Nähe sie kam, und landete neben zwei Sicherheitsbeamten, jünger als der Hauptmann, die sich gerade mit den Grundlagen der Triangulation einer Holovisions-Kamera beschäftigten.

Sie wollen wirklich auf Sendung gehen, dachte sie.

Beatriz blickte zum Hauptmann zurück. Er hatte ihr den Rücken zugekehrt und gab Anweisungen an mehrere Männer. Sein Tonfall und die Ruckhaftigkeit seiner Gesten verrieten ihr, daß er es ernst meinte. Es stimmte, er konnte sein Vorhaben auch ohne sie ausführen. Und es stimmte, daß sie vielleicht andere retten konnte, indem sie ihn unterstützte. Allerdings sah sie sich außerstande, mit ihm zu sprechen, irgendwie einen Schritt auf ihn zuzugehen. Sie seufzte und mischte sich in das Gespräch ihrer beiden neuen Kameraleute.

»Nein«, sagte sie, »bei dieser Einstellung bekommt der Alpha-Set nur fünfzehn Prozent des Aufnahmewinkels mit. Wenn man einen Start filmt, ist das in Ordnung, aber wir werden uns drinnen aufhalten, in engen Räumen ...«

Sie spürte Broods Blick auf sich, während sie die beiden jungen Amateure einwies. Einmal zwinkerte er ihr zu, und sie mußte ein Schaudern unterdrücken.

»Man will das Organische Gehirnzentrum auf dem Transport sehen, außerdem soll etwas darüber erzählt werden, über seine – *ihre* – Herkunft. Zeichnen wir mal zunächst das auf.«

Beatriz verbrachte den zweistündigen Flug damit, ihre Kameraleute zu unterrichten, zwei Männer und eine Frau, die ihr beim Massaker im Studio in der Startstation nicht aufgefallen waren. Beatriz war lieber bei ihnen als bei den anderen, auch wenn sie direkt dem Hauptmann unterstellt waren. Vielleicht war es nur ein Zufall, doch begegnete ihr während des Fluges keiner aus dem Todestrupp.

Das Organische Gehirnzentrum war ein lebendiges Gehirn in einem komplizierten Plasglasbehälter, der die später vorgesehenen Leitungen zum Gehirn vorwegnahm. Ein komplizierter Stecker würde das Gehirn mit dem Kontrollsystem des Allschiffs verbinden. Am Schrecklichsten war die Entdeckung, die sie hier an Bord machen mußte.

Die OGZ werden durch ... Körper am Leben gehalten!

Vor mehreren Jahren hatte sie eine Reportage über ein solches Thema gemacht. Wissenschaftler hatten das Gehirn eines zerschmetterten Körpers mit einem gesunden Körper verbunden, der schlimme Kopfverletzungen erlitten hatte. Gehirn und Körper hielten sich gegenseitig am Leben, obwohl es keine Möglichkeit gegeben hatte, in direkten Kontakt zu dem gesunden Gehirn zu treten. Damals war es einfach dort gefangen gewesen, abgeschnitten von jeglicher Empfindung, lebendig und träumend. Beatriz atmete tief ein und schickte die Reporterin an die Front.

Der verantwortliche Medtechniker plagte sich mit einigen Gesichtsmacken, die sich bei jeder Frage bemerkbar machten. Beatriz erfuhr nichts über das Prinzip, was sie nicht bereits bei ihren Recherchen oder von Zwerg MacIntosh gesagt bekommen hatte.

»... wie Sie bestimmt wissen, sind wir wegen eines Versagens im OGZ überhaupt auf Pandora hängengeblieben.«

»Soweit ich weiß, wurden die OGZ ursprünglich aus Kleinkindern mit fatalen Geburtsfehlern abgeleitet. Dieses OGZ entstammt einem erwachsenen Menschen. Inwieweit wird seine Leistung anders aussehen?«

»In doppelter Hinsicht«, antwortete der Techniker. »Erstens lag die betreffende Person zur Zeit der Umwandlung im Sterben, weshalb es ... sie ... wegen der Ausdehnung ihres Lebens in einer nützlichen, ja edlen Rolle eigentlich dankbar sein müßte. Zweitens überlebte diese Person die längste Hibernation, die es in der Menschheit je gegeben hat, und setzte ihr Leben auf Pandora fort. Sie weiß, wenn Menschen überleben wollen, dann an einem anderen Ort. Sie kann sich mit dem Gedanken trösten, das Instrument dieses Überlebens zu werden.«

»Weiß sie das alles ganz unmittelbar?«

Der Techniker zog ein verblüfftes Gesicht.

»Ein Großteil davon war Teil der frühen Ausbildung. Den Rest extrapolieren wir aus den vorliegenden Hinweisen.«

»Wie war sie als Person?«

»Was meinen Sie?«

Die Gesichtszuckungen des Technikers steigerten sich zu einem störenden Crescendo.

»Im Grunde behaupten Sie doch, daß sie die Aufgabe aus reiner Menschenliebe auf sich nimmt. Hat Sie aber in ihrem Leben Liebe erfahren? Kannte Sie einen Mann? Kinder?«

Das Kamerateam begann sich für seine Aufgabe zu erwärmen. Man hatte keinen Monitor in die kleine Kabine mitgenommen, was Beatriz nun bedauerte. Vielleicht wurde es doch noch eine ganz ordentliche Arbeit.

Beatriz starrte auf das hinter Plas ruhende Gehirn und wußte, daß es lebte, daß es eine *Person* war. Zugleich machte sie sich klar, daß der Techniker sich inmitten der Soldaten bewegte, die Beatriz' Team ermordet hatten, und wahrscheinlich von alledem nicht die geringste Ahnung hatte.

Niemand wird es erfahren, wenn ich es nicht weiterverbreite, dachte Beatriz. *Ich bin wie dieses Gehirn, von allem abgeschnitten, aber innerlich am Leben. Was sie wohl träumt?*

»Ich weiß sehr wenig über die Person«, antwortete der Mann schließlich. »Es steht in den Unterlagen. Ich weiß, sie hatte ein Kind, das zur Adoption freigegeben wurde, damit sie ihre Studien in den Kelp-Außenposten fortsetzen konnte.«

»Dr. MacIntosh hat vor zwei Jahren geäußert, Organische Gehirnzentren wären primitiv, grausam, ineffizient und überflüssig«, sagte Beatriz. »Haben Sie dazu etwas zu sagen?«

Der Techniker räusperte sich.

»Ich respektiere Dr. MacIntosh. Zusammen mit dem Direktor und diesem OGZ gehört er zu den letzten Überlebenden des ursprünglichen Flugs der alten *Earthling* – ›Schiff‹, wenn Ihnen das lieber ist. Ja, richtig, es gab versagende OGZ, für die man einen gewissen Ausgleich schaffen mußte – aber diese Fehler sind inzwischen beseitigt.«

»Einigen unserer Zuschauer könnte der von Ihnen gebrauchte Begriff ›Ausgleich‹ etwas zu nüchtern erscheinen. Der ›Ausgleich‹, von dem Sie sprechen, war die bekanntermaßen erste Schaffung einer künstlichen Intelligenz – die sich als schlauer als ihre Schöpfer entpuppte, eine Intelligenz, von der viele glauben, daß sie die Persönlichkeit ›Schiff‹ darstellt, die von den meisten Pandorern noch heute als Gott verehrt wird. Warum ist Ihre Abteilung dem gescheiterten Weg mit den lebenden Organischen Gehirnzentren gefolgt und hat sich nicht weiter mit der künstlichen Intelligenz befaßt?«

»Man hat uns unterwiesen, diesen Weg einzuschlagen.«

»Man hat Ihnen diesen Kurs *befohlen*«, berichtigte Beatriz. »Warum? Warum beschäftigt sich der Direktor lieber mit einem Fehlschlag, als mit dem Erfolg, dem er schließlich sein Leben zu verdanken hat ... und sie das ihre?«

Beatriz deutete auf das OGZ in seinem Kasten, taub,

blind und stumm neben dem warmen, toten Vitalspender.

»Das reicht jetzt!«

Als sie die Stimme des Hauptmanns hörte, fühlte sie ein eisiges Gefühl über den Rücken kriechen, und ihre Hände zitterten. Wieder brachte sie vor Entsetzen kein Wort heraus, während der Techniker und ihr Team das Deck und die Schuhe anstarrten.

»Wir unterhalten uns in der Kabine.«

Sie folgte ihm aus dem Lagerbereich des Shuttle in die schwach erleuchtete Passagierkabine.

»Ich mußte Sie unterbrechen«, sagte er, »weil das von mir erwartet wird, unabhängig von meiner persönlichen Ansicht. Bald brauchen wir uns nicht mehr verstellen. Vorbereiten zum Landen. Wenn wir an Bord gehen, erwartet uns Material für die nächste Nachrichtensendung.«

Drei Sicherheitsbeamte des Orbiters warteten lässig in der Andock-Bucht auf die Passagiere des Shuttle. Sie waren vorbereitet auf Presse, auf Holovisionskameras, nicht aber auf Hauptmann Brood. Der Hauptmann blieb neben Beatriz am Luk stehen.

»Drei Männer dort draußen«, sagte er mit leiser Stimme zu ihr. Seine Augen musterten sie mit dem bekannten heftigen Funkeln. Sie versuchte nicht in sein Gesicht zu schauen. »Suchen Sie sich einen aus. Einen, um sich zu ... amüsieren.«

Die Frage und seine ruhige, entwaffnende Art lähmten Beatriz. Sie spürte im Nacken ein Gefühl aufsteigen, das dort gekribbelt hatte, seit bodenseits das Töten begann.

»Sie wollen keinen?« antwortete er für sie. »Wie penibel Sie doch sind!«

Er zog sie beiseite und gab den Männern hinter sich das Zeichen zum Schießen. Innerhalb von Sekunden lag nahezu ein Viertel der kleinen Sicherheitsbesatzung des Orbiters tot an Deck.

»Laßt sie durch die Luftschleuse der Shuttle verschwinden«, befahl er. »Wenn ihr im Innern der Station jemanden umbringt, müssen die anderen in der Kabine mit dran glauben. Ich will keine Leichen sehen. Beatriz wird melden, daß im Orbiter und im Allschiff ein Aufstand ausgebrochen ist. Man hat uns geschickt, um ihn niederzuwerfen.«

»Warum tun Sie mir das an?« fauchte Beatriz. »Warum wollen Sie mir einreden, ich hätte eine Wahl, wenn das gar nicht stimmt? Sie wollten sie sowieso töten, aber Sie müssen *mich* mit einbeziehen, indem Sie ...«

Er schwenkte die Hand, eine abwertende, das Gespräch beendende Geste, die sie vor allem von Flattery kannte.

»Eine Ablenkung«, sagte er. »Gehört zu dem Spielchen ... aber wie Sie sehen, hat dieser Umstand Ihren Willen bereits gestärkt. Er amüsiert mich und gibt Ihnen Kraft.«

»Für mich ist das eine *Tortur*«, widersprach Beatriz. »Ich möchte nicht kräftiger werden. Ich möchte nicht, daß Menschen sterben müssen.«

»Alle sterben mal«, sagte Brood leichthin und schickte seine Leute an Bord. »Was für eine Verschwendung, wenn sie mit ihrem Tod nicht jemandem nützten.«

Wer sich zum Herrn über eine Stadt aufschwingt, die die Freiheit gewöhnt ist, und sie nicht zerstört, muß damit rechnen, von ihr vernichtet zu werden.

MACCHIAVELLI, *Der Fürst*

Spinne Nevis Lieblingsfarbe war Grün; er fand sie beruhigend. Nun steuerte er Flatterys Privatboot über das grün verfärbte Meer und empfand es als angenehm, daß die weich gepolsterte Kommandocouch seinem Rücken und den Schultern die Spannungen nahm. Grün war die Farbe frisch nachgewachsenen Kelps, von dem sich Zehntausende von Quadratkilometern in allen Richtungen erstreckten, so weit das Auge reichte.

An manchen Sonnentagen legte Nevi mit einem Tragflügelboot ab, nur um sich ein Weilchen in einem Kelpbett treiben zu lassen und den Geruch von Salzwasser und Jod und die Ruhe des reichlichen Grüns zu genießen. Rot mochte er nicht, dabei mußte er an seine Arbeit denken, eine Farbe, die ihm stets sehr *zornig* vorkam. Flatterys Boot war innen rot ausgestaltet und gepolstert. Der Kaffeebecher, den Zentz ihm reichte, war ebenfalls rot.

»Was ist so Besonderes an dieser Tatoosh«, gurgelte Zentz. »Ist der Direktor scharf auf sie?«

Nevi überging die Frage, teils weil er nicht zuhörte, teils weil es ihm gleichgültig war. Eben wollte er den ersten Schluck Kaffee des Tages zu sich nehmen, als plötzlich die Warnlampen des Navkom-Systems zu blinken begannen. Beinahe wäre es ihm nicht aufgefallen, weil die Anzeige wie alles andere rot war. Dafür gellte aber ein nervenaufreibender Alarmton aus der Konsole, so daß er zusammenzuckte und sich Kaffee in den Schoß seines Einteilers schüttete. Den durchdringenden Ton hätte er vermutlich noch im Koma gehört. Das Boot wurde automatisch langsamer.

»Los«, sagte Nevi zu Zentz, »hören wir uns an, was da läuft.«

Zentz drehte das Navkom lauter. Nevi fand das Radiogeknister unerträglich, solange er sich zu entspannen versuchte, und hatte die Lautsprecher von Zentz abdrehen lassen, als sie das offene Meer erreicht hatten.

»Sie nähern sich einem Sperrgebiet. Sektor acht ist gestört, die Kelpwege sind nicht mehr sicher. Tippen Sie ihr Ziel ein, dann werden alternative Kurse auf Ihrem Bildschirm ausgegeben. Halten Sie sich bereit, Überlebende an Bord zu nehmen. Wiederholung: Warnung, Code Rot! Sie nähern sich ...«

Nevi ließ das Boot von den Tragflügeln ins Wasser sinken und schaltete den Antrieb auf Leerlauf.

»Dummköpfe!« knurrte er. »Sie waren doch gewarnt, die Frau vom Kelp fernzuhalten!«

»Glauben Sie, die Leute sind da drin? Vielleicht waren sie schon durch, ehe ...« Zentz sah die Wut in Nevis Blick und verstummte.

»Schalten Sie auf Anzeige!« befahl Nevi. »Ich möchte mir diese ›Störung‹ mal anschauen.«

Er gab den privaten Trägercode für Flatterys Quartier ein. Das Wasser rings um das Boot hatte sich noch weiter aufgerauht, und in einiger Entfernung zur Küste hin konnte er Teile eines großen U-Boot-Zuges ausmachen, die an der Oberfläche dümpelten.

»Ja?« fragte eine Frauenstimme knapp.

»Hier Nevi. Geben Sie mir den Direktor.«

Das Bild, an dem Zentz gearbeitet hatte, breitete sich auf dem Bildschirm aus. Unwillkürlich mußte er an die Wetterkarte eines Hurrikans denken – von außen her wirbelte alles einem Mittelpunkt entgegen. Hier aber ging es nicht um Wolken, sondern um den Kelp, und das Ganze spielte sich unter Wasser ab, beinahe in Sichtweite von ihrer jetzigen Position. Gar nicht zufrieden war er damit, daß die Verbindung zu Flattery so lange dauerte.

Wieder meldete sich die Frauenstimme so kurzangebunden wie zuvor.

»Der Direktor hat zu tun, Herr Nevi, wir haben hier Großalarm. Ein Außenbüro wurde gesprengt, ein Trupp Sicherheitskräfte hat das Kraftwerk Kalaloch angegriffen, und es gibt Probleme mit dem Kelp in Sektor acht ...«

»Ich *bin* gerade in Sektor acht«, sagte Nevi und ließ seine Stimme so ruhig klingen, wie es ging. »Wenn er nicht mit mir sprechen kann, schalten Sie mich direkt zur Strömungskontrolle durch.«

»Die Verbindung zur Strömungskontrolle ist seit beinahe einer Stunde abgerissen«, antwortete sie. »Wir versuchen festzustellen, was es bedeutet, daß ...«

»Ich halte diese Frequenz offen!« fauchte Nevi. »Holen Sie ihn mir *sofort* ran!«

Anstelle einer Antwort trennte sie die Verbindung. Nevi massierte sich einen Augenblick lang die Nasenwurzel und versuchte einen seiner üblichen Kopfschmerzanfälle abzuwehren.

»Sie hätten Sie halten sollen«, sagte Zentz. »Was hat sie damit gemeint, eine Abteilung der Sicherheitskräfte hätte das Kraftwerk Kalaloch *angegriffen?* Wir *verteidigen* doch das Kraftwerk!«

»Es gilt zu ermitteln, wo sich die Galli befindet. Diese Frau müssen wir schleunigst in unsere Gewalt bekommen«, unterbrach Nevi. »Sie ist unser Pfand – egal, was da im Gang ist.« Er klopfte mit gepflegtem Finger auf den Navkom-Schirm und zeichnete den Spiralweg nach, der vom Rand in die Mitte führte.

»Ich vermute, daß sie da irgendwo drinsteckt«, sagte er nachdenklich. »Und alles hier hält auf die Mitte zu. Wir haben keine Zeit mehr, irgendwelche Hardware ins Spiel zu bringen. Wir müssen sie jagen oder abfangen.«

»Das heißt ... wir sollen ihnen folgen?« fragte Zentz. »Was ist mit dem Angriff auf das Kraftwerk? Da ist etwas im Busche, und meine Leute ...«

»Ihre *Leute* scheinen sich ihrer Loyalität nicht sicher zu sein«, sagte Nevi. »Die sollen das untereinander ausmachen. Aber wenn Sie wollen, setze ich Sie gern aus und bestelle per Funk ein Boot, das Sie abholt.«

Zentz' rundliches Gesicht erbleichte und rötete sich dann hektisch.

»Ich bin kein Feigling«, stellte er fest und richtete sich auf. »Nur ist im Sondergebiet irgend etwas im Gange, und dort müßte ich ...«

In diesem Augenblick meldete sich Flatterys Trägerfrequenz mit ihrem Signal, gefolgt von seiner Stimme.

»Mr. Nevi, wir haben hier einige Probleme, um die wir uns dringend kümmern müssen. Was wollen Sie?«

»Ich möchte eine direkte Leitung zur Strömungskontrolle. Der Kelp hier draußen dreht durch, und wenn Sie die Galli wiederhaben wollen, müssen wir das in den Griff bekommen oder alles abrasieren.«

»Ich überwache die Vorgänge«, sagte Flattery. »Man bearbeitet den Sektor mit voller Kraft, und alle U-Boote sind aufgetaucht. Es wird kitzlig hier. Etwa vor einer halben Stunde ist in meiner äußeren Anlage eine Bombe hochgegangen. Rachel, ein Mädchen aus meinem Stab, und Ellison, ein Wächter, sind dabei draufgegangen. Sieht so aus, als hätte *er* das verdammte Ding mit reingebracht. Machen Sie dort Ordnung, so schnell Sie können, und kommen Sie zurück! Vielleicht müssen wir noch auf Code Brutus gehen. Unser Sicherheitschef kann sich auf einige bohrende Fragen gefaßt machen.«

Die Verbindung wurde von Flatterys Seite unterbrochen.

Code Brutus, dachte Nevi. *Es fängt also schon an. Wenigstens brauchen wir uns nicht hier und jetzt für eine Seite zu entscheiden.*

Ihm war klar, auf welche Seite Zentz sich schlagen würde. Für Zentz bedeutete die Rückkehr zu Flattery die sichere Hinrichtung. Zu viele Fehler, zu wenig Strategie.

Vielleicht ist er längst darin verwickelt, dachte er.

Zentz hatte Funkverbindung mit seinem Kommandozentrum im Sondergebiet und sagte einem Major die Meinung. Wenn tatsächlich ein Staatsstreich von seiten der Sicherheitskräfte vorlag, schien Zentz nichts damit zu tun zu haben.

Nevi konzentrierte sich weiter auf den Bildschirm, auf dem sich die Kelpformationen nicht zu verändern schienen.

Würde es sich lohnen, ihnen zu folgen?

Wahrscheinlich doch. Die verschiedenen Gruppierungen, die es auf Pandora gab, brauchten nur ein gemeinsames Symbol für ihre Vereinigung – und Nevi war für diese Aufgabe wie geschaffen. Besser er bekam sie in die Finger als der Schattenkasten. Außerdem hatte er schon öfter in aufmüpfigem Kelp manövriert und hatte die Probleme stets bewältigen können. Und kam es wirklich zum Coup, ließ sich die Sache vielleicht so darstellen, daß er Crista Galli *gerettet* hatte – ebenso wie den beliebten Ozette. Damit hätte er die Medien gleich auf seiner Seite.

Wie auch immer – LaPush muß weg, dachte er. *Der Bursche hat uns schon zu lange zuviel Ärger gemacht.*

Nevi strebte nicht danach, über Pandora zu herrschen, wenn es darauf hinauslief; er war es zufrieden, der Schatten zu sein, der Arrangeur von Möglichkeiten. Seine Abneigung gegenüber Flattery und dessen Stil wurde von Jahr zu Jahr unerträglicher, doch strebte er den Schleudersitz nicht für sich selbst an.

Code Brutus, dachte er. *Ein Coup von innen.*

Nevi hielt Zentz nicht für fähig, einen solchen Schlag zu planen und durchzuführen, auch wenn er sich eingestehen mußte, daß er wahrlich das perfekte Alibi präsentieren konnte – auf hoher See mit dem engsten Vertrauten des Direktors, einem bekannten, tüchtigen Attentäter.

Zentz' Schimpftiraden gegenüber dem Major, der für

das Kraftwerk verantwortlich war, gingen ihrem Ende zu, und das Kelpbild auf dem Schirm hatte sich nicht im geringsten verändert. Nevi überprüfte die Treibstoffvorräte: alle vier Tanks waren voll. Er gab Druck auf die Leitungen, zog die Wasserflügel ein und klappte die Luftflügel aus.

»Wir fliegen zurück?« fragte Zentz eifrig, aber nicht begierig.

»Nein«, antwortete Nevi und lächelte. »Wir bestimmen die Position unserer Freunde aus der Luft und folgen ihnen. Unser Treibstoff reicht für fast eine Stunde.«

Nach einer Stunde würden sie auf dem Wasser niedergehen müssen, um neuen Wasserstoff aufzunehmen, doch bis dahin gedachte Nevi alles an Bord zu haben, was er brauchte.

Die höchste Funktion der Liebe ist es, den Geliebten zu einem einzigartigen und unersetzlichen Wesen zu machen.

T. ROBBINS, aus *Eine Literarische Enzyklopädie des Atomzeitalters*

Beatriz wurde durch den Gang geschoben und mit drei Technikern aus Broods Trupp in dem notdürftig vorbereiteten Holovision-Studio an Bord des Orbiters eingeschlossen. Von den dreien hatte keiner am Massaker in der Startstation mitgewirkt, trotzdem gaben sie sich ihr gegenüber schweigsam und ablehnend. Eine große spanische Wand hinter ihr verdeckte die Lichter und Spiegel, die die sechs Studio-Bullaugen umgaben. Auf der spanischen Wand befand sich das gleiche Holovisions-Zeichen, das sie links an ihrer Jacke trug, ein zweidimensionales Auge, dessen Pupille allerdings eine Holo-Bühne war.

Beatriz liebte das frische Wetter und hatte keinen Spaß an der klaustrophobisch engen Welt in den Studios. Deshalb hatten sie und Ben so lange zusammengearbeitet und waren trotz aller Angebote so viele Jahre draußen im Einsatz geblieben. Ihre jüngste Beförderung brachte viel Studioarbeit mit sich – und der Vertrag garantierte ihr einen Raum mit Ausblick – auf dem Papier. Sie war als Inselmensch aufgewachsen und vermißte das Gefühl des Treibens, das von Anfang an Teil ihres Lebens gewesen war.

An Bord des Orbiters erhielt sie sonst eine randseitige Kammer, gut einen Kilometer vom achsnahen Studio entfernt. Aus dieser Kabine konnte sie Pandora über ihrem Bett erwachen und schlafen sehen. Ihr Vater, ein Fischer, machte bestimmt gerade seine nachmittägliche Pause. Innerhalb des Studios gab es keine Tageszeiten, keine Nacht.

Brood hatte ihr simple, kalte Anweisungen gegeben:

»Entspannen Sie sich, wir tun die Arbeit. Sie lesen nur, was vor Ihnen erscheint, wenn das rote Licht angeht.«

Eine kleine Überwachungskamera hoch oben am Schott ließ sich keine Bewegung Beatriz' entgehen. Im Grunde ein Spielzeug im Vergleich zu den maßgeschneiderten Kameras und Triangulatoren, die das Team im Startstützpunkt benutzt hatte. Die Qualität der Holovisions-Ausrüstung ließ von Jahr zu Jahr nach. Beatriz vermißte ihre eigenen Geräte.

Das waren wirklich die besten, dachte sie. *Und vielleicht ist das letzte Band noch darin.*

Sie fragte sich, ob Ricos Leute die Sachen geholt hatten.

Rico hat die Geräte gebaut, dachte sie. *Ebenso die Triangulatoren. Niemand, der etwas von Kameras versteht, würde sie verschmähen.*

Sie spürte einen ersten Anflug wirklicher Hoffnung. Die Kameras waren sicher nicht im Startstützpunkt zurückgeblieben.

Sie sind hier, überlegte sie. *Oder zumindest befinden sie sich im Orbit.*

An die Bänder wollte sie in diesem Zusammenhang gar nicht denken, sondern sich zunächst nur auf die Kameras konzentrieren.

Aber immer wieder stellte sie sich die Frage, was die Männer mit den Bändern machen würden.

Sie behalten, als Backup. Sie neu benutzen, wenn die anderen voll sind.

Sie konnte sich nicht vorstellen, daß die Pläne dieses Teams viel Band kosten würden. Trotzdem hatten die Techniker sie mitgebracht, das sagte ihr die Logik.

Vielleicht sind sie noch an Bord des Shuttle.

Sie wollte nicht zurück in die Schleuse, wo die Wächter niedergeschossen worden waren.

Beatriz schaute zur Überwachungskamera hoch.

Lauert eine Person hinter diesem Ding? fragte sie sich. *Oder ein Band?*

Sie konnte sich nicht vorstellen, daß man ein Band auf sie verschwenden würde. Die Techniker ignorierten sie völlig. Sie arbeiteten an mehreren Bearbeitungs- und Vertonungspulten und koordinierten ein Projekt. Vermutlich hatte es irgendwie mit ihr zu tun.

Vielleicht gibt's für die Kamera gar keinen Überwacher.

Das Dreistundenlicht blitzte auf. Um drei Uhr nachmittags wurde damit begonnen, die 6-Uhr-Nachrichten zusammenzustellen. An die Bänder zu kommen, war nur ein erstes Problem. Sie unter den Augen von Broods Männern in eine Sendung der Holovision-Abendnachrichten einzuschmuggeln, ein weiteres. Beatriz wußte, wer ihr bei dem zweiten Problem helfen konnte – die Person, die sie jetzt am dringendsten zu sprechen wünschte.

Mack könnte eine Nachricht nach bodenseits absetzen, auf der richtigen Frequenz und digital verschlüsselt.

Sie wußte das, denn er hatte es auf Bens Bitte hin schon einmal getan.

Er hat mir damit eine Lektion erteilt, ging ihr auf. *Ben muß sich gedacht haben, daß so etwas geschehen könnte.*

Die meisten Pandorer waren zu hungrig, um zu kämpfen, das war ihr bekannt. Tausende schliefen bereits in primitiven Löchern, unter zerfetztem Plastik, Dämonen und Wetter hilflos ausgeliefert. Die Familie hatte sie gelehrt, daß Kämpfen nur eine Methode von mehreren war.

Sie erinnerte sich an einen Ausspruch ihres Großvaters, den sie beim letzten Besuch auch gegenüber Zwerg MacIntosh benutzt hatte: »Erziehen, agitieren, organisieren.«

Flattery hatte die Welt organisiert. Jetzt wollte Beatriz diese Organisation gegen ihn einsetzen.

Und zwar mit Hilfe der Kommunikation. Die Menschen hatten ihren Körper. Die Koordination aller dieser Körper war der Schlüssel zu ihrer Freiheit.

Wie schaffe ich das?

Vielleicht war es nicht zu schaffen. Was für eine Nachricht sollte sie dann absetzen?

Vielleicht wären damit auch Ben und Rico zu retten, dachte sie, auch wenn die beiden für sie schon ein wenig in den Hintergrund zu treten begannen. Sie versuchte ihren schockierten und erschöpften Verstand durch die Ereignisse der letzten vierundzwanzig Stunden zu führen, durch alles, was noch kommen mochte.

Ich muß zu Mack, dachte sie. *Sofern nicht Brood ...*

Diesen Gedanken wollte sie nicht zu Ende führen. Statt dessen konzentrierte sie sich auf das, was ihr zur Verfügung stand. Dieses kleine Studio an Bord des Orbiter war von Anfang an ihr Projekt gewesen, ihr Vorwand, den Sternen nahe zu bleiben. Es war ein wenig größer als der Senderaum in der Startstation. Flattery hatte das Studio bauen lassen, damit das Allschiff-Projekt umfassend dokumentiert und publiziert wurde, damit die Welt etwas zu sehen bekam. Inzwischen kannte sie den Hauptzweck der Einrichtung – sie diente ausschließlich zur Ablenkung: die Leute starrten nach oben, während Flattery ihnen die Schuhe stahl.

Das Studio war in sechs technische Einheiten und einen Raum für Live-Übertragungen unterteilt, in dem Beatriz arbeitete. Es gab wenig Platz. Sechs Bearbeitungsschirme und einige sehr große Uhren bildeten die Brücke zur Welt. Ein ständiger Strom von Bildern lief über die sechs Schirme, während das bodenseitige Redaktionsteam die eintreffenden Filme des Tages sichtete und seine Auswahl traf. In der Mitte des Raums befand sich eine kleine Holo-Bühne für letzte Probeläufe, dahinter ein großer Bildschirm. Die Uhren wie auch ihr Magenknurren wiesen Beatriz auf Umstände hin, die sie gar nicht zur Kenntnis nehmen wollte.

»Noch drei Stunden bis zur Sendung«, sagte sie.

Ihre Konsole zeigte an, daß sie in ein totes Mikrofon sprach.

Sie erhob die Stimme. »Wir hinken fünf Stunden hinter dem Plan her.«

Keine Antwort. Die Techniker arbeiteten, als wäre sie ein Möbelstück. Sie schickten eigene Aufnahmen bodenseits, die geschnitten und plaziert werden sollten.

Beatriz holte ihr Band über das Organische Gehirnzentrum auf einen Schirm und unterdrückte ein Schaudern. Das da oben war eine *Person*, ein lebendiges, denkendes Gehirn, am Leben erhalten durch Leitungen zu einem im Koma liegenden Spenderkörper. Unwillkürlich fragte sie sich, wodurch das Koma wohl ausgelöst worden war. Sie glaubte sicher zu wissen, *wer* es ausgelöst hatte.

»Ich muß mit Dr. MacIntosh sprechen«, sagte sie.

Diese Worte äußerte sie nicht zum erstenmal – und die Antwort blieb dieselbe: Stille. Seit dem Anlegen im Orbiter begegneten die Techniker ihr stumm. Ihre gelegentlichen Blicke ließen Beatriz vermuten, daß sie auf Befehl Broods so handelten und sich das nicht selbst ausgesucht hatten.

Im Gegensatz zu den alten Versionen würde dieses OGZ mit Hilfe neuroelektrischer Anschlüsse sprechen können. Wenn es soweit war, konnte es mit der Neuromuskulatur des Schiffes in Kommunikation treten und alles spüren, was sich an Bord tat. Dies, so argumentierte Flattery, würde die geistige Gesundheit des OGZ sicherstellen, wo die alten OGZ versagt hatten.

Für Beatriz stand fest, daß Flattery sich nicht mit der Art künstlicher Bewußtheit abgeben wollte, die die Menschheit nach Pandora geführt hatte. Es gab Menschen, die fest davon überzeugt waren, daß ›Schiff‹ noch existierte und zurückkehren würde. Die Hib-Tanks, die Flattery, Mack und Alyssa Marsh von der Erde hierher gebracht hatten, waren für Beatriz Hinweise darauf, daß Schiff – sei es nun Gott oder nicht – durchaus noch am Leben sein konnte.

Wenn ich einen dieser Techniker zum Reden bringen könn-

te, wäre das ein Keil zwischen ihnen und Brood, dachte sie. *Und vielleicht eine Möglichkeit, zu Mack zu gelangen.*

Die Strömungskontrolle und MacIntosh befanden sich nur wenige Meter entfernt am gleichen Korridor. Beinahe glaubte Beatriz die Vibrationen seiner kehligen Stimme, das Herumhampeln seines riesigen Körpers durch die Schotts zu spüren. Die Strömungskontrolle und das Holovisions-Außenstudio verfügten über einige Kilometer gemeinsamer Leitungen – doch gab es kein Verbindungsluk. Beide Bereiche waren schallisoliert.

Beatriz versuchte sich an die Dinge zu erinnern, die Mack ihr über die Anlage beigebracht hatte. Während der Ausflüge durch die Station hatte er sie stets umfassend informiert. Im Augenblick fielen ihr aber nur seine philosophischen und sonstigen Ausflüge ein und der entspannende Klang seiner tiefen Stimme. Sie erinnerte sich an nichts, was die Verbindung zwischen den beiden Bereichen betraf. Sie hatte längst einige elektronische Tricks versucht, um mit ihm Kontakt aufzunehmen, aber vergeblich.

Er weiß, daß ich fällig bin, dachte sie. *Vielleicht fängt er an, nach mir zu suchen.*

Sie hoffte nur, daß er damit nicht zu seiner eigenen Hinrichtung marschierte.

Den Kelp elektronisch zu manipulieren entspricht dem Versuch, aus einem geistig Zurückgebliebenen eine Marionette zu machen. Die Kunst ist dann, das Ding im zurückgebliebenen Zustand zu belassen.

RAJA FLATTERY
Auszug aus ›Strömungskontrolle vom Himmel‹, Holovisions-Sendung

Crista spürte einen Druck auf ihrem ganzen Wesen. Dies hatte nichts mit der klimatisierten Kabine zu tun, nichts mit *Luft*druck. Es war das unbeschreibliche Enthaltensein ihres *Ich* in einem riesigen Umschlag – etwa dem Druck entsprechend, den der positive Pol eines Magneten in der Nähe eines anderen positiven Pols spüren mochte.

»Du brauchst keine Angst zu haben, daß der Kelp dieses Ding zerpflücken könnte«, sagte sie. »Flatterys Laborberichten zufolge hat er mich zwanzig Jahre lang unter Wasser am Leben erhalten. Er kann uns also am Leben erhalten ...«

»Das entscheidende Wort ist *kann*«, antwortete Ben.

Er erwiderte ihren Blick nicht, sondern schaute auf ihre Gurte, als könnte er damit das Tragflächenboot auf ruhigen Heimatkurs bringen. »Wenn du recht hast mit allem, will er *dich* lebendig haben. Wir übrigen sind dann nur Kompost.«

»So denkt der Kelp nicht«, widersprach sie. »Du hast zuviel von Rico aufgeschnappt. Der Kelp ... ich wußte Bescheid, ehe Flatterys Leute ihn zurückschnitten, weißt du noch? Er erhielt mich am Leben – und wir wissen nicht, ob er andere nicht genauso behandelt hat.«

»Viele Leute halten sich lange Zeit unter Wasser auf«, brummte er vor sich hin. »Aber noch nie hat man erlebt, daß jemand so behandelt wurde wie du.«

»Warum ich allein?«

Als Ben sich Cristas Blick schließlich stellte, bekam sie

an den Unterarmen eine Gänsehaut. Alles, was sie über seine Freundlichkeit, seine Opferbereitschaft für andere wußte, erstarrte in der Kälte dieses Blicks.

»Diese Frage habe ich mir auch schon gestellt«, sagte er. »Und nicht nur ich.«

»Also deshalb hat Flattery mich niemals ans Meer gelassen«, sagte sie. »Angeblich zu meinem Schutz, aber jetzt glaube ich, er vermutet in mir nur eine avatanische Spionin, eine Art Auslöser. Ich mag ja von einer Pflanze großgezogen worden sein, doch kann ich mich recht gut in die Menschen hineinversetzen. Laß mich ... den Kelp berühren. Dann wird er sich beruhigen, das weiß ich genau.«

»Kommt nicht in Frage. Wenn Flattery, wenn die Einsatzzentrale recht hat, lebst du inzwischen mit einer veränderten Balance deines Chemiehaushalts. Du könntest daran sterben. Nichts soll dich umbringen können.«

»Niemand soll irgend jemanden umbringen«, sagte sie. »Aber der Kelp ist ganz durcheinander. Er schlägt einfach um sich ... niemand *sagt* ihm irgend etwas ...«

Im gleichen Augenblick stellte sich das Tragflügelboot auf den Kopf. Ben klammerte sich fest, sein Gesicht wurde gegen ein Plastahl-Schott gepreßt.

Mit dem Kopf nach unten in den Gurten hängend, versuchte Crista etwas zu sagen.

»Avata braucht unsere Hilfe«, brachte sie hervor. »Und wir brauchen Avata. Du mußt mir helfen, dies zu bewerkstelligen, Ben.«

Wieder lag das seltsame, betäubende *Schnappen* in der Luft, das trockene Explosionsgeräusch, das an der Pier von Kalaloch schon sekundenlang einen ganzen Mob hatte erstarren lassen. Das Geräusch erinnerte an die Entladung eines riesigen Kondensators.

Crista spürte, wie das Boot langsam rollte, sie heftiger in die Gurte preßte und sich dann aufrichtete. Sie sah Ben die Hände von den Ohren nehmen und sich kopfschüttelnd an Deck aufrichten. Das beschädigte Boot ächzte und klapperte ringsum wie ein künstliches Gebiß, doch war die Faust des Kelp verschwunden.

Crista sah das Flackern des rufenden Interkom, dann vernahm sie Ricos gepreßte Stimme:

»Ben, schau dir den Kelp an!«

Nur ein Steuerbordscheinwerfer strahlte noch in die Dunkelheit hinaus, so daß Crista und Ben durch das Plas der Kombüse nur eine grauschwarze, kalte, vertraute Szene wahrnahmen. Sie hatten es nicht gewagt, die Leuchtfähigkeit des Kelp zu aktivieren, das hätte es Verfolgern zu leicht gemacht.

Ein dünner Streifen Meerwasser begann durch einen Spalt hereinzusprühen, während sie das entspannte Wogen des tiefen Kelp beobachteten. Es war derselbe Kelp, der noch vor wenigen Augenblicken unter einer derartigen Anspannung gezittert hatte, daß man befürchten mußte, er würde sich selbst entwurzeln.

Crista empfand eine Erleichterung, die mehr war als die Ruhe nach dem Sturm. Es war eine Entspannung ähnlich dem Hochgefühl, das sie am Anfang der Reise empfunden hatte, als sie dem Himmel entgegenglitt und ihr Bewußtsein mit dem des Hyfliegers verband.

»Ich sehe ehrlich nicht viel«, sagte Ben. »Schau dir an, wie mächtig diese Ranken sind! Bis zu sechs Meter dick, würde ich schätzen – dabei können wir nicht mal den Grund sehen.«

»Das müßte dir eigentlich etwas verraten«, antwortete sie. »Müßte dir einen Eindruck davon verschaffen, was der Kelp wirklich ist.«

»Wie meinst du das?«

»Du hast es selbst gesagt. Einige Stengel hier sind fast so dick wie dieses Boot breit ist. Daß der Kelp uns nicht zerdrückt hat, muß bedeuten, daß er uns so vorsichtig wie ein Krächzer-Ei behandelt hat.«

»Mag sein«, räumte Ben ein. »Wir sind beim Auftauchen, und der Kelp scheint jetzt völlig frei zu schwingen. Wir sollten uns schleunigst eine Übersicht über unsere Schäden verschaffen, ehe er es sich anders überlegt.«

Die Beleuchtung in der Kombüse ließ nach, wurde heller und dann wieder schwächer.

»Elvira kann die Maschine nicht starten«, sagte Ben. »Das wird uns das Leben erschweren – bis hin zur Sauerstoffproduktion.«

Die grauen Kelpmassen schwammen wie verträumt außerhalb der Schiffshülle, während Pflanzenteile und Sand, die bei dem Kampf hochgeschleudert worden waren, sich langsam setzten.

»Siehst du?« fragte sie. »Der Kelp will uns nichts tun. Du brauchst mich nur ...«

»Wir bleiben, wo wir sind!« entschied Ben. »Der Kelp hat einfach aufgehört. Vielleicht hat er bekommen, was er wollte, vielleicht war er gar nicht auf uns scharf. Es hat keinen Sinn, sich neue Probleme an den Hals zu holen.« Mit einer Kopfbewegung deutete er auf das hereinsprühende Wasser, das ihn und Crista durchnäßt hatte und auf dem Kombüsendeck bereits Pfützen bildete. »Zunächst gibt's ein paar Kleinigkeiten aus der Welt zu schaffen. Fangen wir damit an!«

Crista zerrte an ihren Gurten.

»Ich kann nicht viel tun, solange du mich nicht hier herausläßt.«

»Irgendwelche Schäden da hinten?« fragte Rico über Interkom.

»Ich glaube, es ist ein Kühlrohr geplatzt«, meldete Ben. »Kein großes Leck, zumal wir auftauchen wollen. Was habt ihr?«

»Wir sind nicht am Ende, aber verwundet. Elvira meint, auftauchen wäre angesagt, also gehen wir nach oben. Alles in Ordnung bei euch beiden?«

»Wir sind ein bißchen naß«, antwortete Ben und stapfte in der größer werdenden Pfütze herum.

Darüber mußten beide lachen – etwas, das Crista

nicht oft tat, das sie erst durch ihn entdeckt hatte. Er öffnete im Schott neben ihr eine Klappe und griff hinein.

Sein feuchtes Haar war verstrubbelt und aus der Form. Crista hatte ebenfalls das Gefühl, daß ihr das Haar am Kopf klebte, doch als sie ihr Spiegelbild im Plas erblickte, das noch lachte, gefiel ihr, was sie da sah. Nasses weißes Haar rahmte das grüne Blitzen ihrer Augen. Sie sah, daß sie sich in den Gurten verdreht hatte, und fand darin die Erklärung, warum ihr die rechte Brust weh tat, obwohl sich sonst alles beruhigt hatte. Sie wand sich los und zupfte ihre Kleidung zurecht.

»Hier muß irgendwo ein Hahn sein«, brummte Ben vor sich hin. Er steckte den Kopf in die Öffnung und stieß prompt gegen eine Kante. Seine Äußerung blieb unverständlich.

Cristas Blick fiel auf Holostreifen des Reporterteams der Abendnachrichten, Streifen, die das gesamte Innenschott der Kombüse bedeckten. Bilder von Beatriz, Rico, Ben und einem halben Dutzend bärtiger Fremde wechselten sich mit Arbeitsszenen von Ben und Rico, Ben und Beatriz – mehrere Aufnahmen mit Ben und Beatriz. Elvira war in der Runde nicht zu finden.

»Beatriz ist schön«, sagte sie so laut, daß er sie hören mußte.

»Sehr.«

»Ihr beide seht hier sehr glücklich aus.«

»Ja«, antwortete er und sprach ebenfalls lauter.

Dann hörte sie einen Fluch und einen dumpfen Laut, dann hörte das Wasser auf zu sprühen. Ben kroch rückwärts aus dem Service-Loch und wischte sich mit dem trockensten Zipfel seines Hemdes das Gesicht. Seine grünen Augen blickten tief in die ihren.

»Wir waren glücklich, als wir zusammen waren«, sagte er, ohne sich den Bildern zuzuwenden. »Aber sehr häufig befanden wir uns auch in entgegengesetzten Winkeln der Welt. Neuerdings ist sie oft da oben.«

Mit dem Daumen deutete er zum Himmel, in Richtung des Orbiters in der Kreisbahn.

»Wünschst du dir ... etwas anderes?«

»Nein«, sagte er seufzend. »Die Dinge sind schon richtig so. Ich habe hier zu tun.«

Hier zu tun! dachte Crista. Dabei hatte sie von ihm hören wollen: »Die Dinge sind schon richtig so. Nachdem ich dich nun kennengelernt habe.« Aber das sagte er nicht.

Ein seltsames Gefühl überkam sie, eine Art Schwindel, eine Schwäche in den Knien, ein Kribbeln an den Schläfen. Wie beim Hyflieger, wie in ihren Träumen.

Seit einem Jahr stellten sich bei Crista Träume ein, die Wirklichkeit wurden. Zuerst kamen sie nur nachts. Sie wußte, daß es sich nicht um Träume handelte, wollte sie aber auch nicht ›Visionen‹ nennen. Neuerdings wurde sie ständig davon heimgesucht, und im Verlauf des letzten hatte sie sogar zu atmen vergessen. Crista war überzeugt, daß diese Bilder vom Kelp ausgingen. Sie wurden immer intensiver.

Sie hatte ... *Gefühle*, die sie sich stets damit erklärt hatte, daß sie »anderer Leute Träume durchlebte«. Nun aber wußte sie, daß der Kelp Ausgangspunkt dieser Erscheinungen war.

Hier und jetzt sah sie zweierlei. Sie erblickte Rico in einem großen Einteiler, und dieser Anzug war zugleich die Frucht an einer riesigen Kelpranke. Weit hinter ihm sah sie ein Kelpbeet, und aus jedem Stengel erwuchs ein Mensch. Das Ganze sah aus wie ausgelegte Köder, oder wie eine Meereslandschaft aus interessant geschnitzten Bugsprieten.

Der Kelp ließ bei den Menschen eine klare, brillenähnliche Membrane über den Augen entstehen. Sie schien zu ihnen zu gehören wie die Fingernägel, mußte aber nie zurückgeschnitten werden. Die Lungen dieser Menschen würden niemals nach Luft verlangen, die dünnen Knochen würden bald das Land vergessen.

Die zweite Vision löste sich von der ersten und zeigte ihr den Kelp aus ungeheurer Höhe. Eine Kelpranke ringelte sich himmelwärts und wurde an der Spitze von einem kalten Licht berührt, das dem eigenen Leuchtvermögen des Kelp ähnelte. Prompt begannen die Kelpranke, der Kelpbewuchs, der ganze Planet zu glühen. In dem stärker werdenden Licht sah Crista, wie der Kelp einen Moment lang schwankte und sich dann zu etwas zusammenfügte, das wie ein riesiges, leuchtendes Gehirn aussah. Sie spürte eine Leichtigkeit und Anmut, die sie neuerdings nur in Träumen empfand.

So plötzlich, wie sie aufgetreten waren, verschwanden die Visionen wieder. Crista war eine Träumerin, aber dies waren keine Träume. Sie war sicher, daß der Kelp ihr eine Botschaft übermitteln wollte.

Ich muß dort hinaus.

Sie blickte auf das Bild von Ben und Beatriz, starrte in Bens Augen und konzentrierte sich darauf, ihren Herzschlag, ihren Atem zu verlangsamen.

»Ich bin froh, daß du hier bist, Ben«, sagte sie. »Es freut mich zu hören, daß mit Beatriz alles so ist, wie es sein sollte. Wenn zwischen uns alles stimmt, können wir Flattery stürzen. Der Kelp weiß dies, vielleicht weiß es Flattery auch. Im Kelp kann ich herausfinden, was das alles bedeutet. Der Kelp ist im Augenblick so verwundbar wie wir. Er ist gelähmt, nicht tot. Hilf mir hinaus, ich kann das Hindernis überwinden!«

»Nein«, erwiderte er. »Du gehst dort nicht hinaus. Wir bleiben alle an Bord. Sobald wir an Land sind, begeben wir uns zu einem Orakle oder zum Strand.«

»Soviel Zeit haben wir nicht«, sagte sie. »Ich weiß nicht, woher ich das weiß, aber hier und jetzt könnte ich Avata ... *werden*, könnte ich das Bewußtsein sein, die Kommandozentrale, das *Gewissen* des Kelp. Zeig mir den Weg hinaus.«

»Du kannst das nicht genau wissen«, erwiderte er. »Dein chemischer Haushalt ist verändert, das hast du mir selbst gesagt. Vielleicht kann der Kelp dich dort draußen am Leben erhalten. Vielleicht würde er dich aber in den Tod befördern. Warte nur ein bißchen ...«

»Wir können nicht warten!« flehte sie.

Sie seufzte, rieb sich die Augen und fuhr fort: »Ich glaube, Flattery hat den Kelp dazu benutzt, Daten zusammenzustellen. Und während das im Gange war, wurde ich herausgesprengt. Inzwischen weiß er, was er wissen wollte, und versucht den Planeten so schnell wie möglich zu verlassen.«

Crista hob den Blick und erkannte, daß er ihr sehr gern geglaubt hätte. So war es auch am vergangenen Abend gewesen, als sie spürte, daß er sie küssen wollte. Sie *wußte* es einfach, so wie sie *wußte*, daß eine Katastrophe in der Luft lag, so wie Flattery wußte, was es war – woraufhin er nun schleunigst und mit möglichst viel Beute fliehen wollte.

»Bleib sitzen«, sagte Ben. Seine Stimme war weicher geworden, so wie sich alles abgemildert hatte, nachdem das heftige Hin und Her aufgehört hatte. Er zauste ihr das nasse Haar.

»Flattery wird den Planeten heute nicht verlassen, also sollten wir uns zuerst aus dieser Klemme befreien. Wir sollten Rico und Elvira Gelegenheit geben, ihr Können an diesem Boot auszuprobieren.«

Sie spürte, daß er sich das selbst einzureden versuchte. Er hatte Angst. Auch sie hatte eine gewisse Vorstellung davon, was es bedeutete, Angst zu haben. Der Tag, an dem sie aus dem Kelp herausgesprengt worden war, ähnelte dem heutigen Tag sehr. Diesmal aber führte ihr Weg in die richtige Richtung. Es war Nachmittags-Quartertide, und sie befanden sich weniger als ein Dutzend Meter vom Tageslicht entfernt.

Kurzfristige Hilfsmittel versagen stets auf lange Sicht.

ZWERG MACINTOSH

Beatriz hatte hier oben zum erstenmal vor zwei Jahren Aufnahmen gemacht, als es den Umzug der Strömungskontrolle an Bord des Orbiters zu feiern galt. Sie war an der Seite des geheimnisvollen Dr. MacIntosh herumgeführt worden – eine atemberaubende Runde, die ihr Leben veränderte und ihren ersten Versuch einschloß, sich in beinahe Null-Schwerkraft zu bewegen.

Nun wurde sie von einigen Leuten des Hauptmanns unter Verschluß gehalten, während die übrigen das taten, was Soldaten seit Urzeiten tun, wenn sie in einer unbewaffneten, isolierten Bevölkerung einen Stützpunkt sichern wollen. Keiner der Kämpfer verstand sich bei niedriger Schwerkraft zu bewegen. Da Beatriz nur mit Broods Leuten in Berührung kam, schien es ausgeschlossen, daß Mack eine Botschaft hinüberschmuggelte.

Was ist, wenn sie ihn auch umbringen? fragte sie sich.

Mack war ein sehr mitfühlender Mann, der sich aber sehr in seine Arbeit vergrub und nicht oft auf die Dinge achtete, die auf der gut hundertundfünfzig Kilometer unter ihm liegenden Welt passierten. Dabei ging ihr auf, daß dieser in gewisser Weise auch ihr Problem gewesen war. Ben hatte es erkannt und etwas dagegen tun wollen.

Ich weiß, daß Ben lebt, dachte sie. *Ich spür's.*

Sie hoffte, daß auch Mack noch am Leben war. Teils weil sie ihn ehrlich mochte, teils weil sie davon überzeugt war, daß das Schicksal aller von ihm abhing.

Brood braucht ihn auch, dachte sie. *Er wird mich als Tauschobjekt einsetzen.*

Das Luk öffnete sich knallend, und Juri Brood segelte herein. Er prallte in ein Sicherheitsnetz, das Ausreißer einfangen und ihre Verletzungen mindern sollte. Brood ließ sich in den Sitz neben Beatriz gleiten und deutete auf die Reihe der Bearbeitungsschirme.

»Sie glauben vielleicht, meine Leute können Ihre Show nicht durchziehen, nur weil sie Soldaten sind«, sagte er. Er war außer Atem, schien aber guter Laune zu sein. »Nun ja, da können wir grünen Jungs Ihnen eine Überraschung bereiten. Der Direktor hat diese Aufnahmen angeordnet, ehe wir zur Startstation aufbrachen. Leon hat das Rohband auf dem Weg zum Shuttle abgeliefert.«

Beatriz versuchte nicht auf die Bildschirme zu schauen, auf denen nun Aufnahmen von den Schäden in Kaloch erschienen, angefertigt von Broods drei Technikern. Zu den Bildern rollte der vorläufige Text über Beatriz' Konsole. In keiner der Aufnahmen waren Kämpfe zu sehen. Schon nach einem kurzen Blick wußte sie, was hier gespielt wurde.

»Sie versuchen das Ganze als Hyflieger-Katastrophe darzustellen!« rief sie. »Das schaffen Sie nicht – es müssen andere Leute von Holovision am Ort des Geschehens gewesen sein ... allein die mündlichen Berichte ...«

Broods spöttisch verzogenes Gesicht brachte sie zum Schweigen – ein Ausdruck, der sie sofort an Flattery erinnerte. Brood hatte die gleiche schmale Nase und dunklen, buschigen Brauen, die gleiche Art, den Kopf zurückzuneigen, um an seiner Nase entlangzuschauen.

Er war bei der Ankunft erhitzt und ein wenig außer Atem gewesen, schien aber inzwischen keine Eile mehr zu haben. Ständig beobachtete er ihre Augen, und das machte sie sehr nervös.

»Ihnen mag aufgefallen sein, wie viele neue Gesichter es neuerdings bei den Aufnahmeteams gibt«, bemerkte er. »Auch viele neue Gesichter in den Studios.«

Sein Lächeln machte sie frösteln.

»Soll das etwa heißen, daß *alle* Teams ... ersetzt worden sind?«

»Viele Leute suchen Arbeit«, erwiderte er, »Leute, die bereit sind, das Notwendige zu tun, damit die Aufgabe erfüllt wird.«

»Unsere *Aufgabe* ist es, die Nachrichten zu übermitteln, die Wahrheit zu sagen ...«

Sein Lachen unterbrach sie.

»*Ihre* Aufgabe *war* es, die Nachrichten zu übermitteln und dabei die Wahrheit zu sagen«, gab er zurück. »*Unsere* Aufgabe besteht darin, die Ordnung zu bewahren, und wenn uns dabei die Verzerrung der Wahrheit ein wenig hilft, dann nutze ich dieses Mittel. Die Menschen sind damit glücklicher.«

»Die Menschen sind damit *tot*, und sie werden immer weiter töten müssen ...«

»Schauen Sie sich mal diesen Abschnitt an!« befahl er und wandte sich fingerschnippend an Leon. »Der kommt heute abend bestimmt über den Sender. Ist das nicht ein weitaus besserer Ausblick auf die Welt als das, was Sie zu sehen vermeinten?«

Auf Beatriz' Konsole erschien Text.

»Aufreißer: Bewohner Kalalochs flüchten aus ihren Häusern im Gefolge einer Hyflieger-Explosion, die die Siedlung praktisch zweigeteilt hat.«

Szene, Schirm eins: Die Errettung einer älteren Frau aus den qualmenden Überresten eines Siedlungshauses: »Okay, Schätzchen, halt dich fest, ja?«

Sprecher: »Die Vashoner Sicherheitskräfte retteten heute diese alte Frau aus der Feuersbrunst, die rings um ihre Unterkunft tobte. Es hat über tausend Tote gegeben. Die Behörden rechnen für heute abend mit über fünfzehntausend Obdachlosen, von denen viele schwer verwundet sind.«

Szene, Schirm zwei: Rettungsmannschaften in den Uniformen von Sicherheitswächtern neben Zivilisten, damit beschäftigt, die Mauer des Sondergebiets wiederaufzubauen. Im Hintergrund zusammengetriebenes Vieh.

Sprecher: »Unterdessen irren viele tausend Stück Vieh zwischen dem Sondergebiet, aus dem sie von der Explosion befreit wurden, und dem Großbrand herum, der den Rand des Dorfes in Schutt und Asche legte. Die Behörden erwarten die Rückführung der meisten, wenn nicht aller kostbaren Tiere des Sondergebiets, zu denen auch das einzige existierende Lama-Zuchtpaar gehört.«

Szene, Schirm drei: Mitten in den Behausungen, die noch immer brennen.

Sprecher: »In Teilen Kalalochs brennt es seit mehr als fünf Stunden. Der öffentliche Markt ist weitgehend zerstört, mehr als hundert Plünderer sollen in den ersten Stunden nach der Explosion erschossen worden sein. Ein Lagerhaus, das 70 Prozent der Reis- und Trockenbohnenvorräte des Sektors enthält, wird nach den Aussagen von Feuerwehrbeamten tagelang brennen. Der größte Teil der diesjährigen Einlagerung steht in Flammen oder ist Rauch oder Wasser zum Opfer gefallen. Als Folge wird eine katastrophale Nahrungsmittelknappheit erwartet.«

»Aber ... aber das ist ja der Wahrheit nicht einmal *nahe!*« rief Beatriz, und ihre Entrüstung schwemmte die Angst fort. »Flattery hat doch das ganze Zeug in Lagerhöhlen überall im Sondergebiet verstaut.«

»Psst!« sagte Brood und lächelte noch immer. Er legte einen Finger an die Lippen und deutete mit einer Kopfbewegung auf die Bildschirme.

Beatriz haßte dieses Lächeln und schwor sich, einen Weg zu finden, es auszulöschen.

Leon, der einzige ausgebildete Techniker in der Dreiergruppe, runzelte die Stirn und räusperte sich. Sogar in Broods Gegenwart wagte er nicht mit ihr zu reden. Er deutete lediglich auf Schirm vier.

Szene, Schirm vier: Der Hafen, brennende Boote an den Kais und in der Bucht. Die Fährenanlegestelle leichenübersät, die meisten schon in Säcken, über die die Kamera aus großer Höhe schnell dahinstreicht.

Sprecher: »Die Behörden nehmen an, daß etwa fünfhundert Pendler während des heutigen Schichtwechsels am Hafen der Schockwelle zum Opfer gefallen sind. Ernsthafte Schäden an den Fähren hat es nicht gegeben. Sie fahren nach normalem Fahrplan von den Reparaturdocks aus.«

Szene, Schirm fünf: Zwei weinende Frauen mit Pendler-Abzeichen, die sich die Ohren zuhalten, sich gegenseitig trösten. Rauch und Masten im Hintergrund.

Text: »Irgend etwas schlug uns in die Ohren, und da kam die Schockwelle von diesen *Dingern* ... ich weiß nicht, was mit uns ist. Alle sind tot ...«

Sprecher: »Frau Gratzer und ihre Nachbarin behaupten, daß mindestens zwei Hyflieger vierter Klasse, angelockt von Bränden in den nahen Flüchtlingslagern, explodiert sind und im östlichen Kalaloch mehrere Quadratkilometer vernichtet haben. Dick Leach hat drei Kühlhäuser Frischfisch verloren.«

Text: »Uns ist das ganze Einkommen für dieses Jahr genommen worden, aber alle Verpflichtungen, die wir eingehen mußten, um die Ernte vorzubereiten, bestehen weiter.«

Sprecher: »Diese Leute können bei der Meermensch-Handelsliga niedrigverzinsliche Darlehen beantragen.«

Text: »Wenn es um Darlehen geht, müssen wir sehr wahrscheinlich aufgeben. Wir brauchen einen Zuschuß.«

Szene, Schirm sechs: Ein Zoom, ausgehend von Leichensäcken an der Pier von Kalaloch.

Sprecher: »Für diese Pendler scheint das Leiden vorbei zu sein – doch stehen Zehntausende von hungrigen, obdachlosen Familien im Distrikt Kalaloch erst am Anfang ihrer Kümmernisse.«

Alle Schirme wurden schwarz, dann erschien an Beatriz' Konsole der Text: »Akzeptiert zur abschließenden Bearbeitung, Sendezeit folgt.«

Brood hatte also von Anfang an recht, dachte sie. *Dieses Zeug wird gesendet.*

Beatriz' Angst hatte sich im wesentlichen gelegt; sie war nur noch müde und unglaublich traurig.

»Ich muß Dr. MacIntosh sprechen«, sagte sie. »Man hat mir eine Reportage über das OGZ und die Installation des Bangasser-Antriebs übertragen, und ich will die Arbeit aufnehmen.«

»Dr. MacIntosh ist im Augenblick voll beschäftigt«, erwiderte Brood. »Die Strömungskontrolle hat aktuelle Probleme, eine Krise erster Ordnung. Er weiß, daß Sie hier sind.«

»Dann lassen sie mich rübergehen.«

»Nein«, widersprach er lachend, »nein, lieber nicht! Er kommt her, wenn es an der Zeit ist.«

»Was ist mit den anderen hier oben, dem Orbiter-Personal?«

»Bis jetzt ahnungslos. Wir haben uns sehr ruhig verhalten und gehen sehr selektiv vor. Bei Schichtwechsel bleiben Rationen ungegessen, dann erst fängt das Gerede an. Dauert noch Stunden – und bis dahin sind wir hier fertig.«

»Und dann was?«

Er antwortete mit einem Lächeln und einem halben Salut.

»Dann schaue ich mir an, wie gut Sie vorankommen. Arbeiten Sie an Ihrem Bericht über das OGZ. Leon, die andere Sache haben Sie gut gemacht. Sie wissen, was nun zu tun ist.«

Und schon war er wieder fort – so schnell, wie er gekommen war.

»Was sollen Sie denn tun, Leon?« fragte Beatriz.

Er antwortete nicht und lächelte auch nicht. Er war ein hagerer, dunkelhäutiger Mann wie Brood, und ihr kam der Gedanke, daß die beiden vielleicht verwandt waren.

Leon setzte sich mit dem Rücken zu ihr an eine der

Bearbeitungskonsolen. Nach kurzem Schweigen sagte er: »Wir stellen einen Bericht über Crista Galli zusammen. Und einen zweiten über Ben Ozette.«

Beatriz spürte einen kalten Schauder.

»Und der Aufhänger?« Die Stimme schien ihr in der Kehle festzustecken.

»Crista Galli sicher in den Händen der Vashoner Sicherheitskräfte.«

»Und Ben ... was ist mit ihm?«

Leon schwieg kurze Zeit. Dann tippte er etwas in seine Konsole und ließ den Text bei ihr erscheinen:

»Holovisions-Reporter bei Hyflieger-Explosion ums Leben gekommen.«

Beatrix versuchte das Zittern ihrer Hände und Lippen zu unterdrücken.

»Das ist eine Lüge«, sagte sie. »Eine Lüge – wie alles andere. Nicht wahr? *Nicht wahr?*«

Ohne sich umzudrehen, ohne erkennbar einen Muskel zu rühren sprach Leon vor sich hin, so leise, daß sie es kaum verstand:

»Ich weiß es nicht.«

Nicht die Götter schränken den Menschen ein,
sondern der Mensch sich selbst.

T. Robbins, aus *Eine Literarische Enzyklopädie des Atomzeitalters*

»Dr. Zwerg!« rief Spud aufgeregt hinter der Netzhauptsteuerung hervor. »Sie hatten recht. Innerhalb des Sektors besteht eine zweite Kelpfrequenz – schauen Sie mal, hier!«

Zwerg MacIntosh hockte unter einer der Konsolen, die die Netzhauptsteuerung versorgten, und hob den Blick. Obwohl er groß gewachsen war, verstand er sich bestens darauf, Problemen in engen Räumen auf den Kern zu gehen. Er kroch viel lieber durch Tunnel voller Kabel und Schaltungen, als an den sogenannten ›Freizeit‹-Ereignissen des Orbiters teilzunehmen.

Nun schob er sich rückwärts aus den Abschirmungsschächten und beugte sich massig über Spuds Schulter, um dessen Feststellungen zu überprüfen.

»Dieses Signal kam durch, als wir in Sektor acht dem Kelp die Zügel freigaben«, erklärte er. »Es hat eine Weile gedauert, das Ding zu fixieren und zu verstärken.«

»Dem Rest des Kelp geht es offenbar gut«, stellte MacIntosh fest. Er überprüfte die Meßergebnisse, die die Kelpanzeige säumten. »Wenn die Daten hier stimmen, hat er mindestens zwanzig festsitzende Frachtzüge freigelassen.«

Spud nickte. »Die Daten sind richtig. Der Kelp schwingt frei im Wasser. Die meisten Schiffe befinden sich allerdings an der Oberfläche. Dabei ist in dieser Gegend jetzt die nachmittägliche Wetterauffrischung fällig. Es gibt keine Kelpwege mehr, keine Möglichkeit, die Frachter zu steuern. Wenn wir dort nicht bald ein Netz etablieren können, werden sie in der Brühe festsitzen.«

»Dies ist eine sehr kleine Brennweite«, brummte MacIntosh.

Sein Blick schien intensiv genug zu sein, um ihn geradewegs in die Mitte des Kelp zu versetzen. Schließlich richtete er sich zu seiner vollen Größe auf und klopfte sich mit dem Zeigefinger an die dünnen Lippen.

»Solange wir uns nicht in das andere Signal einklinken können, läßt sich auch kein Netz aufbauen, davon bin ich überzeugt. Wie hat es sich entwickelt?«

Spud bewegte die graphische Darstellung auf Macks Bildschirm.

»Sie bewegt sich«, stellte er fest.

»Ja«, sagte MacIntosh nickend. »Lenkt die Kelpwege wie ein Profi. Es muß etwas sein, wofür sich der Kelp hübsch verausgaben würde, vergessen Sie das nicht.«

»Was glauben Sie? Ein Transport von Meermensch-Transplantaten?«

»Dazu sind die Signale zu kräftig«, widersprach MacIntosh. »Ein Beet macht sich bei uns normalerweise erst bemerkbar, wenn es eine Art Integrität erlangt hat, sei es nun von Flattery beschnitten oder nicht. Dieses Signal aber sieht so aus, als gäbe es da einen ganzen Kelpbewuchs an einer Stelle, die nicht größer ist als Sie oder ich ...«

»Und es kann sich bewegen.«

»Und es kann sich bewegen.«

Nachdenklich fuhr sich Mack über das Kinn.

»Das unbekannte Etwas kann den Kelp dazu bringen, sich unseren stärksten Signalen zu widersetzen, trotz der Gefahr, bis auf die Wurzelstümpfe abgeschlagen zu werden. Aus den Datenauswertungen geht hervor, daß das Signal von Stunde zu Stunde stärker wird. Trotz der Kämpfe dicht vor seiner Haustür ist Flattery gerade wegen dieser Sache außer sich. Was sagt uns das alles?«

Spud schien Mack nachahmen zu wollen, als er nun stirnrunzelnd auf den Bildschirm schaute und sich über das Kinn strich.

»Es gibt da jemanden, der die Kelpwege steuert und wie ein Kelpbeet auftritt?«

MacIntosh stieß einen Jubelschrei aus, packte Spud an den Schultern und schüttelte ihn durch. Die beiden Männer wurden gegen das obere Schott emporgeschleudert. Der verblüffte Assistent riß die Augen beinahe so weit auf wie seinen Mund.

»Das ist es!« rief MacIntosh lachend. »Was da in Sektor acht das Kelpnetz zerbrechen läßt, ist eine Person, die so tut, als wäre sie ein Kelpbewuchs!«

Er ließ Spud los und steckte den Kopf wieder in die elektronischen und neuroelektronischen Eingeweide der Netzhauptsteuerung.

»Aber wer ist die Person?« wollte Spud wissen.

»Wenn Sie das nicht erraten, sind Sie im Augenblick besser dran, es nicht zu wissen.«

MacIntoshs resonante Stimme war durch das Klicken und Surren der Netzhauptsteuerung, die die anderen Bereiche des gezähmten Kelp in einer funktionellen Stasis hielt, kaum zu hören.

»Im Augenblick brauchen wir vor allem einen Kommunikationsfachmann.« MacIntosh kam rückwärts aus dem Kriechgang. Seine Augen funkelten, als er hinzufügte: »Das träfe auf Beatriz Tatoosh zu. Verständigen Sie sie bitte, daß wir ihre Dienste benötigen.«

Spud lächelte breit. »Dienste – so kann man das auch ...«

MacIntosh ließ ihn nicht ausreden.

»Halt, halt«, sagte er und lächelte ebenfalls breit. »Holen Sie sie einfach her, pronto!«

Die Menschen lassen sich von zwei grundsätzlichen Dingen leiten – Liebe und Angst. Folglich werden sie von einem, der ihre Zuneigung gewinnt, ebenso sicher kommandiert wie von jemandem, der ihnen Angst einflößt. Derjenige, der die Angst weckt, gewinnt sogar eine größere Anhängerschaft und bereitwilligeren Gehorsam als der, der Zuneigung erringt.

MACHIAVELLI, *Abhandlung*

Die Treibstoffwarnung meldete sich durchdringend über seiner Konsole, und Spinne Nevi fluchte vor sich hin. Sie waren dem Ziel nahe, *sehr* nahe, doch konnte er es nicht riskieren, den Kontakt mit leeren Treibstofftanks zu machen.

»Wir müssen in dem Brei landen«, sagte er. »Sorgen Sie dafür, daß beide Siebe und Filter intakt sind. Der Kelp darf unsere Ansaugstutzen nicht verstopfen.«

Sie hatten mehrere Überlebende aufgetauchter Frachtzüge bei der Säuberung von Ansaugstutzen beobachtet. Die Leute bewegten sich ausnahmslos in der zeitlupenartigen, verträumten Weise, wie sie all jenen eigen war, die unter dem Einfluß eines Kelp-Toxins standen. Die Seefahrt an der Oberfläche der pandorischen Ozeane war schon bei intakten Kelpwegen gefährlich genug. Wie riesige Adern halfen die Kelpwege das Wasser von im Sturm losgerissenen Kelpresten und anderen Abfällen freizuhalten.

Zentz brummte zustimmend und erbleichte.

»Aber ... dann muß ich ja da raus, wenn wir gelandet sind«, sagte er. »Der Kelp ist ... ist *verrückt*. Wo wir nur zu zweit sind ...«

»Wo wir nur zu zweit sind, muß einer raus. Da es Ihre Schuld ist, daß wir überhaupt hier sind, fällt die Wahl auf Sie.«

Genau den Ausdruck, der auf Zentz' Gesicht erschien, hatte sich Nevi gewünscht: Angst. Nicht Angst vor dem Kelp oder dem Meer, sondern Angst vor Spinne Nevi. Der ängstliche Ausdruck war ein Zeichen seiner Macht, eine schiere, direkte Macht, wie sie nicht einmal Flattery über die Menschen hatte. Flattery stellte immer nur die Maske des Politikers zur Schau – und diese Maske verhieß jedem Hoffnung, der sie sah. Nevi trug keine Maske, strahlte keine Hoffnung aus.

»Wenn ich da rausgehe, um die Ansaugstutzen sauberzumachen, lassen Sie mich hier zurück.«

Nevi schenkte Zentz ein seltenes Lächeln.

»Es freut mich, daß sie den gebotenen Respekt gegenüber meinen ... Fähigkeiten zeigen«, sagte er. »Aber ich habe Ihnen eine ganz besondere Rolle beim bevorstehenden Drama versprochen, und dafür ist die Zeit noch nicht reif. Ich würde Sie hier niemals umsonst opfern. Wenn Sie mich auch sonst nicht gut kennen, eines wissen Sie: ich töte stets mit Grund, niemals grundlos. Ich schätze das menschliche Leben, Zentz, das müssen Sie sich klarmachen. Ich schätze es wegen der Dinge, die ich dafür bekommen kann, für die ich es einsetzen kann. Das Wort ›schätzen‹ impliziert einen Handelswert, nicht wahr? Die Freude des Tötens rangiert für mich in der Skala der Motive tief unten. So sehr es mir *gefallen* könnte, Sie umzubringen, um eine gewisse Irritation loszuwerden, gibt es meiner Überzeugung nach irgendwo einen Menschen, der es lohnend machen wird, auf den richtigen Preis, den richtigen Tausch, den richtigen Gefallen zu warten. Begriffen?«

Zentz starrte geradeaus durch das Plas der Kabine. Er war bleich, wirkte ein wenig aufgedunsener als sonst und ließ die rundlichen Finger nervös über seine Handrücken wandern.

»Wissen Sie, warum ich töte?« fragte Zentz.

Nevi korrigierte bis zuletzt die Trimmung des Bootes und landete schließlich inmitten der unruhigen Wellen an einer Stelle, die ihm relaitv frei von Kelpresten zu sein schien. Im Heruntergehen sah er aber, daß es keine freien Stellen gab. In diesem Kelpbestand mußte ein enormer Kampf stattgefunden haben.

»Ja, ich weiß, aus welchem Grund Sie töten«, antwortete Nevi. »Wie alle niederen Tiere töten Sie, um zu essen. Es ist Ihre Aufgabe, und Sie denken nicht weiter. Sie töten auf Befehl, um den Plänen eines anderen zu entsprechen, weil Sie selbst sterben würden, wenn Sie das Töten nicht übernähmen. Das ist der Unterschied zwischen uns beiden. Ich sehe mich als Bildhauer, als Gestalter gesellschaftlicher Umstände. Die Bevölkerung ist mein Stein, und ich forme sie Splitter um Splitter zu einer Gestalt, die mir gefällt. Der Stein wächst unterdessen weiter, und es ist eine anstrengende Aufgabe. Aber ich habe Zeit.«

Mit hastigen Fingerbewegungen auf der Tastatur richtete Nevi das Tragflügelboot zur Seewasseraufnahme und Wasserstoffumwandlung ein. Die Ansaugstutzen waren im Nu verstopft. Selbst wenn Zentz draußen ständig freiräumte, würde der Vorgang länger dauern, als Nevi für sinnvoll hielt. Er überprüfte den Treibstoffstand.

Eine Viertelstunde, dachte er, *höchstens zwanzig Minuten. Scheiße!*

»Vergessen Sie die Ansaugstutzen!« sagte er. »Ein Stück nördlich von hier gibt's einen wilden Bewuchs. Wir landen dort, um Treibstoff aufzunehmen, dann will ich hören, was es beim Direktor Neues gibt. Machen Sie sich keine Sorgen. Es wäre eine Verschwendung, Sie dem Kelp zu überlassen – und verschwenderisch bin ich nicht.«

Zentz' gefurchte Stirn glättete sich ein wenig. Er hob mürrisch seine Körpermasse aus dem Sitz und legte einen Taucheranzug an.

»Vorsichtshalber«, bemerkte er dazu. »Ich bin bereit. Ich habe von wildem Kelp gehört. Leute verschwinden hier draußen, und der Kelp kennt keine Vernunftgründe.«

Nevi startete das Boot wieder. So widerlich ihm Zentz auch immer war, er gedachte ihn leben zu lassen, bis es einfach nicht mehr angebracht war, damit fortzufahren.

Der Flug zum blauen Sektor dauerte nur zehn Minuten, und die ganze Zeit über flogen sie in nachmittägliche Böen hinein. Eine schwarze Wolkenwand schob sich langsam herbei, doch als das Boot in der Lagune des blauen Kelp landete, war es noch von den Strahlen einer prächtigen Nachmittagssonne umgeben.

Nevi fuhr die Ansaugstutzen aus, doch verriet eine Warnlampe an seiner Konsole, daß sie noch verstopft waren. Er versuchte sie wieder einzuziehen und erneut auszustoßen, aber es änderte sich nichts.

»Dann müssen Sie wohl doch hinaus«, bemerkte er. »Und beeilen Sie sich! Das Stürmchen rückt ziemlich schnell näher.«

Zentz brummte etwas, trottete dann aber nach hinten, ohne sich zu beklagen. Die Instrumente an der Konsole verrieten Nevi, daß er das Achterluk offen ließ. Nevi lachte vor sich hin.

Er glaubt, er könnte mich versenken, wenn ich tauchte, und mir die Flugkontrollen um die Ohren sprengen, wenn ich starten wollte.

Nevi wußte, wie er beide Situationen bewältigen konnte. Die einfachste Methode bestand darin, nach achtern zu gehen und das Luk zu schließen. Er war in Versuchung, eben dies zu tun, um Zentz ein bißchen nervös zu machen, entschied sich dann aber dagegen. In fünfzehn oder zwanzig Minuten hatten sie Treibstoff nachgeladen und konnten mit ein bißchen Glück vor Beginn des Unwetters starten.

Nevi setzte auf der Privatfrequenz einen Anruf bei Flattery ab und bekam sofort Antwort.

»Nevi«, sagte Flattery, »die Zeit verstreicht. Haben Sie sie schon?«

Nevi war von der Klarheit des Empfangs überrascht. So deutlich hatte er den Funkverkehr noch nie erlebt. Die beiden pandorischen Sonnen störten ständig alle Frequenzen, und in jüngster Zeit hatten Sabotageakte gegen die Sendeeinrichtungen alles noch schlimmer gemacht. Sogar der Kelp störte den Funkverkehr – diesmal schien er ihn aber förmlich zu verstärken.

»Nein«, antwortete er. »Wir haben sie noch nicht. Wir nehmen vor dem letzten Vorstoß neuen Treibstoff auf. Ich fand, wir sollten das Beste daraus machen und möglichst viele Rebellen mit erwischen.«

»Vergessen Sie das!« sagte Flattery. »Ich will Crista Galli *sofort* in meiner Gewalt haben. Sie soll vor mir mit keinem reden, verstanden?«

»In Ordnung«, erwiderte Nevi. »Ich ...«

»In den heutigen Nachrichten wird Ben Ozettes Tod gemeldet. Er darf auf keinen Fall gesehen werden, doch ich will ihn für mich. Mit dem Schweinehund LaPush können Sie machen, was Sie wollen.«

»Brauchen Sie Unterstützung zu Hause?«

»Nein«, antwortete Flattery. Er schien nicht recht bei der Sache zu sein. »Nein, ich habe alles im Griff. Wir haben eine Anzahl Sicherheitsbeamte von den Insel-Anlegestellen und den Dämonenpatrouillen abgezogen. Diese Schweinehunde ... ihre Zahl ist so *groß*. Sie haben den öffentlichen Markt und sein Lagerhaus leergeplündert. Wir müssen glatt dreihundert Leute erschossen haben, aber es rückten immer neue nach. Ich habe angeordnet, jedes Lager zu sprengen, das in Gefahr ist, geplündert zu werden. Wenn sie sehen, wie ihr kostbares Fressen über das ganze Land verschleudert wird, werden sich diese Leute solche Aktionen künftig überlegen. Sie, Nevi, halten sich an Ihre Aufgabe, ich regele die Dinge hier! Rufen Sie erst wieder an, wenn Sie sie haben!«

Nevi konnte nur noch den statischen Geräuschen und dem Jaulen der Pumpen nachlauschen, die den Wasserstoff produzierten. Er hob die Hand, um die Verbindung zu unterbrechen, zögerte dann aber. Ein seltsames Muster entwickelte sich aus dem statischen Knistern, etwas, das ihm noch nie aufgefallen war. Es klang beinahe, als schwänge eine Musik im Hintergrund, als schwirrten Stimmen mehrerer Gespräche durcheinander, die er nur ganz knapp nicht verstehen konnte. Immer wieder vernahm er ganz schwach aus der Ferne Flatterys Stimme: »... Nevi, Nevi, Nevi ...«

Er trennte die Verbindung und starrte über das Meer auf die sich auftürmenden schwarzen Wolken. Das Meer war unruhiger geworden, und es kam ein starker Wind auf, der das Tragflügelboot aus der Mitte der Lagune zum inneren Rand des blauen Kelp drückte. Er schaute auf die Treibstoffanzeige und stellte zu seiner Erleichterung fest, daß das Nachfüllen beinahe abgeschlossen war. Sorgen machte ihm die deutliche Wiederholung seines Namens, die wie ein Lied weiterging, obwohl er das Funkgerät abgeschaltet hatte.

Da das Treibstofflicht auf voll stand, stellte er die Pumpen ab und warnte Zentz mit einem Sirenenton, ehe er die Ansaugstutzen einholte. Sie rasteten hörbar in die Versenkung – doch von Zentz war nichts zu hören.

Klares Wasser hatten wir, dachte Nevi. *Er hätte gleich nach der ersten Reinigung der Öffnungen wieder an Bord kommen müssen.*

Noch zweimal gab er Alarm, hörte aber nichts. Die Anzeige für das Achterluk leuchtete weiter. Nevi sicherte die Konsole und machte sich auf den Weg zum Heck. Das Lied wurde lauter, deutlicher, und darüber erhob sich ein Durcheinander von Stimmen. Die Haare an seinen Armen stellten sich auf, und Nevi entsicherte seine Las-Waffe, ehe er die Kabine verließ.

Er spürte einen metallischen Geschmack auf der Zunge, einen Geschmack, der von anderen als Angst bezeichnet worden wäre. Er spuckte aus, aber der unangenehme Geschmack blieb.

Das Bewußtsein manifestiert sich unzweifelhaft im Menschen und erweist sich, erschaut in diesem einen Aufstrahlen von Licht, als Träger eines kosmischen Aspekts und folglich als umstrahlt von grenzenlosen Ausdehnungen in Raum und Zeit.

Pierre Teilhard de Chardin
Hymne des Universums

Die Unermeßlichkeit roch Ärger auf dem Wasser, eine große Störung, die von einem der Küstenbestände ausging. Es hatte einen Kampf gegeben, so meldeten die Kelpfetzen. Strömungen hatten plötzlich gewechselt und trugen seltsame Gerüche von Angst und dann abrupt auch von Wonne herbei. Bis jetzt waren die Strömungen nicht wieder in die alten Bahnen zurückgekehrt.

Der kleine Hauch des Todes, den die Unermeßlichkeit mit der Strömung auffing, war menschlichen Ursprungs und ging nicht vom Kelp aus.

Vielleicht ist der Beschneider zurückgeschnitten worden, dachte sie.

Sie streckte die äußeren Blätter küstenwärts, vermochte das benachbarte Beet aber nicht zu erreichen. Nur bruchstückhafte Botschaften trieben mit zahlreichen Blattfetzen herbei. Es waren Scherben, Umrisse, Stücke von Aufzeichnungen – nicht das Einssein, das die Unermeßlichkeit anstrebte, nicht das ›Sprechen‹, das die Menschen untereinander genossen und anderen vorenthielten.

Dann kamen die Menschen. Sie landeten von oben in der Unermeßlichkeit und brachten Traumfetzen des benachbarten Bestandes.

Ja, ihre Heiligkeit, war endlich wieder unter Kelp. Ihre Gegenwart hatte den benachbarten Bestand plötzlich aus seiner Gefangenschaft befreit – ein Bestand, der die Heiligkeit vor fünf Zyklen Flatterys Schlächtern hatte ausliefern müssen.

Was sind das für Leute, die jetzt zu mir gekommen sind?

Nur wenige Menschen wagten sich zum Fischen aus dem Navigationsnetz heraus. Die wenigen organischen Inseln, die auf Pandoras Meeren noch freie Fahrt riskierten, hielten sich gleichermaßen an die gemäßigten Strömungen des Netzes. Fischer, Kundschafter, Menschen, die vor Menschen flohen, ja, ganze Inselstädte waren mehr als einmal von der Unermeßlichkeit geschont worden. Der Mensch, der die Menschen lenkte, trat gegenüber der Unermeßlichkeit allerdings nicht mit gleicher Rücksicht auf.

Obwohl die Menschen sie oft ›Driftbeutel‹ nannten, bewegten sich die Inseln inzwischen auf vorhersehbaren Bahnen. Dafür sorgte die Strömungskontrolle, Sklavenmeister des Kelp. Die Vulkaneruptionen der letzten fünfundzwanzig Zyklen hatten allerdings Stürme heraufbeschworen, wie sie die Unermeßlichkeit noch nicht erlebt hatte, und diese Stürme trugen Inseln in ihre Reichweite. Sie stellte sich die organischen Inseln als Unermeßlichkeit der Menschen vor und schränkte ihre eigene Größe dahingehend ein, daß sie sie vorbeigleiten ließ.

Doch nun kamen die Menschen in ihrem fliegenden Lebewesen und warfen Kelpbrocken in die Lagune der Unermeßlichkeit. Die Unermeßlichkeit entrollte eine Ranke vom Rand der Lagune und beroch den Menschen. Die Aromen verrieten Angst und Tod, und um die ganze Geschichte zu erfahren, würde die Unermeßlichkeit seine Gewebe Stück für Stück aufschlüsseln müssen.

Sie wartete, bis der Mensch das Auswerfen der Kelpstücke beendet hatte, damit sie möglichst viel über ihren Nachbarn erfuhr. Düfte und Berührungen verrieten ihr bereits, daß sie Oddie-Zentz-Mensch vor sich hatte. Während sie Oddie-Zentz-Mensch um die Hüfte packte und zwischen die dichten Stengel zog, wußte es, daß dieser Mensch viele andere Menschen getötet hatte – so viele wie ein Sturm, vielleicht sogar mehr.

Die Unermeßlichkeit hatte einen Großteil ihrer Wachzeit darauf verwendet, sich mit anderem Kelp in Verbindung zu setzen, mit anderen, kleineren Beständen zu verschmelzen. Mehr Kelp war besser, fand sie. Dichter heran war besser. Absolut unverständlich waren ihr Wesen, die Artgenossen umbrachten. Es mußten wirklich kranke Individuen sein, die so etwas taten. Wenn sie ihresgleichen gnadenlos behandelten, würden sie auch anderen gegenüber keine Gnade zeigen. Die Unermeßlichkeit schloß daraus, daß sie ebenso handeln mußte.

Wir Inselmenschen wissen, was Strömungen bedeuten. Wir erkennen, daß Verhältnisse und Zeiten sich verändern. Sich zu verändern ist folglich etwas ganz Normales.

WARD KEEL, *Die Notizbücher*

Beatriz wußte, daß es nicht im Interesse des Hauptmanns war, Mack zu töten, vor allem wenn es Verbindungen zu anderen Streitkräften bodenseits gab. Sie mußte aber endlich damit aufhören, sich vorzustellen, was denn in Hauptmann Broods Interesse liegen würde. Soweit sie feststellen konnte, versuchte Brood aus einer schlechten Entscheidung das Beste zu machen – und traf dabei weitere schlechte Entscheidungen, um seine Spuren zu verwischen. Wenn es so weiterging, würde er nicht mehr lange durchhalten – und er war der Typ, der alle und alles mit sich in die Vernichtung zog.

Sie konzentrierte sich auf die Landkarte, die sie auf dem großen Studioschirm hatte erscheinen lassen, eine drehbare Darstellung Pandoras, in der sie auf Knopfdruck die bevölkerten Gebiete, die Zonen der Landwirtschaft, des Bergbaus und des Fischfangs hervorheben konnte. Auf einen Blick ließ sich feststellen, wo die Fabriken lagen, bodenseits und unter Wasser, wo sich die bescheidenen Wohngebiete befanden, die diesen Produktionsstätten dienten – und von Dienen konnte man in diesem Zusammenhang wirklich sprechen.

Erst heute, nachdem ihr Team ermordet worden war und Bens Warnungen ihr stärker denn je in den Ohren klangen, ging ihr auf, wie sehr das Volk von Pandora, zu dem auch sie gehörte, schon mit seinen Ketten verschmolzen war. Die Menschen waren Sklaven des Hungers und der Manipulation des Hungers – einer besonderen Fähigkeit des Direktors. Er konzentrierte sich auf Nahrungsmittel, Transport und Propaganda. Mit einem Knopfdruck hatte sie die Geographie des Hungers auf dem riesigen Holovisionsschirm erscheinen lassen.

Der größte zusammenhängende Fabrikkomplex über oder unter dem Meer war Kalaloch, das den unersättlichen Bedarf von Flatterys Allschiff-Projekt stillte. Das Gebiet zeigte sich als kleiner schwarzer Mittelpunkt einiger amöbenhaft blauen und gelben Erscheinungen. Diese Wellen stellten die Siedlung dar – blau für das eigentliche Kalaloch, wo alle Wege zum Fährenanleger oder zur *Schlange* führten. Innerhalb des blauen Bereichs lebten die Menschen in barackenartigen Gebäuden oder in Überresten von Inselmensch-Membranenbauten, die am Ufer festgemacht waren.

Das Gelb, ein schwacher Fleck, der vom Blau auszugehen schien, stand für die örtliche Flüchtlingsbevölkerung. Hungernd, ohne Unterkunft, zu schwach, um schwer zu arbeiten, waren diese Menschen auch zu schwach zum Rebellieren. Die Leute des Direktors fuhren täglich zwischen ihnen herum und erwählten die wenigen Glücklichen, die in die Stadt gekarrt wurden, um Pflaster zu säubern, in den Gärten des Direktors Steine aus dem Dung zu lesen oder Unrat durchzuwühlen. Als Lohn erhielt jeder einen Platz in der *Schlange* und ein paar Bissen von einer der hundert Nahrungsmittelverteilungsstellen, die Flattery in der Gegend unterhielt. Sogar die privaten Märkte waren Ableger dieser Verteilungsorganisation – echte Schwarzmarkthändler verschwanden mit bestürzender Regelmäßigkeit.

Der Bereich Kalaloch umfaßte auch die Bucht und ihren Startstützpunkt, die Fabrikzone, das Dorf, Flatterys Sondergebiet und die Horde entstellter Menschen, die sich innerhalb des Perimeters zusammenkauerte, um vor Pandoras Dämonen geschützt zu sein.

Außerhalb dieser Sphäre kannte Beatriz weitere, ähnlich aussehende Siedlungen, vor allem an der Küste. Auch diese kleineren Punkte waren von den Armen der

Ärmsten eingekreist, dasselbe galt für die traditionellen Nahrungsquellen wie landwirtschaftliche Niederlassungen und Fischerdörfer. Trupps der Sicherheitsbehörden erschossen Feldplünderer, Besitzer illegaler Fensterblumenkästen und von Balkon- oder Dachgärten. Sie erschossen ab und zu auch einen Fischer, der so kühn war, eine unlizensierte Leine auszuwerfen. Dies alles hatte ihr Ben erzählt. Sie hatte sogar entsprechende Anzeichen wahrgenommen, sie aber nicht ernst nehmen wollen. Beatriz verdiente sich ihre Essenscoupons auf faire Weise, sie aß gut und fühlte sich wegen des allgegenwärtigen Hungers schuldig genug, um zu glauben, was Flattery ihr vorgebetet hatte – daß nämlich Produktion Arbeitsplätze bedeutete und Arbeitsplätze die Menschen ernährten.

Beinahe zwei Jahre lang hatte sie sich als Reporterin mit Arbeitsplätzen beschäftigt, mit dem arbeitenden Volk und den Leuten, die die Stellen verwalteten. Es war lange her, seit sie den schmutzigen Weg des Hungers beschritten hatte.

Es gibt in letzter Zeit keine neuen Arbeitsplätze mehr, dachte sie, *aber es gibt auch verdammt viel weniger Leute.*

Nun stand sie über allem, gefangen und bekehrt, und hatte nichts zu bieten und alles zu fürchten.

Du sollst geben Leben um Leben, Auge um Auge, Zahn um Zahn, Hand um Hand, Fuß um Fuß, Flamme um Flamme, Wunde um Wunde, Land um Land.

Das Christliche Buch der Toten

Boggs hatte in den zwanzig Jahren seines Lebens nur gehungert, heute aber fühlte sich der Hunger anders an. Als er erwachte, spürte er keine Schmerzen von dem harten Boden, und als er sich den Kopf kratzte, löste sich eine Handvoll Haar. Dies war nicht mehr der Hunger, sondern das Ende des Hungers. Er ließ den Blick über die stillen, verkümmerten Gestalten seiner Angehörigen wandern, die sich unter dem Felsvorsprung zusammenkauerten. Heute würde er ihnen etwas zu essen besorgen – und wenn er dabei ums Leben kam. Denn er würde sowieso sterben.

Boggs war mit offener Lippe, klaffendem Nasenschlitz und Stummelfüßen geboren worden, wie sie für die Familie seines Vaters typisch waren. Seine sechs Brüder zeigten dieselben Entstellungen, doch lebten nur noch zwei von ihnen. Der Vater war ebenfalls tot. Wie Boggs hatten sie von Geburt an den Feind Hunger gekannt. Der mißgestaltete Mund hatte die Nahrungsaufnahme zu einem sinnlosen Geräusch entwertet; was er als Neugeborenes zu saugen versuchte, lief ihm größtenteils über das Kinn. Seine Mutter versuchte mit den Fingern zu retten, was zu retten war, und wischte die Flüssigkeit in den Spalt seines Mundes. Unzählige Male hatte er gesehen, wie sie seine jüngeren Brüder auf die gleiche Weise versorgte.

Vor einer Woche mußte er mitansehen, wie sie den verhungernden Zehnjährigen zu nähren versuchte, obwohl es nicht einmal ein Insekt zu fangen gab. Schon seit zwei Jahren war sie trocken, und sein Bruder starb, in der Hand ein Büschel ausgefallenes orangerotes

Haar. Noch einmal betrachtete Boggs das orangerote Haar in seinen Fingern und warf es mit schwacher Bewegung zur Seite.

»Ich nehme die Leine, Mutter«, sagte er in der melodischen Inselmensch-Sprechweise. »Ich hole uns eine schöne Muree.«

»Du gehst nicht.« Ihre Stimme war trocken und heiser und füllte den winzigen Lebensraum, den sie sich unter dem Vorsprung geschaffen hatten. »Du hast keine Lizenz zum Fischen. Sie werden dich umbringen und die Leine einziehen.«

Sein Vater hatte bei der zuständigen Sicherheitsabteilung um eine Fischereilizenz gebettelt. Es war allgemein bekannt, daß jeden Tag kurzfristige Genehmigungen erteilt wurden und daß manche dafür sogar mit einem Anteil am Fang bezahlten. Der Direktor ließ allerdings jeden Tag nur eine bestimmte Anzahl zu. »Artenerhalt«, nannte er es. »Sonst wird alles leergefischt, und dann hat niemand mehr etwas zu essen.«

»Artenerhalt«, knurrte Boggs vor sich hin. Er beäugte die Leine, die sich Mutter um das Fußgelenk gewickelt hatte. Zwei blanke Haken hingen daran. Es hatte sich noch ein Fasersack für den Köder daran befunden, den die Familie aber schon vor Wochen aufgegessen hatte. Zurück blieben die zehn Meter synthetische Leine und die beiden Metallhaken, die in die Schlaufen gesteckt worden waren.

Boggs kroch neben seine Mutter, bis sein Gesicht auf gleicher Höhe mit dem ihren war. Sie hatte die weit auseinander angeordneten Augenhöhlen ihrer Mutter, und die gleichen hervorstehenden blauen Augen. Ein bleicher Film schien sich über das Blau gelegt zu haben. Wieder zupfte Boggs an seinem Haar und hielt ihr das ausgerupfte Büschel hin.

»Du weißt, was das bedeutet«, sagte er. Das Kriechen, das Sprechen erschöpften ihn, doch irgendwie konnte er weitermachen. »Um mich ist es geschehen.« Er griff ihr ins Haar und konnte ebenfalls eine Locke auszupfen. »Du auch. Schau her!«

Ihre verschleierten Augen richteten sich langsam auf den Beweis, den sie gar nicht mehr brauchte, und sie nickte.

»Nimm sie.« Mehr sagte sie nicht. Sie zog das Knie unter die hagere Brust, und Boggs wickelte ungeschickt die Leine vom Bein.

Dann kroch er unter dem Felsvorsprung hervor. So weit er schauen konnte, krochen überall an der Küste Gestalten aus Löchern, unter Stoff- und Abfallresten hervor. Da und dort wagte eine Rauchwolke die Luft zu verschmutzen.

Boggs machte seinen Stock ausfindig, stemmte sich hoch und stapfte langsam zum Wasser. Eigentlich hatte er angenommen, daß er zum Schwitzen schon zu ausgelaugt sei, doch strömte ihm der Schweiß. Es war zunächst ein kalter Schweiß, doch erwärmte ihn schließlich der anstrengende Weg über Unrat und Sterbende.

Eine niedrige Pier stemmte sich der auflaufenden Flut entgegen. Sie war aus gesprengtem Gestein aufgeschüttet worden, etwa zwanzig Meter lang und fünf oder sechs Meter breit. Die Quartertide ließ einige Brecher über die Steine klatschen und durchnäßte die etwa zwölf lizensierten Fischer, die sich in die Gischt duckten.

Boggs brauchte gut eine halbe Stunde, um die hundert Meter vom Felsvorsprung zum Fuß der Pier zurückzulegen. Obwohl ihm die Augen zu versagen drohten, suchte er das Strandgebiet mit den Blicken ab, um nur ja keine Patrouille zu übersehen.

»Dämonenpatrouille!« brummte er vor sich hin.

Die Vashoner Sicherheitskräfte schickten regelmäßig Patrouillen in die Flüchtlingsgebiete, vorgeblich mit dem Ziel, die Leute vor Haubenhuschern zu schützen – neuerdings auch vor der schrecklichen Plage der Nervenläufer, die aus dem Süden heraufgezogen waren.

Boggs erschauderte bei dem Gedanken. Er hatte in der letzten Saison beobachten können, wie eine Horde Läufer eine Familie attackierte; sie drangen durch die Augen ein und legten ihre schleimigen Eier in den Schädeln ab. Er hatte angenommen, die Familie sei zu schwach zum Schreien – aber das war ein Irrtum. Kein schöner Anblick – und die Patrouille brauchte verdammt viel Zeit, die Ärmsten niederzuflammen.

Jedermann kannte den wirklichen Grund, warum die Beamten den Strand überwachten. Sie sollten verhindern, daß die Leute sich Nahrung verschafften. Der Direktor ließ Gerüchte über Schwarzmarkt-Fischmengen ausgeben, die angeblich die Wirtschaft ganz Pandoras gefährdeten. Boggs hatte von diesen Fängen allerdings noch nie etwas zu sehen bekommen – ebensowenig wie Spuren einer Wirtschaft. Das winzige Radio seiner Mutter übermittelte ihm die Worte – die aber stets nur Worte geblieben waren.

Links von ihm glimmte eine Brandstelle. Drei kleine Holzaschenreste lagen auf einem Ring aus Steinen, der knapp oberhalb der Flutgrenze aufgeschichtet worden war. Die Armen hatten nicht einmal soviel Brennstoff, um ihre Toten einzuäschern. Wenn sich genügend angesammelt hatten, machten sich die Sicherheitspatrouillen einen Spaß daraus, die Leichen mit ihren Flammen-Waffen anzuzünden. Sie nannten es Nervenläufer-Übungen.

Jemand bewachte den Scheiterhaufen auf der anderen Seite der Felsen, und als Boggs sich näher heranschob, erkannte er Silva. Er blieb stehen und kam wieder zu Atem. Silva war ein Mädchen seines Alters und hatte, wenn man den Gerüchten trauen konnte, zwei jüngere Schwestern und einen Bruder im Schlaf getötet. Heute erhob niemand mehr die Hand gegen sie, wie sie da das jämmerliche Feuer versorgte. Boggs hoffte nur, daß sie ihn nicht sehen würde. Er brauchte einen Köder, wußte aber, daß er nicht darum kämpfen konnte.

Er ging auf Hände und Knie nieder und kroch dicht an den Haufen heran. Er langte mit der Hand hinauf und tastete an den heißen Steinen herum, bis er etwas berührte, das sich nicht nach einem Stein anfühlte. Er zerrte daran, zerrte heftig und vermochte ein Stück abzureißen. Das Gebilde war auf einer Seite kalt und auf der anderen heiß und pellte sich ab. Er brachte es nicht fertig, seine Beute anzuschauen. Er griff nach seinem Stab und huschte fort. Silva hatte ihn nicht gesehen.

»Ich bringe ihr einen Fisch«, versprach er. »Ich fange Fisch für Mutter und die Jungs, und einen für Silva.«

Die Quartertiden-Patrouille war nirgends zu sehen. *Sie sind schon durch*, dachte er. *Sie sind schon durch und haben die Lizenzen überprüft, und jetzt schnüffeln sie weiter oben am Strand nach Verstecken.*

Boggs hielt sich abseits der anderen Fischer, die ihn womöglich anzeigten, wenn er Fische fing, die eigentlich ihnen gehörten. Vielleicht würden sie ihm sogar Fang und Leine wegnehmen und ihn zusammenschlagen, wie sie es einmal mit seinem Vater gemacht hatten.

... aber damit werden sie warten, bis ich den Fisch habe, dachte er. *So würde ich es jedenfalls machen.*

Er lehnte sich gegen die Pier, bis er von oben kaum noch zu sehen war, band einen Stein um seine Leine und fädelte von dem verkohlten Klumpen in seiner Hand Köderbrocken auf die Haken.

»Köder ist das«, ermahnte er sich. »Köder, weiter nichts.«

Er hatte nicht die Energie, seinen Köder weit hinauszuwerfen, und ließ ihn etwa ein halbes Dutzend Meter von den Felsen entfernt auf dem Meeresboden liegen. Es war hier tief, so tief, daß der größte Teil seiner Leine verschwunden war. Ab und zu zupfte er daran, um sich zu vergewissern, daß die Leine frei war. Der Köder reichte für zwei, vielleicht drei weitere Versuche.

»Hast du eine Lizenz, Junge?«

Die mürrische Stimme hinter ihm ließ Boggs zusammenfahren, doch war er zu erschöpft, um sich umzudrehen. Er schwieg.

»Wenn du eine Lizenz hast, bist du spät dran. Man bekommt nur eine für den Tag, da darf man keine Minute versäumen.«

Steinchen rollten, als der Mann zu Boggs herunterkam, der sich in eine Felskerbe gesetzt hatte. Der Neuankömmling war hager und bleichhäutig und hatte am Kinn einen schütteren Bart, während der Schädel völlig kahl war; die Haut dort pellte sich ab, und sein Gesicht war von Geschwüren übersät.

»Ich bin auch ein illegaler«, sagte der alte Mann. »Fand, daß das meine einzige Chance wäre. Und du?«

»Ebenso.«

Der Fremde langte an Bogg vorbei, betastete den Köder und legte ihn brummend wieder hin.

»Dasselbe wie ich.«

Die Stimme klang leiser, als bei einem Illegalen angebracht; sie klang beschämt.

Plötzlich straffte sich Boggs' Leine. Sie dehnte sich immer mehr und hätte ihm beinahe den Arm aus den Gelenken gerissen.

»Du hast einen, Junge!« sagte der alte Mann. Vor Erregung steigerte sich seine Stimme, und die gesprungenen Lippen wurden befeuchtet. »Wahrlich, da hast du was. Ich helfe dir ...«

»Nein!«

Boggs wickelte sich die Leine um das Handgelenk und zog sie etwa einen Meter ein.

»Nein. Der Fisch gehört mir!«

Was immer es war – es war groß und kräftig genug, um zum Kämpfen nicht erst an die Oberfläche kommen zu müssen. Boggs gewann aber immer mehr an Raum. Er stemmte seine Stummelfüße gegen einen Stein und legte seinen hageren Rücken in die Leine. Er schätzte, daß er noch etwa zwei Meter einzuholen hatte, konnte aber schon nichts mehr sehen, denn schwarze Flecken tanzten ihm vor den Augen. Er hörte den alten Mann überrascht grunzen und hinter sich das Ufer hochkrabbeln, und als er keine Kraft mehr zum Ziehen hatte, lag Boggs einfach zurückgelehnt da, im Gestein verkeilt, die eingeholte Leine um beide Arme gewickelt.

Plätschernd teilte sich vor ihm das Wasser, und seine unbekannte Beute stürzte sich auf ihn und packte seine Fußgelenke. Es war ein fester, menschlicher Griff. Die Erscheinung lachte.

»Du hast dir wirklich was Großes gefangen, Junge!« knurrte sie. »Kannst du mir deine Lizenz zeigen?« Ein neues Lachen.

»Sind Sie ... Sind Sie von den ...?«

»Sicherheitsbehörden?« fragte die Stimme und zog ihn näher an das Wasser heran, wobei sein dürres Hinterteil an den Felsen aufgeschabt wurde. »Darauf kannst du deinen Hintern verwetten, Jungchen. Zeig mal die Lizenz!«

Hand über Hand zog der Beamte Boggs dichter an sich heran. Dicht vor dem anderen verharrend, sah Boggs das Atemgerät, das am Tauchanzug baumelte, und das schwarze Haar, das an der gewölbten Stirn klebte.

»Du hast keine, nicht wahr?« Der Beamte ergriff Boggs und schüttelte ihn durch, bis jeder Knochen in seinem ausgetrockneten Körper gegeneinanderrasselte. »Nicht wahr?«

»Nein, nein ... Ich ...«

»Du wolltest wohl anderen die Nahrung vom Mund wegstehlen? Du bildest dir ein, das Recht zu haben zu entscheiden, wer da lebt und wer da stirbt. Dieses Recht steht nur dem Direktor zu. Also, Fischköder, ich zeige dir mal, wo die großen Fische sind.«

Mit diesen Worten steckte sich der Mann das Mundstück zwischen die Lippen, drückte den Jungen mit kräftigen Armen an seine Brust und ließ sich rücklings ins Meer fallen.

Das Wasser kribbelte Boggs in der Nase, und er hustete einmal, dann begann er zu würgen, als es in seinen schwachen Lungen zu explodieren schien. Über sich sah er nur Licht, das von der Oberfläche ausging, und die Bläschen aus seinem Mund, die sich mit ihm wie zu einer Büte vereinigten.

Daher töte mit dem Schwert der Weisheit den aus Ignoranz geborenen Zweifel, der in deinem Herzen ruht. Ruhe in Harmonie in dir und erhebe dich, großer Krieger, erhebe dich!

aus *Zavatanische Gespräche mit Avata*,
Queets Twisp der Ältere

Twisp war stumm und Mose murrte vor sich hin, während sie den Sporenstaub der beiden erfüllten Hyflieger in ihre Säcke schaufelten und die Ladungen schließlich in die Oberen Bereiche schafften. Twisp war erst vor kurzem zu den Mönchen zurückgekehrt, die im allgemeinen nicht mißtrauisch waren und sich offenbar an sein Kommen und Gehen gewöhnt hatten. Nur wenige wußten von seiner Arbeit bei den Schatten, doch soweit das überhaupt bekannt war, würde niemand sich einmischen.

Das Blutvergießen weiter unten würde nicht bis zu den Mönchen vordringen, dies lehrte ihn die Erfahrung. Twisp warf seinen Umhang zurück, klappte die Ärmel hoch und genoß den Ausflug in die Sonne. Zumindest für diese wenigen Stunden konnte er die Botschaften und Verschlüsselungen und anderen Zutaten zu seinem geheimen Leben vergessen. Vielleicht mußte er heute noch eine Entscheidung treffen oder einen Befehl geben, der Pandora für immer verändern würde. Bis dahin wollte er Pandoras Sonnenschein und die weiblich wirkenden Brisen der Oberen Regionen genießen.

Er und Mose schwitzten beim Staubsammeln, und an diesem Schweiß klebte der dünne blaue Staub fest. Die Seele Avatas, gebunden in diesem Staub, drang durch seine Poren in ihn ein. Twisps Körper suchte sich einen Weg am Hang hinauf, bekam aber nur wenig mit von den Kelpwegen der Vergangenheit, die sein Verstand durchraste.

Wer die Gegenwart beherrscht, beherrscht die Vergangen-

heit, verkündete eine Stimme in seinem Kopf. *Und wer über die Vergangenheit gebietet, kontrolliert die Zukunft.*

So etwas hatte er schon in den Geschichtsbüchern gelesen, doch hatte er die Worte auch schon aus dem unsichtbaren Mund des Kelp gehört.

Avata beherrscht die Vergangenheit, dachte er. *Er kartographiert die Reise unserer Vergangenheit, unserer genetischen Vergangenheit, und mit Hilfe dieser Karte können wir einen vernünftigen Kurs in die Zukunft festlegen.*

Er schaute zu, wie sich seine Füße voreinander setzten, ohne daß er einen Gedanken daran verwandte. Sie überstiegen scharfes Gestein und wichen einem Flachflügler aus, ohne daß das, was die meisten Leute den Verstand nannten, irgendwie beteiligt war. Es war, als wäre er ein Wesen, das ein anderes Wesen beobachtete – allerdings von innen heraus.

Ein billiges Vergnügen, dachte er und lächelte.

Hinter ihm summte Mose ein Lied, das Twisp nicht kannte. Er fragte sich, welche Wege der Geist des jungen Mönchs wohl beschritte, daß ihm eine solche Melodie einfiel. Aber sein Respekt vor den Träumereien eines anderen war viel zu groß, um danach zu fragen.

Jeder Kontakt mit Kelp oder Sporenstaub hatte Twisp tiefer in die Details des Menschseins geführt, tiefer in seine eigene Vergangenheit. Ja, der Verlust eines geliebten Menschen war schmerzlich – ein Schmerz, der auch nicht geringer wurde, wenn man sich das Ereignis immer wieder vorstellte. Die meisten Erinnerungen erheiterten ihn, etwa wie er zum erstenmal an die Brust seiner Mutter gelegt wurde, der süße Geschmack der Milch und ihre gurrende Stümme über ihm, im Hintergrund das rhythmische Rauschen ihres Inselmensch-Herzens.

Zweimal hatte der Kelp ihn noch tiefer zurückgeführt, in die Vergangenheit seiner Vorfahren, in die Leere, der die Menschheit entsprungen war. Auf diesen Reisen wurde Twisp mehr als nur eine Geschichtsstunde zuteil. Er erlangte Einsichten, die Erkenntnisse weiser Männer und löste sich von weltlichen Machenschaften, wie sie Flattery propagierte. Dies war der Grund, warum der Direktor nach einiger Zeit das Kelpritual in den Hintergrund gedrängt und schließlich ganz verboten hatte.

»Sollen eure Kinder eure geheimsten Gedanken und Sehnsüchte kennen – all die Träume, die ihr innen nicht erzählen konntet?« fragte er.

Dies deutete für Twisp eher auf das Ausmaß von Flatterys Verfolgungswahn hin als auf Gefahren, die durch den Kelp drohten.

Flattery brachte die meisten Pandorer auf seine Seite, zumindest diejenigen, die auf seine Siedlungen und Segnungen angewiesen waren. Daß er schließlich ein Kelp-Neurotoxin isolieren konnte, machte die Menschen noch vorsichtiger. Das von ihm entwickelte Gegenmittel wurde populär, da in vielen überlieferten Berufen der Kontakt mit dem Kelp praktisch unvermeidlich war.

Vielleicht war das aber nur ein Placebo, dachte Twisp. *Die Leute erwarten, daß der Kelp ihren Gehirnen etwas antut – und das tritt dann auch prompt ein.*

Das kurze pandorische Ritual, die Toten dem Kelp zu überantworten, war so gut wie aufgegeben worden. Heute wurden die Leichen verbrannt, ihre Erinnerungen verloren sich mit dem Rauch in alle Winde. Flattery setzte diese Handhabung mit einem einfachen Hygienehinweis durch.

»Verwesende Körper werden an die Küsten geschwemmt«, sagte er. »Unser schmales Watt stinkt nach den Überresten unserer Toten.«

Twisp schüttelte den Kopf, um Flattery daraus zu vertreiben, seine knarrende, nasale Stimme, sein hochmütiges Gehabe. So sah der Weg nicht aus, den er vom Staub gezeigt bekommen wollte. Er erstrebte die tieferen Ströme der Geschichte, die es ihm ermöglichen sollten, sich der Probleme um Flattery und den Hunger annehmen zu können.

»Immer haben die Menschen andere Menschen versklavt«, sagte er vor sich hin. »Eine neue Galaxis setzt da nicht unbedingt eine neue Lösung voraus.«

Wie hatten die Menschen der Urzeit die Fesseln des von Menschen erzeugten Hungers gesprengt?

Mit dem Tod, sagte eine Stimme in seinem Kopf. *Der Tod befreite die Betroffenen – oder der Tod dessen, der sie hungern ließ.*

Twisp wünschte sich etwas Besseres von den Pandorern. Flatterys Methoden waren Hunger, Morde, Kämpfe unter Verwandten. Die Spuren, die Twisp im Staub suchte, mußten von Flattery fortführen, nicht hinter ihm her.

Was würde es nützen, wenn ich wie er würde? Damit würde man einen großgewachsenen Mörder nur gegen einen langarmigen eintauschen.

Als er und Mose die Säcke vor den Mönchen des Hyflieger-Klans absetzten, spürte Twisp kein Verlangen nach dem Ritual. Er schwamm bereits im berauschenden Meer der Kelp-Erinnerungen. Sein Verstand wehrte sich behäbig gegen den vielstimmigen Strom.

Vielstimmig unterhielten sich die Leute ringsum, die den Staub vorbereiteten. Twisp zwang seinen Mund, sich zu entschuldigen, und setzte sich schließlich allein auf seinen Lieblingsfelsen. Hinter ihm gingen Mönche an einer Reihe kniender Zavataner entlang und häuften Prisen blauen Staubs auf ausgestreckte Zungen. Es folgten Gesänge, begleitet von der Wassertrommel, Lieder von der Erde, aus dem Schiff, aus den Jahrhunderten der Reisen über ganz Pandora und seine Meere.

An diesem Punkt, im Nachwirken des blauen Staubes, trafen die Kommunikanten auf die Toten. Sie reisten in der Zeit rückwärts und spulten Erinnerungen ab, die längst versunken waren. Einige vermochten das Leben ihrer Eltern oder Großeltern zu beobachten. Andere, nur einer oder zwei, drangen in das umfassendere Gedächtnis der Menschheit ein und wurden auf diese Weise zu Beratern für die rechten Schritte auf dem Weg des Seins.

Twisp ließ sich vom Synkopenrhythmus der Wassertrommel zu jenem Tag zurückführen, da er zum erstenmal die Auswirkungen des neuen Kelp gespürt hatte. Vor fünfundzwanzig Jahren war er als Gefangener Gelaar Gallows zum erstenmal an Land gekommen. An diesem Tag siegten er und einige Freunde gegen Gallows unsägliche Guerillabewegung und beendeten einen Bürgerkrieg. Es war der Tag, an dem die Hib-Tanks aus der Kreisbahn herunterkamen und ins Wasser klatschten und Flattery auf den Planeten brachten.

Dies alles geschah auf einem Gipfel, den die Pandorer jetzt Berg Avata nannten, in Würdigung der Rolle des Kelp bei ihrer Errettung. Twisp hatte dort auf den vermeintlich sicheren Tod von der Hand Gallows, des Meermensch-Guerillaführers, gewartet. Damals schenkte ihm der Kelp die Vision eines bärtigen Zimmermanns namens Noah. Noah war blind und hielt Twisp fälschlicherweise für seinen Enkel Abimael. Er gab dem hungrigen Twisp süßen Kuchen zu essen, und durch all die Jahre hindurch hatte Twisp die Erinnerung an den feinen Geschmack des klebrigen Gebäcks nicht vergessen.

»Geh in die Archive, schau die Geschichtsbücher durch!« sagte Noah zu ihm.

Genau das hatte Twisp getan und Ehrfurcht empfunden vor Noah, dem Kelp und jenem sonnigen Tag auf dem Berg.

»Unsere neue Arche steht ein für allemal auf trockenem Boden«, sagte Noah. »Wir werden das Meer verlassen.«

Seither hatte Twisp den Kelp gemieden, aus dem Gefühl heraus, daß die Angelegenheiten Pandoras nur die Pandorer etwas angingen und die Angelegenheiten

Twisps nur Twisp. Aber dann begann sich der Direktor in das Leben der Menschen zu drängen. Ihr Leben wurde zu Twisps Leben, ihr Schmerz der seine.

Twisp hatte sich ausgiebig in den Geschichtsbüchern umgesehen und daraus gelernt, und wie jeder Inselmensch holte er die Hungrigen in sein Heim. Dieses Heim wuchs, denn der Hunger dehnte sich aus, auf zwei Häuser, drei Häuser, eine Siedlung. Meinungsverschiedenheiten mit dem Direktor vertrieben die Gruppe in die Oberen Regionen, veranlaßten sie, insgeheim die Felsebenen oberalb der Küste fruchtbar zu machen, unbemerkt von Flatterys Helfershelfern. Nun, umfangen von der Wirkung des Sporenstaubs, erkannte Twisp das feine Netz, das er gesponnen hatte, und seine Stärke.

Während den anderen Staub zugeteilt wurde, meldete sich bei ihm eine leise Stimme. Es war die Stimme der Welt Noahs, eine Stimme, die zu hören er niemals erwartet hatte, auch in seinem Kopf.

»Bekämpfe Hunger mit Nahrung«, forderte die Stimme. »Bekämpfe Dunkelheit mit Licht, Illusion mit Aufklärung.« Es war eine leise Stimme, beinahe ein Flüstern.

»Abimael«, sagte er. »Endlich bist du da. Wie hast du mich gefunden?«

»Durch süßen Kuchenduft«, antwortete Abimael. »Und den starken Ruf eines guten Herzens.«

Twisp tobte wie in Purzelbäumen durch die Kelpwege seines Verstandes und fegte an Abimael vorbei. Er hatte die Zone der Blätter verlassen, den Außenbereich der Ranken; er befand sich am Hauptstengel des Kelp.

Dieser Hyflieger muß einem Großvaterbestand entsprungen sein, dachte er. *Ein Wunder, daß die alten Kelpbeete Flatterys Schergen bisher entgangen sind.*

»Das ist kein Wunder, weiser Mönch, sondern Illusion.«

Die Stimme, die Twisp vernahm, klang nicht von innen heraus. Ihm fiel der junge Mose ein, und er drehte sich langsam um. Erst jetzt bemerkte er Moses Hand auf seinem Arm.

»Auch du bereist diese Ranke, mein Vetter?«

»O ja.«

Moses Lippen bewegten sich nicht. Seine Pupillen verengten und erweiterten sich in schnellem Wechsel, und Twisp machte sich klar, daß die seinen ähnlich reagierten. Einmal hatte er nach Einnahme des Staubs in einen Spiegel geschaut – und war in eine bodenlose Tiefe gesunken, an die er lieber nicht zurückdachte.

»Ich erinnere mich an sie ...«, begann Mose.

Twisp war nur auf das konzentriert, was Mose über Illusionen gesagt hatte, und unterbrach ihn, allerdings ohne die Lippen zu bewegen.

»Du hast von ›Illusion‹ gesprochen«, mahnte Twisp. »Was hat der Kelp dich in bezug auf Illusionen gelehrt?«

»Daß es sich um eine Sprache handelt, die der Hyflieger benutzte, während er an der Ranke wuchs«, antwortete Mose. »Er lernte Illusionen auszustrahlen wie ein Hologramm. Weiser Mönch, wenn du der Ranke dieses Gedankens zu ihrer Wurzel folgst, wirst du die Macht der Illusion erkennen.«

Plötzlich wirbelten Twisps Gedanken einwärts und drangen tiefer in seinem Verstand vor.

Nein, dachte er, *nicht in meinen Verstand. In den Avatas.*

»Ja, hier entlang«, lockte eine weiche Stimme.

Twisp blickte wie aus großer Höhe auf seinen Körper hinab, völlig desinteressiert an seiner äußeren Hülle, dann strebte er tiefer in die Leere.

Was ist Illusion, was ist real? fragte er.

»Was ist eine Landkarte?« antwortete die Stimme. »Ist sie eine Illusion, oder Realität?«

Beides, dachte er. *Sie ist sowohl Realität – etwas, das man festhalten und betasten kann – als auch Illusion – ein Symbol, eine Darstellung. Die Landkarte ist nicht das eigentliche Terrain.*

»Fischer, wenn du ein Boot bauen willst, was tust du als erstes?«

Ich zeichne einen Plan, dachte er.

»Und der Plan ist nicht das Boot, doch er ist real. Es ist ein realer Plan. Was machst du als nächstes?«

Durch Twisps Kopf schwebten Visionen aller Boote, die er gebaut oder in denen er gefischt oder die er sich ersehnt hatte.

Und dann ...

Er versuchte sich zu konzentrieren, versuchte sich zu erinnern, wohin Avata ihn führte.

»Denk nicht darüber nach!« tadelte die Stimme. »Was kommt nach dem Plan?«

Ich baue ein Modell, dachte er.

»Auch das ist noch nicht das Boot. Es ist ein Modell. Eine Illusion, ein Symbol, und es ist real. Wenn du einen Menschen dazu bringen möchtest, auf eine bestimmte Weise zu leben, wie könntest du das erreichen?«

Indem ich ihm das Modell eines Verhaltens vorhalte?

»Vielleicht.«

Indem ich ihm eine Karte seines Lebens zeichne?

»Vielleicht.«

Ein kurzes Schweigen, und in der Pause spürte Twisp den deutlichen Pulsschlag des Meeres. Die Stimme sprach weiter:

»Aber eine Karte, ein Modell – für die gibt es natürliche Grenzen. Wo liegen diese Grenzen?«

Twisp hatte das Gefühl, daß ihm der Verstand aus den Nähten platzte. Avata versuchte etwas in ihn hineinzustopfen, etwas Wichtiges. Wenn er es nur greifen könnte ...

In der Größe!

Ob ihm diese Antwort intuitiv einfiel oder der Kelp sie ausgelöst hatte – die Wirkung war völlig die gleiche.

Die Größe ist es! Von einem Modell kann man niemals rich-

tig ableiten, wie es sich anfühlt, weil man nicht darin leben kann. Man kann es nicht anprobieren!

Twisp spürte ein gewaltiges Seufzen in sich.

»Genau, Freund Twisp. Aber wenn du die Illusion lebensgroß gestalten könntest, wäre die daraus zu gewinnende Lektion ebenfalls lebensgroß, nicht wahr?«

Plötzlich wurde er in seine Sporenstaub-Erinnerungen zurückgestoßen und erlebte das alte Pandora durch die Augen eines seiner blutüberströmten Vorfahren im Klon-Krieg. Er sah die Gewaltigkeit Schiffs den Himmel verdunkeln und hörte jene letzte Botschaft in seinem Kopf widerhallen: »Überrasche Mich, Heilige Leere!« Schiffs Stimme war kein elektronisch-monotoner Widerhall, wie er erwartet hatte, die Stimme klang vielmehr erleichtert, sogar freudig erregt, während Schiff zum Abschied noch einmal vor beiden Sonnen vorbeihuschte und lautlos verschwand. Sie klang ähnlich wie die Stimme, die er immer wieder in seinem Kopf vernommen hatte.

»Ehe Schiff der Heiligen Leere entgegenflog, entledigte es sich unser«, flüsterte Twisp vor sich hin. »Um zu unserer vollen Erfüllung zu kommen, müssen wir lernen, uns unserer selbst zu entledigen.«

Und noch etwas machte ihm in einem Winkel seines Verstandes zu schaffen. Er wußte nicht, ob er es laut aussprach oder nicht, doch war er überzeugt, daß zumindest Mose ihn hörte.

»Wir müssen lernen, Illusionen wie einen Zauber zu verbreiten«, hörte sich Twisp sagen. »Um einen Feind einzufangen, ohne Schaden anzurichten, bedarf es einer sorgfältig gesponnenen Illusion.«

Irgendwo in seinem Kopf vermeinte er ein zustimmendes Brummen wahrzunehmen.

Wir Inselmenschen verstehen etwas von Strömung und Bewegung. Wir wissen, daß sich Umstände und Zeiten ändern. Sich zu ändern ist folglich normal.

WARD KEEL, *Die apokryphen Notizbücher*

In einer Stunde mußten die Nachrichten über den Sender gehen, doch wußte Beatriz längst, daß dieses Team den Termin nicht schaffen würde. Es gab Übermittlungsprobleme, in die man sie nicht einweihen wollte, deren Folgen sie aber auf ihren Bildschirmen bereits verfolgen konnte. Sobald das Band für den Sendestoß nach bodenseits bereit war, zeigte eine Überprüfung, daß daran herumgeändert worden war. Irgend jemand schien die Bearbeiter zu bearbeiten. Im Grunde machte es nichts aus. Leon hatte ihr gesagt, daß der kurze Bericht über das OGZ, den sie vorbereitet hatte, ohnehin nicht zur Genehmigung nach bodenseits übermittelt wurde.

Sie erinnerte sich an einen mehrere Jahre zurückliegenden Vorfall, als sich die Strömungskontrolle noch unter Wasser in einer Anlage der Meermenschen befand. Es wurde gerade eine von Flatterys ›Inspirationsstunden‹ aufgezeichnet, eine propagandistische Plauderei mit dem Volk von Pandora. Alles ging gut, bis gesendet werden sollte.

Der Kelp mischte sich ein, das war damals die einzige Erklärung – eine wenig beliebte Erklärung. Der Kelp störte die Sendung, löschte Teile des Bandes …

Bei der Erinnerung begann es ihr im Nacken zu kribbeln. Beatriz dachte daran, wie der Kelp schließlich die Bänder redigiert und die Chronologie der Sendungen verändert und Bildfolgen und Sprechertexte vertauscht hatte, um Flattery wie einen Dummkopf aussehen zu lassen und die Sendung der Wahrheit näherzubringen.

Mack und ich hatten jede Menge Kelpfasern in das Netz mit eingewoben, dachte sie.

Jede Verzögerung konnte Beatriz nur recht sein. Sie brauchte Zeit, um zu überlegen, wie sie in der Sendung Dinge sagen konnte, die nicht im vorgegebenen Text standen, ohne dabei sich und anderen den Lebensfaden abzuschneiden. Man würde ihr vorsichtshalber wohl nur einen kurzen Auftritt zugestehen, so daß sie im entscheidenden Augenblick das Beste daraus machen mußte. Die meisten Pandorer, sogar die Armen, verfolgten diese Sendungen über Radio. Sie wollte sie alle erreichen. Hoffentlich war ihre Annahme, daß der Kelp auf ihrer Seite stehe, nicht nur eine hysterische Vermutung.

Wenn da ein Staatsstreich im Gange ist, wer steckt dahinter? fragte sie sich.

Sie zählte die in Frage kommenden Kandidaten ab: einige Vorstandsmitglieder der Meermensch-Handelsliga, die Schatten, vertriebene Inselmenschen, Brood – der vermutlich im Auftrag eines anderen Drahtziehers in den Vashoner Sicherheitskräften handelte ...

Vielleicht auch die Zavataner, überlegte sie. Allerdings lagen solche Dinge eigentlich nicht auf der Linie der Mönche. Auf politischen Ärger reagierten sie, indem sie sich tiefer eingruben, indem sie sich noch höher in die Oberen Bereiche oder die erstaunlichen Regionen jenseits der Küste zurückzogen.

Brood ist Opportunist, sagte sich Beatriz. *Die Morde in der Startstation sind ein Fehler gewesen, aus dem er nun das Beste zu machen versucht. Wenn da wirklich ein organisierter Coup im Gange ist, wird er abwarten und sich auf die Seite dessen schlagen, der wie der Sieger aussieht.*

Beatriz machte sich klar, daß Flattery keine Freunde und verdammt wenige Verbündete hatte. Jeder hatte gute Gründe, ihn zu hassen. Er war nach Pandora gekommen und hatte den großen Retter gespielt, als der Planet sich gegen seine Bevölkerung stellte – und stellte sich nun seinerseits gegen die Menschen.

»Ich bin euer Psychiater-Geistlicher«, hatte er verkündet. »Ich kann eure Welt umbauen und euch alle retten. Eure Kinder haben etwas Besseres verdient.«

Warum haben ihm alle geglaubt?

Ihre Jahre in der Holovisions-Organisation lieferten die Antwort. Flattery war täglich auf Sendung, entweder persönlich oder durch seine ›Motivierungs-Serie‹, eine Reihe von Bändern, deren Propagandazweck ihr erst jetzt aufging. Sie selbst hatte bei der Produktion mehrerer Sendungen mitgewirkt, einschließlich ihrer jüngsten flotten Präsentationen zum Allschiff. Die Menschen glaubten ihm, weil Flattery sie viel zu sehr in Atem hielt, um ihnen Gelegenheit zum Zweifeln zu lassen.

Flattery war zum schlimmsten Dämon in einer Welt voller Dämonen geworden – nur war er ein Mensch. Und noch schlimmer: Er war ein *reiner* Mensch, ohne die Kelpgene und sonstigen genetischen Eingriffe, die die Pandorer hatten erdulden müssen. Zum erstenmal schaute Beatriz tiefer. Flattery erreichte seine Ziele mit Hilfe der anderen, mit ihrer, Beatriz', Hilfe. Obwohl sie in der Falle saß, freute es sie, daß Broods Männer offenbar kein klares Signal bodenseits absetzen konnten. Vielleicht wurde sie doch noch gebraucht.

Wenn ich die Sendung wie geschrieben abliefere, helfe ich ihm wieder.

Und wobei half sie ihm? Sie half ihm nicht, eine Welt zu retten, die geologisch wie sozial im Umbruch war. Sie half ihm nicht, heimatlose Inselmenschen umzusiedeln, deren organische Städte an den Felsen der neuen Kontinente zerschellt waren, oder Meermenschen zu retten, deren Unterwassersiedlungen den jüngsten Aufbäumungen des Meeresbodens zum Opfer gefallen waren.

Ich helfe ihm bei der Flucht, dachte Beatriz. *Er baut dieses metallene Ei nicht, um die umliegenden Sterne zu erkunden. Es soll sein persönliches Rettungsboot sein.*

Sie fluchte leise vor sich hin und schlug mit der Faust auf ihre Konsole, aber nur ganz vorsichtig. Vielleicht brauchte sie sie noch. Das Glas des Bildschirms spiegelte das Bild einer Frau, die sie nicht erkannte. Das Haar war schwarz, zottig-kurzgeschnitten wie das ihre, doch waren die furchtsam blickenden braunen Augen ihres Abbilds blutunterlaufen und von zwei dunklen Senken umgeben, die ihr Angst machten. Die Nase war rot angelaufen, und im Vergleich zu dem dunklen Haar wirkte ihr Gesicht krankhaft bleich. Automatisch wollte sie eine Kom-Verbindung zu ihrem Make-up-Mädchen herstellen, hielt dann aber inne. Nephertiti würde ihr nie wieder das Haar kämmen, ihr beim Countdown nie wieder ins Ohr flüstern: »Sie sind toll, B. Machen Sie sie fertig!«

Wieder ballte sie verzweifelt die Faust und setzte sie auf die Konsole. Leon schaute zu ihr herüber, konzentrierte sich dann aber wieder auf das Übertragungsproblem zur bodenseitigen Station. Er und seine Kollegen waren mit der Null-Schwerkraft an der Achse des Orbiters nicht vertraut und schienen verärgert über jede Aufgabe, die eine Bewegung erforderte.

Beatriz wußte, daß sie auch Brood helfen würde, wenn sie sich an das Script hielt – und das war mehr, als sie ertragen konnte. Er beaufsichtigte den Einbau des OGZ in seine Krypta an Bord des Allschiffes und war daher erfreulicherweise nicht in Sicht. Wenn Leon den störenden Einfluß auf dem Stoß-Sendekanal nicht umgehen konnte, würde der Hauptmann zurückkommen – und er würde wütend sein. Es war ihr zuwider, sich Brood vorzustellen, wie er die Beherrschung verlor.

Zwerg MacIntosh war ein normaler Mensch, ein blauäugiger Klon aus der Hib, und Beatriz war ein nahezu normaler Inselmensch. In den letzten Generationen hatten sich die Mutationen abgeflacht, so daß die meisten Inselmenschen so normal aussahen wie MacIntosh und Flattery, auch wenn sie meistens kleiner und dunkelhaariger waren. Das Äußere hatte im Leben der Pandorer von Anfang an eine bestimmte Rolle gespielt.

Flattery ist nicht normal, dachte sie. *Sein Verstand ist eine Mutation, eine Scheußlichkeit. Kein Mensch sollte seinesgleichen so niedermachen.*

Sie kannte die Geschichte der erdseitigen Sklaverei, außerdem mußten Mitglieder ihrer eigenen Familie mit den Spätfolgen der genetischen Sklaverei Jesus Lewis' fertigwerden. Endlich begriff sie Bens Anschuldigung, daß Flattery Pandora versklavt habe, Meermenschen und Inselmenschen gleichermaßen, und daß sein Würgegriff stetig fester würde, während die Menschen immer mehr hungerten.

Die letzten fünfundzwanzig Jahre hatten eine endlose Kette von Katastrophen gebracht, die den ganzen Planeten erfaßten und immer schlimmer wurden: Entlang einer Kelpwurzelreihe war der Meeresboden aufgebrochen und hatte den ersten Streifen Land gebildet. Weitere Brüche traten ein, immer an den riesigen Wurzeln der Kelpbeete. Die entsprechenden Erschütterungen zerstörten Dutzende von Meermensch-Siedlungen unter Wasser und führten dazu, daß die meisten schwimmenden organischen Städte der Inselmenschen – darunter auch Beatriz' Heimat – sanken oder absichtlich auf Grund gesteuert wurden. Flüchtlinge strömten zu Tausenden in die primitiven Küstensiedlungen und mußten es nach fast drei Jahrhunderten auf oder unter dem Meer neu lernen, sich an Land durchzuschlagen. Flattery hatte diese Last nicht verringert, sondern eher noch größer gemacht.

»Der ganze Planet versucht uns umzubringen«, hatte Mack ihr beim ersten Gespräch gesagt. »Wir brauchen ihm dabei gar nicht zu helfen.«

Aber Mack unternahm nichts gegen Flattery. Er verwendete all seine Tagesstunden und auch einen Großteil seiner Freizeit darauf, den Orbiter als Absprungsstation zu den Sternen zu vervollkommnen. Dies tat er, während er die Strömungskontrolle leitete und sich dabei zum größten Fachmann über den rätselhaftesten Bewohner der Welt, den Kelp, entwickelte. Um seine Prioritäten zu erklären, argumentierte er rückwärts.

»Wir brauchen die Strömungskontrolle«, sagte er. »Der Kelp ist faszinierend, aber die Wirklichkeit fordert, daß wir unseren Nachschub an Vorräten durch ihn hindurch leiten, damit keine Menschen sterben müssen. Die Kontrolle des Kelp erleichtert dieses Projekt, sie erleichtert das Leben, sie garantiert Ergebnisse.«

Etwa um die Zeit erfand er die Netzhauptsteuerung, die den ausgedehnten Unterwasser-Gebäudekomplex der Meermensch-Strömungskontrolle umging und es gestattete, das Hauptnetz vom Weltraum aus zu lenken. Der Meermensch-Komplex war schwer beschädigt worden, enthielt aber nach wie vor die Hardware und installierte neue Netze. Mit der Netzhauptsteuerung konnte eine Person sämtliche Kelpwege in der reichsten pandorischen Hemisphäre regeln.

Vor zwei Jahren, als die Netzhauptsteuerung on-line geschaltet wurde, hatte Beatriz als besonderer Gast neben Mack gestanden. Obwohl sie offiziell von Holovision zu diesem Ereignis abgeordnet worden war, wünschte sich Beatriz, daß sich Mack bei seiner Einladung nicht nur von dienstlichen Überlegungen hatte leiten lassen. Es war unverkennbar, daß seine blauen Augen bei ihrem Anblick aufleuchteten, und schon hatten Mack und Beatriz lange nächtliche Schwebeausflüge durch die Nabe des Orbiters gemacht und sich in den Netzen ausgeruht. Was mit gelegentlichen absichtlichen Händeberührungen begonnen hatte, war bald zu einer ausgeprägten Liebesbeziehung geworden.

Ich hoffe, wir bekommen noch eine Chance, dachte sie und seufzte, damit keine Tränen kamen.

Ein rotes Aufblitzen über dem Luk ließ sie zusammenfahren. Dieses Licht diente im Studio als Türglocke und leuchtete gleichzeitig an jeder Konsole auf. Es war üblich, das Studio während der Aufzeichnungen zu verschließen.

Jemand will rein.

Wer immer da Einlaß begehrte, gehörte nicht zu Broods Männern. Dies entnahm sie der Angst, die auf Leons Gesicht erschien.

Mack, dachte sie. *Er muß es sein!*

»Keine Bewegung!« befahl Leon. Er ließ seine Gurte aufschnappen und deutete drohend mit dem Finger auf Beatriz. »Ich regle das. Ihr Text muß gleich auf dem Bildschirm erscheinen. Die üblichen Einsätze. Ich bin Studioregisseur, und Sie werden meinen Zeichen *unbedingt* Folge leisten.«

Er hangelte sich zum Luk, stöpselte seinen Kopfhörer ein und drückte die Interkom-Taste.

»Wir machen eine Aufnahme«, verkündete er. »Hier darf nur Studiopersonal herein.«

Beatriz hielt den Atem an. Obwohl man die Türen bei Aufzeichnungen und Life-Sendungen schloß, hatte Holovision Zuschauer bisher stets zugelassen. Vielen Arbeitern an Bord des Orbiters machte es Spaß, das Team bei der Arbeit zu beobachten, und bis jetzt war noch niemand zurückgewiesen worden.

»Hier Spud Soleus.« Die hohe Stimme ertönte auf typische Weise in ihrem Kopfhörer und rang ihr ein Lächeln ab. »Von der Strömungskontrolle. Wir haben drüben eine Notsituation. Dr. MacIntosh muß sofort mit Beatriz Tatoosh sprechen.«

Sie spürte ein Ziehen in der Brust. Farbe stieg ihr ins Gesicht, ihre Handflächen waren feucht.

»Sie muß gleich live auftreten. Sagen Sie Dr. MacIntosh, daß es jetzt nicht geht.«

»Die Sache duldet keinen Aufschub. Unsere Stoß-Sendeleitung ist unterbrochen, und ein Teil des Netzes klinkt sich aus.«

»Wir haben unsere Anweisungen«, sagte Leon, doch

war ein Stocken in seiner Stimme. »Vielleicht könnten Sie nach der Sendung ...«

»Dr. MacIntosh führt hier im Orbiter das Kommando«, beharrte Soleus. »Er hat direkte Anweisung von Flattery, das Netz *sofort* wiederherzustellen. Wir brauchen Ihre Stoßleitung für eine Übermittlung. Wir brauchen Beatriz Tatoosh zur Beratung. Ich muß Sie darauf aufmerksam machen, daß alle Energiezuleitungen durch die Strömungskontrolle führen und wir Sie jederzeit abschalten können.«

»Moment mal«, sagte Leon in besänftigendem Ton. »Ich will sehen, was wir tun können.«

Er schaltete den Interkom ab und preßte die Stirn gegen die Wandung.

»Scheiße!« sagte er und knallte den Kopf gegen den Plastahl. Sein Kopfhörer verhinderte, daß er purzelbaumschießend durch die Kabine wirbelte. »Scheiße!«

Eins zu Null für Spud! dachte Beatriz. Er hatte Leon wegen der Schaltungen belogen. Es führten zwar einige, aber nicht alle Zuleitungen durch die Strömungskontrolle. Sie und MacIntosh hatten das Studio eingerichtet, und niemand kannte es besser. Aber das konnte Leon nicht wissen. Außerdem hatte er schon genug Probleme und wagte nicht ohne Broods Befehl zu handeln. Er konnte seinen Vorgesetzten nicht alarmieren, ohne den ganzen Orbiter aufzuscheuchen.

Beatriz' Herz klopfte heftig, und sie wischte sich die feuchten Handflächen an ihrer Hose ab. Trotz der Gefahr, in der sie schwebte, genoß sie Leons Dilemma.

Laß sie ordentlich zappeln! dachte sie.

»Niemand kommt hier rein, bis ...«

»Wir können mit unserer Trägerfrequenz auf Ihrer Stoßleitung senden«, sagte Spud. »Dabei brauchen wir Ihnen gar nicht ins Gehege zu kommen. Dr. MacIntosh führt hier das Kommando, und er hat gesagt ...«

Leon schaltete aus, entstöpselte seinen Kopfhörer und schwebte zu seinem Bearbeitungsplatz zurück. Dabei prallte er haltlos gegen die beiden anderen Techniker. Die drei entflochten Arme und Beine und Kabel und steckten dann die Köpfe zu einer hitzigen Diskussion zusammen.

Beatriz legte die zwei Meter zum Luk zurück und stöpselte ihren Kopfhörer ein. Sie aktivierte erneut das Interkom und ließ den Hörer nur wenige Meter entfernt neben dem Luk in der Luft hängen. Niemand beachtete sie, und nach wenigen Sekunden war es geschehen.

An die Konsole zurückgekehrt, öffnete Beatriz ihre Kom-Leitung und wählte Macks Nummer. An den Konsolen der Bearbeitungsplätze leuchteten entsprechende Signale auf, das wußte sie. Wie erwartet sauste Leon herbei und konfrontierte sie mit zorngerötetem Gesicht.

»Ich hab' Ihnen gesagt, Sie sollen keine Sperenzchen machen!« fauchte Leon. Plötzlich war er nicht mehr der bescheidene Videotechniker, sondern Offizier eines Angriffstrupps der Sicherheitsbehörden, ein Mann, der in der Klemme steckte.

»Ich würde Ihnen die Scheiße aus dem Leib prügeln, wenn wir nicht Ihr hübsches Gesicht brauchten! Wir haben nämlich einen Alternativplan, Schwester! Wenn Sie so etwas noch einmal versuchen, gibt's 'ne hübsche Gratisreise zur Shuttle-Schleuse hinaus – begriffen?«

Zum erstenmal an diesem Tag mußte Beatriz ein Lächeln unterdrücken. Er hatte sie angebrüllt – etwas, das nirgendwo im Orbiter gehört worden wäre, wenn sie nicht eben das Interkom eingeschaltet und den Kopfhörer mit Mikro eingestöpselt hätte, der dicht neben Leon schwebte. Sie brauchte kein großes schauspielerisches Talent, um das Entsetzen deutlich zu machen, das sie seit dem Erwachen schon mehrfach empfunden hatte.

»Ich tue, was Sie sagen«, antwortete sie und sprach so laut, wie sie es für vertretbar hielt. »Ich möchte nicht sterben wie die anderen. Ich tue, was Sie sagen!«

Leon schwebte zu seinen Gefährten zurück, doch ehe

er sie erreichte, gellten vier gedehnte Töne aus der Sirene über dem Luk – Großalarm.

Beatriz war erschrocken über den Krach, innerlich aber außer sich vor Freude. Sie kannte das Signal von früheren Übungen. Die vier Töne bedeuteten: »Feuer! Gesamtabteilung Sektor Strömungskontrolle.« In diesem Sektor lag auch das Holovisions-Studio.

Während Leon und die anderen im Studio herumirrten und sich gegenseitig fragten: »Was ist los?« flüsterte Beatriz: »Spud, ich liebe dich!«

Wie jedes andere Lebewesen scheut auch die Macht keine Mühen, sich zu erhalten.

WARD KEEL, *Die apokryphen Notizbücher*

Als Rico durch das Luk in die Kombüse wechselte, erblickte er sofort Crista Galli, die mit offenen Augen reglos in ihren Gurten am Plas hing. Ihre Pupillen pulsierten mit einem grünen Schimmer, der Rico bisher noch nicht aufgefallen war, aber er ahnte sofort, daß er nicht dieser Welt entsprang. Er unterdrückte den Impuls, zu fliehen und das Luk hinter sich zuzuknallen.

Ben lag ausgestreckt auf dem Deck neben ihr; mit einer Hand umfaßte er ihr Fußgelenk, und seine Beine zitterten wie die eines Kindes, das von Alpträumen heimgesucht wird. Für Rico war die Szene wie ein Alptraum.

»Ben!« rief er vom Luk, aber der andere reagierte nicht. Er eilte an die Seite seines besten Freundes und erkannte, daß auch Ben die Augen aufgerissen hatte. Beide atmeten; Crista hatte den Kopf ein wenig nach vorn geneigt und gurgelte bei jedem Atemzug leise. Rico dachte an die Warnungen der Einsatzzentrale und berührte keinen der beiden.

»Scheiße«, rief er und begann in seiner linken Brusttasche nach einer Schnellspritze zu suchen. Dabei handelte es sich um eine rote Ampulle etwa so groß wie ein Fingernagel. An einem Ende ragten zwei Nadeln hervor, die in einer Plastikhülle steckten. Er schleuderte den Deckel durch die Kombüse und hielt die Spitzen behutsam von sich fort.

»Verdammt, Ben, die Einsatzzentrale hat gleich gesagt, daß das Gift aktiv werden könnte, wenn sie naß wird.«

Die Injektion war auf sein Körpergewicht abgestellt; er hatte gehofft, sie nie zu brauchen. Mit kurzer, heftiger Bewegung stach er Ben die Nadeln in den Oberschenkel.

»Hör nicht auf zu atmen, Mann!« flehte Rico. »Hör nicht auf zu atmen!«

Dann wandte er sich zu Crista Galli um und versuchte den Zorn zu bändigen, der plötzlich in seiner Brust aufwallte, eine Regung, die mehr Frustration als Haß entsprang – doch kannte sein Körper den Unterschied nicht.

Wenn sie ihn umgebracht hat ...

Der bessere Teil seines Verstandes ließ ihn den Gadenken nicht zu Ende bringen.

Ein gepreßtes Stöhnen entrang sich Cristas Hals, ein unirdisches Stöhnen, bei dem sich Rico die Nackenhaare sträubten.

»Crista? Können Sie mich hören?«

Rico erkannte, daß die Frau sich geringfügig bewegen konnte. Mit einer Geste der Hilflosigkeit drehte sie die Handflächen nach außen und versuchte Worte zu bilden, die aber nicht über ihre Lippen kamen.

»Flattery ...«

Das Wort war kaum zu verstehen. Noch immer blickte sie starr geradeaus und beendete ihre Anstrengung in einer verträumten Zeitlupensprechweise:

»... Betäubungs ... mittel.«

»Flattery hat Ihnen Mittel eingegeben?«

Langsam senkte sie einmal die Lider.

»Er hat Ihnen etwas gegeben, um Ihren Körper giftig zu machen? Der Effekt kommt nicht vom Kelp?«

Wieder das langsame Blinzeln und ein kaum sichtbares Nicken.

Die *Fliegender Fisch* machte einen Hüpfer, der Rico über das Deck schleuderte. Er griff nach einem Halt und preßte sich gegen das Schott, während das Tragflächenboot auf die Seite rollte und sich wieder aufrichtete.

Die Metallhülle des Bootes kreischte, als wäre sie zum Zerreißen gespannt, und verstummte wieder.

Der Kelp zerpfückt uns, dachte er. *Er weiß, daß sie an Bord ist!*

Crista war angebunden, wie Ben sie offenbar zurückgelassen hatte, durchnäßt, die Verkleidung abgelegt. Rico begab sich mit einem Riesensatz zur Couch neben ihr und schnallte sich an, bis das Boot sich wieder aufrichtete und alle Geräusche verstummten. Es war, als hätte der Kelp einen letzten konvulsivischen Impuls loswerden müssen, ehe er sich entspannte.

Rico überprüfte Ben so gut es ging, ohne ihn zu berühren. Er atmete mühelos und hatte eine gesunde Gesichtsfarbe. Seine rechte Hand bewegte sich langsam auf Crista zu, und Rico hielt das für ein gutes Zeichen. Vorsichtig öffnete er Bens linke Brusttasche und nahm die andere Schnellspritze für Crista heraus. Ihre Lider bewegten sich heftig auf und nieder – eine Bewegung, die gewollt zu sein schien. Dazu hoben sich Fingerspitzen der linken Hand ein wenig, als wollten sie ihn fortschieben.

Rico zögerte mit der Injektion, und das Lidflattern hörte auf.

Was ist, wenn das nicht ... das Kribbeln ist? überlegte er. Die Einsatzzentrale hatte gewarnt, daß das Gegenmittel tödlich wirken könnte, wenn es unnötigerweise gespritzt wurde. Vielleicht war es für Crista Galli in jedem Falle tödlich.

Wenn Flattery ihr etwas gegeben hat, ist ihr Körper vielleicht wirklich anders, dachte er. *Womöglich würde das Gegenmittel sie ... töten.*

Er war in Versuchung, trotzdem weiterzumachen – nach allem, was sie ihrem Partner angetan hatte. Niemand würde es erfahren, nicht einmal Ben. Er hob die Spritze, und sofort begannen die Lider wieder zu flattern und die Finger ihre schiebenden Bewegungen zu machen.

Flattery würde sich allerdings freuen, überlegte er. *Ihm wäre nichts lieber, als der Welt berichten zu müssen, daß Ihre Heiligkeit Crista Galli in der Gewalt der Schatten umgekommen ist.*

Plötzlich spulte sich das ganze Märchen in seinem Kopf ab, deutlich sichtbar gegen ein helles Licht, das das Plas der Kombüse zu erhellen begann.

»Natürlich!« sagte er zu Crista. »Das ist ja auch sinnvoll. Er hat Sie voller Gift gepumpt, damit niemand an sie herankam. Dann ging er damit an die Öffentlichkeit und behauptete, Ihre ... Ihre Beziehung zum Kelp sei daran schuld – habe ich recht?«

Wieder das kaum sichtbare Nicken und das langsame Blinzeln. Sie wirkte erleichtert und entspannt, was wohl kaum an dem in ihr wirkenden Gift liegen konnte.

Ein greller Lichtblitz erfüllte die Kombüse, und das Tragflügelboot begann rhythmisch hin und her zu schaukeln. Es lag an der Wasseroberfläche, und Elvira würde hinaus müssen, um den Ansaugstutzen zu säubern. Bei jedem Ruck entrang sich Cristas Kehle ein leiser Schrei, und Tränen liefen ihr über die Wangen. Zum erstenmal spürte Rico den Impuls, sie zu trösten, und begann zu ahnen, wie sehr Flattery sie ausgenutzt hatte, wie schrecklich und abgeschirmt ihr Leben im Sondergebiet gewesen sein mußte.

Sie war eine Kuriosität, eine Gefangene, dachte er, *und er hat aus ihr ein Ungeheuer gemacht.*

»Ist Ihnen schon mal so zumute gewesen ... ehe Flattery Ihnen Mittel gab?«

Die Augen bewegten sich seitlich hin und her.

»Er muß angenommen haben, Ihre Gifte würden uns töten. Damit hätte er Sie zurückgewonnen und wäre gleichzeitig der große Held, der die Welt vor den von Ihnen ausgehenden Gefahren gewarnt hatte. Und wenn ich Ihnen diese Injektion gäbe ...« – sorgfältig verstaute er die ungeöffnete Ampulle in seiner Tasche –, »würden Sie sterben, und er würde der Welt erzählen, wir hätten Sie getötet. Das müßte die Welt gegen uns aufbringen ...«

Sie blinzelte zustimmend; gleichzeitig begann Ben zu stöhnen.

Wieder meldete sich das Interkom, und Elvira fragte: »Rico, ist alles in Ordnung?«

Ben versuchte zu sprechen, gab dann aber auf und brachte ein schwaches Nicken zustande. Crista nickte ebenfalls und preßte ein gedehntes »Jaaa« hervor.

»Zeit für die Schnellinjektion«, sagte Rico ins Interkom. »Es geht ihnen nicht toll, aber sie kommen langsam durch. Du kannst im Augenblick nur auf mich rechnen. Willst du ein bißchen schwimmen gehen?«

»Ja, darum geht's mir. Du übernimmst solange das Steuer.«

»Schon unterwegs«, antwortete er und vergewisserte sich, daß Crista und Ben sich nicht verletzen konnten.

»Ich lasse das Interkom offen«, sagte er zu den beiden. »Sagt ab und zu etwas zu mir, auch wenn's nur ein Knurren ist. Okay? Ich komme zurück, sobald Elvira draußen fertig ist.«

Wieder hob Crista die Fingerspitzen und entrang sich einige Worte: »Kelp ... glücklich.«

»Der Kelp ist glücklich?« Rico warf die Hände hoch und schlug einen sarkastischen Ton an: »Dann bin ich auch glücklich. Zum Teufel, woher wissen Sie das?«

Sie hob die Handfläche, als wolle sie die Achseln zukken.

»Frei-heit«, sagte sie und wiederholte das Wort langsam: »Frei-heit.«

Rico schaute durch das Plas und erblickte ein unendlich scheinendes Kelpfeld, das frei im Schein der beiden untergehenden Sonnen schwankte. Alki, die kleine und ferne Sonne, hatte vor beinahe einem Jahr langsam zu pulsieren begonnen und zeigte diesen Effekt auch jetzt. Eine große, sehr schwarze Wolke trieb vom Meer herein. Da und dort hob sich träge eine Kelpranke und fiel klatschend wieder ins Wasser.

Wie ein Wot in einer Badewanne, dachte Rico.

Noch nie hatte er den Kelp so spielen sehen.

»Ich hoffe, Sie haben recht«, sagte er. »Ich hoffe wirklich, daß Sie recht haben. Das würde uns dann das Leben sehr erleichtern – und es Flatterys Leuten erschweren.«

Er wehrte den Impuls ab, Crista und Ben auf die Schultern zu klopfen.

»Wir schaffen dich hier heraus, Kumpel«, sagte er zu Ben.

Er sprach unentwegt weiter, mehr zu sich selbst als zu Ben, während er durch das Luk zu den Kontrollen zurückeilte. Auch als er dann die Instrumente überprüfte, redete er, weniger um seinen Partner zu beruhigen, als sich selbst.

»Es widerstrebt mir, so etwas zu sagen«, plauderte er, »aber ich glaube, die Strömungskontrolle hat uns gerettet. Der Kelp hatte uns hier heruntergezogen, wo immer dieses *Hier* liegen mag, und wollte schon mit seinen riesigen Ranken an unserer Kabine zerren. Die Strömungskontrolle hat sich unterdessen wohl bemüht, den ursprünglichen Kanal zurückzuholen, weil der Kelp sich offenbar gegen irgendeinen Impuls wehrte. Entweder ist oben eine Sicherung rausgeflogen, oder man hat dem Kelp absichtlich seinen Willen gelassen. Wie auch immer – es war jedenfalls das richtige Mittel.«

Er setzte die Instrumentenüberprüfung fort.

»Der elektrische Impuls, der durch den Kelp ging, muß unser Navkom-System über den Haufen geworfen haben«, plapperte Rico. »Alles andere sieht ganz in Ordnung aus. Ich habe die Kühlleitungen zur Kombüse unterbrochen, um das Leck abzuschotten, damit nicht noch woanders etwas platzt. Zwischen den Maschinen könnte euch beiden ein bißchen warm werden. Sobald wir zum Flug gestartet sind, denke ich mir eine Methode aus, euch beide hier heraufzuholen.«

Er beendete den Check und erkannte, daß der Weg durch die Luft versperrt war. Es sei denn, Elvira konnte die hydraulische Anlage nachbauen, die die Wasserflügel einzog und die Luftflügel ausklappen ließ.

Das braucht Ben jetzt nicht zu wissen, dachte er. *Und mir wäre wohler, wenn ich es nicht wüßte.*

»Sag etwas, Kumpel. Irgend etwas.«

»Rico ... okay.«

Ben sprach laut und deutlich, wenn auch überaus langsam, und Rico mußte lächeln. Er spürte, wie Elvira den Kelp aus den Ansaugstutzen zerrte, und probierte noch einmal das Navkom. Der Apparat blieb stumm, nicht das geringste statische Geräusch tönte aus den Lautsprechern.

»Es zieht eine Störung auf«, sagte er zu Ben. »Mach dich darauf gefaßt, daß es gleich wieder lebhafter zugeht.«

Er wollte den beiden nicht sagen, wie lebhaft es zu werden versprach, denn das Boot konnte nicht mehr über den Sturm hinweghüpfen. Ohne Navkom und umgeben von Kelp, der den Ozean verklebte, soweit das Auge reichte, wollte sich nicht einmal Rico ausmalen, wie lebhaft es noch werden konnte.

Wer den Verstand oder sein Sinnbild angreift, gefährdet die Matrix der ganzen Menschheit.

Ward Keel, *Die apokryphen Notizbücher*

Während er Crista unter dem sprühenden Kombüsenleck Haare und Wange streichelte, hatte Ben das Abblasen von Ballast gehört. Er erinnerte sich, daß es salzig geschmeckt hatte, als seine Lippen ihr Haar streiften. Der Salzgeschmack vom inneren Deck hatte ihm gleich verraten, daß es sich um ein geplatztes Kühlrohr handeln mußte, in dem wiederverwendetes Meerwasser kreiste – problemlos, da sie ja im Auftauchen begriffen waren.

Er wußte noch, daß er und Crista sich lachend unterhalten hatten, als sein Oberkörper plötzlich zu kribbeln begann. Plötzlich konnte er Hals und Kopf nicht mehr frei bewegen. Ben wollte schreien, doch funktionierten Mund und Kehle nicht mehr. Crista sank schlaff in die Gurte, die Augen angstvoll aufgerissen, die grüne Irisfarbe beinahe blau verdunkelt.

O nein, hatte er gedacht. *O nein, sie hatten recht!*

Mit ruckhaften, spastischen Bewegungen fiel er gegen Crista, sank über ihre Beine. Sie hatte einen Überraschungsschrei ausgestoßen, ohne sich allerdings zu wehren. Ben sah, daß sie gar nichts hätte unternehmen können. Das Unbekannte, das ihm widerfuhr, hatte auch sie in der Gewalt. Sein Vorteil war die größere Körpermasse, das Mehr an Muskeln, so daß sein Körper sich länger dagegen wehrte, aus dem Verkehr gezogen zu werden.

Er wollte sich an Cristas Gurten hochziehen, doch verwandelten sich die Hände an den Enden seiner Arme in zwei schwere Felsbrocken. Abrupt brach er zusammen und prallte dabei gegen sie. Er vermochte zu sehen und zu atmen, verfiel aber bei jedem Bewegungsversuch in ein konvulsivisches Zucken. Ben ließ sich am

Sitz entlang in eine Stellung rutschen, die es ihm nicht ermöglichte, Crista zu beobachten. Eine seiner Hände umfaßte noch ihr Fußgelenk, und er spürte, daß sich ihr Körper ähnlich wie der seine verkrampfte und wieder entspannte. Er hatte das Gegenmittel in der Tasche, konnte seinen Körper aber nicht mehr dazu bringen, es herauszuholen.

Rico wird mich für einen Dummkopf halten, dachte er.

Nach dem Verlust des Navkoms brachte das Boot unter Wasser keine volle Leistung mehr und konnte auch an der Oberfläche nur hilflos herumdümpeln wie ein Krächzer. Bestimmt hatte Rico alle Hände voll zu tun – und dazu noch diese ... Scheußlichkeit!

Elvira hat aber auch noch ein paar Tricks im Ärmel, dachte er.

Das *Kribbeln* lief Ben wie ein heißer Atem den Rücken entlang, über Schultern und Schenkel. Wieder versuchte er vergeblich, seine Muskeln unter Kontrolle zu bekommen. Er war ein hilfloser, bebender Muskelhaufen. Ein Gefühl des Verratenseins verhinderte jede Entspannung. Dann begann er die Windungen von Cristas Verstand zu durchreisen. Rico, die Kombüse ringsum, der Rest des realen Universums – dies alles meldete sich wie durch einen dunklen Vorhang, der den Hintergrund zu Cristas Gedanken und Erinnerungen bildete. Die Bilder ihres Lebens entfalteten sich in seinem Gehirn.

»Ben!« rief Rico, und seine leise Stimme stieg wie aus großer Tiefe zu Ben empor. Er sagte noch mehr, doch hörte Ben nur das Klatschen, mit dem das Injektionsgerät seinen Einteiler berührte. In seinem Körper spürte er nur noch das Kribbeln, doch bekam er mit, daß Rico ihn flach auf das Deck legte.

Die Zeit wogte wie ein dunkler Stoff, der sich zwischen ihm und Rico erstreckte. Die weißen und stahlblanken Wände der Kombüse verschmolzen zu einem gewaltigen gelbglühenden Heiligenschein, der hinter dem Vorhang seines Verstandes alles andere auslöschte.

Inzwischen begriff Ben einiges von dem, was da abgelaufen war. In Crista Gallis Kopf schlummerten nahezu unendliche menschliche Erinnerungen, von denen viele inzwischen auch durch sein Gehirn summten und sich dabei verwässerten, auflösten, aufgesaugt wurden wie von einem trockenen Gewebe. Er spürte, daß sich die dürre Blüte seines Geistes in dem Maße entfaltete, wie sie Zierblatt um Zierblatt diese Flüssigkeit in sich aufnahm – und dahinter gewahrte er den Schatten, der Rico LaPush war, als schwankende, wogende Erscheinung.

Obwohl er sehen und hören konnte, fühlte Ben ein seltsames Abrücken von seinem Körper, das ihn eher neugierig als ängstlich stimmte. Er mußte an eine mit Beatriz produzierte Sondersendung über Menschen denken, die knapp dem Tod entronnen waren – auch sie hatten von diesem Gefühl der Loslösung gesprochen, derselben tröstenden Wärme, die alle seine Hautempfindungen ablöste – mit Ausnahme des *Kribbelns.* Sie hatten beschrieben, daß sie ihren Körper von einer anderen Stelle im Raum beobachtet hätten, während die Mediziner Wiederbelebungsversuche machten; sie erinnerten sich an ganze Gespräche, die stattgefunden hatten, während sich auf dem Monitor kein Herzschlag abzeichnete. Sie erwähnten, sie hätten die Anzeigen der Vitalsystems mit dem gleichen Gefühl der Entrücktheit beobachtet, die Ben verspürte, als er niedersank.

Sein Ausblick auf sich selbst ereignete sich aber spürbar aus dem Körper eines anderen heraus, aus dem Verstand eines anderen Menschen. Es war der Verstand eines Wots unter Wasser, der aus der mittleren Tiefe einer Kelplagune zur Sonne emporschaute. Er konnte nur starr geradeaus blicken. Die Welt war leicht verschwommen, ein schwacher Schimmer lag um den Rand seines Blickfelds. Ganz dort oben, von den schimmernden Sonnen rücklings angestrahlt, sah er Ricos geschäftigen Schatten. Die Lagune war voller Schwimmer, jenen legendären kiemenbewehrten Menschen, die in sanften Körperschwenks aus Kanälen über ihr kamen oder darin verschwanden.

Dies war Crista als Kind. Dies war Ben als Crista als Kind.

Er spürte, daß Rico sich große Sorgen machte, und hätte ihm am liebsten gesagt: »Alles in Ordnung, ich bin ja da«, aber es kam ihm nichts über die Lippen.

Vor allem ein Schwimmer kümmerte sich um sie, eine ältere Frau. Er hatte sich diese Geschöpfe grotesk und schleimig vorgestellt, Fratzen mit breiten Mündern und glotzenden Augen, dazu die Ansätze rattenähnlicher Schwänze. Die Frau, die Crista versorgte, war etwa in seinem Alter. Ihre rote Kiemenflosse bewegte sich heftig an den Schultern, während sie das Mädchen mit Stückchen rohen Fischs fütterte. Crista baumelte am Kelp, und die Schwimmerin schoß aus der Tiefe zu ihr herauf. Sie sagte nichts, oder wollte nichts sagen.

Irgendwo hinter dem Heiligenschein, ganz hoch über Bens nach oben gerichtetem Gesicht, hallte Ricos Stimme: »Ich bringe dich hier unter, damit du es warm hast.«

Ben spürte die Lagune entschwinden – und mit ihr Ricos Stimme.

»Crista atmet noch«, sagte Rico. »Ich weiß nicht, ob du mich hören kannst oder nicht, aber wir schaffen dich hier heraus. Es wird alles gut werden. Das Mädchen ist okay. Wir sind gleich aufgetaucht. Wir schaffen dich irgendwohin.« Ricos Stimme klang hysterisch und erstickt, als wäre er den Tränen nahe. »Wir schaffen dich irgendwohin, Kumpel, halt nur durch!« Ein Druck an der Schulter, dann war Rico verschwunden.

Ben stellte fest, daß er den gebärmutterähnlichen Kelp verlassen konnte und daß die Kombüse und das Tragflügelboot ringsum deutlicher hervortraten, wenn er sich einbildete, durch einen Korridor zu schreiten und Annäherung zu sich selbst zu suchen. Er vermeinte eine schwankende Brücke zwischen Cristas und seinem Verstand überschreiten zu können.

Grell aufleuchtendes Licht in der Kombüse und ein abrupter Wechsel der Bewegungen verrieten Ben, daß das Boot die Wasseroberfläche erreicht hatte. Er fragte sich, ob er wohl so sterben würde; bei vollem Bewußtsein, bei klarer Erinnerung an das letzte Ausatmen und doch unfähig, neue Luft anzusaugen. Er erinnerte sich an den Anschlag auf Guemes, bei dem er und Rico beinahe ertrunken wären. Damals war er der Panik nahe gewesen, doch spürte er im Augenblick keine Nervosität, nur einen dumpfen Gehorsam gegenüber seinem Schicksal.

Unwillkürlich begann er sich mit Dingen zu beschäftigen, die ihn eigentlich hätten erschrecken müssen: Würde das unbekannte Nervengift sein Atemzentrum lähmen? Sein Herz? Er wünschte, Rico hätte ihn ein wenig hochgesetzt, um alles einfacher zu machen, obwohl das Kribbeln bereits aufgehört hatte.

Die Schnellinjektion funktioniert, dachte er.

Wieder wollte er die dünne Brücke zu Crista überqueren, doch entfernte er sich nun davon und kehrte ins Boot zurück. Er lag auf dem ungemütlich harten Deck und konnte sich ein wenig herumwinden und bequemer sitzen. Er machte offensichtlich Fortschritte. Vage hatte er eine Stimme aus dem Interkom schallen hören, Ricos Stimme, die sich nun wieder besorgt meldete:

»Sag etwas, Kumpel. Irgend etwas.«

Wieder stellte Ben seine Kehle auf die Probe. Sie war trocken und wollte nicht richtig funktionieren, doch brachte er schließlich hervor: »Rico ... okay.«

Er hörte Crista atmen, doch sie hatte sich noch nicht gerührt.

Was wohl mit ihr geschieht?

»Es zieht eine Störung auf«, verkündete Rico. »Mach

dich drauf gefaßt, daß es gleich wieder lebhafter zugeht.«

Ben wollte lachen und Rico antworten: »*Lebhaft?* Wie nennst du denn *das* hier?«, aber er brachte nur unverständliche Laute zustande.

Der neue Herrscher wird unweigerlich jene bekümmern, über die er seine Macht ausübt. So kommt es, daß er sich all jene zu Feinden macht, die er beim Erlangen seines neuen Machtbereichs verwundet hat – doch zugleich kann er sich nicht die Freundschaft jener erhalten, die ihn zur Macht geführt haben.

MACHIAVELLI, *Der Fürst*

Flattery verließ die Sicherheit seiner Unterkunft und begann einen kühnen Rundgang durch den bodenseitigen Sonnenschein. Nevi und Zentz waren auf ihrer Mission und aus dem Weg, der Aufstand der Zerlumpten wurde von seinen Sicherheitskräften niedergeschlagen, und Crista Galli, wo immer sie sein mochte, hatte große Probleme. Genüßlich lächelte er vor sich hin und wandte das Gesicht zum Himmel. Er liebte den Himmel, das Wasser – wie anders doch als das kontrollierte Surren und Summen der Luft im Mondstützpunkt! Der alltägliche Nachmittagsregen mußte bald fallen. Ähnlich wie die wenigen Hibernationsüberlebenden, die in der Sterilität des Mondstützpunkts großgeworden waren, erwies sich Flattery als besonders wetterfühlig.

Er wählte einen Mauergang, von dem aus er küstenabwärts über das Sondergebiet und das kümmerliche Dorf blicken konnte, das sich vor dem Tor ausbreitete. Getrieben von dem auffrischenden Wind, zog eine schwarze Rauchwolke ins Landesinnere. Flattery hatte sein leuchtendstes rotes Freizeitjackett angezogen. Das Ungeziefer sollte sehen, daß er noch munter war, noch sehr am Ruder. So dicht an der Grenze zur Schlacht – nun sollten sie das Feuer sehen, mit dem sie spielten!

Die Anwesenheit zweier Sonnen machte ihm zu schaffen, obwohl er schon viele Jahre auf diesem Planeten lebte. Seine Kelpstudien und geologischen Forschungen bewiesen, daß die Gestirne dabei waren, die

Planetenkruste wie ein Stück Brot aufzubrechen. Das Schlimmste stand noch bevor, und Flattery hatte nicht die Absicht, solange zu warten.

Ventana, eine seiner Melderinnen, erschien auf dem Mauergang unter ihm.

»Aktuelle Meldungen über die Störungen in den Kelpwegen, Sir.«

Sie schwenkte ein Notizgerät.

Flattery schickte einen Wächter vor, der den Apparat untersuchte und zu ihm brachte. Flattery zog den weißen Hut weiter nach vorn, um seiner Stirn Schatten zu spenden. Der breitkrempige Stil entsprach der Mode der Inselmenschen – aus politischen Gründen. Der Hut war weiß, weil Flattery überzeugt war, Weiß stelle ihn in den Augen der anderen sofort auf die Seite von Wahrheit und Gerechtigkeit. Er rief die Meldungen nicht sofort ab, denn er wußte, was er erfahren würde: nichts. Und um diese Nachmittagsstunde versperrte meistens eine Wolke den Blick vom Orbiter auf Sektor acht.

Seine Leidenschaft für das Wetter erstreckte sich nicht auf die schädliche Wirkung, die die Sonnen auf seine unflexible Haut hatten. Zwei rosa Stellen schälten sich auf seiner Stirn, und Flattery mußte sich zurückhalten, um nicht daran zu kratzen. Erst vor einem Monat hatte sein Leibarzt zwei solche Flecken entfernt – und nun das.

Das Volk muß mich sehen, dachte er. *Nichts geht über die persönliche Anwesenheit.*

Seine drei zuverlässigsten Leibwächter begleiteten ihn in einiger Entfernung und wanderten um ihn herum, wie es ihre pandorischen Instinkte erforderten. Von seinem Aussichtspunkt schaute er auf Spezialgebiet, Dorf und Bucht. Hinter ihm ragten auf viele Kilometer die einzigen höheren Stellen auf – die Oberen Bereiche, Heimat der nutzlosen Zavataner. Wie die Bauern glaubten viele Zavataner an das Schiff und an die Rückkehr Schiffs als eine Art mechanischer Messias. Dieser Gedanke reizte Flattery zum Lachen, und die Wächter musterten ihn verwundert.

»Sie können gehen, meine Herren«, sagte er. »Wie Sie selbst sehen, kann von da unten nichts an uns heran.«

»Wir bitten den Direktor um Verzeihung«, antwortete Aumock, einer der Wächter. »Es ist meine Pflicht, den Auftrag niemals zu vernachlässigen.«

Flattery nickte zustimmend. *Den Mann sollte man im Auge behalten.*

»Sehr gut«, erwiderte er. »Ich weiß deinen Diensteifer zu schätzen.«

Aumock, ein Meermensch von guter Herkunft, bildete sich auf dieses Lob nichts ein. Er war bereits an seinen Posten zurückgekehrt und suchte das Gelände mit den Blicken ab.

»Außer Zavatanern gibt's hier oben nichts«, meinte Flattery.

»Sind Sie sicher, daß die *nichts* sind, Herr?« fragte Aumock zurück.

Es geschah zum erstenmal in seinem zehnmonatigen persönlichen Dienst, daß dieser Wächter eine Meinung äußerte. Flattery brummte vor sich hin.

Die Zavataner kamen ihm durchaus suspekt vor – die Zahl der Mönche, die sich blicken ließen, war immer gleich, doch waren es selten dieselben Gesichter. Flattery war kein Dummkopf. Immerhin war er Psychiater-*Geistlicher* und hatte die Geschichte unterdrückter Religionen ausgiebig studiert. So beunruhigte ihn eine Bevölkerung, die ganz in seiner Nähe lebte und möglicherweise feindlich eingestellt war, eine Bevölkerung, deren genaue Zahl man nicht kannte und die körperlich weitaus besser im Schuß zu sein schien als die meisten seiner Wächter.

Sie rennen *praktisch die Klippen hinauf,* überlegte er. *Wieso?*

Auf dem schmalen Vorsprung oberhalb des Sondergebiets ließ er sich nun die neuesten Nachrichten über das Holovisions-Tragflügelboot und den seltsamen Aufstand des größten Kelpbewuchses der Region durchgeben.

»Sie glauben also wirklich, Marta, daß das Boot umgekehrt ist?« fragte er.

Der weibliche Kommunikationsoffizier, die für ihren blauen Uniformeinteiler ein wenig zu rundlich geraten war, kaute noch kurz auf ihrer Unterlippe, ehe sie antwortete. Flattery hatte einmal mit ihr geschlafen und wußte noch, daß sie sich weitaus besser anfühlte als ausschaute. Damals, vor drei oder vier Jahren, war sie noch ein schlankes junges Ding gewesen. Sie hatte als Leibwächterin begonnen, dann aber ein Talent für elektronische Dinge offenbart, das Flatterys Techniker beeindruckte. So hatte er ihren Versetzungswunsch erfüllt, und das war gut – dieser Schritt beendete Gerüchte und ersparte ihm die Unannehmlichkeit, sich auf unerquickliche Weise aus einer schwierigen persönlichen Lage lösen zu müssen.

»Ich ... ich weiß nicht«, sagte sie schließlich. »Das Gerät, das ich persönlich an Bord des Tragflügelboots plaziert habe, funktioniert bestens, und der Kurs paßt auf eine Rückkehr zu diesem ...«

»Pah!« entfuhr es Flattery. »Diese Leute sind nicht blöd! Ich hatte verlangt, daß Sie das Gerät *an* oder *in* ihrem Körper anbringen – aber Sie ließen es dabei bewenden, das Ding anderswo zu befestigen. Ein Außenposten der Strömungskontrolle hat uns bereits bestätigt, daß die Wanze sich an Bord eines beschädigten U-Boot-Zuges befindet, der einige Tonnen toter Fische befördert.«

Flattery genoß den entsetzten Ausdruck, der über ihr Gesicht huschte. Sie wirkte plötzlich sehr zart und bleich.

»Ich hatte Angst«, sagte sie. »Ich wollte sie nicht berühren.«

Marta ließ den Kopf hängen, als erwarte sie enthauptet zu werden. Der gnadenlose Sonnenschein am Felshang vergrößtere die feuchten Halbmonde, die der Schweiß unter ihren Achseln gebildet hatte. Es herrschte die schwere, schwüle Wärme unmittelbar bevor der Regen kam. Flattery brauchte gar nicht erst die Luft einzusaugen, um den Regen zu riechen.

Er mußte an sein Zusammensein mit dieser Frau zurückdenken. Es war Nachmittag gewesen, und beide waren schweißüberströmt. Winzige schwarze Brusthaare klebten an ihren kleinen weißen Brüsten. Damals hatte sie keine so große Angst vor ihm gehabt, sondern war ihm eher ehrfürchtig begegnet, was die Dinge einfacher machte.

Verdammt! schalt er sich. *Wieder von der eigenen Lüge erwischt!*

Er richtete sich zu voller Länge auf und überragte Marta um beinahe zwei Köpfe.

»Hatte ich Ihnen nicht versichert, daß das nicht gefährlich ist?«

Er versuchte so tröstend wie möglich zu sprechen.

Sie nickte, hob aber ihr Gesicht nicht.

Flattery war mit sich sehr zufrieden. Wenn diese Frau, die ihn gut kannte, vor Crista Angst hatte, vor einer Berührung ihrer Haut, dann mußten die Fremden in diesem Augenblick größtes Entsetzen durchmachen. Dank seiner klugen Voraussicht und ihrer ›Medikamenten‹-Einnahme mußte Crista jetzt heftige Entzugserscheinungen zeigen und eben jene Symptome offenbaren, die man der Berührung ihrer Haut zuschrieb. Vielleicht lag sie bereits im Koma – ein weiterer Umstand, den er eingefädelt hatte, um sicherzugehen, daß sie ihm zurückgebracht wurde.

Das Neurotoxin quoll ihr bestimmt längst aus jeder Pore – und machte die Lügengeschichte wahr, die er über längere Zeit hinweg sorgsam aufgebaut hatte. Jeder, besonders der Feind, würde sich mit eigenen Augen davon überzeugen können. Nur er, der Direktor, konnte sie retten. Die unbekannten Schatten würden bald feststellen, daß die Entführte ein Monstrum war, das zu behalten sie sich gar nicht leisten konnten.

Die Wunder der Chemie, dachte er und lächelte.

Gleichzeitig fand er beruhigende Worte für Marta.

»Ich verstehe Ihre Angst«, sagte er. »Es kommt nun darauf an, daß wir uns vom amateurhaften Täuschungsversuch der anderen nicht verleiten lassen. Was haben Sie für aktuelle Schadensmeldungen aus der Stadt?«

Flattery und Marta zuckten zusammen, als zwei Las-Waffen gleichzeitig zu knistern begannen. Der Direktor fuhr herum und sah, daß seine Wächter zwei Haubenhuscher niedergeflammt hatten, die von den Oberen Bereichen her eingedrungen waren.

»Ich wüßte zu gern ...«

Er sprach nicht weiter. Er stellte sich die Frage, ob die Zavataner womöglich Huscher trainierten.

»Ich brauche eine Studie über Huschersichtungen im Umfeld bekannter zavatanischer Positionen«, sagte er.

Marta nickte und zog ein elektronisches Kontaktgerät aus einem Holster an ihrer Hüfte. Die Bewegung ließ Aumock erstarren. Marta merkte nicht, daß sich die Mündung seiner Las-Waffe auf ihren Kopf gerichtet hatte, ehe sie das Gerät in der Hand hielt. Auf ihre übliche gelassene Art gab sie den Code ein.

Flattery wußte einiges über die Zavataner und ihre Geschichte, doch nicht genug. Es waren geduldige und organisierte Menschen, die sich alles zunutze machen konnten. Wenn die Gerüchte stimmten, betrieben sie oberhalb der Küstenregionen unerlaubt Landwirtschaft und verteilten die Ernte an die Flüchtlinge. Dies behagte Flattery ganz und gar nicht, weil es seine Verhandlungsposition gegenüber den Volksmassen ernsthaft schwächte. Er hatte einfach nicht genug Leute, um Tausende von Quadratkilometern unzugängliche Landschaft zu bewachen und gleichzeitig das Allschiff-Projekt voranzutreiben. Das Allschiff-Projekt war wichtiger als alles andere.

Er salutierte zustimmend, als einer der Männer über die Mauer stieg, um die Huscherhäute zu holen.

Eine Beute weniger für die Zavataner, dachte er.

Er nahm sich vor, ausführliche Laborberichte anzufordern, um zu erfahren, wo und bei wem die Huscher gewesen waren, was sie wann und warum gefressen hatten.

»Und Ihre Meldung über die Kämpfe?« fragte er.

»Der Perimeter der Anlage ist gesichert«, erwiderte Marta.

Sie drückte auf die Stelle hinter dem rechten Ohr, das den *Empfangen*-Modus ihres Melde-Implantats aktivierte.

»Es gibt starke Störungen, deren Grund ich nicht kenne ... Minimalschäden an der Anlage – die erwarteten materiellen Zerstörungen, doch wie üblich vorwiegend kosmetische Dinge ... Felsen und Stöcke sind eben kein Mittel gegen Las-Waffen ... Gefangene im Hof zusammengetrieben.« Sie hielt inne und hörte sich weitere Informationen an, die ihrem Melder übermittelt wurden.

»Informationen über das Elektrizitätswerk, das Fährenterminal und die Netzsituation«, befahl Flattery.

Marta gab etwas in ihr Meldegerät ein, dann veränderte sich ihr Gesichtsausdruck. Die Maske des unparteiischen Reporters bekam an der Stirn besorgte Falten, und sie beugte sich vor, während Informationen ihre Gehörknöchelchen erbeben ließen und durch die Flüssigkeit und Härchen ihres Innenohrs zum Gehirn geschwemmt wurden.

»Eine größere Streitmacht rottet sich am Elektrizitätswerk zusammen«, berichtete sie. »Der Sicherheitstrupp, der unsere dortigen Wächter angegriffen hat, läßt nicht locker und belagert die Anlage. Das Flüchtlingslager ist weniger als einen Kilometer entfernt. Leute aus dem Lager unterstützen die Angreifer außerhalb der Schußweite unserer Verteidiger.«

»Unternehmen H!« schnauzte Flattery. »Wenn sie weiter angreifen, soll sich die Luftunterstützung um das Lager kümmern.«

Marta wurde noch bleicher. Sie senkte die Stimme, damit die Wächter nichts mitbekamen.

»Unternehmen H, Herr ... das würde man vom Lager aus beobachten können. Wenn Sie die Angreifer niedermachen, wissen die Zeugen, daß keine Hyflieger am Werk waren.«

»Dann nehmen Sie ein LaL!« gab er zurück. »Wir haben doch einige Ballons im Hangar, die wie Hyflieger aussehen. Die sollen starten. Wegen der Zeugen können wir uns später immer noch Sorgen machen. Die Rebellen sollen niedergeflammt werden. Jeder, der sie unterstützt, soll in Flammen aufgehen. Ist das klar?«

Marta nickte und gab die Befehle mit huschenden Fingern ein.

»Die Fähren?«

»Voll in Betrieb, Herr. Der aktuelle Schichtwechsel läuft angeblich plangemäß. Es gab hohe Ausfälle, doch sind bereits Ersatzleute am Einsatzort und werden ausgebildet. Das OGZ-Shuttle ist gestartet und hat am Orbiter angedockt – keine aktuellen Informationen. Die Strömungskontrolle hat das Signal zum Kelp in Sektor acht abgeschaltet. Es gibt dort zur Zeit kein Netz, aber auch keine Aggressivität des Kelp.«

»Abgeschaltet?«

Flattery bedauerte die Lüge gegenüber MacIntosh. Er war sicher, daß der Kelp nachgeben würde, wenn man ihm die elektrische Peitsche lange genug mit voller Kraft zu spüren gab. Er war nie auf den Gedanken gekommen, daß MacIntosh das Signal abschalten könnte.

Idiot! Was denkt der sich, dem Kelp einfach den Willen zu lassen! Weiß er nicht, wie dringend wir offene Kelpwege brauchen?

Flattery atmete einmal langsam und tief ein und ebenso behutsam wieder aus.

»Funktioniert es?« fragte er schließlich.

»Einige Handelsschiffe werden vermißt«, antwortete sie. »Die meisten konnten auftauchen und führen Reparaturarbeiten durch. Der bevorstehende Sturm wird ihnen zu schaffen machen.«

»Geben Sie Befehl, Dr. MacIntosh soll die Kelpwege wieder aufbauen, sonst mache ich das auf meine Weise von hier aus. Er hat eine Stunde Zeit!«

»Jawohl, Sir.«

Flatterys Stimmung sank in den Keller. In der Mitte Kalalochs ereigneten sich zwei kleine Explosionen. Er winkte einen Wächter herbei.

»Die Wächter sollen die Anführer der Horde ausquetschen so gut es geht. Ich erwarte allerdings keine Sensationen. Die übrigen sollen im Freien angepflockt werden.« Sein Blick wanderte zu den Klippen hinter sich, die den Fuß der Oberen Bereiche bildeten. »Hängt sie da oben auf«, fuhr er fort, »damit alle die Folgen ihrer Entscheidung vor Augen haben. Dürfte nicht lange dauern.«

Am meisten interessierte er sich für Martas Meldung über den Kelp. Er hatte um Crista Galli ein dermaßen kompliziertes Lügengewebe gesponnen, daß Flattery zuweilen selbst Mühe hatte, zwischen meisterlicher Illusion und Realität zu unterscheiden. Seine Warnung, jeden Kontakt zwischen ihr und dem Kelp zu unterbinden, ging eher auf Ahnungen als konkrete Erkenntnisse zurück – doch wußte er inzwischen, daß er mit seiner Vorsicht ganz richtig gelegen hatte.

Der Kelp konnte sie wirklich riechen!

»Ich habe der Strömungskontrolle befohlen, sich für eine chirurgische Lösung zu entscheiden«, sagte Marta.

»Man hat dort eine Stunde Zeit, das Netz mit anderen Mitteln wieder zu errichten. Ich habe angegeben, daß zu viele U-Boote auf dem Spiel stünden.«

»Wird es nötig sein, den gesamten Bestand niederzumähen?«

»Nein, Sir«, antwortete Marta. »Er müßte sich wie die Menschenhorden leicht bekehren lassen, indem man den betroffenen Zonen minimalen Schaden zufügt. Der neue Korridor wird nicht die alte Flexibilität aufweisen, doch wird man ihn befahren können, sobald die Reste fortgeräumt sind.«

»Lassen Sie Proben ins Labor schicken, wenn alles vorbei ist«, ordnete Flattery an. »Komplettanalyse. Stellen Sie fest, wie sich der Kelp der Strömungskontrolle widersetzen konnte – dann verwenden Sie die Reste für die Toxingewinnung auf Vorrat.«

»Die Zavataner ...«, setzte sie an. »Es wäre politisch sicher vorteilhaft ...«

»Ihnen die Kelpreste zu überlassen?« Flattery schnaubte verächtlich durch die Nase. »Die sollen sich ihr Zeug ruhig selbst herausfischen. Mit den Ketzereien dieser Leute will ich nichts zu tun haben. Und ich brauche jede Menge Toxin. Ich habe noch eine Überraschung für das ›Ungeziefer‹ im Ärmel, wie Nevi es nennt.«

Marta hielt die Anordnungen mit Hilfe Ihres Notizgeräts fest.

Für Flattery bestand kein Zweifel, daß der Kelp Crista Gallis Gegenwart gespürt haben mußte. Wie wäre die Widerborstigkeit des Kelp sonst zu erklären? Sie ereignete sich in dem Bereich, den Ozettes Tragflügelboot befahren hatte, nachdem Martas Wanze ausgestoßen worden war.

Der Kelp muß sie gespürt haben, als das Ding ins Wasser kam, dachte er. Wieder lächelte er, teils weil er ein wenig erleichtert war, zu der Zeit nicht an Bord der *Fliegender Fisch* gewesen zu sein, vor allem aber wegen der

Klemme, in der Ozette und seine Schatten nun steckten.

»Flugüberwachung?« fragte er.

»Das schlechte Wetter hat bereits eingesetzt«, lautete die Antwort. »Kontaktwahrscheinlichkeit gering, Verlustwahrscheinlichkeit groß. Zwei Grashüpfer stehen dort zur Verfügung, sind aber zerbrechlich und können nur einen kleinen Bereich abdecken. Haben Sie Befehle für sie, Sir?«

»Beobachtungsflüge je nach Wetterlage«, sagte er. »Ich möchte wissen, an wen sich die Burschen wenden, wenn sie großen Ärger haben. Bald wird auch Nevi zur Stelle sein.«

Flattery sah, daß Martas Schultern bei diesem Namen kurz erbebten.

Deshalb setze ich ihn ein, dachte er. *Schon wenn man seinen Namen nennt, bringt das etwas.*

Er schickte Marta fort und betrachtete die Landschaft, *seine* Landschaft, die sich vor ihm absenkte. Metallisch aussehende Wihi reflektierten das Sonnenlicht. Die kurzen, dolchähnlichen Blätter richteten sich auf die ultravioletten Impulse aus, die von der Sonne Alki ausgingen. Flattery bewunderte die gefährliche kleine Pflanze wegen ihrer Zähigkeit und dem Schutz, den sie seiner Anlage schenkte. Ihre Samen konnten zwei Jahrhunderte lang unter Wasser schlummern und aktiv werden, sobald das Meer wieder einmal zurückwich. Hier und jetzt gediehen die Wihi-Pflanzen und erschwerten Räubern jeder Art das Vorwärtskommen im Umfeld der Anlage.

Links von Flattery, am Fuß der aufsteigenden Klippen, huschte ein Schwarm winziger Schnellgraser zwischen den Wihi herum. Obwohl sie angeblich alles fraßen, was weicher war als Gestein, gingen die Graser den Menschen aus dem Weg. Wie viele erdseitige Nagetiere hatten sie überlebt, indem sie sich während der Überflutungen an Bord der organischen Inseln versteckten. Die Armen versuchten sie oft mit Netzen zu fangen, um etwas in den Kochtopf zu bekommen – aber das war gefährlich. Erst vor zwei Jahren hatte Flattery mit angesehen, wie ein alter Inselmensch gerade hier zu Tode gekommen war. Der Mann hatte nur den halben Schwarm erwischt. Die andere Hälfte lauerte in den Felsen auf seine Rückkehr, und verbiß sich dann in seine Beine, bis er zu Boden ging. Im Nu war alles aus gewesen – ein Vorfall, aus dem Flattery seine Lehren gezogen hatte. Natürlich hatte er den ganzen Schwarm später in seinen Nestern ausräuchern und die verkohlten Körper an die Dorfbewohner ausliefern lassen. Eine Sache der Politik.

Alles, was sich dermaßen verbissen schützte, konnte dazu benutzt werden, ihn zu schützen – das wußte der Direktor. Sein Gärtner konnte nicht nur mit Pflanzen umgehen, sondern auch mit Tieren, so daß nun mehrere Schnellgraser-Schwärme an schwer zu verteidigenden Stellen der Anlage nisteten. Nun ruhte der Blick des Direktors auf einem dieser Schwärme, angesiedelt am Pfad, der zu den Oberen Bereichen führte. Flattery beobachtete die Tiere oft, besonders am Abend, wenn sich das Sonnenlicht auf den schmalen rostbraunen Rücken brach, die zwischen den silbrigen Wihi hindurchhuschten.

»Achtung dort!« rief der Wächter, und Flattery sah einen Huscher auf den Schwarm zuschießen. Der Wächter stellte seine Las-Waffe auf die Entfernung ein – viel weiter konnte er ohne Streuverlust nicht schießen –, doch Flattery hinderte ihn daran, die Waffe zu heben.

Der Huscher legte die letzten zwanzig Meter in drei blitzschnellen Sprüngen zurück, hieb nach den kleinen Tieren und lähmte sie. Es waren aber zu viele, und der Angreifer war schwach vor Hunger. Er versuchte einige der Tierchen zu verschlingen, aber schon nutzte der Schwarm die Pause, um sich neu zu formieren. Das Fell des Huschers schien förmlich von seinem seltsamen

Skelett zu schmelzen. Wieder lächelte Flattery und schaute über das Meer, wo sich die Nachmittagswolken bildeten.

»Wunderschön, diese Tierchen, nicht wahr?« fragte er ins Leere. »Einfach wunderschön!«

Wir sind mehr als nur unsere Ideen.

Dr. med. PRUDENCE LON WEYGAND
Nummer fünf, ursprüngliche Besatzung,
Allschiff *Earthling*

Twisp, Ältester der Zavataner, beobachtete, wie der Direktor den Schnellgrasern zuschaute, die einen kränkelnden Haubenhuscher bis aufs Skelett abnagten. Der Anblick erinnerte ihn an seine Frühzeit, da er als einfacher Fischer das Meer befahren hatte. Die letzten Nachwirkungen des blauen Sporenstaubs beflügelten seine Erinnerungen an ganze Scratschwärme, die im Handumdrehen Maki vertilgten, obwohl sie tausendmal kleiner waren als ihr Opfer. Twisp hatte großen Respekt vor Scrats – und vor Schnellgrasern.

Pelzige kleine Banditen, dachte er. Über eine Eigenheit der Wesen mußte er lächeln. Die zarten kleinen Penisse dieser Tiere lösten sich während der Paarung, blieben als kleiner fleischiger Pfropfen im Weibchen zurück, deren Körper die Gabe absorbierte. Auf diese Weise wurden das Sperma eingeschlossen und weitere Freier abgewiesen – eine Garantie für das genetische Überleben des ersten, der das Weibchen bestiegen hatte. Dem Männchen wuchs innerhalb von Wochen ein neuer Penis nach – aber nicht so schnell, daß er sich in einem Jahreszyklus zweimal paaren konnte.

Bei vielen Pandorern hatte sich die Jagd auf Schnellgraser-Penisse zu einer Art Sport entwickelt. Sie galten als Delikatesse, und angeblich fanden sie in gekochtem Zustand großen Anklang beim Direktor, der sie sich auf Salat servieren ließ. Es war allerdings nicht einfach, einen Schnellgraser einzeln zu fassen zu bekommen. So mancher Betrunkene hatte sich mit den Fingern zu weit vorgewagt und war mit blutigen Stumpen zurückgekehrt.

Mit den Masken über den zuckenden Nasen und ihrer nervösen Angewohnheit, jeweils mindestens den halben Schwarm Wache halten zu lassen, muteten die Tiere wie Räuber an. Soweit Flattery wußte, griffen sie Menschen nur an, wenn sie belästigt wurden – doch wenn dieser Angriff stattfand, wurde er mit großem Zorn und einer totalen Hingabe vorgetragen, die ihm einen Schauder über den Rücken laufen ließ. Er hatte keine Lust, die Geduld dieser Wesen auf die Probe zu stellen.

Twisp bewunderte die Schnellgraser vor allem wegen ihres Zusammenhalts in der Gruppe. So etwas wie einen einzelnen hungrigen Schnellie gab es nicht. Litt ein Schnellie Hunger, galt das für die ganze Herde. Die Schatten verbreiteten, das Volk von Pandora würde sich wie Schnellgraser verhalten, wenn die Zeit gekommen war.

»Die Zeit ist gekommen«, flüsterte Twisp und ließ Flattery nicht aus den Augen.

Sein Flüstern ging im Wind unter. In seinen Adern kreiste noch eben genug Sporenstaub, um das heraufziehende Unwetter mit einer Hintergrundmusik zu unterlegen.

»Jaaa«, pfiff der Wind hier in den Oberen Bereichen, so wie er es stets auf dem Meer tat. Nur drinnen, hinter Plas und verriegelten Luks, hörte Twisp ihn je »Neeeiiin« stöhnen. Zum erstenmal war ihm das vor fast dreißig Jahren aufgefallen, in der Gesellschaft einer Frau, die er nicht vergessen konnte. Damals hatte der Wind recht gehabt, und das galt auch jetzt. Bei dieser Erkenntnis ließ Twisp ein wenig die Schultern hängen.

Die Schnellieherde beendete ihre Mahlzeit. Die meisten stellten die schmalen Körper aufrecht, hielten die Nasen in den Wind und gähnten. Mit einer langen, rosa aufblitzenden Zunge leckten sie sich die rostrote Schnauze.

Twisp bildete seine Mönche nach dem Vorbild von

Scrats und Schnellgrasern aus. Wie die Anhänger der Schatten in jeder Siedlung waren auch die Zavataner für alles gewappnet und auf Kampf und Hunger vorbereitet. Dennoch wünschte er sich sehnlich, es gäbe einen anderen Weg.

»Wie kann ich das Volk retten – und Flattery?« fragte er den Wind.

Eine plötzliche Stille trat ein.

Schon vor längerer Zeit war Twisp aufgefallen, daß der Direktor bestimmte Herden förderte und andere auslöschen ließ. Seine Beobachtungen trugen Früchte – so kannte Twisp nun sämtliche geheimen Bauten der Schnellgraser mitsamt ihren Zugängen. Und dieselbe Art Geduld und Detailbesessenheit waren nötig, um Flattery und seine grausame Maschinerie ins Leere laufen zu lassen.

Hinter der kleinen Todesszene im Vordergrund tobte noch der größere Tod der Dorfbewohner, angezeigt durch den schwarzen Rauch über dem Sondergebiet. So wie der Nachmittagswind sich wieder zum Sturm aufraffte, so einte der Hunger Pandora gegen seinen schlimmsten Feind. Twisp beobachtete die unvermeidlichen Flüchtlingsgruppen, die den Weg heraufwankten, weil sie gerüchteweise gehört hatten, daß man in den Oberen Bereichen bei den Zavatanern sicher leben könnte.

Neue Rekruten für uns, für die Schatten.

Sein Lächeln hatte etwas Grimmiges. Pandorer waren nicht kriegerisch veranlagt. Dazu hatte es stets zu wenige Menschen und zu viele Dämonen gegeben. Trotz ihres Hungers widerstrebte es den Pandorern, die Waffen gegen ihresgleichen zu erheben. Flattery bezahlte seinen Sicherheitsdienst, damit er gegen andere Menschen antrat – und er zahlte sehr gut. Die Krankheit, die Twisp, wie er fälschlich angenommen hatte, vor Jahren getilgt hatte, war unter Flattery zur Epidemie geworden.

»Auch ich hatte ihm zuerst geglaubt«, sagte er vor sich hin. »War das falsch?«

Noch ehe er die Antwort hörte, wußte er, was der Wind sagen würde. Er war faul gewesen, er hatte gehofft, ein anderer würde sich darum kümmern. Er hatte wie seine Mitmenschen nur sein schlichtes Leben genießen wollen.

Twisps Geduld war längst dünn geworden wie seine Robe. Fast fünfundzwanzig Jahre lang hatte er gehofft, Pandora würde den aus Hunger und Angst gewobenen Mantel des Direktors irgendwann abstreifen. Diese Hoffnung war inzwischen substanzloser als ein Traum. Sie forderte das Abwarten – und zu viele hungrige Pandorer konnten sich diesen Luxus nicht mehr leisten. Es war ein Todesurteil, und die Zeit war der Vollstrecker.

Zu Beginn seiner Machtergreifung hatte Flattery sich zunächst die Kontrolle über die Meermensch-Handelsliga angeeignet, ehe er dann die Fäden der gesamten Nahrungsmittelverteilung in die Hände bekam. Weltweit kaufte er sich bei Transport- und Kommunikationsfirmen ein – mit Hilfe des Tods von mehreren Freunden Twisps, denen die Meermensch-Handels- und die Strömungskontrolle gehört hatte.

Zu viele Unfälle, zu viele Zufälle.

Er kämpfte einen Klumpen im Hals nieder, mit dem er oft zu schaffen hatte. Sie waren jung und naiv gewesen und chancenlos gegen die Raffinesse des Direktors. Nun konnte sich Flattery wie immer das weitere Abwarten leisten.

Was für eine Ironie, dachte Twisp, *daß der, der sich das Warten erlauben könnte, gar nicht warten muß. Ich wüßte zu gern, ob es noch etwas gibt, das er sich erhofft.*

»Ältester!«

Twisp ächzte insgeheim, als er die keuchende Stimme des jungen Mose vernahm. Seine Ungeduld drohte ihm auch schon so die Brust zu sprengen, da brauchte er nicht noch von Mose belästigt zu werden.

Zwischendurch: [redacted] Flattery hat die Kontrolle über die gesamte Nahrungsmittelverteilung an sich gerissen und damit unbeschränkte Macht über die Meermensch-Handelsliga erlangt. [redacted] Wie gut, daß wir in unseren Zeiten und Breitengraden frei sind in unseren Kaufentscheidungen und keine derartigen Manipulationen zu befürchten haben. Wir können uns so viele Vorräte anlegen wie wir wollen. Und wenn wir den Wunsch verspüren, etwas zu essen – und sei es nur eine Kleinigkeit für den Appetit zwischendurch – brauchen wir unsere Vorräte nur zu inspizieren und etwas davon auszuwählen, zum Beispiel . . . [redacted]

»Was ist?«

Der junge Mönch wagte sich nicht auf den schmalen Felsvorsprung hinaus, auf dcm Twisp stand – das wußte dieser und gestand sich ein, daß er in diesem Punkt mit Mose sein Spielchen trieb.

»Warum stehst du da draußen?« fragte der junge Mann mit jammerndem Unterton.

»Warum bleibst du da hinten stehen?«

Twisp drehte sich noch immer nicht um, obwohl er wußte, daß er nicht mehr lange so stehenbleiben konnte.

»Du wirst in der Ratskammer erwartet. Und zwar dringend. Es laufen viele Vorbereitungen, die ich nicht begreife.«

Twisp antwortete nicht.

»Ältester, hörst du mich?«

Noch immer keine Antwort.

»Ältester, bitte zwing mich nicht, wieder zu dir hinauszukommen. Du weißt, daß mir das höchstes Entsetzen bereitet.«

Twisp lachte leise vor sich hin und begab sich zu Mose, der am Höhleneingang stehengeblieben war. Ohnehin hatte der Nachmittagsregen begonnen und raschelte wie Schnellgraser im Bewuchs. Er glaubte zu wissen, was die Einsatzzentrale entschieden hatte. Daß es Zeit war, mit dem Hoffen aufzuhören. Daß Flattery und seinesgleichen zu tilgen waren. Daß das Volk sich unorganisiert und ungeschützt erhob. Daß die Zavataner und die Schatten als einzige dafür sorgen konnten, den Mann zu stürzen. Daß wieder einmal viele tausend Menschen im Namen des Lebens und – natürlich – der Freiheit sterben würden. Und wenn am Ende nichts anderes mehr anzuführen war, lief es immer wieder auf den Hunger hinaus.

»Begleite mich in die Einsatzzentrale«, sagte Twisp. »Ich zeige dir dort etwas, das dir wahrscheinlich Entsetzen bereitet. Du wirst dort Furchterregendes erleben.«

Twisp verneigte sich respektvoll vor dem Höhleneingang und trat ein, und seine wallende orangerote Robe war wie ein Fanal vor dem verdunkelten Nachmittag.

Das finstere Vestibül wurde von zwei Novizen mit Las-Waffen bewacht; sie hatten sich die Köpfe kahlrasieren lassen. Der Junge schien etwa fünfzehn Jahre alt zu sein, sein Schädel wölbte sich zu einer Knochenkrone, die ihn größer machte als Twisp, obwohl sie mit den Augen auf gleicher Höhe waren. Er und das Mädchen trugen die schwarzen, gepanzerten Einteiler des Huscherklans. Beide waren auf der Hut, die schnellen braunen Augen widerlegten die entspannte Körperhaltung. Gemeinsam ließen sie das Plastahl-Luk aufschwingen und die Mönche in die Höhle der Oberen Bereiche eintreten.

Die schwere Tür sollte nicht Huscher und Flachflüger fernhalten, sondern den Direktor und seine Vashoner Sicherheitskräfte. Im Laufe der Jahre war Twisp selbst zum Fachmann in Sicherheitsfragen geworden. Es hatte nur wenige erfolglose Vorstöße der VSK gegeben. In ihren Augen waren die Zavataner harmlose, rückgratlose Schwächlinge, die vom Kelp berauscht oder wahnsinnig waren.

»Die Illusion ist unsere stärkste Waffe«, hatte Twisp den Novizen erklärt. »Tut so, als wäret ihr töricht, verrückt, arm und häßlich – wer würde sich da mit euch abgeben wollen? Bedenkt, wie der Schimmel die Frucht allein durch sein Erscheinen gewinnt.«

Der vorderste Höhlenraum wurde regelmäßig von den Vashoner Sicherheitskräften inspiziert. Primitiv aus dem Gestein herausgeschlagen, beherbergte dieser Raum dreihundert Zavataner aus den neun Clans; daneben gab es Begegnungs- und Speiseräume. Zahlreiche kleine Kammern waren in drei Etagen übereinander angeordnet, verschlossen mit Hunderten von Vorhängen, die den Widerhall der dreihundert Stimmen dämpften.

Erhellt wurde die Szene durch das übliche heißgrelle Licht, erzeugt von vier Wasserstoffgeneratoren, die tiefer im Gestein arbeiteten. Auf den ersten Blick herrschte primitive Schlichtheit, und die vom Direktor entsandten Inspektoren leisteten sich selten einen zweiten Blick. In diesem Bereich wohnte Mose. Auch Twisp hatte hier eine Kammer – dritte Etage, rechts vom Haupteingang –, doch schlief er nur selten dort. Seit gut einem Jahr residierte Twisp in den Privaträumen der Gruppe, die bei den Schatten als »Einsatzzentrale« bekannt war.

Gefolgt von Mose, stieg Twisp ins zweite Stockwerk. Er duckte sich hinter einen alten Inselmensch-Wandvorhang und erreichte eine Nische, die allenfalls für spielende Kinder interessant sein konnte. Er näherte sich einer völlig intakt wirkenden Basaltwand, in die man zahlreiche Szenen des Kontakts zwischen Mensch und Kelp gemeißelt hatte. Dicht vor ihm befand sich der Abschnitt mit dem Titel ›Der Lazarus-Effekt‹, das schlicht gestaltete Halbrelief einer menschlichen Hand, die mit ausgestrecktem Zeigefinger einen Kelpstrang berührte, der aus dem Meer ragte.

Twisp zog den Finger aus der Wand hervor. Es klickte wie bei einem Dolch, der aus der Scheide sprang, dann ruckte ein Stück Gestein vor. Wenn die Einsatzzentrale in zavatanischen Angelegenheiten zusammenkam, traf sie sich in diesem Felslabyrinth. Die zahlreichen Ausbesserungen bezeugten die Instabilität der pandorischen Geologie, und die Wege änderten sich ständig. Nur wenige kannten alle Gänge, und nur wenige so gut wie Inselmensch Twisp, Leiter der Einsatzzentrale.

Mose schluckte trocken und erbleichte. Es wurde von vielen tausend Dorfbewohner und einfachen Leuten gemunkelt, die bei den Zavatanern Schutz suchten und nie wieder auftauchten. Mose selbst hatte Hunderte in die große Höhle hinter sich ziehen sehen, ohne daß sie je wieder herausgekommen waren. Die Einsatzzentrale nannte sie ›Boten der Armen‹ und deutete an, daß sie überall auf der Welt verteilt würden. Mose kannte zwar die Gerüchte, hatte dafür aber nie konkrete Beweise gesehen. Er gestand sich selten ein, daß sein bisheriges kurzes Leben sich auf einen Bereich beschränkte, der keine fünf Kilometer durchmaß.

Sie kommen nie durch dieses Luk zurück!

Twisp lächelte über die Angst des jungen Mönchs.

Warum necke ich ihn so gern? fragte er sich. *Brett konnte das immer gut einstecken ...*

Er schüttelte den Kopf. Es brachte nichts, wenn er über seinen toten Partner nachdachte. Da war es eher zum allgemeinen Nutzen, wenn er das Nest der Mörder ausräucherte, die ihn getötet hatten.

»Komm!« sagte Twisp. »Bei mir bist du sicher. Es wird Zeit, daß die Zavataner Muskeln zeigen.«

Lächelnd betrat Twisp den angenehm erleuchteten Gang. Mose hätte die Augen nicht weiter aufreißen können. Er zögerte, und Twisp legte ihm eine Hand auf die Schulter.

Mose trat ebenfalls über die Schwelle, und das Paneel schloß sich klickend hinter ihm.

»Erinnere dich an alles, was du hier heute zu sehen bekommst.«

Wieder schluckte Mose und nickte. »Jawohl ... Ältester.«

Moses Nervosität schien nicht zuzunehmen. Sein bleiches Gesicht wirkte angespannt, die Operationsnarben am Haaransatz und Hals leuchteten in einem zornigen Rosa. Er zupfte an seiner Robe und rang die Hände.

Die nervenaufreibende Stille des Steingangs stand in auffälligem Gegensatz zu dem allgegenwärtigen Lärmen der größeren Höhle. Kaltes Licht erfüllte den Raum, weder grell noch matt, doch mit seinem hellgrünen Schimmer offenbar meermenschlicher Herkunft. Wie bei vielen Meermensch-Anlagen begegneten sich die Wände mit einer rechtwinkligen Präzision, die viele Inselmenschen ärgerte. Die Wände waren mit einem

Plastahl-Schweißgerät gestaltet worden und verliefen in glatten, vollkommen geraden Linien – von den geologischen Verwerfungen einmal abgesehen.

Von oben tönte eine elektronische Stimme herab, Mose fuhr zusammen.

»Sicherheitscode für den Begleiter?«

»Eins-drei«, antwortete Twisp.

»Gehen Sie weiter!«

Die Männer schritten durch den Gang. »Wo sind wir?« fragte Mose.

»Wirst du gleich sehen.«

»Was soll das heißen – ›Sicherheitscode‹?«

»Wir überprüfen auch die Überprüften«, erklärte Twisp. »Wärst du ein Feind gewesen, der mich als Geisel genommen hätte, wäre dieser Gang abgeriegelt worden. Ohne Rücksicht auf mich. Vielleicht hätte man mich gerettet, vielleicht nicht. Auf jeden Fall wärst du ums Leben gekommen.«

Twisp spürte, daß Mose noch dichter an ihn heranrückte.

»Die Einsatzzentrale liegt tief unter uns, noch unter dem Meeresboden.«

»*Meermenschen* haben das alles gebaut?« fragte Mose.

Abrupt bog der Gang nach links ab und endete vor einer kahlen Wand. Twisp legte die Handfläche in eine Vertiefung an der Wand. Ein Paneel glitt zur Seite und offenbarte einen winzigen Raum, in den kaum ein halbes Dutzend Leute paßte.

»*Menschen* haben das gebaut«, antwortete Twisp. »Inselmenschen wie auch Meermenschen.«

Das Paneel schloß sich hinter den beiden. Twisp sagte nur: »Einsatzzentrale«, woraufhin sich der Raum abzusenken begann.

»Ach, Ältester ...«

Mose hielt Twisps langen Arm umfaßt.

»Keine Angst«, sagte Twisp. »Dies ist keine Zauberei. Du wirst gleich noch viele andere Wunder erleben, menschliche Wunder. Unsere Brüder und Schwestern werden auch bald davon wissen. Habe ich nicht gleich gesagt, daß du Furchterregendes sehen würdest?«

Mose mußte lachen, doch klammerte er sich an Twisp fest, so lange die schnelle Fahrt in die Tiefe dauerte.

Wie alle meine Mitmenschen fürchte auch ich die mit zu vielen Rätseln befrachtete und gänzlich zu neue Zukunft, auf die die Zeit mich zutreibt.

Pierre Teilhard de Chardin
Hymne des Universums
Die Zavatanische Sammlung

Mit ganzer Kraft bediente Doob die Kontrollen seines Raupengefährts, das sich ruckelnd durch das Niemandsland zwischen der Peripheriestraße und der Siedlung bewegte. Auf der Raupe wurde man tüchtig durchgeschüttelt, doch brauchte er sich nicht wie Stellas kleiner Wagen auf die wenigen flachen Straßen zu beschränken. Trotz der unruhigen Fahrt schien die Raupe auch nicht so oft defekt zu sein. Doob und Gray waren diesen Monat nun schon zum drittenmal zum Autofriedhof unterwegs – jedesmal um Stellas fünfjährigen Kleinwagen in Ordnung zu bringen.

»Du solltest das Ding irgendwie in den Griff kriegen!« rief Gray.

Der plötzlich einsetzende Nachmittagsregen hatte beide Männer durchnäßt, und das kurze Haar klebte wie dicke schwarze Farbe an ihren Schädeln.

»Mir gefällt das!« gab Doob ebenso laut zurück. »Meine Mama hat immer gemeint, es wäre gut für den Teint.«

»Das sagt man vom Sex auch!«

Dies war die erste humorvolle Bemerkung, die Doob heute von Gray hörte. Vor etwa einer halben Stunde, nach seinem Dienstschluß in der Siedlung, war Gray vorbeigekommen, die Lippen humorlos zusammengepreßt, was so gar nicht zu dem lässigen Gray paßte, der Doobs Nachbar war. Gray bekleidete einen Posten im persönlichen Sicherheitsstab des Direktors – und wenn er nicht reden wollte, war es für Doob das Beste, keine Fragen zu stellen.

Allerdings lagen ihm heute alle möglichen Fragen auf der Zunge. Über der Siedlung standen riesige Rauchwolken, die ihn trotz der Nachrichtenmeldungen beunruhigten.

»Ein heftiger Schauer reinigt die Luft«, sagte Doob. »Ist auch gut für das Gehirn. Ich wünschte, er brächte hier was anderes zum Wachsen als Steine.«

»Die Zavataner«, sagte Gray, »die könnten das.«

»Könnten was?«

»Na, hier etwas wachsen lassen. Überall in den Bereichen oberhalb der Küsten betreiben sie riesige Farmen. Genau wie die Inselmenschen, nur haben sie die Inseln ins Binnenland versetzt.«

Doob schaute Gray ungläubig an. Natürlich hatte er Gerüchte gehört, alle kannten diese Gerüchte.

»Du nimmst mich nicht auf den Arm? Da oben werden *Nahrungsmittel* produziert und der Direktor läßt das durchgehen?«

»Richtig. Er kann nicht hier unten *und* dort oben alles im Griff haben.«

»Aber da oben gibt's doch nur Klippen und Felswüsten ...«

»So wird behauptet«, sagte Gray. »Aber wo wird das behauptet?«

»Na, in den Nachrichten. Ich weiß niemanden, der schon mal selbst dort oben war.«

»Ich.«

Doob musterte seinen besten Freund von der Seite. Irgend etwas war mit ihm heute geschehen, etwas, das ihn von grundauf verändert hatte. Gray war ein Spaßvogel. Er kam nach Hause, trank mit Doob Boo und bastelte an den Fahrzeugen herum. Wenn es sich Doob leisten konnte, führten sie die Frauen in die Siedlung aus und tranken Wein und spielten Summbrett. Heute war Gray alles andere als ein Spaßvogel – aber immerhin war er oben an der Küste unterwegs gewesen, und Doob platzte beinahe vor Neugier.

»Ach, wirklich?« fragte er. »Na ... wie war das so?«

Er wußte, wie gefährlich diese Frage war, denn was immer Gray ihm über die höhergelegenen Regionen erzählen konnte, war möglicherweise etwas, das zu wissen nicht ratsam war.

»Es war wunderschön«, antwortete Gray.

Obwohl er lauter gesprochen hatte, war seine Stimme durch das Lärmen des Raupenauspuffs kaum zu verstehen.

»Es gibt dort Gärten, viele hundert. Eine Felsflur wie die hier könnte dort innerhalb einer Saison Getreide abwerfen. Und jeder kleine Garten ist von Blumen gesäumt, in allen Farben ...«

Besonders der sehnsüchtige Ausdruck auf Grays Gesicht beunruhigte Doob. Zu oft hatte er diesen Ausdruck beobachten können, wenn Gray von den unbekannten Zielen zurückkehrte, die er im Auftrag des Direktors aufsuchen mußte. Gray verriet nichts, und Doob war klug genug, um nicht zu fragen. Je weniger er über diese Dinge wußte, desto größer die zu erwartende Lebensspanne, davon war er überzeugt.

Außerdem hörte er schon genug gefährliche politische Parolen von seiner Raumgefährtin Stella. Sie war zweiundzwanzig wie Doob, gab sich aber mit Künstlern ab und versuchte älter zu erscheinen. Sie hatte den größten Teil ihres Wohnraums in einen mehrere Etagen umfassenden hydroponischen Garten verwandelt und züchtete Pilze unter dem Fußboden. Gray war natürlich eingeweiht, tat aber so, als wisse er nichts. Stella entstammte einer ganzen Gärtnerdynastie der Inselmenschen. Ihre Familie besaß Patente auf Samen, die speziell für Pandora mutiert worden waren, und verfügte über ein etwa dreihundertjähriges Knowhow in Hydroponie. Sie hätte wohl sogar die Mauern zum Sprießen gebracht, wenn er es zugelassen hätte.

Stella redete unentwegt, was Doob aber nicht weiter

störte. Um so weniger mußte er sagen, was ihm nur recht war.

Gray gab ihm ein Zeichen, den Motor abzustellen. Das Raupenfahrzeug kam nach einer Fehlzündung auf einem Felsvorsprung zum Stillstand, der einen umfassenden Ausblick bot.

»Ich möchte dir gern trauen«, sagte Gray. »Es gibt da Dinge, über die wir sprechen müssen.«

Doob schluckte wieder und nickte.

»Klar, Gray. Ich hab' aber ein bißchen Angst, weißt du.«

Gray lächelte, aber es war ein verkniffenes Lächeln.

»Dazu hast du auch jeden Grund«, antwortete er und deutete auf das Flüchtlingslager, das sich weiter vorn erstreckte. »Dort hungern Menschen, die dich wegen einer Mahlzeit aus Stellas Garten umbringen würden. Flatterys Wächter würden dich umbringen, weil du dir illegalerweise etwas zu essen züchtest. Ich könnte dich umbringen, wenn du weiterträgst, was ich dir anvertrauen will.«

Doob saugte den Atem ein. Grays ruhiger Blick verriet, daß er es ernst meinte. Und er, Doob, mußte erfahren, was Gray loswerden wollte.

»Auch nicht an Stella?«

Grays Blick verlor seine Schärfe. Doob wußte, wie sehr er Stella mochte. Er behandelte sie wie die Tochter, die Gray und Billie nie gehabt hatten.

»Wir werden sehen«, sagte er schließlich. »Hör erst mal zu.«

Gray sprach beinahe flüsternd und ließ dabei nervös den Blick in die Runde wandern. Doob duckte sich zu Gray hinüber und tat, als arbeite er am Armaturenbrett des Raupenfahrzeugs. Er hatte das deutliche Gefühl, beobachtet zu werden.

»Ich war einen Monat fort, das weißt du«, begann Gray. »Man schickte mich die Küste hinauf, um dort oben Zavataner zu bespitzeln. Ich wurde ausgestattet mit Legende, Minikamera und Schlupflöchern fürs Einschleichen und Zurückkommen. Beobachtungsflüge hatten Hinweise auf illegale Fischfänge und Nahrungsmittelproduktion ergeben. Flattery wollte Einzelheiten wissen. Was ich dort gesehen habe, hat mein Leben auf den Kopf gestellt.«

Er hob den Deckel des Armaturenbretts und stützte es ab. Gray und Billie waren in Meermensch-Siedlungen großgeworden.

Er geht methodisch vor wie ein Meermensch, dachte Doob.

Grays blau-kalte Augen suchten die Umgebung des Fahrzeugs ab. Hier draußen im Freien, in unmittelbarer Nähe des Perimeters, drohten Gefahren nicht nur von Menschen. Gray setzte seinen langsamen, leisen Bericht fort.

»Dort oben leben Inselmenschen ohne Inseln«, sagte er. »Zu Tausenden – Flattery hat keine Ahnung, daß ihre Zahl so groß ist. Zum Schutz vor Beobachtungsflügen benutzen sie Tarnnetze. Die kargen kleinen Gärten, die wir aus der Luft sehen können, sollen entdeckt werden. Unter der Tarnung und unter der Erde ... da läuft etwas ganz anderes. Die Leute erzeugen wie früher Membranen in großen Bottichen. Nur lassen sie daraus keine Inseln mehr erwachsen, sondern sprühen das Zeug als Schaum über Felsgestein wie das hier und können eine Woche später darin etwas anpflanzen. Rohmaterialien sind Müll und Abwässer – wie in den guten alten Tagen.

Auf flachem Terrain oder bei der zweiten Benutzung wird die Membrane zu einer zentimeterdicken organischen Gelschicht geformt, etwa im Durchmesser von zwölf Metern. Samen werden in Reihen in das Gel gebettet, dann kommt das Zeug über nacktes Gestein oder Sand oder den Garten vom letzten Jahr. Das Material speichert Nährstoffe, Wasser und Abwehrstoffe gegen Raubtiere, dies alles auf vorher berechnete zeitlich abgestufte Freigabe. Meinst du nicht, daß Stella darauf brennen würde, so etwas zu sehen?«

»Für sie wäre das ein Paradies!« bestätigte Doob. »Ihr fehlt das Inselleben, obwohl wir erst fünf Jahre alt waren, als unsere Insel auf Grund lief. Ich vermisse das wohl auch irgendwie. Weniger das Dahintreiben als die Freiheit. Wir waren besorgt, daß wir auf Grund laufen würden, aber wir hatten wenigstens keine Angst vor unseren Mitmenschen.«

Die letzten Worte sprach Doob mit Bangen aus. Wenn man einräumte, daß man sich vor den Sicherheitsbeamten fürchtete, gestand man indirekt ein, Grund zur Angst zu haben. Angst war ein Anlaß für weitere Ermittlungen.

»Ja«, seufzte Gray, »wir haben inzwischen wirklich Angst vor unseren Mitmenschen, nicht wahr? Sogar du und ich. Da oben ...« – mit einer Kopfbewegung deutete er die Küste hinauf – »ist man auf der Hut, hat aber keine Angst.«

»Was ist mit deinem Bericht? Hast du ...?«

»Habe ich das Glück dieser Menschen verraten? Habe ich die ersten Anzeichen wahrer Menschlichkeit aufgedeckt, die ich seit fast zwanzig Jahren finden konnte? Nein. Nein, ich habe gelogen und dafür gesorgt, daß meine Kamera diesen Lügen nicht widersprach. Aber ich bin nicht so mutig, wie du glaubst. Ich weiß, was Flattery vermutet hatte – daß es da oben Siedlungen und illegale Nahrungsmittel gab. Ich weiß aber auch, was er gern hören wollte – daß das alles sehr heruntergekommen sei und einen Einsatz nicht lohne, *denn seine Streitmacht ist nicht groß genug, um dagegen anzugehen!* Schau dich mal um, Doob!« Gray schwenkte die Arme in alle Richtungen. »Dies alles erfordert jeden Mann, den er aufbieten kann, und trotzdem verliert er an Boden. Heute hat es in der Siedlung Ausschreitungen gegeben, große Ausschreitungen, und das wird sich noch steigern. Die Nachrichten sind keine Nachrichten mehr, sondern eine von Flattery inspirierte und von seinen Narren verfaßte Dichtung. Er lügt, um uns klein zu halten, und solange wir klein sind, hat er die Macht.

Nein, er wollte nicht, daß sich da oben an der Küste etwas Großes tat – und war sichtlich glücklich, als ich ihm ein paar zerlumpte Dreckkratzer zeigte. Nun bleibt er vielleicht, wo er ist. Hier befindet sich seine Hauptstreitmacht, hier und in Victoria, mit starken Patrouillen rings um die Fischfangflotte. Die Welt ist aber viel größer als das, Doob. Sie ist *sehr viel* größer und erweitert sich jeden Tag mehr. Ich glaube, du und Stella, ihr solltet dort hinaufziehen.«

»*Was?*«

Doob fuhr heftig auf und stieß sich den Kopf an der Verkleidung des Armaturenbretts. »Bist du verrückt geworden? Sie dreht mir durch ... Ich meine, im Augenblick können wir an so etwas wirklich nicht denken. Wir müssen bleiben.«

»Doob, ich weiß, daß sie ein Kind bekommt. Stella hat es Billie gesagt, und von der habe ich's heute früh erfahren. Sie kann es sowieso nicht mehr lange verbergen. Da wirst du dann neue Nahrungscoupons beantragen müssen, und das löst womöglich Inspektionen bei dir zu Hause aus. Das kannst du nicht riskieren.«

Doob seufzte und spuckte aus dem Bullauge des Fahrers.

»Scheiße!« knurrte er.

»Hör zu!« sagte Gray. »Es gibt einen Ausweg. Wie ist der Kleinwagen auf dem Wasser?«

»Nun ja, ganz in Ordnung, sobald er mal in Fahrt ist. Natürlich mit einem Tragflügelboot oder einem der Schnellboote der Sicherheitskräfte nicht zu vergleichen.«

Gray schaute auf die Ladefläche des Raupenfahrzeugs, einen abnehmbaren Ladekasten von vier mal zwei Metern. Doob verdiente sich seine Coupons, indem er an den Stränden Kalalochs für die Baumannschaften Gerätschaften und Material transportierte.

»Kriegst du in rauhem Gelände dreihundert km/h aus diesem Ding heraus?«

Doob schüttelte den Kopf. »Nie und nimmer. Höchstens zweihundert. Mit einem Konverter und Zugang zu Meerwasser könnte ich vermutlich um die Welt fahren.«

»Ja«, antwortete Gray gedehnt und zupfte sich am Kinn. »Aber im Binnenland gibt es kein Meerwasser, und Konverter funktionieren an Bächen oder Seen nicht. Ich habe zu Hause einen alten Hochdrucktank, mit dem müßtest du ans Ziel kommen.«

»Was meinst du?«, wollte Doob wissen und fuhr sich nervös durch das verfilzte braune Haar. »Glaubst du, wir können den Raupenwagen einfach kühn die Küste hinauflenken? Man würde uns den Hintern abflammen, ehe wir die Oberen Regionen erreicht haben.«

»Eben darum nimmst du nicht diese Richtung«, antwortete Gray. »Ich habe eine Landkarte – und einen Plan. Wenn ich dich, Stella und diesen Raupenlader zu meinen zavatanischen Kontaktleuten schaffen könnte, würdest du mitmachen?«

Doob hob den Kopf und sah, wie ein Sicherheitstrupp den Perimeter verließ und sich über das Gestein dem Fahrzeug näherte. Die Soldaten waren noch zweihundert Meter entfernt, wirkten aber alles andere als zufrieden.

»Scheiße!« sagte Doob.

Er klappte den Deckel der Kontrollen zu und startete den Motor, drehte die Maschine auf der linken Kette, um nach Hause zu fahren.

»Nein!« rief Gray. »Wir sind losgefahren, um einen Anlasser für das Kleinauto zu besorgen, und das tun wir auch. Wink mal hinüber.«

Gray winkte dem Trupp zu, und Doob folgte seinem Beispiel. Der Anführer der Männer erwiderte die Geste, und die Männer wandten sich wieder der Perimeterstraße zu, wo sie leichter vorankamen.

»Siehst du?« rief Gray triumphierend. »Ist doch überall dasselbe. Man muß diesen Leuten die einfachste Variante suggerieren – und schon kommt man durch. Auf dem Rückweg unterhalten wir uns weiter über unseren Ausflug die Küste hinauf. Ich habe mir schon alles überlegt, mach dir keine Sorgen.«

Er schenkte ihm ein Lächeln, ein breites Lächeln, und Doob lächelte automatisch zurück.

Gärten, dachte er. *Das wird Stella gefallen!*

Man erlangt die Befreiung vom Handeln nicht dadurch, daß man auf das Handeln verzichtet. Nicht allein durch Entsagung erlangt man die höchste Vollkommenheit.

aus *Zavatanische Gespräche mit den Avata*
QUEETS TWISP, Ältester

›Ratskammer‹ – das war für Twisp genau der richtige Name. Es gab im Gestein wirklich zahlreiche Kammern – eine für jedes Ratsmitglied und mehrere für den dazugehörigen Stab, außerdem größere Gesprächszimmer und Schlafquartiere. Die Einrichtung war schlicht, wenn man den Maßstab der Meermenschen anlegte, und primitiv im Vergleich zu den Gemächern des Direktors. Überall arbeiteten Reparaturmannschaften und beseitigten die restlichen Schäden des letztjährigen großen Erdbebens, das in der mündlichen Geschichte bereits ›das große Beben von 82‹ genannt wurde.

Gegenüber dem Fahrstuhl ging es durch ein Luk in Twisps persönliche Kammer, die aus glasigem schwarzen Gestein herausgekerbt worden war. Schwungvoll öffnete er das Luk und bat den staunenden Mose herein.

»Setz dich!«

Twisp deutete auf eine niedrige Couch links vom Luk. Es war ein organisches Möbelstück wie der Stuhlhund. Die Kammer war im Stil der Meermenschen eingerichtet und maß etwa vier Schritte im Quadrat.

Die schwarzen Felswände waren vorwiegend von Regalen verdeckt, auf denen sich Hunderte von Büchern stapelten. Es waren alte Ausgaben aus Kelppapier, eine ziemlich abgegriffene Bibliothek. Twisp war Fischer gewesen – ohne Holo oder Bildschirme. Damals druckten in jeder Gemeinde Handpressen auf gebleichten Kelpfasern Literatur und Nachrichten, die erschwinglich waren und herumgereicht werden konnten.

Twisp verriegelte das Luk und lächelte.

»Borg dir, was du magst«, sagte er. »Im Regal nützen die Bücher niemandem.«

Mose ließ den Kopf hängen.

»Ich ... ich hab's dir nie gesagt«, stammelte er und rang die Hände, deren Nägel abgebissen waren. »Ich kann nicht lesen.«

»Ich weiß«, antwortete Twisp. »Auch wenn du es gut verbirgst. Ich habe lange gebraucht, um dahinterzukommen.«

»Und du hast nichts gesagt ...?«

»Nur du könntest wissen, wann die Zeit gekommen ist. Es findet sich immer jemand, der einen unterrichtet – das bringt aber nur etwas, wenn der Schüler bereit ist zu lernen. Lesen ist leicht. Das *Schreiben,* nun ja, das ist eine andere Sache.«

»Ich war beim Lernen nie sehr gut.«

»Kopf hoch!« sagte Twisp. »Sprechen hast du doch gelernt, oder? Das Lesen ist da gar nicht so anders. Wir werden einen Monat lang jeden Tag unseren Kaffee zusammen trinken, und am Ende dieses Monats wirst du gut lesen können. Wie wär's, wenn wir mit dem Kaffee gleich anfangen und mit der Lektion nachher?«

Mose nickte und schien seine gute Laune wiederzufinden. Bodenseits, unter Zavatanern, bekam er nicht oft Kaffee, seit der Direktor die Produktion unter Kontrolle hatte. Aber er hatte sich der zavatanischen Armut verschrieben, die immerhin noch besser war als die frühere Armut seiner Familie. Bei den Zavatanern hatte er gelernt, nichts zu erwarten und alles zu genießen. Twisp machte sich an die Vorbereitungen und hantierte mit langen Armen am Tisch.

Ein Falttisch und ein Waschbecken aus Stein ragten drüben aus der Wand, gleich neben Insektenherd und Kühler. Mose lehnte sich in die kalte Couch und spürte, wie sie sich seinen Umrissen anpaßte – ein auf unbeschreibliche Weise angenehmeres Gefühl als seine Liege bodenseits. In einem Regal neben der Couch befanden sich mehrere Holowürfel. Die meisten Bilder darin zeigten einen jungen rothaarigen Mann und ein kleines Mädchen mit dunkler Haut.

»Das Treffen beginnt bald, Mose«, sagte Twisp. Der ältere Mann seufzte, ohne sich umzudrehen, und ließ die dürren Arme hängen. Dann löffelte er duftenden Kaffee in einen kleinen Kocher.

»Es gibt dazu für alle eine Suppe, nach alter Sitte, sonst würde ich dir hier etwas anbieten. Meine Kammer ist deine Kammer. Das Luk dort führt zur Toilette. Dieses Luk ...« – mit einer Kopfbewegung deutete er auf den Eingangsweg – »zu den Beratungsräumen. Sei auf die Begegnung mit verwirrend vielen Leuten gefaßt, die Seltsames tun.«

»So waren die Dinge mein ganzes Leben lang.«

Twisp lachte. »Nun ja, dann wirst du hier unten gut zurechtkommen. Erinnerst du dich an den Eid, den du abgelegt hast, als du zu den Zavatanern kamst?«

»Ja, Ältester, natürlich erinnere ich mich.«

»Wiederhole ihn bitte.«

Mose räusperte sich und straffte sich, obwohl Twisp ihm noch immer den Rücken zuwandte.

»Ich schwöre hiermit jedweden Raubens und Stehlens von Nahrungsmitteln und Enten ab, des Plünderns und der Zerstörung von Häusern, die dem Volk gehören. Ich verspreche den Familien, daß sie sich frei bewegen und sich unbehindert ansiedeln können; dies schwöre ich mit erhobenen Händen. Ich will auch nicht selbst plündern oder zerstören, nicht einmal um Leben oder Gesundheit zu rächen. Ich widme mich guten Gedanken, guten Worten, guten Taten.«

»Gut aufgesagt«, bemerkte Twisp und reichte Mose den heißen Kaffee. »Du bist hier, weil der Rat deine Meinung hören will. Der Rat muß heute eine wichtige Entscheidung treffen – wichtiger war noch keine Entscheidung. Vielleicht wird sie zur Folge haben, daß die

Zavataner, wir alle, gebeten werden, diesen Eid zu brechen, zumindest was das Rächen von Leben und Gesundheit angeht. Wir brauchen dich als Zeugen für die Konferenz, und deine Meinung wird uns helfen zu entscheiden, ob wir den Eid brechen sollen oder nicht.«

Twisp, der noch immer hoch vor Mose aufragte, trank seinen Kaffee und bemerkte das Zittern der Finger des jungen Mönchs.

»Hast du eine Meinung darüber, Mose?«

»Ja, Ältester.«

In Moses Stimme lag kein Zögern, und seine Hände wurden plötzlich ruhig.

»Einen Eid zu schwören ... also, das gilt *lebenslang*. Ich habe geschworen, diesen Eid zu halten, solange ich lebe. Das habe ich getan, und das sollte ich weiter tun.«

Mose unterstrich die Worte mit einem kurzen Nicken, doch hob er noch immer nicht den Blick.

So ängstlich, dachte Twisp. *Diese Welt ist bewohnbarer als je zuvor, doch sind die Menschen ängstlicher, sogar gegenüber ihren Nächsten.*

Ein Klopfen am großen Luk ließ beide Männer zusammenfahren. Twisp öffnete und sah sich einer jungen rothaarigen Frau gegenüber, die ein Klemmbrett im Arm hielt. Sie hatte eine hübsche Figur, und der grüne Anzug des Kelpklans stand ihr gut. Der Name über der linken Brusttasche lautete ›Snej‹. Ihre blauen Augen waren gerötet und geschwollen.

Sie hat geweint!

»Noch fünf Minuten bis zur Ratssitzung, Sir«, sagte sie und schniefte kaum hörbar. »Hier sind die letzten Notizen und Informationen.« Ihr Blick hielt dem seinen stand, doch senkte sie die Stimme: »Projekt Göttin ist vielleicht verloren, Sir. Seit Stunden keine Nachricht, kein Lebenszeichen mehr.«

Ihre Lippen zitterten nur ein wenig, so gut hatte sie sich unter Kontrolle, doch erschienen frische Tränen in ihren Augen. Die allgemeine Niedergeschlagenheit des Stabes war Twisp bereits aufgefallen.

»LaPush hat jede Stunde mit seiner Kamera eine Stoßsendung abgesetzt ...«

»Wir haben auch ein Breitbandproblem«, sagte Snej. »Die Kelpkanäle sind frei, doch scheinen die konventionalen Sendungen gestört zu werden. Manchmal kommen sie klar durch, manchmal nicht. Vielleicht liegt's an Sonnenflecken, aber die Umstände sind eigentlich nicht danach. Dazu ist die Erscheinung zu selektiv.«

Sie angelte im Ärmel nach ihrem Taschentuch und schneuzte sich.

»Sie sind bekümmert«, stellte Twisp fest. »Kann ich irgend etwas tun?«

»Ja, Sir. Sie können mir Rico widerbringen. Ich weiß, daß Crista Galli wichtig ist ... überaus wichtig. Aber ich ...«

»Sie haben heute Konsolenwache?«

Das Mädchen nickte und tupfte sich die Augen mit den Ärmeln ab.

»Danke«, sagte sie. »Es tut mir leid ... ich gehe jetzt lieber wieder. Danke.«

Mose folgte Twisp durch das Luk und betrat hinter ihm das riesige überkuppelte Informationszentrum, in dem es vor Menschen wimmelte. Mose erkannte einige Flüchtlinge aus dem Dorf, die er oben durch die Höhle hatte kommen sehen. Sie trugen entweder die grüne Uniform der rothaarigen Snej oder die dunkelbraunen Einteiler, die seines Wissens dem neuen Landpfleger-Clan zuzuordnen waren.

Twisp wurde sichtlich munter angesichts des Raums voller Arbeitstische, Bildschirme, Papierstapel, Kabel, die über das Deck führten. Vor sich hatte er das Ergebnis seiner fünfundzwanzigjährigen Arbeit: die Einsatzzentrale, Herz und Wesen der rätselhaften Schatten überall auf der Welt.

»Flattery glaubt, wir stecken in Victoria«, hatte

Twisp dem Rat zu Anfang gesagt, »und die übrige Welt soll das ebenfalls annehmen. Die Schatten werden eine Illusion sein, eine Fiktion, die wir Schritt für Schritt ausbauen wollen. Dabei geht es um das Schicksal der ganzen Welt, vielleicht jedes einzelnen Menschen. Unsere Geduld muß entsprechend groß sein.«

Er hoffte, daß die Geduld immer noch ausreichte.

Twisp räumte mehrere Speichereinheiten von einem alten Stuhlhund und gab Mose zu verstehen, daß er sich setzen sollte. Ein großes Plasschild trennte sie von der ominösen Ruhe eines ganzen Raums voller Techniker. Snej, die Rothaarige, nickte Twisp zu und versuchte sich ein Lächeln abzuringen.

Snej erinnerte Twisp ein wenig an Botschafterin Kareen Ale, eine gute Freundin, die zu den ersten Opfern von Flatterys Todestrupps gehört hatte.

Sie hat viele Menschenleben gerettet, dachte er. *Und sie war so verdammt hübsch!*

Twisp schüttelte die schmerzliche Erinnerung ab und machte es sich auf der Couch seiner Konsole bequem. Die Konsolen der anderen Ratsmitglieder waren wie die Speichen eines Rades angeordnet – jeder schaute auf Schaltpult, Bildschirm und eine in der Mitte befindliche Holobühne.

Twisp streifte die zerschlissene Robe ab, unter der ein roter Einteiler des Hyfliegerclans zum Vorschein kam. Das Zeichen mit den verschränkten Händen an seiner rechten Brust war zugleich das inoffizielle Symbol der Schatten. Auch die übrigen drei Konsuln ließen sich von einem Zivilisten als Zeuge begleiten. Eine Couch blieb leer, der dazugehörige Bildschirm schwarz.

Nicht nur Mose hatte die Augen aufgerissen, auch die anderen drei Zeugen starrten ehrfürchtig auf die Landkarten und Daten, die vor ihnen ausgebreitet waren. Twisp räusperte sich und äußerte die schlichten, schrecklichen Worte, die zu hören mehrere Ratsmitglieder gut zwanzig Jahre lang gewartet hatten:

»Brüder und Schwestern, die Zeit ist gekommen.«

Nachdem der überlieferte Segen zum Essen gesprochen worden war, wurde stumm die Suppe gegessen. Es war eine klassische Inselmensch-Brühe, fast klar, am Grund der Schale zwei helle, fast gelbe Muree-Kringel. Oben schwammen einige grüne Zwiebelstücke, deren frischer Duft den Raum durchwehte.

Der leere Sitz gehörte Zwerg MacIntosh, dem Überlebenden der gleichen Hibernationstanks, die auch den Direktor Raja Flattery auf den Planeten gebracht hatten. MacIntosh hatte sich von Flatterys Ehrgeiz abgewandt und die vertrauteren zen-ähnlichen Philosophien der Zavataner für sich übernommen. Nach eigenem Bekunden hatte er sich den Kopf rasiert, »aus Kummer über den Verlust von Flatterys Seele, und als Mahnung, die meine zu behalten«.

Vor Jahren hatten sich MacIntosh und Flattery bei vielen Gelegenheiten in der Öffentlichkeit gestritten. Den Gerüchten zufolge hatte Flattery die Strömungskontrolle in den Orbiter verlegt, um zugleich auch MacIntosh in den Orbit verbannen zu können. Mack hatte in jüngster Zeit ein Konsolen-Kommunikationssystem fertiggestellt, das den Kelp in einer Trägerfunktion benutzte. Alle Systeme in der Ratskammer waren mit dem Kelp verbunden. Durch einen Code, den ebenfalls MacIntosh entworfen hatte, vermochte jede Konsole in direkten Kontakt mit der Strömungskontrolle zu treten.

Hoffentlich können wir diese Leitungen offenhalten, dachte Twisp. *Vielleicht handelt es sich um ein systematisches Stören auf den konventionellen Kanälen, oder um Sonneneinflüsse. Wenn die Sonne dahintersteckt, wird der Kelpkanal davon wohl nicht betroffen sein.*

Er nahm sich vor, Snej zu beauftragen, den Kelpkanal nach Ricos Film abzusuchen. Vielleicht hatte ein glücklicher Zufall es gefügt, daß er abgeholt und dort deponiert worden war.

Nach dem Essen nahm Twisp die Bestätigung der

Ratsherren so ruhig entgegen, wie sie ihm präsentiert wurden – obwohl die einzuleitenden Maßnahmen überall auf der Welt zu Tod und Verderben führen konnten. Die Gesichter der Beteiligten ließen keinen Zweifel am Ernst der Angelegenheit. Alle waren sich einig, daß die Zeit gekommen war. Ebenso wichtig war es, daß alle begriffen, *wozu* die Zeit gekommen war.

Venus Brass, die mit fünfundsiebzig die älteste war, hatte mit ansehen müssen, wie auf Befehl des Direktors ihr Mann und ihre Kinder ermordet wurden, und war ihrem Schicksal nur durch einen Zufall entgangen. Venus war eine bedächtige, großherzige, intelligente Inselmensch-Frau, die mit ihrem Mann ein Nahrungsmittelimperium geschaffen hatte. Die Firma wurde von Flattery übernommen und mit der Meermensch-Handelsliga vereint. Die beiden hatten Fisch und Gemüse von kleinen Lieferanten wie Twisp auf öffentliche Märkte transportiert und dafür einen Anteil am Fang erhalten. Die Verteilung lag heute ausschließlich in Flatterys Händen, und er machte, was er wollte und wo er wollte, und keine Einzelfirma konnte es sich leisten, daran teilzunehmen.

Kaleb Norton-Wang, rechtmäßiger Erbe der Meermensch-Handelsliga, war mit dreiundzwanzig der jüngste Konsul. Er war der Sohn Scudi Wangs, Erbin der Meermensch-Handelsliga, und Brett Nortons, Twisps Fischpartner. Kaleb war Zeuge gewesen, wie das Boot seiner Familie eines Nachts im Hafen aus unerklärlichen Gründen explodierte und seine Eltern in den Tod riß. Damals vermutete noch niemand Flatterys Hand hinter solchen Ereignissen.

Kaleb hatte sich an dem Abend an Land geschlichen, um mit Kindern zu spielen. Er war zehn Jahre alt gewesen, und monatelang hatte man beim Abendessen nur über Flattery und sein Bestreben zur Übernahme der Handelsliga gesprochen.

Twisp, in seinem nahegelegenen Membranenboot

wachgeworden, hatte den Jungen schreiend auf der Pier stehen sehen, den Blick auf das brennende Boot gerichtet. Wisp und Kaleb flohen zusammen in die kaum bewohnbaren Oberen Bereiche. Wie sein verstorbener Vater vermochte Kaleb im Dunkeln zu sehen. Von seiner Mutter hatte er die erstaunliche Intelligenz und eine persönliche Loyalität gegenüber dem Kelp geerbt. Wie seine Mutter konnte er sich allein durch Berührung mit dem Kelp verständigen. Da es ihn zu sehr schmerzte, den Erinnerungen seiner Eltern im Kelp zu begegnen, erkundete er die Kelpwege in seinem Kopf nur selten.

Er ist zu verbittert, dachte Twisp. *Bitterkeit zieht einen Menschen herunter, verführt ihn zu Fehlern, die er sich nicht leisten kann.*

Er hatte in letzter Zeit nicht viel von Kaleb gesehen. Der Junge war für den Distrikt Victoria zuständig, Flatterys zweite große Festung weiter oben an der Küste. Twisp fürchtete, daß Kaleb in der Herausforderung dieser Aufgabe zu sehr aufging und sich zu persönlicher Rache gegenüber Flattery und seinen Helfern verleiten ließ. Er konnte nur hoffen, Kaleb klargemacht zu haben, daß es keinen Sinn hatte, mit Flattery ebenso umzuspringen, wie Flattery seine Eltern behandelt hatte.

Die Binnenregionen weiter oben wurden von Mona Flachflügel vertreten, einer rotgesichtigen, nicht mehr ganz jungen Frau, die gerade das Wort an die Versammlung richtete.

»Wir sind in einer ganz angenehmen Lage«, sagte sie. Ihre tiefliegenden braunen Augen funkelten, ihre heisere Stimme verriet den Tonfall der Inselmenschen.

»Bei uns hat jeder Haushalt Nahrungsmittel für sechs Monate. Wir besitzen darüber hinaus ausreichend Vorräte, um bis zur nächsten Ernte mit einem größeren Flüchtlingsstrom fertigzuwerden. Der Konsul von der Küste hat mir mitgeteilt, daß wir mit den Fischvorräten ähnlich gut dastehen.«

Venus Brass nickte.

»Ich will ehrlich sein«, fuhr Mona fort. »Unsere Leute wollen nicht hier herunterkommen und kämpfen. Ursprünglich sind sie ja von hier fortgegangen, um ein Leben ohne Kampf zu führen. Sie haben sich oben an der Küste einigermaßen eingerichtet und wollen in Ruhe gelassen werden. Wie immer werden sie jeden Gutwilligen aufnehmen, der eine Unterkunft sucht. Die üblichen Verteidigungsmaßnahmen sind eingeleitet worden, doch muß ich eins klarstellen: Die Leute wollen niemanden töten.«

Wieder nickte Venus Brass. Ihre zittrige, schrille Stimme klang ganz anders als Monas.

»Bei unseren Leuten ist das ebenso«, berichtete sie. »Sie benutzen die Freiheit des Meeres, um den ›Sorgen‹ zu entrinnen, wie sie es nennen. Mutige und zähe Menschen sind das, die alle zusammengenommen eine ziemlich große Angriffsflotte zusammenbekämen. Aber wie Kalebs Leute müssen sie landseits mit Flatterys Schergen zusammenleben und mit ihnen Handel treiben, außerdem gibt's Ehen über die Barrieren hinweg. Man will niemanden umbringen, schon gar keinen Verwandten. Ihr wißt ja, wie Flattery seine Truppen durcheinanderwürfelt, um dieser Einstellung Rechnung zu tragen ...«

Peng!

Kaleb hatte mit der Faust auf den Tisch geschlagen, und alle Anwesenden zuckten zusammen.

Twisp ballte im Reflex die Finger und lockerte sie langsam wieder auf dem Knie.

»Dies ist Flatterys Traumrat«, sagte Kaleb. In seiner Stimme lag die Verbitterung, die Twisp vor allem in jüngster Zeit darin aufgefallen war. »Wir sprechen hier davon, *nichts* unternehmen zu wollen, um dem Wahnsinn, dem Massenmord ein Ende zu machen. War ich denn der einzige, der die heutigen Vorfälle mit eigenen Augen gesehen hat?«

»Wenn man darüber redet, was man nicht tut, ist das doch nur die Vorstufe des Gesprächs über ...«

»Es ist die Vorstufe für nichts, wie immer«, unterbrach Kaleb. »Geschichtlich gesehen stimmt es, daß Menschen nur deswegen Hunger leiden, weil andere Menschen das zulassen. Schlicht gesagt dürfen wir so etwas nicht zulassen, keinen weiteren Tag, keine Stunde mehr.«

Venus fuhr zurück, wie von einer Ohrfeige getroffen, und verschränkte die Arme vor der schmalen Brust.

»Haben deine Leute die heutigen Vorkommnisse eingefädelt?« fragte sie.

Kaleb lächelte mit einer Innigkeit, die sein jugendliches Aussehen überstrahlte.

Er ist weit über seine Jahre hinaus, dachte Twisp. *Jedenfalls soweit, daß er weiß, wann er dieses Lächeln einsetzen muß.*

»Das war Flatterys Werk«, sagte Kaleb. »Ich habe einen anderen Plan, der auch besser zu unseren Idealen paßt. Meine Leute haben sich bereits darauf eingelassen, und meine Kontaktleute sagen, daß von euren Anhängern viele mitmachen werden.«

»Und was dann?« fauchte Mona und beugte sich vor. »Wenn wir etwas *unternehmen,* wird die Gegenseite auf uns aufmerksam. Flattery wird seine Sicherheitskräfte entsenden ...«

Das Argument war in diesem Raum schon oft vorgetragen worden, doch ließ Kaleb die andere aussprechen. Zwischendurch warf er Twisp einen Blick zu. Der Eifer, der in seinen jungen Augen funkelte, ließ Twisp an Kalebs Vater im gleichen Alter denken – klug, wagemutig, ungeduldig. Brett Norton hatte einmal einen Menschen getötet, aus einem Reflex heraus – und hatte mit dieser Tat Twisp und Kalebs Mutter das Leben gerettet.

Mona betonte noch einmal die Einstellung ihrer Leute.

»Flüchtlinge nehmen sie auf, verlassen aber auf keinen Fall ihre Existenz, die sie sich aus dem Nichts aufgebaut haben. Sich einer Aufspürung zu entziehen ist viel besser als den Konflikt zu suchen.«

»Ich verstehe«, erwiderte Kaleb. »So handeln auch Schnellgraser. Den Schnellies läßt sich auch noch etwas anderes nachsagen – ist ein Schnellie hungrig, gilt das für den ganzen Schwarm. Wir haben alles koordiniert und haben einen Plan in Gang gesetzt, der dem Schwarm Nahrung verschafft.«

Twisp mußte ein Lächeln unterdrücken.

Da hat er wohl doch zugehört, als ich von den Schnellgrasern gesprochen habe.

Im Rat gab es keine Rangstufen. Die Stimmberechtigten würden sich für eine Teilnahme aussprechen oder nicht und den Weg einschlagen, den die Entscheidung vorschrieb.

»Wir haben alle unsere Pläne«, sagte Twisp, »die sich jetzt zu einem einzigen vereinigen werden. Projekt Göttin ist an der Küsten-Kontrollstelle landaufwärts vier Stunden überfällig. Das sollte in dieser Sitzung auch mit bedacht werden.«

Ein Murmeln lief um den Tisch. Die vier Zeugen hatten schon beim Eintreten bleich und verängstigt ausgesehen, die Aufregung an den Ratstischen machte ihnen nun noch mehr zu schaffen.

Twisp hob die Hand, um das allgemeine Gespräch zu beenden.

»Wir haben noch andere Fische in der Pfanne brutzeln. Bitte hört mich an!«

Er bemerkte, daß auf Zwerg MacIntoshs Konsole eine Nachricht eintraf, und bat Snej mit einem Kopfnicken, sie zu holen. Unterdessen sprach er weiter.

»Flattery hat seine Herrschaft auf Hunger und Angst aufgebaut. Sein Ehrgeiz läuft offenkundig darauf hinaus, als Kommandeur eines Allschiffs den Planeten zu verlassen. Wir haben nichts dagegen, ihn loszuwerden, habe ich recht?«

Am Tisch wurde genickt, nur Mona meldete sich zu Wort.

»Er will dreitausend von unseren besten Leuten mitnehmen und die verdammten Sicherheitskräfte zurücklassen ...«

»Die Leute *wollen* mitfliegen«, stellte Twisp klar. »Man sollte ihnen die Freiheit gewähren, das All zu besiedeln, wenn sie es unbedingt wollen. Wir sind Flattery los – das ist unsere einzige Sorge. Doch ehe er aufbricht, müssen wir die Maschinerie seiner Macht zerschlagen. Er muß vorher noch gestürzt werden, damit wir die Gewähr haben, daß er auf keinen Fall zurückkehren kann. Wir müssen uns mit Verbrechern abgeben, ohne selbst Verbrecher zu werden. Gelingt uns das nicht, sind wir und unsere Kinder verloren.«

Snej las die Nachricht, die MacIntosh aus dem Orbiter übermittelt hatte.

»Twisp, Projekt Göttin ist ... abgefangen worden.«

»Abgefangen? Ah, das ist immerhin etwas anderes als ›verloren‹. Wo steckt das Boot? Wer steckt dahinter?«

»Der Kelp«, erwiderte Snej. »Dr. McIntosh vermutet, der Kelp habe Crista Galli irgendwie gerochen und sich dazu entschlossen, sie zu ergreifen. Sein Stoßsender wird gestört, nur der Kelpkanal funktioniert noch.«

»Hat er genügend Daten durchgegeben, daß wir uns umfassend informieren können?« fragte Twisp.

Er versuchte mit Massage einem Kopfschmerz zu begegnen, der sich in seiner Stirn ansiedeln wollte. Mehr als die anderen spürte er an diesem Tag das Gewicht seines zweiten Halbjahrhunderts. Snej reichte ihm ein Notizgerät, das er in seine Konsole einstöpselte.

»Der Kelp in Sektor acht hat das Tragflügelboot zu sich herdirigiert«, meldete Macks Stimme. »Zu dem Zweck hat er mehrere Transportkanäle völlig umgestellt und damit eine unbekannte Anzahl U-Boot-Züge außer Gefecht gesetzt und vielleicht versenkt. Es hat Tote gegeben, Anzahl unbekannt. Die Strömungskontrolle versuchte auf Flatterys stehenden Befehl hin eine Zwangskontrolle. Ohne Wirkung ...«

Am Tisch wurde Gemurmel laut. Auch Twisp war erstaunt.

Der Kelp hat sich widersetzt, dachte er. *Das ist das Zeichen, das wir brauchten.*

»Haben wir jemanden in der Gegend?« fragte Kaleb. »Angehörige des Kelpclans, die ihr Handwerk verstehen?«

Monas Finger huschten über ihre Konsole.

»Ja«, meldete sie. »Wir haben ein Orakle landwärts von der Position, jede Menge Personal.«

»Wenn der Schiffsverkehr dort unterbrochen ist, stecken unsere Leute vermutlich auch in der Klemme«, meinte Venus. »Ich versuche mal ein U-Boot zu alarmieren, würde aber vermuten, daß die ganze Zone unpassierbar ist ...«

»Was wir jetzt brauchen«, unterbrach Twisp, »ist die totale Störung aller Dinge, die Flattery im Gang hat. Wohin seine Männer auch gehen, welche Maßnahme er auch ergreift – unsere Leute müssen absperren, müssen ihm Sackgassen anbieten. Er darf sich nicht mehr entwickeln können. Bedeutet seine Einmischung in die Strömungskontrolle, daß er uns auf die Schliche gekommen ist?«

»Möglich wäre es«, antwortete Snej mit zusammengepreßten Lippen, »aber ich glaube nicht daran.«

»Bitten Sie Dr. MacIntosh, die Strömungskontrolle abzuschalten«, sagte Twisp. »Es wird zu Vergeltungsschlägen kommen, das wißt ihr. Aber keiner versteht sich so gut wie wir darauf, im Kelp vorwärtszukommen, der ohnehin zum größten Teil auf unserer Seite ist. Ab sofort wird der Verkehr weltweit zum Erliegen kommen. Ihr kennt natürlich alle die Gefahren.«

Twisp, der den größten Teil seines Lebens als Fischer auf hoher See zugebracht hatte, kannte besser als jeder andere das Schicksal, das soeben vielen tausend Menschen über und unter dem Ozean verordnet worden war. Zahllose Unschuldige saßen ab sofort in unbefahrbaren Gewässern fest, einige in feindlichem Kelp. Die Würfel waren gefallen, von Flattery selbst geworfen.

»Erfolg und Niederlage hängen für uns allein von der Mitarbeit der Pandorer ab«, fuhr Twisp fort. »Wir müssen Flattery aushungern. Hunger mit Hunger bekämpfen, Angst mit Angst ...«

Kaleb brachte ihn mit erhobener Hand zum Schweigen und entschuldigte sich dann mit einem nachdrücklichen Nicken.

»Wir bekämpfen nicht Hunger mit Hunger«, sagte er. Seine Stimme klang so tadelnd wie die eines jungen Vaters.

»Wir sind Menschen«, sagte er. »Wir bekämpfen den Hunger mit Nahrung.«

Ein ehrfürchtiges Schweigen trat ein, dann sagte Monas Zeuge: »Aye. Aye, da machen wir mit.«

»Kaleb, zeig mir, wie wir Flattery loswerden und die Hungrigen füttern können, dann sind auch wir dabei«, sagte Venus.

»Es ist so einfach, daß man darüber in Tränen ausbrechen könnte«, sagte Kaleb. »Die Unterweisung erscheint jetzt auf euren Schirmen. Wie ihr seht, brauchen wir dazu die Unterstützung, von der Twisp gesprochen hat. Wir müssen Ozette und Crista *sofort* auf den Sender bekommen. Können wir auf den Schattenkasten zählen?«

»Du hast recht«, sagte Mona und klopfte an den Schirm. »Der richtige Zeitpunkt ist hier entscheidend. Niemand kann helfen, wenn ihm nicht gesagt wird, wie. Ben Ozette werden die Menschen glauben, Crista Galli werden sie anbeten. Man muß dem Volk auf der Stelle einen Plan präsentieren.«

»Meine Leute haben die Unterwanderung bereits begonnen«, sagte Kaleb mit ruhiger, selbstbewußter Stimme und reckte das kräftige Kinn, das er von seinem

Vater geerbt hatte. »Etwa fünftausend Mann, gut vermengt mit der Armenbevölkerung. Bei den Armen ist die Mundpropaganda das Beste.«

»Sonst noch etwas von MacIntosh?« fragte Twisp.

Snej biß sich auf die Unterlippe und nickte. »Ja«, antwortete sie. »Er sagt, Beatriz Tatoosh wäre an Bord, und das Trinkwasser hätte sie krank gemacht.«

Snej hob den Blick vom Meldegerät und kräuselte verwirrt die Stirn.

Twisp spürte, wie sich sein Herzschlag beschleunigte.

»Also«, verkündete er, »das ist unser ganz persönlicher Code für großen Ärger in der Kreisbahn. Vermutlich hat Flattery mit Beatriz einen ganzen Sicherheitstrupp hochgeschickt. Er scheint zu ahnen, daß mit Mack etwas nicht stimmt. Verdammt!«

Twisp atmete tief ein und langsam wieder aus.

»Schade, daß sie nicht bei uns ist«, sagte er dann. »Außerdem wünschte ich, MacIntosh hätte dort oben jetzt etwas Hilfe.«

»Erst mal sehen, was für Hilfe wir hier unten bekommen«, warf Kaleb ein. »Mobilisieren wir unsere Leute oben an der Küste, retten wir das Tragflügelboot.«

Kaleb stand auf und war offentsichtlich bereit, sofort nach Victoria aufzubrechen.

Wir brauchen ihn hier.

»Kaleb«, sagte er, »laß uns ein bißchen spazierengehen. Du bist ja nur drei Stunden weit von zu Hause fort. Du hast gute Leute, die suchen schon. Laß uns um der alten Zeiten willen ins Orakle hinabgehen. Vielleicht sollte jemand den Kelp fragen, was er eigentlich im Schilde führt.«

Wurzeln und Flügel. Aber laßt den Flügeln Wurzeln wachsen und die Wurzeln fliegen.

JUAN RAMÓN JIMÉNEZ

Stella Bliss packte drei Kästen Moos-Orchideen aus und arrangierte sie in Dreiergruppen entlang des kurzen Weges zum Eingangsfoyer des vornehmen Wittle-Hauses. Der Auftrag war ihr erst am Abend vorher erteilt worden, und sie hatte zufällig die Moos-Orchideen fertig gehabt. Sie war Blumenformerin und freute sich, wenn sie für ihre Kunst ein Publikum fand.

Stella hatte ihre neue lavendelfarbene Bluse mit den Puffärmeln angezogen, dazu trug sie eine passende Arbeitshose. Die Bluse schonte ihre Brüste, die wegen der Schwangerschaft etwas empfindlich waren, doch was die Hose betraf, so würde es nun wohl eine Weile dauern, bis sie sie wieder tragen konnte.

Stella machte einen Bogen um Wächter und Dienstboten, die immer neue Vorwände fanden, sie zu beobachten. Die Aufmerksamkeit, die man ihr schenkte, machte sie nervös, obwohl ihre Körpergröße sie immer und überall in den Mittelpunkt des Interesses rückte. Nach der zwölf Hände großen Stella drehten sich überall die Leute um, auch wenn sie nur einen Arbeitsanzug trug.

Sie kleidete sich wie die Blumen, die sie züchtete. Doob hatte seinen Eltern berichtet, daß sie zu Hause bei jedem Schritt von Bienen begleitet wurde, die aber niemals stachen. Ihr wolliges dunkles Haar rahmte ein gebräuntes Gesicht mit hohen Wangenknochen und blaugrünen Augen. Ihre vollen Lippen waren oft konzentriert geschürzt. In jüngster Zeit lächelte sie häufiger und hatte es sich angewöhnt, dem neuen Menschen, der in ihr schlummerte, alte Lieder vorzusummen.

Pflanzen zu züchten und sie auf einen möglichst hohen Nahrungsertrag zu bringen war seit neun Generationen Tradition in Stellas Familie. Seit Beginn der Versorgungsengpässe konzentrierten sich die amtliche Produktion und Forschung auf die Nahrung. Stella dagegen hatte sich niemals von den Blumen oder Bienen abgewandt, die das andere ermöglichten.

In sich trug sie die zehnte Generation, ein Kind, von dem sie aus Träumen wußte, daß es zu einer Frau wie sie selbst heranwachsen würde. Sie wußte dies, wie es schon ihre Mutter gewußt hatte und alle Mütter der Familie seit Jahrhunderten. Es war eine lange Tradition, die sich in dieser schwierigen Zeit allerdings nur mühsam aufrechterhalten ließ. Die Moos-Orchideen, die Stella an diesem Abend setzte, waren von ihr selbst entworfen worden, und sie war stolz darauf, daß andere Künstler sie sehen würden – Musiker, die Bildhauer der Luft, und Angehörige der pandorischen Oberschicht.

Da Stella gehört hatte, daß Seine Ehren Alek Dexter farbenblind sei, wählte sie eine Farbzusammenstellung nach eigenem Geschmack. Die meisten Blüten leuchteten in unterschiedlichen Lavendeltönen, doch konnte sie der Versuchung nicht widerstehen, auch ein halbes Dutzend ihrer zarten Rosatöne auszustellen.

Ein zierlich gewachsener Uniformierter, der ein ganz und gar unzierliches Verhalten an den Tag legte, stocherte mit seiner Las-Waffe in jedem Karton herum und überprüfte die Moosbeete wortlos mit einem Messer. Stella selbst war beim Betreten des Grundstücks bereits zweimal von einer Sicherheitsbeamtin abgestrahlt und durchsucht worden. Vermutlich standen ihr noch weitere Kontrollen bevor. Stella hatte zu dieser Praxis eigene Ansichten, wollte sich aber lieber auf ihre Blumen konzentrieren.

Ein Kordon von Sicherheitsbeamten riegelte den ganzen Block ab, ein zweiter Trupp bewachte das Gebäude. Es gehörte dem Vorstandsvorsitzenden der Meermensch-Handelsliga, einem Mann, in dem der Direktor ein Angriffsziel der Schatten sah. Angeblich war er einer der drei Männer, die im Falle einer überraschenden Unannehmlichkeit Anspruch auf den Posten des Direktors hatten.

Das Haus, eine weitläufige Konstruktion aus geformtem Gestein und Plastahl, zeigte keinerlei Spuren der jüngsten Erdbebenserie, die einen Großteil Kalalochs verwüstet hatte. Das Grundstück schloß mit einer zwei Meter hohen Mauer ab, auf der scharfe Metallspitzen und Glasscherben befestigt waren. Stella konnte sich kaum vorstellen, daß die *Schlange* für diesen Sektor eine Querstraße entfernt vorbeiführte. Von den Leuten, die den großen Empfang vorbereiteten, schien sich niemand Gedanken zu machen über das laute Geschrei und das Brummen von Fahrzeugen ganz in der Nähe.

Der ernste Wächter hatte sich ein Ohr mit einer frisch aussehenden künstlichen Blume verzieren lassen, eine neue Mode, die Stella widerlich fand. Seine Unterarme waren schweißbedeckt – was nicht nur an dem schwülen Nachmittag liegen konnte.

»Was wollen Sie wohl in dem Dreck finden?« fragte sie, als er fertig war. »Todeswürmer, die Menschen angreifen?«

Der Wächter runzelte die Stirn, und sein Blick zuckte nervös von Stella zu der rauchigen Dunstschicht, die sich unter der grauen Wolkendecke sammelte.

»Ich verliere langsam den Humor«, brummte er. »Treiben Sie es nicht zu weit!«

»Haben Sie Angst, der Mob würde hier hereinstürmen und ...«

»Ich habe vor nichts Angst«, entgegnete er, und er wölbte die magere Brust in der zu weiten Uniform. »Meine Aufgabe ist es, Herrn Dexter zu beschützen, und das tue ich.«

Stella machte sich nun behutsam daran, die Pflanzen aus dem Behältern zu nehmen und in den Beeten am Weg zu arrangieren. Diesen Teil ihrer Arbeit liebte sie besonders – den Umgang mit den seidenweichen Ranken und kurzen Wurzeln, den Geruch des Tons beim Aufbrechen. Wenn sie abends ihre kurzen Fingernägel auskratzte, tat sie dies über einem Topf, damit nichts verlorenging.

»Sie müssen doch Blumen lieben«, sagte sie. »Sie haben mit dem Ornament am Ohr große Schmerzen und Mühe auf sich gekommen.«

»Ich war betrunken«, antwortete er. »Es wär' ja nicht so schlimm, wenn man den Dingern noch einen anständigen Geruch geben könnte.«

»Das kommt auch noch, warten Sie's ab. Riechen Sie mal hier!«

Sie hielt ihm eine Flieder-Orchidee hin. Er hielt sich die Pflanze an die Nase und rang sich ein Lächeln ab. Es freute sie, daß sein angespanntes Gesicht sich etwas lockerte.

»Ja«, sagte er. »Das wäre schön.«

»Also, diese Blumensorte hat bis letztes Jahr überhaupt nicht gerochen. Und kam auch erst vor fünf Jahren im Moos zur Blüte. Ich habe ihr das beigebracht.«

»Blumen!« Der Wächter tat verächtlich, wandte sich aber nicht ab. »Blumen kann man nicht essen. Sie sollten was züchten, das die Leute essen können.«

»Wie bitte?« In gespielter Überraschung hob sie die Hand an den Mund. »Man wird erschossen, wenn man ohne Lizenz etwas Eßbares wachsen läßt. Zur Blumenzucht braucht man keine Erlaubnis. Außerdem braucht auch die Seele Nahrung. Blumen haben einen seelischen Nährwert, der sich nicht genau berechnen läßt.«

Er schien etwas von seiner Skepsis verloren zu haben, war aber weiter auf der Hut. Sie widersetzte sich dem Impuls, von ihren Bienen zu erzählen, denn Bienen bedeuteten Honig, und nur sehr wenige Menschen wußten von ihrer Honigproduktion.

Nachdem alle Pflanzen gesetzt waren, besprühte sie sie reichlich mit Wasser und fegte die abgeschnittenen

Reste und Schmutzbrocken vom Pflaster. Sie war ein wenig nervös, denn sie saß in der Stadt fest. Billie, ihre Nachbarin, hatte sie früh am Morgen hergefahren. Obwohl ihr Kleinwagen praktisch neu war, hatte wieder mal etwas versagt. Das Ding wollte nicht anspringen. In der Stadt gefiel es ihr sowieso nicht, sie war eng und frustrierend. Es gab eine Straßenbahnlinie ins Zentrum mit Anschlußmöglichkeit, aber wegen der Aufstände war der Verkehr vermutlich eingestellt worden. Der Gedanke, die zehn Kilometer ohne Doob zu Fuß gehen zu müssen, gefiel ihr ganz und gar nicht.

»Meine liebe Stella, sind Sie hier draußen fertig?«

Frau Wittle, die Gastgeberin, winkte vom Eingang zum Hauptluk. Sie war eine grauhaarige, auf Umgangsformen bedachte Frau, die ihrer Umwelt mit einem ehrlichen Lächeln begegnete. Ihre helle Haut deutete auf eine Meermensch-Abstammung hin. Sie war zwar zart gebaut und spielte sich kaum in den Vordergrund, doch hatte Frau Wittle bei den ersten Erdbeben 73 ohne Hilfe eine ganze Schiffsladung pandorischer Kunst gerettet. Als der Zusammenbruch unter Wasser begann, machte sie gerade freiwilligen Dienst im Museum. Sie hatte ein altes Lasten-U-Boot mit Beschlag belegt. Anstatt sich selbst in Sicherheit zu bringen, lud sie Kunstwerke in das Boot, während die Nähte der Museumskuppel bereits zu platzen begannen und messerscharfe Wasserstrahlen hereinsprühten, die einen Menschen in zwei Teile hätten schneiden können.

»Ja, Frau Wittle. Gefallen Ihnen die Blumen?«

Die ältere Frau schaute auf den Weg und hob ein wenig die Augenbrauen.

»Wunderschön«, sagte sie seufzend. »Sie sind mir zu Recht empfohlen worden, meine Liebe. Aber ich habe ein anderes Problem, bei dem sie mir vielleicht helfen können.«

»Ja?«

»Es fehlen mir heute einige Dienstboten, mit denen

wir fest gerechnet hatten ... die Unruhen, nicht wahr? Könnten Sie ein bißchen länger bleiben und unsere Gäste beim Eintreffen begrüßen? Hier hätte ich die Gästeliste. Namensschilder liegen auf dem Tisch gleich neben dem Luk. Natürlich dürfen Sie dann mein Gast sein und den Empfang mitmachen. Würden Sie das für mich tun?«

Stellas Ansichten über reiche Mitbürger waren sehr ausgeprägt, vorwiegend negativ. Hundert Meter entfernt mußten hungernde Mittellose stundenlang anstehen, ehe sie mit ihrem schwerverdienten Lohn genau vorgeschriebene Rationen kaufen konnten. Die Dienstboten der Reichen gaben am abgeschirmten hinteren Ladedock Karten mit ›Ausnahme‹-Stempeln ab und füllten ihre Fahrzeuge mit Nahrungsmitteln aller Art. Stella hatte schon an ähnlichen Feiern teilgenommen und anschließend Überreste mit nach Hause genommen. Der vereinbarte Lohn war dabei nicht weiter wichtig; sie hatte stets mehr verdient, als ihre Lebensmittelcoupons zu kaufen zuließen. Welche bürokratischen Hebel sie in Bewegung setzen mußte, um den Stempel ›Ausnahme‹ auf ihre Rationierungskarte zu erhalten, wußte sie allerdings noch nicht.

Heute war nun ihr Kleinwagen kaputt, und sie wußte nicht, wie sie nach Hause kommen sollte.

»Ja«, sagte sie, »ich kann bleiben. Aber ich bin nicht richtig angezogen ... und brauche jemanden, der mich nach Hause fährt.«

Frau Wittle umfaßte strahlend ihren Ellbogen.

»Sie können sich ja nicht vorstellen, welche Sorge Sie mir abnehmen, meine Liebe. Natürlich sorgen wir dafür, daß jemand Sie nach Hause bringt, überlassen Sie das mir! Jetzt wollen wir uns mal die Garderobe meiner Tochter anschauen. Sie hatte wunderschöne Sachen, die Ihnen eigentlich passen müßten. Ein elegantes schwarzes Kleid, das an Ihnen prächtig aussehen müßte – nicht daß Ihnen nicht alles gut stehen würde.«

Stella errötete über das Kompliment.

»Vielen Dank«, antwortete sie. »Sie wird nichts dagegen haben?«

Frau Wittles Gesicht verdüsterte sich kurz, dann reckte sie ein wenig das Kinn.

»Nein, meine Liebe, leider nicht«, sagte sie. »Sie ist in der letzten Saison bei den schrecklichen Vorfällen in der Universität ums Leben gekommen. Schrecklich.«

»Es ... es tut mir leid, das zu hören.«

»Nun ja, sie hatte immer ihren eigenen Willen«, sagte Frau Wittle, »und bestand darauf, ihn durchzusetzen.« Flüsternd fügte sie hinzu: »Ich war ja *so* stolz auf sie. Ich erzähle Ihnen gern mal mehr davon, aber jetzt ist nicht der richtige Zeitpunkt.«

Das Kleid war weich und schwarz. In der Oberweite zwickte es etwas, doch reagierten Stellas Brüste in letzter Zeit auf den geringsten Druck. Der Ausschnitt war auch etwas gewagt und präsentierte sie mit einer Freizügigkeit, die sie bisher nicht gekannt hatte.

»Ich wünschte, Doob könnte mich so sehen«, sagte Stella und drehte sich vor einem großen Spiegel. »Es würde ihm gefallen.«

»Dann müssen Sie es eben behalten, meine Liebe«, sagte Frau Wittle. In ihren Augen schimmerten Tränen. »Ich möchte Sie sogar bitten, sich die Sachen durchzusehen und mitzunehmen, was Sie gebrauchen können. Es ist nicht recht, daß sie nur da hängen – schließlich sind es keine Gemälde.«

Obwohl Stella protestierte, füllte Frau Wittle einen Karton mit Kleidung und führte Stella schließlich an ihren Platz neben dem Eingang.

Alek Dexter, der Ehrengast, zupfte beim Eintreten noch an seinen Manschetten herum und fluchte über den dunstigen Nachmittag. Stella steckte ihm das Namensschild an und strich gewohnheitsmäßig den Stoff des Aufschlags glatt. Anstatt sich den übrigen Gästen zuzuwenden, verweilte er in ihrer Nähe und starrte schamlos in ihren Ausschnitt. Sie fing seinen Blick ein und starrte zurück, bis er den Kopf abwandte.

»Den ganzen Tag Sitzungen«, murmelte er. »Nach diesem Zirkus, den die Verteiler organisiert haben, muß ich in zwei Stunden beim Abendessen eines Fortschrittsclubs sprechen und mich um acht Uhr beim Direktor zu einer Cocktail-Party einfinden. Kein Wunder, daß ich immer Atemnot habe und nicht abnehmen kann. Sie sind wunderschön, meine Liebe ...« – mit zusammengekniffenen Augen schaute er auf ihr Namensschild und steckte dabei die Nase fast in ihren Ausschnitt – »Stella, Stella Bliss.«

Er gab ihr die Hand, die ihr sehr verschwitzt vorkam.

Ich wußte gar nicht, daß die großen Tiere auch in der Öffentlichkeit schwitzen.

Ein Schweißfilm erschien auf seiner Stirn und Oberlippe, und er begann sich mit einem Taschentuch abzutupfen.

Dann wandte sich der Ehrenwerte Alek Dexter an seinen Fahrer, der sich im kühlen Hauch des Eingangs ausruhte.

»Ich brauche noch ein Hemd«, sagte er mit leiser Stimme. »Blau wäre heute abend gut.«

»Die Straßen sind zu«, antwortete der Fahrer. »Ich wäre nicht rechtzeitig wieder hier, um Sie zu dem Abendessen zu fahren.«

Er machte einen mürrischen Eindruck, und wenn sich Stella nicht in der Art und Weise irrte, wie Alek Dexter die Zähne zusamenbiß, dann duldete dieser Mann keine mürrischen Menschen um sich.

»Dann *kaufen* Sie eins!« fauchte er. »Die Läden sind bis zur Ausgangssperre geöffnet, der Markt ist nur wenige Straßen entfernt.« Er entließ den Mann mit einer Handbewegung. Nehmen Sie's aus der kleinen Kasse. Und ändern Sie Ihre Einstellung, sonst müssen Sie sich eine neue Arbeit suchen.«

Das Luk hinter dem Fahrer rahmte eine kleine Straßenszene, über der sich ein bewegter Himmel erstreckte. Zwei Wächter schauten zur Straße und hatten ihm den Rücken zugewandt. Ein dritter neigte den Kopf, weil das Meldegerät an seinem Gürtel drei Signaltöne ausstieß. Er griff danach, sprach hinein und eilte ins Haus. Mit jedem der fünf Schritte, die er brauchte, um Seine Ehren zu erreichen, schien er bleicher zu werden. Das kurze Gespräch wurde im Flüsterton geführt, doch verstand Stella jedes Wort.

»Code Brutus Vorwarnung, Herr. Möchten Sie sich hier oder in der Anlage absichern?«

»Scheiße!« antwortete Alek Dexter und wandte das Gesicht ab, als hätte er eine Ohrfeige bekommen. Wie Herr Wittle war er ein möglicher Nachfolger des Direktors. Er rieb sich die Stirn, während vor dem Haus eine Raupenwagenladung Sicherheitsbeamte ausgeladen wurde. Er war so bleich geworden wie sein Wächter. Er beobachtete, wie die Wächter vom Wagen ausschwärmten und Stellung bezogen. Ein halbes Dutzend Bewaffnete, schmutzig und verschwitzt, drängte sich an ihm vorbei und nahm zwischen den Gästen Aufstellung.

»Gehören die zu uns?« fragte er seinen Wächter.

Der Wächter zuckte die Achseln und umfaßte seine Las-Waffe mit weiß verkrampften Händen. »Keine Ahnung, Herr.«

»Hmph!« ächzte der Mann. »Ist wohl wirklich schwer zu sagen, auf welcher Seite die Leute stehen, wenn wir nicht mal wissen, auf welcher Seite *wir* sind. Nur eine Vorwarnung, sagen Sie? Flattery ist nicht ...«

»Ja, Herr, Vorwarnung. Veranlaßt von Flattery.«

»Wir warten hier«, bestimmte Dexter. »Wenn wir schon irgendwo festsitzen, dann am liebsten in Gesellschaft dieser hübschen Dame.«

Er verbeugte sich und küßte Stella die Hand. Dann schlenderte er zur Dame des Hauses und ihren Gästen, vorbei an den langen Tischen mit den schönsten Früchten und Meeresfrüchten, die Stella je gesehen hatte.

Kernstück war ein meterhoher Eisbrocken in der Form eines springenden Tümmlers.

Die Kampfgeräusche schienen lauter zu werden, und die Sicherheitsbeamten schlossen lautlos das Doppelluk. Stella hatte Angst.

Ihren Orchideen hatte Dexter keinen Blick geschenkt.

Will man das Leben mit vollem Bewußtsein erfahren, muß man die Illusion überwinden.

Dr. med. PRUDENCE LON WEYGAND
Nummer fünf, ursprüngliches Besatzungsmitglied,
Allschiff *Earthling*

Die von Flatterys Himmelsfalken abgeworfenen Sprengladungen verwundeten den grünen Kelp in Sektor acht, töteten Zehntausende von Fischen und einen Schwarm Tümmler und wirbelte soviel Ablagerungen vom Meeresboden hoch, daß im Umkreis von fünfzig Kilometern sämtliche U-Boot-Filter verstopft wurden. Ein riesiger blauer Kelpbestand, der an Sektor acht angrenzte, zog instinktiv sämtliche Fächer ein und wikkelte sich so fest wie möglich um seine zentrale Lagune. In dieser Konfiguration waren die Blätter so kräftig gegeneinander gepreßt, daß er kaum atmen konnte. Nahrungsaufnahme kam nicht mehr in Frage.

Bei voller Ausdehnung erreichte der blaue Kelp in diesem Bewuchs einen Durchmesser von beinahe dreihundert Kilometern. Auf beinahe 280 Grad seines Umkreises begleitete er gezähmte Kelpprojekte; der Rest wies zum freien Ozean hinaus und wuchs zum Teil mit sichtbarer Geschwindigkeit. Zur eigenen Sicherheit mied der Kelp den Kontakt mit seinen gezähmten Artgenossen – Sklaven der Menschen, gefesselt an die elektrische Peitsche. Jedenfalls hatte der Blaue solche Informationen aus sterbenden Pflanzenresten abgeleitet, die immer wieder zu ihm herübertrieben. Bald würde es wieder viele solcher abgerissenen Fetzen geben. Explosionen lösten stets den Kelptod aus. Andere Todesfälle folgten und verschafften dem blauen Kelp zuweilen unglaubliche Wachstumsschübe.

»Heute trugen die Strömungen noch etwas anderes herbei. Etwas wie eine Aura, einen Duft, etwas, das den Kelp veranlaßte, sich nicht zu eng zu verfilzen, sich nicht zu lange in sich selbst zu verschließen. Irgend etwas berührte den blauen Kelp tief im Innern, rief genetische Erinnerungen wach. Aber es kam nichts richtig an die Oberfläche. Es dauerte nicht lange, da konnte der Blaue nicht länger widerstehen; weit öffnete er seine Blätter in der Hoffnung, einen starken Dufthauch aufzufangen.

Gebt den Menschen zu essen,
dann erst fordert Tugend von ihnen.

DOSTOJEWSKI, *Die Brüder Karamasow*

Die Turbulenzen der Explosionen waren noch nicht vorüber, als die *Fliegender Fisch* hilflos an die Oberfläche schoß. Rico sprangen Tränen in die Augen von dem grellen Nachmittagslicht, das das Cockpit überflutete. Er tastete nach seiner Sonnenbrille und versuchte blinzelnd die Konturen der Blendung loszuwerden. Auf der Steuerbordseite erblickte er eine lange, graue Linie, vermutlich die Küste. Nach Backbord zu, zwei oder drei Kilometer entfernt, brodelte die Wasseroberfläche zu weißlichem Schaum so weit das Auge reichte.

Unter Elviras Kommandostuhl breitete sich eine Meerwasserpfütze aus. Ihr Nasenbluten ließ nach. Sie schüttelte den Kopf in dem Bemühen, die Wirkung der explodierenden Wasserbomben loszuwerden.

Jeder andere wäre da draußen zu Scratfutter verkommen, dachte Rico.

Irgendwie hatte sie es geschafft, allein in die Luftschleuse des Maschinenraums zurückzukriechen, obwohl sie von den Detonationen am ganzen Körper zitterte und nicht ganz bei sich war. Es waren viele Explosionen gewesen, zu viele, um sie zu zählen.

»Dieser gottverdammte Flattery weiß auf alles nur eine Antwort: in die Luft sprengen!« knurrte Rico.

Ringsum füllte sich das Meer immer mehr mit abgerissenen Blättern und Kelpranken, deren Lichter noch funkelten.

»Schwester Kelp«, sagte Elvira, die seinen Blick über das bewegte Meer beobachtet hatte, »sie zieht sich zurück, rettet sich.«

»Elvira, ich will nichts hören von diesem ›Schwester-Kelp‹-Unsinn. Ich will uns hier heil herausbringen.«

»Beobachtungsflüge!« sagte sie warnend und deutete

auf Punkte in Position zehn Uhr über der Backbordkabine. Automatisch vollführten ihre Hände die Tauchbefehle, aber die Maschinen rührten sich nicht.

»Verklemmt«, sagte sie mit starrem, gefühllosem Gesicht. »Sand und ... Kelp in den Filtern.«

»Mach dir keine Sorgen, Elvira«, sagte Rico und tätschelte ihr den Arm. »Das sind die Flieger, die die Bomben abgeworfen haben. Bei der großen Ladung können sie nicht mehr viel Treibstoff haben. Wenigstens geht's hier nicht um Minen.«

Rico schnallte sich ab und holte Elvira ein Handtuch aus einem der Spinde.

»Hier«, sagte er. »Trockne dich ab, zieh dir einen neuen Tauchanzug an. Vielleicht müssen wir ein Weilchen hier ausharren, und da wäre es nicht gut, wenn du krank wirst.«

Sie nahm das Handtuch, und Rico hatte den Eindruck, daß sie langsam wieder zur Besinnung kam.

»Mit Hilfe des Orbiters kann Flattery sowieso jedes einsitzige Membranboot von einem Hafen zum anderen verfolgen«, fuhr er fort. »Die Burschen können da draußen nicht landen. Außerdem werden sie es nicht wagen, uns in die Luft zu sprengen, weil wir Crista Galli an Bord haben. Aber zunächst müssen wir ihr und Ben eine wirksame Medizin verpassen, und zwar schnell.«

Zweimal knallte die Überschallschleppe, die beiden Maschinen tauchten herab und jagten davon. Als die winzigen Flugzeuge vorbeischossen, vermochte Rico die Gesichter der Piloten zu erkennen.

»Sie sind jung, Elvira, hast du das gesehen? Sie ketten sich an Flattery, obwohl sie das ganze Leben noch vor sich haben.« Er hieb die Faust auf die Armlehne seines Sitzes. »Warum tun sie das?« grollte er. »Sie sollten sich in einer Luknische herumdrücken und junge Mädchen vernaschen. Konnten ihnen die Mütter nichts Besseres beibringen?«

»Ihre Mütter haben Hunger, Rico, und zwar *jetzt.*«

Rico warf Elvira einen überraschten Blick zu. Er war es gewohnt, zu ihr zu sprechen und nur gelegentlich ein Brummen als Antwort zu erhalten. Sie hatte ihre Gurte bereits gelöst und kämpfte auf ihrem Weg zu den Spinden gegen das heftige Rollen des Bootes an.

»Du gehst da nicht wieder raus«, sagte er. »Das Meer ist aufgewühlt, da kommt nichts durch.«

»Du mußt dich beruhigen«, antwortete sie, und es klang wie ein Befehl.

Elvira zog den Tauchanzug aus und rieb sich mit typischer Meermensch-Unbekümmertheit die angenehm geformte Muskulatur trocken. »Kümmere dich um die anderen. Ich säubere die Filter.«

Sie streifte einen neuen Anzug über, und Rico erkannte, daß Elviras bleicher Körper ihn erregte. Sogar die daumengroßen Brustwarzen wirkten im kühlen Lufthauch muskulös. Er würde nie versuchen, sich Elvira zu nähern, das wußten beide, aber bei der überraschenden Reaktion seines Körpers dachte er an Snej und daran, wie sehr ihm das Mädchen fehlte.

Elviras Plan war ein Gebot der Logik, das wußte er. Er legte sich eine Liste der Prioritäten zurecht.

Ben und Crista, dachte er. *Sie am Atmen halten. Das Funkgerät überwachen, auf Überraschungen durch die Vashoner Sicherheitskräfte gefaßt sein.*

Elvira ging in Richtung Luk, ohne ihm noch einen Blick zuzuwerfen. Rico versuchte sich dem Auf und Ab des Boots anzupassen, während er zu den Spinden ging und drei weitere Tauchanzüge hervorholte. An den Handgriffen zerrte er sich in die Kabine. Unterwegs lauschte er kurz dem Knistern des Funkgeräts und bekam die Meldungen der Flugzeuge mit.

»Himmelswache Anführer an Stützpunkt. Ladungen abgeworfen. Wir haben Ihren Fisch. Ende.«

»Roger, Himmelwache. Wir haben Ihre Position. Unser Vogel ist unterwegs. Voraussichtliche Ankunft dreißig Minuten. Bitte Zustandsbericht.«

Dreißig Minuten! dachte Rico.

Der Vogel mußte ein Tragflügelboot sein, ein schnelles Modell.

Nicht viel Platz für Hardware oder eine große Streitmacht – gut. Vielleicht haben wir noch ein paar Überraschungen im Ärmel.

Das Funkgerät plapperte über den Zustand der *Fliegender Fisch* und spekulierte über die Insassen, aber schon nach kurzer Zeit waren die Maschinen außer Funkreichweite.

Rico beugte sich über Ben. Der lag starr da, seine Brust hob und senkte sich nicht, aber immerhin schien die Gesichtsfarbe ganz in Ordnung zu sein. Rico legte Ben das Ohr an den Mund und spürte einen sehr schwachen Atem. Er überprüfte den Pulsschlag am Hals – das Herz schlug, aber nur wenige Male in der Minute. Die Augen waren offen, aber starr. Da sie sehr trocken aussahen, öffnete und schloß Rico mehrmals die Lider, um sie zu befeuchten und ließ sie im geschlossenen Zustand.

Er öffnete die Gurte und versuchte Ben in einen Tauchanzug zu stecken.

»Wir sind auf dem Wasser«, sagte er in der Hoffnung, daß Ben ihn hörte. »Man hat den Kelp bombardiert, aber es hat wohl nur oberflächliche Schäden gegeben. Elvira ist draußen und macht die Ansaugstutzen frei. Flatterys Leute haben uns ein Tragflügelboot auf den Hals gehetzt, müßte bald hier sein. Vielleicht müssen wir über Bord.«

Er hörte Crista Galli stöhnen. Sie versuchte sich in den breiten Gurten aufzurichten.

»Deine Freundin rappelt sich auf«, fuhr Rico fort. »Ich ziehe ihr auch einen Anzug an, dann schaue ich im Codebuch nach und unterrichte die Einsatzzentrale. Alle anderen scheinen zu wissen, wo wir stecken.«

Rico schloß Bens Anzug und blies vorsichtshalber den Kragen auf. Als er sich zu Crista Galli umwandte, sah er, daß sie zu weinen begonnen hatte. Die rotgeränderten, geschwollenen Augen starrten auf Bens reglose Gestalt auf dem Kombüsendeck. Sie schien bei vollem Bewußtsein zu sein.

»Verstehen Sie mich?« fragte Rico. Obwohl sie angeschnallt war, hielt er sich von ihr fern.

Sie nickte.

»Ja.«

»Haben Sie schon einmal eine solche Reaktion durchgemacht?«

»Ja.« Sie sprach undeutlich. »Einmal. Ehe er mir Spritzen zu geben begann. Ich tat, als nähme ich Tablettens, spuckte sie später wieder aus.«

»Was kommt jetzt?«

Sie zuckte die Achseln. »Dasselbe wie bisher, möchte ich meinen. Vielleicht Krämpfe. Es dauert ... eine Weile.« Sie fügte undeutlich flüsternd hinzu: »Außer Ben hat es niemand geschafft, daß ich mich wie ein menschliches Wesen fühle.«

Ihre Pupillen weiteten und zogen sich in schnellem Rhythmus wieder zusammen.

Muß ein kräftiges Mittel sein, überlegte er. *Dieser verdammte Flattery!*

»Wir sind im Freien«, erklärte er, »und kommen nicht mehr von der Stelle. Sie müssen Tauchanzüge tragen, für den Fall, daß wir ins Wasser müssen.«

Ihm schoß durch den Kopf, was Flattery die ganze Zeit klar gewesen sein mußte, wovor die Einsatzzentrale ausdrücklich gewarnt hatte: »Lassen Sie sie nicht ins Wasser. Lassen Sie sie nicht mit dem Kelp in Berührung kommen.« Natürlich waren das alles nur Spekulationen und Vorsichtsmaßnahmen. Sollten die Vashoner Sicherheitskräfte auftauchen, gab es keine andere Möglichkeit mehr, dann hatte es keinen Sinn, sich noch deswegen Sorgen zu machen.

»Ich kann Ihnen beim Umziehen helfen, wenn Sie es nicht selbst schaffen. Es tut mir leid, Ihnen das zu sagen, aber ich würde es vorziehen, Sie nicht zu berühren.«

Er hielt ihr den Anzug auf Armeslänge hin.

»Ich komme aus den Gurten nicht heraus«, sagte sie.

Rico drückte die Schnellfreigabe, und sie konnte sich bewegen. Er zuckte von ihr fort, teils im Reflex, teils weil das Boot sich gerade in diese Richtung wälzte.

Als Reaktion wich sie ihrerseits zurück. Ihr Gesicht war noch bleicher geworden, und sie hatte die Zähne zusammengebissen.

»Und wofür halten Sie mich?« fragte sie.

»Ich weiß es nicht«, antwortete er. »Wissen Sie es?«

»Ich halte mich jedenfalls nicht ... Ich kann mir nicht vorstellen, daß ich dies tue ...« Sie hob schwach den Arm. »Das kann unmöglich ich sein!«

»Es liegt an den Mitteln«, sagte Rico.

Er versuchte sich seinen Zorn nicht anmerken zu lassen. Sie brauchte beruhigende Worte, nicht einen neuen Feind. »Denken Sie daran, die Mittel sind Flatterys Werk, nicht das unsere.«

Ihre Tränen, die Blicke, die sie Ben zuwarf – dies alles wirkte tatsächlich echt.

Aber schau dir an, was aus Ben geworden ist! ermahnte er sich.

»Ziehen Sie den Anzug an!« forderte Rico. »Wir haben nicht mehr viel Zeit.«

Crista mußte zuerst das Kleid abstreifen. Rico kniete neben Ben nieder und legte ihm eine Hand auf die Stirn. Er bewegte sich ein wenig, was Rico als positives Zeichen wertete. Der Atem kam kräftiger.

Crista schien keine Scheu zu kennen, auch sah sie nicht wie ein Ungeheuer aus.

Hat wahrscheinlich zu oft das Versuchskaninchen machen müssen, um Schamgefühle zu entwickeln.

Rico war wie Ben unter Inselmenschen groß geworden, die allgemein sehr schamhaft waren. Rico mußte sich eingestehen, daß Crista die schönsten Beine hatte, die er je gesehen hatte. Wieder kehrten seine Gedanken zu Snej in der Einsatzzentrale zurück, und er seufzte. Sobald er Kontakt mit der Zentrale hatte, wollte er ihr eine Nachricht zukommen lassen. Er wandte sich wieder Crista Galli zu.

Ein bißchen bleich, dachte er.

Sie schien sehr geschwächt zu sein und mühte sich mit den Verschlüssen des Anzugs. Sie atmete hastig und flach. Ihre Stirn war schweißbedeckt, und sie war bleicher als bei ihrer ersten Begegnung im Dorf. Ihre Augen vollführten das ewige Auf und Zu, und in den Beinen machte sich ein schwaches Zittern bemerkbar.

»Schaffen Sie es wieder in die Gurte?« fragte er.

Sie schüttelte den Kopf.

»Nein«, sagte sie, und ihre Stimme klang schwächer als zuvor. »Es fängt an ...«

Sie schien ihm wieder zu entgleiten. Mit geöffneten Augen legte sie sich auf die Couch.

»Sind Sie noch da?« fragte er. »Hören Sie mich?«

»Ja«, antwortete sie. »Ja.«

Noch immer wollte Rico sie nicht anfassen. Was immer da in ihr steckte, es hatte Ben beinahe umgebracht, und er würde sich nicht dem gleichen Einfluß aussetzen. Behutsam langte er um sie herum, schob die Gurte zurecht und schloß sie mit einem Ruck. Er klappte das Kopfteil des Sitzes zurück, so daß sie flach lag. Crista hatte wieder das Bewußtsein verloren.

Hastig legte Rico seinen Anzug an und stellte dabei fest, daß das Meer sich ein wenig beruhigt hatte. Er hörte Elvira an den Ansaugstutzen hantieren und hoffte, daß der Kelp sie nicht mit Halluzinationen überschütten würde, wie er es bei manchen Menschen schaffte. Sie hatte eigentlich ganz vernünftig gewirkt.

»Das wäre typisch für unser Glück«, brummte er vor sich hin. »Wenn sich die beste Bootsführerin auf dieser ganzen verdammten Welt einbildete, ihre Instrumente wären Südfrüchte.«

Ein lauteres Kratzen war zu hören, ein langes, gleitendes Scharren oben am Tragflügelboot. Ein zweiter, ähnlicher Laut. Dasselbe schlangenhafte Geräusch, das der Kelp erzeugt hatte, als er das Boot ergriff. Rico wollte nach vorn in die Kabine eilen, aber zu spät.

Das Boot kippte auf die Seite, und er prallte so heftig gegen das Backbordschott, daß er nach Luft schnappte. Durch einen Schwarm schwarzer Amöben, die vor seinen Augen vorbeikrochen, stellte er fest, daß das Boot in der Luft schwebte. Wieder wurde er herumgeworfen, diesmal nicht so kraftvoll, und als der Bug des Bootes sich aufrichtete, sah er, daß es in ein Gewirr von Hyflieger-Tentakeln gezogen wurde.

»Scheiße!«

Er kämpfte sich auf die Knie hoch und kroch die schräge Wand empor zur Kommandocouch unter dem Plas. Er konnte ein Bullauge öffnen und mit seiner Las-Waffe einen Schuß riskieren ...

Erst jetzt sah er, wie riesig der Hyflieger wirklich war. Er schätzte den Ballon auf hundert Meter Durchmesser; die beiden großen Tentakel, die das Boot umklammerten, mußten etwa die gleiche Länge haben. Noch der kleinste Tentakel war dicker als Rico.

Das Boot pendelte bereits hundert Meter hoch in der Luft und wurde noch höher gezogen.

Die hohe Woge da eben, dachte er. *Das Ding muß einen verdammt großen Brocken Ballast abgeworfen haben, um uns tragen zu können.*

Erst jetzt fiel ihm Elvira ein, und er krabbelte hastig nach vorn, um nach unten auf das Meer zu schauen. Ja, dort schwamm sie mit aufgeblasenem Anzug auf dem Rücken. Sie mußte ihn gesehen haben, winkte aber nicht.

»Verdammt!«

Er konnte ihr kein Leuchtzeichen geben, er konnte die Maschinen nicht anstellen. Beide Maßnahmen hätten die vielen hundert Kubikmeter Wasserstoff des monströsen Hyfliegers entzünden können. Die Erscheinung drückte sich die *Fliegender Fisch* mit dem Dach nach unten gegen den riesigen orangeroten Bauch. Noch nie war Rico einem Hyflieger so nahe gewesen, doch hatte er sie explodieren sehen. Ein wesentlich kleinerer Hyflieger hatte vor langer Zeit die erste Siedlung in Kalaloch vernichtet. Sechshundert Menschen kamen in dem Feuersturm ums Leben. Er und Ben hatten auch darüber berichtet.

Die Überlebenden waren das Schlimmste. Er wußte noch, daß Ben sich nicht mit der simplen Geschichte zufriedengeben wollte, erinnerte sich an die Aufnahmen gerösteten Fleisches an lebendigem Knochen, an das Frösteln der Verwundeten, das Erbrochene, die Schreie.

»Nimm ihre Augen auf!« hatte Ben gefordert. »Das andere überlaß mir!«

Ben fragte die Betroffenen nach ihrem Leben aus, nicht nach der Explosion. Die Sterbenden und Schwerverwundeten füllten achtzehn Stunden Band, ehe die Huscher zupackten. Besonders gepackt war das weltweite Holo-Publikum von Ricos Aufnahmen des Kampfes, den das Aufnahmeteam gegen ein Dutzend Rudel Huscher führen mußte, die im Freßrausch immer wieder angriffen.

Rico sah die Küste schnell näherkommen. Über dem Meer ballte sich ein schwarzes Unwetter zusammen. Er hoffte, das Gewicht des Bootes würde es dem Hyflieger gestatten, die grauen Küstenklippen zu überfliegen. Mühselig kletterte er über die Decke in die Kabine und setzte sich unter die Kommandocouches. Der riesige Hyflieger hatte ein bestimmtes Ziel im Sinn – und dieses Ziel war das Land. Wenn er das Tragflügelboot nicht an der Klippenwand zerschellen ließ, würde er es im Binnenland explodieren lassen.

Rico berechnete seine Chancen. Das Ergebnis gefiel ihm nicht, obwohl er sicher war, daß er lieber über Land gelangen wollte, als daran zu zerschellen. Er fragte sich, ob die Einsatzzentrale für diese Situation einen Kommandocode kannte. Hoffentlich würde die Zentrale vor Flatterys Leuten bei Elvira eintreffen. Wenn sie es nicht schafften – die Folgen wollte sich Rico lieber nicht ausmalen.

Kurz vor den Küstenklippen begann das alltägliche Nachmittagsunwetter zu toben. Der Himmel drückte ohne Vorwarnung mit mächtiger Faust zu, Wolken wirbelten in typischen schwarzen und laswaffengrauen Schlieren durcheinander.

Keine Blitze, flehte Rico. *Die können wir jetzt wirklich nicht brauchen.*

Die Wolkendecke aber brauchten sie. Bei dichter Bewölkung waren weitere Beobachtungsflüge und Flatterys Spione im Orbiter nutzlos. Das Boot begann heftiger zu schwanken, während der Sturm mit dem Hyflieger zur Küste raste. Rico war plötzlich den Klippen so nahe, daß er die Muster auf dem Rücken eines Flachflüglers hätte erkennen können. Ein plötzlicher Aufwind drückte ihm heftig auf den Magen. Die Kante war fast zu schaffen, das sah er deutlich – dann aber verfing sich das Heck an der Kante und drückte den sich drehenden Bug des Bootes tief in den ledrigen Bauch des Hyfliegers.

Rico wurde wie ein Spielzeug durch die Kabine geschleudert. Das Boot wirbelte die Steilklippe hinab, während der Hyflieger seinen Wasserstoff verlor und auf den Felsen zusammensackte. Als das Boot schließlich zum Stillstand kam, lag Rico betäubt auf der Plas-Windschutzscheibe der Kabine. Im Schatten der Hyfliegerdecke vermochte er lediglich eine riesige Wolke blauen Staubes auszumachen. Er bewegte Arme und Beine und hustete, um seine Rippen zu überprüfen. Prellungen, aber keine Brüche.

»Großartig!« knurrte Rico. »›Haltet sie vom Kelp fern!‹ hieß es. Und da wären wir nun und ersaufen beinahe in dem Zeug!«

Er versuchte sich zu beruhigen, doch genügten einige Atemzüge nicht, das Zittern seiner Hände zu unterdrücken. Er hoffte, daß das Boot bis zum Strand hinuntergeglitten war. Der Gedanke, vielleicht in halber Klippenhöhe zu baumeln, behagte ihm gar nicht.

Der Nachmittagsregen schwemmte über die Hyfliegerhaut und das Boot. Rico mußte an Elvira denken, die nun bei diesem Wetter im offenen Meer schwamm, und versuchte ihre Chancen zu berechnen. Ihre Lage schien so gut wie aussichtslos zu sein. Vielleicht war sie längst eins mit ihrem ›Schwesterkelp‹.

»Wenigstens steckt nicht mehr viel Wasserstoff in dem Ungeheuer«, murmelte er.

Rico schaltete Kabinenbeleuchtung und Funkgerät ein. Einige Lampen funktionierten noch, aber der Funk schwieg. Tief atmete er die kelpdurchsetzte Luft ein, ehe er nach hinten ging, um nach Ben und Crista zu sehen.

Wenn ihr glaubt, daß es besser ist, eine Vision zu haben, als zu handeln, warum erlegt ihr mir dann die schreckliche Handlung des Krieges auf?

aus *Zavatanischen Gesprächen mit den Avata*
QUEETS TWISP, Ältester

Während Mack noch einen Rückruf von der Sicherheitsabteilung erwartete, zeigten seine Instrumente plötzlich schwere Explosionsschäden am Kelp in Sektor acht.

Er hat nicht abgewartet, dachte Mack. *Was immer sich dort versteckt, Flattery will es unbedingt haben.*

Mack war davon überzeugt, daß dazu auch Crista Galli gehörte. Die Geräte zeigten ein Verschmelzungsmuster zwischen dem verwundeten gezähmten Kelp und dem mächtigen Nachbarbewuchs des wilden Blauen an. Mack und Alyssa Marsh hatten seinerzeit jenen blauen Bestand erforscht, das größte wilde Kelpbeet auf der Welt.

Er hat gelernt, sich vor uns zu verstecken, sich zurechtzukrümmen, bis er in einem Ring gezähmten Kelps gedeihen und unbemerkt zu gewaltiger Masse anwachsen konnte.

Nachdem er nun hervorgetreten war, würde er vermutlich die Strömungskontrolle lahmlegen. Wenn der Bestand so groß war, wie der Netzhauptsender vermuten ließ, war die Strömungskontrolle möglicherweise schon völlig auf den blauen Kelp übergegangen.

Wenn dieser Kelp auf unserer Seite steht, ist Flattery eingekreist, dachte er. *Aber was ist, wenn er nicht auf unserer Seite steht?*

Seine größte Sorge galt Beatriz. Bisher hatte sie sich immer gleich nach dem Andocken gemeldet, doch bis jetzt hatte er nichts von ihr gehört. Vielleicht gab es Ärger und sie wurde in ihrem Studio festgehalten. Für sie war es alles andere als typisch, sich nicht zu melden. Kurz nachdem Spud die Strömungskontrolle verlassen hatte, berichtete ein Düsenjockey, daß er beobachtet hätte, wie ein Körper aus der Shuttle-Luftschleuse ausgestoßen wurde. Anrufe bei der Sicherheitsabteilung und beim Studio gingen ins Leere.

»Verdammt!«

Plötzlich bekam der Netzhautspender Antwort vom Kelp, ein unglaublich gesundes, kräftiges Signal. Der Bewuchs, den die Wasserbomben auf bloße Reflexe reduziert hatten, erwachte sofort wieder – mit einem entsprechenden Frequenzwechsel.

Dies ist der neue Kelp, dachte Mack. *Er hat die Erinnerungen unseres gezähmten Kelp absorbiert und übernommen.*

Die Hardware zur Lenkung des gezähmten Kelp war intakt, doch anstelle der vielen Dutzend Frequenzen, die die Schirme tanzen ließen, gab es auf dem Netzhauptsender nur noch eine Kelpfrequenz.

Auf Macks Schirm baute sich ein neues Netz auf, das nur in der nordwestlichen Ecke auf eine unempfindliche Zone stieß. Hoffentlich war der Kelp dort nicht zu weit zurückgeschnitten worden.

»Also«, brummte er, »bis jetzt scheint er uns zu mögen.«

Mack hatte die Kelpbestände mit Hilfe der Strömungskontrolle gegen Flattery einsetzen wollen. Alles, was er an Bewuchsen aufbieten konnte, hatte er auf einen letzten möglichen Versuch getrimmt, für den Augenblick, da Flattery endgültig zu weit ging. Für MacIntosh war der Krieg ein Rauschgift, das extrem schnell süchtig machte, und er wollte nicht, daß die Pandorer davon abhängig wurden.

»Zeig mir den Sektor optisch!« sagte er zum Sektorenmonitor. »Wir müßten sie sehen können.«

Aber auf dem Schirm erschien nur der grauschwarze Wirbel des Nachmittagsunwetters, das den ganzen Sektor verdeckte. Ozette, LaPush und Galli waren irgendwie dort unten. Er klammerte sich an die verzweifelte

Hoffnung, daß die Wasserbomben sie nicht alle zerreißen würden.

Die Kom-Leitung zum Studio ist immer noch unterbrochen, dachte er. *Wenn Spud dort nicht hineinkommt, müssen wir sie irgendwie auf uns aufmerksam machen.*

Durch seinen Magen zuckte ein Gefühl, das nichts mit der Gewichtslosigkeit zu tun haben konnte. Er verdrängte es ebenso wie den Schauder, der ihn befallen hatte, als Beatriz' Shuttlerakete anlegte. Er fragte sich, wie viele Männer mit dem Flug an Bord gekommen waren. Je nach Ausrüstung hatten dreißig bis vierzig Mann Platz – außerdem die OGZ-Vitalsysteme und die Techniker. Alle Besatzungsmitglieder des Orbiters mußten erfahren, was geschehen war.

Er mied den Gedanken an das OGZ, woher es kam, was Flattery damit angestellt hatte. Früher war dieses Gehirn *Alyssa* gewesen, nicht ein ›Es‹, aber im Augenblick fiel es ihm weitaus leichter, das Gebilde als Sache zu sehen. Wie schon an Bord der *Earthling* lag das Vitalsystem in Macks Verantwortung. Der Gedanke, daß ihm diese Aufgabe wieder zufallen könnte, gefiel ihm nicht.

»Nun ja«, brummte er vor sich hin, »bis es soweit ist, habe ich vielleicht noch ein paar Überraschungen für Flattery.«

Neben dem Türmchen erklang ein leiser Ton und machte ihn darauf aufmerksam, daß sich auf der privaten Holobühne des Kelps etwas tat. MacIntosh hatte das Gerät gebaut, nachdem er sich bei Beatriz in Fragen der Holographie hatte beraten lassen. Er hatte die Anlage durch den Netzhauptsender geschaltet in der Hoffnung, Bilder vom Kelp empfangen zu können. In den bisherigen beiden Versuchsmonaten hatten die Ergebnisse seine Erwartungen weit übertroffen.

Der Kelp war lange Zeit frustriert gewesen und hatte viel zu sagen. Bisher hatte sich das alles in Bildern, blitzenden Lichtern und seltsamen Geräuschen ausgedrückt. Die Bilder waren klar – zumeist solide Informationen über reale Dinge in der realen Zeit. Die Geräusche und Lichter schienen ›Sprache‹ oder Ableitungen oder philosophische Diskurse darzustellen. Bis auf die deutlicheren Bilder hatte MacIntosh noch keine Interpretationen finden können.

Er stieß sich ab und segelte durch das kleine Büro auf die neue Anlage am Fuße seines Türmchens zu. Die beinahe totale Schwerelosigkeit dicht an der Achse gefiel ihm nicht sonderlich, doch lag hier der sinnvolle Standort für eine Beobachtungsstation. Zuerst hatte ihm die unmittelbare Nähe zur Shuttle-Anlegestelle gefallen.

Wollte er in der beinahe normalen Schwerkraft am Rand arbeiten, würde er sich der störenden Zwei-Minuten-Umdrehung des Orbiters anpassen müssen, die eine klare Beobachtung nahezu unmöglich machte. Und seit er Beatriz Tatoosh kannte, gefiel ihm auch die unmittelbare Nähe des Holovisions-Studios.

Auf seiner experimentellen Holobühne erhellte sich das Bild eines riesigen Hyfliegers, der seinen Ballast über Wellenkämme zerrte. Die Projektion war von einer bisher noch nicht erlebten Qualität – eine perfekte Miniaturisierung, zu der die ergänzenden Daten ergaben, daß sie die Ursache der Störung im Kelp war. Ein metallisches Aufblitzen des Ballasts erweckte seine Aufmerksamkeit, und er konzentrierte sich auf die winzige dreidimensionale Szene.

»Das ist ja gar kein Ballast!«

Das winzige Holo zeichnete die Vorgänge um die *Fliegender Fisch* und den Hyflieger nach. Mack verfolgte aus dem Blickwinkel des Hyfliegers, wie er sich der Klippe näherte. Es war ein sehr schneller Flug, und als MacIntosh spürte, daß die Klippen zu hoch sein würden, zog er unwillkürlich die Füße an. Im nächsten Augenblick platzte der Hyflieger, und der Schirm wurde dunkel.

»Irgendwo dort in der Nähe befindet sich ein Orakle«, brummte er. »Vielleicht bekommen wir ein Rettungsteam zusammen.«

Er hangelte sich zur Kommandokonsole zurück und ließ Spud über das Interkom ausrufen. Im gleichen Augenblick ertönte der Alarm.

Die vier lauten Signale bedeuteten, daß irgendwo in der vorderen Achs-Sektion, in *seiner* Sektion, ein umfangreicher Brand ausgebrochen war. Angst hatte er vor allem um die Shuttle-Anlegestation und die dort lagernden Treibstoffvorräte.

Der Brand konnte in der Strömungskontrolle, im Studiobereich oder im Anlegedock toben. Sämtliche Zonen schotteten sich automatisch ab. In allen Achsquartieren leuchteten Warnlampen auf, und der Orbiter-Interkom wiederholte ruhig: »In allen abgeriegelten Zonen sind Vakuumanzüge vorgeschrieben. Bei Feuer wird ein Vakuum geschaffen. Ein Vakuum wird geschaffen. In allen abgeriegelten Zonen sind Vakuumanzüge vorgeschrieben . . .«

MacIntosh gab für die Strömungskontrolle an seiner Konsole das Signal für ›Bereich klar, visuell überprüft‹ ein. Wenn die Bereichssensoren keine Feuersgefahr registrierten, würde die Strömungskontrolle nicht abgeriegelt werden. Er riß den eingebauten Spind auf und hielt den vorgeschriebenen Ablauf ein. Er sicherte sich mit seinem Druckanzug und aktivierte das Helmfunkgerät. Er ließ das Luk zum Gang aufspringen und sah eben noch, wie ein Sicherheitsbeamter, der offensichtlich neu war, Spud mit seinem Laswaffenkolben einen Schlag ins Gesicht versetzte. Spud wurde gegen das Studioluk geschleudert, und der Wächter hielt sich fest, um einen zweiten Hieb zu landen.

»Halt!« brüllte MacIntosh, aber schon schlug der Mann zu. Bewußtlos schwebte Spud im Gang.

MacIntosh stellte seinen Kommunikator auf volle Leistung.

»Halt!« brüllte er. »Aufhören!«

Der Wächter kam offenbar direkt von bodenseits und wußte sich in der Kernzone des Orbiters noch nicht zu bewegen. Als er die Stimme hörte, fuhr er herum und ließ instinktiv den Griff los. Durch den Schwung wirbelte der Mann bei beinahe null g durch den Gang auf MacIntosh zu. Er versuchte mit wirbelnden Armen die Balance wiederzufinden und ließ dabei seine Las-Waffe los. Mack schnappte sie sich aus der Luft.

Dann eilte er zu Spud, der gerade wieder zu sich kam.

»Ich habe gehört, wie man ihr drohte, sie umzubringen«, sagte Spud aus blutendem Mund. »Mir ist nichts anderes eingefallen, als Alarm auszulösen.«

»Gut geschaltet, Spud«, sagte MacIntosh. »Ziehen Sie sich einen Anzug an, für den Fall, daß wir die Atmosphäre ausblasen!«

Während Spud in den Anzug schlüpfte, stürmte der freiwillige Feuerwehrtrupp des Orbiters herbei und versperrte den Gang, dahinter bildete sich der übliche Stau an Zuschauern. Trotz der unförmigen Anzüge bewegten sich die Feuerwehrleute mit einer Anmut, die MacIntosh neidisch machte. Er schaute sich nach dem Eigentümer der Las-Waffe um, doch hatte sich der Mann verdrückt. Das Luk zum Studio war verschlossen wie zuvor.

MacIntosh stöpselte seinen Kommunikator direkt bei Spud ein.

»Beatriz kennt den Drill«, sagte er. »Sie wird einen Anzug anziehen.«

»Kennt sie den Code ›Bereich klar, visuell überprüft‹?«

MacIntosh nickte.

»Ja – aber ich glaube, sie wird sich hüten, ihn zu benutzen.«

Zwei Dinge waren erforderlich, um zu verhindern, daß eine abgeschottete Feuerzone dem Vakuum ausgeliefert wurde: ein automatisches ›Bereich klar‹-Signal an den Orbiter-Computer, und ein codiertes ›Bereich klar, visuell überprüft‹-Zeichen zur Bestätigung. Da die Sensoren im Studio keine Spur eines Feuers entdecken konnten, erwartete der Computer jetzt den visuellen Code zur Bestätigung, daß ein Mensch den Ort des Geschehens inspiziert hatte und ihn als ›klar‹ bestätigte. Bis dahin blieb der suspekte Bereich abgeschottet und war nur für Angehörige der Feuerwehr zugänglich.

Der Interkom warnte: »Achtung Achsdeck, gelbe Sektoren acht bis sechzehn. Vakuumfreigabe in drei Minuten, Vakuumfreigabe in drei Minuten. Geschlossene Druckanzüge in diesen Zonen vorgeschrieben ...«

Das elektronische Gerät, mit dem die Feuerwehr abgeschottete Luks öffnen konnte, funktionierte beim ersten und zweiten Versuch nicht. MacIntosh stöpselte sich in das Empfangsgerät am Eingang und versuchte mit dem Studio direkten Kontakt aufzunehmen.

Spud hängte sich an MacIntosh an.

»Irgend etwas?« fragte er.

MacIntosh schüttelte den Kopf. »Statisches Rauschen. Die Kerle sind einfach nicht ...«

Beim dritten Versuch sprang das Luk auf. Der Feuerwehrtrupp stürmte hinein, und MacIntosh folgte dichtauf, wobei er die Las-Waffe möglichst unauffällig in Anschlag hielt. Darüber war er froh.

Beatriz war die einzige, die einen Anzug hatte anlegen können. Sie stand seitlich des Luks und schnappte sich MacIntosh beim Vorbeistürmen. Sein Schwung wirbelte ihn neben ihr gegen das Schott, doch sie hatte sich gut verankert und konnte beide festhalten.

Ihre Bewacher fummelten noch an den Verschlüssen ihrer Anzüge herum und waren nun verblüfft über das plötzliche Auftauchen der Brandschützer. Einer der Neulinge versuchte ungeschickt in den hinteren Teil des Studios zu fliehen, wurde aber von einem Feuerwehrmann und seinem Partner im Flug abgefangen und an ein Schott gedrückt. MacIntosh sorgte dafür, daß die anderen seine Las-Waffe sahen und sich entsprechend zurückhielten.

Macks Trupp hatte den Raum in weniger als einer Sekunde abgesucht und schickte dem Computer das ›Bereich klar, visuell überprüft‹-Signal. Der Interkom verkündete die Klarmeldung allgemein, und MacIntosh löste seinen Helm. Beatriz kam ihm zuvor.

»Sie haben mein Team getötet!« rief sie. »Ebenso deinen Sicherheitstrupp – und da hinten in den Spinden sind Waffen versteckt.«

Einer der Feuerwehrleute schwebte nach hinten, um das Waffendepot auszuräumen.

»Nehmt die Männer in Gewahrsam«, befahl MacIntosh, »und verteilt, was ihr an Waffen findet. Wahrscheinlich können wir sie gebrauchen.«

Die Feuerwehrleute zogen Leinen und Gurte aus den Taschen und fesselten Leon und seine beiden Helfer. Alle drei hingen hilflos in der Null-Schwerkraft. Die Brandschützer der Station lebten und arbeiteten bei Schwerelosigkeit; trotzdem bewunderte MacIntosh die Mühelosigkeit, mit der sie sich bewegten – trotz der drei strampelnden Gefangenen im Schlepptau.

Beatriz drückte ihn an sich und gab ihm einen Kuß. Trotz ihres unförmigen Anzugs fühlte sie sich angenehm an.

»Ich hatte gehofft, daß wir das unter anderen Umständen tun«, sagte er. Er spürte, wie sie erzitterte, und nahm sie in den Arm.

»Das sind noch nicht alle«, berichtete sie. »Ich habe insgesamt zweiunddreißig gezählt. Ich vermute, daß sich der Anführer, Hauptmann Brood, beim OGZ aufhält.«

»Spud hast du das gehört?«

»Ja, Dr. Mack.«

»Der Vorfall muß Aufmerksamkeit erweckt haben. Du riegelst Achsensektor Gelb ab, Zugang nur auf Code. Damit schließen wir vielleicht ein paar Gangster bei uns mit ein – gewinnen aber Zeit, mit den anderen fertigzuwerden.«

Spud aktivierte die nächst erreichbare Konsole und gab den Befehl ein.

MacIntosh wandte sich an einen Feuerwehrmann mit weißem Helm.

»Auf der anderen Seite des Gangs finden Sie einen großen Lagerschrank. Schließen Sie die Männer dort ein, wir treffen uns anschließend im Lehrlabor neben der Strömungskontrolle. Wenn Sie noch Waffen finden, die unseren Sicherheitsleuten gehören, bringen Sie sie mit. Außerdem brauche ich Ihre besten Tunnelratten – so viele, wie Sie ranschaffen können.«

»Aye, Kommandant«, antwortete der Mann und fügte hinzu: »Wir haben es hier mit Bodenseitigen zu tun, Herr. Sie haben selbst gesehen, wie ungeschickt die sich bewegen. Unsere besten Waffen sind die Nullschwerkraft und das Vakuum.«

»Völlig richtig«, antwortete MacIntosh und ergriff Beatriz' Hand. »Und die Strategie. Legen wir los!«

Während Fett und Fleisch, die der Flamme anhängen, davon verzehrt werden, bist du, der ihr anhängt, noch am Leben.

ZOHAR, *Das Buch der Pracht*

Spinne Nevi hoffte, daß Flattery vom Volksmob sehr gedemütigt wurde, denn solche Demütigung wurde ihm seitens des Kelp hier überreichlich zuteil. Er hatte Zentz auf dem Rücken schwimmen sehen, die Augen nach oben gedreht, das Mundstück des Atemgeräts frei schwingend. Ein langer Kelpstrang wand sich um seine Hüfte und zerrte ihn mit gleichmäßiger Bewegung auf den Rand der Lagune zu.

Zentz konnte sich glücklich schätzen, daß er so geistesgegenwärtig gewesen war, den Kragen seines Anzugs aufzublasen. Auf diese Weise wurden Kopf und Schultern an der Oberfläche gehalten, obwohl sein Körper ansonsten dick genug war, um von allein zu schwimmen. Es war ferner ein Glück, daß Nevi die Ranke gleich beim ersten Schuß getroffen hatte. So hatte er Zentz zum Tragflügelboot zurückgeholt, ehe er das Brodeln des Kelpzorns auf seinen Fersen spürte. Zentz schien noch zu atmen.

Es wäre wirklich einfacher gewesen, wenn er ertrunken wäre, dachte Nevi. *Aber vielleicht brauche ich ihn noch. Ein Lebender ist viel nützlicher als ein Toter.*

Eins wußte Nevi genau – er würde die Reichweite des Kelp verlassen. Ein Zombie an Bord reichte vollauf. Das Tragflügelboot begann sich langsam zu drehen, und Nevi fluchte vor sich hin.

Der Kelp will uns mit Strömungen in seine Reichweite holen.

In der Öffnung des Heckluks stehend, machte er eine Leine an Zentz' Kragen fest und zerrte den Mann an Bord. Mit einem Bootshaken entfernte er Kelpstücke, die noch an dem Bewußtlosen klebten.

Für Nevi hatte die Szene nichts Lächerliches mehr, sie war nur noch lachhaft. Ihm war inzwischen gleichgültig, ob Flattery an der Macht blieb oder nicht. Wer immer den Platz da oben einnahm – er würde Spinne Nevi und seine Dienste brauchen, und Nevi genoß diese Position. Es war, als hätte er sich schon drei oder vier gute Züge im voraus überlegt, während der Gegner schon durch ein Schach bedroht wurde. Es wurde wahrlich Zeit, daß Flattery merkte, was er wert war.

Hier herausschicken wollte er mich, wie?

Zentz war völlig verkelpt, und nur die Automatik seines Tauchanzugs hatte verhindert, daß er irgendwohin geschwommen war. Sie verhinderte dagegen nicht, daß er sich heftig strampelnd gegen jeden Rettungsversuch wehrte. Nevi, der fünfundsechzig Kilogramm wog, hatte seine Mühe mit den beinahe hundert Kilogramm des anderen, bis er ihn im Boot und auf seiner Couch festgeschnallt hatte. Er wußte nicht recht, warum er sich so abplagte, außer damit Flattery jemanden hatte, an dem er sich austoben konnte, wenn es nicht gelingen sollte, Crista Galli und Ozette einzufangen.

Schnell steuerte Nevi das Boot in die Mitte der Lagune und bereitete einen Senkrechtstart vor. Das Manöver würde unangenehm viel Treibstoff kosten, doch minderte er damit sein Risiko, doch noch in die Gewalt dieses Kelpbewuches zu geraten.

Er gab die automatische SS-Sequenz ein, und die volle Triebkraft des Bootes traf seinen Hintern. Das Boot schwankte wie ein Insekt an einem Grashalm, bis es sichere hundert Meter über der Lagune hing. Nevi stellte die Kontrollen auf den Geradeausflug ein und ließ dem Boot seinen Willen. Eine routinemäßige zehnminütige Tanknachfüllung hatte beinahe eine Stunde gedauert, und Nevi wollte keine weitere Sekunde verschwenden.

Er hörte den Funkverkehr ab, konnte aber kein klares Bild von der Situation im Sondergebiet gewinnen. Er hatte versucht, auf dem verabredeten Kanal mit Flattery zu sprechen, doch niemand übernahm die Verbindung am anderen Ende. Von einem Beobachtungsflugzeug kam eine bruchstückhafte Sendung durch, und er schüttelte staunend den Kopf.

Welcher Idiot hat Flattery dazu überredet, das Boot, das wir suchen, mit Wasserbomben zu bewerfen?

Er schaltete das Funkgerät aus und lockerte seinen Griff um die Kontrollen. Der Nachmittagssturm wirkte sich nicht gerade gut auf seinen Magen aus, und er schaltete den Autopiloten aus. Er konnte nicht nur auf Zentz' blubberndes Atmen hören, sondern brauchte etwas zu tun. So achtete er darauf, daß der gelbe Pfeil seines Bildschirms auf die grünen Koordinaten gerichtet blieb, die von den Flugzeugen angegeben worden waren.

Die Art und Weise, wie sich Zentz auf der Couch des Copiloten wand, verriet Nevi, daß der Sicherheitschef allmählich zu sich kam.

Er konnte kaum ein verächtliches Schnauben unterdrücken bei dem Gedanken, daß Zentz von irgend etwas Chef sein könnte.

*Sicherheits*bruch*chef,* dachte er. Un*sicherheitschef.*

Nevi mußte zugeben, daß Zentz gegen die zunehmende Feindseligkeit der Dorfbewohner fast ein Jahr lang einen schweren Stand gehabt und sich dabei ganz gut geschlagen hatte. Ein Dorfmob war eine Sache – Crista Galli und ihre Schatten-Spielgefährten aber standen auf einem anderen Blatt.

»Hundert Meter Durchmesser!« blubberte Zentz.

In seinen Augen stand ein wilder Ausdruck, beide Pupillen öffneten und schlossen sich in einem seltsamen Rhythmus.

Nevi antwortete nicht. Zentz hatte von einem riesigen Hyflieger zu brabbeln begonnen, sobald Nevi das Boot wieder in der Luft hatte.

»Crista Galli, Kelp verrückt geworden«, fuhr Zentz fort. »Riesenhyflieger packt ganzes Tragflügelboot ...«

»Das ist doch nur Hokuspokus in Ihrem Kopf!« sagte Nevi.

Zentz konnte ihn nicht hören, das wußte er, doch fühlte er sich nach dieser Bemerkung besser. Seine Stimme klang tonlos und ruhig, sie strahlte eine einstudierte Gelassenheit aus, die sich bisher noch bei jeder Zusammenarbeit mit Zentz ausgezahlt hatte. Er wußte, daß Zentz sich davor ekelte – und dies brachte Nevi stets die Oberhand. Er fragte sich, ob der andere auch in seinen Träumen vor ihm zurückschauderte. Er hoffte es. Die Fliegerei machte Nevi nervös.

Der Sturm warf ihn in den Gurten seiner Kommandocouch hin und her. Starke Aufwinde an der Küste schüttelten ihn fast zum Erbrechen. Wie die meisten Pandorer bereiste er lieber die Unterwasserstraßen des Kelp, besonders während der Nachmittagsstürme. Heute aber war Eile geboten. Die Katze hatte zu lange mit der Maus gespielt. Vielleicht hatte Zentz mit dem Boot ja recht. Wer konnte wissen, was der Kelp ihm gezeigt hatte?

Wenn Ozette und Crista Galli in dieser Gegend frei herumliefen, mochten sie als Huscherfutter enden. Ozette schien ihm nicht gerade ein Überlebenstyp zu sein. Nevi wußte, daß Flattery die beiden lebend brauchte – zunächst. Und zunächst brauchte Nevi, was Flattery brauchte, und er durfte das hier draußen auf keinen Fall vergessen.

Mehr als alle anderen braucht Zentz die beiden lebend, dachte er.

Das große Fragezeichen war der Hyflieger – was würde der Kontakt mit diesem Gebilde in Crista Galli bewirken?

Oder für *Crista Galli?*

Die verdammten zavatanischen Besetzer oben an der Küste hatten etwas, das sogar Nevi Angst einjagte. Niemand konnte das freie Land in solchem Umfang landwirtschaftlich nutzen, ohne Schutz zu genießen. Er wollte wissen, wie dieser Schutz aussah. Oder durch wen er geboten wurde. Die Mönche waren Flattery und den Huschern stets einen Schritt voraus – eine Leistung, die Nevi insgeheim Respekt abnötigte.

Hier und dort rissen die Wolken bereits wieder auf und gestatteten Nevi Ausblicke auf die Küste. Wolkenfronten schoben sich vor beide Sonnen und verzerrten seine Perspektive. Er wußte, daß viele tausende Quadratkilometer unter zavatanischen Tarnnetzen lagen. Man brauchte nicht sonderlich phantasiebegabt zu sein, um sich den Wert des neuen fruchtbaren Landes vorzustellen.

Innerhalb weniger Wochen verwandelten die Zavataner nacktes Gestein in Gärten. Sie pumpten Wasser herauf und nahmen ihre übelriechenden Laboratorien in Betrieb. Die gesamte Hochküste war durchzogen von Bächen und besetzt mit hunderten kleiner Seen. Viele dieser Seen waren bereits zu Fischfarmen avanciert. Aus solchen primitiven Einrichtungen wurden längst mehr Nahrungsmittel gewonnen, als die Siedler dort oben brauchten. Nevi hatte bessere Informationen als Flattery, aber der Direktor bezahlte ihn nicht für Informationen.

Wofür verwenden diese Leute ihre Überschüsse? fragte er sich.

Wenn er die Antwort darauf hatte, das wußte er, kannte er auch die Antwort auf die Schattenfrage.

Keine Nahrung, keine Schatten, dachte er.

Es wäre wirklich schade, wenn es Flattery gelänge, die Farmen auszulöschen, um die Nahrungsmittellieferungen an den Untergrund zu stoppen, von deren Existenz er überzeugt war. Es mußte einen gewinnträchtigeren Weg geben ...

Plötzlich kam Nevi der Gedanke, daß die Schatten den Konflikt vielleicht sogar gewinnen könnten. Er zuckte die Achseln.

Nevi gestand sich ein, daß er die Zavataner in gewisser Weise bewunderte – besonders wegen ihrer Unabhängigkeit, die Flattery einfach nicht in den Griff bekam. Er wollte sich allerdings nicht selbst die Finger schmutzig machen, auch wenn dieser Ausflug bereits schwierig genug geworden war.

Nevi lächelte – nur selten wurde seine eiserne Maske auf diese Weise durchbrochen. Er verfolgte konkrete Pläne für seinen Ruhestand, und irgendwie gefielen ihm diese höherliegenden Küstenbereiche mit ihren Feldern und neuen, aufschießenden Wäldern. Vielleicht brauchten die Leute schon in naher Zukunft professionellen Schutz. Schutz vor Leuten wie Flattery und seinem ahnungslosen Sicherheitschef.

Dieses Jahr hat's oben viele neue Zugänge gegeben, dachte er.

Seit Beginn der Beben vor einigen Jahren suchten die Menschen zunehmend die Sicherheit der Erdoberfläche. Selbst wenn sie nur in Membranhäusern wohnten, waren solche Oberflächensiedlungen leichter aufzuspüren als ein Tunnel. Es konnte also nicht weiter schwierig sein, sich einen Überblick über die Siedler zu verschaffen. Übergangslos geriet Nevi in eine turbulente Wolkenfront und konnte gar nichts mehr erkennen.

Unverwandt starrte er auf den Bildschirm. Das Prasseln des Regens gegen Metallhülle und Plas des Cockpits war ohrenbetäubend. Er schaltete die Landescheinwerfer ein, um das Terrain auszuleuchten. Trotzdem konnte er nur wenige hundert Meter weit sehen. Ein Summen erinnerte ihn daran, daß er abzukippen drohte.

Bis zu den Koordinaten, die die Flugzeuge angegeben hatten, waren es nur noch zwei Kilometer. Zentz kam soweit zu sich, daß er die Couch hochklappte und sich den Kopf hielt.

»Na, wie war's?« fragte Nevi.

»Ich will nie dorthin zurück.«

»Wo waren Sie denn?«

»Überall«, antwortete Zentz und wischte sich mit einem Ärmel den Speichel aus dem Mundwinkel. »Ich war überall ... zugleich. Ich habe gesehen, wie sie aus dem Wasser gefischt wurden.«

»Sie müssen hier irgendwo sein.«

»Gestrandet«, sagte Zentz. »Unten an der Klippe. Gestrandet.«

Nevi brummte amüsiert vor sich hin. Er stellte sich das graue Land vor, wie es im Sonnenschein lag und fruchtbar erblühte.

Flattery kann unmöglich Truppen entsenden, überlegte er. *Die würden nie wiederkommen.*

»Annäherung Landekontakt«, sagte er und nahm das Gas zurück. »Sehen Sie sie schon?«

»Nein ... ja?« Mit zitterndem Finger deutete er nach Steuerbord. »Dort – sehen Sie doch, wie groß das ... Ding ist! Ich wußte gleich, daß es nicht nur ein Traum war.«

Nevi widerte die speichelsprühende Erregung des anderen an. Die Gewitterfront wanderte bereits so schnell weiter, wie sie gekommen war, und im Bereich des abgestürzten Hyfliegers herrschte gute Sicht. Das Terrain war dagegen alles andere als erfreulich. Inmitten der orangeroten Fetzen des zusammengesunkenen Hyfliegers war deutlich das zerdrückte Tragflügelboot zu erkennen.

Der Hyflieger war ein Monstrum gewesen und bedeckte im entleerten Zustand weitaus mehr als die hundert Meter seines Durchmessers. Beinahe die Hälfte hing fünfzig Meter zum Meer hinab, der Rest füllte den schmalen Strandstreifen zwischen Wasser und Steilwand. Das Boot ruhte am Fuße der Felserhebung und schien nahezu intakt zu sein.

Nevi wollte auf keinen Fall im Bereich der Hyfliegerreste landen – er wußte, wie der blaue Staub auf die ausgebrannten Zavataner wirkte, die wie betäubt durch das Dorf wanderten. Der Tidestreifen war zu schmal und Ebbe und Flut nur sehr schlecht zu berechnen. Der eigentliche Küstenstreifen vor dem Fuß der Klippen war ein Gewirr aus Felsbrocken. Blieb die Landung im Wasser oder oben auf der Klippe. Der im Wasser reichlich vorhandene Kelp schmeckte Nevi nicht, ebensowenig die Position des toten Hyfliegers.

»Elektronische und Infrarot-Abtastung«, befahl er. »Ich fliege ein paarmal hin und her, damit wir dort unten keine Überraschung erleben. Anschließend machen wir uns Gedanken, wie wir sie da unter dem Ding herausbekommen.«

Nevi fand seine Situation plötzlich absurd. Flattery hatte seinen kostbaren Orbiter geschaffen und war mit dem Allschiff beinahe zum Start bereit; in einem Gürtel aus Planetenresten gedachte er eine Art Durchgangskolonie zum All zu gründen. Pandoras Monde waren noch instabiler als der Planet. Auch Nevi war der Ansicht, daß letztlich Flucht die einzige Lösung war, doch glaubte er nicht, daß sie sich zu seinen Lebzeiten noch lohnte.

Besonders wenn er darauf bestand, sein Leben bei einem Ringkampf mit einem Wasserstoff-Gasbeutel mit halluzinatorischem Staub und Tentakeln aufs Spiel zu setzen. Er wählte einen Landepunkt auf den Klippen, unweit eines Weges, der nicht allzu schwierig aussah. Zentz müßte seine Verkelpung überwunden haben, wenn sie unten angekommen waren.

Wenn das Mädchen wirklich so heilig ist, wie behauptet wird, soll sie mal zeigen, wie sie da herauskommt!

Mehr hat Schiff nie von uns verlangt, mehr sollte die Schiffsverehrung niemals sein: daß wir unsere eigene Menschlichkeit fänden und ihr entsprechend lebten.

KERRO PANILLE, aus *Die Klonkriege*

Rico brach mit einer Brechstange aus dem Werkzeugspind das Kombüsenluk auf und sah, wie sich Ben aufrichtete und am Verschluß seiner Gurte herumfummelte.

»Ben, Kumpel ...«

Er stolperte über das zerdrückte Deck zu Bens Couch, berührte ihn aber nicht. Bens meermenschgrüne Augen schienen ganz klar zu sein, doch schienen sie noch nicht alles wahrzunehmen. Ben und Crista waren in den Trümmern der ehemaligen Kombüse halb begraben.

»Kannst du reden?«

Ben mußte sich zuerst räuspern. »Ich ... ich glaube schon«, sagte er.

»Lehn dich zurück!« forderte Rico.

In seinem Kopf begann es seltsam zu summen, und er atmete tief ein und langsam wieder aus. »Wir werden uns hier ein Weilchen nicht von der Stelle rühren, also entspann dich!«

Er zögerte, die letzten beide Gurten zu lösen.

»Crista ...« Bens Stimme klang fremd und wie von weither. »Geht es ihr gut?«

Rico spürte ein leichtes Stechen auf den Lippen und an den Fingerspitzen. »Typisch Ben, zuerst an jemand anders zu denken!« Rico schaute zur anderen Couch hinüber. Dort rührte sich nichts. In der Kombüse brannte kein einziges Licht mehr, doch soweit Rico erkennen konnte, atmete Crista nicht.

Scheiße!

»Lehn dich zurück!« wiederholte Rico und drückte Ben gegen die Lehne. »Ich schaue nach.«

Seine Muskeln arbeiteten nicht ganz so, wie sie es eigentlich sollten, und er hatte das Gefühl, sich in Zeitlupe zu bewegen. Der dichte Regen, der das Boot einhüllte, dämpfte das schwache Licht, das durch das einzige noch freie Bullauge hereindrang. Rico fiel auf, daß alle Schatten nicht nur graue Flächen waren, sondern tanzende Abstufungen in Blau und Grün, unterstützt von den zuckenden Spitzen einer kalten gelben Flamme.

Eine Aura gelber Flammen hüllte die liegende Crista Galli ein. Rico nahm keine Bewegung wahr, doch waren ihre Lippen rosa, was ihn hoffen ließ. Er machte Anstalten, am Hals nach ihrem Pulsschlag zu tasten, wich dann aber wieder zurück. Er brachte es nicht über sich, sie zu berühren.

Reglos lag sie da, völlig schlaff, den Mund ein wenig geöffnet. Der aufgeblasene Tauchkragen hielt den Kopf hoch und ließ sie problemlos atmen. Trotz allem mußte Rico sich eingestehen, daß sie wunderschön war. Um Bens willen, im Interesse der hungrigen Völker Pandoras hoffte er, daß sie am Leben bleiben würde. Während er noch hinschaute, kroch ein grünes Glimmen über ihren Körper. Ein schwächerer Schein, ebenfalls grün, aber irgendwie heller, ging von ihm selbst aus. Ihm entströmten grüne Auswüchse, die amöbenhaft durch die Luft krochen. Eine dieser Erscheinungen vereinigte sich mit einem ähnlichen Auswuchs, der von Crista Galli ausging. Kein Zweifel – sie lebte. Jetzt mußte er nur noch dafür sorgen, daß sie am Leben blieb.

»Rico?«

»Ja, Ben«, sagte er.

Seine Stimme schien ihn aus großer Entfernung zu erreichen.

Aber sie ist doch hier, meine Stimme ist hier in mir.

»Geht es ihr gut?«

Rico atmete tief ein, und Teile des limonengrünen Schimmers wurden wie Nebel oder Staub in seine Lungen gesaugt.

»Es geht ihr gut«, antwortete er und versuchte seine Zunge in den Griff zu bekommen. »Flattery hat ihr vor längerer Zeit etwas eingegeben.«

Langsam drehte sich Rico herum und erblickte seinen Partner als Silhouette vor dem einzigen Stück unverdeckten Plas. Der Regen, der dagegen prallte, schien wie Funken von Ben zu sprühen, die in der Kombüse herumzuckten. Ben kam hoch und rieb sich die Augen, und eine Feuerwalze bewegte sich in gleichem Bogen – nicht der blaugrüne Schimmer, der Crista und Rico umfangen hielt, sondern ein warm-sinnliches Leuchten wie das Pulsieren einer Membrane im Innern eines Körpers.

Der Sporenstaub ...

»Ich glaube ich bin verstäubt«, sagte er zu Ben auf seine neue, langsame Art. »Wie fühlst du dich?«

»Kopfschmerzen habe ich«, hörte er Ben antworten. »Verdammte Kopfschmerzen.«

Ben sprach wie mit schwerer Zunge.

»Meine Muskeln wollen nicht so recht, tun dann aber doch, was ich will. Muß an der Spritze liegen.«

Rico half ihm beim Aufsitzen. Ihre beiden Auren wölbten sich und umwirbelten die Männer. Ben nahm den Kopf zwischen die Hände und beugte sich vor, bis er beinahe zwischen den Knien steckte.

»Verstehe, was du meinst ... ich fühl' mich selbst ein bißchen verstäubt. Ist lange her.«

»Ja«, sagte Rico und atmete wieder langsam aus. »Lange, lange her. Bei Crista sind's Betäubungsmittel, Flatterys Betäubungsmittel.«

»Betäubungsmittel, jaa«, sagte Ben gedehnt. »Man hatte ihr irgend etwas gegeben, etwas, das, wie Flattery offenbar will, die Leute für Kelpsaft halten. Paßt ins Bild.«

Ben stemmte sich auf die wackligen Beine hoch, hielt sich an Rico und dem Schott fest und arbeitete sich mühsam zu Crista Galli vor. Rico schaute zu, wie er ihren Pulsschlag und Atem prüfte.

»Sie ist da irgendwo«, verkündete Ben. »Wenn es ihr geht wie mir, kann sie uns auch hören.«

Er beugte sich zu ihrem Ohr hinunter.

»Du wirst da bald durch sein«, sagte er und tätschelte ihr den Arm.

Rico hoffte, daß das keine Lüge war. Tief drinnen meldete sich ein panisches Gefühl, daß keiner von ihnen je wieder der alte sein würde. Das Grün seiner Aura schmiegte sich dicht an seinen Körper und kroch erst wieder von ihm fort und vermengte sich mit den anderen Auren, als er sein Unbehagen unterdrückte.

Die Gefahr geht von den Mitteln aus, nicht von ihrer Haut, ermahnte er sich. *Wie lange noch, bis ihre Wirkung nachläßt?*

Rico wußte, daß eine Verstäubung in einmaliger Dosis in der Realzeit nicht allzu lange dauern konnte. Er würde sich klarmachen müssen, daß es der Staub war, der die Zeit verformte. Viel Zeit hatten sie allerdings nicht mehr. Auf Hilfe durch den Klep konnten sie sich dabei verlassen – dies spürte er, dies verriet ihm seine Intuition.

Es ist der Staub, dachte er.

»Mal sehen, was wir noch haben«, sagte Ben.

Rico versuchte sich auf seine Umgebung zu konzentrieren. Ben hatte recht, und wenn sie beide verstäubt waren, mußten sie um so mehr aufpassen.

»Wenn wir nicht aufpassen, sind wir tot«, hörte Rico sich sagen.

Ben brummte vor sich hin.

Rico zog die Las-Waffe aus dem Gürtel und überprüfte die Ladung.

»Sie wissen, daß wir gelandet sind«, sagte er. »Wir müssen unter diesem Durcheinander raus, man kann uns zu leicht aufspüren.«

Er stemmte sich gegen das verkehrt stehende Schott.

»Unsere Lage war auch ohne Besuch im Traumland schlimm genug.«

Rico zog sich durch das aufgebrochene Luk.

»Bring mir Staub mit!« sagte Ben. »Nur damit bekommen wir sie hier heraus.«

»Auf keinen Fall«, widersprach Rico. »Sie hat wirklich und wahrhaftig genug. Wir wissen nicht, was Flattery mit ihr angestellt hat. Eine große Dosis könnte lebensgefährlich für sie sein, das kannst du gar nicht beurteilen ...«

Er hörte seine Stimme ohne eigenes Zutun weitersprechen. Ben beharrte darauf, recht zu haben, sie wären doch schon verstaubt, und Crista würde dadurch wieder zu sich kommen, sie brauchte unbedingt mehr ...

»Ich meine es ernst, Rico, sie braucht das, und das Gegenmittel – du hast ja gesehen, was es ihr angetan hat. Denk darüber nach!«

Rico begriff das alles nicht und wußte nur, daß sie keine Zeit hatten, darüber nachzudenken.

Er erhob keine weiteren Einwände, machte auf dem Absatz kehrt und stützte Crista unter den Knien. Ben faßte sie an den Achselhöhlen, und gemeinsam hievten sie ihre Last durch das Luk in die Überreste der Hauptkabine.

Hier funkionierten noch einige Lampen und erhellten die geplatzten Wände und aufgerissene Decke. Kombüse und Heck standen einigermaßen aufrecht, das Boot war ansonsten am Kabinendurchgang fast in zwei Teile auseinandergedreht worden. Der ganze Bug lag auf der Seite. Einer der Flügel war aus seiner Einziehkammer geschnellt, hatte sich ins Leitwerk gebohrt und dabei ein Stück Außenhülle abgeschält.

Ben schob mit den Füßen Trümmerstücke fort, dann legten sie Crista ab. Sie rief seinen Namen und klammerte sich an seinen Arm. Rico machte sich sofort daran, das Boot von der schlaffen Hyfliegerhaut und herumliegenden Wrackstücken zu befreien. Sorgen machte er sich um Wasserstoffreste in der Hülle. Der Regen war auf seiner Seite, aber der Gedanke an Funken plagte ihn – nicht die gespenstischen Erscheinungen, die er in der Kombüse wahrgenommen hatte, sondern das Feuersprühen von Metall auf Stein, das den Wasserstoff entzünden konnte.

»Es gibt hier noch überall Gas«, sagte Rico warnend. »Müßte eigentlich kein Problem sein, aber trotzdem sollten wir behutsam vorgehen. Unser Urteilsvermögen leidet ebenfalls unter dem Staub, also ist doppelte Vorsicht angezeigt. Bewegt euch nicht zu viel herum, bis wir frei sind.«

Rico hatte sich in den Riß des Höhenruders gestellt, während er das Flügelstück wie einen Schild benutzte, um den toten Hyflieger vom Boot abzustreifen. Dazu hatte er den Oberkörper ins Freie geschoben und konnte nun erkennen, daß das Boot dicht an den Klippen lag und der Hyflieger sich zwischen Boot und Meer erstreckte. Ein kleiner Teil des Ballonbeutels und zwei Tentakel lagen über der Metallhülle. Die ganze Szene war durchschossen von Lichteffekten des Sporenstaubs.

Hier draußen gibt's kein Gas, überlegte er. *Eine kräftige ablandige Brise.*

Rico begann den störenden Lappen mit einer Las-Waffe fortzubrennen, dabei stieg ihm ein fettiger, süßlicher Geruch in die Nase. Er schälte das Hindernis vom Leitwerk ab und fühlte sich immer leichter im Kopf, immer wackeliger in den Knien. Dichter, fettiger Rauch füllte die Kabine, und Crista begann zu husten.

»Crista!«

Bens Stimme hatte lange nicht mehr so glücklich geklungen. Wo die Hyfliegerreste beseitigt waren, konnten nun Luft und Licht ins Boot eindringen. Der Regen hatte den größten Teil des Staubes zu Schlamm werden lassen, doch war die Dosis, die sie aufgenommen hatten, ziemlich stark. Ricos Kopf fühlte sich an, als wolle er sich irgendwo in die Tiefe stürzen, als hielte er sich an etwas Unsäglichem fest, das gleich den Sprungbefehl geben würde. Er sagte immer wieder laut vor sich hin: »Wir sind verstäubt, das ist bald vorbei.«

Geduckt begab er sich ins Innere, wo Crista sich hustend und keuchend auf einen Ellbogen stützte und den Kopf schüttelte.

»Ben ...« Ihre Stimme klang rauh und tief. »Wir sind gerettet. Dafür wird Avata sorgen.«

Im gleichen Augenblick glitt durch das Loch über ihnen ein Tentakel herein. Im Nu hatte er sich um Ricos Hüfte gewickelt und zerrte ihn durch das Loch ins Freie. Der Griff, der ihn umfaßt hielt, fühlte sich stärker an als alles, was er je im Leben gespürt hatte, doch tat ihm nichts weh. Er hörte Ben schreien und spürte, daß der Freund nach ihm griff, dann verschwanden Loch und Tragflügelboot, und Rico sah nur noch Wasser.

Wenn es also damals wichtiger war, die Soldaten zufriedenzustellen, als das Volk, lag das daran, daß die Soldaten mehr Macht hatten als das Volk. Heute ... wollen alle Herrscher eher ihre Untertanen zufriedenstellen als die Soldaten, weil erstere inzwischen mächtiger sind als letztere.

MACHIAVELLI, *Der Fürst*

Holomeister Rico LaPush war wahrlich eine gute Beute. Die Unermeßlichkeit respektierte Mensch LaPush als Former von Bildern, als Former der besten Bilder, die die Menschen je heraufbeschworen hatten. Seit beinahe einem Jahrzehnt hörte die Unermeßlichkeit menschliche Sendungen aller Spektren ab. Durch diese Sendungen wurde sie zum Zeugen der Unvermeidlichkeiten menschlicher Politik. Sobald sie eigene Daten besaß, stellte sie Vergleiche an und merkte, daß ihr wichtige Fakten fehlten. Von den Menschen lernte sie zu lügen. Dann lernte sie die feinen Unterschiede zwischen Lüge und Illusion, Wahrheit und Ausschmückung kennen.

Die Unermeßlichkeit gedachte die Holographie zu erlernen. Ohne fremde Hilfe hatte sie zuweilen schon kurzzeitige Illuminationen entstehen lassen – Geisterschiffe auf dem Meer, Radiosendungen, die es gar nicht gab, all die kleinen Salontricks des Funkverkehrs. Die Holographie war etwas viel Kostbareres. Die Unermeßlichkeit kannte inzwischen die Menschen und ihre Geschichte. Sie wußte, daß die Holographie, die Sprache reiner Bilder und Symbole, das Verständigungsmittel zwischen den Spezies sein würde.

Es gab natürlich die anderen Formen – die elektrische Stimmensprache der Menschen. Sie unterhielten sich miteinander über Fischkonzentrationen oder das Wetter und lieferten sich die rätselhaften Modulationen, die sie ›Musik‹ nannten. Bis auf die Musik war das alles leicht verständlich, aber nicht sehr interessant gewesen. Dann begann der Mensch, den man ›Kelpmeister‹ zu nennen begann, den Kelp selbst als Leitmedium zu verwenden. Dieser private Kommunikationskanal verband den Orbiter mit der zavatanischen Welt, und der Kelp hörte alles mit. Die Unermeßlichkeit sprach in Bildern, und diese Worte über den Kelpkanal halfen ein Bild der Welt zu weben, wie sie war und wie sie sein könnte. Obwohl der Kelpmeister zuhörte, fehlten ihm die Feinheiten der Holographie, die die Unermeßlichkeit forderte.

Die Unermeßlichkeit konnte sich keinen besseren Ansatzpunkt vorstellen als Holomeister LaPush. Die Unermeßlichkeit wußte gute Holos von schlechten zu unterscheiden. In dieser Angelegenheit würde sie sich zum Lehrling Rico LaPushs machen.

Der Hyflieger-Tentakel, der LaPush umfaßte, stand seinerseits in Kontakt mit einer riesigen blauen Kelpranke. Durch sie wurde jede Bewegung dem Kelp direkt weitergegeben. Ricos automatische Kragenkamera sendete jede Stunde einen Zehn-Sekunden-Stoß an den Recorder im Tragflügelboot. Die Unermeßlichkeit empfing sämtliche Sendungen, so auch diese.

Flattery war der dominierende Mensch, doch sah die Unermeßlichkeit keine Zukunft in ihm. Er versklavte den Kelp, und, was noch schlimmer war, auch seine eigenen Artgenossen. Flattery vertraute keinem Wesen, das seine Gedanken erkunden konnte, einschließlich Menschen. Er gedachte die Zukunft einer Welt vor ihrer Bevölkerung geheimzuhalten, außerdem nahm der Kelp den starken Geruch der Habgier wahr, der ihn umgab. Mit Ausnahme der Kelpkanäle kontrollierte Flattery die Kommunikation aller Menschen. Er versuchte sie zu unterbinden, so wie er auch das Bildungswesen seines Volks behinderte. Oft wunderte sich der Kelp, daß die Menschen sich selbst zu überleben vermochten. Sie schienen ihr eigener schlimmster Feind zu sein.

Flattery würde viel opfern, um sich selbst zu retten. Diese Erkenntnis kam dem Kelp eines Tages. *Vielleicht sogar alle Menschen außer sich selbst.*

Die Unermeßlichkeit machte sich keine Illusion über ihre eigene Stellung in Flatterys Hierarchie.

Der Kelp wußte, daß die Menschen ihre Fähigkeiten des Einsseins nicht erkennen würden, so lange sie Flattery als Direktor anerkannten. Solange ihnen diese Erkenntnis fehlte, konnten sie auch das Streben des Kelp nach Einssein nicht verstehen. Flattery sah darin eine Bedrohung, bei den Menschen wie auch beim Kelp. Solange Flattery herrschte, konnte keine wahre Avata wiedererstehen. Immer wenn das Gehirn zu wachsen begann, führte Flattery einen schweren Schlag dagegen.

Seit dem Tag, da ihr diese Erkenntnis gekommen war, plante die Unermeßlichkeit den Sturz Raja Flatterys und die Vereinigung der zurückgestutzten Kelpbewüchse überall in den Meeren. Die Lösung, das wußte sie, lag in der Holotechnik. Mit Holobildern konnte sie sich auf eine Weise darbieten, die die Menschen verstehen würden. Sie würde zu den Menschen und zum Kelp gleichermaßen sprechen können.

Eine Sprache unter intelligenten Wesen, dachte die Unermeßlichkeit. *Dies ist die pandorische Revolution.*

Es war schwer gewesen, Rico LaPush auf der Spur zu bleiben. Der Mann veränderte schnell und getarnt seinen Standort und war in letzter Zeit meistens landseits anzutreffen. Früher war er dem Kelp ausgesetzt gewesen, auf organischen Inseln, die seinerzeit als Städte dienten, und auf Reportage mit Ben unter Wasser bei den Meermenschen – trotzdem hatte er sein Leben vorwiegend ohne direkten Kontakt mit dem Kelp zugebracht.

Das ist lediglich eine Sache der Privatsphäre.

Rico kannte nicht Flatterys politische Angst vor Verrat und Tod – er fühlte in sich das natürliche Widerstreben, den Kelp in seine Psyche hineinlauschen zu lassen. Dies gab ihm nicht das Gefühl des ›Einsseins mit dem Einen‹, wie es vielen Zavatanern widerfuhr, das wußte die Unermeßlichkeit. Was der Kelp über Rico wußte, hatte er aus anderen Quellen und aus den Impulsen der Holovisionssendungen bezogen.

Vielleicht würde Holomeister Rico LaPush zum Kampfmeister des Kelp werden, wenn das Bild allein nicht genügte. Der richtige Zeitpunkt und die Art der Präsentation von Bildern waren entscheidend. Als Kelpkanal, als schlichtes leitendes Element, ließ die Unermeßlichkeit sich von den Getreuen im Kampf gegen den Direktor benutzen. Nun war die Zeit gekommen, sie umgekehrt einzuspannen, in derselben Auseinandersetzung.

Die Unermeßlichkeit würde andere Kelpbestände dazugewinnen und Avata wieder als wahren Herrscher über Pandora einsetzen. Sie wollte den Menschen helfen, Flattery zu besiegen, um sich dann mit den schrecklichen Wesen in eine Art Symbiose zu begeben. Orakles und Kelpwege allein genügten nicht. Bilder waren Werkzeuge von unermeßlichem Wert, und der Kelp würde lernen, damit umzugehen.

»Im Kelp Visionen zu suchen verletzt Bürgerrechte«, hatte Flattery verkündet. »Benutzt Ihr Sohn den Kelp, kennen er und alle anderen, die sich ihm zuwenden, einschließlich des Kelp, die intimsten Gedanken und Träume Ihrer Jugend, Ihres gesamten Lebens vor seiner Empfängnis. Das ist geistige Vergewaltigung, das schlimmste Verbrechen.«

Er erließ sein Gesetz und verbot bei Strafe den Kontakt ›zum Zweck der Kommunikation‹. Die Zavataner setzten sich unbekümmert über das Gesetz hinweg, was dem Kelp schon sehr geholfen hatte.

Die Unermeßlichkeit mußte Rico schnell für sich gewinnen, ehe er die anderen alarmierte. Feind Nevi war im Anmarsch, und für langwierige Konfrontationen fehlte die Zeit. Die Unermeßlichkeit empfand eine angemessene Ehrfurcht vor dem Kelpling Crista Galli. Sie würde das Werkzeug sein, das die Symphonie des Kelp abrundete. Doch ohne Ricos Genie sah die Unermeßlichkeit in Cristas Zukunft – wie auch in der Zukunft aller anderen – nur Hoffnungslosigkeit, Tod und Verzweiflung.

Der Hyflieger hatte eine großartige Vorstellung geboten. Die *Fliegender Fisch* lag nun genau auf einem Orakle, einem sehr alten Orakle, das sich in der Obhut einer kleinen, aber zähen Zavatanertruppe befand. Die Höhle, viel größer als Flatterys Grün, wurde zu gleichen Teilen von der lebenden Kelpwurzel und den Zavatanern benutzt. Vom Wasser her war der Zutritt für ein Tragflügelboot zu gefährlich. Die Menschen hatten von der Spitze der Klippen einen Tunnel in das tiefe Gestein gegraben, wo sie nahe der Küste auf die Höhlung des Kelp stießen. Es war dasselbe Orakle, das sich am Fuße von Twisps Kommandozentrale unter den Oberen Bereichen befand.

Flattery hatte den Kelp völlig aus seiner Höhe getilgt, um die Räumlichkeit seinem Geschmack anzupassen. Dabei hatte er ein Kelpnest zerstört, eine der Wurzeln, durch die der Kelp mit dem Kontinent verbunden war. Die Zavataner bewachten Hunderte solcher Stationen entlang der Küste und achteten darauf, daß Flatterys Leute nicht zu nahe kamen. Jedes Orakle war eine Synapse, ein strategisches Element der Kelpkommunikation, ein Verbindungsglied zur gesamten Welt und zum Orbiter hoch über den Wolken.

Von einigen Zavatanern hatte die Unermeßlichkeit erfahren, wie sich in der Matrix des menschlichen Gehirns Bilder formten und wie sein Fleisch dementsprechend die Bilder nachbaute, die es vor der Traumlandschaft des Meeres erblickte. Wenn sie gelernt hatte, ihre Gedanken, ihre Bilder so auszusenden, wie Rico LaPush seine Holos den leeren Raum füllen ließ, würde die Rettung Avatas und des Menschen beginnen.

Wehe Flattery, dachte sie. *Wehe Egoismus und Habgier!* Die Unermeßlichkeit zerrte Rico so schnell es ging in das Orakle und zu seinesgleichen, damit er nicht unnötig Angst bekam vor seinem neuen Schüler Avata.

Welch Glück könnten wir je kosten,
würden wir unseresgleichen in der Schlacht töten?

BHAGAVAD-GITA

Als er nach der Mittagsration verkündete, er wollte um den P. rennen, schlug der Trupp den Todesmann zusammen. Die Männer hofften, das würde ihn zur Besinnung bringen oder es ihm zumindest körperlich unmöglich machen, um das dämonenverseuchte Kap zu laufen. Aber es klappte nicht.

»Ich weiß, warum du das machst«, sagte sein Kompanieführer. Man nannte ihn ›Heißer Stein‹, und seine Schwester war in Lilliwaup mit dem Bruder des Todesmannes verheiratet. Die beiden unterhielten sich unter vier Augen hinter einigen Felsbrocken unweit von Kalalochs Flüchtlingslager.

»Wie alle anderen, die hier Dienst tun, hast du die Nase voll vom Töten. Du willst mal etwas für jemanden tun, deiner Familie die Versicherung zukommen lassen, stimmt's?«

Der Todesmann lehnte sich nur mit dem Rücken gegen das Gestein und starrte auf ein klares Stück Himmel, das sich mit den dahinhuschenden Wolken verschob.

»Wer bekommt deinen ausstehenden Sold? Deine Mutter? Dein Bruder? Die kleine Bondine, der du's im Lager besorgst?«

Die Hand des Todesmannes zuckte auf Heißer Stein zu, hielt aber an dessen Hals inne. Heißer Stein rührte sich nicht. Heißer Stein zeigte niemals Angst.

»Mein Bruder.«

Heißer Stein fluchte leise vor sich hin und flüsterte: »Wär's nicht besser, wenn du zu deiner Familie zurückkehrtest? Unser Einsatz hier ist fast vorbei, das Schlimmste liegt hinter dir. In einem Monat kommen wir alle nach Hause. Noch ein Monat. Wenn dir dann immer noch so zumute ist ...« – er schaute in beide Richtungen –, »kämpfst du zu Hause dagegen. Versuchst es irgendwie loszuwerden.«

»Ich tauge nichts für zu Hause«, antwortete der Todesmann. »Was ich alles getan habe ... ich bin nicht mehr normal, du bist nicht normal. Wir können nicht dorthin zurück. Es *geht* nicht!«

»Und anstatt nach Hause zu fahren, läufst du um den P., du läufst zum Huscherkap hinaus und zurück. Du kennst die Gefahr. Vor einem Monat hat es Lichter geschafft. Spit ebenfalls, er bekam dafür Coupons für ein ganzes Jahr. Zwei von achtundzwanzig – der reinste Selbstmord, das weißt du ganz genau.«

»Egal wie es ausgeht – meine Familie hätte was davon«, sagte der Todesmann.

Seine Stimme klang monoton, und Heißer Stein konnte ihn in der leichten Brise kaum verstehen.

»Wenn ich es nicht schaffe, gibt's die Versicherungssumme und den ausstehenden Sold, und wenn ich es schaffe, die gewonnenen Einsätze.«

»Ja«, sagte Heißer Stein, »aber nicht das, was die Familie will – nämlich dich. Wenn ich ohne dich zurückkomme, dreht mir meine Schwester den Hals um.«

»Ich kann nicht zurück, das weißt du. Ausgerechnet du müßtest das wissen. Man sollte uns ein Fleckchen zur Verfügung stellen oder uns auf die Schatten hetzen und sie überrollen lassen. Dann könnten wir dort bleiben und brauchen nie wieder jemandem wehzutun ...«

Dem Todesmann versagte die Stimme, und Heißer Stein wandte den Blick ab. Er spähte um die Felsen herum und sah die anderen Männer des Trupps am Wasser sitzen, Rücken an Rücken, Ausschau haltend nach Dämonen oder einem Schattenangriff.

»Du bist mein Schwager, aber das wollen wir vergessen«, fuhr Heißer Stein fort. »Du bist der beste Mann, den ich hier habe. Die anderen da unten leben nur deinetwegen noch – zählt das denn gar nichts?«

»Es bedeutet nichts«, widersprach der Todesmann. »Es bedeutet, daß ich mehr Ohren eingesammelt habe als jeder andere. Die Leute bewerfen uns mit Steinen und Müll, und wir schießen mit Las-Waffen und Flammenwerfern – Scheiße, Mann, nicht mal bei Tieren wäre das sportlich gehandelt!«

»Ich finde ...«

»Ich finde, du solltest aufhören, dir meinen Kopf zu zerbrechen. Denk vielmehr für dich selbst!« sagte der Todesmann. »Das Töten habe ich hier gelernt, nicht aber, wie ich die richtige positive Einstellung dazu finde oder auch nur nachts schlafen kann. Soweit ich zuletzt gehört habe, gab's in Lilliwaup keine offenen Stellen mehr für Mörder.«

Er stand auf, klopfte seine Uniform ab und wog die Las-Waffe in der Hand.

»Also, so läuft das«, verkündete er. »Ich laufe, ob du mich nun Wetten annehmen läßt oder nicht. Du mußt zugeben, ein hübscher Gewinn kann beflügeln, und ich will die Sache zusätzlich attraktiv machen.«

Heißer Stein ließ den Blick über die Küste wandern, über die Klippen und die zahlreichen riesigen Felsbrokken in der Nähe. In diesem Gebiet trieben sich jede Menge Haubenhuscher herum, und die Vorsicht war ihm zur zweiten Natur geworden. Außerdem hatten sie in der letzten Woche zwei Schwärme Nervenläufer ausgeräuchert, und nichts machte Heißer Stein mehr zu schaffen als Nervenläufer.

»Also los dann!« sagte er seufzend und kehrte mit seinem Untergebenen zu den anderen zurück.

Die hellen Nachmittagssonnen vertilgten den Rest des täglichen Unwetters und schimmerten auf den feuchten schwarzen Steinen des Huscher-Kaps. Die schmale Spitze reichte drei Kilometer weit ins Meer und wurde so genannt, weil die Männer hier gern den P. liefen.

›Den P. laufen‹ – dieses Spiel war so alt wie die pandorische Menschheit. Die ersten Siedler wetteten und liefen unbewaffnet und nackt um den Perimeter ihrer Siedlung, in der Hoffnung, den Dämonen zuvorzukommen und für die Aufregung gute Erträge einzuheimsen. Das gefährliche Spiel war genau genommen ungesetzlich, doch hatte es bei den Vashoner Sicherheitskräften eine neue Blüte erlebt. Früher tätowierten sich die Überlebenden eines solchen Laufes zum Zeichen ihres Erfolges einen Winkel über die Augenbraue. Obwohl auch diese Tradition wiederaufgelebt war, fanden die Läufe jetzt an Orten wie dem HuscherKap statt, an denen viele Dämonen anzutreffen waren. Die zwei von achtundzwanzig, die Heißer Stein hatte überleben sehen, schraubten den normalen Durchschnitt bereits auf das Doppelte herauf.

»Die Wetten stehen immer zwei zu eins«, sagte der Todesmann. »Ihr sechs setzt meinen Monatssold – dann bekomme ich genau einen Jahressold, wenn ich zurückkomme.«

»*Wenn* er zurückkommt«, brummte McLinn. »Hört doch nur, wie er redet.«

»Ich will nun aber *fünf* zu eins«, fuhr der Todesmann fort.

»Fünf zu *was?*«

»Du hast wohl welche über den Schädel gekriegt?«

»Kommt nicht in Frage!«

»Scheiße«, sagte McLinn, »für fünf zu eins schafft er's vielleicht sogar. Ich bin draußen.«

»Hört zu, Leute!« sagte der Todesmann. »Seht ihr den großen Felsen dort vor dem Kap? Ich laufe nicht nur den P., sondern schwimme auch noch zu dem Felsen hinaus und zurück. Für fünf zu eins.«

»Bleibt wachsam, Leute!« warnte Heißer Stein, und alle schauten hastig in die Runde. »Wenn wir hier so lange herumstehen, geben wir einen ausgezeichneten Köder ab, denkt daran. Okay, weiter damit. Wird gewettet oder nicht? Wird gelaufen oder nicht?«

»Ich mache mit.«

»Ich auch.«

»Einverstanden.«

»Hier ist mein Einsatz.«

Jeder der Männer gab Heißer Stein fünf Essenscoupons zur Aufbewahrung. Jeder Coupon entsprach einer Monatsration im Zivilsektor. Der Todesmann setzte fünf von seinen Scheinen gegen die fünfundzwanzig der anderen. Heißer Stein hielt sich aus der Sache heraus, und der Todesmann bedrängte ihn nicht.

»Tut mir einen Gefallen«, sagte der Todesmann.

»Ja?«

»Nennt den Felsen nach mir«, sagte er. »Es soll etwas geben, das die Leute an mich erinnert. Felsen, die sind dauerhafter als Menschen.«

»Todesmann-Felsen«, meldete sich McLinn, »klingt irgendwie gut.«

Heißer Stein warf McLinn einen seiner vernichtenden Blicke zu, woraufhin dieser sich hastig wieder daran machte, die Umgebung im Auge zu behalten.

»Wenn du es tun willst, dann los!« sagte Heißer Stein. »Ich könnte dich jetzt auch hier niederschießen, das wäre nicht schlimmer, als dich da draußen herumrennen zu sehen. Wenn du noch länger zögerst, tue ich das vielleicht sogar.«

»Hier sind die Unterlagen«, sagte der Todesmann und gab Heißer Stein ein Päckchen. »Ausstehender Sold, Pension, Versicherung, alles auf meinen Bruder.«

»Wer bekommt die Ohren?«

»Du kannst mich mal!«

Der Todesmann griff sich in den Ausschnitt seiner Kampfjacke und zeigte Heißer Stein das Halsband, das er aus den kleinen, getrockneten braunen Ohren gemacht hatte. Obwohl es Menschenohren waren, sahen sie eher wie Muscheln oder Lederstücke aus. Wortlos öffnete er die Uniform und zog sie aus. Er gab Heißer Stein seine Las-Waffe und lief, nur mit Stiefeln bekleidet, auf das Kap zu. Das schwere Band abgeschnittener Ohren wallte um seinen Hals wie ein Wot-Spielreifen.

Die Männer übernahmen im Wechsel die Beobachtung durch das Fernglas.

»Er ist gleich am Kap«, meldete McLinn. »Was wettet ihr, daß er im Wasser die Stiefel anbehält?«

Der wortkarge Mann, den alle »Regenbogen« nannten, setzte einen weiteren Monatscoupon. Die übrigen schwiegen und suchten das Kap mit ihren starken Gläsern nach Spuren von Huschern oder gar Nervenläufern ab. Regenbogen verlor seine Wette. Alle waren überrascht, als der Läufer den Felsen erreichte.

Und am überraschtesten ist bestimmt der Todesmann, dachte Heißer Felsen.

»Na, den Platz in der Geschichte hat er sich verdient«, bemerkte McLinn und lachte.

Der Todesmann stand auf dem vor der Küste gelegenen Felsen, brüllte etwas Unverständliches und schwenkte seine Ohrenkette dem Himmel entgegen, als wollte er ihn verfluchen.

Der Huscher mußte sich auf der Meerseite des Felsens gesonnt haben. Der Aufprall seines springenden Körpers ließ den Todesmann und den Huscher gut zehn Meter weit ins Meer stürzen. Das brodelnde Wasser färbte sich zum Teil grün, woran Heißer Stein erkannte, daß der Todesmann vor seinem Tod den Huscher noch verletzt hatte. Aber weder Todesmann noch Huscher kamen je wieder an die Oberfläche.

Heißer Stein zahlte die Schulden und steckte die Papiere des Todesmannes ein. Während er Uniform, Las-Waffe und die übrigen Sachen seines Schwagers zusammenrollte, mieden die Männer seinen Blick. Er schrie Befehle und übernahm für den Rest des Kontrollgangs den Flankenschutz.

Träume, verrückte Träume lenken das Leben

Gaston Bachelard

Diesen Traum hatte Crista jahrelang ertragen, den Traum, in die Arme des Kelp zurückzukehren, wieder geboren zu sein in einem warmen Meer. Sie rieb sich die Augen, und Bilder zuckten über die Lider wie leuchtende Fischkörper in einer Lagune: Ben, der wunderschöne Ben neben ihr; Rico in einer Höhle unter ihnen. Es waren noch weitere zu sehen, die vage hereinschwebten und wieder verschwanden ...

»Crista!«

Bens Stimme.

»Crista, wach auf! Der Kelp hat Rico entführt.«

Sie blinzelte, und die Bilder verschwanden nicht, sie waren nur wie Wotzeichnungen auf stapelweise Zellophan von weiteren Bildern überlagert. Ben kniete in der Mitte dieser Erscheinungen, umklammerte ihre Schultern und schaute ihr in die Augen. Er sah müde und beunruhigt aus ... Szenen seines Lebens tröpfelten aus der Aura, die ihn umgab, und verteilten sich neben ihr auf dem Deck.

»Ich habe etwas um seine Hüfte gesehen, einen Tentakel«, sagte er. »Ich glaube, der Kelp hat ihn ins Wasser gezogen.«

»Es ist alles gut«, flüsterte sie. »Es ist alles gut.«

Er hielt sie fest, während sie mit wackligen Beinen aufstand. Tief atmete sie den schweren Hyfliegergeruch ein und spürte, wie aus ihrer Mitte jedem ihrer müden Muskeln neue Kraft zuströmte. Es schien alles zu funktionieren.

»Ich sehe Rico«, sagte sie. »Der Kelp hat ihn gerettet. Es geht ihm gut.«

»Das muß der Staub sein«, brummte Ben und schüttelte den Kopf. »Wenn der Kelp ihn hat, ist er wahrscheinlich ertrunken. Wir müssen hier raus. Es gibt hier Dämonen, Flatterys Leute ...«

Er glaubt mir nicht, dachte sie. *Er hält mich für eine ...*

In der Luft vor ihr verdichtete sich abrupt eine Vision; sie zeigte einen nassen keuchenden Rico in der Höhle. Rico, der den Kopf in den Nacken legte und lachte, umgeben von ... freundlichen Empfindungen. Diese Seite seines Wesens kannte sie bisher noch gar nicht. Jemand näherte sich ihm, ein wohlwollender Jemand.

»Zavataner«, sagte sie und spitzte die Ohren. »Sie kommen bestimmt aus den Höhlen hoch.«

»Das ist der Staub, Crista!« beharrte Ben. »Die Wirkung läßt wieder nach. Du siehst Halluzinationen. Wir müssen Rico finden und uns dünnemachen. Flatterys Leute ...«

»... sind zur Stelle«, sagte sie. »Sie sind schon zur Stelle. Es sind keine Halluzinationen ...« Sie kicherte. »Sondern Zellophan.«

In ihrem Innern hatte sie einige der Zellophanschichten fortgeblättert und sah nun die finsteren Gestalten, die vom Klippenrand herunterschauten. Es waren zwei. Sie zerrte die Vision dichter heran und sah, daß sie die beiden aus Flatterys Anlage kannte: Nevi und Zentz. Zentz' Gesicht und Körper wirkten völlig verunstaltet. Bei Nevi war es seine Seele – sie offenbarte sich in der brodelnden schwarzen Aura, die ihm entströmte und nach Crista zu greifen versuchte. Die Aura witterte mit schwarzer Schnauze in den Wind wie ein beutesuchender Huscher.

Sie spürte, daß Ben sie durch den Riß ins Innere der *Fliegender Fisch* zurückzog. Der strahlende Himmel, der sich nach dem Unwetter ausbreitete, zwang sie, die Augen zusammenzukneifen und sich auf einen doppelten Regenbogen zu konzentrieren, der sich über das Boot spannte. Unwillkürlich fragte sie sich, ob Ben mit dem Staub vielleicht recht hatte. Das Rosa des Regenbogens leuchtete von allen Farben am stärksten und pulsierte im Rhythmus ihres Herzschlags.

»Siehst du es?« fragte sie.

»Den Regenbogen?« gab Ben zurück. »Ja. Reich mir die Hand! Ich helfe dir herunter.«

»Haben Regenbögen nicht eine Bedeutung?« wollte sie wissen. »Versprechen sie nicht etwas?«

»Angeblich hat Gott einen Regenbogen an den Himmel gemalt als Versprechen, daß er die Welt nie wieder durch Überflutung zerstören würde«, antwortete Ben. »Aber das geschah auf der Erde, und wir befinden uns hier auf Pandora. Ich weiß nicht, ob die Versprechungen Gottes übertragbar sind. Komm, gib mir deine Hand!«

Sein ungeduldiger Tonfall veranlaßte sie nur dazu, sich noch langsamer zu bewegen.

Rico ist in Sicherheit, dachte sie. *Er glaubt mir das nicht und macht sich Sorgen.*

Sie schützte ihre Augen vor dem hellen Sonnenlicht und suchte die Küste ab. Der Klippenrand entsprach dem in ihrer Vision – bis auf die Leere, das Nichts an der Stelle, wo sie Zentz und Nevi gesehen hatte.

Wieder ein Abbild Ricos in der Höhle. Er griff nach dem Kelpstrang, der ihn dorthin getragen hatte, und sie spürte, wie er zu dem toten Hyflieger gebracht wurde, der zu ihren Füßen lag. Dort stand er dann, ihnen gegenüber, den Kopf auf die Seite geneigt, die Hände in die Hüften gestemmt. Es sah aus, als wäre er ungeduldig, als warte er darauf, daß Ben und sie eine Entscheidung träfen.

»Schau doch mal!« sagte sie zu Ben. »Siehst du Rico nicht?«

Sie deutete auf sein Abbild, das sich nun dort niederließ, wo der Hyflieger das Meer berührte. Zum erstenmal lächelte Rico sie an und winkte sie mit dem Finger zu sich.

»Ich sehe das Wasser in der Sonne funkeln«, antwortete Ben. »Es ist so hell, daß man gar nicht hinschauen kann. Sieh dich mit deinen Augen vor.«

»Es ist Rico ...«

»Wir sind reichlich verstäubt«, bemerkte Ben. Er kletterte vom Boot hinab auf das Gestein und hob die Hand, um ihr herunterzuhelfen.

»Du mußt vermeiden, daß du den Hyflieger berührst. Das Sicherste ist wohl, wenn wir die Klippen ersteigen.«

»Nein!«

Das Wort entrang sich ihrer Kehle, ehe sie darüber nachdenken konnte.

»Nicht die Klippen«, sagte sie. »Ich spüre dort etwas. Ich habe sie da oben gesehen, Nevi und Zentz. Sie sind hinter uns her.«

Ben zog sie vom Bootswrack fort, bis sie auf den glatten Felsen des Küstenstreifens standen.

»Okay«, sagte er und seufzte. »Ich glaube dir. Aber wenn wir nicht die Klippen hinaufsteigen können, wohin dann?«

Sie konnte den Blick nicht vom Meer abwenden.

»Dorthin können wir nicht«, sagte er. »Bitte verlange nicht, daß ich dich ins Meer bringe. Du magst darin leben können, ich aber nicht.«

Hastig schaute er in die Runde und biß sich auf die Unterlippe.

»Wenn du Rico wirklich siehst, wie kommen wir zu ihm?«

Sie konnte nicht widerstehen und streichelte die Überreste des Hyfliegers, die sich über das Boot spannten. Obwohl die Masse pflanzlich und offensichtlich tot war, verströmte sie eine angenehme Wärme. Die Berührung erweckte etwas in ihren Erinnerungen, etwas Vergrabenes aus ihrer Kindheit. Der Kelp hatte sie beschützt, sie ernährt, sie auf chemischem Wege in den Sitten und Gebräuchen ihrer menschlichen Artgenossen unterrichtet. Gleich bei der ersten Berührung erkannte Crista, daß der Hyflieger dem gleichen Bewuchs entstammte.

Langsam drehte sie sich im Kreis und betrachtete den Strand. Ben war in manchen Dingen klug und erfahren, sie mußte ihm vertrauen. Ohne die Nährhärchen des Kelp wäre auch sie im Meer gestorben. In Bruchstücken und Farben stürmten alte Erinnerungen auf sie ein, und sie wünschte sich im Grunde nichts sehnlicher, als darauf zuzueilen, sich im gewaltigen Körper des Kelp zu verlieren, bringe er ihr nun den Tod oder nicht.

Das ist egoistisch! sagte eine mahnende Stimme. *Egoismus ist nicht mehr zulässig.*

Sie hatte von der Öde der entfernten Küstenregionen gehört, und auf den ersten Blick sah sie auch nichts anderes als Gestein: nackte schwarze Klippen, schwarzes Abbruchgestein, das Schäumen des grünen Meeres. Aber zwischen den Felsbrocken herrschte Leben. Kleine grüne Inseln in den Vertiefungen zwischen den Steinen, in Spalten, an der Klippenwand. Etwas, vielleicht das Etwas, das in ihrem Kopf sprach, richtete ihre Aufmerksamkeit auf einen Punkt weiter oben an der Küste.

»Dort!«

Sie ergriff Bens Hand und zeigte ihm einen riesigen schwarzen Felsbrocken, auf dessen Krone eine einzelne silberne Wihipflanze wuchs. Der Brocken war etwa dreißig Meter entfernt, auf halbem Weg zwischen Klippwand und Flutlinie.

»Dort wollen wir hin.«

Im gleichen Augenblick traten Nevi und Zentz mit gezogenen Las-Waffen hinter dem Felsen hervor und tasteten sich durch das Steingeröll näher. Crista war weder überrascht noch verängstigt. Sie hörte Ben »Scheiße!« flüstern und sah, wie er hastig nach links und rechts schaute, um einen Ausweg zu finden. Aber sie wußte, daß das nicht nötig war. Sie *wußte* es.

Der Augenblick fand sich zusammen wie eine gewaltige Empfängnis. Die ganze Welt wurde still und stumm

– die Wellen, der Wind, die behutsamen Schritte zweier Mörder auf feuchten Steinen.

»Hände über den Kopf, weg von dem Boot!« Zentz rief seine Befehle mit zittriger Stimme und sichtlich feuchter Aussprache.

»Ja«, sagte Crista zu Ben, »genau dort wollen wir hin.«

In dem stillen und starren Nachmittag faßten sie sich fest an den Händen und beobachteten, wie der riesige Stein hinter Nevi und Zentz ein Stück nach hinten kippte. Die Bewegung war lautlos und glatt, als drehe er sich in einem Scharnier. Die beiden Männer hörten nichts.

»Hände über den Kopf!« zischte Zentz noch einmal.

Behutsam legte der Felsbrocken sich flach, und aus den Schatten darunter kroch ein halbes Dutzend Männer, die mit Seilen und Wurfnetzen bewaffnet waren.

»Sag mir, daß du das auch siehst«, flüsterte Ben. »Sag mir, daß ich nicht auch dem Staub erliege!«

»Alles ist, wie es sein soll«, gab sie in einem geflüsterten Singsang zurück. »Ein großer Augenblick ereignet sich vor uns, und er wird sich nicht aufhalten lassen.«

Etwas in ihrem Blick mußte Nevi stutzig gemacht haben. Ohne nach hinten zu schauen, sprang er Richtung Wasser zur Seite und fuhr herum. Das erste Netz schloß sich bereits um den überraschten Zentz, ein zweites streifte, schlecht gezielt, Nevi an den Armen. Zwei Blitze aus seiner Las-Waffe, und die Netzwerfer stürzten brennend zu Boden, während sich Zentz immer mehr verstrickte. Nevi fuhr wieder herum und ließ Crista in die Mündung seiner Las-Waffe blicken, die trotz der dreißig Schritte Abstand riesig wirkte.

»Ich bringe sie um«, verkündete er so laut, daß alle ihn verstehen mußten. »Sie können mir glauben. Ich bin sehr schnell.«

Die Szene erstarrte, und in der Stille, die diese Reglosigkeit begleitete, hatte Crista das Gefühl, sie alle wären zierliche Gestalten in einem Riesengemälde. Sie konnte sich vorstellen, wer dieses Bild gemalt hatte.

Ohne die Waffe abzuwenden, ohne den Blick von Crista Galli zu nehmen, duckte sich Nevi nieder. Der Ausdruck seines bunten Gesichts war nicht zu deuten. Crista spürte, daß ihr Kopf freier wurde, sie hörte die Wellen wieder gegen die Steine klatschen.

Aber da ist etwas ...

Es war etwas, das sie nicht mehr gespürt hatte, seit sie aus dem Meer gefischt worden war, etwas Vertrautes ...

»Verbindung«, flüsterte sie.

Ben atmete neben ihr, und sie empfand diese Wahrnehmung wie ihren eigenen Atem. Sie waren eine Person, ihr Pulsschlag synchronisiert in zwei Regenbögen, den Wellen und dem gewaltigen Herzrhythmus der Leere. Sie kannte die Entscheidungen, vor die sein Verstand ihn stellte, und bewunderte das Opfer, das er bringen wollte. Sie verfolgte den möglichen Ablauf in seinem Kopf: sie an der Hand herumwirbeln, sich zwischen sie und Nevi stellen, den Schuß auffangen, während die Netzfänger Nevi ausschalteten. In dem Augenblick, da er diesen Plan in die Tat umsetzen wollte, berührte sie ihn an der Schulter.

»Nein«, sagte sie, »das ist nicht nötig. Fühlst du es?«

»Ich fühle den Lauf, der auf meine Brust gerichtet ist«, sagte er. »Nur er steht noch zwischen uns und ...«

»Unserem Schicksal?« fragte sie. »Nichts steht zwischen uns und unserem Schicksal.«

Das Abbild Ricos stand hinter Nevi und gestikulierte ihr heftig zu. Dabei lächelte es noch immer.

Nevi erhob sich aus der geduckten Stellung und kam vorsichtig über die regenfeuchten Felsen auf die beiden zu. Crista liebte den Geruch des Regens – eine andere Art von Feuchtigkeit als der Meeresduft, weniger schwer für die Lungen, aber auch nicht so vielseitig. Der

Geruch des Meeres, des toten Hyfliegers ruhte schwer neben ihr wie ein schlafender Geliebter.

»Siehst du es?« fragte sie Ben und lächelte.

»Ich glaube ja«, antwortete er.

Nevi gab Befehle, und zwei überlebende Netzwerfer begannen Zentz langsam aus dem Netz zu befreien. Wieder hatte Crista Galli das Gefühl, eine Figur in einem Gemälde zu sein.

»Rühr dich nicht!« flüsterte sie.

Ben machte keine Bewegung.

Nevi blieb stehen, Überraschung malte sich auf seinem Gesicht.

»Wo sind sie?« brüllte er und legte die Hand über die Augen, obwohl die Sonne hinter ihm leuchtete. »Wohin sind sie verschwunden?«

Crista unterdrückte ein Kichern, und Ricos Abbild applaudierte stumm hinter Spinne Nevi.

»Ich verstehe das nicht«, sagte Ben. »Sind wir unsichtbar?«

»Wir sind nicht unsichtbar«, antwortete sie, »sondern einfach nicht sichtbar. Er kann uns vor dieser Landschaft nicht erkennen. Ich glaube, diesen Trick hat Rico dem Kelp beigebracht.«

Ben drückte ihr die Hand und wollte etwas sagen, aber da begann das Schießen.

An diesem Vormittag werde ich im Geiste die hohen Regionen erklimmen und dabei Hoffnungen und Kümmernisse meiner Mutter mitnehmen; und von dort ... werde ich Feuer herabrufen auf alles, was in der Welt menschlichen Fleisches unter der aufsteigenden Sonne geboren werden oder sterben soll.

Pierre Teilhard de Chardin
Hymne des Universums

Twisp führte Kaleb zu den flackernden Lichtern am Rande des Orakles. Es war nur eine kleine Höhle, ein kleiner Teil der großen Wurzel, die Flattery einige tausend Meter entfernt an der Küste aus dem Gestein gebrannt hatte. Es war ein stiller Ort, ein Ort, an dem man das Jod der salzigen Luft atmen und den kalten Pulsschlag des Meeres spüren konnte.

Kaleb folgte dem ausgetretenen Pfad in der typischen Haltung seines Vaters – lang aufgeschossen, mit zurückgenommenen Schultern, die Augen wachsam auf jede Nuance von Licht und Bewegung gerichtet. Als seine Eltern noch lebten, hatte niemand das Orakle häufiger besucht als er. In dem schwachen Licht am Rande des Sees erkannte Twisp, daß sich Kalebs schmale Knabenfigur zu einem Muster an athletischer Anmut ausgewachsen hatte.

»Du bist ein Mann, den dein Vater sicher sehr gern näher kennengelernt hätte«, sagte Twisp.

»Und du der Mann, der meinem Vater am liebsten gewesen ist.«

Nebeneinander standen sie am Wasser und beobachteten den aufzuckenden Kelp dicht unter der Oberfläche. Beide Männer sprachen leise, obwohl die Kelpkammer ihr Flüstern bis in die entferntesten Winkel trug. Die Gruppe der Zavataner, die den Teich versorgte, hielt sich in diskreter Entfernung. Die Männer waren damit beschäftigt, einen der großen Bohrer zu reinigen und wieder zusammenzusetzen, mit denen sie ihre Behausungen in das Gestein gruben.

»Als deine Eltern sich kennenlernten, waren sie jünger als du jetzt«, sagte Twisp. »Gibt es jemanden in deinem Leben?«

Die Röte, die Kaleb aus dem Kragen stieg, erinnerte Twisp noch mehr an den Vater des jungen Mannes. Kalebs Haut war dunkler wie die seiner Mutter, aber das natürlich herabfallende rötliche Haar hatte er von Brett Norton geerbt.

»Ach? Dann gibt es also jemanden?«

»Victoria ist groß«, sagte der andere. »Ich habe viele Frauen getroffen.«

Seine Stimme klang beinahe mürrisch, verbittert.

»›Viele‹«, wiederholte Twisp nachdenklich. »Und welche davon hat dir das Herz gebrochen?«

Kaleb schnaubte durch die Nase und wandte sich halb ab. Dann hielt er inne und stellte sich Twisps Blick. Er lächelte.

»Ältester«, sagte er, »dich darf man wahrlich nicht unterschätzen. Bin ich denn so leicht zu durchschauen?«

Twisp zuckte die Achseln.

»Kummer dieser Art erkennt man«, sagte er. »Ich habe ihn selbst schon durchgemacht. Dreißig Jahre ist das jetzt her, und ich habe noch immer meine Tagträume.«

Er sprach nicht weiter. Es war wichtiger, daß Kaleb das Reden übernahm.

Kaleb setzte sich an den Rand des Teichs, steckte die Beine ins Wasser und begann den Kelp mit den nackten Füßen zu streicheln.

»Wenn ich die Kelpwege bereise und die Abzweigung meines Vaters nehme, sehe ich dich, wie er dich einst sah. Du warst gut zu ihm – entschlossen, freundlich, du ließest ihn zuviel reden.« Kaleb lachte. »Er war ein guter

Mann, das weiß ich. Von dir, von dir kann man das ebenfalls sagen.« Er neigte den Kopf und schüttelte ihn langsam. »Ich wäre auch gern ein guter Mann – aber ich glaube, ich bin anders. Mein Leben ist anders.«

Mit diesen Worten ließ er sich in den See sinken und legte sich rücklings auf den Kelp wie auf eine riesige Couch. Nur Kopf und Brust ragten noch aus dem Wasser. Trotz des bunten blauroten Flackerns der Kelplichter in der Höhle bemerkte Twisp das neue Leben, das sich in Kalebs großen Augen rührte.

»Inwiefern bist du anders, Kaleb?« fragte er. »Du atmest, du ißt, du blutest ...«

»Du weißt, warum wir hier sind«, unterbrach ihn Kaleb.

Seine Stimme tönte klar und fest und kannte nicht mehr den zögernden Ton der Jugend gegenüber der Weisheit des Alters.

»Wie viele Menschen sind heute dort draußen gestorben, weil sie Flattery in der Luft zerreißen wollten, sich dann aber damit zufriedengaben, *irgend etwas* zu zerreißen?«

Twisp antwortete nicht, und Kaleb fuhr fort:

»Ich will ehrlich sein. Ich respektiere dich und möchte, daß du mich deinerseits respektierst. Ich möchte von dir hören, daß das, was ich tue, richtig ist. Wenn es nicht funktioniert, müßten wir ihn wohl angreifen.«

In seine Stimme schlich sich ein verträumter Ton. Twisp wußte, der Kelp schloß ihn ein, führte ihn durch die Strudel der Vergangenheit. Twisp lenkte ihn an jedem Gedanken an Versagen vorbei, auch an der Angelegenheit, die ihm das Gefühl des Versagens vermittelt hatte.

»Es gibt da eine Frau, die dich nicht ruhig schlafen läßt«, sagte Twisp. »Erzähl mir von ihr!«

»Ja«, sagte Kaleb und schloß die grauen Augen.

Kalebs Augen kündeten wie die Augen seines Vaters von einer Reife, die weit über sein Alter hinausging.

»Ja, sie ist hier. Sie hatte zwei Wots, ehe wir uns begegneten. Qita, sie kannte den Kelp wie du und ich. Als Verbündeten. Sie hatte andere Geliebte, aber ich war ihr letzter. So wie sie auch meine letzte Geliebte sein wird.«

Diese Worte entrangen sich ihm mit einem gequälten Aufschrei, der Twisp die Nackenhaare sträubte. Kaleb hieb mit beiden Fäusten in den See, verweilte aber in dem Kelp und beruhigte sich unter der Liebkosung der Wellen wieder.

»Ältester«, flüsterte Mose und zupfte Twisp am Ärmel, »hast du seine Augen gesehen?«

Twisp nickte, und ehe er antworten konnte, gewann das Flackern der Kelplichter eine Intensität, wie er sie noch nie erlebt hatte. Die Erscheinung erinnerte an magnetische Störungen am winterlichen Nachthimmel – riesige springende Regenbögen, die Wasser, Gestein und Luft gleichermaßen farbig zu durchdringen schienen. Ängstlich wich Mose vor dem Teich zurück, doch Twisp hielt ihn fest.

»Alte Freunde«, flüsterte Twisp. »Sie freuen sich über die Begegnung.«

»Vielleicht hatte Kalebs Abstammung zu diesem Augenblick geführt. Seine Mutter, Scudi Wang, und deren Mutter zuvor waren die beiden ersten Menschen gewesen, die Kontakt mit jenem erwachenden Wesen aufnahmen, das die Menschen ›Kelp‹ und der Kelp ›Avata‹ nannte.

Als Twisp Scudi Wang kennenlernte, war sie eine dunkelhäutige junge Frau, die voller Leidenschaft die Arbeit ihrer Mutter fortsetzte mit dem Ziel, den Kelp weltweit wieder zu etablieren. Sie ›mathematisierte die Wellen‹, wie sie sagte, und ermöglichte auf diese Weise die Strömungskontrolle, ein System, das vielen tausend Inselmenschen das Leben rettete und Pandoras Seefahrt revolutionierte.

Scudi Wang wurde vom Kelp geliebt – dies hatte Twisp lange vor Kalebs Geburt direkt vom Kelp erfahren. Als Flattery den Kelp angriff, ihn zusammenschnitt, gab Scudi Befehl an ihr Erbe, die Meermensch-Handelsliga, die Geschäftsbeziehung zu ihm abzubrechen. Sie und Kalebs Vater wurden drei Tage später umgebracht.

Twisp hatte den Eindruck, daß Kaleb seiner Mutter immer ähnlicher wurde, wie er da im Wasser lag. Sein Haar schien sich abzudunklen, ebenso seine Haut. Der Kelp umhüllte ihn, als liege er in einer riesigen Hand geborgen. Die Lichter ringsum funkelten und tanzten im Rhythmus einer lautlosen Musik. Twisp mußte an den Tag zurückdenken, da Scudi die Hände ins Meer gesteckt und den Kelp um Hilfe angefleht hatte – die dann auch gewährt worden war. Der Kelp hatte ihnen das Leben gerettet – und dieser Augenblick hatte sein Leben für immer verändert. Er hatte das Leben aller Beteiligten verändert.

Scudi war in den Jahren nach ihrem Tod zu einer Art historischem Monument der Pandorer geworden, so viele Plaketten und Denkmäler gab es zu ihren Ehren. Als ein schweres Erdbeben die alte Unterwasserzentrale der Strömungskontrolle heimsuchte, fand man hinterher die Glasstatue Scudi Wangs völlig intakt, umfangen von zahlreichen Kelpsträngen. Dieser Liebesbeweis des Kelp, diese Anerkennung eines Symbols erzürnte Flattery und beflügelte ihn zu Racheakten gegen den Kelp, die bis heute andauerten.

Twisp schaute auf Kaleb nieder, der auf dem Rücken der Kelpwurzel lag, und hatte den Eindruck, daß die Wurzel sich hochschmiegte, um dichter bei dem jungen Mann zu sein.

»Twisp!« rief er aus dem kleinen See herauf. »Genau das hatte doch meine Mutter vor, nicht wahr? Flattery von der gesamten Versorgung abzuschneiden, ihn auszuhungern. All die Jahre habe ich vergeblich nach dem Tag geforscht, an dem sie gestorben ist – und jetzt habe ich ihn ...«

Kaleb begann zu weinen, und Twisp hatte Mühe, seine nächsten Worte zu verstehen.

»Es hätte klappen können, damals, es hätte bestimmt geklappt. Heute aber gehört ihm alles, *alles* ... und jetzt gibt es keine Möglichkeit. Es müßte schon ein Wunder geschehen, um alle Leute gleichzeitig anzusprechen ... sie alle zu veranlassen, ihn zu isolieren ... dazu brauchte man schon ein Zeichen Gottes ...«

Seine Stimme ging in einem Summen unter, das im Takt der roten und blauen Lichter an- und abschwoll.

Erhöhe die Zahl der Variablen,
doch die Axiome selbst verändern sich nie.

ALGEBRA II

Beatriz gefiel es, im freien Fall zu kreisen. Sie schloß die Augen und stellte sich vor, auf einem der warmen organischen Betten zu liegen, die von den Inselmenschen gezüchtet wurden. Am liebsten hätte sie jetzt mit Zwerg MacIntosh in einem dieser Betten gelegen, auf einer anderen Welt, unter einem anderen Stern. Aber natürlich wäre ein solches Bett bei annähernder Nullschwerkraft wenig sinnvoll gewesen.

MacIntosh versetzte ihr einen sanften Stoß, der sie beide ins ›Netz‹ trieb. Es handelte sich um einen großen Raum in der Achsröhre des Orbiters, der manchmal auch ›Privatpark‹ genannt wurde, weil man hier zwischen den Schichten schlummern konnte, und weil sich zuweilen Liebespärchen trafen, die keinen anderen Ort hatten. Dünne weiße Netze durchquerten die Zone in allen möglichen Richtungen und unterteilten den gewaltigen Raum in ein Gewirr von Kabinen und länglichen Räumen. Holoschirme verwandelten einige Netzteile in Phantasiewelten und führten die Insassen noch weiter von den täglichen Sorgen im Orbiter fort. Beatriz kannte diesen Raum von ihrer letzten Tour und schloß diesmal fest die Augen.

»Die Desorientierung hält länger an«, sagte sie zu MacIntosh. »Ich möchte die Augen eigentlich nicht mehr aufmachen.«

»Nach allem, was du heute durchgemacht hast, ist das kein Wunder«, antwortete er. »Ich möchte sie eigentlich auch nicht aufmachen.«

Seine Finger bedienten die Tastatur seines Meldegeräts, dann spürte Beatriz plötzlich warmes Licht auf den Händen und im Gesicht.

»Also, wir sind jetzt im Hafen der Engel, jenem exklusiven Ferienort der Inselmenschen, von dem du bestimmt schon viel gehört hast. Angenehm warm, fühlst du es?«

Ja, sie spürte einen warmen, liebkosenden Lufthauch auf den Wangen. Sie konnte sich vorstellen, am Strand im Hafen der Engel zu liegen, sich das Haar vom Sonnenschein trocknen zu lassen und in einem kalten Getränk zu rühren. Ein Teller mit Mango- und Papya-Scheiben wartete neben ihr. Wellenrauschen gab es hier im Orbiter nicht, keine pulsierende Brandung, die ihr manchmal den Atem raubte ...

Sie öffnete die Augen. Ein Sandstrand erstreckte sich in beiden Richtungen. Grüne Vegetation wucherte über den Klippenrand zum Strand herab, und mehrere kleine Hütten boten unter ihren Rieddächern Schatten für ihre sonnendurchtränkte Haut. In dem Maße, wie die beiden sich drehten, bewegte sich auch das Holo als Reaktion auf einen Referenzpunkt im Nachrichtengerät.

Das Holo lieferte sogar die eigenen Fußabdrücke im Sand, als ginge sie vom Rand eines blaugrünen Meeres fort. Die nicht existierende Fähre, die sie in diese Illusion gebracht hatte, war bereits wieder untergetaucht und war nur noch an einem Brodeln und einer Bläschenspur zu erkennen, die zum Horizont strebte. Junge Seelöwen schrien heiser und stürzten sich von den Felsen in die Bucht; sie machten Jagd auf Fische, die von der Fähre aufgescheucht worden waren.

»Wir brauchten ein paar Minuten für uns allein«, erklärte MacIntosh. »Es wird mehr als ein paar Minuten dauern, die Schweinerei da oben zu regeln und alle aufzuspüren. Wir haben eine hervorragende Mannschaft – sonst wären die Leute auch nicht hier. Die Warnung ist raus – Brood hat keine Chance mehr.«

Er umfaßte eine der großen Schlaufen an ihrem Gürtel und steuerte sich und Beatriz gemächlich in dem Holo herum.

»Niemand weiß, wer die Schatten sind«, sagte er. »Oder weißt du es?«

»Ich ... nein, keine Ahnung.«

»Der Grund dafür ist, daß es die Schatten gar nicht gibt. Frag nur irgend jemanden. Sie haben keine Zusammenkünfte, sie geben keine Nachrichten weiter, sie werben keine Mitglieder an. Trotzdem passieren die Dinge – Elektrizität fällt aus, Kelpwege werden verschoben, und schon hat Flattery wieder etwas verloren. Vorratssendungen machen einen großen Bogen um ihn, landen aber nicht. Ersatzteile kommen einfach nicht an ...«

»Genau das meine ich«, sagte Beatriz. »Ich wüßte gern, *wer* das alles macht, woher die Leute wissen, *wann* sie zuschlagen müssen, und was genau passiert.«

Nebeneinander schwebten sie gemächlich durch das Netz. Die Illusion, die sich vor den Netzen abspielte, die Strandszene, war genau auf Beatriz zugeschnitten, dazu bestimmt, ihren Orientierungsstreß zu reduzieren.

Er ist hier oben zu Hause, dachte sie.

Gleichzeitig war ihr klar, daß *oben* nicht mehr die gleiche Bedeutung für sie hatte wie noch vor einigen Stunden.

»Es heißt ›Flaschenwerfen‹. Man wirft etwas in die Wellen hinaus, dann tritt der Zufall ein. Aber wenn man die Wellen *beherrscht,* oder auch nur einen kleinen Teil davon, kann von Zufall keine Rede mehr sein, dann läuft alles mit großer Zuverlässigkeit. Das Nicht-System der Schatten ermutigt jeden Bürger, Flattery bei jeder sich bietenden Gelegenheit Hindernisse in den Weg zu stellen. Leite hier etwas um – zum Beispiel eine Lieferung Wasserstoffgeneratoren –, anschließend gehst du wieder deiner Arbeit nach und tust so etwas nie wieder. In den Wellen draußen sieht jemand die umgeleitete Generatorenfracht und schickt sie auf einen *anderen* Weg ... und im Nu ist sie auf dem Weg die Küste entlang zu einer Pioniergruppe.«

Mit dem Finger beschrieb er einen Kreis durch den Raum, den sie teilten und fand damit die Mitte seiner anderen Handfläche.

»Dann die Lieferung.« Er kniff ein Auge zu. »Flatterys Projekt verliert etwas, das Volk gewinnt etwas hinzu. Keine Schatten.« Er lächelte. »Brillant! Und jeder kann mitmachen.«

»Ja ...«

Wieder waren ihre Gedanken bei Ben.

Ich wüßte gern, wie lange Ben da schon mitmacht ...

»Die Zavataner, Rico und Ben ...« MacIntosh zögerte und überlegte sich seine nächsten Worte genau. »Sie wollen Flattery nicht umbringen, sondern nur aus dem Amt drängen. Nach allem, was er ihnen angetan hat, wollen sie ihn doch nicht töten – einfach weil er ein Mensch ist. Weißt du, wie unglaublich das ist? Kannst du dir vorstellen, wie weit ihr Pandorer euch in diesem Punkt von uns fortentwickelt habt?«

»Hier auf Pandora sind unsere Feinde immer bösartiger gewesen als wir selbst«, sagte sie. »Bis auf den Kelp. Der Kelp hat im Laufe der Jahre auch viele Menschen umgebracht.«

»Aber wer hatte vorher an seiner Leine gezerrt?« wollte MacIntosh wissen. »Wer hat in seinem Käfig Feuer gelegt?«

Wieder schloß Beatriz die Augen und atmete mehrmals langsam und tief durch.

»Alles in Ordnung mit dir?«

Langsam atmete sie ein und aus.

»Ich weiß nicht«, antwortete sie. »Ich schaue mir die Szene hier an und weiß, daß sie erfunden ist, eine künstliche Kulisse, nicht das reale Leben ... aber Menschen folgen uns. Hinter den Felsen und Pflanzen sehe ich Läufe von Las-Waffen. Aus dem Augenwinkel sehe ich immer wieder Gestalten in Deckung huschen.«

Er umarmte sie, und endlich kam es zu dem Kuß, auf den sie gewartet hatte. Kein schmollmundiger Schmatz auf die Wange, sondern genau das, was sie brauchte, um in die Welt zurückzukehren.

»Das habe ich mir ersehnt«, sagte sie. »Aber es erschien mir irgendwie ... unangebracht angesichts der vielen Toten.«

»Ja«, sagte er. »Ich habe mir das auch gewünscht.«

Mit den Fingerspitzen liebkoste er ihre Lippen.

»Es wird bestimmt noch ein Weilchen dauern, vielleicht sogar sehr lange, bis wir unsere Nervosität ablegen. In wenigen Minuten kehren wir in die Station zurück und bringen die Sache mit Hauptmann Brood zu Ende. Vielleicht weiß er das selbst noch nicht, doch ahnen zumindest seine Leute, wie wenig sie sich hier oben in der Station auskennen. Dann wollen wir sehen, was wir wegen deiner bodenseitigen Freunde unternehmen können.«

»Du glaubst nicht, daß sie ... tot sind?«

»Nein«, antwortete er.

»Woher willst du das wissen?«

»Vom Kelp.«

Sie mußte überrascht ausgesehen haben, denn er begann leise zu lachen.

»Du weißt, wie sehr mich der Kelp interessiert«, sagte er. »Seit Flattery mir die Strömungskontrolle anvertraut hat, konnte ich ein bißchen herumexperimentieren. Mit greifbaren Ergebnissen.«

Wieder küßte er sie und erzählte ihr dann von dem Kelp-Kommunikationssystem, das er geschaffen hatte, und von seinen Versuchen, den Kelp zu einen.

»Wie wohl der Kelp als Gott sein würde?« fragte er. »Gnädig? Rachedurstig?«

»Das ist doch im Augenblick ohne Belang, oder?« fragte sie. »Brood ist ein schlauer Bursche. Ich kann nicht weiter planen, solange er nicht ... neutralisiert worden ist.«

MacIntosh steuerte sich und Beatriz in ein Himmels-Holo, das sich in dem Netzwerk entfaltete – 360

Grad Himmel und hohe Wolken verdeckten das Netz, das den freien Fall beschirmte.

»Meine Sorgen gelten eher Flattery«, sagte er. »Brood ist eine Nebenfigur. Flattery hat große Pläne, um deren Verwirklichung willen er alles zertreten würde, was sich ihm in den Weg stellt.«

»Aber er war doch Psychiater-Geistlicher«, sagte Beatriz nachdrücklich. »Seiner Ausbildung nach müßte er genau entgegengesetzte Absichten haben.«

»Er ist ausgebildet worden, das Nötige zu tun und dafür zu sorgen, daß wir uns alle darauf einstellen«, widersprach Mack. »Das ist kein romantischer Unsinn, sondern eine klare Tatsache. Er ist programmiert, dafür zu sorgen, daß wir keine monströse Intelligenz auf das Universum loslassen.«

»Wenn er sich nicht entsprechend eingestellt und dieses Ziel nicht erreicht hat, warum nimmst du dann an, daß er uns alle mit in die Tiefe reißen will?«

»Ganz einfach«, antwortete MacIntosh, und das Lächeln furchte sogar seine rasierte Kopfhaut. »Flattery Nummer fünf hat den ›Vernichtungs‹-Auslöser bedient, das hast du in den *Geschichtsbüchern* nachgelesen. Jener Flattery war viel liebenswerter als dieser. Das Problem ist, daß das Programm bereits gestartet worden war, seinen Zug vorausgeschaut und vereitelt hatte.«

»Vielleicht schaffen wir das!« Beatriz versuchte Macks Schultern zu schütteln, schaffte es aber nur, daß sie durch die Luft wirbelten. »Du hast recht, benutz den Kelp, um ihn von seinem Ziel abzubringen!«

»Nun ja, da der Kelp inzwischen weiß, daß Flattery es auf ihn abgesehen hat, dürfte das Programm längst aktiviert sein, meinst du nicht auch?«

»Also ...«

»Ich habe da eine andere Möglichkeit, und die betrifft Crista Galli.«

Wenn Beatriz an Crista Galli dachte, erfüllte sie eine Neugier, die weit über den Nachrichtenwert der Frau hinausging. Ben sah etwas in Crista, fand in ihren Augen etwas, das ihn mitriß und weiter von Beatriz entfernte. Obwohl zwischen Ben und Beatriz alles aus war, interessierte sie sich für eine Frau, die dazu in der Lage war – eine jüngere *Frau,* die so etwas vermochte.

»Und die wäre?«

Sie spürte den Hauch von Verbitterung in ihrer Stimme, die überflüssige Heftigkeit ihrer Worte.

»Ich glaube, der Kelp ist uns zuvorgekommen«, sagte er.

Sie nahm den Kopf von der angenehmen Stelle an seiner Schulter und bemerkte sein Grinsen. »Ich glaube, Crista Galli ist der Versuch des Kelp, eine künstliche Intelligenz zu schaffen. Ich glaube, sie ist künstlich hergestellt, unvollständig und lebendig. Es wäre schön, wenn wir sie so erhalten könnten.«

Das Notizgerät an seinem Gürtel stieß einen melodischen Ton aus. Er nahm die Arme nicht von Beatriz' Schultern, sondern aktivierte den Apparat mit einem kurzen Stimmenbefehl.

»Sprich!«

»Brood und zwei seiner Leute haben sich mit den OGZ eingeschlossen. Er sagt, wenn Sie nicht in fünf Minuten zur Stelle sind, fängt er an, die Gehirne zu zerstören.«

Hier sind wir denn wie auf finst'rer Ebene
Vom wirren Signal des Kampfes wild umtobt ...

MATTHEW ARNOLD, *Dover Beach*

Der Orbiter umfaßte das Bug des Allschiffes mit einem breiten Plastahl-Ring. Die beiden zylindrischen Gebilde drehten sich im Einklang um ihre langen Achsen. Bald würde der Ring abgleiten und in der Kreisbahn um Pandora verbleiben, während das Allschiff die dunklen Verwerfungen des Universums erkundete. Das Steuer würde ein OGZ führen, ein von allem Ballast befreites menschliches Gehirn.

Die Organischen Gehirnzentren wiesen gegenüber mechanischen Navigatoren einen großen Vorteil auf, der sich schon vor langer Zeit bei Versuchen im Mondstützpunkt deutlich herauskristallisiert hatten.* Die Navigation erforderte auf allen Ebenen eine Feinheit der Unterscheidung und Symbol-Erzeugung, wie sie reine Hardware nicht erreichte. Das entkörperlichte, unbehinderte Gehirn hatte Freude daran, so wurde jedenfalls behauptet, den unmöglichen Kurs abzustecken. Beim OGZ funktionierte ein Anreiz, der sich bei mechanischen Navigatoren nicht auswirkte – das OGZ brauchte diese Arbeit, um am Leben zu bleiben.

Die OGZ, das die Techniker zur Zeit für den Einbau vorbereiteten, das Alyssa Marsh Nummer sechs, spürte keine Schmerzen, aber auch keine körperlichen Wonnen, während der Mikrolaser die erforderlichen Zuleitungen schweißte. Sie war im Mondstützpunkt zur Astronavigatorin ausgebildet worden und hatte im Jahr nach der Landung auf Pandora ein Kind geboren. Flattery erfuhr dazu auf Umwegen nur das gezielte Gerücht, das Kind sei bei einem Erdbeben umgekommen. Anschließend hatte sich Alyssa Marsh besonders inten-

---

* Ein Cyborg fällt aus · 06/3384

siv ihren Kelpstudien gewidmet. Bei einem Unfall in einer Kelpstation war ihr Körper zerschmettert worden, doch Flattery sorgte dafür, daß ihr stummes Gehirn weiterleben konnte.

Bald würde sie nicht mehr stumm sein. Bald würde ihr Gehirn über einen Körper verfügen, der sich bewegen konnte – das Allschiff *Nietzsche.* Sie würde ihre Navigationstätigkeit ausüben und dabei den Unterschied zwischen Können und Sehnen begreifen und die Notwendigkeit des Träumens anerkennen. Noch lag sie geschlechtslos hinter zwei verschlossenen Luks und träumte von einem Bankett, zu dem Flattery eingeladen hatte und bei dem sie Ehrengast und Hauptgericht zugleich war.

Zwerg MacIntosh zog vor beiden Luks seine Streitkräfte zusammen und versuchte sich zum wiederholten Mal mit Hauptmann Brood in Verbindung zu setzen. Aus der OGZ-Kammer kam keine Antwort. Drei der vier Monitore drinnen waren schwarz, der letzte zeigte aus der Deckenperspektive die langen, spezialisierten Finger einer Nerventechnikerin an dem technischen Leitungsgeflecht, das Alyssa Marshs Überreste umgab.

»Die Zusammenschaltung ist erst nächste Woche vorgesehen«, sagte jemand. »Was geht da drinnen vor?«

Auf dem Bildschirm zeigte sich der Lauf einer Las-Waffe, der die Technikerin bedrohte. Die langen, spinnenbeinhaften Finger erstarrten, hoben sich dann von der Oberfläche des Gehirns in Richtung Schirm und verschwanden aus dem Aufnahmebereich.

»Dem Dummkopf wäre zu raten, seine Las-Waffe nicht abzuschießen«, bemerkte eine andere Stimme, »sonst werden wir alle zu den Sternen gepustet.«

»Nicht schießen, Hauptmann!« befahl MacIntosh. »Hier spricht MacIntosh. Sie befinden sich in einem sehr explosionsgefährdeten Bereich ...«

»Brood ist tot«, meldete sich eine Stimme, die brüchig

klang vor Jugend und Angst. »Schiff möge ihn aufnehmen. Schiff verzeihe uns allen und nehme uns auf.«

Der Lauf der Las-Waffe richtete sich auf den Bildschirm, dann blitzte es auf, und der letzte Schirm erlosch ebenfalls.

Beatriz zupfte Mack am Arm.

»Das war ein Inselmensch«, sagte sie. »Die alte Religion, wie in meiner Familie. Es gibt Leute, die das Vorhaben, ein Abbild Schiffs zu bauen, für Ketzerei halten. Manche meinen, die OGZ sollten dem Tode überantwortet werden. Sie sind davon überzeugt, es – *sie* – wäre ein Mensch, der dort gegen seinen Willen als Sklave festgehalten wird.«

MacIntosh legte eine Hand über seinen Interkom-Empfänger.

»Brood muß nicht wirklich tot sein«, antwortete er. »Das wäre zu leicht. Und warum den Monitor kaputtschießen anstatt das OGZ? Du bist Inselmensch, rede mit ihm. Geh auf die religiösen Aspekte ein, triff alle Vorbereitungen, ihn auf Sendung gehen zu lassen, wenn er das will! Meine Leute helfen dir dabei.«

»Wohin willst du?«

Er sah die nackte Angst in ihren Augen bei dem Gedanken, daß er sie verlassen würde.

Was hat man ihr angetan? fragte er sich.

Er umfaßte ihre Schultern, während seine im Gang schwebenden Männer so taten, als bemerkten sie die verheimlichte Zuneigung nicht.

»Spud und ich kennen ein paar Winkel des Orbiters, die auf den Plänen nicht so ohne weiteres zu erkennen sind.«

Sie drückte ihn so fest an sich, wie es die Vakuumanzüge gestatteten.

»Ich könnte alles ertragen, außer dich zu verlieren«, sagte sie. »Ich weiß, ich benehme mich unmöglich vor deinen Männern, aber ich mußte das sagen.«

»Ich bin froh darüber«, antwortete er und lächelte. Er

küßte sie, dem allgemeinen Räuspern und Kichern zum Trotz.

»Cheftechniker Hubbard bleibt bei dir, während seine Männer den Bereich absichern. Nach deiner Zählung fehlen uns noch ein paar Leute aus Broods Trupp. Er führt etwas im Schilde, das spüre ich.«

Er deutete gegenüber dem Techniker einen Salut an und raste mit Hilfe seiner Luftdruck-Rückendüsen auf die Räume der Strömungskontrolle zu.

Finstere, gefühllose und zur Liebe nicht fähige Mächte bestimmen das menschliche Geschick.

JOHN WISDOM

Rico vermochte nicht durch die Illusion zu schauen und wußte, daß Ben ihn auch nicht sehen konnte. Ebensowenig konnte Ben Nevi und Zentz ausmachen. Rico pfiff das ›Runter‹-Signal in der Hoffnung, die beiden würden nicht aus dem Bereich des Bildes herauslaufen und damit wieder sichtbar werden. Als Nevi zu schießen begann, ließ Rico sich fallen.

Es wird Zeit, ihm eine passende Überraschung zu bereiten, dachte Rico.

Er krabbelte zur Seite, bis er eine bessere Deckung gefunden hatte.

Systematisch beschoß Nevi die Steine, die Ben und Crista abschirmten. Zentz gab Nevi Rückendeckung und sorgte dafür, daß die etwa zehn Zavataner in Dekkung blieben. Nevi hörte auf zu schießen, behielt die geduckte Stellung aber bei.

»Schonen wir unsere Ladungen«, sagte er zu Zentz. »Vielleicht sitzen wir hier ein Weilchen fest.«

Außer dem heftigen Atem der beiden Männer, dem Rauschen der auflaufenden Flut und dem hellen *Ping* der sich abkühlenden Waffenläufe war nichts zu hören.

Eine junge Kelpranke umschloß Ricos Hüfte mit festem Griff. Der Kontakt erinnerte ihn irgendwie an den Arm seines Vaters und an die Art und Weise, wie er als kleiner Junge schwungvoll vom Deck in die Höhe geschwenkt worden war. Die federleichte Blütenspitze des Kelp fühlte sich auf seinem Bauch wie eine schmale Frauenhand an, die seinen Nabel liebkoste, ihn von hinten umarmte.

Unwillkürlich mußte er an Snej denken, und übergangslos erschien etwa zehn Meter vor Nevi Snejs Gesicht in der Luft. Die ansteigende Flut beleckte die Hyfliegerhaut hinter ihr und schäumte Nevi über den Stiefel.

»Zum Teufel, was ...?«

Nevi machte zwei Schritte vorwärts. Zentz folgte ihm rückwärtsgehend. Er schaute über die Schulter und erbleichte bei Snejs Anblick. Mühsam konzentrierte er sich wieder auf die rückwärtige Verteidigung.

»Der Rotschopf!« gurgelte er. »Wo ist denn der Rest von ihr?«

Rico stellte fest, daß er die Intensität des Bildes steigern konnte, indem er es anschaute, indem er sich darauf konzentrierte. Die Erscheinung erinnerte ihn an eine riesige Energiespirale, die sich aus sich selbst heraus steigerte, verfeinerte, erwachte. Er atmete zweimal langsam und beruhigend ein und vermochte dann auch den Rest ihres Körpers erscheinen zu lassen. Dort stand sie nun in ihrem grünen Einteiler und starrte Nevi an, die Hände in die Hüften gestemmt. Sie war leicht überlebensgroß. Er fragte sich, ob er sie zum Sprechen bringen könnte.

»Also«, sagte Nevi, »sie wäre jetzt da.«

Nach einem weiteren Blick über die Schulter begann Zentz dermaßen laut und blubbrig zu keuchen, daß Rico es trotz der Brandung noch in zwölf Metern Entfernung hören konnte. Zentz preßte sich mit dem Rücken an Nevi.

»Scheiße, Nevi, ein Kopf, aus dem ein Körper wächst!« jammerte er. »Kehren wir zum Boot zurück.«

»Halten Sie den Mund!«

Nevi blieb stehen und betrachtete die Szene hinter Snej. Es war beinahe der gleiche Ausblick, den auch Rico hatte: ein schwarzer, felsüberströmter Küstenstreifen zwischen Wasser und Klippen, eine Ansammlung riesiger Basaltbrocken, dazu ein Tragflügelboot halb unter den feuchten Überresten eines nicht explodierten Hyfliegers. In der Perspektive der sich entfernenden

Küste schimmerte das weite Meer wie grüne Lava vor den schwarzen Klippen.

»Wo sind sie?« fragte Nevi die Erscheinung. »Ich will sie haben.«

Ein Zwei-Ton-Pfiff verriet Rico, daß die Zavataner bereit waren, sich auf die beiden Männer zu stürzen. Ihm fiel auf, daß Snejs Abbild keinen Schatten warf.

Ich glaube nicht, daß ich das auch noch schaffe, dachte er. *Es wird schon mühsam sein, sie sprechen zu lassen.*

Der Schatten floß von ihren Füßen zur Hyfliegerhaut am Strand, aber nicht weiter. Er streckte sich parallel zu den anderen länger werdenden Schatten des Tages, endete aber am Rand der Hyfliegerreste. Schon leckte die Flut an den Umrissen der Erscheinung, begann das Licht zu brechen. Wenn er Glück hatte, würde es Nevi nicht auffallen.

Konzentriert auf Snej, lächelte Rico und schickte aus einem Winkel seines Gehirns eine Danksagung an Avata.

»Legt die Waffen nieder!« sagte Snej. »Es ist vorbei.«

Aber kein Laut kam über ihre Lippen.

»Scheiße!« knurrte Rico.

Zentz antwortete mit einer Salve aus seiner Las-Waffe. Sie riß Rico aus der Illusion heraus und zersprengte knapp einen Meter vor ihm einen Felsbrocken. Avata holte das verlorene Bild zurück. Nevi feuerte nun ebenfalls und trat einen weiteren Schritt vor.

»Das ist nur eine Vision«, sagte er zu Zentz. »Passen Sie auf sich auf!«

»Vielleicht sind wir verstäubt«, sagte Zentz. »Das viele Zeug von dem Hyflieger hier ...«

»Haben Sie schon mal gehört, daß zwei Verstäubte dieselbe Halluzination gehabt hätten?« fragte Nevi. Er blieb einen Schritt vor Snej stehen und kniff die Augen zusammen.

»Irgend etwas stimmt da nicht ...«

Rico hielt den Atem an. Wenn Nevi durch die Ebene

des Bildes trat, mußte er Ben und Crista sehen und würde für Rico selbst nicht mehr sichtbar sein. Das ganze Gebiet über dem abgestürzten Hyflieger verwandelte sich in eine Kuppel der Einbildung, in einen Hypnotismus des Lichts, eine lebendige Skulptur.

Es muß eine Schwelle des Bewußtseins geben, hinter der ein bewußtes Wesen die Attribute eines Gottes gewinnt.

Nabel-Besatzungsmitglied,
Allschiff *Earthling,*
aus *Die Geschichtsbücher*

Mose hatte die Augen so weit aufgerissen, daß er Twisp noch jünger erschien als vor zehn Jahren, da er in halb verhungertem Zustand von einer Flüchtlingshorde angeschleppt worden war. Erinnerungen – in dem Maße, wie Kaleb von ihnen in den Kelp gezogen wurde, hielten sie ihn davon fern. Twisp beobachtete den Kampf nun schon beinahe ein Vierteljahrhundert lang. Der Kelp mußte auf Kaleb wie eine Droge wirken.

Nicht der Kelp, dachte Twisp. *Die Vergangenheit.*

Twisp wußte auch, daß der Kelp ihn stets in einen bestimmten Winkel der Vergangenheit zog, zu einem Jahr, einer speziellen Frau. Für Twisp war sie die schönste Frau auf Pandora gewesen. Als später Flattery und die anderen aus den Hib-Tanks geholt worden waren, bekamen die Pandorer zum erstenmal seit über zweihundert Jahren unmutierte Menschen zu sehen.

Es war ihnen allen so unangenehm, Klone zu sein, erinnerte sich Twisp. *Dabei konnte man ›Klon‹ nicht mal äußerlich erkennen.*

Er mußte an die bittere Zeremonie zurückdenken, geleitet von Raja *Lon* Flattery, mit der die Überlebenden der Hib-Tanks das verräterische ›Lon‹ für immer aus ihren Namen tilgten. Sie taten dies mit lächerlicher Feierlichkeit – dabei schenkte dieser Akt keinem von Flatterys Leuten jene Attribute, die Pandora eigentlich von ihnen verlangte: bessere Reflexe, eine höhere Intelligenz, Neigung zur Teamarbeit.

»Was man dir in der Schule nicht beigebracht hat«, sagte Twisp zu Mose, »war der Umstand, daß Flattery

Kareen Ale nicht zu beherrschen verstand. Sie wurde wie Kalebs Eltern von Flatterys Todestrupps umgebracht. Sie war ihr erstes Opfer. Es gibt Leute, die sind davon überzeugt, daß Nevi die Hinrichtung persönlich vorgenommen hat. Schatten Panille war damals Leiter der Strömungskontrolle und liebte Kareen Ale. Diese beiden Dinge kosteten auch ihn das Leben. Er war mein Freund.«

Twisps Stimme war kaum mehr als ein Flüstern.

»Ich gab es schließlich auf, die Kelpwege abzusuchen. Mir sind meine eigenen Erinnerungen lieber, so wie sie sich mir präsentieren. Der Kelp beläßt sie zu dicht an der Wahrheit. Im Gegensatz zu manchen anderen empfinde ich Erinnerungen nicht als Droge. Ich gehe lieber um des *Heute* willen in den Kelp als wegen des *Damals*.«

»Die Kelpwege würden mir gehöriges Entsetzen bereiten, Ältester«, sagte Mose. »Der blaue Staub führt mich in mein eigenes Herz und läßt mich zuweilen dort liegen. Ich wüßte nicht, wohin er mich im Kelp führen würde.«

»Mit Hilfe des Staubs stellt man sich dem eigenen Gewissen«, erklärte Twisp. »Im Kelp stehst du dem Gewissen von uns allen gegenüber. Das kann furchterregend sein, da hast du recht. Da ist Wahrheit gefragt und absolut konzentrierte Aufmerksamkeit. Zu leicht verliert man sich im grausamen Lebenslabyrinth eines anderen. Kaleb versteht den Kelp auszufiltern, so wie wir unsere Sinne zu filtern vermögen.«

»Was wird er dort finden, Ältester?«

Twisp schüttelte den Kopf.

Die roten, grünen und blauen Lichtpunkte verstärkten sich, ihr Flackern wurde schneller, bis die ganze Höhle in Licht getaucht war. Die Bohrmannschaft verließ ihre Maschine und eilte an den Rand des Teichs, wo sich auch andere staunend versammelten.

»Ich habe davon erzählen hören«, sagte jemand, »aber noch nie habe ich so etwas gesehen.«

»Nicht einmal seine Mutter, die große Scudi Wang, war so stark«, meinte ein zweiter.

Twisp fiel es schwer, den Sturzbach der Worte zurückzuhalten, den die Erinnerungen auslösten. Erinnerungen – sie hielten Twisp vom Kelp fern, so wie sie Kaleb hineinzogen. Für Kaleb war der Kelp wie ein Rettungsboot, für Twisp wie ein Anker.

Ein absonderlicher Nebel verdichtete sich hoch über dem Teich. Jedes Atom in der Höhle schien sich aufzuladen, schien einen sichtlichen Impuls auszustrahlen, und alle Dinge über Wasser begannen in einem kühlen grünen Dunst zu erschimmern. Halb sichtbare Bildnisse – Fragmente aus der Vergangenheit einer Person – zuckten durch diesen Dunst und verschwanden wieder. Twisp sah Flammen züngeln, dann ein Kleinkind an der Brust, eine Aktennotiz an Hauptmann Juri Brood, die braune, sinnliche Kurve einer feuchten Brust im Kerzenschein. Es war ein haltloser Sturz in einen lautlosen Tunnel, begleitet nur vom Platschen und Klatschen des Meeres.

Twisp hatte das Gefühl, etwas zum zweitenmal zu erleben, eines *Déjà vu* ohne das *vu*. Aus dem Nebel rief ihm eine Stimme zu, eine Frauenstimme.

»Er wird sich mit einem der Orakles oben an der Küste in Verbindung setzen«, verkündete sie. »Es gibt Neuigkeiten über Crista Galli und die anderen. Durch mich wird Kaleb meinen Sohn kennenlernen und durch ihn Raja Flattery. Er wird Flatterys innerstes Sein erkunden. Ohne Geheimnisse kann er nicht herrschen, und ohne den Kelp gibt es keine Geheimnisse. Kaleb wird den DNA-Pfad finden, der zu Flatterys Luk führt. Und was er dort sieht, wird Avata überall auf Pandora verbreiten.«

Die Höhle war zur Bühne einer riesigen Holoprojektion geworden. Das Brausen und die Fülle des Lebens, die mit den Bildern übermittelt wurden, schwollen im Hintergrund immer mehr an. Der Dunst war zu einem wirbelnden Ball aus Farben und Geräuschen geworden, der sich wirr und ruckartig bewegte.

»Kaleb muß sich konzentrieren«, sagte Twisp. »Zu leicht kann man sich im Lebenslabyrinth eines anderen verirren. Er muß Avata filtern, so wie wir unsere Sinne durch ein Filter wirken lassen. Dann werden wir einen Plan finden.«

Wer sich von allen Taten zurückzieht, sich im Herzen aber mit ihren Freuden beschäftigt, geht einen Irrweg und ist ein falscher Schwimmer auf dem Weg.

Zavatanische Gespräche mit Avata
QUEETS TWISP, Ältester

Flattery nahm den Nachmittagskaffee im Grün zu sich und genoß anschließend einen spontanen Spaziergang durch das Heer der orangeroten Orchideen. Sie wucherten in den Felsspalten tief in der Höhle, und ihre Blüten bildeten eine pastellfarbene Kaskade. Die feuchte Luft entlud ihren tropfenden Regen über Laub und nasse Steine und die große ruhige Fläche des Teiches.

Unter Wasser wogten helle Kelplichter im Widerschein eines nahegelegenen Bewuchses. Er stutzte. Irgend etwas war anders – und der Kelp wechselte wie Flattery selten seine Gewohnheiten.

Flattery machte auf dem Absatz kehrt und trabte in seinen Kommandobunker zurück.

»Ich hatte doch angeordnet, dieses Kelpbeet zurückzuschneiden!« fauchte er und deutete entrüstet meerwärts. »Er ist *sofort* zu kappen!«

Marta sagte etwas in ihr Nachrichtengerät.

»Das reicht mir nicht«, sagte Flattery und gab seiner Leibwache ein Zeichen.

»Franklin, sorgen Sie dafür, daß etwas geschieht! Setzen Sie die Mörsereinheit unten am Strand ein!«

»Aye, aye, Sir.«

Franklin trug an seinem Gürtel einen Beutel, in dem er Sandalen, Dokumente und Tagebuch des ersten Mannes aufbewahrte, den er je getötet hatte. Angeblich waren diese Dinge für die Familie des Mannes bestimmt, die darauf eines Tages Wert legen würde. Mit der fließenden Bewegung des trainierten Kämpfers verschwand Franklin durch das Luk.

»Wir dürfen jetzt nicht nachlassen«, wandte sich Flattery an Marta. »Es wird alles bestens ablaufen, solange wir nicht unvorsichtig werden. Dieses Kelpbeet ist unser einziger Hinterausgang. Der muß auf der Stelle gesichert werden. Begreifen Sie, warum ich mir deswegen Gedanken mache?«

Marta nickte und seufzte.

»Nun ja«, sagte sie, »ich mache mir so meine eigenen Gedanken. Im Bereich der Kommunikation ereignen sich scltsame Dinge.«

»Was für ›seltsame Dinge‹?«

»Ungezügelte Abstrahlungen hochschneller Bilder, Hunderte von Quellen, starke Transmissionen, die sich überall zu befinden scheinen, ringsum.«

»Er ist auch ringsum!« fauchte er. »Der Kelp! Also, die Sache wäre geregelt. Jetzt Schadensmeldungen, Orbitermeldungen, Meldungen über Crista Galli?«

»Nevi und Zentz sind gelandet. Sie haben Galli und Ozette gesichtet und erwarten keine Schwierigkeiten, sie festzunehmen.«

»Und LaPush?«

»Vom Kelp entführt. Der Bootsführer wurde von unseren Sprengladungen erwischt. Zustand unbekannt.«

Vom Kelp entführt!

Das Gerede über den Kelp machte Flattery nervös. Er erwischte sich dabei, wie er sich mit schweißfeuchter Hand durch das Haar fuhr. Aumock begegnete seinem Blick, und Flattery wußte, daß der Wächter seine Anwandlung von Angst mitbekommen hatte.

»Sind die Kelpwege frei?«

»Wir nehmen es an«, antwortete sie. »Wir ...«

»Sie *›nehmen es an‹?* «

»Broods Trupp befindet sich an Bord des Orbiters. Keine neuen Meldungen. Die Holovisions-Nachrichtensendung, die vom Orbiter kommen sollte, ist ausgefallen.«

»Wir laufen auf Hilfsenergie, Sir«, meldete der

Oberst. »Ausfall im Hauptelektrizitätswerk ... Scheiße, kein Wunder, daß die Angreifer unsere Abschirmung überwinden konnten – sie gehören zu unseren eigenen Sicherheitskräften! ›Reptilbrigade‹ haben wir sie genannt. Scheiße!«

»Bedeutet das einen ›Code Brutus‹?« wollte Flattery wissen.

Der Oberst schüttelte den Kopf.

»Nein, Direktor. Es handelt sich hier um eine isolierte Truppeneinheit. Ihr Ziel war das Elektrizitätswerk. Nachdem sie es nun erobert hat, rechnen wir damit, daß sie es verteidigen will.«

»Es *verteidigen?*« tobte Flattery. »Die Leute brauchen es nicht zu verteidigen, sie haben es in die Luft gejagt! Was würden Sie an deren Stelle tun?«

»Ich ... ich wüßte, daß es kein Zurück mehr gibt«, erwiderte der Oberst, »und würde gleich mein höchstes Ziel ins Auge fassen.«

»Verdammt, dann leiten Sie entsprechende Maßnahmen ein! Es geht hier auch um Ihren Arsch!«

Marta versuchte auf sich aufmerksam zu machen.

»Ich habe angeordnet, die U-Boot-Abschirmung des meerwärtigen Eingangs zu verdoppeln«, meldete sie. »Allerdings habe ich keine Bestätigung erhalten und weiß nicht, ob man mich empfangen hat. Außerdem negativer Kontakt mit den Mörsern am Strand. Die Antworten auf unsere Signale sind völlig unverständlich.«

Panik krampfte sich eiskalt in Flatterys Magen zusammen.

Nicht der Kelp, dachte er. *Das kann es nicht sein. Es muß jemand sein, der den Kelp kontrolliert. Aber wer?*

Zwei Möglichkeiten fielen ihm ein: Zwerg MacIntosh oder der ehrgeizige und findige Hauptmann Brood. Crista Galli kam als Kandidatin wohl weniger in Frage. Plötzlich erkannte Flattery das volle Ausmaß der Störungen.

Wir sind abgeschnitten, dachte er. *Unsere Stärke war vor allem die Koordination – und jetzt sind wir abgeschnitten!*

Er mußte dringend etwas unternehmen, sonst war es zu spät.

»Wir sind ein bißchen nachlässig gewesen, Leute«, sagte er, »ein bißchen unvorsichtig. Diese harmlose kleine Übung hätte uns den Kopf kosten können. Jetzt wollen wir die Zügel straffen.«

Er hatte sie in einem Augenblick der Hilflosigkeit erwischt und ein wenig gescholten – jetzt mußte er seine Leute anspornen und trösten.

»Es kommen Meldungen über die Bombe oben im Büro.«

Flattery schnappte sich Martas Nachrichtengerät und hielt es sich über den Kopf.

»Dick und Matt leben, die anderen haben es nicht geschafft. Möge das ewige Licht über ihnen leuchten.«

Alle antworteten: »Möge das ewige Licht über ihnen leuchten«, und rückten automatisch ein wenig dichter zusammen.

»Das hätte auch uns erwischen können, Leute. Und so etwas droht uns *noch immer,* wenn wir jetzt nicht die Zähne zusammenbeißen. Ab sofort gelten als einzig sichere Kommunikation nur direkt gegebene Befehle. Informationen nur zu uns her, nichts geht raus.«

»Aye, aye, Sir.«

In Flatterys Bunker begannen Bildschirme und Holobühnen kaum merklich zu flackern, dann strahlten sie auf und verbreiteten blitzschnell wechselnde Farbmuster überall im Raum. Ab und zu war in dem hektischen Treiben ein bekanntes Gesicht auszumachen. Sein eigenes Gesicht.

»Wie ist unser Kenntnisstand über die Strömungskontrolle?« fragte er.

Sein Stab war wie erstarrt angesichts der surrealistischen Farbkaskaden, die jeden zunehmend visuell auslaugten. Mit torkelnden Schritten begaben sie sich an ihre Posten und offenbarten dabei die gleiche Orientierungslosigkeit, die auch Flattery verspürte.

»Die Strömungskontrolle hat den Kelp in Sektor acht freigegeben«, meldete Marta, »anschließend den Kelp überall auf der Welt. Den Sensoren zufolge ist alles intakt. Der Kelp scheint wieder on-line zu sein. Starker Verdacht auf Versagen des Netzhauptsenders.«

»Broods Auftrag?«

»Nichts Neues. Holovision berichtete über den Vorfall in der Startstation und bezeichnete die Ermordung des Tatoosh-Teams als ›scheußliche Untat der Schatten-Extremisten‹.«

Die Farben, die den Raum erfüllten, ließen in der Intensität nicht nach, dafür verlor das Wirbeln etwas von seiner Hektik. Flattery glaubte eine ferne, leise Frauenstimme auszumachen, die ihm irgendwie bekannt vorkam, fast als riefe sie seinen Namen.

»Anhaltende Kämpfe in den Zentren der Nahrungsmittelverteilung«, fuhr Marta fort. »Zu viele Plünderer, um sie alle zu erschießen. Das übliche Geschrei ›Wir haben jetzt Hunger!‹. Einige von unseren Leuten haben die Lager geöffnet. Alle Vorräte außerhalb unseres Perimeters sind ungeschützt.«

Das sind viele tausend Shuttleladungen Nahrungsmittel überlegte er entrüstet. *Das ist meine Notration, der Allschiff-Vorrat für mein ganzes Leben!*

»Trockengetreide, mit dem man dreitausend Personen zehn Jahre lang ernähren kann«, sagte er. »Trockenfisch für *fünfzig*tausend. Wasser dazutun, kneten und warm machen. Weinpulver – ein Päckchen auf einen Liter klares Wasser und umrühren. Brot und Fisch für die Massen, Wasser zu Wein ... wäre das Allschiff eine Zeitmaschine, könnte ich als Jesus Christus auftreten ... Scheiße!«

Bewußtsein, das Geschenk der Schlange.

RAJA LON FLATTERY
Modell Nummer fünf
Schiffsdokumente

Ein schmalgesichtiger Sicherheitsbeamter, bewaffnet mit Lähmstock und Las-Waffe verstellte MacIntosh am Luk zur Strömungskontrolle den Weg.

»Halt!«

Er forderte Mack und seine Leute mit einer Handbewegung zum Stehenbleiben auf und klammerte sich an einem Griff fest, um die Stellung zu halten.

»Orbiterkommando«, sagte Mack. »Wer sind Sie, zum Teufel?«

»Sicherheitsabteilung«, antwortete der Mann und unterstrich das Wort mit einer Bewegung seiner Las-Waffe. »Hauptmann Brood kennt die Einzelheiten. Wir haben Befehl des Direktors, die Strömungskontrolle zu sichern.«

MacIntosh stieß sich von dem hinter ihm gelegenen Schott ab und überbrückte die Entfernung zu dem Mann sehr schnell. Ein kurzer Stoß gegen die Schalter, ein Zug am Handgelenk, und MacIntosh hielt Lähmstock und Las-Waffe in den Händen. Der blubbernde Wächter wurde mit dem Kopf nach unten von zwei Feuerwehrleuten des Orbiters an das Gangschott gepreßt.

»In ein oder zwei Tagen haben Sie den Dreh raus«, sagte MacIntosh lächelnd. »Wenn Sie noch so lange leben. Ob Sie so lange leben, hängt davon ab, wieviel Sie uns erzählen – hier und jetzt.«

»Mehr weiß ich nicht«, antwortete der Mann in jammerndem Ton.

»Na, dann ab in die Luftschleuse«, bestimmte Mack. Seine Leute zerrten den Wächter durch den Gang zur Frachtschleuse dicht neben der Strömungskontrolle.

»Nein, nein, tut das nicht!« flehte der Mann. »Mehr weiß ich nicht, wirklich nicht!«

»Wie viele Mann in Ihrem Trupp?«

»Sechzehn.«

Mack öffnete das Innenluk der Schleuse.

»Ich habe andere Informationen – wie viele sind mit dem Flug hochgekommen, und waren weitere schon an Bord?«

»Nur wir, Kommandant. Sechzehn Soldaten und sechzehn Techniker.«

»Wo stecken die?«

Schweigen.

»Ab in die Luftschleuse mit ihm!« befahl Mack. »Langsame Dekompression. Wenn Ihnen noch etwas einfällt, können Sie's uns von drinnen mitteilen. Wir hören mit dem Absaugen der Luft auf, sobald wir das ganze Lied kennen.«

Während Mack hinter dem Mann das Luk zudrehte, sah er ein halbes Dutzend seiner Männer in voller Ausrüstung aus dem Fahrstuhl kommen. Mack bediente das Instrument, das die Luft hörbar aus der Schleuse entweichen ließ. Der Gefangene reagierte sofort hysterisch.

»Die Shuttlebesatzung gehört zu uns«, sagte er. »Zwei Soldaten, drei Besatzungsmitglieder noch an Bord. Das Holo-Team bestand aus zwei Soldaten, drei Technikern. Das OGZ-Team: drei Soldaten, zwei Techniker. Strömungskontrolle: vier Soldaten, vier Techniker, mich und Hauptmann Brood eingerechnet. Die übrigen sichern das Allschiff. Bitte lassen Sie die Luft nicht ab! Schicken Sie mich nicht raus!«

»Haltet ihn dort fest, für den Fall, daß ich es mir noch anders überlege!« ordnete Mack an. »Wir können unsere Sammlung darin noch erweitern, je nachdem, wie sich die Dinge entwickeln. Wir brauchen Brood, um zu erfahren, was Flattery im Schilde führt. Das OGZ anschließen, die Strömungskontrolle und das Allschiff übernehmen ... sieht aus, als stünden die Dinge für den Direktor schlechter, als er uns wissen läßt. Vielleicht trifft er die Vorbereitungen, mit dem Allschiff einen kleinen Ausflug durch das System zu machen.«

In diesem Augenblick meldete sich an allen Korridorkreuzungen der Eindringling-Code, eine akustische und optische Warnung. Diesen Drill hatte Mack nie richtig ernst genommen, was er jetzt bedauerte.

»Rat, Sie und Ihre Leute übernehmen das Shuttle! Barb, Sie kennen das Allschiff besser als jeder andere. Nehmen Sie Willie und seine Techniker mit! Achtung, keine Las-Waffen! Sie tragen Vakuum-Anzüge, benutzen Sie sie! Wir übrigen beschäftigen uns mit dem kleinen Nest hier. Wenn Flattery uns nicht mehr traut, soll sein Mißtrauen wenigstens begründet sein!«

Mack wußte, daß er gegenüber Brood im Vorteil war, solange sie sich in der annähernden Schwerelosigkeit der Strömungskontrolle begegneten. Broods Techniker waren vielleicht in der Lage, die alte Hardware zu entschlüsseln, die die Strömungskontrolle steuerte. Die neuen organischen Verbindungen überall im Orbiter und im Schiff, von Inselmenschen speziell für MacIntosh gezüchtet, mochten dagegen eine Überraschung bieten. Diese Kelpfasern bogen das Licht und codierten Signale auf chemoelektrischem Wege in Zellkernen. Dies ermöglichte es dem Kelp, Licht in die Meerestiefen zu transportieren und Nachrichten zum Orbiter. Die Schaltgeschwindigkeit und Aufnahmekapazität solcher Kelpleitungen lag weit über dem, was pandorische Hardware zu leisten imstande war.

Zu spät, Raj, dachte Mack. *Die Strömungskontrolle wird nie wieder so sein wie früher.*

Brood konnte gar keinen Erfolg haben. Wenn seine Techniker Macks Geheimsystem endlich ergründet hatten, würden sie längst Großeltern sein.

Das Ist ist heilig, und die Leere ist die Heimat.

HUSTON SMITH

Heißer Sonnenschein glühte durch den dichten, dem Unwetter folgenden Nebel und verbrannte die albinoweiße Nase und nackten Arme Crista Gallis. Ein seewärtiger Wind wirbelte den Dunst durcheinander und fühlte sich auf ihrer heißen Haut wie kühle Seide an. Sie hatte das dumpfe Rauschen der Brandungsbrecher hinter dem Nebel gespürt und sah nun endlich, wie dicht ihr die Wellen in Wirklichkeit kamen.

»Die Gezeiten sind wieder umgesprungen«, sagte Ben zu ihr.

Obwohl er ihre rechte Hand umklammerte, klang seine Stimme leer und fern, und er schien mit schwerer Zunge zu sprechen. Er blinzelte viel und bewegte sich langsam und übertrieben.

Verstäubt, dachte sie. *Wie sich das wohl anfühlt?*

Sie war überzeugt, daß der Staub sie in die Wirklichkeit zurückgeholt und nicht daraus vertrieben hatte. Dieser Staub war ihre persönliche Medizin, ein Mittel gegen das Vergessen, das Ventile öffnete und den Dampf der Erinnerung in Wallung brachte.

Sie erinnerte sich auch an Zentz. Als er zum erstenmal im Labor des Sondergebiets erschien, das ihr Zuhause bildete, war er einfacher Hauptmann gewesen. Er entführte ihr die Forschungsmitarbeiterin, die sich gerade mit ihr unterhielt, einen jungen Inselmenschen, die an der TaoLini-Universität Sozialpsychiatrie lehrte. Einmal die Woche fragte Addie Crista über ihre Träume aus und verbrachte stets den ganzen Nachmittag mit ihr im Solarium. Crista war in diesem Labor als vierundzwanzig Jahre alte Frau erwacht und nannte keine einzige Erinnerung ihr eigen.

Addie Wolkenschatten, die Psychiaterin, versuchte diese Erinnerungen für sie zurückzuholen. Dabei wurde sie Cristas erste Freundin. Wegen Zentz hatte Crista alle weiteren freundschaftlichen Bande gescheut – bis sie Ben kennenlernte. Zentz war an jenem Tag mit gezogener Waffe ins Labor getreten, hatte einfach gesagt: »Kommen Sie mit!« und Addie vor Cristas Luk erschossen. Cristas Hysterie wurde mit schweren Beruhigungsmitteln unterbunden, und Flattery versprach ihr, sich um Zentz zu kümmern: Vier Jahre später tauchte Zentz als Flatterys Sicherheitschef wieder auf, und Crista schwor sich, aus dem Sondergebiet zu fliehen.

Inzwischen verhinderte der Nebel, daß sie sich an der Küste orientierte. Noch tags zuvor hätte Zentz' Anblick sie mit Entsetzen erfüllt, nun aber hatte sie keine Angst mehr. Die aufzuckenden Kelperinnerungen warnten sie mehr vor Nevi, dem anderen Schatten im Nebel, doch offenbarten sie zugleich eine Spannung zwischen den beiden, die sich, wie Crista wußte, ausnutzen ließ.

In Zwietracht sollen sie fallen, dachte Crista.

Im Kampf gegen sich selbst brach Flatterys Welt auseinander, zuckend verendete sie schneller, als sie anderen Tod zufügen konnte. Dies hatte Zentz erkannt, als der Kelp ihn umfaßte, und nur Crista kannte das Ausmaß seiner Entschlossenheit, nicht zu Flatterys Füßen oder von Nevis Hand zu sterben.

In eine Richtung hatte Crista von den Küstenfelsen klare Sicht – über die schäumende Brandung und das weite Meer. Der Küstenbereich lag zwar in salzigem Nebel, doch schimmerte das eigentliche Meer einem kaum sichtlichen Horizont entgegen. Soweit das Auge zu schauen vermochte, hoben sich riesige Kelpspitzen behäbig aus dem Wasser und fielen schlaff zurück. Dieses Spiel und der unendliche Horizont waren für Crista ungemein tröstlich.

»Was für ein Moment, dem Staub zu erliegen!« murmelte Ben und schüttelte den Kopf.

»Rico hat einen Plan«, flüsterte Crista, »den er sofort in die Tat umsetzen will.«

Sie spürte ein Prickeln an ihren Haarwurzeln, als Ricos knisternde Lichtphänomene wie ein Schild rings um sie emporstiegen. Die hochstehenden Sonnen wälzten den Nebel über der nassen Küste durcheinander und ließen auf ihrer Haut eine feine Salzschicht entstehen. Der Dunst verstärkte die surrealistische Wirkung von Ricos lebensgroßem Hologramm. Von hinten sah es aus, als schaute sie durch einen milchig gewordenen Spiegel, der sich weigerte, ihr Abbild zu zeigen. Crista nahm Nevi und die anderen als vage Schatten wahr, wie sie da an der Grenze des Holo-Bildes verweilten, das sie und Ben aus der sichtbaren Landschaft nahm.

Nevi und Zentz gingen hinter dem Lichtvorhang in Position und riefen einander strategische Kommandos zu.

»Flankenschwenk, links«, sagte Nevi mit gelassener, präziser Stimme. »Deckung oben. Ich übernehme vorn und Boden.«

»Aber sie ... sie sind *verschwunden!*«

»Das ist ein Trick«, sagte Nevi. »Ein Kameratrick. Die beiden sind da irgendwo drin und können nicht raus. Position?«

»Gesichert. Zehn Meter, linke Flanke. Ich kann in dieser Suppe nichts sehen.«

Zentz gurgelte die Antworten förmlich heraus, die Worte waren kaum zu verstehen.

»Ozette!« rief Nevi. »Sie ist krank. Sie muß zurück, sonst stirbt sie, das wissen Sie. Sie haben gar keine Wahl. Schicken Sie sie her!«

Ben hob den Finger an die Lippen.

»Er kann uns nicht sehen«, flüsterte er. »Keine Bewegung!«

Crista konnte die einzelnen Personen nicht mehr auseinanderhalten. Das riesige Holo tänzelte auf seinem Nebelvorhang. Surrealistische Gestalten außerhalb des Holofeldes wurden zu nichtssagenden Schemen. Drei Las-Waffen-Blitze sprengten den Vorhang aus waberndem Licht und ließen ringsum einen Prismensturzbach aufblitzen. Ben zerrte Crista zu Boden, und im Nu formierte sich das Bild neu.

»Bleib unten und rühr dich nicht«, flüsterte er. »Dies ist das perfekte Holo. *Perfekt!*«

Sie kuschelte sich mit ihm in eine Senke aus Hyfliegerhaut an einem schwarzen Lavafelsen. Ein schwacher Hauch von Bildern stieg aus der Hyfliegermasse auf und erfüllte ihren Verstand mit einem gleichmäßigen Aufblättern der wirren pandorischen Politik. Die dicke Haut des Hyfliegers barg die Wärme der Nachmittagssonne. Mit Ben, der dicht neben ihr lag, fühlte sie sich sicher. Immer wieder zuckte Sonnenlicht durch das Hologramm, das sie umgab. Crista bezog aus der Berührung des Hyfliegers neue Kraft und eine Zuversicht, die keinen Zweifel daran ließ, daß Nevi scheitern würde.

»Solange wir innerhalb des Bildes bleiben, können sie uns nicht sehen«, flüsterte Ben, und man merkte es seiner Stimme an, daß er mit dem vielen Staub in seinen Adern Mühe hatte, sich zu konzentrieren. Er behielt den Kopf unten, doch versuchte er mit schnellen Blikken möglichst viel von der Szene mitzubekommen.

»Unglaublich!« staunte er. »Wir stecken *in* einem Holo ... woher hat er nur die Triangulatoren, um so etwas hinzukriegen? Und die *Auflösung ...?*«

»Vom Kelp«, sagte Crista. »Alles, was er braucht, hat ihm Avata zur Verfügung gestellt.«

»Ich wünschte nur, wir könnten sehen, was da eigentlich vorgeht«, flüsterte Ben. »Im Augenblick hocken wir in einem Loch mitten in der Holopräsentation. Siehst du hier die Kante? Ricos Holo folgt dem Umriß unseres Hyfliegers. Er hat eine Hyfliegerhaut zur Holobühne gemacht.«

Sein Finger näherte sich dem Rand der Hyfliegerhaut und schien in dem Maße zu verschwinden, wie er ihn durch das Hologramm schob. Ein kurzes Licht- und

Schattenflackern rings um den Finger kennzeichnete das Ausmaß der Störung.

»Der Nebel macht die Illusion besonders echt«, erklärte er. »All die kleinen Bilder, die du da siehst, stammen von den Lasern, die im Nebel auf Wassertropfen treffen – irgendwie hübsch.«

»Ich kann sie tot oder lebendig zurückholen, Ozette«, ließ Nevis Stimme nicht locker. Sie war nähergekommen, befand sich nur noch wenige Schritte entfernt. »Wenn sie tot ist, wird alle Welt glauben, Sie hätten sie getötet. Lebt sie aber ... nun ja, dann bekommen alle eine neue Chance.«

»Dorthin zurückzukehren«, sagte sie leise, »das wäre kein Leben.«

»Keine Sorge, er kennt den unvermeidlichen Ausgang.«

Drei weitere grelle Blitze durchzuckten den dünnen Vorhang und hüllten den Felsen über ihnen in grelles rotes und violettes Licht. Ben legte den Arm um Crista, um sie zwischen sich und dem Felsen einzuschließen. Anscheinend führte der Staub sie nicht tiefer in den Traum, sondern holte sie immer mehr heraus. Ihr Kopf und ihre Sinne waren plötzlich von einer Klarheit, wie sie sie unter Flatterys Aufsicht niemals empfunden hatte.

»Ich glaube, der Staub ... du hattest recht«, sagte sie zu Ben. »Er hat die Wirkung aller Mittel aufgehoben, die Flattery mir gegeben hat.«

Sie zog Bens Arme fester um sich und hatte das Gefühl, mit ihm zu verschmelzen, indem ihre eifrigen Atome sich zwischen die Oszillationen der seinen schoben. Sie schien sich in ihre Licht- und Schattenbestandteile aufzulösen. Sie war nicht mehr von Substanz, sondern mehr eine Idee, ein Bild, ein Traum. Sie spürte weder Schmerz noch Wonne, sie war nichts als eine Übertragung, eine Bewegung mit einem Ziel, über das sie nicht mehr zu bestimmen hatte.

»Ben«, fragte sie aus einer plötzlichen Angst heraus. »Ben, bist du noch da?«

»Ja«, hauchte er ihr ins Ohr. »Ich bin da.«

»Tut mir leid«, antwortete sie. Sie wußte, irgend etwas näherte sich, irgendeine ungezügelte Intensität stieg über den Horizont ihrer Bewußtheit herauf und ließ sich nicht mehr zurückscheuchen. »Es tut mir leid.«

In ihr wogte ein Gefühl an die Oberfläche, wie sie es zuletzt an der Pier in Kalaloch empfunden hatte, wogte empor und platzte mit einem lauten *Knall*, der wie heftiger Donner aus ihrem Herzen herausrollte. Alles ringsum erstarrte – bis auf das feuchte Dröhnen der auflaufenden Flut.

Willkommen zu Hause, Crista Galli.

Die Stimme sprach in ihrem Verstand ohne Zuhilfenahme akustischer Mittel. Sie stürmte aus dem sterbenden Hyflieger auf sie ein, von Avata selbst.

In ihr meldete sich ein erfrischendes Gefühl des Losgelöstseins, dann eine vertraute Körperlosigkeit. Die Grenze zwischen der Haut des Hyfliegers und der ihren verschwamm. Ein vertrautes Kribbeln umhüllte sie. Es war ein gedämpftes, sich abmühendes Kribbeln, und sie wußte, daß es eine Art körperlichen Tod darstellte, aus dem der große Hyflieger ihres Verstandes schlüpfen würde. Ihr Geist spreizte sein großes Segel in die Sonne und fing den ersten Lufthauch ein.

Wir sind derselben Ranke entsprungen, Crista Galli.

Nun erinnerte sie sich. Vor dem Bombardement, das sie zu den Menschen führte, war sie zur Sicherheit an einer Kelpschote verankert gewesen. Die Erinnerungen wälzten sich mit betäubender Geschwindigkeit in ihren Kopf. Ben ächzte ihr ins Ohr, und ihre Aufmerksamkeit wurde wieder auf die Bedrängnis am Strand zurückgelenkt. Das Holo war verschwunden, der Nebel hatte sich soweit verdünnt, daß die am Strand liegenden Körper zu sehen waren.

»Ich dachte schon, ich wäre tot«, sagte Ben und rieb sich die Schläfen. »Wie ... was hast du getan?«

Crista konnte nicht antworten. Sie hatte das Gefühl, in zwei Welten gleichzeitig zu sein – die eine mit der Szene am Strand, mit Ben, die andere im Meer mit ihrem großen Beschützer Avata. Das Holo war mit dem Donnerschlag erloschen, und Nevi lag am Strand, beinahe in Reichweite, und blinzelte verständnislos. Blut tropfte ihm aus der rotgeäderten Nase. Langsam richtete sich Crista auf und nahm ihm die Las-Waffe ab. Rico kam als erster wieder zu sich und entwaffnete Zentz, obwohl er noch ziemlich wacklig auf den Beinen war.

»Ich entschuldige mich, Schwester«, sagte Rico mit leichter Verbeugung und fragendem Lächeln. »Dieser ignorante Bruder hat vieles nicht begriffen.«

Er geriet ins Torkeln und wäre beinahe gestürzt, doch konnte er sich im letzten Augenblick an einem großen Felsen festhalten.

Ringsum regten sich andere, die wie gelähmt gewesen waren. Kopfschüttelnd kamen sie hoch. Einige, Opfer der Las-Waffen, würden sich nie wieder rühren. Crista kam sich plötzlich viel größer vor als vorher und hatte den Eindruck, daß sogar Rico zu ihr aufschaute. Tief atmete sie die neblige Luft ein und klarte damit ihren Verstand auf und brachte frische Kräfte in ihre jungen Beine. Fauchend bewegte sich die Flut bis zu ihren Füßen und umspülte einige Meter entfernt Navis hingestreckte Gestalt.

»Na, Rico, willst du mich immer noch vom Kelp fernhalten?«

Er brachte ein Lachen zustande und schüttelte den Kopf.

»Zwei Regeln«, sagte er. »Erstens: Streite dich nie mit einer bewaffneten Frau.«

Sie wog Nevis Las-Waffe in der Hand, als sähe sie sie zum erstenmal, dann fragte sie: »Und die zweite?«

»Streite nie mit einem bewaffneten Mann.«

Sie erwiderte das Lächeln, und Ben trat vor.

»Du hast dich aber mit Nevi gestritten«, sagte Ben, »und schau, was *der* sich damit eingefangen hat.«

»Ich habe nicht mit ihm gestritten«, widersprach Rico, »sondern ihn hereingelegt – genau genommen hat Avata ihn hereingelegt. Nun gibt's neue Arbeit für uns, ob ihr es glaubt oder nicht, wir müssen Flattery retten. Wenn wir das nicht tun …«

»Flattery *retten?*« Bens Stimme triefte vor Verbitterung. »Er hat damit doch angefangen, er sollte auch die Folgen zu schmecken bekommen.«

»Nicht wenn wir alle darunter zu leiden hätten«, widersprach Crista. »Nicht wenn das menschliche Leben auf Pandora in Gefahr wäre. Er wäre dazu in der Lage, uns auszulöschen, das fühle ich. Rico hat recht. Flattery muß das Handwerk gelegt werden, aber er darf nicht sterben.«

Die betäubten Zavataner gewannen langsam die Kontrolle über ihre Gliedmaßen und Sinne zurück. Rico packte Nevi unter den Armen und zerrte ihn aus dem Wasser. Ein zavatanischer Kundschafter nahm ihm die Last ab und band Nevi mit einer Makilederschnur die Daumen auf dem Rücken zusammen.

»Das Holo vorhin«, sagte Ben. »So etwas habe ich noch nie gesehen. Wie hast du das gemacht?«

»Ich dachte schon, du würdest dich gar nicht danach erkundigen«, antwortete Rico.

Er las ein Stück Kelpranke auf, das an der Wasserlinie lag, streichelte es und warf es wieder ins Meer.

»Das war ein Trick«, sagte er. »Ich glaube, unsere zavatanischen Freunde haben diese beiden Nullen unter Kontrolle. Folgt mir, ich möchte euch meinem Freund Avata vorstellen, dem größten Holostudio auf der Welt.«

Oben an der Klippe stieß ein Kundschafter einen Warnruf aus, gleichzeitig raste ein Schwarm Huscher aus dem Küstennebel herbei. Ben entriß Crista die schwere Las-Waffe und schob das Mädchen zu Rico hinüber. Er gab einen schnellen Feuerstoß ab, und ein kaum merklicher Ozongeruch begleitete das Schnappen der Waffe. Zwei Huscher brachen aufschreiend zusammen, kaum ein Dutzend Meter entfernt. Die anderen stürzten sich sofort auf ihre toten Artgenossen, wie es ihrem Instinkt entsprach. Ein zavatanischer Kundschafter leerte seine Las-Ladung und tötete das gesamte Rudel.

»Sie sind ... ungeheuer *schnell!*« japste Crista und stellte erst jetzt fest, daß sie sich an Ricos Arm festgeklammert hatte.

Er zuckte nicht zusammen und wich auch nicht zurück, sondern legte ihr einen Arm um die Schulter und drückte sie an sich.

»Keine Zeit zum Nachdenken hier oben«, sagte er und wandte sich an Ben: »Wie ich sehe, bist du trotz deines hohen Alters noch ziemlich fix.«

»Manche von uns bleiben eben ewig jung«, antwortete er lachend. »Muß an den Leuten liegen, mit denen ich mich herumtreibe.«

Ben umfaßte Cristas Hand, und zu dritt atmeten sie tief durch.

»Wenn sie nicht schon zu zerkaut sind, beschaffen wir dir ein Fell als Souvenir«, sagte Rico zu Crista.

»Was sollte ich mit so einem toten Ding?« fragte sie, und ein riesiger kalter Finger fuhr ihr das Rückgrat entlang. »Ich interessiere mich mehr für das Leben.«

»Eins zu null für dich«, sagte Ben. »Kommt, gehen wir! Ich möchte mir Ricos geheimnisvolles Studio anschauen.«

Ein Windhauch vertrieb die letzten Nebelschwaden von der Küste. Beide Nachmittagssonnen liebkosten Cristas bleiche Haut. Das Material ihres Tauchanzugs wellte sich im Sonnenschein, während die Flut amöbenhaft das Gewirr der Felsbrocken zurückeroberte, das ihre Grenze markierte. Hand in Hand stiegen Ben und Crista hinter Rico her, der sich den Klippen näherte. Zwei zavatanische Kundschafter in grünen Einteilern flankierten einen breiten Eingang zwischen großen Felsbrocken.

»Dort hinein«, sagte Rico. »Hier ist es nicht annähernd so furchterregend wie auf dem Weg, den ich zunächst nehmen mußte. Paßt auf, wohin ihr tretet, das nasse Gestein ist sehr glatt!«

Crista verharrte am dunklen Eingang. Feuchte Luft pulsierte ihr entgegen. Drinnen war die Felswand mit einer Reihe von Skulpturen verziert, Reliefs, die Kelpranken, Fisch und Sonnen in vielfacher Verbindung darstellten. Ein letztesmal wandte sie sich ins Licht.

»Schau!« sagte Ben und deutete zum Himmel. »Hyflieger. Sie haben das Tragflügelboot, in dem die beiden anderen gekommen sind.«

Ein halbes Dutzend Fluggebilde schwebte über den Klippenrand; zwei hatten das schimmernde Boot mit Tentakeln umschlungen. In gemächlichen Kurven näherten sie sich der Küste. Sie pumpten Wasserstoff ab und flöteten und schnarrten ihre ureigenen Lieder, aus denen auch ein langes schrilles ›Alles-klar‹-Signal herauszuhören war. Die großen Segel flatterten und knallten im Küstenwind. Wo das Sonnenlicht durch die Segelmembranen schien, leuchteten sie dunkelorange, und trotz der großen Entfernung konnte Crista das Netz ihrer Adern erkennen.

»Hüter der Orakles«, sagte einer der Zavataner. »Wie du sind sie von Avata geschickt worden, um uns zu helfen. Wir brauchen keine Angst zu haben.«

Sie hatte den Eindruck, als riefen die Flötenstimmen der Hyflieger »Avaaaata, Avaaaata« durch den Wind.

»Komm!« sagte Rico. »Die Leute räumen hier schon auf. Wir haben nicht viel Zeit.«

Sie traten durch das hohe Felsportal ins Innere einer großen Felskammer, die entgegen Cristas Erwartungen prächtig ausgeleuchtet war. Das Licht strömte aus einem Teich und aus dem Kelp und pulsierte wie der warme Lufthauch, der ihre Wangen berührte, als besäße es ein Eigenleben.

»Avata hat mich durch das Meer hierher gebracht«, berichtete Rico. »Es gibt da einen Zugang zum Teich durch den Kelp. Dieser Eingang wird durch die steigende Flut versperrt und bei Ebbe wieder geöffnet. Ich bin eben noch durchgekommen. Wie ihr seht, ist hier einiges los.«

Der kräftige Meeresgeruch war vom Duft vieler tausend Blüten abgelöst worden, doch gab es gar keine Blumen zu sehen. In der Mitte der Höhle stieg eine Kelpwurzel aus dem Teich ganz bis zur hohen Kuppeldecke.

»Die Wurzel kommt eigentlich aus der Decke«, sagte Ben. »Das Felsgebiet wurde hier beim großen Erdbeben von 82 umgestülpt. Seht nur, was für ein Ungeheuer!«

Crista konnte seinen Kommentar nur bestätigen. Die Wurzel stieg nicht aus dem Teich empor, sondern senkte sich von oben hinein. Der höhere Wurzelteil, gut dreißig Meter über ihren Köpfen, war kaum von den Felsen zu unterscheiden, in denen er steckte. Ringsum brachen sich die Anfänge der Versteinerung in tausend Lichtreflexen.

»Eine alte Wurzel«, sagte sie und legte den Kopf in den Nacken. »Sehr alt.«

Die Höhlenwände waren abgestuft bis hinauf zur Decke, in der die Wurzel verschwand. Die Etagen waren mit Obstpflanzen kultiviert, die die Wände förmlich verdeckten. Inmitten des Bewuchses wartete lächelnd ein Begrüßungskomitee in bunt bestickten Kostümen. Als die drei den Durchgang verließen und am Rand des Teichs stehenblieben, wurde geklatscht und im Rhythmus des heller werdenden Lichts »Cris-ta, Cris-ta« gerufen.

»Schau dich an«, sagte Ben durch den Lärm. »Du glühst ja förmlich!«

Er hatte recht. Abgesehen von der Stelle, wo seine Hand die ihre umfaßte, war ihr Körper von einem Lichtschimmer umgeben – nicht die Spiegelung des Kelpglühens auf ihrer weißen Haut und dem weißen Tauchanzug, denn der Puls dieses neuen Lichtes entsprach dem Rhythmus ihres Herzen. Und mit jedem Schlag fühlte sie sich kräftiger.

»Danke«, sagte sie und verneigte sich vor der Menge. »Ich danke euch allen. Eure Hoffnungen auf ein neues Pandora werden sich bald erfüllen.«

Sie begab sich an den Rand des Teichs und wurde eins mit seiner Ausstrahlung weißen Lichts. Endlich wieder trat sie in das große Herz Avatas ein. Es war, als öffnete sie tausend Augen rings um die Welt und schaute überallhin zugleich, und mit einigen dieser Augen betrachtete sie sich selbst, wie sie Avata im Teich beobachtete.

Ihre Stimme füllte die Höhle mit einer Fülle und Intensität, wie sie sie noch nie vernommen hatte.

»Angst ist die Währung, die Flattery in seinem Reich ausgegeben hat«, verkündete sie. »Wir werden ihm die Zinsen präsentieren.«

Sie bewegte die ausgestreckten Arme, und Bilder schälten sich aus der Wasseroberfläche und füllten die Höhle wie zuckende, strahlende Gespenster. Ihr Körper schwoll durch alle Meere bis zum äußersten an, und sie griff mit Tausenden von Armen freudig zum Himmel.

Einer der Wächter schnappte hörbar nach Luft, dann stieß er einen Schrei aus. »Der Kelp! Seht, der Kelp!«

Aber niemand mußte nach draußen gehen, um die Szene zu erschauen – sie wurde im Höhleninneren vorgespielt. Überall in den pandorischen Meeren hob der Kelp seine riesigen Ranken in die Luft. Bunte Lichtbögen überbrückten die Spannen zwischen den einzelnen Beeten. Sogar Hyflieger zogen breite Lichtbahnen hinter sich her, die von ihrem Ballast ausgingen und zwischen isolierten Beständen wilden und gezähmten Kelps Verbindungen herstellten.

Inmitten des blendenden Lichts lächelte Rico vor sich hin, und Crista erkannte den Unterschied zwischen dem Rico der ersten Begegnung und jenem Rico, der Ben und sie am Strand gerettet hatte: dieser Rico war *glücklich*.

»Vor dir siehst du Avata!« rief er. »Der Kelp erhebt sich! Lang lebe Avata!«

Beifall und Freudenrufe gingen in Rhythmen von Wassertrommel und Flöte unter.

»Aber wie ...?«

Ben verbiß sich den Rest der Frage, während seine Augen verzweifelt bemüht waren, dem umfassenden Schauspiel zu folgen. Eine Parade von Gespenstern aus allen Teilen Pandoras wogte wie eine hologrammatische Flut zwischen den Menschen in der Höhle herum.

»Wie die Kelpwege des Geistes«, erklärte Rico, »nur bedarf es keiner Berührung mehr.«

Rico wandte sich zu Crista um und umfaßte ihre Hände. Das Licht, das die beiden umspielte, zuckte höher empor.

»Obwohl es mir nur ganz kurz vorkam, war ich jahrelang von dir fort«, sagte er. »Ich konnte dein Leben verfolgen, mein Leben, Flatterys Leben. Er hat in seinem Körper ein Geheimnis vergraben, das den Kelp töten würde, sobald er stirbt. Hört sein Herz auf zu schlagen, gibt ein Auslöser in ihm überall auf der Welt eine Ladung an Toxinen frei. Dieses Mittel würde den Kelp im Nu lähmen und innerhalb von Stunden töten. Ihr seht also, wir müssen ihn isolieren, ihn vor seiner eigenen Ahnungslosigkeit schützen. Tretet ein in den Kelp! Erzählt der Welt, was ihr wißt!«

Crista fühlte sich zum Rand des Teiches gezogen. Ein Murmeln ging durch den Höhlensaal, als sie die dicke Kelpwurzel betrat. Was sie in diesem Augenblick empfand, war Freude. Sie wurde zur grundlegenden Lebenskraft aller Anwesenden, und sie betrat das Wesen eines jungen Kaleb Norton-Wang.

In schnellen Schritten wuchs das Netz. Überall auf der Welt standen Menschen in Orakles und konsultierten den Kelp, und in dem Maß, wie sie Cristas Geist betraten, drang sie in den jener Menschen ein. Es war mehr ein Aufgeben des Geistes, das Zuführen eines Teils zu einem Ganzen. Sie hatte das Gefühl, wie ein Staubkorn durch einen Luftstrom zu wirbeln. Lichtfäserchen schlängelten sich von jeder ihrer Zellen in die Welt hinaus. Einer dieser Fäden, von der Mitte ihrer Stirn ausgehend, verließ die Grenzen der Welt und berührte die Getreuen, die darüber schwebten. Von ihrem Blickpunkt an Bord des Orbiters aus konnte sie verfolgen, wie sich Pandoras Meere mit Licht aufluden.

Du siehst, Crista Galli, sagte die Stimme in ihr, *die abgetrennte Ranke propft sich wieder auf. In dir finden die Teile zusammen, und nun ist Avata weitaus mehr als nur die Summe ihrer Teile.*

Nimmt man irgendeine Tätigkeit, Kunst, Disziplin, irgendeine Fähigkeit – nimmt man sie und bringt sie voran, so weit es geht, treibt man sie so weit, wie sie noch nie gewesen ist, trägt man sie an den Abgrund aller Abgründe, dann zwingt man sie in das Reich der Magie.

T. Robbins

Zwerg MacIntosh ließ den Achsbereich des Orbiters evakuieren und abriegeln. Zugang hatten nur er und eine Handvoll freiwillige Brandkämpfer, die nun als seine Sicherheitsstreitmacht dienten. Mack war davon überzeugt, daß Brood unter Druck Sabotageakte begehen würde, und wies Spud an, für den Notfall die Absprengung des Allschiffs vorzubereiten. Er glaubte, daß Brood sich vornehmlich für die Strömungskontrolle interessierte, die wohl doch die wichtigste und empfindlichste Installation im Weltall war.

Wenn wir Glück haben, bekommt er nicht Schiff und *Orbiter in den Griff,* dachte Mack. *Wenn wir großes Glück haben, bekommt er gar nichts.*

Mack war das Gefühl einer Waffe in der Hand stets zuwider gewesen. Der Mondstützpunkt hatte alle seine Schützlinge den Umgang damit gelehrt, und das neue Leben im freien Fall verschaffte ihm einen Vorteil gegenüber Brood, doch stellte er sich der kämpferischen Herausforderung nicht so begierig wie manche seiner Genossen. Mack war älter als die übrigen *Earthling*-Schiffskameraden. Er hatte zahlreiche Allschiff-Besatzungen ausgebildet, ehe er schließlich – auf Flatterys Bitte hin – selbst einen Flug zugeteilt bekam.

Auch die Herausforderung des Sterbens sah er nun mit anderen Augen. Seit Beatriz in sein Leben getreten war, hatte sich sein Lebenswille ungemein verstärkt. Der Gedanke, Brood mit einer Las-Waffe in der Hand gegenüberzustehen, ließ in seinem Magen einen Eisklumpen entstehen und seine Hände zittern. Vor dem Hauptluk zur Strömungskontrolle umfaßte er krampfhaft einen Haltegriff und versuchte den Durchgang zu öffnen.

Unverschlossen.

Er und drei seiner Männer sicherten ihre Vakuumanzüge und testeten die Kommunikationsfrequenz der Helmfunkgeräte.

»Eins fertig«, sagte er.

»Zwei fertig.«

»Drei auch.«

»Auch vier.«

»Nach Möglichkeit nur Schaum verwenden«, mahnte Mack. »Wir haben die Anlage nicht gebaut, um sie wieder zu zerstören. Denkt auch daran, daß die Kelpleitungen da drinnen das Vakuum nicht vertragen – ein Leck nach draußen kommt also nur im äußersten Notfall in Frage. Zwei und Drei, ihr nehmt rechts und links. Vier, ich folge Ihnen. Klar?«

Drei Fäuste wurden gehoben, auch wenn dieses Heben in der Schwerelosigkeit eher nach unten deutete.

»Jetzt!«

Mack zog das Luk auf, und der Trupp stürmte in den Raum, der die letzten beiden Jahre sein Zuhause gewesen war. Zwei wurde getroffen, ehe er aus dem Lukgang war, Drei konnte ihn aber als Schild benutzen und beschäumte beide Helfershelfer, die im Nu zur Regungslosigkeit erstarrten. Vier bezog über Brood an der Decke Stellung.

Brood selbst saß gelassen auf der Kontrollcouch und hatte sich angeschnallt. Seine Las-Waffe wies auf den Netzhauptsender. Er hatte nicht einmal einen Vakuumanzug über seine Uniform gestreift.

Mack zögerte. Sein Blick wurde wie magisch von dem Zielpunkt der Broodschen Las-Waffe angezogen. Dieser Punkt ruhte auf dem Gehirn, das den gesamten gezähmten Kelp der Welt kontrollierte.

»MacIntosh, erschießen Sie Ihre beiden Männer, sonst ist dieses Ding mal gewesen.«

In den folgenden Augenblicken stellte Mack einige blitzschnelle logische Überlegungen an:

Er muß bluffen. Wenn er das Netzhauptgerät vernichtet, könnte heute in einem Jahr keiner mehr auf Pandora überleben – auch er nicht. Im gleichen Augenblick ging MacIntosh auf, daß Brood ja gar nicht auf Pandora angewiesen war – nicht wenn er das Allschiff *Nietzsche* in seiner Gewalt hatte.

Aber er hat die Nietzsche *nicht. Noch nicht.*

»Ich sollte hinzufügen«, fuhr Brood fort, »daß Ihre OGZ ebenfalls der Geschichte angehören, wenn ich getötet werden sollte. Wir haben also für jeden etwas.«

Mack entdeckte die vier Techniker, die sich in einer Konsolenverkleidung spiegelten. Sie hatten sich hinter die nächste Maschinenreihe geduckt und wurden von Vier in Schach gehalten. Mack hoffte, daß es nicht zu einem Kampf mit Las-Waffen kommen würde. Die Männer in den Schaumkokons hatten eine Überlebenschance, wenn sie bald herausgeschnitten wurden, aber ein Feuerwechsel mit Laser-Energie konnte nur blutig und deprimierend enden.

Brood klopfte auf den Interkom an Macks Konsole.

»Ich habe einen Mann zurückgelassen, damit er sich um das OGZ kümmert. Ihnen ist vielleicht schon aufgefallen, wie jung er ist. Und nervös. Das war schon mehrmals ein Problem. Fragen Sie Ihren Holo-Star, was passiert, wenn Langohr nervös wird. Alles in Ordnung mit Ihnen, Langohr?«

Der Mann am anderen Ende räusperte sich mehrmals, ehe er antwortete.

»J-j-ja, Boss, man redet hier auf mich ein. Aber ich höre nicht zu.«

»Geht der Anschluß voran?«

»Jaa.« Die Stimme klang jung und dünn. »Die Technikerin meint, höchstens noch zwei Stunden.«

»Sie schließen das OGZ an?« Mack fand, daß seine Stimme so ungläubig klang, wie ihm zumute war. »Wozu denn das, zum Teufel?«

»Vielleicht bekommen wir Lust, mit dem Ding einen kleinen Ausflug zu machen, Doktor«, antwortete Brodd. »Jetzt aber zurück zu diesen beiden Mistkerlen. Ich hatte Ihnen befohlen, sie zu erledigen.«

»Das tue ich nicht, Hauptmann«, sagte Mack.

Er legte das Helmfunkgerät ab. Dann setzte er sich auf Spuds Kontrollcouch und versuchte Brood an Lässigkeit nicht nachzustehen.

»Wenn Sie glauben, daß ich bluffe ...«

»Nein, Sie bluffen nicht. *Irgend etwas* tun Sie bestimmt. Aber der Netzhauptsender ist einer unserer Trümpfe. Sie werden ihn nicht einfach wegen etwas so Trivialem wie zwei Männern aus dem Spiel werfen.«

»Die beiden können gehen.«

Mack nickte den Männern zu und hob sein Helmfunkgerät an den Mund.

»Alles in Ordnung«, sagte er. »Sichert das Luk. Nehmt die beiden und die vier da hinten mit.«

»Die bleiben!«

»Alle verlassen den Raum bis auf uns beide!« beharrte Mack. »Sie wußten von vornherein, daß es dazu kommen würde. So bekommen Ihre beiden eingeschäumten Männer vielleicht eine Chance. Und die anderen – die können hier sowieso nichts mehr tun, bis die Sache zwischen uns ... geregelt ist. Habe ich recht?«

Brood schnaubte ärgerlich durch die Nase und schickte die Leute mit einer Handbewegung fort. Rückwärtsgehend zogen sie ab und nahmen die Verwundeten mit. Brood warf ihnen keinen Blick mehr zu. Seine Aufmerksamkeit galt den vielen Bildschirmen des Netzhauptsenders, die die Welt kartographierten. Hinter diesen Bildschirmen sickerte schwacher Lichtschein hervor, und Mack bemerkte, daß auch von seiner Holobühne am Türmchen ein schwacher Dunst ausging.

Der rätselhafte weißschimmernde Nebel züngelte unter der Konsole hervor und wallte um die Hacken von Broods Leinenstiefel. Ein ähnlicher Schein erhellte das Fundament der Holobühne wie ein kleiner Mond auf Deck. Ein Widerschein am Plastahlschott konnte nur bedeuten, daß auch das Türmchen von diesem Glanz erfüllt war.

Der Kelp, dachte er. *Was mag er im Schilde führen?*

Die Erscheinung, was immer sich dahinter verbergen mochte, bedeutete immerhin, daß der Netzhauptsender nicht mehr von Bedeutung war – allenfalls ein Aufzeichnungsinstrument, kein aktives Werkzeug mehr.

»Hat Flattery Sie geschickt?« fragte Mack.

Broods Gesicht, das nicht unattraktiv war, zeigte ein schiefes Lächeln.

»Ja.«

»Und entspricht es seinen Befehlen, daß Sie hier so hereinplatzen?«

»Ich halte mich an die *Absicht* hinter den Befehlen.«

»Warum bin ich nicht ...?«

»Weil Sie Teil des Problems sind, Doktor.«

Brood drehte sich voll zu ihm herum, und Mack sah, daß sein Blick von einem Alter zeugte, das weit über das seines jungenhaften Gesichts hinausging. Broods Las-Waffe war nun auf Macks Brust gerichtet. Immer stärker quoll das Licht aus den Kelpleitungen. Ein ähnlicher Glanz breitete sich auf den Bildschirmen hinter dem bleichen Hauptmann aus.

Der ganze Planet beginnt zu leuchten, dachte Mack. *Dahinter muß der Kelp stecken, aber was führt er im Schilde?*

»Ich hatte Befehl, die Strömungskontrolle zu sichern und die Tatoosh zu beaufsichtigen«, erklärte Brood.

Der Mann sprach gelassen, beinahe sehnsüchtig. »Wir sollten Ozette aus den Nachrichten heraushalten, ihr Team, sofern nötig, durch neue Leute ersetzen und sie in den Orbiter begleiten. Der Direktor dachte, sie könnte versuchen, Sie ... zu beeinflussen und damit die

Strömungskontrolle und das Allschiff-Projekt gefährden.«

»Und aus diesem Grund haben Sie sie in Angst und Schrecken versetzt, ihr Team hingerichtet, meinen Sicherheitstrupp ermordet und wollen nun die Strömungskontrolle zerstören und das Allschiff stehlen – das nimmt Ihnen nicht mal Flattery ab, Hauptmann!«

Brood lächelte und entblößte dabei die kleinen, zugespitzten Zähne. Sein Blick dagegen blieb so abweisend-hart wie Plastahl.

»Vielleicht ist es ein Familienerbe, dieser Wahnsinn«, sagte er mit einer gewissen Schärfe. »Sie scheinen die Gerüchte nicht zu kennen. Es heißt, Flattery wäre mein Vater ... wer immer meine Mutter war, sie gehörte ganz im Anfang zu seinen Zerstreuungen. Ich war die arme ›Frucht‹ dieser Zerstreuung, wie man sagen könnte.«

Mack war weniger überrascht von Broods Abstammung als von dem kalten Zorn, mit dem Brood darüber sprach.

Heißer Zorn brennt, dachte er, *kann oft aber auch töten.*

Mack wollte etwas sagen, doch brachte ihn Brood mit erhobener Hand zum Schweigen.

»Ersparen Sie mir Ihr Mitgefühl, Doktor! Ich will kein Mitgefühl, denn ich genieße dieses Privileg nicht als einziger, es gibt andere. Wenn er das weiß, soll es mir recht sein, denn ich fordere ihn nicht heraus. Wenn er es nicht weiß ...«

Er zuckte die Achseln und zupfte an seiner Lippe. Das gespenstische Licht wallte um seine Fußgelenke.

»Andere hatten dieses Glück nicht. Zum Beispiel meine Mutter, wer immer sie war. Der Direktor fordert Macht, ich ebenfalls, das ist klar. So oder so, werde ich sie erringen.«

»Unten ist ein ›Code Brutus‹ ausgerufen worden. Gehören Sie dazu?«

Brood lachte laut auf. Seine geschärften Zähne ließen Mack frösteln.

»Ich bin ein Siegertyp, Doktor«, sagte er. »Ich schlage mich auf die Seite der Sieger. Ich kann nicht verlieren. Wenn Flattery siegt, habe ich ihm das Allschiff und seine kostbaren Kelpwege geschützt – und ziehe daraus meinen Nutzen. Verliert er aber, habe ich das Allschiff und die kostbaren Kelpwege in der Gewalt und kann sie dem Sieger übergeben.«

»Was passiert, wenn einer der anderen Sie um Hilfe bittet?«

»Dann werden wir eine Kommunikationsstörung erleben«, antwortete Brood. »Das ist hier oben doch nichts Neues, oder, Doktor?«

Mack lächelte. »Nein. Solche Probleme haben wir schon den ganzen Tag.«

»Das war mir schon aufgefallen. Meine Leute kennen sich mit der Funkerei hier nicht so gut aus, aber sie sind gründlich. Wir hören Sie schon eine ganze Weile ab – so zur Übung, verstehen Sie? Ich kenne Sie ziemlich gut, Doktor MacIntosh. Wie gut kennen Sie mich?«

»Überhaupt nicht.«

»Das würde ich nicht sagen«, widersprach Brood. »Sie wußten immerhin, daß ich den Netzhauptsender nicht kaputtschießen würde – jedenfalls noch nicht. Sie wußten, daß Ihre Männer – und auch Sie – längst tot wären, wenn ich ihren Tod *wirklich* gewollt hätte. Erzählen Sie mir, was Sie sonst noch von mir wissen, Doktor!«

Mack rieb sich das Kinn. Aus dem Körper seines erschossenen Helfers war Blut ausgetreten und trieb in Form mehrerer Kugeln vorbei; die Gebilde sahen aus wie Partyschmuck. Mack versuchte sich zu erinnern, welcher seiner Leute die Position Zwei gehabt hatte, doch fiel ihm der Name nicht ein. Brood war in redseliger Laune, und Mack versuchte ihn am Sprechen zu halten.

»Sie haben wirklich gut Vorsorge getroffen«, stellte er fest. »Erwischen Sie die falsche Seite, können Sie immer mit dem Allschiff abhauen – vorausgesetzt, Sie bekommen eine Besatzung zusammen.«

»Ich habe Sie, Doktor«, erwiderte Brood lächelnd. »Ein Mitglied der ursprünglichen Mannschaft. Außerdem habe ich das OGZ. Darüber hinaus möchte ich wetten, daß Sie, Schlaukopf und Kommandant, bestimmt ein Ersatzsystem für alle Fälle installiert haben – vermutlich etwas ganz in der Nähe wie den Netzhauptsender. Ja, ein Backup für ein Backup ...«

Wieder lachte Brood, doch schaute er dabei niemanden an. Er streckte die Las-Waffe vor und schob die Blutkugeln zusammen und aus dem Weg. Ein dunkler Blutstropfen blieb an der Mündung hängen.

Aus der Tiefe von Macks Erinnerungen stiegen die Worte eines Ausbilders hoch, der betonte, wie sauber eine Las-Waffe tötete, daß die Hitze in ihrem schnell entstehenden Brandkegel die Blutgefäße sofort verschloß. In der Praxis war das natürlich nicht immer so.

Plötzlich füllten sich die Räumlichkeiten der Strömungskontrolle mit einem überwältigend grellen Licht. Ein stechender Schmerz schoß Mack durch beide Augen, die er im Reflex bedeckte. Er hörte Brood in der Nähe strampeln und in Richtung Luk gegen eine Reihe von Konsolen stoßen.

»Zum Teufel ...!«

Mack öffnete vorsichtig die Augen und stellte fest, daß er sich orientieren konnte, wenn er die Lider eng genug zusammenkniff. Trotzdem strömten ihm die Tränen über die Wangen. Die Szene, die er zu sehen bekam, ließ sein hastig pochendes Herz noch schneller schlagen.

Wenn Licht ein fester Körper wäre, sähe es so aus, dachte er.

Es war weniger hell als allgegenwärtig, allesumfassend. Er *spürte* förmlich das Licht auf allen Seiten. Es äußerte sich nicht in Hitze wie Sonnenlicht, sondern mit dem Beinahe-Druck eines aktivierten Vakuumanzugs.

Mack stieß sich ab und nahm Ziel auf die Las-Waffe Broods, der mit dem Kopf nach unten hängend den Öffnungsmechanismus der Luke bedienen wollte. Er griff vorbei, denn Brood machte in diesem Augenblick die Augen auf und richtete den Lauf direkt zwischen Macks Augen.

»Doktor, sie begreifen die Szene noch immer nicht, wie? Eigentlich sollte ich Sie sofort rösten, aber ich warte damit noch ein bißchen. Dafür möchte ich Sie und Ihre Freundin lieber zusammen vor mir sehen. Jetzt sagen Sie mir, was hier los ist!«

Durch das Interkom meldete sich eine angstvolle Stimme.

»Hauptmann Brood, wir können hier drin nichts mehr *sehen!* Licht füllt die OGZ-Kammer, es geht von diesem *Gehirn* aus ...«

Kampfgeräusche beendeten die Übertragung. Mack vermutete, daß seine Mannschaft in den OGZ-Raum eingedrungen war. Zum erstenmal sah Brood beunruhigt aus, vielleicht sogar ein wenig verängstigt.

»Ich habe keine Ahnung, was hier vorgeht ...«

»Bleiben Sie mir mit dem Unsinn vom Leib, Doktor!« brüllte Brood. Speicheltropfen bildeten sich in der Luft vor seinem Gesicht.

»Es muß der Kelp sein«, erklärte Mack.

Er sprach so beruhigend, wie er konnte.

»Es gibt hier und im OGZ-Raum Kelpleitungen.«

Brood stieß einen seltsamen, gepreßten Schrei aus. Seine Augen, die auf eine Stelle hinter Macks Rücken gerichtet waren, weiteten sich unnatürlich. Mack packte einen Griff, fuhr herum und legte gleichzeitig die linke Hand über die Augen. Durch die Bildschirmreihen zuckten wilde, zufällig entstehende Bilder, von denen einige aus der frühen pandorischen Siedlungsgeschichte zu stammen schienen.

»Das ... das sind ja meine *Erinnerungen!*« japste Brood überrascht. »Die Orte, an denen wir gewohnt haben ... meine Familie ... doch wer ist diese Frau dort?«

Ein Gesicht blendete auf und wieder ab, drehte sich und kehrte zurück und gewann Substanz im Licht. Mack erkannte sie sofort. Es war Alysse Marsh vor gut zwanzig Jahren.

Aus der leeren Luft tönte eine leise Stimme, Alyses Stimme: »Wenn ihr uns jetzt beitreten wollt, wir sind bereit.«

Ein riesiges Luk erschien im Licht, und abrupt bereitete sich eine schwüle Stille aus. Außer dem Luk war nichts zu sehen. Das Gebilde hing mitten in der Luft und wirkte so kompakt wie Macks Hand, doch hatte gleichzeitig die Lichthülle, die die Männer umschloß, sich soweit verfestigt, daß sie die Strömungskontrolle völlig tilgte. Es gab keinen Fußboden mehr, keine Dekke, keine Schottwände, keine Konsolen, keine Geräusche – nur noch das Luk. Sogar Broods rasselnder Atem ging in dem Licht unter. Mack hatte das Gefühl, allein zu sein, obwohl Brood zum Anfassen dicht vor ihm hing. Er war versucht, die Hand zu heben, sich zu überzeugen, daß er wirklich vorhanden war.

Der Schattenkasten, dachte Mack. *Vielleicht haben die Burschen einen Weg gefunden ...*

»Was ist das für ein Scheiß?« fragte Brood. »Wenn mir hier ein Kelpstreich gespielt werden soll, falle ich nicht darauf rein. Und wenn *Sie* dahinterstecken, sind Sie ein toter Mann!«

Ehe Mack ihn daran hindern konnte, feuerte Brood mit seiner Waffe auf das Luk. Aber der Energiestoß hörte nicht wieder auf, und Brood vermochte die Waffe nicht loszulassen. Die Einzelheiten des Luks traten verstärkt hervor, und es machte blitzschnell Dutzende von Veränderungen durch, wandelte sich in Hunderte von Türen und Luks, die sich förmlich voneinander abschälten.

Die Waffe wurde für Brood zu heiß, und er versuchte

sie fallenzulassen, doch sie klebte rotglühend an seiner Hand fest, bis die Ladung aufgebraucht war. Obwohl er sich krampfhaft bemühte zu schreien, obwohl die Adern an seinem Hals schwollen und sein Gesicht rot anlief, gab Brood keinen Laut von sich. Als alles vorbei war, legte sich lediglich ein grauer Schleier über seine Augen, und gleich darauf schwebte er hilflos in der Schwerelosigkeit und reckte die verkohlten Hände.

Mack hörte und roch nichts in dieser Zeit, obwohl er beobachten konnte, wie das blasige Fleisch sich von den Fingern des Mannes löste. Noch immer wartete das Luk vor ihm. Zuerst hatte es ausgesehen wie eine der großen Luftschleusen, die den Orbiter vom Allschiff trennten. Jetzt zeigte es sich als die große Tür zum Sitzungssaal im Mondstützpunkt, an die er sich noch gut erinnern konnte. Jedesmal wenn Mack durch diese Tür geschritten war, stand ihm eine Sitzung über neue Versuche zu künstlicher Bewußtseinsschaffung bevor. Einige dieser Sitzungen waren haarsträubend gewesen und hatten ihn in kalten Schweiß gebadet. Diesmal jagte ihm die Tür keine Angst ein.

Er war sicher, daß es sich um eine Illusion handelte, um ein nahezu perfektes Holo. Er war es gewöhnt, mit Hologrammen der vierten oder fünften Generation zu arbeiten – dieses Bild aber fühlte sich geradezu real an. Dem Licht war Substanz verliehen worden.

»Wo kommt so ein Bild her?« fragte er ins Leere. »Aus einem Holo der tausendsten Generation?«

Ihm war, als wäre jedes Atom im Raum, in der Luft, in seinem Atem zu Teilchen des Schirms geworden. Er streckte die Hand aus in der sicheren Erwartung, die Illusion zu durchstoßen. Aber das geschah nicht. Das Bild fühlte sich solide an wie ein echtes Luk. Brood war nicht mehr in seiner Nähe. Er hatte schlicht aufgehört zu existieren wie der übrige Raum. Es gab nur noch Mack und die breite, schwere Tür, die aus seinen Mondstützpunkt-Erinnerungen heraufbeschworen worden war. Er glaubte hinter der Tür etwas zu hören – die Stimme klang nach Beatriz, und sie lachte.

»Bitte stoßen Sie zu uns, Doktor«, sagte die sanfte Stimme. »Ohne Sie wäre von alledem nichts möglich.«

Als er die Hand nach dem Griff ausstreckte, veränderte sich die Tür erneut. Sie verwandelte sich in das Luk zwischen dem eigentlichen Mondstützpunkt und dem Arboretum, das er während seines Aufenthalts oft besucht hatte. Eine sichere Kuppel aus Plasmaglas schützte eine Waldlandschaft, die er sehr geliebt hatte. Hier am Rand des ewigen Schattens auf dem Erdenmond war er über grasbestandene Hänge geschlendert und hatte feuchtkühlen Farnkräuterduft unter echten Bäumen eingeatmet. Seinem Geist – oder dem Unbekannten, das ihn manipulierte, mußte es sehr wichtig sein, daß er das Luk öffnete.

Der Lukenhebel fühlte sich in seiner Hand sehr real an. Mack aktivierte das Luk, das vor ihm wegschwang und ihm einen Raum öffnete, der noch heller erstrahlte. Dieses Licht aber schmerzte seinen Augen nicht, und als er eintrat, erschienen vertraute Gestalten, um ihn zu begrüßen.

Ich bin gestorben! dachte Mack. *Brood muß auf mich geschossen haben, und ich bin gestorben!*

Konfrontiert man eine Person mit ihrem Schatten, zeigt man ihr das eigene Licht.

CARL JUNG

Das Feuerwehrteam des Orbiters schwebte in seinen unförmigen Vakuumanzügen durch den Gang vor dem OGZ-Raum. Die meisten waren Frauen, wie es auch dem Frauenanteil an der Allschiffmannschaft entsprach. In ihren Gürteln baumelten Werkzeuge zum Überbrücken von Stromkreisen oder Aufbrechen von Durchgängen, und mehrere schoben Dosen mit Lähmgas vor sich her. Sie alle hatten ihre eigentlichen Arbeitsplätze verlassen, um sich in den Kampf gegen die Feuersgefahr einzuschalten. Nur das unkontrollierte Vakuum wurde an Bord der Raumstation mehr gefürchtet als ein Brand. Die kläglichen Witze, die man sich gegenseitig zufunkte, verrieten die Nervosität, die auch in den Augen zum Ausdruck kam.

Beatriz hatte von Anfang an vermutet, daß der junge Sicherheitsbeamte, der sich in der OGZ-Kammer hatte einschließen lassen, das OGZ on-line schalten wollte. Der Leiter der Feuerwehrtruppe, der bei Beatriz geblieben war, arbeitete sonst als Bauingenieur und hieß Hubbard. Wie alle Feuerwehrkämpfer im Orbiter war Hubbard freiwillig hier und verstand sich darauf, in der halben Zeit doppelt soviel zu arbeiten. Er setzte seinen Trupp entsprechend der individuellen Fähigkeiten ein. So waren nach kurzer Zeit sämtliche Schaltkästen geöffnet, und ihre Innereien hingen lose in die Gänge.

Vier Frauen brachten zwei Plastahlschneider in Stellung – ein Gerät am Luk, das andere an der Schottnaht zur OGZ-Kammer. Der Schweißarm des Apparats wog für sich allein beinahe fünfhundert Kilogramm, doch war hier in der Nähe der Achse beim Umgang mit dem Gerät die Masse das einzige Problem.

Diese Frauen müssen seit Beginn des Projekts hier oben le-

ben, überlegte Beatriz. Sie benutzten die Füße zum Festhalten, wie sie es im Augenblick nur mit den Händen konnte, und die Vakuumanzüge waren an die beweglicheren Zehen bereits angepaßt worden. Bei ihrem ersten Besuch im Orbiter hatte Beatriz angenommen, daß der geschickte Einsatz der Füße auf eine Inselmensch-Herkunft zurückging, hatte sich später aber eines Besseren belehren lassen. Auch MacIntosh vermochte Füße und Zehen einzusetzen – und entsprechend sah sein Anzug aus.

»Verschaffen Sie uns eine Viertelstunde Zeit«, sagte Hubbard zu ihr, »dann haben wir den Burschen im Griff!«

»Die Kerle haben mein ganzes Team getötet«, antwortete sie. »Anschließend machten sie *Witze* darüber, wie sie Ihre Sicherheitsleute auslöschen würden – und setzten das dann in die Tat um. Den Burschen in einer Viertelstunde ›im Griff‹ zu haben, wird das ... das OGZ nicht retten können.«

»Wie würden *Sie* vorgehen?«

In der Frage lag keine Herausforderung, nur ein sachliches Drängen.

»Ich habe Mack seinerzeit dabei geholfen, Zuleitungen in die OGZ-Kammer zu legen. Es gibt da einen Kriechtunnel, der im nächsten Abteil hinter dem Schaltungsbrett beginnt und in die Kontrollkonsolen in der Kammer führt. Ich kenne den Weg und kann ...«

»Unser Winzling hier kommt durch die engste Öffnung«, sagte Hubbard. »Sie könnte drinnen die Luftversorgung abklemmen und CO-zwei einleiten ...«

»Nein«, widersprach Beatriz. »Das ist zu riskant. Dem OGZ kann das nicht schaden, aber ich habe Menschen in Panik geraten sehen, sobald der Sauerstoff knapp wurde. Die Leute sollen ruhig bleiben, sonst fangen sie an, um sich zu schießen.«

»Sie haben recht«, sagte Hubbard. »Winzling, Cronin soll einen seiner chemischen Zaubertricks vorbereiten.

Der Bursche muß im Nu ausgeschaltet sein – und alle, die bei ihm sind. Das OGZ und die Technikerin sollen anschließend aber einsatzbereit sein, begriffen?«

»Klar, Boss.«

»Alles mal herhören!« fuhr Hubbard fort. »Wir stellen unsere Helmgeräte auf die stimmenaktivierte Feuerwehrfrequenz drei-drei-eins.« Er justierte Beatriz' Gerät und erklärte: »So können wir uns unterhalten, ohne daß er zuhört – wir brauchen so nicht über das Interkom zu gehen.«

Beatriz' Blick fiel auf die Werkzeuge in Hubbards Anzug.

»Mal sehen, was Sie da haben«, bemerkte sie. »Vielleicht kann ich in der Kammer ein paar Sensoren durch den Interkom-Schaltkasten aktivieren. Es kann nichts schaden, Augen und Ohren zu haben.«

Sie schob die Abdeckung zur Seite und wurde von einem schwach pulsierenden Schimmer begrüßt. Es war kein elektrischer Schein, auch nicht das kirschrote Glimmen nackter Drähte oder das blauweiße Knistern eines Kurzschlusses. Dieses Licht war bleich und kühl und zeigte einen Pulsschlag, der sich beim Hinschauen zu verstärken schien.

Automatisch näherte sich Hubbards Hand einem kleinen Kanister, der er am Gürtel trug. Beatriz hielt seine Hand fest.

»Das muß das Kelp-Leuchtvermögen sein«, erklärte sie, »aus den Kelpleitungen, die wir letztes Jahr hier eingezogen haben.« Sie nahm sich aus Hubbards Werkzeugkasten einen Strommesser und drückte ihn gegen einen der ungewöhnlichen Kelpstränge.

»Kelpleitungen?« fragte Hubbard. »Zum Teufel, warum hat er ...?«

»Schaltungen, die im Kelp verwoben sind, können sich niemals überladen und besitzen neben anderen Eigenschaften eine eingebaute Erinnerung. Wir haben bei Holovosion in dieser Richtung einige Versuche angestellt ... Okay, da ist etwas«, fuhr sie fort und verfolgte, wie das Instrument in ihrer Hand ausschlug. »Eine Strömung kann man das aber nicht nennen. Eher eine Reizung.«

Als sie mit dem nackten Handrücken das Bündel Kelpfasern streifte, konnte Beatriz überraschend in das Innere des OGZ-Kammer schauen. Der junge Wächter stand mit schußbereiter Waffe auf der anderen Seite des Labors. Seine Augen wirkten angstvoll-geweitet. Beatriz verfolgte die Szene von zwei Punkten aus. Der eine lag am Schott hinter dem OGZ auf halber Höhe – vermutlich der Durchstoß der Leitungen, die sie berührte. Der andere befand sich etwa in Hüfthöhe, dem Wächter gegenüber, und sie erkannte schnell, daß sie die Szene aus dem Inneren von Alyssa Marshs Gehirn verfolgte. Der Jüngling spielte mit dem Entsicherungsschalter seiner Las-Waffe.

»Wir müssen zu ihm«, flüsterte Beatriz Hubbard zu. »Lassen Sie jemanden reingehen. Er gerät bald in Panik und wird alle umbringen.«

Fest umfaßte sie das Kelpfaserbündel mit der Faust und hörte nur noch vage, wie Hubbard seinen Leuten Befehle gab. Sie hatte das Gefühl, in beiden Richtungen durch die Fasern gezogen zu werden, als sähe sie mit mehreren Augenpaaren gleichzeitig. Ihr Ichgefühl ließ in dem Maße nach, wie sie durch die Fasern fortströmte. Sie wehrte sich dagegen, indem sie am Schott einen Griff umfaßte und den Strom der Eindrücke zwang, zu ihr zu kommen.

Ich kann das nicht weitergehen lassen, dachte sie. *Es muß aufhören. Ach, Ben, du hattest ja so recht!*

Es wurde beinahe unerträglich, doch hatte die Erfahrung etwas Magnetisierendes. Sie wußte, sie konnte die Stränge loslassen und den haltlosen Sturz durch den Lichttunnel beenden, doch forderte der Reporterinstinkt von ihr, erst loszulassen, wenn sie am Ziel war. So raste sie durch die Leitungsanschlüsse im Orbiter und Allschiff und spürte splötzlich, wie sie der Oberfläche Pandoras entgegengeschleudert wurde. Sie packte energischer zu und fragte sich, wer da im Hintergrund stöhnte – ehe sie begriff, daß die Laute von ihr ausgingen.

Sie war ein Konvektionszentrum für den Kelp geworden. Der bleiche junge Wächter mit den großen Ohren und den abgeschliffenen Zähnen stand keinen Meter vor ihren Augen.

Vor Alyssas Augen, dachte sie und unterdrückte ein Erschaudern. *Ich habe mich in Alyssas Augen verwandelt.*

Die Händes der Technikerin zitterten beim Arbeiten, und mit jeder neuen Faser, die an Ort und Stelle eingeschmolzen wurde, verstärkte sich der unheimliche Schimmer.

»Brood hat nichts davon gesagt, daß so etwas passieren würde«, sagte der Jüngling nervöser denn je. »Ist das *normal?*«

»Keine Ahnung«, antwortete die Technikerin, und Beatriz spürte die Angst in ihrem Flüstern. »Soll ich aufhören?«

Der Jüngling rieb sich die Stirn und wandte den Blick nicht vom OGZ. Beatriz wußte, daß er nun Alyssa Marshs Gehirn vor sich sah, das da an ein Gewirr kelpgewachsener Neuronen angeschlossen wurde, doch war es Beatriz, die seinen Blick erwiderte. Schweiß ließ sein Haar dunkler erscheinen, und schwarze Halbmonde wuchsen unter den Achseln.

Angst vor der Situation? überlegte sie. *Oder hat er Angst vor dem OGZ?*

Er hatte Inselmenschvorfahren und mochte abergläubische Befürchtungen hegen, doch konnte ihn eine körperliche Anormalität nicht erschrecken. Einem Meermenschen fiele es schon schwerer, ein lebendiges Gehirn anzuschauen – etwas, das einem Inselmenschen nur ein Achselzucken abnötigen würde.

»Nein«, antwortete er. »Nein, er hat befohlen, dieses Ding unter allen Umständen anzuschließen. Ich wünschte, er würde unsere Anrufe beantworten.«

Der Jüngling legte an seinem tragbaren Nachrichtengerät einen Hebel um und versuchte es noch einmal.

»Hauptmann, hier Leadbelly, kommen.«

Es antwortete nur das leise Summen der Funkwellen.

»Hauptmann, hören Sie mich?«

Keine Antwort. Leadbelly ging zum Interkom neben dem Luk. In der beinahe totalen Schwerelosigkeit hatte er Mühe, mit dem Rücken in Kontakt zum Schott zu bleiben.

»Wie lautet der Code für die Strömungskontrolle?«

»Zwei-zwei-vier«, antwortete die Technikerin und hob den Blick nicht von ihrer Arbeit. »Läßt sich von hier stimmaktivieren.«

Er gab die drei Nummern ein, doch sofort verstärkte sich der Glanz in der Kammer zu einem grellen Schein. Mit einem metallischen *Klick-Klick* entsicherte er seine Las-Waffe, und Beatriz hörte sich rufen: »Nein, nein!« während im gleichen Augenblick der Winzling wie eine Kanonenkugel aus dem Wartungstunnel schoß und sich Leadbelly auf die Schultern setzte. Die Technikerin schrie schrill und sprang zur Seite, und Leadbelly rief etwas Unverständliches in den Interkom.

Seine Las-Waffe entlud sich, und für Beatriz wechselte die Welt in einen Zeitlupenlauf. Sie sah den Mündungsblitz direkt auf sich zukommen, wie von einem Faden in ihre Richtung kriechen.

Das kann doch nicht sein, dachte sie. *Ein Schuß aus der Las-Waffe bewegt sich mit Lichtgeschwindigkeit.*

Die Distanz zur Mündung war so gering, daß die Ladung den Lauf noch nicht ganz verlassen hatte, als sie bereits auf das Glühen traf, das Alyssa Marshs Gehirn umgab. Beatriz beobachtete, wie die Las-Waffe im Handumdrehen ihrer Energie beraubt wurde. Leadbelly kreischte und versuchte die heiße Waffe fortzuschleudern, die aber mit dem Fleisch seiner Hand verschmolzen war. Winzling klammerte sich mit beiden Händen und Füßen an Leadbelly fest, der mit ihr haltlos durch die Mitte des Raums wirbelte. Der Las-Schuß löste im Schimmer eine Reaktion aus, und Beatriz war plötzlich ebenfalls davon umhüllt. Doch seltsamerweise beunruhigte sie das nicht.

Im Innern der strahlenden Kugel war alles ruhig. Beatriz hing im Kern einer durchscheinenden, warmen, in gelbes Licht getauchten Erscheinung.

Dies ist das Gefühl, das die Netze nachahmen wollten, dachte sie.

Als tröstend empfand sie das vertraute Rauschen einer gewaltigen Brandung. Das Licht ringsum spürte sie mehr, als daß sie es sah.

Die Mitte, dachte sie. *Dies ist mein Mittelpunkt!*

Ein Luk erschien, und obwohl sie weder Hände noch Füße hatte, warf sie es auf. Dahinter stand ihr Bruder im Alter von elf Jahren, mit nackter brauner Brust, am Gürtel vier schwere Echsen.

»Habe am Markt drei gegen Kaffee eingetauscht«, sagte er und knallte ihr eine Tüte auf den Tisch. »Du hast deinen Studienplatz gewonnen, aber ich wette, *das* bringt er dir nicht. Sag mir Bescheid, wenn du mehr brauchst.«

An jenem Tag war sie sechzehn gewesen und hatte nicht die rechten Worte gefunden, ihm zu danken. Er stürmte an ihr vorbei durch das Luk, und die toten Echsen stießen mit feuchtem Geräusch zusammen.

Mehrere Luks zuckten in schneller Folge vorüber, und jedes hatte irgendwie mit der Arterie der Jahre zu tun. Einige endeten als Sackgasse in Jahren, die es hätte geben können. Dann öffnete Beatriz einen anderen Durchgang, diesmal ein Inselmensch-Luk mit schwerer Wasserabschirmung, und befand sich in der ersten vorläufigen Unterkunft, die die Familie nach ihrem Umzug an Land bewohnt hatte. Es war ein organischer Bau wie die Inseln, aber dunkler und zerbrechlicher als die Gebilde, die die Meere befuhren.

Zu der Szene gehörte auch ihr Großvater, der ein Glas mit Blütenwein hob. Alle Familienmitglieder fielen in den Trinkspruch ein.

»Auf unsere fleißige Bea, Abgängerin der Holographischen Akademie, neue Studiodirektorin der Holovisions-Abendnachrichten.«

Sie erinnerte sich an diesen Augenblick. Er ereignete sich bei den Feiern zum 475. Jahrestag des Verschwindens von Schiff. Im Laufe der Jahre hatte sich dieser Tag zu einer Art Trauerfeier entwickelt – bei Tisch wurde stets ein Platz freigehalten. Ursprünglich sollte damit die Abwesenheit Schiffs dokumentiert werden, doch gedachte man damit neuerdings auch der Toten der Familie.

»Schiff hat uns mit seinem Verschwinden einen großen Dienst erwiesen«, sagte Beatriz' Großvater.

Gegen diese Bemerkung wurde heftig protestiert. Sie hatte gar nicht gewußt, daß sie dieses Gespräch mitbekommen hatte, doch weckte es jetzt ihre Neugier.

»Schiff hat uns die Hib-Tanks zurückgelassen, das stimmt«, antwortete Opa. »Aber *wir* waren es, die da hinaufgeflogen sind und sie heruntergeholt haben. Und zwar ohne Hilfe von den Leuten da drinnen. *Das* wird uns letztlich aus unserem Elend erlösen – unser Genie, unsere Verbissenheit, eben wir selbst. Flattery ist ein simpler Schuft, der sich bereichern will. Du sprichst von Himmelfahrt, Mama. *Wir* sind der Himmelfahrtsfaktor und werden uns dank Schiff eines Tages erheben, um die Morgendämmerung zu begrüßen, und wir werden immer weiter ansteigen ... habe ich recht, kleines Mädchen?«

Das Partygelächter verstummte, und vor ihr schwebte ein einzelnes Luk wie ein blauer Edelstein. Die Erscheinung erinnerte an viele Orbiterluks, die nicht in den Schotts angebracht waren, sondern im Deck. An der schimmernd blauen Oberfläche stand das Wort: ›Gegenwart!‹ Sie griff nach dem Doppelhebel und spürte die kühle Seide des geschliffenen Stahls auf der Haut. Sie riß das Luk auf und tauchte hindurch.

Wieder das Gefühl haltlosen Fallens wie schon bei ihren früheren ungeschickten Versuchen in der Beinahe-Schwerelosigkeit der Orbiterachse. Sie spürte ihre Umwelt, als hätte sie einen Körper, und dieser Körper war ungeheuer empfindsam – doch vermißte sie jeden Beweis eines Körpers. Sie spürte andere in der Nähe, zugleich vermittelte ihr dieser Eindruck die Gewißheit, daß sie nichts zu befürchten hätte. Der gläserne Schein ringsum faltete sich zusammen, wurde kompakter, formte an ihrer linken Schulter einen Schatten. Im Handumdrehen hatte sich der Schatten zu Zwerg MacIntosh verdichtet.

»MacIntosh!« Er warf die Arme um sie und küßte sie. »Jetzt weiß ich, daß ich gestorben bin!« rief er lachend. »Ich muß im Himmel sein!«

»Wir sind nicht gestorben«, widersprach sie. »Aber im Himmel könnten wir durchaus sein. Irgend etwas geht in den Kelpleitungen vor. Ich weiß, daß ich in Wahrheit vor der OGZ-Kammer stehe und die Leitungen in der Hand halte – aber zugleich spüre ich, daß ich hier bei dir bin ...«

»Ja, die Kelpleitungen und die Holobühne in der Strömungskontrolle haben zu leuchten begonnen, dann auch die Bildschirme ... die ganze Welt schien plötzlich zu glühen unter uns. Zuerst dachte ich, es hätte mit den Kerlen zu tun, die Flattery zu uns heraufgeschickt hat. Jetzt sehe ich die Ursache eher in den Kelpstörungen, im Zusammenbruch des Neztes. Und letztlich wohl bei deinem Freund Ozette und Crista Galli.«

»Aber wie? Wir befinden uns in der Kreisbahn. Der Kelp, den wir berühren, hat mit nichts anderem Kontakt. Vielleicht handelt es sich um eine rein psychische Störung – aber dann wärst du ja nicht hier bei mir.«

»Es ist das Licht«, erwiderte Mack. »Der Kelp verwendet zur Kommunikation chemische Mittel, das wissen wir seit einiger Zeit. Aber jetzt hat er von uns gelernt, auch Licht dazu zu benutzen. Die Holobühne, die ich für Versuchszwecke gebaut habe – sie arbeitet perfekt, und alle Bauteile kamen vom Kelp, nur ist der Kelp inzwischen einige Schritte weiter gegangen. Der Kelp nimmt Lichtimpulse, zerlegt sie in ihre Bestandteile, codiert sie auf chemischem oder elektrischem Wege und reproduziert sie nach Belieben. Das ist eine Methode, die ich von einem früheren System abgeleitet habe – die Kryptographen nannten es das ›Digitale Encoding System‹. Du weißt mehr über die Holographie als ich – also sag du mir, was da läuft.«

»Wenn du recht hast«, antwortete Beatriz, »wenn dies die Holographie des Kelp ist, dann hat er gelernt, Licht als Trägerwelle wie auch als Partikel zu nutzen. Wir können uns umarmen, doch sind wir nichts anderes als Holoprojektionen, habe ich recht? Vielleicht hat der Kelp eine neue Dimension entdeckt.«

»Ja«, meldete sich eine Frauenstimme. »Wir sind die Reorganisation von Licht und Schatten. Wir gehen, wohin das Licht geht.«

»Sind Sie ... Avata?«

Ein leises Lachen ertönte, ein Lachen wie Mondschein auf einem ruhigen See. Eine dritte Gestalt begann sich auf rätselhafte Weise aus dem Leuchten zu materialisieren. Es war eine Frau, strahlend wie das Licht ringsum und deshalb kaum auszumachen. Beatriz erkannte sie sofort.

»Crista Galli!« japste sie und begann nach einer weiteren Gestalt Ausschau zu halten, nach Ben, doch vermochte sie nur die durchscheinende Kugel auszumachen, von der sie umschlossen waren.

»Seien Sie unbesorgt, Beatriz. Ben und Rico sind bei mir. So wie Sie und Doktor MacIntosh sich bei der Orbiterbesatzung befinden. Was sie im Augenblick wahrnehmen, sind die Hüllen unseres Seins, die Äußerlichkeit unserer selbst. Was sich hier und jetzt begegnet, ist das eigentliche Wesen.«

»Aber ich kann Sie *sehen,* Sie hören«, wandte Mack ein. »Beatriz und ich haben uns sogar berührt.«

Wieder lachte Crista, und Beatriz spürte ein Kichern in sich aufsteigen, das sie nicht mehr unterdrücken konnte.

Hier bin ich sicher, dachte sie. *Brood, Flattery – die kommen hier nicht an mich heran.*

»Richtig, wir sind sicher«, sagte Crista.

Beatriz machte sich klar, daß an diesem seltsamen Ort jeder Gedanke mit dem gesprochenen Wort gleichzusetzen war.

Oder ist dies gar kein Ort?

»Doch, es ist ein Ort. Aber ein *Wer* ebenso wie ein *Was* und ein *Wo.* Doktor MacIntosh, wir besitzen Substanz, weil unser Geist zusammen mit dem Licht einen wahrnehmbaren Sprung vorwärts gemacht haben. Die Dinge verändern sich, um unserem abweichenden Unterbewußtsein zu entsprechen. Haben Sie viele Luks gesehen?«

Beatriz sah, wie er die Hände ausstreckte und verwirrt auf seine Füße schaute.

»Ja, richtig, aber ...«

»Und ein Luk erinnerte sie an etwas Angenehmes, und das haben Sie aufgemacht?«

»Ja, und ich kam hier heraus.«

»Mir ging es ebenso«, warf Beatriz ein. »Aber vorher führte mich eine Tür ... zurück. Zu meiner Familie, viele Jahre in die Vergangenheit.«

»Damit hat Avata Sie beruhigen wollen«, interpretierte Crista. »Sie führte Sie an einen vertrauten, gemütlichen Ort. Sie haben viele schreckliche Erlebnisse durchgemacht. Avata will nicht Ihr Entsetzen, sondern Ihr Können.«

»Mein Können?« Beatriz erfaßte ihre Umgebung mit

einer Handbewegung. »Nach alledem – was hätte ich da wohl zu bieten?«

»Sie werden sehen. Stellen Sie sich dies alles als den Schattenkasten vor, als das größte Holostudio der Welt, und fast die ganze Welt als Holobühne. Wir werden Flattery in den Mittelpunkt setzen und ihn der Welt vorführen. Was dann?«

»Wir müssen verhindern, daß die Menschen sich weiter gegenseitig vernichten«, sagte Mack. »Man ist bisher nicht an ihn herangekommen und wird deshalb seine Maschine der Macht zerstören. Damit aber geraten wir alle in Gefahr, Avata eingeschlossen. Flattery bloßzustellen könnte gefährlicher sein, als Sie glauben.«

»Aber schau dir doch unsere *Methode* an!« wandte Beatriz ein. »Sie ist unglaublich durchschlagend. Sie wird als Botschaft von den Göttern überkommen, als Vision, als Wunder.«

»Ich habe aus der Strömungskontrolle über allen Kelpbewüchsen Licht schimmern sehen«, sagte Mack. »Geschieht das wirklich?«

»Ja«, antwortete Crista.

»Dann haben wir die Aufmerksamkeit der Welt ja längst geweckt, oder? Praktisch jeder Mensch dürfte innegehalten haben, um sich das anzuschauen.«

»Meine Leute haben schon vor langer Zeit den Spaß an den Lichtphänomenen verloren«, sagte jemand. »Sie marschieren mit allem, was sie haben, auf Kalaloch zu.«

Eine weitere Gestalt schälte sich aus dem Licht, ein muskulöser Mann mit rotem Haar. Beatriz war Kaleb Norton-Wang noch nie begegnet, merkte aber, daß sie seine Vergangenheit beinahe so gut kannte wie die ihre. Im gleichen Augenblick ging ihr auf, daß dies auf Crista Galli und Mack ebenso zutraf.

Dann kennen sie mich aber auch, dachte Beatriz und bemerkte, wie Mack daraufhin zu lächeln begann.

»Wir sind jetzt Teil von Avata«, sagte Crista. »Andere schwimmen in dieser Strömung mit, aber wir sind Avatas Botschafter bei unseresgleichen. Sie, Dr. MacIntosh, hielten mich einmal für ein Produkt des Kelp. Bis zu diesem Tag kannte auch ich meine Herkunft nicht. Ich schulde Avata mein Leben, der Menschheit meine Geburt und beiden meine Loyalität. Sind wir hier nicht alle gleichen Geistes?«

Beatriz stimmte ihr zu. »Ganz recht. Man muß Flatterys Pläne vereiteln, das Töten muß aufhören! Müßte das nicht zu schaffen sein, ohne daß wir uns auch in einen Todestrupp verwandeln?«

Beatriz zögerte, spürte ein Aufwallen von Licht in sich und erlebte eine Wiederholung des Vorfalls mit Nevi am Strand. Im nächsten Augenblick wurde ihr ein interessanter Aspekt des Einsseins mit Avata bewußt – sie alle konnten gleichzeitig sprechen, und doch vermochte sie jedem Wort mühelos zu folgen.

Kaleb sagte: »Ich kann zu allen meinen Leuten sprechen und den Kelp ... ich meine, Avata so einsetzen, wie ihr es beim Sieg über Nevi getan habt. Wer brächte es fertig, ein Riesenholo am Himmel zu ignorieren?«

»*Ich* habe Avata nicht benutzt, um Nevi zu besiegen«, widersprach Crista. »Ich war lediglich Zeugin. Avata und Rico haben den Zauber entfaltet – aber keiner hat den anderen dabei *benutzt*.«

»Ich erkenne an, daß ich mich geirrt habe«, sagte Kaleb und verneigte sich leicht. »Wie sollen wir mit Avata zusammenarbeiten?«

»Wir haben ihn initiiert, indem wir überhaupt erst mit Avata in Kontakt zu treten suchten«, erklärte Crista. »Jeder von uns hat das getan, aus eigenen Gründen, die wir nun alle kennen. Wo es Kelp gibt, kann Avata Holos ausstrahlen. Wie Sie sehen, werden diese ständig weiter verbessert. Unsere Holo-Ichs könnten sich hier und jetzt umarmen, und *wir würden es dabei spüren!*«

»Unser Problem ist Flattery«, bemerkte Mack. »Er war Argumenten nie sonderlich zugänglich, und nachdem er sich nun zum Herrscher aufgeschwungen hat, geht er davon aus, daß nur er rationale Entscheidungen treffen kann. Alles andere sieht er als Bedrohung. Er ist paranoid, deshalb muß man davon ausgehen, daß er Fallen errichtet hat, um sich vor Angriffen zu schützen. Vergessen wir nicht, daß er auch Psychiater ist. Er kann sich gegen emotionelle wie auch physische Angriffe verteidigen. Die höchste Bedrohung wäre natürlich, daß Avata und damit auch alle Menschen sterben müßten, wenn er umkommt. Es darf nicht dazu kommen, daß er in Panik gerät und überall Lunten anzündet.«

»Warum könnte Avata ihn nicht einfach ... *fangen*, so wie es uns umfangen hat?« fragte Kaleb. »Er ist kein Selbstmördertyp, und wir gewännen auf diese Weise Zeit.«

»Flattery gibt sich große Mühe, dem Kelp nicht zu nahe zu kommen«, antwortete Crista. »Er läßt nicht einmal Kelp-Papierprodukte in seiner Nähe zu. Irgendwie muß er zum Kelp gelockt werden.«

»Oder getrieben werden«, meinte Kaleb.

»Oder der Kelp muß zu ihm kommen«, meinte Beatriz. »Vielleicht findet sich da ein Weg. Immerhin haben wir die Zavataner ...«

Ja, sagte eine Stimme, die sie alle umhüllte. *Ja, die Zavataner.*

Plötzlich wurde das umgebende Licht durchscheinend und zeigte Beatriz die jämmerlichen Überreste Kalalochs unter sich. Sie schwebte hoch über der Siedlung, erfüllt von einem Behagen, das nur von dem tragenden Wind ausgehen konnte.

»Ah, Beatriz, Sie haben den Hyflieger gefunden«, sagte Cristas Stimme. »Fassen wir uns in Avata an den Händen, gehen wir zu ihr.«

Beatriz war sich ihrer Existenz im Licht nur vage bewußt. Sie spürte Kalebs Hand in ihrer rechten Hand, und Kalebs Berührung an ihrer Linken, doch leiteten sich alle Empfindungen, die sie aufnahm, von ihren Hyfliegerwahrnehmungen her – und diese führten sie in enger werdenden Kreisen an eine Stelle hoch über Flatterys Sondergebiet.

Drei weitere Hyflieger kreuzten vor dem Wind in ihre Richtung und begrüßten sie auf traditionelle Weise mit ihren vollen Segeln.

Sie schwebte direkt über dem geschwärzten Brandort der ersten Hyfliegerexplosion. Hunderte von Menschen bewegten sich hastig zwischen den Ruinen und rückten gegen Flatterys Anlage vor. Viele trugen die grauen Uniformen seiner Sicherheitskräfte.

»Wir müssen Flattery vor den Leuten erreichen«, sagte Crista. »Sollte er getötet werden, ist vielleicht jede Hoffnung für Avata verloren, für uns alle.«

Beatriz gab Wasserstoff ab, verlor an Höhe und verringerte den Wendekreis noch mehr. Obwohl einige Kämpfer zu ihr hinaufdeuteten, hob niemand die Waffe oder schoß auf sie.

Bodenseits sind alle nur noch auf einer Seite, dachte sie. *Einen Hyflieger zu beschießen wäre Selbstmord.*

Unwillkürlich fragte sie sich, ob Flattery in den nahen Hügeln wohl getreue Scharfschützen postiert hatte.

Sie schwebte nur noch wenige hundert Meter über der Anlage und sah überall im Gelände Dutzende von Gestalten in orangeroten Einteilern aus unterirdischen Verstecken kommen. Schnell waren es fünfzig, hundert und mehr ... Zavataner aus dem Hyflieger-Klan. Die Schnellgraser waren aus der Nähe des Brandherdes geflohen und in deren Höhlen verschwunden, und jetzt stellten die Zavataner vor diesen Öffnungen kleine orangerote Flaggen auf.

Sie zeigen den Dorfbewohnern den Weg in Flatterys Bunker, dachte sie. *Wenn wir zuerst hineinkämen, könnten wir ihn vielleicht in die Falle locken.*

»Ausgezeichnet!« sagte Macks Stimme. »Und selbst wenn wir das nicht schaffen, hat er einen Fluchtweg zum Meer hin, und wir treiben ihn geradewegs in Avatas Bewuchs.«

Die anderen drei Hyflieger waren riesig, ihre geschmeidigen Tentakel schleppten Ballast beinahe fünfzig Meter unter den gasgefüllten Körpern.

Beatriz vermochte aus dieser Höhe die wilden Tiere zu erkennen, die Flattery in seinem Sondergebiet gehalten hatte; sie drängten sich an einer Peripherie zusammen. Sie waren der reinste Luxus gewesen, die rätselhaften erdseitigen Tiere. Sie wurden ernährt und ärztlich versorgt, während Menschen darbten, doch bedauerte sie nicht, daß die Tiere überlebt hatten.

Die Menschen werden sie mindestens so gut versorgen wie Flattery, dachte sie. *Ben hatte recht, es herrscht kein Mangel an Nahrungsmitteln, sie werden nur sehr selektiv verteilt.*

Sie trieb nun dicht genug über dem Boden, um zu erkennen, daß einzelne Zavataner winkten und sie mit Rufen begrüßten. Die Spitzen ihrer beiden längsten Tentakel schmerzten, als sie Wihi-Spitzen berührten. So dicht über dem Boden war ihr das Manövrieren beinahe unmöglich, doch strahlte ihr Hyflieger-Gastgeber keine Angstgefühle aus.

Sei unbesorgt, Mensch, sagte die Avata-Stimme. *Möge das Ende dieses Sporenbeutels das Signal unserer gemeinsamen Geburt auf Pandora sein.*

»Was meinst du mit ›Ende‹?«

Im Gegensatz zu den Menschen erdrücken wir uns am Boden mit unserem eigenen Gewicht. Ohne das abschließende Feuer sitzt unser Sporenstaub für immer unter der Hülle gefangen.

»Du meinst, die Poren bleiben steril, solange du nicht explodierst?«

Ja. Wir stehen bereits viel zu tief, um je wieder hochzukommen. Ich werde in dir weiterleben. Beeil dich! Die anderen müssen sich auch sputen. Jeder Tentakel soll sich ein Loch suchen und Flattery herausscheuchen. Avata wird ... Avata ...

Beatriz war, als liege ihr ein Basaltfelsen auf der Brust, so schwer fiel ihr das Atmen. Einer nach dem anderen suchten sich ihre zehn Tentakel die von den Zavatanern gekennzeichneten Höhlen und begannen sich in die Tiefen des pandorischen Gesteins vorzuschieben. Beatriz hörte, wie die anderen drei Hyflieger ganz in der Nähe Wasserstoff abbliesen.

»Wie mag das für sie sein?« fragte sie ihre Freunde. »Wie eine Mutter, die ein weinendes Kind erstickt, um das Dorf zu retten?«

Doch schon konzentrierte sich ihr Leben auf die Tentakel. Es war, als hätte sie zehn Augenpaare, und das Licht, das dem sterbenden Hyflieger entströmte, verwandelte ein dunkles Labyrinth in ein Ganggeflecht des Schreckens. Augen erwiderten ihren Blick – Augen und winzige, nadelscharfe Zähne, die fauchend entblößt wurden. Beatriz drang weiter vor, und die Wesen griffen an und rissen große Brocken aus den Tentakeln heraus, von denen sie tiefer in das Gewirr gestoßen wurden.

»Ich halte das nicht aus!« schrie sie. »Sie zerbeißen mir das Gesicht. Es sind schreckliche kleine ...«

»Beatriz, hör mich an!«

Macks Stimme. Mack befand sich in der Nähe, doch er hatte keine Ahnung, was sich da unten tat, er sah nicht die kleinen zupackenden, immer tiefer beißenden ... *Wesen*, und hier unten vermochte sie die Augen nicht zu schließen, weil es sich so anfühlte, als sähe sie mit der gesamten Oberfläche des Hyfliegers.

»Beatriz, sag doch etwas«, drängte Mack. »Zieh dich nicht zurück! Ich bin hier, wir sind alle hier und halten uns in Avata an den Händen. Wir halten uns in Avata an den Händen, und du bist im Orbiter und hast eine Kelpleitung in der Hand. Fühlst du mich neben dir? Ich setze mich gerade neben dich.«

Avata sprach zu ihr. Ihre Stimme erinnerte sie an Alyssa Marsh.

Behalte diesen Augenblick als einen des Händehaltens in Erinnerung, auch wenn du weißt, daß es nicht so war. Wenn du die Geschichte weitererzählst, sag, daß ihr euch alle an den

Händen hieltet. Diese verbundenen Hände sind ein Symbol – genauso wie die geballte Faust. Such dir aus, welches dieser Symbole du weitergeben möchtest. Avata lehrte durch die Chemie der Berührung, was von manchen ›Lernen durch Injektion‹ genannt wurde. Die Menschen erhalten ihresgleichen mit Symbolen und Legenden, mit Mythen am Leben.

Beatriz spürte ihn. Sie fühlte, wie sich eine Masse gegen sie drängte, und schon hob sich das Gewicht von ihrer Brust. Sie konnte wieder atmen und fragte sich, ob Hyflieger auch atmen mußten.

Wir ... sind dir ähnlicher ... als von dir unterschieden, sagte das Wesen. *Ich werde einen tiefen Atemzug genießen ... wenn du frei bist ... auch zu atmen.*

Die Schnellgraser ließen in ihren panischen Attacken nicht nach, die kleinen Mäuler bissen zu und rissen ihr Fleischbrocken aus dem Gesicht ...

Aus den Tentakeln dieses Hyfliegers, berichtigte die Stimme.

»Ich bin drin.«

Crista Gallis Stimme.

»Ich auch«, meldete sich Kaleb. »Nun wollen wir mal gehörig aufräumen!«

Die Höhlengänge waren zu schmal, als daß die Schnellgraser wie gewohnt im Schwarm hätten angreifen können. Die Tentakel drängten sie immer tiefer in das Labyrinth, und so konnten sie sich nur dann und wann umdrehen, um zuzuschnappen. Beatriz hatte das Gefühl, ihre Tentakel etwa zur Hälfte in die zehn Löcher gesteckt zu haben, als sie ins Freie stieß. Was sie dort mit den zerfressenen Spitzen des Hyfliegerfleisches wahrnahm, raubte ihr den Atem.

Schemenhaft huschten Horden winziger Tiere in einen dermaßen prächtigen Garten hinein, daß Beatriz sich einbildete, der Todesvision ihres Hyfliegers zu erliegen. Sie hörte die Ausrufe und das Stöhnen der anderen, die ihrerseits mit den bösartigen Schnellgrasern zu tun bekamen, und versuchte sie zu trösten, indem sie sich auf die vor ihr liegende Szene konzentrierte.

»Ihr seid dicht dran«, sagte sie. »Gebt nicht auf, ihr habt es gleich geschafft!«

Die wunden Tentakelstummel rochen die schwer im grünen Laub hängenden Blüten. Mose und Farne hingen von der glasigschwarzen Felsdecke herab und verdeckten den größten Teil der Höhlenwände. Beatriz konnte – und wollte – es nicht verhindern, daß ihr wie bisher Licht entströmte und die Höhle zu füllen begann.

Dann hörte sie andere Laute. Das entsetzte Schreien eines Mannes, der bei lebendigem Leibe zerfetzt wurde. Sie sah ihn, einen älteren Mann, der mit einem Schneidestab auf die entsetzten Schnellgraser einhieb. Er schien zu zerschmelzen, dann fiel er um, und seine Schreie erstickten in den vielen hundert winzigen Körper, die ihn beschwärmten.

Zwei große Katzen stürzten sich in den Kampf. Sie waren größer und kräftiger als Huscher, doch hatten sie gegen die Flut der Schnellgraser, die sich aus dreißig weiteren Tunneln ergoß, keine Chance. Aus einer Öffnung hinter der Lagune stürmten Soldaten, feuerten Las-Waffen ab und begannen den Garten mit Feuer und Rauch zu füllen. Auch sie hatten dem Zorn des Schwarms nichts entgegenzusetzen.

Ein Tragflügelboot, in dem wohl Flattery saß, verschwand fluchtartig unter der Oberfläche des Teiches, und die Flutwelle des Schnellstarts spritzte gegen die Höhlenwände. Hier konnte sie nichts mehr tun. Anstatt sich die Schrecknisse weiter anzuschauen, kehrte sie zu Avata und in den Trost des Lichts zurück.

Ferdinand von Aragon ... hat stets große Dinge geplant und durchgeführt, die seine Untertanen mit Staunen und Bewunderung erfüllten und sie ganz in Anspruch nahmen. Eine Tat folgte der anderen in solch schneller Folge, daß nie die Zeit blieb, sich in Ruhe gegen ihn zu verschwören.

MACHIAVELLI, *Der Fürst*

Flattery hörte den Ärger, ehe er ihn sah. Er hatte das obere Bunkersystem abgeriegelt und seine zuverlässigsten Mitarbeiter in den kleinen Bürokomplex am Grün verlegt. Dort war es zwar eng, doch sah er so seine Bedürfnisse am besten erfüllt. Außerdem konnte von oben niemand eindringen. Hier winkte ihm der Luxus, die Ergebnisse der Kämpfe an der Oberfläche in aller Ruhe abzuwarten.

»Wenn wir ruhig ausharren, können wir zuschauen, wie sich die Dinge ringsum erledigen«, sagte er zu Marta. »Brände erlöschen, die Leute sind nach einiger Zeit zu müde oder zu hungrig, um noch eine Waffe zu heben – und dann trennen wir die Spreu vom Weizen. Es wird bald dunkel. Niemand wird sich bei beschädigtem Perimeter im Dunkeln dort herumtreiben wollen. Die Dämonen.«

Er konnte ein Schaudern nicht unterdrücken – aber unter den gegebenen Umständen kam es darauf wohl nicht mehr an. Marta und die anderen waren hier, weil sie ihn am besten kannten und sein Bestreben, Pandora zu verlassen, teilten. Sie alle waren ein bißchen durcheinander nach dem schnellen Umzug in den Privatbunker. Nur gut, daß bloß wenige Pandorer an Klaustrophobie litten.

Erfreut stellte Flattery fest, daß seine Leute zwar unter Beschuß lagen, sich aber sichtlich für seine Sache einsetzten. Dennoch sicherte er das schwere Luk doppelt hinter sich, ehe er ins Grün zurückkehrte.

Wenn wir längere Zeit hier unten bleiben müssen, komme ich wohl nicht darum herum, sie hier hereinzulassen, dachte er. *Aber damit warte ich, solange es geht.*

Während seines Lebens im Mondstützpunkt, von seiner Implantation in eine Gebärmutter bis zum Start an Bord der *Earthling*, hatte Flattery keinen Ort gekannt, der wirklich unbeobachtet, abgeschirmt, privat gewesen wäre. Ein Teil seiner Ausbildung als Psychiater hatte diesem Umstand Rechnung getragen. Die höchste und letzte Privatsphäre war der Tod, diese Lektion kannte er, und eben weil er dies wußte, war er dazu bestimmt, der Scharfrichter seiner Spezies zu sein. Wer konnte besser als ein Psychiater-Geistlicher das *Andere* erkennen – die künstliche Intelligenz, die *außerirdische* Intelligenz, das Alien? Und wer wäre besser darauf vorbereitet, einer solchen Gefahr richtig zu begegnen? Der Mondstützpunkt hatte die richtigen Entscheidungen getroffen, davon war er überzeugt. Darauf war er ehrlich stolz.

Wer sich im Stolz zu hoch erhebt, fällt tief, meldete sich eine Stimme irgendwo in seinem Kopf. Erschaudernd tat er den Gedanken ab.

Durchaus möglich, daß er in der Beurteilung des Kelp einen leichten Fehler gemacht hatte. Er brauchte den Kelp – Pandora brauchte den Kelp, weshalb es nicht nur klug, sondern auch notwendig war, ihn am Leben zu erhalten. Der erste Psy-Ge auf Pandora hatte den Kelp vernichten lassen – und diese Tat hatte beinahe die Überreste der Menschheit und des ganzen Planeten zerstört. Das systematische Zurückschneiden war riskant, die Strömungskontrolle war riskant, weil es stets mehr Kelp gab als Menschen, die ihn steuern konnten. Vor zehn Jahren war der Kelp schon einmal ausgewuchert, wonach sich Flattery auf die Bewüchse hatte konzentrieren müssen, die an wichtigen Handelsrouten vor den neuen pandorischen Küsten lagen.

Dann trat vor fünf Jahren Crista Galli in sein Leben.

Er hatte von Anfang an vermutet, daß sie eine Agentin des Kelp sei. Er hätte es besser wissen müssen – doch genau diese Vorsicht hatte ihm die ganze Zeit einen Vorsprung vor dem Kelp verschafft. Eine Chromosomenprüfung der jungen Galli hatte ergeben, daß sie menschlicher Abkunft war. Den Techniker, der diese Untersuchung anstellte, hatte er mit dem Kelptoxin töten lassen – und damit begannen die Gerüchte um die lebensgefährliche Haut Crista Gallis. Spätere Anpassungen ihrer Blutzusammensetzung boten Gelegenheit, weitere Beweise gegen sie zu schaffen. Diese Gerüchte hatten Flatterys Zielen mehr genutzt als ganze Legionen von Sicherheitsbeamten.

In der politischen und religiösen Arena ist ein gezielt in Umlauf gebrachtes und geschickt gefördertes Gerücht von unschätzbarem Wert, dachte er.

Trotz der ringsum tobenden Auseinandersetzungen war Flattery völlig entspannt. Er mußte sich sogar zurückhalten, um seine Freude über das kommende Aufräumen nicht zu offen zu zeigen.

Damit rückt sich zugleich das Bevölkerungsproblem zurecht, überlegte er. *Da meldet sich gleich wieder der alte Thomas Malthus.*

Die Überlebenden, die sich gegen ihn stellten, würden hungern, so einfach war das. Die Zeit war ganz auf seiner Seite, und er gebot über die Ressourcen der Welt. Von seinem Bunker aus hatte er direkten Zugang zu den drei größten Nahrungsmittellagern der Welt – genug Korn und Trockenfrüchte, um fünftausend Menschen mindestens zehn Jahre lang zu ernähren. Das Grün konnte nicht Obst für alle liefern, doch ließ es sich für ihn und einen ausgewählten Kader auf unbestimmte Zeit recht gut leben. Er mußte nur abwarten, daß die Dinge ihren vorbestimmten Lauf nahmen.

Der erste Hinweis, daß es innerhalb seines persönlichen Perimeters Probleme geben mochte, war ein schwaches Zischen, das sich über das Plätschern seines

Teiches erhob. Gleichzeitig ertönte ein schrilles Quietschen, und schon zeigten Alarmsignale das Eindringen fremder Elemente an. Der größte Teil seiner bodenseitigen Sensoren war zerstört oder lag unter Schutt. Die Geräte, die vorwiegend in den vielen Dutzend Schnellgraserhöhlen untergebracht waren, arbeiteten nicht visuell, sondern wurden durch Körperausstrahlungen und Bewegungen aktiviert. Flattery rief seinen Grünaufseher, während das Quieken sich verstärkte.

»Was ist das?« fragte Flattery. »Hier werden Störungen auf Ebene A angezeigt.«

»Schnellgraser«, sagte der Grünaufseher. »Die Ebene A ist auf sie eingestellt, da sie in den Felsspalten am häufigsten auftauchen. Die Anzeige läßt eine große Zahl vermuten – und tiefer, als sie normalerweise vorstoßen.«

»Das Quieken – es wird lauter.«

»Es müssen wirklich viele sein«, antwortete der Aufseher. Er betrachtete die Sensorenanzeige und biß sich auf die vorstehende Unterlippe. »Und sie dringen weiter in unsere Richtung vor.«

»Lösen Sie die Fallen aus!«

Der Grünaufseher drückte eine rote Stelle auf dem Scanner. Die fauchenden Laute, die zu dem Quieken angeschwollen waren, steigerten sich in ohrenbetäubendes Zorn- und Entsetzenskreischen.

Im gleichen Augenblick stürzten einige Dutzend braune Schnellgraser schräg rechts über Flattery aus einer Deckenspalte. Sie waren unangenehm nahe.

»Räumen Sie auf! Sie dürfen sich hier nicht einnisten ...«

»Es kommen noch mehr«, sagte der Gärtner und deutete nach hinten, wo sich vor der Felswand das Unterholz ominös bewegte. »Ich brauche Hilfe.«

»Wir holen nicht mehr Leute in das Grün, als unbedingt nötig. *Sie* haben mir versichert, es wäre gefahrlos, die Beißer oben zu halten, also kümmern Sie sich auch darum. *Auf der Stelle!*«

»Jawohl, Sir.« Der ältere Mann ließ die Schultern hängen, seufzte und entsicherte seine Las-Waffe. »Es sind sehr viele«, sagte er. »Ich brauche Ersatzladungen.«

Eine dahinhuschende Horde kleiner Körper, begleitet von Geschrei, lenkte die Aufmerksamkeit auf die linke Seite des Teiches in der Nähe des Ladedecks, an dem Flatterys Tragflügelboot lag. Dahinter strahlte plotzlich helles weißes Licht zwischen dichten Farnwedeln hervor. Im gleichen Augenblick erschien ein ähnliches Licht in dem Felsspalt über seinem Bunkerluk.

»Das gefällt mir nicht«, sagte Flattery. »Was melden Ihre kostbaren Sensoren jetzt?«

Der Grünaufseher bediente mit nervösen Fingern seine tragbare Steuereinheit.

»Tot«, sagte er. »Jemand hat sämtliche Sensoren kurzgeschlossen.«

Flattery hörte das kehlige Knurren Erzengels hinter sich und machte sich zum erstenmal klar, daß er es hier nicht mit einer Handvoll Schnellgraser zu tun hatte, die sich in seinen Garten verirrt hatte. Im Nu waren es mehrere hundert. Irgend jemand hatte die Wesen in höchste Erregung versetzt, so daß sie ihre sonstige Vorsicht gegenüber dem Menschen vergaßen.

»Nun schießen Sie schon!« forderte er mit leiser Stimme. »Ich hole Verstärkung.«

Als er endlich das Luk aufgeschraubt und Hilfe angefordert hatte, war das Licht im Grün dermaßen grell geworden, daß er nur noch verschwommene Bewegungen wahrnahm. Er eilte auf die Pier und brachte sich in seinem Tragflügelboot in Sicherheit.

Er hatte bereits die Maschinen gestartet und den Tauch-Check begonnen, als ihm einfiel, daß die Leinen noch nicht gelöst waren. Er schaute zum Grünaufseher empor, der ziellos auf Schatten im Buschwerk feuerte und plötzlich unter einer wabernden, kompakten Fellschicht verschwand. Es war, als hätte er sich einen dikken Mantel aus Schnellgrasern angezogen und wäre verschwunden. Der Mantel schmolz ans Deck und verschwand ebenfalls. Zurück blieben die Waffe des Mannes, blutige Kleidungsfetzen und ein Häufchen fleischloser Knochen. Auch Erzengel konnte den Angreifern nichts entgegensetzen, und was den fünfköpfigen Sicherheitstrupp anging, der jetzt zu schießen begann, da hatte Flattery seine Zweifel.

»Die sind ja noch nicht mal so clever, das Luk hinter sich zuzumachen«, murmelte er mit zusammengebissenen Zähnen. »Wenn die den Schwarm nicht erledigen ...«

Flattery brauchte sich die unangenehmen Folgen nicht auszumalen – die Rache der Schnellgraser machte sich bereits überall bemerkbar. Der Sicherheitstrupp trieb die kleinen Ungeheuer weit genug zurück, daß Flattery nach draußen eilen und die Leinen loswerfen konnte. Ihm blieb kein andrer Weg, als in Tauchfahrt das Grün zu verlassen und abzuwarten. Das Licht im Grün war so grell geworden, daß er kaum noch seine Instrumente erkennen konnte. Es hüllte fast den ganzen Teich ein und war bestimmt eine Waffe, die die Schatten gegen ihn einsetzten.

»Zerlumpter Haufen Nichtsnutze!« fauchte er. »Warum müssen sie sich überall einmischen? Sogar *sie* mußten doch erkennen, daß ich den Planeten bald verlassen will.«

Während er Wasser in die Tanks jagte, glaubte er im allesumfassenden Licht Gesichter wahrzunehmen – die Gesichter von Crista Galli, Beatriz Tatoosh, Zwerg MacIntosh und einem jungen Wuschelkopf, den er nicht erkannte. Er schüttelte den Kopf und kümmerte sich um seine Instrumente. Als das Boot unter die Oberfläche des Teichs gesunken war, atmete er auf. Obwohl die Atmosphäre im Boot künstlich roch und nicht die kühle

Frische des Grüns besaß, empfand Flattery sie als himmlisch.

Er hatte die Absicht, das Ende des Vorfalls in der Tiefe seiner persönlichen Lagune abzuwarten. Das Boot führte volle Rationen für sechs Personen mit und konnte ihn monatelang ernähren. Außerdem konnte es Treibstoff und Luft produzieren, solange die Membranen hielten. Sie waren von Inselmenschen aus Kelp gezüchtet worden, nach einer Methode, die schon vor vielen hundert Jahren perfektioniert worden war. Solche Membranen hatten schon bis zu fünfzig Jahre gehalten.

Das Licht über ihm verstärkte sich weiter, und im Wasser entstand eine rhythmische Dünung, die ihn beunruhigte. Es widerstrebte ihm, sich ins offene Meer hinauszuwagen, immerhin bestanden die Kelpwege nicht mehr. Schon bei der Vorstellung, sich allein mit Instrumentenhilfe einen Kurs durch das Kelpgewirr zu suchen, wurde sein Mund trocken, und er zwang sich, seinen Atem zu beruhigen.

»Ich nehme Kurs auf die Startstation«, sagte er vor sich hin. »Das nachtseitige Versorgungsshuttle müßte in drei Stunden startbereit sein.«

Er trug die Zeit in sein Logbuch ein und richtete den Bug des Bootes auf das Meer. Vor ihm lag das ausgedehnte Küstenkelpbett mit seinen infernalisch blinkenden Lichtern.

Die Küstenmörser ... sie haben den Bestand nicht eingeebnet, wie befohlen.

Irgendwie erfüllte ihn das blaue und rote Flackern in der Weite vor sich mit einer nicht minder großen Angst als das rätselhafte Leuchten, das ihn aus dem Grün vertrieben hatte. Angst zu haben gefiel Flattery nicht.

Was ist, wenn sie jetzt ihre Sprengsätze werfen? Ich wäre ein toter Krächzer.

Aus Gewohnheit ließ Flattery seine Angst in Aggression umschlagen und fuhr mit Vollgas in den Kelp.

Er kam viel besser voran als erwartet. Das Meer vor Kalaloch war ruhig, obwohl die Strömungskontrolle nicht mehr funktionierte. Im Wasser machte sich nur ein seltsamer Pulsschlag bemerkbar, der ihm aus dem Grün ins offene Wasser zu folgen schien. Der unkontrollierte Kelp hielt den Haupt-Kelpweg zum Startstützpunkt offen. Flattery schrieb dies der Gewohnheit, oder einem Nachklang der letzten Signale der Strömungskontrolle zu. Er steckte schon tief im Bestand, als er seinen Fehler bemerkte.

Mehrere Dinge passierten gleichzeitig – und jedes dieser Ereignisse war geeignet, Flatterys Entschlossenheit ins Wanken zu bringen. Knapp einen Kilometer vor dem Perimeter der Station ging ihm der Treibstoff aus. Die Instrumente zeigten an, daß alle Treibstoff-Filtermembranen einwandfrei funktionierten. Ehe das Boot zum Stillstand kam und ihn dem Kelp hilflos auslieferte, bemerkte Flattery, daß der Kohlendioxidgehalt in seiner Kabine höher war als normal. Die Gasverteilungsmembranen arbeiteten ebenfalls – doch offenbar verkehrt herum.

Ich habe keinen Treibstoff, stecke im Kelp, und mein Boot leitet nicht Sauerstoff, sondern Kohlendioxid in die Kabine.

Er beschäftigte sich nüchtern mit diesen Tatsachen und hoffte, die Logik würde die Panik dämpfen, die in seiner Kehle aufstieg. Er konnte Ballast abwerfen, solange sein Energievorrat reichte, aber wenn er das Schiff über Batterie steuern mußte, kam er nicht weit. Niemand reagierte mehr auf die Unterwasser-Stoßfrequenzen, und sein Navkom gab kein Signal zurück. Es war, als schwebe er in der Mitte eines schwarzen Loches. Alles, was sein Boot verließ, wurde verschluckt.

Muß der Kelp sein, überlegte er. *Der hat doch schon früher die Kommunikation durcheinandergebracht, das steht sogar in den Geschichtsbüchern.*

Nun bedauerte er seine Rücksicht gegenüber dem

Kelp. Da ihm der Kelp das Leben erleichterte, hatte er das explosive Wachstum dieser offensichtlich gefährlichen Spezies so lange geduldet, daß er es nun nicht mehr zügeln konnte.

Konnte das Volk und den Kelp nicht gleichzeitig im Griff behalten, dachte er und gähnte.

Das Kohlendioxid macht sich schon bemerkbar.

Das Gähnen veranlaßte ihn, eine hektische Betriebsamkeit zu entfalten, doch hatte sich der Sauerstoffpegel bereits so weit gesenkt, daß Gedanken und Bewegungen deutlich langsamer wurden. Er stellte fest, daß er nicht einmal mit Batterieantrieb im Kelp weiter vorankam. Ballast abzublasen nützte ihm auch nichts, sondern schwächte die bereits ausgelaugten Batterien noch mehr.

Der verdammte Kelp saugt mir das Leben aus!

Er stabilisierte das Tragflügelboot keine zwanzig Meter unter Wasser. Die Instrumente stellten den Dienst ein, mit dem Sonnenuntergang ging der Tag zu Ende, und es wurde dunkel. Der Kelp zog sich auf allen Seiten von seinem Boot zurück, und bestimmte Kelpstränge begannen zu leuchten. Es war das gleiche weiße Glühen, das kurz vor dem Abtauchen das Grün erfüllt hatte.

»Sabotage der Schatten!« knurrte er. »Ihr sollt das noch bereuen!«

Im Handumdrehen war er in eine dermaßen helle Lichtkugel gehüllt, daß die Einzelheiten der Umgebung vor seinen Augen verschwammen. Es blieb hell, obwohl er die Augen zukniff und mit den Händen abdeckte. Irgendwo in seinem Kopf babbelten Stimmen.

Ein warnendes Summen tönte aus den Kontrollen über seinen Kopf, und die Automatik wiederholte: »Kabinenluft nicht zuverlässig, Luftpacks anlegen.«

Wie lange mahnte die Stimme schon? Er erinnerte sich, erinnerte sich ...

Licht.

Es war die Stimme einer Frau, die er gut kannte. Aber nicht die Galli ... Das Summen ging in ein elektronisches Schnarren über, und Flattery schüttelte den Kopf.

»Ich brauche Luft!« japste er.

Das Geräusch seiner Stimme riß ihn aus der Erstikkungstrance des Kohlendioxids.

Er begann in einem Spind nach seinem Anzug zu kramen. Die zahlreichen Verschlüsse kümmerten ihn nicht, dafür setzte er den Gesichtsschutz auf und aktivierte die Luftversorgung. Die weißen Hände des Direktors bebten, doch konnte er nun wenigstens wieder atmen.

Ich muß den Leuten zeigen, wer hier der Herr ist! dachte er.

Stets lauerte in der Tiefe seines Ich die Ausbildung, die er erfahren hatte, und der Gedanke an Adrenalin brachte sie zutage. Ihm ging ein altes Inselmensch-Sprichwort durch den Kopf: »Scheuchst du einen Huscher auf, befreist du einen Huscher.«

Ich bin ein Huscher, und ich werde zuschlagen.

Flattery sagte diese Worte einige Male vor sich hin, während er gezielt langsamer atmete.

»Was wollt ihr?« rief er gegen die Helmscheibe. »Wenn ihr mich tötet, sterbt ihr! Ihr alle!«

Sein Atem beschlug das Plas vor seinem Gesicht, vermochte den kalten weißen Glanz aber nicht zu verringern. Als er sich die Wassertröpfchen an der Helmscheibe näher anschaute, entdeckte er darin Gesichter, Hunderte von winzigen Gesichtern, die dort halb durchsichtig flirrten, eines oder mehrere in jedem Tropfen.

Das Töten ist deine Methode, nicht die unsere.

Die Stimme, die im Innern seines Kopfes ertönte, ließ tief in seinem Bauch einen Eisklumpen entstehen. Er konnte sich nicht irren – dazu kannte er den Mondstützpunkt-Akzent seiner Schiffsgefährtin Alyssa Marsh zu gut. Sie war eine Zeitlang mehr als nur Gefährtin gewesen – auch wenn sie über eine kühle Intimität nicht hinausgekommen waren. Doch konnte hier nicht Alyssa Marsh sprechen, denn sie war ... nun ja, nicht eigentlich tot ...

»Was ... was geht hier vor?«

»Das Scharren, das von der Kabinendecke herabtönte, das sich überall am Boot bemerkbar machte, konnte nur von Kelpranken herrühren. Sie ringelten sich um das Kabinenplas, ohne das weiße Strahlen zu vermindern, das ihm die Lider, die Netzhaut, sein innerstes Wesen versengte. Das Boot ruckte zur Seite, die Metallhülle, die der Kelp auseinanderzuzerren begann, kreischte. Flattery beeilte sich, den Tauchanzug zu schließen. Zwei Las-Waffen hatte er bereits entsichert, doch griff er nun lieber nach zwei zusätzlichen Luftpacks.

Kämpfe ruhig, wenn du willst, sagte Alyssas Stimme. *Du wirst nicht sterben. Dir wird nicht das geringste geschehen.*

»Sie hatte einen schrecklichen Unfall im Kelp« – so hatte Flattery das Ableben ihres Körpers offiziell bekanntgegeben. Nun tanzten plötzlich Szenen aus ihrem Leben durch das allgegenwärtige Licht. Und er erkannte ihr großes Geheimnis. Trotz seiner Abgeklärtheit erfüllte es ihn mit einem eisigen Schauder.

Alyssa hatte ein Langzeit-Projekt im Kelp angenommen, denn sie wußte, daß sie die sechsmonatigen Forschungsarbeiten in wildem Kelp mühelos auf neun oder zehn Monate ausdehnen konnte. Er hatte sie loswerden wollen, das spürte sie. Hätte er gewußt, daß sie schwanger war, hätte er das Kind vernichtet, davon war sie überzeugt. Und nicht nur das Kind, die Mutter wahrscheinlich gleich mit. Die Chance, als Klon ein Kind zu bekommen, stand schlechter als eins zu zehntausend. Flattery, Alyssa und Mack waren vermutlich die letzten Überlebenden der 3006 ursprünglichen Besatzungsmitglieder und ausschließlich Klone längst verstorbener Spender.

Die Broods nahmen ihn auf, und Juri wurde er gerufen. Es gab keine anderen Kinder in dem Kelp-Vorposten, und so verbrachte Juri seine ersten beiden Jahre unter Wasser, in Gesellschaft von vierzehn Erwachsenen.

Flattery schloß die Augen und zog sich in sich selbst zurück.

Es war nur das eine Mal, flehte sein Verstand. *Nur damals ...*

»Glaubst du, ich hatte damit gerechnet, mein Körper würde so etwas tun?« fragte sie.

Die Bilder blieben außerhalb der Barriere seiner Lider, dennoch drang ihre Stimme tief in seinen Verstand ein.

Wie hätte ich das ahnen können, du bist ja nicht geblieben ... deine Arbeit im Kelp ...

Nun rückten die Szenen doch in seinen Kopf vor. Flattery schaute zu, wie er persönlich Alyssa ›auseinandernahm‹ und den Anschluß an das Ersatz-Vitalsystem vornahm, ehe er das Gehirn für immer von ihrem Körper trennte.

»Sie brauchen nur den Kelp zu konsultieren«, hörte er Mack zu Brood sagen. »Dann bekommen Sie bestimmt Ihre Antwort. Sie können Ihre genetische Herkunft zurückverfolgen, so weit ihre Geduld reicht.«

»Ich weiß, wer mein Vater ist«, sagte Brood. »Er ist es Raja Flattery.«

Mit einem Ruck wurde das Tragflächenboot an den Kabinennähten auseinandergerissen, und das Meer brach über Flattery herein. Während die Teile von ihm fortsanken, veränderte sich die Lichtkugel nicht, und an ihrer Oberfläche erschienen weitere tanzende Bilder. Er verfolgte, wie Nevi und Zentz am Strand gefangengenommen wurden und Brood den Orbiter angriff. Ein Panorama der Katastrophen wurde ihm vorgespielt, und er sah, wie sein kostbares Sondergebiet den Plünderern zum Opfer fiel.

Überall an der Küste reckten sich riesige Kelpspitzen himmelwärts und erleuchteten das Meer mit ihrem hellgrünen Schein.

Du hast noch viel zu lernen, Raja Flattery, sagte Alyssa. *Du bist ein intelligenter Mann, vielleicht sogar das Genie, für das du dich hältst. In letzter Konsequenz wird genau das dich retten.*

Etwas umfaßte sein rechtes Fußgelenk, und er löste sich konvulsivisch davon. Wieder packte das Unbekannte zu, hielt ihn fest und fesselte seine Arme, die mit Ersatzluftpatronen zuzuschlagen versuchten. Er war bereits erschöpft und fühlte sich nun in einem Zustand der Verträumtheit, die jeden Widerstand zu anstrengend machte.

Wie ich dir schon an dem Abend sagte, als du mich umbrachtest, ich glaube, du verstehst die Unermeßlichkeit dieses Wesens nicht.

Beatriz beobachtete, wie Flatterys Gedächtnis das Kommando übernahm. Es strahlte die gesamte Operation ab, in deren Verlauf Alyssa Marsh von ihrem Körper getrennt worden war. Holoschirme, Bildschirme, Kelpbeete, die Luft und der Himmel – sie alle erstrahlten von Alyssa Marshs Erinnerung an ihre letzte Begegnung mit Flattery.

Du schuldest mir ein Kind, sagte sie in dem gleichen leisen, emotionslosen Ton, der ihn vor einem ganzen Leben veranlaßt hatte, sie bevorzugt für diese Mannschaft auszusuchen.

Der Kelp begann Flattery mit seinen Fasern einzuhüllen, ihn in einer Schote einzuschließen, die dem Schutz seiner Lebensfunktionen diente. So hatte er es zuvor mit Crista Galli gemacht und davor mit Vata und Duque. Beatriz spürte die kleinen Spitzen, die seine Blutgefäße suchten, um Sauerstoff- und pH-Werte wieder zu normalisieren. Andere Pflanzenteile würden ihn ernähren, seine Ausscheidungen in den Kreislauf zurückführen und ihn vor Fleischfressern schützen. Sie fühlte dies alles, so wie sie die Welt durch die Haut des Hyfliegers empfand.

Flattery dominierte das Bild, und die ganze Welt schaute zu.

So viele Dinge erwecken nur deswegen nicht unser Interesse, weil sie in uns nicht genug Oberflächen finden, um zu gedeihen. So müssen wir eben die Zahl der Ebenen in unserem Denken vermehren, damit eine viel größere Zahl von Themen gleichzeitig darin Platz hat.

José Ortega y Gasset

Ein Augenblick der Hysterie brachte Twisps Magen durcheinander, als eine Kugel kühlen Lichts den jungen Kaleb einzuhüllen begann. Twisp hatte einen Jungen die Küste hinaufgeschickt – und ein Mann war zurückgekehrt. Er war schon zugegen gewesen, als der Vater des Jungen vom Kind zum Manne wurde. Plötzlich fuhr ihm das alte Gefühl des Verlusts wie ein eisiger Schauder über den Rücken, und er richtete sich am Teich ein wenig auf.

Kaleb hat große Ähnlichkeit mit seinem Vater, dachte er. *Er ist starrköpfig, selbstbewußt, voller Entrüstung ...*

Kalebs Vater Brett war entrüstet gewesen beim Anblick vieler tausend toter Inselmenschen, die unter Wasser aufgestapelt wurden, zornig darüber, daß Menschen Kinder in ihren Betten und Eltern bei ihren Gebeten ermordeten.

Eine ganze Insel versenkt!

Twisp hatte von der Versenkung der Insel Guemes gehört, hatte sich Holos der schlimmen Rettungsarbeiten angeschaut, Brett dagegen hatte die Leichenstapel selbst gesehen, hatte das Todesrasseln in vielen Kehlen gehört.

Die strahlende Oberfläche der Kugel schien seine Gedanken anzugreifen, denn sie spielte einige dieser Augenblicke nach – viel klarer, als er sie in Erinnerung hatte.

Aber auch andere Bilder zeigten sich dort – vernebelt, unbestimmt, als überlegten sie sich die Ausprägung ihres Daseins noch. Er erkannte Wiederholungen der Auseinandersetzungen zwischen Kaleb und seinen Leuten. Er hatte sich der Mehrheit seiner Streitkräfte widersetzt, die auf Flatterys Blut scharf war. Die Männer wollten ohne ihn in den Kampf ziehen, doch Kaleb bekämpfte diese Absicht.

»Ihr wollt im Kampf sterben, schön und gut«, sagte er. »Warum nicht sterben, indem ihr die Armen füttert?«

Er schickte eine Armee gegen Flattery, gewiß – eine Armee aus Engeln, schwer beladen mit Lebensmitteln.

»Nichts ist, bis jeder ißt!« hatten sich die Pilger, die zu Hunderten zu den Lagern eilten, auf die Hemden geschrieben.

In Twisp belebte sich die Zuversicht, daß Kalebs Haß auf den Direktor den Jungen nicht in einen zweiten Flattery verwandeln würde.

Er ist kein Junge mehr, ermahnte er sich, *und er ist geborgen in Avata. Dafür hat seine Mutter gesorgt.*

Twisp dachte an die Zeit zurück, da er selbst noch hatte überzeugt werden müssen, da Kalebs Mutter, Scudi Wang, ihn förmlich in die Kelpwege des Verstandes zwingen mußte. Prompt erschien ihr Gesicht in der Kugel, und es war das lächelnde Gesicht des frühreifen Teenagers, an das sich Twisp besonders klar erinnerte.

Wie hätte Brett sie nicht lieben können?

Twisp zerrte an dem grauen Zopf, der ihm den Nakken kitzelte. In dem Schein, der Kaleb umgab, bildeten sich weitere lichtgeborene Bilder. All die Gestalten, die dort zuckten, schien er zu kennen – aber sie hatten noch eine weitere Gemeinsamkeit.

Sie sind alle tot!

Hinter ihm ertönte ein Wimmern, das aus Moses Kehle kommen mußte.

In diesem Augenblick verwandelte sich Kaleb in einen hellen Schatten in einer noch helleren Sphäre, und schien nun nicht mehr auf dem Teich zu schwimmen, sondern darüber zu schweben. Die Manifestationen, die ihn umzuckenden Bilder führten Szenen aus der Vergangenheit vor. Twisp empfand Ehrfurcht, aber keine Angst.

Alles schwamm in einer bleichen Strahlung, die leicht pulsierte – wie die Fontanelle eines Kindes. Ein ähnlicher Rhythmus begann sich in den Wellenschlägen am Rand des Teichs bemerkbar zu machen. Die Zuschauer hatten zu plappern aufgehört und stimmten ihr Erneuerungslied an. Es war ein Wechselgesang, wie er für die Zeit der Blüte typisch war, die Improvisation zu einem alten Thema, das Twisp schon von seinen Großeltern kannte:

»Öffnet die Blätter ... und die Blüten, öffnet sie ...«

Kaleb war nicht mehr zu sehen in dem grellen Schein, der heftiger strahlte, als es Twisp je erlebt hatte. Allerdings schmerzte die Helligkeit seinen Augen nicht – er vermochte nicht einmal den Blick von dem hypnotischen Ereignis zu reißen.

»Es ist überall«, rief eine zittrige Stimme weiter oben in der Höhle. »Das Licht steht über den Wellen, am Himmel ... überall!«

Twisp erkannte die atemlose Stimme. Sie gehörte Snej, der jungen Helferin aus der Einsatzzentrale.

»Und in dem Licht bewegen sich Bilder«, japste ein anderer. »Genau wie hier – nur bedecken sie oben den ganzen Himmel!«

Als das starke Licht die ganze Höhle verschlungen hatte, vermochte Twisp die Gesichter der anderen Zavataner nicht mehr zu erkennen. Sogar Mose, der ihm ganz nahe stand, wurde zu einem Lichtschimmer innerhalb des Lichts.

Wieder ertönte Snejs Stimme, glockenhell vor Freude.

»Crista Galli ist in Sicherheit!« verkündet sie. »Alle sind in Sicherheit! Das Kämpfen kann aufhören.«

Die helle Sphäre vor Twisp wiederholte nun die im letzten Moment noch gut ausgegangene Auseinandersetzung am Strand: Ben und Crista Galli standen Zentz und Spinne Nevi gegenüber. Für Twisp war dieses Ereignis aber mehr als ein visuelles Nacherleben. Obwohl es in der Realzeit mehr als eine Stunde gedauert haben mußte, wurde es ihm nun in einigen Augenblicken übermittelt. Jubel brandete auf, als Spinne Nevi zu Boden ging, und die Bilder auf der Kugel wechselten in eine andere Höhle und zeigten das entsetzte Gesicht des Direktors.

Beim Anblick Flatterys kehrte Stille ein, nur da und dort erhoben sich murrende Stimmen am Rand des Teichs.

»Ist dies ein Wunder, Ältester?«

»Flattery wird vertrieben«, sagte Twisp. »Ich würde das eher eine Unvermeidlichkeit nennen als ein Wunder. Avata ist zu dem Schluß gekommen, daß es an der Zeit ist, den Direktor kennenzulernen.«

Die Helligkeit innerhalb des Orakles überschüttete, von der Sphäre ausgehend, jeden einzelnen Zuschauer. Der dunkelste von ihnen war ein blendendes Licht vor grellem Licht.

»Schau, Ältester!«

Twisp sah, wie Mose die Arme hob, als flöge er, wie Ströme dichten weißen Lichts aus seinen Fingerspitzen zuckten und sich anderen Lichtern in der Nähe anschlossen. Ohne Einzelheiten erkennen zu können, sah er diese Lichtbahnen mitten in der Luft mit anderen zusammenströmen. Er mußte an seine Kindheit zurückdenken, an einen Zellen-Bioarchitekten, der eines Tages seine Schulgruppe besucht und viele Wunder vorgeführt hatte. Dazu hatte auch eine vergrößerte Darstellung zytoplasmischer Strömungen gehört, eine Amöbe, die Teile ihrer selbst in andere Teile ihres Körpers pumpte, um sich zu bewegen, um Beute zu fangen und zu verdauen.

»Was sind wir hier?« sagte er laut vor sich hin: »Raubtier oder Beute?«

Die Antwort kam mit einer Heftigkeit, die Twisp beinahe von den Beinen gerissen hätte.

Für mich bist du ein Bruder, so wie ich dein Kind bin.

Balancesuchend schossen seine langen Arme über den Teich. Eine Hand bewegte sich aus dem Licht hervor und umfaßte die seine. Die andere Hand fühlte sich fest und feucht an. Kaleb sprang von der Kelpwurzel zum Teichrand herüber, ohne Twisps Hand loszulassen. Die Höhle ringsum war vom Stimmengewirr der Avataner erfüllt, die Avata und sich selbst um Rat fragten. Sie begegneten Geistern ihrer Vorfahren, die Avata aus dem Geheimnis ihres genetischen Codes befreit hatte.

»Nehmen wir uns an den Händen und danken Avata!« verkündete Kaleb. Seine Stimme gewann eine neue Projektion, die das Gemurmel ersterben ließ, ohne den Ohren weh zu tun.

»Avata hat das Monstrum entwaffnet, das Flattery aus unserem Volk gemacht hat, und hat ihn gefangengenommen. Er wird wie wir erfahren müssen, welche unverletzlichen Lebensrechte die Lebenden besitzen. Heute abend wird jeder zu essen haben. Es soll Schluß damit sein, daß Menchen unter anderen Menschen leiden müssen.«

Alle Anwesenden gaben sich die Hand, und das Licht wogte vom Teich durch sie hindurch und zurück. Gestalten, Gesichter, Bildfetzen wurden von dem immer heller werdenden Strom mitgerissen. Staunende und entzückte Ausrufe hallten durch den Höhlenraum.

Dann verschwand die ganze Höhle aus dem Blickfeld. Decke, Felswände, das Gestein unter den Füßen der Zuschauer wurden plötzlich unsichtbar. Twisp vermochte nur noch die Menschen auszumachen, die sich in langer Kette an den Händen hielten, umgeben von etwas, das er nur Lichtdunst nennen konnte. Alle Pandorer hatten Kontakt mit dieser Gruppe, und sie alle standen auf einer riesigen Ebene des Lichts. Es war warm, und ausnahmsweise herrschte keine Angst vor Dämonen, vor den Sicherheitskräften oder dem Hunger.

Stumm verließ Twisp die Feier am Teich, holte seine Robe aus der Unterkunft und begab sich zu seinem liebsten Aussichtspunkt hoch über Kalaloch.

Von dem hochgelegenen Felsvorsprung bot die Nachtluft einen klaren Blick auf das glitzernde Meer. Ein altes Raupenfahrzeug klapperte behäbig den Weg herauf, und im ersten Augenblick wollten sich Twisps Muskeln verkrampfen. Dem Raupenlader folgte ein Kleinwagen. Beide Fahrzeuge waren hochbeladen mit allerlei Hausstand und hatten Mühe, den Berg hochzukommen. Diese Menschen wandten Kalaloch bereits den Rücken zu und suchten mitsamt ihrem Bettzeug und ihren Hoffnungen etwas Besseres.

»Willkommen«, flüsterte Twisp. Noch durchströmte ihn ein Hochgefühl, doch spürte sein Körper bereits die Erschöpfung.

Es wird ihnen gut gehen, überlegte er staunend.

Zuerst dachte er an Kaleb, der seine Verbitterung im Kelp zurückgelassen hatte, der in Kürze die Enkel Bretts und Scudis bringen würde, damit sie sich von Onkel Twisp Geschichten erzählen ließen.

Seine Beobachtungen im Kelp versetzten ihn in die Lage, sich das künftige Leben der anderen vorzustellen.

Ben und Crista hatten auf Pandora zusammengefunden, doch war ihre Bindung in Avata besiegelt worden. Sie würden in den kommenden Jahrzehnten daran mitwirken, das Leben der Pandorer zu verbessern. Als das Licht ihn durchdrang, hatte sich Twisp des Gefühls nicht erwehren können, daß auch Rico und Snej sich bald zu einer Gemeinsamkeit zusammenfinden würden.

Das Allschiff *Nietzsche*, gesteuert von Alyssa Marsh,

würde Mack und Beatriz über die Grenzen des Lichtkontakts mit Pandora hinaustragen. Es würde die Menschen und ihren neugefundenen Symbionten Avata auf eine andere Welt führen, die vielleicht nicht gleich perfekt sein, aber die Menschen zumindest glücklich stimmen würde, weil sie an ihrer Vervollkommnung arbeiten durften.

In diesem Zusammenhang glaubte Twisp zu wissen, daß Juri Brood an Bord der *Nietzsche* eine neue Chance bekommen und mit der Aufgabe, seine Mutter – das OGZ Alyssa Marsh – zu versorgen, reifen würde. Durch die Kelpleitungen hatte Alyssa Marsh ihren neuen Körper und ihren Sohn gefunden. Ihr Sohn würde die Gedanken dieses OGZ niederschreiben, die für Generationen zum Handbuch des menschlichen Verhaltens werden sollten – *Eine Soziologie der Himmelfahrt.* Die Schiffsladung Pilger würde einen neuen Stern bevölkern, und auf einem Planeten dieses Sterns das Meer ...

Raja Flattery würde im Kelp weiterleben und keine unerfüllten Bedürfnisse kennen, ein Gefangener seines Egoismus' und seiner Habgier. Von Zeit zu Zeit würden ihm dort Menschen begegnen, und seine Legenden würden über Generationen hin gesponnen werden.

Obwohl Pandoras Tage gezählt waren, wollte Twisp den Rest seiner Tage mit Reisen auf dem Planeten verbringen und immer dort zupacken, wo es galt, das Schicksal der Allgemeinheit zu verbessern. Er wußte inzwischen, daß er das Ende nicht erleben würde, und war es zufrieden.

Vermutlich wird man mich den ›Alten aus den Oberen Bereichen‹ nennen, dachte er.

In der Siedlung unter ihm war alles still. Das Glühen, das aus dem Meer herausgeschwollen war und Kalaloch umschlossen hatte, sank wieder ins Wasser. Ein kühler Schimmer, gespenstisch anzuschauen, blieb an der Oberfläche zurück. Zwei Monde und der Himmel voller Sterne funkelten auf Twisps grauen Kopf herab. Da und dort tönte Jubelgeschrei durch die Stille, und Twisp war Zeuge, wie dieses perlende nächtliche Lachen den alten Mantel des Todes und der Angst aufzureißen begann.